U0574763

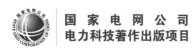

国家电网公司
电力科技著作出版项目

中国列电丛书编纂委员会

主 编　赵文图

副主编　周 密　闫瑞泉

编 撰　唐莉红　曾庆鑫

列电岁月

中国列电——新中国建设开路先锋丛书

二

中国电力出版社
CHINA ELECTRIC POWER PRESS

内 容 提 要

本丛书首次详实记述了一个鲜为人知的行业——中国列电。在它存续的 30 余年间，转战全国各地，为各行各业重点工程服务，在实现国家工业化，尤其是在国防科技、抢险救灾等应急用电中，发挥了不可替代的作用，不愧为新中国建设的开路先锋。

本丛书由《列电志略》《列电岁月》《列电名录》三册组成。《列电岁月》以列电人回忆录、访谈录为主，辅以追忆文章，根据个人亲身经历、从个人的视角，微观诠释列电的宏观叙事，书写列电的历史，具体反映列电人"四海为家、艰苦创业"的精神风貌，列车电站机动灵活的特点和应急供电的作用。

本丛书的出版发行，填补了中国电力工业史的空白，可作为电力企业及相关单位馆藏书目，为电力及经济发展史研究人员提供珍贵的史料，为电力行业和社会思政教育提供生动的教材。

图书在版编目（CIP）数据

列电岁月 / 赵文图主编；中国列电丛书编纂委员会组编 . —北京：中国电力出版社，2019.12
（2021.2 重印）

（中国列电——新中国建设开路先锋丛书）

ISBN 978-7-5198-4136-2

Ⅰ.①列… Ⅱ.①赵…②中… Ⅲ.①回忆录－作品集－中国－当代 Ⅳ.① I251

中国版本图书馆 CIP 数据核字（2020）第 013904 号

出版发行：中国电力出版社
地　　址：北京市东城区北京站西街 19 号（邮政编码 100005）
网　　址：http://www.cepp.sgcc.com.cn
责任编辑：王惠娟　张　旻
责任校对：黄　蓓　朱丽芳　闫秀英
装帧设计：王英磊
责任印制：吴　迪

印　　刷：三河市百盛印装有限公司
版　　次：2020 年 1 月第一版
印　　次：2021 年 2 月北京第二次印刷
开　　本：787 毫米×1092 毫米　16 开本
印　　张：41
字　　数：764 千字
定　　价：130.00 元

《中国列电》丛书编纂委员会

主　任　郭要斌

副主任　解居臣　赵文图

顾　问　余卫国　杨文章　张增友　杨　信　车导明　肖　兰　陈孟权
　　　　　高鸿翔　邱子政　张宗卷

委　员　王现鹏　王强跃　刘乃器　刘建明　刘振伶　杜尔滨　李　桦
　　　　　杨文贵　何自治　汪晓群　陈义国　陈光荣　周　密　孟庆荣
　　　　　郝永华　谭亚利　霍福岭

编辑部

主　编　赵文图

副主编　谭亚利　刘乃器　周　密

《列电志略》

主　编　赵文图

副主编　刘乃器　谭亚利

编　撰　原世久　唐莉萍

《列电岁月》

主　编　赵文图

副主编　周　密　闫瑞泉

编　撰　唐莉红　曾庆鑫

《列电名录》

主　编　赵文图

副主编　谭亚利　曹以真

编　撰　万　馨　王树山　孔繁寅

综合通联　孙秀菊　张淑云　孟庆荣

"列电人"公众号　谭亚利　周　密　闫瑞泉　唐莉红　谢殿伟　王秀荣

前　言

　　1983 年 4 月，列车电站管理体制改革，水电部所属列车电业局撤销，虽然少数列车电站仍在不同地方持续发挥作用多年，但列电作为一个整体已经消失了。如今，我们的国家已经彻底改变了"一穷二白"的面貌，正以全面小康的崭新形象屹立于世界之林。列电早已成为过往，然而列电为共和国大厦拓土奠基、添砖加瓦的历史不应该忘记，列电人志在四方、甘于奉献的家国情怀和吃苦耐劳、艰苦奋斗的创业精神更值得传承。这也正是列电丛书出版的意义所在。

　　列电是新中国电力事业的重要组成部分，在特定的时期以其机动灵活的特性发挥过特殊作用，作出过重要贡献，不愧为新中国建设的开路先锋。然而，现有电业书籍中列电内容很少；地方志及地方电力志对列电多有涉及，但仅是只言片语，缺乏全面系统的反映。2016 年，在列电局撤销 30 多年之后，一群列电人又集聚起来，打开回忆，钩沉历史，编纂列电志略，梳理列电岁月，征集列电名录。由此构成的列电丛书，记载列电事业筚路蓝缕、以启山林的发展历程，描绘列电人四海为家、艰苦创业的精神风貌，在共和国的创业史上填补上列电应该拥有的那一页。

　　本丛书的编纂指导思想是，以辩证唯物主义和历史唯物主义的历史观为指导，以新中国经济社会发展为宏观背景，真实地展现中国列车电站事业的发展过程和特殊贡献，记录一代列电人四海为家、艰苦奋斗、勇于奉献、开拓进取的创业历史。编纂中贯彻以人为本的思想，记录列电历史，传承列电精神，为中国列电事业树碑，为八千列电人立传，以告慰先人，激励来者。

　　《中国列电》丛书分为《列电志略》《列电岁月》《列电名录》3 个分册。以志为主、史志结合，侧重不同、互为补充。我们的目标是编纂一部真实性、史料性、思想性兼备，统一性、规范性、可读性共有的列电丛书。

《列电志略》由概述、列电单位分述、专题、大事记和附录等构成。概述是纵向分段梳理列车电站产生、发展、高峰、调整、撤销的历史脉络，横向简略介绍列车电站的引进、制造、调迁、服务、体制、管理、队伍等基本情况，适当加以论述与评说。列电单位分述是列电局所属单位的介绍，包括各电站、基地、中试所和电校、干校共76个单位。专题则是专项记述某一方面的情况，6个专题分为两类，一类反映列电自身的经营特点和技术改造等，另一类反映列车电站的服务及贡献。大事记依年代顺序，择要记载列电局及所属单位的大事要情。附录则是若干重要文件、资料的集纳。

如果说《列电志略》是列电事业的主体和躯干，那么《列电岁月》就是列电事业的血肉和细胞。《列电岁月》以列电人回忆录、访谈录为主，辅以追忆文章，提倡有特点、有意义、有故事性、有历史价值的典型题材。它是根据个人的亲身经历、从个人的视角，微观诠释《列电志略》中的宏观叙事，书写列电的历史，具体反映列电人"四海为家、艰苦创业"的精神，反映列车电站机动灵活的特点和应急供电的作用。

列电事业是列电人共同创造的，编纂《列电名录》的初衷，就是为列电人"树碑立传"。《列电名录》收录了列电人名册和列电人简历。名册以原列电单位为收集单元，凡是在本单位工作过的职工都收录在内，77个单位共收集不同时期的列电职工12000多人，达到了从业人数的95%以上。简历不同于一般的志书名录，不分职级，以老列电人为采集重点，共收录3500多份。每份简历基本包括被收录人的自然状况、工作经历、特殊贡献等。

编纂列电丛书的建议是2016年年初提出的，启动之初编纂工作面临不少困难。一是没有依托单位，缺少行政或组织的推动。二是参与者基本为退休人员，受精力、身体状况和技术手段等多种限制。三是缺少经费支持，需要花很大心思筹集经费。四是时间久远，列电解体已经30多年，这恰恰也是它存在的年限，老人故去或状态不佳者较多，失去了很多有价值的信息源。但这项工作得到了国家电网有限公司领导的支持，也吸引了越来越多列电朋友的参与。

"大家的事情大家办"，这是编纂大纲明确的工作原则，也是列电丛书编纂中的群众路线。我们成立通联组织，负责宣传、动员、组织工作；建立了微信工作群，物色并形成了文稿撰写和名录采集骨干队伍；以原列电单位为基础，建立起数十个基础网群，实现了工作面的广泛覆盖；在"列电人"公众号开展列电岁月征文，征集刊发了大批作品，加强了编纂工作支持系统。

在编纂过程中，自始至终强调以丰富、准确的资料，保证丛书的品味和内涵。花大功夫查阅列电档案，实现档案资料的"深耕细作"；同时采访一批老列电人，广泛征集列电图片及相关资料，特别是搜集到流散到社会的列电统计资料汇编，以及60年前拍摄的列电科教片；还从地方、行业及企业志中搜集到大量与列电有关的资料，为列电丛书撰写和补充完善提供了借鉴。

以编委会、编辑部为核心的工作团队，是一个"老弱病残"的团队，也是一个志同道合的团队。各位同仁珍惜几十年后再次共事的缘分，勇于担当、甘于奉献、团结协作、取长补短、埋头苦干、精益求精、不怕困难、任劳任怨。可以说，大家是在以列电精神编纂列电丛书。

列电事业融入了列电人的青春甚至毕生付出，列电丛书是他们的精神寄托，因此丛书编纂工作得到了积极响应、热情支持，直接参与编纂工作的有数百人之多。编纂《列电志略》的不辞辛苦、反复修改；撰写《列电岁月》的史海钩沉、突出亮点；收集《列电名录》的解困排难、耐心动员。特别是一些"老列电"，提供资料、接受采访、撰写回忆，从他们的热心参与中我们感受到温暖，增添了力量。更不能忘记，曾为主编《中国列电三十年》而呕心沥血的刘冠三同志，他对列电的挚爱和忘我工作精神，一直鞭策着我们。

我们十分感谢国家电网有限公司及华北分部领导，为列电丛书编纂提供的良好工作条件，华北分部综合及财务部门给予的具体支持，使我们免除了后顾之忧。十分感谢国网办公厅、国网档案馆、离退休工作部等部门，在档案资料查阅和使用方面提供的帮助，使我们获得了不可或缺的宝贵资料。十分感谢中国电力出版社在编纂、出版、发行方面给予的热心指导和鼎力支持，使得这套丛书得以精彩面世。

列电丛书是通过列电历史、列电人故事，弘扬幸福源自奋斗、成功在于奉献、平凡造就伟大的价值理念。在本套丛书付梓之际，谨以这套丛书，告慰那些在新中国创业年代，曾经为列电事业、为电力工业、为祖国繁荣富强而努力奋斗的人们，激励后来者发扬创业精神，继承光荣传统，不忘初心、继续奋斗，实现中华民族伟大复兴，由于列电丛书编纂任务艰巨，时间相对紧迫，更由于编纂力量不足和编纂水平所限，虽然我们以精品为目标，努力追求完美，但遗憾在所难免。敬请包括列电人在内的所有读者，在给予几分谅解的同时，不吝严正的批评和指正。

《中国列电》丛书编纂委员会

2019 年 10 月

编写说明

一、《中国列电》丛书由《列电志略》《列电岁月》《列电名录》三个分册构成。它以辩证唯物主义和历史唯物主义的历史观为指导，以新中国经济社会发展为宏观背景，真实地展现中国列车（船舶）电站事业的发展过程和特殊贡献。

二、上限起于1950年10月第2列车电站的启用，下限断至1983年4月列车电业局的撤销。为了事件的完整性，部分内容的时限适当后延。列电人简历内容未加时限。

三、《列电志略》分册，主要结构由五大块组成，即概述、列电单位分述、专题、大事记、附录。其中，概述纵横结合，描述中国列车（船舶）电站事业的发展脉络及综合面貌；列电单位分述分别记述列电系统76个单位的基本情况，是本书的主体部分；专题从六个方面记载列车电站的功能、特点和奉献；大事记以编年体为主、辅以纪事本末体，记录列电系统的大事、要事；附录是重要文件资料的辑录。

四、《列电岁月》分册，通过创业征程（1950—1959）、家国情怀（1960—1969）、永远列电（1970—1983）三大部分，辑录了160余篇列电人的访谈、追忆文章，以此展现列电人"四海为家、艰苦创业"的精神风貌，反映列车电站机动灵活的特点和应急供电的特殊作用。力求内容真实，主题鲜明，结构顺畅，文字可读，并注意选材的典型性、广泛性和覆盖面。

五、《列电名录》分册，按单位收录了1983年4月前入职列电的职工名册和以老列电人为主的3500多份职工简历，卒年不确定的用"？"标示。简历排序，不分单位，11位局级领导按任职先后列前，3500多位员工按进入列电系统时间排序。由于列电系统解体多年，职工散落四面八方，职工简历未能完整收集。

六、单位名称首次出现使用全称，此后除特别需要外，一般用简称。

如燃料工业部简称燃料部，水利电力部简称水电部，电力工业部简称电力部。列车电业局简称列电局。以此类推。

列车电站序号一律用阿拉伯数字，如第1列车电站，简称1站。新第3、4、5、19、20列车电站，简称新3站、新4站、新5站、新19站、新20站。跃进1号船舶电站，简称船舶1站，跃进2号船舶电站，简称船舶2站。拖车电站保养站，简称拖电。"三七"站是为新安江水电站工程供电的第3、7列车电站合称。两站或多站合并机构供电时，表达方式为4（5）站，31（32）站，6（8、9、15、21、46）站等。

保定列车电站基地，简称保定基地；西北列车电站基地，简称西北基地；武汉列车电站基地，简称武汉基地；华东列车电站基地，简称华东基地。

列电人简历中，涉及单位名称时可直接用简称。1956年前的第2列车电站，主管部门更替多，自身名称变化大，均可简称老2站。1963年前的保定基地，体制及名称也多次变化，除涉及职务任命外，一般用保定基地。

七、《列电志略》行文以中国电力企业联合会1989年3月25日印发的《关于编写电力工业志行文规范与格式的若干统一要求》，1992年4月8日补发的《关于编写电力工业志行文规范与格式的若干补充要求》的规定为准。

计量单位使用，符合1984年《中华人民共和国法定计量单位》有关规定。数字、标点符号使用，由《出版物上数字用法》（GB/T 15835—2011）、《标点符号用法》（GB/T 15834—2011）规范。

地名、行政区名称、单位名称等，均按记事当时名称书写。地名一般不加"省""市""区""县"等字。

根据《列电岁月》的文体特点，力求规范性与灵活性的统一。

八、资料来源于国家电网有限公司档案馆、原列电企业档案、电力工业志书和地方志记载、媒体报道，以及列电人的人事档案、笔记和回忆。多数资料通过"列电人"微信公众号和列电人微信群进行了审核。

/ 目 录 /

列电岁月

概　述

列电是列车电站的简称。所谓列车电站，就是把发电设备安装在列车上，能沿着铁路线流动到各地发电的发电厂。中国的流动电站主要是列车电站，还有少量的船舶电站、拖车电站，习惯上统称列车电站。列车电站是新中国电力工业的重要组成部分，被誉为电力系统的"尖兵""轻骑兵"，新中国建设的"开路先锋"。

中国的列电事业肇始于中华人民共和国成立之初，从20世纪50年代初到80年代中期，经历了从无到有、发展壮大，直到撤销的过程。在存续的30余年中，八千列电职工不惧艰险、不怕困难，"哪里需要哪里去"，充分发挥列车电站机动灵活特性和战备应急作用，转战祖国四面八方，服务于各行各业，在国家社会主义建设，特别是国防科技、工业基地、三线建设以及抢险救灾中，作出了特殊的不可磨灭的贡献。

一、列电事业的初创

中国的电力事业发轫于19世纪80年代初，在社会动乱、战争频发的旧中国，经过近70年的坎坷发展，到1949年，全国发电装机容量不过184万千瓦，年发电量仅43亿千瓦·时。

新中国成立之初，百废待兴。电力工业千疮百孔，设备残缺，出力不足。经过三年经济恢复，电力设备利用率有了较大提高，发电量增长较多，但装机容量并没有多少增加，除少数地区外，大多是以城市为中心的孤立电厂和低压电网，多数地区无电少电。

电力是国民经济的基础产业、先行产业。早在1950年2月，第一次全国电业会议就明确指出，"电气事业是恢复和发展工业生产最重要的前驱部门"。1953年11月，中共中央在批准燃料工业部工作报告时明确指示，"煤、电、石油是国家工业化的先行工业"。

国民经济恢复任务完成之后，实现国家工业化成为新中国经济建设最主要的任务，随着"一五"计划的实施，大批重点项目开工建设。建设事业发展、人民生活改善，特别是实现工业化，迫切需要电力支持，需要电力工业有一个较大的发展。当时发电装机少，电网规模小，加上战争、灾荒等应急需求，更需要一种机动灵活电源的支持。

为了适应这种需求，列车电站这一特殊的电力生产方式应运而生。伴随新中国电力工业的恢复和发展，中国的列电事业开始起步，并迅速发展起来。列车电站是社会需求的产物，同时也借鉴了苏联和英美电业的发展经验。列车电业局所属 2、3、4、5、19、20、22、50 站等列车电站，都是由英美移动发电设备和快装机改装而成。这些机组是 20 世纪三四十年代购进的，适应应急需要，用于流动发电。而 1 站则是从苏联进口的，是苏联使用过的旧机组，苏联用于二战及经济建设的列车电站曾经达到百台以上。

1950 年 10 月，燃料部电业管理总局修建工程局，组建第四工程队，决定从戚墅堰电厂无锡双河尖发电所接收一套移动发电设备，正式组建中国第一台列车电站。这台 2500 千瓦英制列车电站，对中国列电事业的发展产生了重大影响。

1946 年 10 月，国民政府经济部所属扬子公司从英国茂伟公司购进一台移动发电机组，1947 年 2 月运抵上海，之后安装在江苏常州戚墅堰电厂。当年 10 月试运，11 月 1 日并入电网。为防止国民党飞机轰炸，这套设备于 1949 年 12 月拆迁至无锡双河尖发电所。1950 年 10 月，燃料部电业管理总局修建局第四工程队拆迁这台机组，开始执行流动发电任务，成为中国第一台列车电站。这台列车电站在列车电业局成立时编为 2 站，又称"老 2 站"。老 2 站虽然屈居第二，但成立之初的表现令人刮目相看。最突出的是两次应急调迁发电。

一次是 1952 年 7 月上旬，由于鸭绿江水丰发电厂在大规模空袭中被炸，位于抗美援朝前哨的安东失去主要电源，老 2 站奉命从河北石家庄急调安东。在安东市鸭绿江边就位，伪装隐蔽，取鸭绿江水为冷却水，经过 7 天紧急安装，开机发电，保障了空军机场、高炮部队、防空雷达等重要军事设施以及安东市用电。老 2 站冒着敌机轰炸的危险，坚持安全生产。为了表彰电站职工英勇卓越的贡献，燃料部特制"抗美援朝纪念章"，每人一枚。

另一次是 1954 年 7 月初，在湖北武汉防汛抗洪关键时刻，老 2 站接到紧急调迁命令。电站昼夜兼程，开进汉口，停靠在长江边丹水池列车机务段。经过 72 小时紧张安装，7 月 10 日投产发电，承担市区水泵排水供电任务。电站职工多次排除生产故障，保证安全供电，同时参加紧急抢险，直到 10 月 8 日防汛斗争取得完全胜利。在武汉防汛中，老 2 站获得二等红旗奖，一批职工立功受到表彰。

老 2 站发挥的应急作用及电站职工的不凡表现，对列电事业的发展有着重要的示范和先导作用。华东、东北、中南等地区电力部门，几乎同时开始组建列车发电厂，4 台列车电站相继改装、进口，投入运行。

1954 年 9 月，上海电业管理局成立 4106 工程处，将浦东电气股份有限公司 1946

年从英商安利洋行购买的一台移动机组，从张家浜发电所厂房内搬到列车上，改装轮对，组建中国早期的另一台列车电站。组建后不久，即调到河北邯郸发电。该电站与老2站同型，列电局成立时编为第3列车电站。

1954年10月，哈尔滨电业局从苏联进口一台4000千瓦汽轮发电机组，翌年4月，在苏联专家的帮助下安装调试，6月在佳木斯电厂投产，称为哈尔滨电业局列车发电厂。列电局成立时，这台电站因其容量最大，又是从苏联进口的，从而编为第1列车电站。

1955年7月，武汉冶电业局从上海南市电厂拆下两台美制2000千瓦汽轮发电快装机组，在武昌改装为列车电站。这两台电站于1956年年初先后调往河南洛阳，为正在那里兴建的几项国家重点工程发电。3月移交列电局后，编为第4、第5列车电站。

截至1955年年底，中国已有5台列车电站投运，总容量1.3万千瓦，职工678人。而且，电力工业部已经开始考虑国外订购、国内改装、自己制造列车电站的雄伟计划了。当年7月第一届全国人大二次会议通过的国民经济发展"一五"计划，就列入"购置流动发电设备5套"，并计划增订20套流动发电设备，共6.5万千瓦。

显然，在这种形势下，列车电站的统一管理提上了议事日程。1955年年底，受电力部委托，北京电管局抽调淮南电业局局长康保良及韩国栋、谢芳庭、车导明等，开始筹建列车电站的管理机构，时任北京电管局副局长季诚龙负责筹建工作。

1956年1月14日，电力部以（56）电生高字第004号文，发布《关于成立列车电业局统一管理全国列车电站的决定》。同年3月1日，列车电业局正式成立，康保良担任列电局首任局长。临时办公地点设在北京南营房北京电管局内。

筹建工作首当其冲的是建局选址。建局地址除设有局本部机构外，还需考虑建设具备多台列车电站同时安装和试运条件的装配厂，以及后勤基地。在北京及其周边几经踏勘、难以满足需要的情况下，最后选定河北保定市西南郊，京广线北侧、清水河两边50余万平方米的土地。局址一经选定，1956年春夏之交，即开始了基建施工。年底，一期工程基本竣工。

列电局组建前后，不仅是基本建设，其他各项工作，诸如原有列车电站移交、电站经营管理、人员调配及培训、今后发展规划，以及配合列车电站进口的对外谈判等事宜，均进入紧锣密鼓的筹划和具体的操作之中。

1955年11月，有关方面商定老2站移交事宜。

1955年12月，电力部制定《列车电厂管理暂行办法草案》。

1956年2月，电力部批准列电局计划任务书。

1956年4月，安徽八公山电厂首批支援人员调入列电局工作。

1956 年 7 月，列电局党组第一次扩大会议，决定开办训练班，开展新学员培训。

1956 年 9 月，列电局机关从北京迁往保定，并公布各科室任职名单。

1956 年 12 月，在保定新建生产区，正式成立保定修配厂。

1956 年 12 月，任命第 1 至第 9 列车电站厂长、副厂长。

列电局成立之后，各项工作立即进入快车道，呈现出一派开基创业的形势。列电事业即将迎来一个大发展的时期。

二、列电事业的发展

列车电业局 1956 年 3 月成立，1983 年 4 月撤销。在存续期间，先后拥有列车电站 67 台、船舶电站 2 台，另有拖车电站 13 台，总容量近 30 万千瓦，曾经占到全国发电装机总容量的 1.9%。列车机组是列车电站发挥作用最重要的物质基础，它的投产状况反映了列电事业的兴衰和发展脉络。这其中既有初期的大踏步前进，又有中后期的步履蹒跚；在"文革"中建制几乎撤销，随之又有振奋人心的百万千瓦发展规划；数年之后，完成其使命的列电事业终于成为历史。

列车电站就其发展速度而言，大体可以分成两大阶段：第一个阶段是列电局建立前期，这个阶段大致是列电局成立之初的六七年间，即国家实施国民经济发展"一五"计划后期和"二五"计划期间。这个阶段列电事业发展迅速，电站台数和容量有了显著增长。至 1962 年年底，列车电站已经发展到 50 台，总容量 14.28 万千瓦；第二个阶段是列电局的中后期，从三年经济调整、"三五"计划，直到"六五"计划期间。这个阶段前后 20 年，列车电站发展缓慢，但单机容量增大，国产 6000 千瓦机组成为主力机组。

列电发电装备的发展主要采取三种方式：机组改装、国外进口和自己制造。这三种方式相互补充，在不同的阶段侧重不同。第一阶段以机组改装、国外进口为主，第二阶段以自己制造为主。

为什么在第一阶段短短的几年内，而且经历了国家经济困难时期，列车电站能够得到迅速的发展呢？一方面是经济发展客观需要，国家重视，把有限的资金投入到电力、投入到列电中；另一方面是正逢"大跃进"前后，形成了大发展的氛围，虽然后来贯彻国民经济调整方针，下马了很多基建项目，包括一些电力项目，特别是水电项目，但列电机组进口计划全部得以落实；还有一方面是以康保良局长为首的列电人发扬开创精神，抓住了发展的大好时机，在实践中选择了比较切合中国实际的列电发展方针。

快装机改装是现实的选择。初期的列车电站，5 台中有 4 台是由移动机组或快装机组改装的。列电局成立之初，在自己尚不能制造的情况下，选择了改装的办法。1957

年4月，电力部就调拨快装设备改装为流动电站专门发文，安排1957年内第一批4个电厂4套设备改装。从1957年12月到1959年6月，依次有19、22、20站和船舶1站，以及煤炭部2站投运发电。这5台电站除22站为2000千瓦外，其余均为1000千瓦，而且都是美制快装机组。电力部安排的4套机组改装任务，因设备老化等原因，2套没有落实。2套改装成功，即无锡双河尖发电所机组改装的22站、贾汪电厂机组改装的20站。而且增加了西安第一电厂机组改装的船舶1站、湘潭杨家桥发电所机组改装的19站，以及山东新汶矿务局孙村电厂机组改装的煤炭部2站。

进口列车电站是第一阶段列电发展最主要的途径。在20世纪40年代，中国就进口英美流动发电机组，新中国成立后，最早进口的是苏联机组，即哈尔滨电业局列车发电厂。列电局成立之初，列入国家进口计划的主要是捷克斯洛伐克2500千瓦和苏联4000千瓦列车电站成套设备。捷克机械制造业比较发达，上海汽轮发电机制造装备和技术也是从捷克引进的。当时的国际关系也决定了同是社会主义国家的捷克，成为中国列电机组的主要来源。那时中苏友好是最重要的对外关系，苏联工业发达，拥有多台列车电站，从苏联进口列电机组不言而喻。

从捷克进口列车电站共5批。第一批进口5台，其中第一台1957年2月到达国内，当年3至4月在保定基地安装试运，5月调河南三门峡工程首次发电。这批电站依次编为列电局所属6、7、8、9站，以及煤炭部第1列车电站，先后于当年的5至9月投产发电。第二批6台，1958年进口，编为列电局所属13、14、15、16、17、18站，先后于当年6至8月投产发电。第三批5台，1959年进口，编为列电局所属23、24、25、26、27站，先后于当年4至7月投产发电。第四批4台，1960年进口，编为列电局所属33、34、35站及煤炭部所属第3列车电站，先后于当年4至7月投产。第五批6台，1961年进口，编为列电局所属36、43、44、45、46站，以及煤炭部所属第4列车电站，先后于当年3至8月投产。至此，我国从捷克进口2500千瓦列车电站共26台，总容量6.5万千瓦。

列电局成立后，先后从苏联进口2批列车电站。第一批3台，1957年9月至1958年年初进口，编为列电局第10、11、12列车电站，1958年3至4月投产。第二批2台，1960年12月进口，编为列电局第38、39列车电站，分别于1961年的5月、1月投产。连同最早进口的第1列车电站，共进口苏联机组6台，总容量2.4万千瓦。

1960年4月下旬，中国从瑞士BBC公司进口两台6200千瓦燃气轮发电机组，分别编为第31、32列车电站。这两台机组是当时国内单机容量最大、自动化程度最高的单循环燃气轮发电机组，而且改变了中国列车电站单一汽轮发电机组的状况。燃气轮发电机组具有调迁便捷、启动快速的特点，更适应战备应急和调峰需要，进口后不久就在大庆油田开发中发挥了重要作用。

与此同时，为实现列电国产化，有关部门进行了大胆实践和积极尝试。早在1957年11月，第一机械工业部、电力工业部和电机制造工业部，就发布了《关于列车电站设计与试制工作的联合决定》。三部同意在京成立列车电站设计试制委员会，在上海成立设计试制工作组，并明确了设计试制工作分工。根据这个决定，华东电力设计院负责设计，上海三大动力设备厂提供锅炉、汽轮机和发电机等主机设备，齐齐哈尔车辆厂提供车辆。1959年年末如期试制出首台国产LDQ-Ⅰ型6000千瓦汽轮机组列车电站，即列电局所属第29列车电站。该电站于1960年3月在湖北黄石投产发电。另一台国产同型号6000千瓦列车电站，即第28列车电站，1962年5月在河南鹤壁投入运行。

与此同时，根据部领导关于列车电站发展到300台的指示，列电局决定自制列车电站。1958年7月，适应"大跃进"形势，列电局成立新机办公室，保定装配厂扩展为包括锅炉制造、汽轮机制造、发电机制造在内的7个厂，主要任务是制造列车电站。从1958年8月开始，采取边练兵、边设计、边备料、边制造的方针，发扬协作精神，克服重重困难，终于自制成功第一台列车电站。1959年10月，这台列车电站在保定并网投运，即列电局所属第21列车电站。这也是第一台国产2500千瓦列车电站。此后，又完成了37、40、41站和船舶2站4台电站机组的设计制造，总容量1.55万千瓦。

由于技术条件所限，相对于国家专业制造厂，列电局自制电站的质量和成本都不占优势，所以基地工厂的工作重点逐步转移到备品备件制造及电站检修安装上。但当时自制列车电站弥补了电站数量和容量的不足，特别是解放了思想，锻炼培养了列电队伍的技术创新能力，为以后的检修、安装和制造打下了基础。在列电以后的发展中，列电机组制造一直以国家专业大厂为主，而列电基地则承担了大量的机组安装任务，并担负了一定的制造任务。

列车电站制造的国产化体现了"独立自主、自力更生"的建设方针，具有重要意义。特别是国产6000千瓦机组的制造成功和投运，不仅使中国燃煤列车电站的单机容量和效率提高了一个等级，而且给国家节约了大量外汇和资金。国产列车电站的造价远低于进口价格，容量单价仅为苏联、捷克进口电站的二分之一或者更低。因此，1962年以后，列电的发展以增加国产6000千瓦电站为主。

1963到1982年，即列电发展的第二阶段，列车电站共增加21台，除1963年投产的41站和船舶2站为4000千瓦汽轮发电机组外，其他均为6000千瓦及以上机组。其中1964年投产的30站、1966年投产的42站、1967年投产的52站，均为LDQ-Ⅰ型6000千瓦汽轮发电机组；1969年投产的54站，1970年投产的53站，1971年投产的55、56站，1972年投产的57、58站，1978年投产的59站，1980年投产的60站，以及 1975 年落地安装的新 19、新 20 站，1983 年下放伊敏河的 61 站，均为 LDQ-Ⅱ 型 6000 千瓦汽轮发电机组；1980 年投产的 62 站为国产 LDQ-Ⅲ 型 6000 千瓦汽轮发电机组；1968 年投产的国产 6000 千瓦燃气轮发电机组 51 站，1975 年投产的加拿大进口 9000 千瓦燃气轮发电机组新 4 站、新 5 站，1977 年投产的英国进口 2.3 万千瓦燃气轮发电机组新 3 站。总共 21 台机组，总容量 14.5 万千瓦。

这 20 年间，平均每年投产一台列车电站，比初期的发展速度明显降低。这一方面是由于三年经济调整，主要任务是"填平补齐"，国家投资减少。但主要是由于"文革"破坏了国民经济正常发展，不仅因停工停产一度降低对列电的需求，而且严重干扰了列电发展计划。1970 年前后甚至要解散列车电业局，搞散了人心。但这期间列电的单机容量显著提高，6000 千瓦汽轮机组列车电站成为主力机组。汽轮机组列车电站不再进口，主要由一机部所属制造厂制造，列电局也承担了部分制造任务。安装调试主要由保定、西北、武汉等几个基地承担。LDQ-Ⅱ 型、LDQ-Ⅲ 型与 LDQ-Ⅰ 型比较，增加了锅炉容量，减少了锅炉车厢，由 4 台锅炉减少到 3 台、2 台，增强了机动性能，减少了占地面积，这反映了技术上的进步。在燃气轮机组方面，不仅制造出了 6000 千瓦燃气轮机组列车电站，而且密切关注世界燃气轮机技术的发展，70 年代进口的加拿大 9000 千瓦燃气轮发电机组和英国 23000 千瓦燃气轮发电机组，都代表了当时世界燃气轮发电机组发展水平。这些机组利用率不高，国家进口主要着眼于国外先进技术的引进，以及自己的长远发展。

这期间，在 6000 千瓦及以上机组不断投产的同时，一些老旧列车电站退出了列电系统。1973 年 7 月，根据国家计委批复，水电部同意将第 2、4、5、19、20、50 列车电站和跃进 1 号船舶电站下放地方使用。从当年 10 月到翌年 8 月，这 7 台电站机组先后下放地方，连同 1970 年下放韩城的 3 站、1971 年下放海南的 22 站，共 9 台机组下放。这些机组全部是列电局成立前后由移动或快装机组改装的列车电站，容量小，服役时间长。因后来投产的新机组填补了电站序号，才有了新 3 站、新 4 站、新 5 站、新 19 站、新 20 站等称谓。

随着列车电站的增加，作为大后方的列车电站基地也逐渐建立。1956 年，与列电局机关同时建设了保定列车电站基地。此后，又相继在 1958 年建设武汉基地，1965 年建设西北（宝鸡）基地。配合列电十年发展规划，1975 年开始建设华东（镇江）基地，并筹建东北（双城堡）基地，扩建武汉基地。到 70 年代末，除东北（双城堡）基地没有完成外，其他各基地都已成为具有一定规模的电力修造企业。四个基地承担了列车电站安装调试、大修（返厂或就地）及事故抢修、备品备件制造、协助电站调迁、开展电站分区管理，以及流动职工安置等多项任务。此外还承担了系统内外大量机电设备制造任务，除列车电站制造任务外，还曾批量生产水轮发电机、风力发电机、电动机、铁路吊车、行车、矿用翻斗车、底开门车，以及多种机床设备和电厂专用消声器等产品。

回顾列电的发展，还有一些情况值得记载、说明。一个是列电前期发展设想。1960年1月，列电局向水电部专题报送列车电站发展计划设想报告。该报告提出，"二五"末列车电站发展到100台，容量36万千瓦。这反映了当时水电部某些领导的意见，仍旧是"大跃进"思维的产物，脱离现实需求和实际制造能力。实际情况是，列车电站的发展远远没有达到这个目标，但这个阶段落实进口机组计划，电站台数和总容量的确得到了较大的增长，为列电作用的发挥奠定了物质基础。这个期间还有煤炭部列车电站的划转。1962年5月，煤炭部和水电部联合指示，煤炭部所属4台列车电站，总容量8500千瓦，随车职工300名，自当年7月1日起，全部移交列电局统一管理。这4台电站分别编为第47、48、49、50列车电站。这是打破行业界限，整合流动电站资源，统筹发挥列车电站作用的重要举措。

另一个是后期的列电十年发展规划。1975年7月，为了扭转电力短缺的严峻局面，国务院发出加快电力工业发展的通知。当月，水电部转发国务院批准的国家计委《关于列车电站十年规划意见的报告》。这个《报告》是经国务院领导批示，国家计委牵头，会同水电部、一机部和铁道部共同研究制定的。《报告》对中国列电事业的作用和贡献给予了高度好评，称"列车电站解决临时性用电有很大作用，战时更是不可缺少的机动电源。无论平时和战时，国家拥有一定数量的列车电站作为机动电源都是十分必要的"。按照这个《报告》，今后十年列车电站拟增加80万千瓦，其中"五五"期间增加30万千瓦，燃煤凝汽式机组和燃气轮机组各占一半。汽轮机单机容量达到1.2万千瓦，并计划发展一些汽车拖车电站和内河船舶电站。水电部要求，要着重落实"五五"期间计划增加的30万千瓦的主机、配套设备、车辆等条件。但实施并不顺利，1977年6月、1978年8月，列电局两次向水电部报告，"主机安排少，车辆不落实"，还有燃气轮机电站燃油供应等问题。从根本上讲，是当时并不具备大发展的条件。到1979年国民经济调整，列电供求关系发生较大变化，十年发展规划"无疾而终"。

三、列车电站的作用

列车电站作为战备应急电源，曾经为中国的国防科技、三线建设、抢险救灾，为石油、水电、煤炭、铁路、钢铁、化工、纺织各个行业，为严重缺电的城市和农业抗旱，应急调迁，发供电力。30余年间，历经425台（次）调迁，足迹遍及全国29个省（直辖市、自治区），解决各行业用电之困难，满足各地区用电之急需，发挥了特殊的作用。

编纂人员花费很大工夫整理并反复核实的列车电站调迁发电统计表，为了解列电打开了一个窗口，也为研究列电提供了一条路径。我们不妨从这个统计表入手，结合经济社会背景，来具体认识列电留下的足迹、服务的领域、发挥的作用、作出的贡献。

从年代分析，30 余年间，列电历年调迁次数及服务地区，反映了列车电站供求关系在不同时期的变化。随着列车电站数量的增加，调迁服务的地域越来越广阔，发电服务的地区越来越多。1957 年为 7 个省（市、区）的 14 个地区，1958 年为 14 个省（区）的 28 个地区，1959 年为 20 个省（市、区）的 34 个地区，1960 年为 21 个省（市、区）的 45 个地区。自此以后，每个年份列电支援的省（市、区）均在 20 个左右，发电服务地区在 40 个以上。进入 20 世纪 70 年代，每年发电服务地区均达到 50 个以上。

从地域分析，30 余年间，列电在全国各省（市、区）租用情况，反映了不同地区对列电的需求及列电发挥的作用。据统计，除西藏、台湾以外，列车电站足迹遍布全国各省（市、区）。其中，租用列电较多的省（区）是黑龙江、内蒙古、河北、河南、山东、山西、湖北、湖南、江苏、广东、四川、贵州、福建、甘肃等。而且，电站租赁分布在不同时期也呈现了较大的变化。如 20 世纪 50 年代主要服务于国家重点项目、大型工业企业，多分布于内地省份；60 年代主要服务于国防科技及三线建设，多分布于西北、西南省区；70 年代特别是后期的分布，一方面是黑龙江、内蒙古等边远省区，另一方面是江苏等经济发达省份。

从行业分析，30 余年间，列电服务不同行业的情况，反映了各行业对列电的需求及列电在其发展中的作用。据统计，在列电调迁的 425 台（次）中，除返基地大修或待命 70 次外，支援国民经济各部门共 355 次。其中：煤炭行业 67 次，占 19%；水利电力 60 次，占 17%；钢铁冶金行业 42 次，占 12%；石油化工行业 30 次，占 8%；国防军工 26 次，占 7%；铁路交通 21 次，占 6%；轻工纺织 13 次，占 4%；农业林业 13 次，占 4%；社会用电包括建材、食品加工等 83 次，占 23%。

这些统计分析数据，反映了各地区、各行业的发展状态及其对电力的需求，反映了电网的发展水平及电力供求关系，反映了列电发挥的应急补缺作用及其重要贡献。

在 20 世纪 60 年代初，台湾海峡形势一度紧张。1962 年 6 月、7 月，列电局两批共 20 台列车电站，奉命做好了人员和设备等各种准备，快速进入战备状态。人员经过严格政审，进行了调整；发电设备和车辆，经过彻底检修，全部处于良好状态。列电局还统一规划储备战备物资，做好战备电站防空、防弹改造计划。因为列电承担战备应急重要任务，为便于调度指挥，1962 年列电局机关又从保定迁入北京。1960 年 4 月，27 站奉命从三明调到厦门，在炮声中坚持生产，保证了前沿炮兵阵地、雷达等军事设施的用电。1979 年 2 月，西南战事发生，根据上级指示，列电局确定 19 台电站作为战时第一批战备应急电站，要求各电站做好准备，一旦需要保证顶得上。拖车电站派员赴广西那坡野战医院，以 6160 型发电机组承担保障电源，出色地完成了任务。

从 1957 到 1970 年，列车电站共有 21 台（次），在黑龙江、湖南、甘肃、青海、山西、江西等地，服务于国防科技、军工企业。早在 1958 年，就有列车电站参加湖南铀矿的开采。20 世纪 60 年代初，4 台电站先后调到甘肃酒泉、青海海晏，为我国核工业基地浓缩铀提炼，核弹的研发、试验提供电力支持。1968 年年初，又有一台电站急调酒泉，为远程火箭和卫星发射基地工程建设供电。1964 年 10 月我国第一颗原子弹试验成功，1970 年 4 月我国第一颗人造卫星发射成功，都有列电的贡献。

1960 年，在国家最困难时期、最艰苦条件下，大庆石油会战拉开了序幕。当年 6 月，进口不久的 34 站就率先调往萨尔图，为大庆石油会战供电。翌年 1 月，36 站进口后即在萨尔图安装发电。当年又有 31、32 站两台瑞士进口燃气轮机组列车电站先后到达萨尔图。4 台电站总容量 1.74 万千瓦，成为油田最可靠的主力电源。其中 31 站在大庆服务达 12 年之久。从 1957 年 8 站为玉门油矿发电开始，列车电站先后为甘肃玉门、广东茂名、湖南长岭、黑龙江大庆、山东胜利等多个石油企业发供电。1958 至 1969 年间，先后有 6 台电站参与茂名石油会战。电站在艰苦恶劣的条件下，克服重重困难，担当起供电重任，为国家石油工业的开发建设作出了历史性贡献。

1964 年前后，国家提出"备战备荒为人民"方针，开始实施三线建设战略。多台列车电站流动在大西南等地区，支援三线重点项目建设。从 1964 到 1971 年，共计 16 台电站、23 台（次），为三线的军工、铁路、钢铁、煤矿、电厂建设服务。贵州六盘水是三线建设的特区，全国近 11 万建设者集聚这里。从 1964 年开始，先后有 7 台列车电站在这里支援特区建设。贵昆、成昆、湘黔、阳安等铁路施工，多以列电为主要施工电源。43 站在贵州 7 年多时间，随铁路建设的进展，先后搬迁六枝、水城、野马寨、贵定等地，在极其艰苦的条件下，含辛茹苦，克服困难，为贵昆和湘黔两条铁路建设近距离供电。

列电在水利电力工程，尤其是大型水利枢纽工程建设中，也发挥了重要作用。据不完全统计，1957 至 1982 年的 25 年间，有 20 台电站先后参加三门峡、新安江、新丰江、青铜峡、丹江口、葛洲坝等大型水利水电工程建设。1957 年，首台进口捷制电站便开往刚开工的三门峡工地供电。在我国自行设计、制造、建设的首座大型水电站新安江水电站建设中，3、7 站联合供电，直到水电站首台机组投产。在汉江大型水利枢纽丹江口工程建设中，先后有船舶 1 站和 2、3 站十余年间持续供电。在黄河上游青铜峡工程建设中，曾有 5 台电站供电，其中 24 站服务近 10 年之久。长江干流上第一座水利枢纽葛洲坝工程建设中，5 台列电为大坝浇筑和水泥生产提供电力，全力服务工程建设。在广东新丰江、辽宁清河水库等水利水电建设工地，也都曾留下列电的足迹。

在列电服务的用户中，就行业划分看，煤矿用户占据最大的比例。黑龙江双鸭山、勃利，吉林蛟河，山西大同、晋城，陕西韩城，内蒙古平庄、乌达、海勃湾、扎赉诺尔、伊敏河、大雁，河南平顶山、鹤壁，山东枣庄、济宁，江苏徐州，江西萍乡、高坑，湖南资兴、白沙、涟邵，广东曲江、火烧坪，四川永荣、荣山，贵州水城等数十座大中型煤矿，都曾租用列电。煤矿租得列电，相当于获得了自备坑口电厂。有的矿务局数次租用列电，有的同时租用电站两台以上。11站在枣庄煤矿多次续租，历时23年，创造了列电在一地发电时间最长的纪录。在列电存在期间，全国数十个矿务局依靠列电获得了安全稳定的电力供应。

列电不仅在国家经济建设，特别是工业化过程中，为各行各业的重点项目、重点企业发供电，还曾多次奉国家领导人之命，完成紧急供电任务。除前述老2站1952年急调安东为军用机场和高炮部队供电、1954年急调武汉为抗洪排涝供电外，还有不少实例。1962年，周恩来总理在东北视察中得知，伊春林区引进的纤维板厂因缺电无法投产，指示尽快解决，随后45站紧急调迁至林区，为纤维板厂供电。1972年广交会开幕在即，因广州严重缺电，影响了电讯传送，遵照国务院领导指示，32站从济南紧急调迁，在广交会开幕前赶到广州，保证了广交会顺利进行。1976年唐山大地震，伤亡惨重的52站第4天就修复柴油发电机发电供水，在大连的新5站奉命紧急调迁至秦皇岛，以9000千瓦的电力供应地震灾区。

长期以来，列车电站承担的另一大任务是，为缺电地区的电业部门租用后，与当地电网并列运行，而成为"公用电厂"，用来填补当地的电力缺口。这种情况，在改革开放初期，尤为突出。大批列车电站由边远地区，转移到发生严重"电荒"的大城市和沿海经济发达地区，如北京、南京、镇江、苏州、无锡和昆山等地，一定程度地填补了这些城市的电力缺口，犹如向严重"贫血"的电网，输进了新鲜"血液"，为改革开放作出了贡献。

需要说明的是，从列车电站的发电量看，设备利用率并不高。列电调迁是影响发电设备利用率的一个因素。除此之外，还与用户负荷性质、电网调度、供需形势，甚至社会状态等很多因素有关。有些用户急需电力，但用电负荷不大，而电站单机运行，设备利用率不可能高。三线建设时期，西南一些电站根据用户需要，开开停停，设备利用率也不高。特别是"文革"期间，一些地方停工停产，导致用电量大幅下降，对电站发电生产影响比较大。因此，虽然与常规火电厂一样，列车电站也有发电量、供电煤耗、厂用电等生产指标的统计，但电站租金并不与这些指标挂钩。因为对列电的主要要求，不是发电量，而是一旦需要能调得动、动得快、发得出，及时满足用户需求。这也正是列电的特殊作用。

四、列车电站的管理

从列电局建立直到解体撤销，列车电站的管理贯穿始终，经历了制度建立、管理完善、曲折反复、整顿提高的全过程，并形成了一套适应流动发电的管理体制和管理方法。

建局之初，列电局便出台了《列车电站暂行管理办法》，对人事、劳资、生产等工作研究部署，并着手各项规章制度的建立。1957 年 9 月，开办经营管理研究班，涉及物资、财务、人事、劳资、调迁等 24 项内容。当年 11 月，先后制定了《列电局内部劳动规则》，颁发了《列电局物资技术供应办法》。1958 年 3 月，提出列电局组织机构与随车人员定员方案。当年 8 月，各电站开始实施生产固定费用包干办法。

20 世纪 60 年代初，结合国民经济调整、贯彻《国营工业企业工作条例（草案）》，列车电站管理逐步完善。1961 年 7 月，列电局转发水电部厅局长会议《关于列车电站管理方面若干问题的意见（草稿）》。12 月又转发《列车电站技术管理手册》，要求各电站结合各自实际，建立健全 21 种基本生产制度。其中有基础工作管理制度 8 项、责任制管理制度 2 项、日常生产管理制度 6 项、其他管理制度 5 项。此期间，列电局还以 13 站为试点，提出了电站"五定五保"管理意见，1962 年 1 月向水电部报告，4 月在全局推广。1963 年 3 月的列车电站厂长会议，讨论部署开展增产节约、争创"五好企业"劳动竞赛。1964 年 8 月，又决定对 21 种基本制度进一步调整完善。至此，列车电站的管理日臻成熟。

"文革"十年，与全国电力企业一样，随着政治经济形势的变化，列电管理也走过了一段曲折反复的历程。在"文革"初期，规章制度作为"管卡压"受到冲击，企业管理一度削弱。1972 年 10 月，列电局召开电站生产管理座谈会，落实中央《关于加强安全生产管理的通知》的要求，批判极"左"思潮和无政府主义，研究提出了加强列车电站生产管理的意见。生产管理等方面的规章制度逐渐恢复，并制定了化学、热工等技术监督工作条例。此后，虽然又有一些反复，但总体上看，列车电站的各项管理进一步改进。

20 世纪 70 年代中后期，通过企业整顿、工业学大庆，列车电站管理步入正轨。1978 年 9 月，根据《中共中央关于加快工业发展若干问题的决定（草案）》（简称《工业三十条》）和列车电站实际，讨论制定了《关于加强列车电站管理的初步意见》和《列车电站厂长职责条例》。1979 年 1 月，颁发了《列车电站安全监察员职责条例》，印发了《列车电业安全工作规程》。当年 8 月，为加强经济核算、增收节支，修订了电站固定费用定额。1979年全局完成清产核资工作，并于翌年重新核定各单位流动资金定额。1981年各基地开始实行亏损包干、减亏提成暂行规定。这个期间，还修改了选建厂规程，颁发了《列车电站租金管理暂行规定》。这些都是为适应新形势而采取的管理措施。

列车电站与固定发电厂都是电力生产企业，在国民经济发展中都具有基础地位、先行作用；都贯彻"人民电业为人民"的宗旨，以用户为中心；都实行严格的生产管理和集中统一调度，追求安全、经济发供电。这是他们的共性。鉴于列车电站流动发电的性质，及其担负的战备应急任务，对列车电站的管理又提出了特殊的要求，采取了不同的经营管理方式。

一般发电厂固定在一地，与电网并列运行，面向一般用户，保障安全、经济发供电即可。而列车电站，面对的用户是国防军工、战备应急、抢险救灾、重点工程施工，以及严重缺电的地区和工矿企业。列车电站发供的是"应急电"，要应用户之所需，解用户之所急。因此，列车电站除安全经济外，还要做到灵活机动。对列车电站最重要的要求是：哪里需要，就到哪里去。只要一声令下，就要立即行动，以最短的时间，为用户发供电力。

中央领导对列电的要求是，"哪怕平时无事，一旦有事，它可以抵挡一阵"。水电部曾对提高列电的机动性能特别提出要求。列电局的历任领导者和广大列电职工，始终都把服从调令、机动应急看作是最崇高的使命、最重要的工作要求。列电局从建局之初就把列车电站的机动性作为根本，从管理体制、经营方式、设计改进、设备革新、队伍配备、技能提高、规章制度等多方面，采取多项措施，提高列电机动灵活性能，并取得了显著效果，满足了各类用户的需要。

1. 列车电站实行集中统一和分区属地相结合的管理体制

列车电站分布在全国各地，服务于各行各业，必须实行集中统一的管理。1956年成立列电局，就是为了统一管理全国的列车电站。列车电站的调动均由列电局的主管部决定，其他管理均由列电局负责。针对列车电站流动发电的性质，1956年中央致电各省（区、市）党委，明确列电局及列车电站党组织同时接受所在地党委领导。

随着列车电站数量的增加，列电局直接管理电站力不从心，于是分区管理提到了议事日程。1960年开始实行中心站管理体制，全国分4个区域，列电局在各区域列车电站的厂长中任命一位厂长兼任中心站长，协助列电局管理本区电站，主要是帮助、指导、监督、检查。1962年，为加强对列车电站的领导及电站间的技术协作，根据水电部《关于加强列车电站领导的规定》，撤销中心站，在电站集中的地区设立5个驻省（区）工作组。各组设组长、工程师、秘书、办事员各1人，在列电局和省局（厅）共同领导下开展工作。驻省（区）工作组"文革"中撤销。

1965年下半年，列电局颁发《关于武汉基地代局管理部分电站试行方案》，但因形势变化而没有贯彻实施，10年后才真正实行。1975年，保定、武汉、西北、华东等基地相继建设完善，根据列电局和基地管理电站的权限与职责分工，开始实行基地代局分区管理全国各地列车电站，一直到列电系统解体。

为了保证列车电站机动灵活地执行发电任务，所有电站均采用精简的机构设置和精干的人员配备。

列电局成立不久，就基本形成了不同于一般电厂的组织机构。列车电站的组织机构，可概括为"一二三二四"制：

一个厂部，设正、副厂长，1964年后设正、副指导员。党支部书记多为兼职，电站领导一般为2人。

二个管理组织，即一个生产技术组，一个综合管理组。生产技术组设组长和机、炉、电、化等专业工程师或技术员，4人左右；综合管理组设组长和劳资、财务、材料、总务等，4人左右。

三个工段，即汽机、锅炉、电气工段，每工段有工段长1人，运行人员若干和少量维修工。

二个专业室，即化验和热工两室，化验室4~5人，热工室2人。

四个运行班，是发电生产组织，运行班中设有锅炉司炉长和司炉、汽机司机和副司机、电气正副值班员，以及化验员。运行班（值）长，多由电气正值班员兼任。调度电话一般安装在电气车厢，电气值班员负责与调度的联系。

电站日常管理工作由生产技术组和综合管理组两组具体负责：

生产技术组简称生技组，在厂长或副厂长领导下管理全厂的生产技术工作，包括运行、检修、设备、安全、调迁等管理，以及技术培训、技术革新、生产制度等。电站安全员也由生技组人员兼职。生技组的职能几乎囊括了固定电厂全部生产技术业务科室的工作。

综合管理组简称管理组，在厂长或副厂长领导下负责经营管理及行政后勤工作。建局初期，电站设秘书1人，1965年取消秘书岗位，在管理组设组长1人。管理组负责劳资、财务、材料、总务、保卫等工作，人员大多兼职，一人多岗，各站情况不尽相同。

早期的列车电站，生产与管理机构层次较多，摊子较大，内部有车间和业务股的设置，后精简规范。先是撤销股的设置，后车间改为工段。

2. 列车电站实行租赁经营

一般发电厂实行售电制，即发电厂按核定的电价和售电量取得发电收入，初期的列车电站也是这样核算经营。列电局筹建之初也曾这样考虑，如 1955 年 12 月电力部制定的《列车电厂管理暂行办法草案》就提出，"列车电厂的售电单价原则上实行两部制电价"，仍然是售电经营。

列电局成立之后的第一次电站厂长会议，总结电站流动发电的经验，就提出改自营售电制为电站租赁制，即列车电站流动发电不是按电量收取电费，而是收取租金。电力部批准的《列车电站暂行管理办法》明确规定，"各列车电站由列车电业局按租赁形式出租给建设单位使用，电站作为使用单位的一个生产单位，并由双方签订合同、协议，有关事项共同遵守执行。"

列车电站的租赁经营方法，是通过标准租约和标准协议书来约束甲乙双方（租方为甲方，列电为乙方）的供求关系的。甲乙双方签订租用合同和建厂协议，组成发电生产统一体。乙方在租赁期间作为甲方的一个生产单位，服从甲方的生产调度，甲方则按月向乙方支付租金。租金并不是全部生产费用，主要包括固定资产折旧、大修基金、闲置准备金（设备改进费）、管理费等项目。建厂费用、燃料费用以及辅助用工开支等均由甲方支付。租金相对稳定，以 1975 年为例，2500 千瓦燃煤机组每月租金 3.95 万元，4000 千瓦燃煤机组每月租金 5.88 万元，6000 千瓦燃煤机组每月租金 7.72 万元，9000 千瓦燃气轮机组每月租金 5.3 万元。

列电租赁经营是在计划经济体制下采取的市场经济办法，具有创造性。这种经营方式自 1956 年 4 月实行，在以后的 20 多年中不断完善。租赁合同在"文革"中曾一度被认为是"资产阶级法权"而失效，但实践证明，它有利于规范甲乙双方关系，保持电站的机动灵活性能，稳定电站收入，保障用户用电需求，减轻用户负担，是一种适应列车电站流动发电需要的经营方式。

3. 列车电站的调迁管理是一项特殊的管理

调迁是列车电站的一项重要工作，也是考验电站组织协调能力和机动性能的艰巨任务。列电局由计划部门归口管理调迁工作。为了规范和指导电站调迁，1956 年颁发了《列车电站调迁规程》，并根据实践经验，不断修改完善。《调迁规程》对电站调迁的工作程序、选建厂技术要求、设备拆迁运输、职工调迁组织、机组安装试运，以及甲乙方关系等，都做了明确规定。

列车电站调迁工作的主要内容是：用户向列电局及其主管部提出申请，列电局主管部根据用户需求、性质和列车电站的现状，综合平衡做出是否同意出租的决定。如果同意用户申请则下达调令，列电局根据调令发出组织调迁工作的通知，并负责与用户签订租赁合同。相关电站根据上级调令和通知，组成选建厂小组，在甲方配合下选择厂址，签订建厂协议。甲方负责生产、生活设施的建设施工，电站负责设备的检修、拆迁，并申请专列运输计划。建厂施工基本完成后，电站组织设备运输和职工调迁。列车进场定位后，立即进行安装、调试，一般三五天内可对外供电。

为保证列电能够随时调动，建局初期请铁道部车辆局安排相关铁路局协助检修列车电站台车。1961 年列电局颁发了《列车电站台车维护暂行制度》，并开始在保定等基地设立车辆班，按照铁道部有关规定，定期对电站车辆进行轴制检和保养，电站调迁时，基地派员随电站押运组"保驾护行"。

为了免除电站快速调迁中的后顾之忧，1963 年 6 月，国务院发文批转水电部报告，同意列车电站随车职工、家属等，50 人以上的跨省调动，由水电部直接审批，不再经劳动部批准。该文件解决了电站调迁中随车职工及家属户口、粮食关系转移问题，为快速调迁创造了条件。

列车电站必须服从调令，哪里需要哪里去。这是对电站调迁工作的根本要求，也是列电职工的共识。列车电站多在条件艰苦的边远地区发电，每次调迁都需要强有力的思想动员工作，对不服从调令的现象严肃批评。虽然"文革"中出现过调令失效的情况，但那是极个别的现象。30 余年间，数百次调迁，列电职工不讲条件，服从调动，做到了"调得动、动得快、发得出"，及时满足了用户的应急需求。

4. 列车电站生产技术管理的特殊要求

列车电站往往担负着应急发供电任务，多在电网没有延伸到的地区或电网可调出力不能满足需求的地区发供电，这对电站的机动灵活性和安全可靠性提出了更高要求。

针对列车电站生产特点，列车电站建立起一套完整的生产技术管理机制，制订了一整套自成体系的规章制度，如安全规程、运行规程、检修规程，以及巡回检查、交接班、事故处理等规章制度，并严格执行。电站安全生产管理、生产指标统计考核、设备检修改造、人员培训、职称评定、考工定级等，均能做到有章可遵、有规可循。

列车电站执行计划检修制度，一般每季度一次小修、每年一次大修和必要时的返基地大修。后来根据设备运行小时和设备健康状况确定检修间隔，编制大小修计划及检修进度。凡是计划检修，都要制定安全和技术措施计划、检修质量标准、检修专用工具及材料计划、人员组织计划等。有的电站 20 多年未返基地大修，保持了设备的良好状态。

列车电站针对自身的生产特点，坚持进行技术革新、技术改造。60 年代初攻克进口燃气轮机组试烧原油难关，为大庆油田会战提供了主力电源，节省了大量柴油。70 年代对冷却塔持续进行革新改造，大大提高循环水冷却效率，可使全局减少冷却塔 80 台，该项目获得 1978 年全国科学大会奖。此外，不同类型除尘器的不断改进、晶体管技术在继电保护和自动装置的普遍应用、差压计无汞化改造的全部完成、胶球清洗凝汽器技术的广泛推广，以及后期开展的 2500 千瓦捷制机组"两机合并"、列车电站的集中控制、汽动给水泵的制造、列电新型锅炉的设计等，都提高了电站安全、经济水平，增强了电站的机动灵活性能。

1959年6月成立的列电局保定中心试验所，作为全局唯一的技术单位，为列车电站提供技术服务，成为全局技术监督、技术改进、技术调试、技术培训和技术情报等工作的中心。由于长期有效地坚持开展技术监督工作，遍布全国不同自然条件下发供电的列车电站，基本上消灭了绝缘事故、雷害事故和化学腐蚀等事故。

5. 列车电站的经营管理也有别于一般电厂

列车电站实行定员管理。不同机型的电站随车定员不同，且根据人力资源和机组发展状况会有小幅变动。1972年的定员是：2500千瓦汽轮机组69人，4000千瓦汽轮机组77人，LDQ–Ⅰ型6000千瓦汽轮机组88人（Ⅱ型80人），燃气轮机组大体在35~44人之间。电站人员的配备、调动均由列电局管理。上煤、除灰等辅助生产岗位，则由甲方负责。全国工资标准按地区分为11个类别，根据国家政策，列车电站执行6类地区标准。为鼓励职工在艰苦地区工作，电站调迁到6类以下地区时工资不减，调迁到6类以上地区时按照当地标准补差。电站职工流动发电期间，享有每月12元的流动津贴。

列车电站生产运营发生的费用，除按合同规定由甲方负担的费用外，由列电局负担的费用实行定额管理。根据电站类型和容量大小，核定不同数额的固定费用和流动资金。电站费用按月向列电局报销。1960年4月，列电局开始实行《大修费用及四项费用管理的规定（草案）》。1962年9月，列电局正式颁发《四项费用暂行管理办法》。这些规定或办法，明确了大修费用的概念和使用原则，以及技术组织措施、劳动安全保护措施、新种类产品试制、零星固定资产购置等四项费用的使用办法。列车电站固定资产的折旧和大修费按国家规定，由列电局统一提取，大修及更新改造资金实行计划管理，由列电局统筹安排。

列车电站的物资管理采取集中与分散结合的办法。计划内物资如钢材、木材及备品备件等，由列电局按计划分配供应；计划外物资，如低值易耗品等，由电站自行采购。列电局在北京及保定、武汉设有物资仓库，电站配备材料车厢一节，存放随车备品备件、材料及五金工具等。遇到紧急抢修，甲方往往也会热情提供帮助。列电局重视仓库管理、备品管理，多次开展全局性的清产核资，以加强物资供应，减少资金占用，保证电站生产需要。

五、列电队伍建设

特殊的工作性质和艰苦条件，锤炼了一代又一代特别能战斗的"列电人"。30余年中，列电职工胸怀报国之志，肩负应急发电之责，四海为家、艰苦奋斗，爱岗敬业、一专多能，在频繁流动及各种艰苦条件下，出色地完成了各项任务，取得了引以为荣的不朽成就。

1956年列电局成立之初，全局共有职工678人，主要是5台电站的随车职工。1979年，全局职工8279人，其中随电站流动职工4812人，这是最多时的人数。1982年年底，列电局撤销之前，因部分流动职工已经下放地方，全局职工数已经不足8000人。大体上讲，列电系统解体前后有职工8000名，这就是"八千子弟兵"的来历。

列电局组建之时，职工主要来自几个方面：一是老2站的人员，即电业管理总局修建局工程队的人员，不少来自张家口下花园电厂、解放区兵工厂，老工人居多，带有红色基因；二是1站的人员，即哈尔滨电业局列车发电厂的人员，以去苏联学习列车发电技术的一批人为代表，东北人为主，年纪较轻，文化程度相对较高；三是3站的人员，即上海电管局列车发电厂的人员，以上海电业人为主；四是4站、5站，以及15站人员，以武汉、衡阳等中南电业人为主；五是建局之初从淮南调来的两批人员，当时淮南电业局归北京电管局管辖。这些来自五湖四海的电业人，有管理干部，有专业技术人员，有工匠式的技术工人，具有较高的综合素质，成为列电事业的骨干力量，其中很多人成为独当一面的各级领导干部。

列电局成立之后，列电机组发展迅速，职工队伍也随之迅速壮大。到1960年年底，职工总数已增加到5600多人。在这个期间，进入列电系统的，一部分来自电力部、水电部及北京电管局等管理机关，主要是管理人员；一部分来自电力专业学校，如南京电校、北京电校、郑州电校、西安电校、上海动校、芜湖工业学校，以及沈阳电力技校等；一部分是招收的学员，1956年在北京、济南等地招收学员400多名，经过几个月的集中培训，成为接新机的有生力量。当年还接收复转军人60名。1958至1960年，均成批招收学员，特别是1958、1959两年，招收学员总数有千名以上，1960年学员占到职工总数的近1/3，这些学员边培训边担负起岗位工作。

1961年10月，保定电校第一届毕业生进入列车电站，自此以后，列电职工队伍的来源转变为以中专、中技毕业生为主，他们来自保定电校、北京电校、郑州电校、长春电校、泰安电校、旅大电校、长沙电校等。分配到列电系统的大学毕业生也逐渐增加，职工队伍的专业素质逐步提高。1962年，根据上级精简职工的要求，下放新招职工近300人，但煤炭部4台电站划归列电局，随车职工增加了300名。此后，为了弥补电站人员的不足，招收了几批学员。比较集中的一次是1964年，主要从河北省3个地区招收高中毕业生200名。1970年以后，列车电站在各地也招收一批学员，其中不少上山下乡知青。为了照顾随车流动职工子女就业困难，根据国家政策，也招收了一批列电职工子女，形成了"列二代"。

列电的领导干部和一般管理人员，除最初 5 台电站配备及上级机关调入以外，主要是从工人和专业技术人员中培养、选拔。列电前期，电站领导干部中还有一定数量的战争时期参加革命的老干部，后期则主要是在列电工作实践中锻炼成长起来的中青年干部。因为社会原因，不同时期人才选拔也存在一些问题，但总体上看，列车电站的基层领导，熟悉生产，与职工联系密切，能担负起相应的职责。劳资、财务、材料等管理干部也多是列电局自己培养的。在 20 世纪 60 年代初期，列电干部队伍的调整、补充还有几个渠道：一是 1962 年战备期间，为加强电站领导，由地方党委负责配备了一些电站领导干部；二是从水电部所属三门峡工程局、长江水利委员会输入了一批干部；三是 1964 年学习解放军，接收了一批部队转业干部，此前此后，也曾接收、安置一些部队转业干部。

从列电队伍的大体来源可以看出，列电这支队伍来自五湖四海，而且在不断的接机、分站中互相交融。一个电站几十名职工往往来自十多个省（区、市）。不同地域、不同文化、不同背景的职工，一起工作、一起学习、一起生活，形成了一个取长补短、团结战斗的集体。

列电系统重视职工队伍建设，列电局自成立起便把队伍建设置于重要位置。几十年中，尽管有形势的变化、领导的更迭，但对职工队伍建设及教育培训都比较重视。1956年 7 月，列电局第一次党组扩大会议，人事、劳资、教育便是主要议题，并作出开办各类培训班的决定，当年招收的 400 名学员普遍进行了为期数月的专业培训。1963 年 11月，列电局发布《列车电站大练基本功考试办法（草案）》，列电系统掀起了持续的大练基本功热潮。1964 年 4 月列电局召开工作会议，贯彻全国电力工业和全国水利电力政治工作会议精神，提出要突出政治，以大庆为榜样，实现企业革命化，做到开得动、送得出、顶得住，成为能应付任何紧急任务的电业突击队。1981 年 10 月，处在调整中的列电系统仍召开全局教育工作会议，着眼职工未来，研究部署文化教育和专业培训计划。

列电系统不仅从全国各地引进技术和管理人员，而且成立专业学校培养人才，开办各种培训班提高政治和业务水平，坚持生产一线的实践锻炼和现场培训，加强思想政治工作和良好作风的养成，整个列电队伍保持了较高的专业文化水平和综合素质。

首先是学校教育。列电局成立不久，就设想建立培养列电人才的学校。1958 年 7月，经水电部批准，列电局开办动力学院。动力学院计划先设预科和动力系，后设电机系、机械制造系和冶炼系。学制预科 2 年、本科 4 年。翌年 5 月，动力学院改为全日制中等专业学校，即保定电力学校。虽然保定电校的学制及隶属关系几度变化，但它为列电提供了最主要的人力资源。从 1961 年开始，大多年份都有保定电校毕业生分配到列电。据统计，从建校到 1983 年，除去因"文革"7 年没有招生外，保定电校共输送中专中技毕业生 4895 人，其中分配到列电系统的占到 80% 以上。除机、炉、电等 3 个主要专业外，1964 年开始，还开设劳资专业，输送了 3 期毕业生。保定电校可称为列电系统的"黄埔军校"。1975 年，列电局还在武汉基地、西北基地、中试所开办"七二一"大学，2 年学制，培养毕业生近百名。

其次是开办培训班。一类是领导干部培训班，主要是中层以上领导干部培训班，培训内容包括政治理论、方针政策、经营管理、专业知识等。一类是管理干部培训，主要是财务管理、物资供应等培训。如 1959 年举办的经营管理培训班，1964 年举办的财会培训班，1973 年举办的物资供应培训班。一类是专业技术培训，这是最多的。从专业看，主要是学校设置比较少的化学、热工专业，1962 年以后，全局性的化学班、热工班都举办过 8 次以上。还有电气试验、电气仪表以及焊接、钳工、电子、英语等培训，也有青工补习类的锅炉、汽机、电气专业集中培训。培训班一般由列电局主管科室统筹，保定中试所、保定电校、密云干校及有关基地承办。

第三是生产一线培训。为了做到队伍精干、提高电站机动性能，列电局建局伊始，就实行"运检合一"的生产模式，要求电站所有生产人员，做到"一工多艺、一专多能"。列车电站与固定电厂不同，生产运行与设备检修不分家，不配备专职检修工种，要求所有生产人员，开起机来能运行，停下机来会检修。鼓励职工通过大练基本功，不仅熟悉本专业的知识，掌握生产运行技能，还能兼任机修、焊工、起重工等工作。各电站普遍建立起职工培训制度，签订师徒合同，形成了学习上进的氛围。针对列车电站发展迅速、新人员多的特点，各电站根据自己的设备特点，分专业编制练功图册，定期开展技术培训和安全培训，开展专业性和全厂性事故演习。列电工人普遍具有技术"多面手"的素质和能力。

第四是思想作风建设。电站历来重视职工队伍的思想作风建设，电站党支部负责思想政治工作，大多数电站保持了良好的站风。列车电站思想政治工作的内容与形式，与不同时期的社会形势密切相关。如 20 世纪 60 年代的学大庆、学雷锋、学毛主席著作，创五好企业、当五好职工，70 年代的创建大庆式企业，加强领导班子和职工队伍建设，等等。这些活动有一定的时代局限，但在列电精神的形成和传承中发挥了重要作用，促进了职工队伍综合素质的提高，培养和保持了良好作风，保证了各项艰巨任务的完成。1959 年，为新安江水电站建设供电的"三七站"的代表参加了全国群英会；1964 年，最早为大庆会战供电的 34 站被评为水电部系统学大庆先进企业；1979 年，37 站被评为全国电力系统大庆式企业标兵单位……这些先进单位以及大批先进模范人物，就是列电人精神风貌的代表和集中体现，也是思想作风建设成效最好的诠释。

列电精神是列电职工在长期工作实践中形成的共同理念、追求和价值观，是"人民电业为人民"服务宗旨集中而特殊的体现。由于经历和认识的不同，人们对列电精神有不同的理解和概括，但也形成了基本的共识：

——四海为家，听从召唤。列电是机动电源，承担着经济建设、国防战备、抢险救灾等应急供电的特殊任务，发电地点不分东西南北，紧急调迁是工作常态。"哪里需要哪里去，哪里艰苦哪安家"是列电的真实写照。只要祖国需要，一声召唤，就像军队服从命令一样，不论天南地北，不论千里万里，不讲条件，不讲价钱，不提要求，招之即来，来之能战，战之能胜。

——艰苦奋斗，不畏艰险。列电所到之处，多是边远、贫困地区，自然环境恶劣，生活条件艰苦，往往是"先生产，后生活"。列电人独立作战，"特别能吃苦，特别能战斗"，艰苦奋斗、自力更生。"有条件要上，没有条件创造条件也要上"。无论在什么条件下，都能够凭着这种拼搏精神、优良作风和过硬技术，应对各种挑战，克服一切困难，坚决完成发供电任务。

——家国情怀，甘于奉献。列电人对国家和人民有深情大爱，以国家富强和人民幸福为理想追求，勇于担当，甘于奉献。责任感、使命感和担当奉献精神，成为列电人强大的精神动力。因此才能舍小家、顾大家，以厂为家，爱岗敬业；因此才能认真负责，勤勉工作，精益求精，不断创新；因此才能在艰苦条件下，克难攻坚，30 年奋斗不已、奉献不止。

——团结战斗，集体观念。列车电站流动发电，来自五湖四海的列电人，背井离乡，为了共同的目的，不仅结成紧密的生产关系，而且生活在一个集体之中。他们朝夕相处、利益相关、荣辱与共，需要团结一致，共同应对遇到的困难和挑战。在长期的工作、生活中，互相关心，互相帮助，建立了深厚的友谊，形成了强烈的集体荣誉感以及团结战斗精神。

列电精神具有传承性和时代性。它既是中华民族优秀传统文化的继承，也是社会主义时代精神在列电行业的体现。列电的建立和发展正处在全国人民艰苦创业的时期，列电精神正是在这样一个时期，为适应列电工作性质需要而形成的。列电精神与列电队伍的构成及长期的队伍建设相关，更是南北转战、历经磨练的结果，是在 30 年艰苦而丰富的实践中形成并趋于完善的。列电精神是列电队伍所特有的，是各级领导提倡引导、老列电人言传身教、八千列电人共同锤炼而形成的。

列电精神是列电的灵魂，是鼓舞八千列电人奋进的旗帜和号角。它孕育了一支能征善战的列电队伍。用列电精神武装起来的列电人，有理想、有担当，作风强、技术精，眼界宽、肯创新，有超常的适应能力。在列电精神的激励下，数十年来，他们或拖家带口、或孤身一人，在频繁的流动中，在天寒地冻、战争硝烟、地震洪水、饥饿疾病等各种困难条件和恶劣环境下，顽强应对，出色地完成任务。细数每一台电站，都有它的光辉历程，都有引以为荣的建树和业绩。列电人在奋斗中耗去了青春甚至毕生，但他们无怨无悔，以苦为荣、以苦为乐，在奋斗中展示了才华，在奉献中实现了价值。

列电精神并没有伴随着列电事业的终结而消失。列电解体后，列电人特别是年轻一代，在不同的行业和不同的岗位上积极进取，成就卓然，业绩突出，这与列电工作的锻炼、列电精神的激发密切相关。列电精神是宝贵的精神财富，已经成为"人民电业为人民"精神的组成部分，作为文化积淀汇入中华民族精神的大海。四海为家、艰苦创业的列电精神永存！

六、列电事业的终结

1983年4月30日，根据水电部决定，列车电业局机关停止办公，人员及资产、设备分别移交给部有关部门和部属单位。以此为标志，列电调整基本完成，列电局完成了它的历史使命，列电系统就此解体。

为了了解和认识列电为何解体，有必要梳理一下有关背景和情况。

早在"文革"中的1970年，电网体制下放、部直属规划设计及科研院所解散之时，水电部军管会就先后两次向国务院报送关于列车电站管理体制的报告，建议撤销列车电业局，电站分别划归各省区领导和管理。理由是打破"独家办电"，"条条专政"，"认真搞好斗批改"。由于李先念、余秋里等领导明确反对才没有实施。从1970到1973年，根据国家计委批复和水电部决定，列电局将9台列电初期改装的机组下放，那是技术装备的更新，与列电局撤销无关。

1975年7月，水电部转发国务院批准国家计委《关于列车电站十年规划意见的报告》。这个规划及国务院领导的批示，给广大列电职工极大的鼓舞和激励。全局上下，从规划设计、企业整顿、基地建设等多方面，着手进行大发展的准备。这个规划反映了国务院领导对列电事业的重视，比50年代末提出的列电发展300台的目标要切实得多。但1975年是全面整顿、国民经济恢复发展特殊的一年，此后由于计划统筹、资金安排、主机和车辆生产能力等都存在问题，列电发展规划落实的条件并不充分。到1979年，贯彻国民经济调整方针，压缩基本建设。1974至1979年，列电年均基建投资都在2000万元，1980年要降到600万元，十年发展规划落空成为必然。

1979年以后，贯彻国民经济调整方针，列电供求形势发生变化，闲置电站逐渐增多，列电经营问题逐渐突出。1979年实际租金收入2800万元，虽然没有完成收入计划，但完成了上缴470万元的任务，还超额20万元。当时认为列电局不是没有调整任务，但列电不属于关停并转范围。从1980年开始，形势逐渐严峻。当年运行电站下降到32台，1981年下降到27台，1982年下降到24台。虽然电力部批准1980年上交任务降低到100万元，但财务算账，当年计划收入只有2500万元。这2500万元，除上缴100万元，需支出成本2452万元，而西北、武汉、保定三个基地需要补贴230万元。

面对这种从来没有过的情况，列电局领导层深刻反思列电存在的问题，思考解决问题的办法，认识到列电的生命线在于机动，列电的主要矛盾不是发展问题，而是管理问题。同时多次召开会议，研究列电调整工作，提出实事求是是列电调整的根本出发点，早认识、早动手、早主动。

1980年7月，列电局向电力部领导汇报情况，反映列电存在的主要问题是，电站闲置，队伍人多，设备老化。应对办法是，从增加数量转变为提高质量，精简队伍，广开门路，安置职工。10月21日，电力部副部长李鹏来到列电局，进一步了解情况，指导工作。他肯定列电发挥的作用，具体分析了供求形势，认为调整加强一部分、淘汰下放一部分的工作方针是正确的。提出具体问题具体分析，不要一刀切，流动职工一定要妥善安置，基地要发挥优势，广开门路，希望有步骤地进行调整。

1981年1月，列电局向电力部报送《关于列车电站调整工作的报告》。李鹏与列电局领导一起进行了研究。5月12日部长办公会通过，并以（81）电生字第57号文批复列电局，原则上同意列车电站调整意见，要求按照该意见与有关单位具体联系，分期分批办理。按照这个报告，列车电站要分4类情况，采取不同对策，保留40%的台数、50%的容量。6月初，列电局召开工作会议，传达电力部关于列电调整的批复意见，统一列电调整势在必行的认识，明确了减少电站数量、精干职工队伍、增强机动性能、降低能源消耗、提高工作水平的调整任务，强调在调整过程中必须加强思想政治工作。

与此同时，按照列电调整的精神，两次召开基地生产和工作座谈会、调迁租赁工作会议，就加强列电经营管理、改善经营状况进行深入研究，并采取了多项改进措施。1981年3月，颁发《列车电站租金管理暂行规定》，强调电站租金是财务计划的重要经济指标，要求各基地电管处要专人负责办理。4月，颁发《列车电站基地实行亏损包干、减亏提成的暂行规定》，拖车电站保养站、中试所参照执行。6月，发布《列车电站固定费用定额全年包干结余提成试行办法》修改补充规定，强调在保证设备健康水平、安全运行的前提下节约开支、降低费用。鉴于出租电站减少、收入下降，基地任务不足、亏损增加的情况，水电部同意对列电局实行亏损包干责任制。核定亏损包干基数为300万元，减亏分成比例为25%。

列电调整，电站职工安置是上下关注的大事。1982 年年初，列电局召开流动老职工安置会议。会议讨论通过了《电站职工安置试行办法》，并提出机组有价调拨、基地自筹资金等工作建议。1981 年年底，全局有职工 7763 人，其中电站流动职工 4383 人，45 岁以上、1956 年以前参加工作的干部 132 人、工人 110 人。《安置试行办法》明确了基地安置主要对象，以及安置方法、措施，要求在 1983 年前将符合安置条件的职工安置完毕。

1982 年 5 月下旬，列电局召开工作会议，中心议题是列电调整。29 日，水电部副部长李代耕到会讲话，他肯定了列车电站 30 年的突出贡献，传达了列电局与机械制造局合并的决定，表示水电部要对大家负责，安置好流动职工。他称列电局与机械局合并，是水电部着眼机构改革、体制调整作出的决定，同时明确列电局牌子不摘。这次工作会议强调，列电压缩比发展更困难，要充分认识调整的艰巨性，做好思想政治工作，严格组织纪律，搞好安全生产。

列电工作会议之后，列电局会同各基地，抽调工作骨干数十人，组成华北（含东北）、华东、中南 3 个工作组，开始进行全面的列电调整调查研究工作。调研内容包括电站基本情况、设备划拨进展、职工思想状态，特别是人员摸底，包括电站领导和职工的籍贯、安置意愿等，以及职工子女就业等各种各样的问题。根据李鹏、李代耕等部领导加快列电调整的要求和调研情况，列电局于 1982 年 10 月下旬向水电部报送《列电所属单位调整方案》和《列电局机关人员调整方案》。

1982 年 11 月 3 日，水电部以（82）水电劳字第 85 号文，发布《进一步调整下放列车电站管理体制的决定》，同意列车电业局进一步调整的方案。按照这个决定，列车电站要分区打捆下放。列电局随即又派工作组到各省区进行交接工作，并于 12 月 30 日向水电部报送贯彻 85 号文的报告，反映列电移交范围、管理机构设置、亏损补贴、库存基建设备处理、职工户口迁移等具体问题。

1983 年 1 月，李代耕在北京主持召开相关网省局局长参加的列电交接座谈会。会议要求抓紧做好列车电站交接工作，除华北地区外，原则上在哪个省的电站由哪个省电力局负责接收或协助就地安置。水电部以（急件）（83）水电劳字第 17 号文转发了会议纪要。2 月下旬，水电部又连发 4 个加急文件，分别就江西、山东、江苏境内电站和基地的交接和安置作出决定，明确自 1983 年 1 月 1 日起移交相关省电力局，3 月底前办理完毕。4 月 15 日，水电部发布列电局在京单位管理体制改变的决定，明确列电局于 4 月 30 日停止办公，在部内设立列电管理处，自 5 月 1 日办公，负责电站移交及职工安置未了事宜。

至此，成立 27 年的列车电业局，在经历蓬勃发展、取得辉煌业绩之后，在电力体制调整中终于落下帷幕。此后几年内仍有一些电站在水电部有关部门管理下调迁发电，但列电作为一个系统就此解体了。

这样的结局自有其必然的原因。

从内外两方面看，至少有这样一些因素在发生作用：从外部看，随着电力工业的发展，电网覆盖面扩大，电力供求矛盾缓和，电源结构变化，应急补缺的需求减少。在列电解体后，虽然随着经济调整结束电力需求增加，随之掀起的集资办电热潮中又有不少小火电上马，但这不过几年的光景。虽然因自然灾害及电力发展不平衡等，今后仍需要一定的备用机动电源，但总的趋势是电网扩展、电力供应增加，对应急电源的需求减少。

从内部看，随着电力工业的发展，列电机组容量小、能源消耗高、环保水平低的问题逐渐凸显，而且列电初期进口的机组大多接近使用寿命。电站队伍庞大，超定员较多，与20年前相比平均年龄增长十岁以上，拖家带口的增多，子女上学就业问题突出。建厂费用增加，机动性能减弱。虽然在设备改造及电站管理上作了不少努力，但机动性能没有明显增强。

一个现实的问题，是电站退租增加，租金收入锐减。列电3.57亿元的固定资产，1979年租金收入2951万元，上缴利润561万元；1980年租金收入2852万元，上缴利润429万元；1981年租金收入1914万元，上缴利润不到133万元；1982年继续减少，面临亏损境地。在日益讲求经济效益的条件下，这种状况显然不能持续下去。

1980年5月，电力部副部长李鹏在江苏无锡曾到列车电站，指出小火电只能是权宜之计。此时华东30万千瓦汽轮机组已经投运，全国发电装备发生很大变化，早已不是25年前，上海电管局局长李代耕为3站送行的时节了。熟悉电力生产管理的这些电力部门的主政者们，在决策列电的去留时自然会有更多的比较。至于抢险、救灾、战备等应急需要，此后电力部门配备的大批机动电源已经承担起这些职责。理性地看，列电事业的终结，是我国电力工业发展和企业改革的必然结果。

面对最终的结果，列电人更多的是无奈与遗憾。所幸在各级领导的重视和关心下，电站流动人员大多有了较好的归宿，并以列电人特有的奋斗精神，在新的岗位继续发挥作用。

中国的列电事业诞生于新中国成立之初，30余年间完成了它的使命，已经成为过往的历史，但高耸的社会主义共和国大厦基础中，有列电人以血汗竭诚贡献的浆石。共和国的史册上铭记着新中国建设的开路先锋——中国列电！

创业征程

1950-1959

　　这个时期，一支具有"红色基因"的列车发电队伍，在抗美援朝、武汉防汛中，书写了光荣一页，并发挥了示范作用。伴随着我国"一五"计划实施，为适应各行各业需要，以进口苏制和捷制列电机组为主，列电装机规模迅速扩展。无论是煤矿、油矿开发，还是水利水电建设，抑或军工、纺织、林业生产等国家重点项目，都有列车电站的轰鸣。来自全国四面八方的电业工人、专业技术人才及电力院校的毕业生，汇集在列电的旗帜下，开始了创业的征程。豪情满怀的列电人，四海为家、艰苦奋斗，为祖国建设提供安全可靠的电能。

为完成抗美援朝供电任务的修建四队全体同志留影

电力工业战线上的一支突击队

文／刘向三 [1]

一座几乎与中华人民共和国同时诞生，在祖国大地上驰骋数十年的流动发电厂——列车电站，在为国防服务、发展工农业生产和抢险救灾中曾经做出过巨大的不可替代的贡献。

中华人民共和国建立之初，我国工业基础薄弱，又面临帝国主义侵略的威胁，从备战考虑，在 1950 年组建了第一台 2500 千瓦列车电站。1952 年抗美援朝战争期间，鸭绿江水丰水电厂被炸，辽宁安东地区停电，国家紧急调动列车电站前往发电，成为当地的主要电源，起到了关键作用。此后，在抢险救灾、支援边远地区和重点工程建设中，列车电站以其机动、快速的特长发挥了独特的作用，成为电力工业战线上的一支突击队。到 20 世纪 60 年代，列车电站发展进入鼎盛时期，全国的列车电

刘向三

[1] 刘向三，1910 年 10 月生，河南邓州人。1931 年加入中国共产党。同年参加宁都起义。中华人民共和国成立后，历任煤炭部、水电部、水利部副部长。曾分管列电局工作。2007 年 11 月逝世。本文为《中国列电三十年》序言。

1974 年刘向三（2 排右 7）在广东韶关与 43 站职工家属合影。

站和船舶电站已发展到 60 多台，其足迹遍布全国各地。

随着电力工业的发展，发电机组趋向大型化，电网不断延伸，作为机动电源的列车电站，流动作用逐渐减弱，已完成其历史使命，国家于 1983 年撤销了列车电业局。当时，大部分运行状况良好的设备像未燃尽的红烛一样散发最后的余晖。列电事业几十年造就的一支能征善战的职工队伍，则分别走上新的岗位，以其能吃苦耐劳的优良素质和既会运行又会检修的全面技能，继续在各条战线上为国家建设做贡献。

这本书记述了我国列车电站从诞生成长到完结的历史，它像一座丰碑刻铸了列电人的光辉业绩，必将载入史册。

这里值得提出的是原列电局的领导人刘冠三、杨文章、张增友等同志，为保存和搜集这些历史资料并谱写成册，用了相当长的时间，作了艰辛的努力。为此，列电人或想了解列电历史的人们，都会感谢他们。

列电为建设万里长江第一坝立下大功

文／刘书田 ❶

　　葛洲坝，是我们国家在万里长江上修建的第一座大坝，它为建设三峡工程提供了技术准备和物质基础。这座水利枢纽，位于长江三峡出口南津关下游宜昌市境内，1986 年全部建成，总装机容量 271.5 万千瓦，年发电量为 157 亿千瓦·时，经济效益可观。它和三峡大坝一样，闻名于国内外。

　　葛洲坝工程，是毛泽东主席亲自批准兴建的。坝长 2595 米，第一期工程于 1970 年 12 月开工，1972 年 1 月停工。1974 年 10 月复工。我是在复工前，调到这里主持工作的。

　　这次复工，组织了 3 万多人的施工队伍；5828 台施工设备，总动力近 59 万马力❷；有 3 座大型混凝土拌和楼，月产能为 35.5 万米³；有制冷厂一座，容量达 775 万千卡❸；有 10 至 25 吨的起重机 55 台……这些设备，都是为开挖土石方 6800 万米³，浇筑混凝土 626 万米³ 而设置的。用这些技术装备准备大干一场，将损失的时间夺回来。

　　当施工大军奋力拼搏时，首先遇到的难题不是技术问题，也不是材料设备问题，而是电力严重不足。许多设备不能启动，开动了的设备因电压不足、周波不稳，不能正常使用，造成施工效率低下。

---

❶ 刘书田，1920 年出生，河北献县人。1939 年参加革命工作，同年加入中国共产党。曾任三门峡工程局局长，刘家峡工程局党委书记、局长，长江葛洲坝工程局党委第一书记，水利部副部长，中国水利水电工程总公司董事长。2007 年去世。本文登载于《中国列电三十年》。
❷ 1 马力 =735.499 瓦。
❸ 1 千卡 =4184 焦。

刘书田（右3）在葛洲坝截流现场。

电源成了卡脖子问题，不解决就直接影响工程在1980年进行大江截流，第一期工程也不能按计划完成。

在这紧要关头，曾在丹江口水利枢纽工程施工的同志，主张申调列车电站发电。列车电站为水利水电工程建设发供电，过去在青铜峡、新安江、新丰江等水电站建设中，都起到重要作用。因为列车电站来得快，电能质量好，而且很经济。于是，我们就向水利电力部申报，请求列车电业局派电站支援。这一申报得到批准，很快就调来了第32列车电站，当即安装调试投入运行。当强大电流送到施工现场，整个工地都沸腾了！施工设备能正常运转起来了，掀起了坝基开挖的高潮。

随着施工进度的加快，基础抽水、拌和楼及冷冻设备的启动，电力又紧张起来了。列电局的领导为满足葛洲坝电力的需要，又将45、35、51站先后调

列电为建设万里长江第一坝立下大功

到葛洲坝工地。这时列车电站已达到 4 台，容量为 1.72 万千瓦，满足了施工用电需要。从此以后，再没有因电停工、停水等事件发生，我们领导成员也不再为缺电而分心了。

4 台列车电站的到来，使葛洲坝工地联成一个自发自供的电力网络，确保了供电安全。列车电站职工精心细致、认真工作的科学态度，不讲任何条件，招之即来、来之即战、雷厉风行的优良作风，不怕艰苦、勇于克服困难的顽强战斗精神，给我留下了深刻的印象。

要特别提到的是，此前我们为葛洲坝工程而建立了一个年产 15 万吨水泥的荆门水泥厂。葛洲坝工程建设的前期，水泥用量小，荆门水泥厂还能满足工程需要。到了大面积的混凝土浇筑时，荆门水泥厂因电力不足，不能开足马力生产，水泥供应不上，又成了影响葛洲坝工程进度的一大矛盾。

在每次生产调度会上，大家都把没有完成混凝土浇筑任务归责于水泥厂的王蓝桥厂长，弄得王厂长每次开会都躲在一个墙旮旯里，怕领导批评。其实，巧妇难做无米之炊，他王厂长再有本事，电力供应不上也是枉然。我再次向列电局提出，请求再支援一台列车电站。列电局又从胜利油田调来容量为 4000千瓦的 41 站，很快安装投产，满足了水泥厂 24 小时的生产用电，使水泥供应满足了施工需要。

在调度会上，王蓝桥厂长也常坐在前排位子上了，因经常受到表扬，说话气也粗了。其实道理很明白，现代化生产，没有电，什么人做厂长都一样——不行。

可以肯定地讲，由于列车电站及时的、大力的支援，才使葛洲坝第一期工程大大提前，如期实现了万里长江第一次截流的伟大壮举。

毋庸置疑，列车电站在葛洲坝工程建设中立下了大功。

列电人完成了历史赋予的光荣使命

文 / 陈赓仪 ❶

陈赓仪

弹指一挥间。随着时光流逝，从 1950 年组装第一台列车电站起，至今已有 47 年了。尤其是 1950 年到 1982 年的 32 年间，列电人用自己的双手、智慧和血汗，为我国电力工业做了大量工作，卓有成就地完成了历史赋予他们的任务，为祖国建设奉献了人生美好的青春年华。

列车电站起源于苏联卫国战争时期，是为适应战争需要而发展起来的。中华人民共和国建立初期，正处于国民经济恢复阶段，又处于严重缺电的状况。华北、上海、武汉、黑龙江等省市电业局先后建起了列车电站，以解决紧急用电的需要。

后来按照 1955 年第一届全国人大通过的第一个五年计划，又购置 5 套流动发电设备，并由电力部会同各方组建了列车电业局。这样，列车电站作为机动灵活的电源，除满足重点地区电力供应外，也成为非常时期的紧急保安电源。

列电从 1950 年创建到 1982 年止，拥有容量约 30 万千瓦，其中列车式 67 台、拖车式 13 台、船舶式两艘。全国成立了 4 个列电基地，一个中心试验所，一所技工学校，职工人数达 8000 余人。他们在十分艰难的环境下，边创建、边工作，能达到这样的规模，是难能可贵的。

30 余年间，历经 420 余台次调迁，足迹遍及全国 29 个省、市、自治区，解决

---

❶ 陈赓仪，1922 年 11 月生，上海市人。1939 年 9 月参加革命工作，1940 年 12 月加入中国共产党。曾任水电部水电建设总局副局长，西南电力指挥部副指挥，水利部副部长，水利水电建设总公司总经理，中国长江三峡工程开发总公司顾问。2015 年 9 月病故。本文登载于《中国列电三十年》。

各行业用电之困难，满足各地区用电之急需。

在抗美援朝战争期间，为支援安东地区紧急供电，后来又为武汉抗洪、天津防汛及河南大水等抢险救灾发过电。此后，参与唐山抗震救灾等，都出色地完成了任务。

为配合军工建设、"两弹一星"研发，先后有多台列车电站的职工，埋头工作在西北戈壁滩和高原上，最长工作达4年之久，得到了国防科委表彰。

在石油工业方面，20世纪60年代为大庆油田开发派去了4台列车电站，容量达1.74万千瓦，有力地支援了大庆石油会战。为了广东茂名石油公司建设和石油炼制，先后调集6台电站，竭尽全力给予支援。这些都得到石油工业部余秋里[1]和康世恩[2]部长的表扬。

新建的大型水电站，大都在深山峡谷，地处偏僻，远离电网，而且工程用电量又多。例如新安江、新丰江、三门峡、青铜峡、丹江口等工程，从施工到第一台机组发电，几乎全部都是列车电站供电。

尤其是葛洲坝工程，更为突出。由于当时宜昌地区远离大电源，湖北又严重缺电，不能长期稳定供电，供电量仅能满足需求的50%；且宜昌处于电网末端，电压不稳，电压差最大达30%，严重影响工程质量和工程进度。为解决用电问题，水电部先后调集5台列车电站，总容量2.12万千瓦，保证了葛洲坝工程建设用电。其中一台4000千瓦列车电站，为葛洲坝工程水泥厂——荆门水泥厂供电，使水泥厂得以满负荷运转，满足了大坝工程对水泥的需求。

总之，列车电站在支援军工生产、国家重点工程建设和抢险救灾等各项工作中，都发挥了机动灵活和应急电源的作用，成绩卓著。

列电工作的特性，要求列电职工队伍精干、素质高，他们特别能战斗，经历了危难和牺牲。在唐山执行任务的52站，有职工及家属170多人，在地震中死亡104人的情况下，活下来的同志忍着伤痛和失去亲人的悲痛，修好震坏的柴油发电机和水泵，铺设了数公里[3]水管，为市区十多万人送去干净饮用水，向手术室送去了电力。他们这种无私无畏的精神，受到唐山市表彰，被誉为"震不垮的列车电站"。

随着国民经济的发展，电力工业发展迅猛，电网不断扩大和延伸，列车电站完成了历史赋予的光荣使命。现在，原列车电站职工主要分散在全国各地电力部门，继续为发展我国的电力事业出力。

人们永远不会忘记列电人艰苦创业的光荣历程和崇高的敬业精神，并把这种精神发扬光大，为发展我国的电力工业做出积极贡献。

---

[1] 余秋里，1958年2月至"文革"初期任石油工业部部长。
[2] 康世恩，1956年10月至"文革"初期任石油工业部副部长。
[3] 1公里=1千米。

中国电业史上的辉煌一页

——对我国列车电站事业的回忆 ❶

文 / 季诚龙

季诚龙

20 世纪 50 年代至 80 年代，在我国电力系统有一支主要流动于铁路沿线的列车电站队伍。它适应国民经济建设的需要而发展壮大，为我国国防、军工和三线建设，为抢险救灾和大型基建工程建设，为缺电地区和工矿企业，紧急发供电力，发挥了特殊的作用。列电事业历时 30 年，成就卓著，在我国电力发展史上写下了光辉的一页。

一

当年，我在华北电管局任职期间，曾分管过列车电业局的筹建工作，了解我国列电事业诞生的全过程。1963 年，我被任命为列车电业局副局长，主持该局工作。

为适应当时国际国内形势的需要，便于上级部门的领导和指挥，列车电业局本部于 1962 年由保定迁至北京办公。度过 3 年困难时期后，列电又出现了第二次发展高潮。与前阶段不同的是，列车电站的发展，逐步由以进口电站为主，转变为以发展国产 6000 千瓦电站为主，同时增加了一批燃气轮机电站。

列电局先后建立了保定、武汉、西北、华东 4 个列车电站基地。随着电站的增加，列电局对列车电站的管理体制也

---

❶ 本文原载于 2005 年 5 月《中国电力报》，有修改。

在改变。1965 年开始试行分区管理。基地除分区管理电站的生产外，还负责电站设备的改造、恢复性检修和提供备品备件等。基地也是电站的"家"，可安排电站职工培训和休整，以及职工家属和子女的临时居住和上学等。

至"文革"前，列电事业经过数年的发展，进入全盛时期，全局出现欣欣向荣、生气勃勃的大好形势。全系统除了基地、电站外，还拥有自己的中试所、电校，基地有子弟小学。为改善职

发电运行中的列车电站。

工的生活，还在内蒙古商都、黑龙江克山和北京密云办起了农场。

"文革"以后，随着国民经济的恢复，列电的作用和价值再次得到体现，各地求租者又十分踊跃。列电事业在俞占鳌、刘国权、贾格林、刘冠三和杨文章等同志的领导下又有发展。在原来的基础上，全局最后发展到 67 个列车电站，两个船舶电站、总容量约 30 万千瓦。还新增了 13 台拖车电站和一个拖车电站保养站，全局职工达到 8000余人。

二

用现在的眼光来看，全国列车电站的总容量不过 30 万千瓦，单机容量小者 1000 千瓦，大者 2 万余千瓦，很不起眼。但是，正是这些电站，在其存续的 30 余年间，确实为我国的国防建设和经济建设做出过重大贡献，起到了常规电厂所不能起到的作用。

在 20 世纪六七十年代，国际国内形势紧张之时，有多个列车电站在青海和甘肃的戈壁滩上，为核基地的建设提供电力。在云贵川的三线建设中也有它们的贡献，仅在贵州六盘水地区，就先后有 6 台列车电站为西南铁路和煤矿建设发电。在台海和珍宝岛地区形势一度紧张的时期，也有相当数量列车电站，被定为战备电站做好准备，而且部分电站已经调往前线发电。

列车电站支援国家大型水利水电工程的例子不胜枚举。如新安江、三门峡、新丰江、丹江口、青铜峡和葛洲坝等工程的建设，无一不是依靠列车电站提供电力来完成施工的。

列车电站为我国的油田开发做出了不可磨灭的贡献。从1960年大庆石油会战开始，10余年间，始终有列车电站提供电力，最多时曾有4台列车电站、总容量17400千瓦，成为大庆油田最可靠的电源。1971年，余秋里❶曾在有关文件上对列电这样评价："它是国家的应急电源，大庆没有它，就没有今天发展这么快。"列车电站最大的一次集结是茂名石油会战。1958年至1969年，最多时曾有6台列车电站参战。此外，在山东胜利油田的开发和生产中，也曾依靠列车电站提供电力。

在列电承担的任务中，为工矿企业供电占有较大比例。特别是缺电的煤矿租到列车电站，即相当于得到了一个自备坑口电厂。由于供电可靠，成本低，租用列车电站既解燃眉之急，又可增加效益。因此，有些煤矿租用电站常达5至10年之久。租用时间最长者，是枣庄矿务局八一煤矿，第11列车电站在那里发电23年，创造了列车电站在一地发电时间最长的纪录。在列电存在的30年中，全国先后约有四五十个煤矿曾经依靠列车电站提供生产用电。

列车电站被缺电地区租用后，往往与当地电网并列运行，而成为"公用电厂"。特别在20世纪70年代后期，这成为列电较常见的服务方式。对租用单位来说，这样做可在一定程度上缓解当地供电的紧张形势，获得相应的效益。对列车电站来说，许多电站则可以由荒僻、边远的地区，转移到经济发达的地区来执行任务。那时，北京、南京、镇江、无锡、苏州和昆山等城市，都有列车电站在发供电，它们在改革开放初期，为经济发达地区的经济建设发挥了一定的作用。

三

在列车电站存在的30年中，最难能可贵的是，这特殊行业和特殊使命造就了特别能吃苦、特别能战斗的数千职工——列电人。战斗在第一线的广大电站职工，数十年来频繁地流动在全国边远、荒僻的地区执行任务。他们在十分艰苦的条件下工作，在变化无常的环境中生活，在强烈的责任感和使命感的驱使下，以站为家、以苦为荣，以做列电人而自豪。

---

❶ 余秋里，时任国家计委主任。

每一个电站都形成了一个团结战斗的集体，都创造了引以为荣的辉煌业绩。列电的职工队伍不仅有良好的思想品德，不仅有"急用户之所急，哪里艰苦哪安家"的优良传统，他们的技术素质同样令人钦佩和折服。根据"一工多艺、一专多能"的要求，在长期生产实践锤炼中，人人都能做到"开起机来能运行，停下机来能检修"。如果紧急调迁，只要一声令下，他们就能在几天之内，快速完成拆迁和安装任务，到千里之外去发供电力。

这种能力，在抗美援朝、武汉抗洪和唐山抗震救灾，以及多次执行的紧急任务中，均得到了充分的发挥，业绩斐然。

四

30 年来，列电虽然做出了巨大的贡献，但是，在电力系统内，列电是否继续发展，两种不同意见早就存在。早在 1971 年，水电部军管会就曾有过撤销列车电业局、下放列车电站的动议。同时，也有中央领导同志，希望列电进一步发展的意见。11 年后的 1982 年，水电部终于做出解散列电的决定。

列电的解散，有其外部原因和自身的原因。从外部看，国际、国内形势的变化和国民经济的发展，特别是我国电力建设取得的成就、电网覆盖范围的扩大，使国防军工和大型基建工程等，基本可以由电网来供电，对列电这种机动电源的需求降低。另外，虽然电力供应紧张的情况还会发生，但是对因新的需求而发生的大容量的电力缺口，列电可谓杯水车薪，是难以填补的。

从列电自身来看，由于其构造的限制，单台电站的容量不可能大幅增加，机动的燃煤电站要超过 1 万千瓦是很困难的。与固定电厂比较，列电的耗能指标较高，热效率较低，也是事实。在市场经济条件下，这也一定程度地影响了它的经济活力和生命力。

鉴于这一切，应该说，列电的解散是国民经济发展的结果，是我国电力工业发展进步所使然，也是其完成历史使命后光荣而圆满的终结。

列电解散时，在部领导的重视和认真安排下，下放电站在各地"落地扎根"，继续发挥作用，列电职工得到了较好的安置。

令人欣慰的是，列电解散后，分布在全国各地的广大列电职工在新的岗位上，以列电人艰苦奋斗的优良传统和无私奉献精神，已经和正在继续发挥着他们的作用。

我在老 2 站的经历

口述 / 杨文章　整理 / 闫瑞泉

入行列车电站

杨文章

大约在 1951 年二三月份，天津电业局登报招艺徒，要求年满 16 岁，小学毕业。当时我只有 15 岁，也报了名，人家说不够条件的要参加考试。当时从 2000 多报名的人里面招 80 人，我居然考上了。被录取后即到北京电业职工学校（后来的北京电校）上学，学习内容有理论课也有实践课，地点在北京市西城区丰盛胡同西边。

中华人民共和国成立之初，百废待兴，各行各业都缺人。刚学了几个月，学校接到通知，要从学员中抽调 12 个人去地处石家庄的列车发电厂（后来称列车电站），机、电、炉各 4 人，我是电气的 4 个人之一。

第二次世界大战期间，苏联的工业设施遭到严重破坏，为解决用电需求，曾向英国订购了一批 2500 千瓦列车电站。每台电站主要车厢只有三节，即两台锅炉，一台汽轮发电机组及配电盘。另有一节维修车厢，但是没有水处理设备。由于水源不经处理直接加入锅炉，以致后来发生了严重事故。

第二次世界大战结束后，苏联已无需进口列车电站，原为苏联生产的两台英制列车电站被我国公司买下，其中一台机组辗转至无锡双河尖发电所，作为普通发电设备使用。这台设备有个秘密一直不被外人知道：配电盘上的仪表标牌都是英文，但是把标牌拆卸下来，标牌的背面却是俄文。这也印证了该设备是为苏联制造的。

第一台列车电站的诞生

抗美援朝战争开始后，燃料工业部考虑到我国发电厂有被敌人炸毁的危险，为了届时能紧急恢复供应电力，就想到了把我国现有的列车电站恢复原貌，使其具有流动发电功能。

1950年10月修建工程局开始组建列车发电站。1951年1月，第一台列车电站由无锡双河尖发电所运到石家庄电厂，因为石家庄电厂有铁路专用线，有现成的冷却水池，便于电站试运行。

大约在1951年九十月份，电站试车成功，可以满负荷发电，完全恢复了流动发电功能。记得做带负荷实验时，用了"水抵抗"的土办法，即把三块铁板放在水池里，通电后由浅入深，逐步增加放电量，直到满负荷为止的实验方法。试车后就地停机待命，抽调我们一部分人去抚顺电厂参加安装。为了保密，这台电站对外先后称"修建四队""第一工程队"和"五○工程队"等，直到列车电业局成立后，才被命名为第2列车电站。

"修建四队"当时隶属于电业管理总局修建工程局，主要人员除双河尖发电所过来的几个师傅以外，大多是从大同平旺电厂、下花园电厂等单位抽调的政治可靠、技术过硬的师傅。第一任队长是高昌瑞，还有李德、韩国栋、赵桢祥、贾占启、舒占荣、马洛永、孟祥瑞、孙照录、毕万宗、吕文海、孙玉泰、孙书信、白义等，加上我们12个学员，共有职工40多人。

第一次担负重要使命

抗美援朝战争期间，由于美军飞机轰炸，鸭绿江上的水丰水电厂被炸坏，造成防空雷达、机场等重要设施用电困难，于是紧急调动列车电站开赴安东（后改名丹东）发电。

1952年夏，列车电站从石家庄运抵安东，停在市郊名叫六道沟的地方，具体位置在鸭绿江大桥下游约8公里的江边上。这里有原安东纺织厂的一个大仓库，有铁路，有水源。我们一开始就住在大仓库里，机组就停在紧挨着大仓库搭建的一个大棚里。电站旁边是一个飞机修理厂，里面放着一些空战中被打坏的飞机和残骸，有苏军士兵在里面维修。我还用飞机翅膀上的铝皮做了几个三角尺以作纪念。

电站到达后，立即投入安装，抽取鸭绿江水做循环水，仅用一周时间即开始发电，保证了我空军机场等军民用电需要。

三个月后天气转冷，我们来时并没有带棉衣和棉被，又写信让家里寄过来。安东的冬季还是很冷的，能达到零下20多摄氏度。电站职工在艰苦的条件下坚持发电。现在说来可笑，我们在安东半年竟然没有洗上过一次澡。

第一次执行任务中的不平常遭遇

在安东发电期间，偶尔会遭遇空袭。有一次在正常发电时，接到通知，说有百余架美机要轰炸安东，列车电站可能有危险。大家都很紧张，安排好了应对措施，继续坚持运行发电。结果那天敌机没来，算是虚惊一场。

有一天，电站在正常运行中发电机负荷突然猛增，转速下降，机声异常，短时间坚持后不得不拉闸停止送电。事后被告知是当天空战中，我空军飞机迎战敌机时甩掉了副油箱，油箱砸在了送电线上，造成短路事故。

安东供电任务结束后，为了表彰列车电站做出的贡献，当时上级主管部门燃料部特制"光荣完成发电任务"纪念章，发给列车电站职工每人一枚。纪念章图案是一个闪电符号贴在中朝边境线上，既简练又好看。

李德副队长在发电期间染上了大脑炎，危在旦夕。燃料部电业管理总局张彬 ❶ 副局长指示安东电业局全力抢救。安东电业局副局长带领医务人员乘汽车护送李德副队长到沈阳抢救，后又送到北京治疗。经过全力救治，李德副队长转危为安。这件事也从侧面反映了上级领导对列电的肯定和重视。

1953年初，当地电网已恢复供电，列车电站圆满完成了首次任务后，拉回石家庄进行设备检修和人员整训。

参加武汉抗洪

1954年长江发生了百年一遇的洪水，汛情严重。长江水位高出汉口市区有一层楼高，市内积水排不出去，不少房屋被淹，情况紧急。正在山西榆次发电的第一工程队，接到上级传达的周恩来总理的命令，立即开赴武汉参加抗洪抢险。

电站到达后停在江岸车辆厂后面的备用铁路线上。不到4天即完成安装发电，保证了市内向长江抽水的水泵用电。

在整个发电期间，一个热备用的火车头就等在电站旁边，准备一旦大堤不保，火车头即刻拉着电站转移至安全地段。

---

❶ 张彬：1912年出生，江苏松江人。早年加入中国共产党。曾任水利电力部副部长，电力部副部长。1997年去世。

眼看市区的水位每天都在明显地下降,《长江日报》等媒体报道了列车电站发电的消息。防汛抗洪总指挥王任重书记还特意到电站视察,保卫人员不认识他,不允许他上车,后来经身边的人解释才让上了车。

一天,下了夜班的电站职工正要入睡,忽然听到报警的枪声。工棚里所有的人全部跑出来,奔向长江大堤。原来是距离列车电站不远的一段堤坝被水浪卷塌了,一股水流漫过堤坝冲向市区。不容分说,职工们一个个奋不顾身地跳入水中,和解放军战士一起组成两道人墙阻挡激流,其余的人则搬起石头和沙袋等投入缺口。这时幸好一条运料的大船过来了,"破釜沉舟"才堵住了缺口。又经过奋战,修好了堤坝,排除了这一重大险情。

刚刚排除大堤险情,又发现电站汽轮机真空有些下降,原来是深入江中的循环水泵的进水口滤网被阻塞,如不及时排除就有停机断电的危险。在这个关键时刻,厂长郝森林、书记秦中华、李德等全部赶到现场。这时孙玉泰等已经奋不顾身地跳入了江中,用尽全力蹭掉了吸在滤网上的杂草,终于把事故排除了,汽轮机又恢复了正常运行。为此,孙玉泰被记功,受到武汉市的表扬。

武汉防汛抗洪任务结束后,列车电站受到防汛指挥部的表彰。电站获得二等红旗奖,一批青年被批准加入了共青团,有的还加入了中国共产党。防汛期间武汉市召开表彰大会,市委书记讲话,电站的领导上了大会主席台,孙玉泰代表电站接受锦旗。我有幸作为全市火线入党的新党员代表上台讲话。由于第一次见这么大的场面,台下黑压压的一片人,我非常激动和紧张,以至上台后连讲稿都掏不出来了。会后,市里还招待我们看了文艺演出。

惨痛教训

列车电站作为独立电源,投入运行之初,设备尚不完全配套,关键是没有配套的水处理设备。外来水源直接打入锅炉,时间长了会造成整个蒸汽通道结垢严重,汽轮机主汽门被水垢卡住无法关闭。1953 年在陕西咸阳准备调离停机时,因主汽门关不上而造成汽轮机超速。第一级叶片被完全打坏,"剃了光头"。由于当时我们自己还不能生产汽轮机叶片,只好将第一级叶片全部车掉,电站出力由 2500 千瓦降为 2000 千瓦。这次事故之后,才添加了水处理设备。而后新建的列车电站,都配备了水处理设备,类似事故再未发生。

鉴于当时的政治形势,汽机值班员李士义因家庭出身不好受到牵连。1954年开展反事故运动时,李士义以"故意破坏"的罪名被判了重刑。"文革"以后,在我们几个知情人的呼吁下,局里派孙彦博重新调查此事,最后对李士义给予平反,并安排了工作。

赴安东惊险过山洞

文 / 赵桢祥

赵桢祥

1950 年，我在大同平旺电厂工作。10 月份的一天，电厂通知我参加一个紧急会议，与会的有 30 余人。会议由厂军代表张惠民主持。张惠民郑重地宣布，电业管理总局要从我们厂抽调 32 人到工作最艰苦的地方去，具体是什么任务去总局再另行通知。我是被抽调的人员之一。会后，要我们准备一下，马上出发！

我们 32 人从大同出发，乘火车抵达北京，来到电业管理总局修建工程局等待分配任务。然而，迟迟没有安排我们工作。待命 1 个月左右的时间，北方已经进入冬季。终于接到通知，派我们到无锡双河尖发电所拆迁列车发电厂设备，并运到石家庄。随后，我们一行人启程到达无锡。由于协调等方面的原因，工作受阻，只好在无锡待命。半个多月后，待我们可以投入工作的时候，发电所的工人已经完成拆机任务。

我们一部分人被派往上海押运为防止敌机轰炸而疏散出来的发电设备。年底，我们押车从上海到天津新港，完成任务后，来到石家庄北道岔发电厂，从无锡拆来的列车发电设备就运到这里。1951 年八九月份，列车发电设备安装试车结束，我们就地学习待命。上级还专门为我们配备了一个警卫班，负责列车发电设备的武装保卫任务。我们几十人的发电队伍对外称修建工程局第四工程队。

1952 年 7 月，我们工程队正在抚顺发电厂工地参加施工，突然接到上级命令，要我们紧急到安东，执行抗美援朝发电任务（据说是朱德总司令发布的命令）。安排我们几个人迅速赶回石家庄，执行押车任务。

一路押车都比较顺利，列车途经沈阳附近分水峰隧道时出现了大问题。由于山洞较低，我们的锅炉车厢超高，当地铁路部门测量后，明确告知无法通过。我们在这里停留了将近一个星期。这期间，沈阳电业局技术处与我方工程队负责人召开了紧急会议，商讨对策，我作为工程队锅炉负责人，也参加了这次会议。

与会人员提出了各种解决方案，但均未统一思想，商量来商量去，始终没有一个完好的解决办法。由于任务紧急，又不允许在这里无休止地拖延，在争论中更多的人倾向动"手术"方案，就是把锅炉汽包割下来，放倒后通过山洞。我是锅炉负责人，当然懂得割汽包意味着什么，到安东后恢复汽包可不是简单的事。对此我提出了反对意见，强调这套设备是快装机，汽包靠管路支撑，如果割断，到安东后不易组装，肯定会影响发电。我的反对意见，与会人员大都不认同，对他们来讲首先要能通过山洞。当时只有一位姓戴的工程师支持我的意见。争议中，有人提出了一个建议，先做个模型试验一下看是否能通过。可是沈阳电业局技术处的负责人一口咬定过不去，说他们已经做了多次测量。

最终，会议结果是割掉锅炉汽包，因为责任重大，要求与会者都要签字。我拒绝签字，再次告知大家，如果将汽包割掉，在短时间内是无法安装发电的，说完我离开了会场。记得当时工程队的负责人还追出来给我做工作，说他都签字了，不用怕担责任。我坚持说："我是搞锅炉的，要对我的工作负责，这样处理我交代不了。"事后得知，那位戴工程师也没有签字，他也离开了会场。

少数服从多数，我也只能等待割汽包过山洞。就在这个时候，我在火车站遇到了戴工程师，还遇到了沈阳铁路局工务段的一位同志。谈及这件事时，那位工务段的人一番话，让此事峰回路转。他说："你们这样研究讨论可不是八路军解决问题的做法，你们应该到山洞现场去实地考察，这样更符合实际。"我听罢，精神大振，与戴工程师商量后，决定到现场实地操作一次。实践是检验真理的唯一标准。我们将意见和实施方案再次反映到了沈阳电业局技术处。技术处的负责人最后同意了我们的意见，并派人带着工具和锅炉标高车与我们一起来到了山洞前。

我们在列车车头的前面做了一个与列车发电设备高度相同的模型车，由列车车头推着模型车试探着向山洞缓缓开进，列车后面拖着发电设备。我趴在锅炉车上，手持电筒，全神贯注地盯着锅炉车顶部汽包与山洞顶端的距离。那时我心情特别紧张，生怕被山洞顶端挡住。铁路部门在铁道两侧每隔两米远，安排了一个观察指挥人员。他们手持小红旗和提灯，以便在出现意外时立即指挥停车。

开车的司机师傅技术很好，他把列车开得相当稳。随着列车缓缓地移动，我亲眼看到汽包与山洞隧道顶端相差只有四五厘米的空隙，几乎擦边驶了过去。山洞隧道终于落在了我的视线后面，这时我的双眼模糊了，悬着的心放下了，我听到了同志们热烈的欢呼声。

尽管脸上布满了列车通过山洞时刮过来的黑烟灰尘，却掩不住我喜悦兴奋的心情。事隔多年后，每当我一想起这段经历时，都不禁对那位工务段同志所提的意见心存感激。是他的提醒，才使列车发电设备免遭拆毁，完好到达了目的地，并及时投产发电，出色地完成了抗美援朝发电任务。

在安东发电，工程队有两个人差点牺牲在那里。一个是队长李德。那天午饭后，李德来到我们宿舍，他进门刚说了一句话，突然顺着门框倒了下去。当时，我们还以为他在开玩笑，过去一看，他四肢柔软，已经不省人事。大家当时都慌了，我赶紧到附近的军械所医务室请来苏联医生。医生说可能感染上了美军投放的细菌病毒，需转传染病医院抢救。于是我和其他同事把李德抬到车上，以最快的速度送往安东市传染病医院。经医生诊断是感染上了大脑炎，病情十分严重，生命危在旦夕。医院展开了紧急抢救，我们也组织了 7 个人的输血队伍。电业管理总局领导指示"不惜一切代价，也要抢救生命"，经全力抢救治疗，李德终于转危为安。

另一个险些丧命的是贾占启。那天我负责维修锅炉，正忙于处理缺陷时，看见几个人抬着行军床走过来，原来是负责维修电气设备的贾占启在抢修线路时触电。看着朝夕相处的同事不省人事地躺在行军床上，被送往旁边的仓库，我心里有种说不出的感觉。我急忙问道："你们给他进行人工急救了吗？"抬床的几位同志说没有。经我一提醒，大伙儿赶紧为他做人工急救。数分钟后，贾占启慢慢苏醒过来，他疑惑地看了看周围的人，又看看自己，问道："我怎么会在这儿？"当人们告诉他所发生的事情后，他只说了声："噢，原来是这样。"

他离开行军床，有些踉跄地走向自己的工作岗位，就像刚才的可怕事情根本没发生过一样。

从抗美援朝到天津防汛

口述／于学周　整理／周密

1951 年初春，天津电业局在当地招工近百人，我被录用。电业管理总局从中抽选了 12 个人到北京培训，我是其中之一。短期培训后，将我们分配到地处石家庄的修建工程局第四工程队，这就是后来列车电业局的老 2 站。这是一支列车发电厂的发电队伍，我学汽机。

我们的发电车就停在石家庄北道岔一个老电厂里，这里有条卸煤的专用线，我们就住在电厂里面。这里就像是一个基地，有任务就从这里出发。当年的发电列车，不像后来进口发电列车那样完备，发电设备就装在列车底盘上，设备两侧用角钢、木板制成平台，放倒就是走道，有稍大些的空间，就是值班的地方。唯有配电柜装在车厢里，就是地方窄小。来工程队初期并没有发电任务，平时做设备维护、完善、保养，保障发电车处于良好状态。同时，修建工程局安排工程队搞修建，我们曾去山西凤山拆一个 1000 千瓦的老发电机组。

于学周

1952 年四五月份，修建工程局在东北抚顺搞 5 万千瓦机组筹建，我们第四工程队在队长高昌瑞带领下去参加建设。没干几个月，工程队就接任务去安东发电，我们就离开了抚顺。高昌瑞没有走，电厂建设更需要他，还有一些人因政审和其他原因也没有走。我申请去了安东，工程队由李德带队。

1952 年夏，我们来到安东。发电所在地位于六道沟的一个纺织厂里，厂址紧邻鸭绿江边，离鸭绿江大桥不远，站在江边就能看到大桥。刚去时，气氛比较紧张，时常有防空警报。为保卫鸭绿江大桥，距我们数公里外的帽盔山上有防空部队，能听到高射炮射击声。当时还驻守着苏联军队，驻地与我们很近。那时大家都还年轻，没事在附近转，能找到散落在煤场的飞机小零件，还有抛弃的飞机副油箱。转到帽盔山不能靠前了，有铁丝网围着，属于军事禁区。

刚去的时候，条件很艰苦。我们住在一个大仓库里，天冷以后，才住到四道沟市区楼房里，每天上下班有汽车接送。为了防范敌机，电站也有安全措施，比如到晚上，电灯都使用遮光罩。我们工作地点旁边就是一个防空洞，里面很大，需要的时候就躲进去。后来，防空洞就成了冷藏室，菜呀肉什么的都放在里面储存。后夜值班的工人，凌晨三四点钟要吃顿饭，炊事员就在防空洞里面忙活。我们在鸭绿江畔发电半年左右，圆满地完成任务后，离开了安东。

1953年初春，工程队到了陕西咸阳。当年咸阳各方面条件都比较落后，有句顺口溜：马路不平，电灯不明。咸阳落后不说，还缺水，供自来水的地方不多，当地人大都喝窖水，称自来水为甜水。街上的理发店里都贴有"甜水洗头"的字样来招揽顾客，这其中一层意思是讲究有档次，另一层意思就是要加钱。如果用窖水洗头发，洗完拿手一摸，头发都是黏的。当地水质不行，工程队对水处理没有那么重视，结果，软化水不好，锅炉管道很容易结垢，运行出事故就多。

说起发生在咸阳的那次重大设备事故，我比较了解情况。事故前我是交班司机，接班司机是李士义，吕文海是汽机车间主任。原本我这个班之后，工程队就完成了在咸阳的发电任务，在解列减负荷的时候，调速器阀因结垢不灵了。接后夜班的负责人要做调速试验，按常规停机前做此试验也属正常，但由于调速器阀失灵，我不建议做。我们下班离开不到20分钟，就听到发电车很大的震动声和排气声。第二天才听说，由于超速造成了设备重大事故。到现场一看，汽轮机上的转速表飞了，原来管道上的灰垢都震动下来。过后检查发现，汽轮机叶片打飞了，叶片龙骨也打掉一块。因为这次大事故，当班司机李士义后来被逮捕，判了15年。

为这事，我心里疙瘩很大，把这事定性成反革命，是不是有点太严重了，心里非常郁闷。电站很多人有不同看法，但在那时没有人敢讲。工程队到江西高坑发电的时候，已经隶属列车电业局，排序第2列车电站。1956年底，列车电业局要2站派员支援山东孙村电厂（新汶煤矿自备电厂），我离开了2站，去了孙村电厂。一道走的还有李士杰、王良祥、许连重三人。他们都是

1960 年 24 站职工在青铜峡合影。

锅炉工，搞汽机的就我一个。我在孙村电厂干了没一年，列车电业局筹建 11 站，康保良局长把我们 4 个人给要了回来。1957 年秋，我来保定时，11 站已经安装完成，在保定没有待几天，就去了福建南平。

1959 年，从南平调迁三明的时候，我随同厂长孙玉泰等人离开 11 站，调到宁夏青铜峡接新机 24 站。1959 年我在电站入党，1960 年任副厂长。青铜峡比较艰苦，我们刚去的时候对这里干燥的气候很不适应，很多人因此流鼻血，很长时间才适应。这里的风沙大，用飞沙走石来形容一点不为过，有一次居然刮倒了电站的龙门吊。首次试运行的时候，大家干到半夜，正在用龙门吊作业，突然刮起狂风。风沙劈头盖脸，打得大家都睁不开眼睛。大家赶紧躲进车厢里，眼瞅着大风将龙门吊刮到轨道尽头，这还不罢休，愣将龙门吊轰的一声"推"倒在地。

由于干旱，这里的土地严重沙化。风沙肆虐，今天看这地方是块平地，明天就可能是一个沙丘。建个简易厕所，今天能用，保不准明天就让沙子填平了。我们住的是干打垒的窑洞，窗缝都要用纸糊得严严的。就是这样，赶上风沙天，早上起来，被子上依然是一层细细的沙子。

1962 年，我从宁夏调到四川绵竹汉旺，任 20 站厂长。1963 年 8 月，20 站正在武汉基地大修，一些项目还没有做完，电站接到紧急调令，由于海河流域暴雨造成特大洪水，天津遭遇水灾，一些地区断电，要我们立即奔赴天津参加防汛。

为迅速赶到灾区，我们采取了应急措施，轻装上阵。职工家属暂时留在武汉，双职工有带孩子的也留下一人照顾家里，全站只选三四十名精兵强将跟车前往，另从其他电站调了几个人。电站在接到调令两天之后，就启程奔向天津。电站拉到天津市郊唐官屯，这是一个小站，有个道岔，发电车就停在这里。车到后，我们仅用了一天时间就安装完成，即刻开机发电。调迁天津防汛发电再次显示了列车电站机动灵活、抢险应急的特点。

我们所在的地方，水灾情况相比其他地段要好些，铁路边虽然有水，但不太深。电站来天津的时候，专门挂了节闷罐车，我们电站男女几十个人就住在闷罐车里。好在吃饭的难题当地帮我们解决了，派人按时给我们送饭。他们不送，我们也没闲地方做饭，更没有后勤人员管我们吃喝。待水渐退下去后，我们下车，在车厢外面搭席棚子住，比闷罐车里凉快多了。

当年从中央到相关部委都非常关注天津防汛，我们在天津防汛发电期间，水电部防汛指挥部每天都要电话问询发电情况。电站的电话保持24小时畅通，不是指挥部调度把电话打到电站来问询，就是我直接打过去汇报当天情况。在天津发电两个月左右，发电机差动继电器动作，开关跳闸了，不明原因不敢贸然开机。这时候天津灾情大有缓解，我们对电站设备进行检测和必要维护后，又接调令到衡水救灾。

1963年10月，我们调迁到河北衡水。衡水因分洪保天津，受灾损失比较大，几乎全境被淹。当地有家知名的酒厂，酒都泡在水里，不过瓶装酒从淤泥里挖出来，倒不影响喝。当地有个1000千瓦机组的小电厂，跟我们电站机组容量一样，洪水中也受到影响。我们电站也是拉到一个铁路岔道上发电。刚去时，大家住在民房里。后来，留在武汉的一些职工和家属陆陆续续地来到衡水。我们完成防汛救灾发电后，上面发给我们电站职工每人一支钢笔，钢笔刻有"天津防汛衡水救灾纪念"。可惜发我的钢笔已找不到了。

我们在20站搞无电源启动，主要是针对应急发电。在天津和衡水发电时，都成功运用过，并在紧急情况下，调动过当地消防队开消防车来给锅炉灌水。后来，列电局还在湖南专门开过一次1000千瓦机组无电源启动经验交流会，让我去做现场介绍，具体时间和在哪个电站记不清楚了。

我在电站奔波了20多年，1974年，列电局下放20站老机组，机组调拨给西安交通大学，我和爱人也留在了该校，结束了我们夫妇的列电生涯。

转眼又过了40余年。很想念一些老友，想起当年在咸阳几个人坐车跑到西安逛，大家聚一起吹拉弹唱，挺好玩的。

我在列电 30 年

文／陈孟权

1953 年，我毕业于厦门大学电机工程系发电与输配电专业，同年被分配到燃料工业部华北电管局修建工程局工程科，10 月份转调到当时正在陕西咸阳执行任务的第一工程队（老 2 站）。我的职务是实习技术员，半年后转正。

当时，郝森林是队长，李德、韩国栋是副队长。听老师傅们讲，老 2 站的人员是以冀北电力公司为主组建，人员来自晋察冀兵工厂（650 千瓦机组）和各电厂。

到工程队的第二天，韩国栋副队长带我登上配电车厢的平台，就这样迈出了我 30 年列电经历的第一步。韩副队长领我参观了整个生产过程后问我："看后有什么发现？"这时我才注意到，原来这就是偶有耳闻的可快速移动的发电站。

老 2 站的设备是第二次世界大战时期英国为苏联制造的 2500 千瓦列车电站，交货时战争已结束，所以流入了市场。这台机组在当时是比较先进的，体积小、重量轻、布局紧凑合理。比如汽轮机、发电机、配电盘都装在一节加长的平板车上。汽轮机的转速是每分钟 6000 转，转子重量很轻，两个人就能抬动；汽轮机的下汽缸就坐在凝结器上，非常紧凑。

机组配备两台锅炉，每台锅炉连同与其配套的辅助设备，除引、送风机外，还包括为其供水的电动主给水泵、活塞式备用泵和专用水箱。这些都装在一辆平板车上，整个电站就由一节机电车辆、两节锅炉车辆构成。

陈孟权

随后，韩副队长把我带到电气小队的维修房里，把我介绍给电气小队长舒占荣、副队长贾占启两位老师傅，就这样开始了我的实习经历。我的第一项工作，就是配合小队王师傅编写大修计划。刚走出校门的我，也只能是作为王师傅的一支不称职的"笔杆子"，他口述，我写，仅此而已。

在这个过程中，由于南北方语言上的差异，我大有刘姥姥逛大观园出尽洋相的味道。例如"改锥"是什么东西，又是哪两个字，拿出实物看才弄明白。又如"滚动轴承"南方叫"培令""插销"南方叫"璞落"，凡此等等。

天有不测风云。就在我实习不到一个月的时候，电站在退出运行时，发生了机组解列后，调速汽门和汽轮机手动主汽门因结垢严重不能关闭，汽轮机超速飞车事故。我刚刚开始的实习也被迫中断，全队处于十分懊丧的状态。事故引起中央有关部门严重关切，责令华北修建工程局尽快弄清事故原因和设备损坏情况，组织力量抢修，尽快恢复生产能力。

事故发生后，修建局工程科负责人徐允铧工程师和另一位资深热机专业工程师葛祖彭很快赶到现场，对事故原因和设备损坏状况做了初步了解，并向相关部门做了汇报。同时转达上级部门的指令，立刻将全部设备拉回石家庄进行抢修。翌年初，全套设备和电站全体人员被安置在石家庄老电厂内，修建工程局指派工程科的戴策工程师赴石家庄，全权负责机组抢修相关事宜。因这套发电设备从英国进口后，曾是江苏戚墅堰电厂的主力机组之一，而戴策工程师曾在该厂任职，对机组情况十分了解。

机组经解体检查，电气部分未发现什么异常，只需进行常规性检修。锅炉部分，两台锅炉的炉墙均遭到不同程度损坏，需重砌；锅炉内部结垢比较严重，要进行洗炉；省煤器需整体更换。这些项目，经一次大修即可修复。但汽轮机尤其是汽轮机转子损坏十分严重。转子第四道叶轮沿着其中一个平孔边沿已破碎，叶片也基本脱落，也就是俗称的"剃光头"。隔板和喷嘴也都受到不同程度损坏，已非一般常规检修可以修复。

经研究，决定成立以戴策工程师为主的抢修小组。小组成员除原工程队汽机小队的几位老师傅，还有刚从北京电校毕业的热机实习员李国华，正在天津执行任务的第2工程队的热机技术员（技术2级）何以然。在石家庄的汽机八级工范成泽也被借调到抢修组，同时聘请了良乡修造厂一位钳工技师为顾问。

电气设备检修工作量小，我的实习工作又处于中断状态，而戴策工程师又是我实习的指导老师，所以也让我参加抢修组。虽然在组里只是打打下手、帮着记记数据、整整资料等，但这对我来说却是一次十分难得的学习机遇。

老 2 站部分职工咸阳合影（作者前排右 2）。

根据机组损坏状况分析，如整体更换叶轮，在当时无论从技术水平还是物质条件都是不可能的。经抢修小组仔细研究，最后决定采取把事故叶轮从平衡孔位置整体切除但保留该级隔板的方案。这样处理对后面几级叶轮压力分配影响不大。

该方案得到批准，由石家庄一家拥有大型机床的工厂协助完成事故叶轮的切割。切割后，汽轮机整体被安置在石家庄电厂的机修厂房里，再对其进行一系列的修复工作。如低速动平衡，金属探伤，各级轴瓦的重浇、修刮，大轴弯曲度检测等。

这次抢修工作中的许多项目，在正常检修情况下是碰不到的。在戴策工程师和范成泽师傅的耐心指导下，参加这次抢修对我来说，可以用"收获颇丰"加以概括。戴、范两位前辈，是我走入电力行业的启蒙老师，后来的周良彦前辈也是我在电力行业的引路人。

因石家庄电厂现场条件的限制，机组修完后，仅进行了空载试验，试运转后就地待命。

1954 年初，工程队接到命令，要求机组立即赶赴山西执行任务。3 月份，机组调到山西榆次，安置在刚从上海搬迁来的经纬纺织机械厂的铁路专用线上，并入山西太原电网，这也是机组修复后首次并网发电。令人欣慰的是机组运行各项参数基本正常，机组最大出力达到 2200 千瓦，但为稳妥起见，决定机组出力保持在 2000 千瓦左右运行。

大约在 6 月底的一天，值班人员突然接到太原电网中调命令，要求机组马上解列停机。紧接着郝森林队长接到电话，要求机组以最快速度调往武汉支援防汛发电。电站随即召开全体职工大会，安排立即拆机。因刚停机，管道温度还比较高，大家带着石棉手套进行拆卸作业。

队长把我和张仁工程师叫在一起，要求我俩携带建厂相关图纸和资料，马上动身赴武汉。我立即整理衣物并托付给电站同事，只随身带了一个小挎包和几件替换衣服，于当天下午即和张工两人直奔榆次火车站。反正赶上哪趟车就上哪趟车，到了石家庄转车直奔武汉。抵武汉后，接站人员就将我俩送到了位于江汉路的武汉冶电业局，汤副局长兼总工和相关科室的人早已在会议室等候。我和张工把电站有关情况和建厂要求做了介绍，并将相关图纸做了交代后就到旅社休息。

次日一早，武汉冶电业局的人就送我俩到他们已选定的厂址——江岸区丹水池江岸车辆段内。当我们走到施工现场时，被当时的场面震撼了！到处都是穿梭忙碌的施工人员，施工所需器材堆满施工现场。临时厂房的房架都已经成型，竖立起来组装即基本完成。专用线要求加密轨枕的工作也基本完成。上下水管道等也在快速施工。看来主机到达后，安装工作就可立即展开。

电站主机组于7月6日到达武昌后，很快就进入丹水池江岸车辆段的专用线，并即刻开始电站安装工作。全体职工昼夜奋战，不到4天就发了电。原来全市的大小水泵都往江里抽水，用电十分紧张，列车电站发电后，情况大为缓解。

武汉市对列车电站是很照顾的，不但伙食好，还经常请我们看慰问演出，到民族乐园看杂技名家夏菊花的表演。不过，为了保证安全，电站规定不许私自上街，因为市区的水位和二层楼一样高，江里的水位又比市区高。江面上漂着死猪、死牛、树木和整座的草房子，看着怪吓人的。

记得是在八九月份，武汉市公布了第一批受奖人员，列电有两个二等功、一个三等功。孙玉泰、秦中华是二等功，我是三等功。抗洪结束时又评出了第二批立功受奖人员，但我记不清是谁了。

第一批宣布我立三等功，我都不敢相信，不知道因为什么立的功。在宣布的前一天，郝森林拿着由王任重和张体学签署的立功喜报，让我看了一眼说，这个不给你，要交到人事部门。但我老家却收到了立功喜报并挂在墙上，是我同学去我家串门儿，看到后写信给我，我才知道的。

为什么给我这个三等功呢？我想了一下，可能是因为两件事。一件是江堤岸塌陷那次，我听到报警就立即跑到了大堤上，和大家一起扛土包参加抢险，一直干到很晚才回去。另一件，是修复了电动给水泵的电机。电站 2 号炉电动给水泵的电机，在戚墅堰电厂时，因为"扫膛"曾经烧过。线圈是重绕的，但没有修好，不能用，电机到 1000 转就不行了。所以，只能用汽动活塞泵给锅炉上水，很不稳定。我对照图纸认真检查，终于找到了原因，使这台电机得以修复。

1954 年 10 月 19 日，武汉市正式宣布抗洪工作结束，老 2 站也接到了返回山西榆次发电的调令。后来，老 2 站又先后调到山西阳泉、江西萍乡、常州戚墅堰、新海连市等地发电。

1958 年 3 月，韩国栋带人到新乡接新机 13 站，我也调该站任工程师。在完成新乡发电任务后，13 站转移到河南鹤壁市发电。

1959 年 5 月下旬，我调第 4 中心站任工程师，第 4 中心站由赵廷泽任站长并兼 15 站厂长。当时 15 站在湖南衡阳发电。中心站主要任务，是定期或不定期派员到辖区电站，遇到较大问题或汇集情况后，书面向局机关及有关部门汇报；组织协调区内电站大修时在人力和物资上互相支持。第 4 中心站辖区电站最多，也是辖区地域最大的。北起河南鹤壁，向南包括两湖、广西、海南岛，还包括广东茂名的电站。1961 年 10 月，15 站调湖南郴州鲤鱼江电厂发电时，第 4 中心站改为第 4 工作组，迁到湖北武昌白沙洲列电局武汉装配厂办公。

1963 年 9 月，我调到列电局生产技术科工作，这次一待就是 20 年。该科是全局技术人员最为集中的地方。也许是由于来此之前，我有长达 10 年在电站工作的经历，对电站设备相对比较熟悉，所以被安排承担电站设备检修和技术更新改造计划管理工作，直到列电局 1983 年撤销为止。

如果要对我在这段长达 20 年的表现做出评价的话，只能用"平平淡淡"又"忙忙碌碌"来概括。其间虽然也完成了各式各样的任务，但没有做出可以拿出来"说道说道"的业绩，相对于日日夜夜战斗在第一线的广大列电兄弟姐妹来说，于心有愧。

1983 年列电局撤销后，我调水电部办公厅政策研究室，后又调电力生产司。1988 年水电部撤销，我又调国家计委以煤代油专用资金办公室属下华电电力技术开发公司工作。后来该公司并入华能集团公司。

1994 年我从华能集团公司退休，同年接受集团工程部返聘，1997 年辞职全休，从而结束了长达 44 年的电业生涯。

老 2 站前传

文／周密

———————

1952 年 6 月 30 日，《人民日报》发表社论，题为《美国必须对轰炸鸭绿江发电厂的罪行负责》。这是朝鲜战争爆发两年后，美国飞机于 1952 年 6 月 23 日轰炸位于鸭绿江中朝界河上的水丰发电站，致使辽宁安东（丹东）大部区域断电，境内保卫鸭绿江大桥的军事设施受到严重影响。燃料工业部得令，紧急调遣电业管理总局修建工程局检修队第四工程队（检修队 4 中队，简称 4 队），前往安东发电。由此，从河北石家庄第一发电厂出发的列车发电厂，风驰电掣地奔向安东，7 月 9 日抵达目的地，18 日正式发电。这支由 80 余人组成的抗美援朝发电队伍，为中国列电史写下了光荣的一页。这支队伍就是后来的电力工业部列车电业局第 2 列车电站，习惯称之为老 2 站。说起这支功绩卓著且有几分神秘色彩的列车发电队伍，其来龙去脉，要追溯到解放战争时期。

4 队由来

1946 年 10 月，国民党军队再次攻占张家口，在下花园电厂军代表张天柱和厂长张彬带领下，一批生产骨干及家属经动员一起撤离张家口，经蔚县向山西灵丘转移。下花园电厂电气股副股长郝森林、锅炉司炉李德、电工韩国栋、汽机司机李生惠、运煤工孙书信等，拉家带口也在行进的队伍中。对于他们来讲不仅仅是转移这么简单，而是意味着由此改变了人生。4 年后，他们成为老 2 站的创业者。这支撤退的队伍，由郝森林带队武装保卫，李德管账兼赶大车。为躲避敌机轰炸和追兵，他们沿乡村道路昼伏夜出，一路艰辛。当年团缩在马车上的孙书信女儿——孙秀琴回忆，困极的赶车人，不觉中栽下马车，许久才追赶上来。

他们在灵丘上寨大同沟兵工厂工作近两年，编为晋察冀兵工局第二处47队。这是一支以发电为主的队伍。李生惠等人负责一台柴油发电机，他曾风趣地回忆，当年因柴油紧缺，油箱油位低时，竟然往里面加砖头以提高油位。李德、孙书信等人负责运输，李德曾告诉孙书信的子女，跑运输时，其父险些送命。有一次路遇敌机扫射，孙书信的背包留下两个弹洞。1948年，47队的人全部离开灵丘，在张彬的带领下，前往曲阳华北兵工局15兵工厂8分厂，也称308厂，他们在葫芦汪磨子山下的山洞内，安装了一台650千瓦发电机。

下花园来的人在这里与孙照录、吕文海、马洛永汇合，后来都成为4队的队员。马洛永的妻子现已年逾90，她至今还能回忆起到葫芦汪看望丈夫，借住在厂内破旧的职工宿舍里。他们在狼多、蛇多、蝎子多的葫芦汪发电一年有余。1949年10月，308厂完成使命，随即关停，人员调到大同工程队等处。在308厂任电气股长的郝森林也提前离开葫芦汪，以军代表身份到察中电业局接管宣化营业所，随后

1949年葫芦汪电厂全体职工合影。

相继在修建局下的多个工程队任职队长，1953 年 3 月，再次与战友相聚在陕西咸阳。

韩国栋的家人至今保存着一张珍贵的葫芦汪电厂全体职工合影照片，拍摄于 1949 年 8 月 8 日，这是他们离开电厂前夕的合影纪念。

再次回到 1946 年，扬子电气公司从英国购进了一套 2500 千瓦列车快装发电设备。1947 年 2 月，设备由英国运抵上海吴淞，3 月，转运到常州戚墅堰发电所。5 节车辆，全长 70 米的列车发电设备，于同年 10 月正式发电。1949 年 12 月，戚墅堰发电所遭敌机轰炸，这套发电设备迁至无锡双河尖发电所。

1950 年 6 月，朝鲜战争爆发。燃料部电业管理总局修建工程局为应急战备，加快组建检修队伍（抢修队）。10 月，从各地电厂抽调大批人员汇聚北京。修建局在组建若干工程队的同时，派员筹建一支应急备战的列车发电队伍即 4 队。1950 年 12 月，修建局派出一支以 4 队人员为主的队伍奔赴无锡双河尖发电所，拆迁列车发电设备抢运至石家庄。老 2 站的序幕就此徐徐拉开。

老 2 站李德、李生惠、孙书信、赵桢祥、马洛永、孙照录、吕文海等参加了无锡拆机，他们均于 10 月从大同平旺电厂抽调到北京。李德负责押运拆迁的发电列车，从无锡发往石家庄，一路向北。李德回忆，正值数九寒冬，人在敞篷车里又冷又饿，暖水瓶都给冻破了。完成拆机任务后，他们大部分人陆续来到石家庄，等待分配新的任务。这时已是 1951 年 1 月。

4 队应急备战地点设在便于北上的石家庄第一发电厂（石家庄北道岔发电厂）内。此电厂由日本人所建，早年称为石门发电所，安装有一台 2000 千瓦发电机组，占地面积 38000 多米 ^{2}，厂内铁路专用线与铁路大动脉京汉线相连。纵观列电史，如果说由无锡拆迁来的发电设备是我国首台用于机动、应急的列车发电厂的话，那么，石家庄第一发电厂当是我国首个列车发电基地。修建工程局从无锡拆机的同时，已派员到石家庄招兵买马，组建 4 队了。曾以军代表身份接管扬子公司的高昌瑞任队长，从苏南来的戴策任工程师，王德海为总务。1950 年底，16 岁的白义就是在此基地加入了 4 队。

《戚墅堰发电厂志》有如下描述：在无锡双河尖发电所的原列车发电厂机组的戚（墅堰）电厂全体人员，响应号召，开赴抗美援朝前线，1950 年 12 月 8 日，经苏南电业局批准，44 名职工高举"抗美援朝，保家卫国"的旗帜，开赴东北。至河北石家庄时，接上级命令原地待命。从时间上推断，发电列车和拆机人员到达石家庄时，从苏南来的这支发电队伍已经在基地等候。人与设备均已集中到石家庄，4 队已初具雏形。在高昌瑞带领下，苏南来的人员接管了技术工作，北方来的"老革命"执掌行政管理。

抗美援朝

1951年，冬去春来，4队并没有接到北上的任务。发电列车静候在基地的简易厂房内，没有安装和试运。在基地滞留数月的苏南队伍，见迟迟没有抗美援朝的任务，要求返回原厂。于是，修建局开始为4队补充队员。大约在五六月间，杨文章、于学周、孙玉琦、李士义等12名天津籍的年轻人，从北京电业职工学校培训班分配而来。他们从石家庄火车站下车，乘人力车来到北道岔电厂。他们四下张望这个偏僻陌生的地方，站在厂里可以清晰地听到京汉线上火车奔驰的汽笛声。与此同时，从修建局及其他工程队调来的张仁、贾占启、毕万宗等人也陆续前来报到。

设备经安装试运后，停机待命。大约9月，苏南来的支援队伍先后离开石家庄，4队只保留了一支三四十人的基本骨干队伍。待命期间，工人们全部吃住在厂区，并有保密纪律，不得向外人透露工作任务。4队配有全副武装的保卫人员，统一服装，佩戴抗美援朝的袖标。随队有十几户家属租住在4队附近的栗村和八家庄村的农家里。

1952年4月左右，4队到山西凤山电厂完成拆机任务不久，又奉命到辽宁参加抚顺电厂扩建任务。1952年7月初，正在抚顺的4队接到命令，让紧急赶往辽宁安东（现称丹东）执行发电任务。于是，在4队骨干人员基础上，临时在抚顺基建队补充了部分队员，组成约七八十人的发电队伍。原队长高昌瑞等因抚顺工程需要，留在了工地，李德被任命为4队队长，韩国栋、赵桢祥、吕文海各任电气、锅炉、汽机车间主任，戴策任工程师。戴策、赵桢祥等人专程返回石家庄，押车火速赶赴安东。他们到安东后，安东电业局又为4队补充了一些工人和后勤人员。4队队员们大都于7月7日前后，分批离开抚顺，准时集结于安东。

朝鲜战争爆发后，安东临近鸭绿江地区的人员已经疏散，4队发电地点就位于六道沟邻江、设备清空的纺织厂里。这里距鸭绿江大桥仅数公里，机组停靠在纺织厂货站的铁路专用线上。7月18日，4队开始运行发电，为军事阵地和设施提供电力保障，同时输送部分民用电供给安东市区。

这里与朝鲜战场仅一江之隔，弥漫着战争的硝烟。天空中掠过的战机，时常拉响的防空警报，远处时有的高射炮的炮击声，令初到安东的队员有些紧张和不安。为加强安全防备，生产车厢和住宿灯光采取遮光措施，拉响警报时，全部熄灯，必要时用手电照明。

发电期间，队员们经受了生死考验。副队长李德突患大脑炎，被紧急送往沈阳救治。时任电气车间主任的韩国栋接替其职，他是从葫芦汪过来的那批队员中较早走上领导岗位的人，那年他23岁。

4队在安东度过了不平凡的5个月，为表彰他们为抗美援朝所做出的贡献，上级为4队每人特制颁发了"光荣完成发电任务"纪念章，安东电业局赠予锦旗一面：光荣完成抗美援朝发供电任务的检修4队同志们，把发电列车开到祖国经济建设最需要的地方。锦旗标注时间是1952年12月17日，这是4队值得纪念的历史。1953年1月，全体队员返回石家庄基地，也结束了队员5个月没能洗澡的纪录。

咸阳扩充1队

1953年2月，在石家庄基地休整两个月后，检修队接受新任务，去陕西咸阳为西北棉纺一厂发供电。这时候，华北电业管理局已经成立，电业管理总局将修建工程局划归华北电管局管理，4队被编为华北电业管理局修建工程局第一工程队（又称1中队）。次月抵达咸阳后，修建局对1队进行了一次较大数量的人员扩充，这也是该队在归属列电局之前最重要的一次扩充。

郝森林自葫芦汪电厂别离老队友后，时隔5年与大家再次相聚，修建局任命郝森林为1队队长，韩国栋为副队长。一批技术人员、技术工人和学员先后从修建局工程队、石景山电厂、天津电厂等处补充进来。张广笙、沈来昌、徐济安、王锦福等10余人均是修建局在上海通过考试招工而来，1952年底，他们在北京南营房四道口冬训班学习，来年1月，转到良乡电力修造厂冬训队，6月1日来咸阳1队报到。沈来昌老人还保存着当年招考和录取通知信件，他考钳工三级被录取，户口迁出证的迁往地为北京府右街26号修建工程局。秦中华、陈广文、易云等人从部队转业而来，秦中华不久任该队党支部书记。此时，队伍总人数已达一百二三十人。

由于咸阳水质差，严重威胁发电设备安全运行。发电期间，小事故不断，1队被称为事故大王。就在即将完成发电任务的时候，发生设备重大事故。正在修建局开会的郝森林，接到电报匆匆赶回来。他痛心地说，我们任务完成了，发电设备却毁掉了。

1953年12月，1队返回石家庄基地。修建局动用各方技术力量，用时三个月修复了发电设备，但机组还是因伤筋动骨降低了出力，额定出力由2500

千瓦降至 2000 千瓦，这台伤残的发电设备后来又运转了 20 余年。1 队扩充后，原石家庄基地的职工宿舍已不能满足全部队员居住，扩充人员另住到距基地二三里 ❶ 地的胜利路 94 号一家电业系统的招待所里。

1954 年 3 月，检修队接受新任务，到山西榆次发电。不久，华北电业管理局将 1 队划归旗下的太原电业局，正名为太原电业局列车发电厂（后来见于报端的名字为华北电业管理局列车发电站），队名为五〇工程队。至于队名出处，或因其始建于 1950 年，这为老 2 站的前辈普遍认同。就此，五〇工程队的任务从战备转移到服务国家经济建设。据考证，工程队此次离开基地，再没有返回石家庄。五〇工程队的队名，一直沿用到 1956 年划归列电局。

五〇工程队赴武汉抗洪

大约 7 月 2 日，正在榆次郭家堡为建设经纬纺织机械厂发供电的五〇工程队，接到北京和太原方面的紧急通知，命令马上停机，3 天之内赶到武汉，执行防汛发电任务。铁路方面已经来人将专线与主轨道接通，牵引机车守在专用线上，时刻准备拉走发电设备。工程队即刻组织人员拆卸还在发热的辅助设备。

1954 年夏，武汉发生洪水，水位超过 1931 年溃堤致上千人死亡的特大洪水。五〇工程队奉命奔赴武汉就是为排涝提供电力，这是该队继 1952 年紧急前往安东参加抗美援朝发电后，再次执行中央指令。太原电网调度命令工程队与电网解列停机的当天下午，张仁工程师和陈孟权匆匆带上图纸登上开往石家庄的列车，转乘奔向武汉。7 月 4 日，他们赶到正在施工建设的列车发电厂址——汉口江岸区丹水池江岸车辆段内，为施工人员提供技术帮助。当晚，两个人就住在了江岸车辆段，睡在办公桌上。与此同时，发电列车一路风驰电掣，畅通无阻地奔武汉而来。

《长江日报》于 7 日在头版以"奉中央指示支援本市防汛排水工作需要，华北电业管理局列车发电站到达武汉"为标题，刊发了一篇 800 余字的报道，首次将带有几分神秘的列车发电队伍见于报端，并称为列车发电站。从报道中知晓，防汛指挥部要求 130 余人的电站不迟于 7 月 10 日发电，副厂长韩国栋承诺如期完成任务。发电车于 6 日晚到达，7 日开始安装。经过 60 个小时的突击，完成安装，按要求时间开机发电。为灾情严峻的张公堤排涝提供了电力保障。回顾本次调迁，可较为准确地推演出整个调迁过程：五〇工程队于 7 月

---

❶ 1 里 =0.5 千米。

1954 年老 2 站支援武汉防汛发电。

2 日接令停机，按要求 24 小时完成拆机，列车奔驰 30 余小时抵达武汉，3 天完成安装发电，全程历经了不同寻常的 7 个昼夜，圆满完成时限的一周调迁发电任务。

工程队的发电车由荷枪实弹的军人警卫。发电期间，时常大雨滂沱。队员都清楚，无论何时，只要听到枪响，都要上堤抢险。有些队员经历过多次。

当年，他们并不知晓 1931 年武汉洪水就是从工程队发电地段——丹水池溃口。历史总是有很多巧合，《人民日报》1954 年 10 月 24 日头版刊登了一则报道，这样描述：7 月 29 日，中午 11 时，江岸车辆段附近发生堤身溃塌 20 多公尺❶的严重险情，在 5 分钟内，1000 多名抢险队员冲上险地，70 多人立即跳下水去结成"人堤"。当年 26 岁的王会也跳入水中。他回忆，堤岸塌陷抢险完后，从水中上来的时候，无力地一头栽在堤岸上，大堤上横七竖八躺满了人。在当时抢险形势下，停机等同于犯罪。孙玉泰等人为紧急处理阻塞在循环水泵的杂草，跳入江中，避免了停机事故。

发电期间，武汉市委书记王任重等领导前来看望住在临时工棚里的队员。队员们每人一块铺板、一张草席、一顶蚊帐和一个小板凳。鉴于五○工程队对武汉防汛的贡献，武汉市防汛总指挥部授予列车发电站二等红旗奖。孙玉泰等人获得二等功或三等功。

---

❶ 1 公尺 =1 米。

同年 10 月，洪水退去。1954 年 10 月 12 日，武汉防汛指挥部召开欢送五〇工程队全体职工大会，并一起合影留念。队员都身穿指挥部发给的衣装，上面印有"支援武汉防汛留念"。

告别五〇工程队

10 月中旬，五〇工程队离开武汉，再度回到榆次。所不同的是，发电车火速赶往，龟速返程，一路走了个把月。多少年后，还为前辈闲暇笑谈。11 月，燃料部决定派该队支援距榆次不到百公里的阳泉市发电。1955 年 4 月，五〇工程队来到阳泉，据《阳泉发电厂志》记载：4 月 27 日，由李生惠担任总指挥，组织列车机组试车发电。根据太原电业局的指示，五〇工程队与阳泉电厂合并，实行统一领导，分工负责。

队伍到阳泉发电不久，因开展"反事故运动"，两年前发生在咸阳的生产事故被重新提起。不曾想风云突变，居然被定性为反革命破坏行为。咸阳生产事故当班人之一李士义被判刑入狱。由此，队伍出现较为尖锐的分歧，终给创业前辈们留下一生的心结。1980 年 5 月，时隔 25 年，阳泉中级人民法院撤销了对李士义的原判，宣告无罪。

阳泉是老 2 站归属列车电业局前的最后一站，发电任务结束前，北京电业管理局（前身华北电业管理局）开始筹划接管列车发电厂事宜，与太原电业局就移交五〇工程队进行具体的商议。1955 年 12 月 29 日，双方达成协议：1956 年 1 月正式归北京电业管理局领导，郝森林为具体移交承办人。显然，五〇工程队到此止步，成为历史一个普通的符号。太原电业局将列车发电厂正式移交的时间，与北京电业管理局决定成立列车电业局的时间相吻合。待 1956 年 3 月列电局正式成立，列电局顺理成章地接收了这支功绩卓著的队伍，并更名为电力工业部列车电业局第 2 列车电站。由此可见，1956 年 2 月，老 2 站离开阳泉调迁至江西萍乡高坑时，一只脚已经踏在列车电业局的门槛上了。

老 2 站这部由英国制造的发电列车，从登陆上海吴淞起始，发电几十年，调迁里程达数万公里。当年，老 2 站的办公车厢里挂满了奖状、记功册、锦旗。毋庸置疑，这支队伍是列电事业的先驱，是列电光荣史册中一枚熠熠生辉的金牌。滚滚长江东逝水，浪花淘尽英雄。列电人终将被淹没在历史的长河之中，但是，列电人光荣的足迹和历史功绩定会记载于共和国的史册。老 2 站不仅仅是一个站名，它诠释的是列电之魂。

去苏联学习列车电站

文 / 张增友

出国前的准备

张增友

1954 年 3 月，哈尔滨电厂通知我到东北电管局报到，这是我在哈电工作两年后，接受的新任务。一同前往东北电管局的有 4 个人，临去东电，见到哈尔滨电业局局长周培尧，才知晓准备派我们赴苏联学习。怪不得在此前几个月，电业局安排我们体检、组织政审。

来到东北电管局一看，聚集有三十几人，全是从东北三省发电厂抽出来的，这些人出国学习回来后，准备成建制地接手吉林热电厂。东电先将我们集中到北京，组成吉林热电厂赴苏实习组，在地处定福庄的燃料部干部学校进行出国前基本培训，主要学习俄语。10 月上旬，学习培训还没有结束，学校通知郭广范、周春霖、李元孝和我 4 个人去电业管理总局人事处报到。接待我们的是时任总局人事处副处长路岩，她告知我们将由吉林热电厂赴苏实习组调到列车电站赴苏实习组。我们对列车电站完全陌生，具体工作性质也没人能说清楚，既然组织这样决定，我们就服从安排。总局的一个年轻人带着我们去大盆胡同电总招待所，临时安置在那里，等待下一步安排。我们回到干部学校办理了退学手续。

不久，我们与王桂林领队的另外 14 人汇合，组成 18 人列车电站赴苏实习组。其中有王桂林（黑龙江鸡西发电厂）、张静鹗（燃料部电业管理总局生技处）、李恩柏（吉林辽源发电厂）、周国吉（辽宁北票发电厂）、范世荣（沈阳一次变电所）、周春霖（辽宁抚顺发电厂）、李元孝（抚顺发电厂）、何立君（吉林通化二道江电厂）、郭广范（吉林丰满水力发电厂）、安守仁（西安电业局）、王克均（四川宜宾电厂）、唐存勖（江苏戚墅堰电厂）、李应棠（甘肃兰州发电厂）、周冰（北京电校应届毕业生）、赵陟华（辽宁北票发电厂）、张兴义（吉林龙井发电厂）、葛君义（长春一次变电所）和我。这18个人来自全国8个省市的16个单位，年龄最大的是王桂林31岁，最小的是唐存勖19岁，我那年21岁。在总局那位年轻人的安排下，王桂林带领我们开始出国前的准备。我们在指定的大北照相馆照相办理护照，每人有500元的制衣费用，在东交民巷红都服装店定制中山装和大衣后，余款自己购鞋帽等用品。

12月初，出国准备工作基本完成，路岩将我们18个人召集到总局，由副局长何纯渤给我们训话，讲了此行的意义，对我们提了要求。第二天，我们一身新装，带着简单的行李和洗漱用具，登上总局派来的大卡车。路岩到车站为我们送行。

我们乘坐国际列车从北京出发，经两天抵达满洲里，办完相关手续入境苏联。在后贝加尔站进行了一系列的检查、填表，列车更换轮对转向架，过后便直抵苏联首都莫斯科。这一路走了6天6夜。我们集中在硬卧车厢里，领队王桂林管理挺严，每天都有学习安排，上午和下午都要抽出1小时学习俄语。我和郭广范基础比较好，我俩当教员，其他时间大家就说说笑笑。12月正处寒冬，西伯利亚的温度达零下50摄氏度。北京与莫斯科有5个小时的时差，车跑一天，时差要错后一个小时。

我们到达莫斯科后，中国大使馆商务处有个燃料组，是燃料部派去的人，他们除商务工作外，还负责接待来苏学习人员。王桂林在中国大使馆人员的陪同下，到苏联电站部列车电站管理局进行接洽。他回来后带来一个消息，我们18个人将分成两个小组去不同地点学习。之前，我们没有预料到一行人会一分为二。

第一组去布良斯克运输机械制造厂学习设备安装及调试，再到苏梅州实习列车电站运行；第二组到斯大林格勒州（现名伏尔加格勒州）沙拉托夫市列车电站实习。由于沙拉托夫列车电站是燃油电站，就将汽机和电气及化验人员王克均、唐存勖、李应棠、周冰、赵陟华、张兴义、葛君义7个人组成第二组，其余 11 个人留在第一组。一同来的翻译王锦庆女士跟随第一组，大使馆临时为第二组配了一名翻译。

中国大使馆还设有留学生、实习生管理处，出国团组要与该管理处紧密联系，定期汇报。王桂林从管理处领来任务，要求成立党团组织，并明确外事纪律，不准与外国人谈恋爱，避免国际纠纷。另外，言行及在外就餐不得有损国格行为。就在王桂林忙于前期工作的时候，使馆人员带我们瞻仰列宁墓，参观莫斯科大剧院。不日，两组人员启程，分别前往各自的实习地点，在苏实习生活开始了。

在布良斯克实习

我们实习地点位于布良斯克州别日茨塞区，给我的印象这是一个很小的城镇，仅有一个工厂和一所学校，当地居民住所大都是平房。我们实习的工厂全称是交通部布良斯克运输机械制造厂，主要生产铁路客运、货运车辆和机车，有一个车间专门组装列车电站，锅炉设备就是这个厂制造的，制造的列车电站除供给本国外（据说当时苏联有 40 多部列车电站），还对外出口。该厂很重视我们前来实习，专门派了副总工程师尤什科夫负责我们的实习业务。后来苏联派专家组来佳木斯，指导安装列车发电厂就由他带队。实习按照锅炉、汽

在苏联工厂实习（作者左 4）。

机、电气等专业分步进行，分别请各专业工程师给我们讲课，然后实地参观。在实习过程中，随队翻译同期翻译给我们，只是专业术语翻译显得力不从心，让我们有些困惑。回到宿舍，我们要凑一起消化授课内容，没搞明白的，第二天要去问，我们的学习态度还是很认真的。

我们十几个人居住在厂办招待所里，距厂区十分钟的路，每天来回要穿过一片树林子。工厂一名副厂长常来关照我们的生活情况。我们每月生活费600卢布，折合人民币300元。在当时的苏联，生活物资比较紧缺，价格昂贵，这点钱还要精打细算才成。张静鹗管钱，每天的开支要记账盘算。这里每餐一菜一汤，菜就是土豆、圆白菜、西红柿这老三样，土豆配点牛肉，汤里有点红肠。只在除夕的晚餐，每人加了一杯啤酒。招待所尽可能地照顾我们，还特意给我们做面条、包饺子。面条是意大利空心面，我们戏称它为钢管面，饺子只能勉强称之为饺子。也难为他们了，接待人员那份热情我们心存感激。

苏联轻工业相对比较差，他们习惯穿毛料服装，但面料很粗糙，我们穿的毛料相比要好许多，令他们羡慕，常有人手抚着我们穿的面料说莫亚启（柔软的意思）……我们带来洗脸用的搪瓷盆，更是让当地人爱不释手。我们临回国的时候，将搪瓷盆统统送给了他们。苏联专家来我国指导安装电站时，都买了许多衣料回国。

在苏梅实习

两个月后，我们完成在别日茨塞的实习，来到第二个实习地区——苏梅州苏梅市，在乌克兰境内。当年这是一个正在建设发展的中等城市，建有许多工厂，有一台列车电站正在这里发电，这是我们的实习地点。

在电站实习与在布良斯克机械厂实习模式一样，由各专业工程师分别给我们讲课，现场参观。不过，这里的工程师讲课水准明显要高一些，他们有丰富的实践经验和理论水平。在布良斯克实习时，一些没有搞明白的问题，在这都给讲明白了，我们收获颇丰。苏联列车电站基地运行机制与我国不大相同，他们只派出厂长和几名专业工程师及一名秘书兼财务管理等七八个人。其他运行人员，采取就地招工的方式，吃住均自行解决。他们招收的工人很多是曾在军舰上服役的退伍军人，这些人懂技术，机、炉、电人员齐备，完全胜任电站运行工作。几个工程师既是车间领导，还兼顾检修维护，因而电站机构精简，运行成本低，机动性更强。在基辅和新西伯利亚有两个列电基地，为电站的安全运行提供保障。回国后，康保良还特意问过我们苏联电站的情况。

我们在这里学习也有两个月，但在这里安排的业余活动就多了，甚至应付不过来。团市委副书记和一名工作人员，每逢周末就组织我们各处去参观，在体校与孩子们合影的照片，就是那时候拍的。晚上，开车拉我们去看电影、看话剧、参加舞会，忙得我们脏衣服都没空洗。

一个名叫柳达的小女孩令我印象很深，也就六七岁，每到周日都让她的父亲带她来我们驻地

作者与小柳达合影。

玩，慢慢地和大家都熟悉了。我们去体校参观，她也跟着一起去，一起合影的时候我把她拉到身边，留下了珍贵的影像。不知道小柳达是否也保存有这张照片，她现在是否还好。我们离开苏梅的时候，将带来的搪瓷脸盆除给了旅馆的工作人员和团市委外，还给了小柳达一个，她高兴地合不拢嘴。

紧急回国

在实习期间，突然接到通知，让我们结束学习，即刻赶到莫斯科，准备回国。按一般学习组出国安排，基本要八九个月的时间，有的甚至一年多，我们只实习5个月就打道回府了。我们一行人到了莫斯科，与另组7人汇合。使馆人员告诉我们，我国进口的列车电站设备已经启运，目的地是黑龙江佳木斯发电厂，并在那里安装发电。让我们在列车发电设备到厂之前，赶到哈尔滨电业局报到，接受任务。

临离开莫斯科，使馆人员带我们全组人员参观了克里姆林宫，两天后，我们登上回国的列车。1955年4月底，我们来到哈尔滨电业局。局长接见了我们，任务很明确，就是接收从苏联进口的列车发电设备。我们与东北电管局人事处白处长一起来到佳木斯。

我国进口的首台苏联列车发电机组被命名为哈尔滨电业局列车发电厂，王桂林任厂长，他是由东北电管局任命，各值长等中层由哈尔滨电业局任命。李恩柏任生技股长，范世荣、何立君和我任值长。安守仁、郭广范、张静鹗任机、电、炉车间的主任。赵陟华、王克均、唐存勖为汽机车间的班长；李应

棠、张兴义、葛君义为电气车间的班长；周国吉、周春霖、李元孝为锅炉车间的班长。周福寿（周冰）为化学技术员。白处长还给我们调来一个总工，叫王再兴，但由于身体原因不能胜任离开了。从以上任职来看，列车发电机组领导和技术岗位基本由我们18人承担，这也是燃料部派我们出国学习的初衷。

我们到达佳木斯的时候，哈尔滨电业局已经提前做好了相关筹建工作，铁路线已经建成，从几个电厂及东北电管局大修队已调进100多名检修和运行人员。几天后，列车发电设备和苏方专家也相继到达。从整个筹建准备工作来看，衔接得非常好，可见上级部门确实费了一番苦心。很快，在苏联专家的指导下我们开始安装列车发电厂。

1955年5月底，列车发电厂安装试运基本完成，同年6月1日正式发电。这台列车发电机组的投产，在我国经济建设历史中当属盛事，黑龙江省委书记欧阳钦和省长韩光出席了列车发电厂发电庆祝仪式并剪彩。当年保留下来的发电厂全体职工与苏联专家大合影，就见证了那一历史时刻。

1956年，哈尔滨电业局列车发电厂归属列车电业局。随着列车电站的大发展，我们18人相继走上了领导岗位，为列电创业和发展做出了各自的贡献。

去苏联学习转眼已过去60多年，曾经朝气蓬勃的18个年轻人，在世者仅剩下我一个。谨以此文怀念故去的战友，见证已逝去但依然闪光的列电岁月。

难忘的列电岁月

口述 / 张兴义　整理 / 韩光辉

张兴义

1954 年，燃料工业部准备派列车发电厂实习组到苏联培训学习，从电力行业挑选了 18 名有一定工作经验的人员组成列车电站赴苏实习组，我是其中之一。出国前，进行了短暂培训，主要是学习俄语，培训结束后，我们便踏上了异国土地。

我们这 18 人到达莫斯科后被分成了两个组，一个组学习锅炉专业，一个组学习电气和汽机专业。我和葛君义、李应棠、周冰、赵陟华等 7 人为一组，学习电气、汽机专业。到了莫斯科我们这两个组便分开了，我们组去的是斯大林格勒对岸伏尔加河畔的沙拉托夫，另一组去的那个地方忘记叫什么名字了，两地相距 1 千多公里。到莫斯科后由中国驻苏联大使馆商务处临时派了一名翻译与我们同行，两个月后国内派的翻译才到达。

到苏联学习的 18 个人里面，年龄最大的是王桂林，31 岁，年龄最小的 19 岁，我那年 22 岁。苏联人以为我们这些人接受能力差，学东西可能会很吃力，可事实并不是这样。通过学习，无论理论基础，还是运行实践，我们一点都不差。经考试 17 个人是满分 5 分，只有一个人是 4 分。学业结束，我们拿到苏联电站部发给的毕业证，有这个毕业证可在苏联任何一家电力部门就业。

在苏联学习期间，由于语言不通也闹过许多笑话，现在回想起来挺有意思的。记得那会李应棠是党小组长，我是团小组长。在我们这几个人里，我的俄语算是最好的，李应棠俄语不行，就会说个"赫勒绍"，中文意思是"好"。有一次我们去驻地附近的一家商场转，正好牙膏用完了，打算顺便买一支。李应棠看到一盒牙膏挺精致，标价17卢布，盒子上写了很多俄文，可惜我们都不认识。记得当时人民币五毛钱兑换一卢布，这个价格确实不菲，买回来大家都想试试外国牙膏是什么味。等到把牙膏盖打开，凑到鼻子前闻闻，怎么感觉味道不对劲，后来拿给翻译看，翻译差点笑喷了，我们买的哪是牙膏呀，是瓶雪花膏。

到苏联两个月我的俄语有了很大长进，可以和苏联人进行简单对话。因为我俄语好，出外买东西呀，办什么事呀就都派我去。有时候和苏联人沟通不畅，我就拿本字典跟对方交流。还有我们到苏联后，护照都要交到当地警察局，当地警察局发给我们公民证，我们凭着公民证可以享受与苏联人同等的待遇。但公民证需要一个月验一次，每次验证也都是我去。

经过半年学习，1955年4月份，我们结业了，回国前还给我们开了个欢送会，之后我们便和25名苏联专家回到了中国。这时候，从苏联进口的列车发电设备已经抵达黑龙江佳木斯电厂。我们学习归国的18个人及从各地抽调的人员聚集佳木斯，在苏联专家的指导下，开始组装调试列车发电设备。

1955年6月，列车发电设备安装完成，开始在佳木斯电厂运行。当时这台发电列车并不叫第一列车电站，而叫哈尔滨电业局列车发电厂。列车发电厂组装成功后，电影制片厂还来人拍片，记得是《新闻简报》（第46号）。

1955年冬天，老2站、3站的厂长们先后来到佳木斯，康保良也赶来，开始讨论成立列车电业局的事。1956年1月，电力部正式发文，成立列车电业局。不久，列电局及列电基地在保定选址开始兴建。

列电局成立之初共有5个电站，由于佳木斯列车电站是苏联援建的，当时中苏关系亲密，便理所当然地被命名为第1列车电站，其实2站、3站都比1站建站早。我们在佳木斯发电1年多，1957年4月，调往通县，为北京电业局发电。

调往通县后，我便离开了1站，到哈尔滨去筹建10站、12站、17站、18站，因当时差不多同时进口了4台机组，苏联两台，捷克两台，局要求我们这些有经验的人参与筹建。1958年4月，12站组装完成，我任12站副厂长，主持12站工作。当时共有4个电站在这里发电，主要是为飞机制造厂提供电源。因为抗美援朝战争结束后，国家认识到战斗机在作战中发挥的重大作用，无论有多大困难也要造出自己的战斗机，哈尔滨飞机制造厂就担负着研制喷气式战斗机的任务。

这里我想说一下，电站的工作环境非常艰苦，我们电站的每位职工都很爱岗敬业，都是好样的。冬天的哈尔滨，白雪皑皑，滴水成冰，气温零下30多摄氏度，每天我们都是跑步上班。由于气温太低，职工们穿的衣服也多，每当维修风机时，都需要有人钻进去排查情况，进行修理，可由于风机空间太小，身材魁梧的人无法钻入，只能找身材矮小的人进去维修。数九寒冬，穿着棉衣棉裤都被冻得哆嗦，可钻进去检修的人还得脱去棉衣棉裤。记得有一次排查事故，我找了站上一名个子比较小的女同志钻进去，为防止人被冻僵爬不出来，我们还用绳子拴住她的脚，万一冻住了好往外拽。每次检修完了把人拽出来后，检修的职工几乎被冻昏迷，鞋和袜子都会冻在一起脱不下来。由此可见，当时的工作环境是多么的恶劣，我们的职工是多么的可敬。

记得在哈尔滨时还出过一次事故，让我至今无法忘怀。当时在哈尔滨的四个电站，因为工作需要合并成一个电站，设两个锅炉车间，一个汽机车间，一个电气车间，我曾担任电气车间主任。

那年正赶上春节，大家都挺高兴。平时脏惯了，过年都换上了新衣服，我也穿了件新衣服，和电站的其他几位厂长准备干干净净地给职工们拜个年。虽然是春节，电站也不能停工，上运行的职工依然像往常一样坚守岗位。我和其他几位厂长刚到电站，就听到"嘭"的一声巨响，我的心咯噔一下，就知道准是出事故了。

经检查，发现是发电机出口电缆头由于聚集灰尘过多而发生了短路。当时现场也有电工，可年龄小，技术还不成熟，懂这行的也就是我了，只能我上去干。

记得那次是从早8点钟，一直工作到第二天凌晨3点钟。哈尔滨的冬天，冷那是没得说。干完了活浑身都是僵硬的，走路都迈不开腿。下来撒的尿都是红色的，没等尿撒完我就晕了过去。大家把我送到医院，我在医院里又昏迷了一宿，到第二天才苏醒过来。经医院检查，尿液之所以是红色的，是因为膀胱被冻出血造成的。也就是那次，留下了个后遗症——慢性膀胱炎。

在12站工作了一段时间后，我被调到保定，当时1站正在保定发电。1站是1958年5月份从通县调到保定的，为保定电力局发电，我调到保定后任1站厂长。当时保定电力紧缺，当地机组很小，可以说整个保定市的供电就指望着1站。

接手1站后才发现，电站存在着很多隐患。本来1站从组装时就从娘胎里带来了缺陷，组装完成后又疏于管理，一直在满负荷运转发电，中间很少检修维护，累积了很多安全隐患，经常发生故障。为了确保对保定市的安全供电，防止拉闸断电，保定市委工业部一位姓马的科长就坐镇在电站。

那时，锅炉三天两头出事，炉灰散落炉排长期不清理，烧成了很多焦块，炉排经常被卡。有一次炉排又被卡住，说什么也转不动了。我找到了列电局相关部门，问一位科长怎么办，科长也没办法，反问我怎么办。我说到了这个地步必须停机了。那科长一个劲摇头表示不同意。我说不停不行了，再这样下去准会出大事。保定市委工业部一位姓牛的副部长当时也在场，他也反对停机。我据理力争，陈说利弊。那段时间我的膀胱炎还时常发作，本来是该休病假的，就这样带着病守着这个"病病歪歪"的电站，经常几天几天不回家，没日没夜守在电站处理各种故障。

1站在保定发电不久，又调往甘肃酒泉，我负责送车到酒泉后返回保定。当时基地和列电局合署办公，为了大搞设备制造，共设7个厂，我任装配厂厂长。记得在制造第37列车电站时，正赶上三年困难时期，37站是保定基地完全自主制造的，在性能和质量上无法和苏联机或捷克斯洛伐克机相比。安装完成后，要进行一个月的试运行。这一个月，我几乎每晚都要加班到12点以后才能回家，有时候太晚了就在厂子里随便找个地方眯一觉，醒了接着干。

那会加班加点不像现在有加班费什么的，完全是凭自觉，大家也没怨言。累死累活干一天，还吃不饱饭。由于国家经济困难，每个人吃饭都有定量，一个红薯面饼子，一碗稀粥就是一顿的饭食，说是稀粥，其实比白水稠不了多少。加班到半夜可以免费提供一份夜餐，无论职工还是领导干部，都是一个红薯面饼子和一碗稀粥。可别小看了这份夜餐，那在当时可管大用了。累了一天半宿，早已是饥肠辘辘，可还舍不得吃，喝下一碗稀粥能糊住胸口就行了，捧着红薯面饼子就像捧着价值连城的宝贝疙瘩似的，回家叫醒酣睡的老婆孩子，娘俩闭着眼睛就把一个饼子给"报销"了。现在回想起来当时的情景，现在的人简直就是生活在蜜罐里。

列电人就是凭着一股子冲劲、一股子闯劲、一股子不服输劲，先后自主制造出了21站、37站、40站、41站、60站、61站，为列车电站的发展做出了不可磨灭的贡献。列电虽然已经成为过去，但永远不应被忘怀。

一生贡献给列电

口述 / 范世荣　整理 / 周密

范世荣

我来列电之前，在沈阳电业局工作。我是从奉天铁西技术养成所毕业的，20岁已经是沈阳电业局助理技术员，两三年后，转正式技术员，担任变电所的所长，属于股级干部。中华人民共和国建立初期，搞电的人才紧缺，沈阳电业局为支援国家建设，每年向外输送一名出国人员，我就是其中之一。

1954年9月，从各地电力部门抽调来的18个人来燃料部电业总局报到，然后，去部干校参加出国班补习外语。集中培训半年后，才知道要派我们去苏联学习列车电站的管理和技术。这些人完全是按照电厂机、炉、电岗位配置，王桂林是厂长，李恩柏负责技术，郭广范、安守仁、张静鹗分别是车间主任，我和张增友、何立君三个人是值长。

同年12月，王桂林带队，一行18人启程来到苏联。1955年4月份，学习任务完成后，我们回国，人归哈尔滨电业局管，准备接从苏联进口的列车电站。不久，列车电站开到佳木斯电厂，我们在苏联专家的协助下安装电站，并运行发电。这是我国第一台从苏联进口的列车发电厂，也是列车电业局第1列车电站的前身，我们有幸成为1站的创始人之一。

1956年3月，列车电业局成立，1站与其他几个电站划

1955年哈尔滨电业局列车发电厂（1站）投产合影。

归列车电业局。由于1站是苏联新机，容量大等因素，按序列编号排为首台，命名为列电局第1列车电站。1957年4月，1站调迁到通县。我负责押车，一路走了20余天，经历了许多意想不到的情况，特别是列车超高，有的山洞钻不过来，费老劲了。

我在通县待了3个月，奉命调到在四川金堂发电的9站，任电气车间主任。1958年冬，我奉命接14站，任厂长。原14站的厂长邓嘉调到保定基地，他把淮南电厂来的大部分工人都给带走了。我到成都14站一看，没有剩几个人，就在当地矿上招收了部分人员，保障电站正常运行。大约两年后，我又来到山西晋城，在44站任职一年左右。

1962年5月，我又被调到1站，电站地处甘肃低窝铺，为核基地发电，责任重大。一年以后，即1963年9月，调列电局技术科，没几个月，又到了局技术改进所。1965年5月，调到保定基地。

在保定基地十几年里，我没离开生产科，一直负责厂里的生产工作。那时我才30多岁，敢想敢干。我喜欢干事情，一些产品我看准了就干。我不是蛮干，保定基地工程技术人员的底数和基地的生产设备我心里都清楚，细想想，我先后主导搞了有十几种新产品。

记得 20 世纪 70 年代初，河北电力局局长要见我们，想让我们给西大洋水库制造 4000 千瓦水轮发电机组，我和吕文海一道去见。谈了没有半个小时，我盘算了一下我们的生产设备，基本能加工制造，我就答应下来。我们从天津水轮机厂拿来图纸，补充改造了现有设备，如期完成了水轮机组制造，并安装到西大洋水库。接下来，我们又给西北等地生产了 4000 千瓦水轮发电机组。

当年水利电力部领导找了五六家单位试验飞机头发电，他说了，谁家发出电了，我就到场开现场会。于是，我们整来空军退役的飞机发动机，俗称飞机头，开始进行各种实验。那家伙运行起来噪声太大，几里地以外都听得刺耳，把现场实验人员的耳朵都震出了毛病。结果我们实验成功了，发电 400 多千瓦，我打电话告诉部里，保定列电基地飞机头发电试验成功。水利电力部还真不虚言，副部长张彬亲自来厂视察。

再后来，想搞 6000 千瓦发电机，难在没有设备，加工矽钢片没有冲床，我就琢磨着自己造设备。我清楚厂里技术工人的底子，杨洪轩技术底子坚实，是非常棒的技师，没有能难倒他的事。我选中了杨洪轩，他带人制造了 20 台牛头刨。250 吨冲床制造我交给了杨斌、夏昭昌、陈克庚等几个人，结果 6 米高的冲床也搞出来了。有了设备造 6000 千瓦发电机组就没有障碍了。我们列电的工人就是不简单呀！

在保定那些年，还搞了为电站配套的柴油发电车厢等，没怎么闲下来。这也跟我与部里人熟悉有关系，许多事都是直接跟部里接洽，说干就干了。另外，我做事坚持知人善任，用人不疑，与厂技术骨干相处较为和谐，充分发挥他们的才能，我也得到他们的信任。我离开保定也 30 多年了，在保定干了一些事，能有所为，还是很欣慰的。

随老 3 站离沪的 87 位列电人

文 / 高鸿翔

　　列车电业局第 3 列车电站，被列电人习惯称为老 3 站，之所以冠"老"，是因为在没有成立列车电业局之前，它就已经在上海组建，并流动各地支援发电了。

　　这台列车发电设备，原在上海浦东电气公司张家浜发电所运行，发电机组为 2500 千瓦。由于国家大兴建设，各行业生产蓬勃发展，电力供应需求大增。为解决当时缺电的燃眉之急，上海电管局决定将其从厂房内搬到列车上，机组由固定转为流动，去各地支援发电。上海电管局为此成立 4106 工程处统筹协调，1954 年开始实施，8 月停机大修，9 月拆迁，10 月上路，去戚墅堰车辆厂改造转向架及制动系统。发电设备从厂房拆下，经黄浦江水运到日晖港铁路编组站，此项工作由江南造船厂起重队负责。

高鸿翔

　　这台由英国茂伟制造厂生产的列车电站，由 8 节车厢组成，其中汽机电气车 1 节，锅炉本体车 2 节，锅炉辅机车 2 节，水处理 1 节 (后配)，修配车 1 节 (后配)，办公车 1 节。机电车和两台锅炉本体车，由原配元宝型专用车辆承载。两台锅炉附属设备车、水处理车都是平板车。办公车由铁路工厂配备，集办公室、寝室、厨房于一体，调迁押运专用。该站没有水塔车，没有起重设备，大件设备全靠人工搬运。

　　设备检修及拆运计划逐项落实的同时，队伍组建刻不容缓。当时人们的思想状况是"三十亩❶地一头牛，老婆孩

---

❶ 1 亩 =666.67 米 ^{2}。

1955年老3站部分职工在徐州合影。

子热炕头"，浦电工人大都不愿离开上海，有人抵触情绪很大。但是组织有要求，要动员所有运行和检修人员，特别是工程技术人员跟随机组出征。为此，上海电管局、上海市政工会，上海浦东电气公司的公方代表（浦电公司已于1954年7月1日实行公私合营）、浦电工会、共青团组成班子，有序地开展工作，抓好先进典型。在检修现场，悬挂大幅标语，车间加装播音喇叭，对愿意随机组出征的及时报道。同时举办"不死的王孝和"图片展览，还专门请来电影《永不消逝的电波》原形主人翁李白烈士的爱人裘慧英到浦电做报告。一系列讲政治、讲爱国的动员活动，使组建人员政治觉悟有很大的提高。市政工会也为随机组出征职工的住房等家庭困难给予合理照顾，以安定人心。

这样，组建工作呈现良好态势，报名人数越来越多。工程师谢芳庭，值长周妙林、高颂岳，年近六旬的曹瑞亭、王炳兴，有严重胃病的费荣生都积极报名，愿意跟随机组出征，为祖国社会主义建设贡献一分力量。张桂生、王东林、陆慰萱、陈宜豹、蒋龙清等我们这批青年，更是朝气蓬勃，勇敢无畏，宣传鼓动打头阵。后来，就连抵触情绪很大、扬言在上海倒马桶也不会出去的人也报名了，还有听到宣传喇叭播音就拔插头的人，最终也加入了队伍。结果是浦电老职工基本上都报了名，上级还从上海南市电厂、杨树浦电厂抽调少量人员予以充实，这支由87人组成的队伍，到8月底9月初，就整装待发了。

1954年10月，老3站机组和少部分人员先期离开上海，到发电地点做准备工作，大批人员于1955年元月启程。6日，上海电管局局长李代耕赶来送行。老3站离开上海支援发电的第一站是到河北邯郸。从此，辗转各地30余年，走遍8个省，为9个地区发电近2亿千瓦·时。

1970年，列电局将老3站下放给陕西韩城，后老3站又辗转到河南西平、江苏昆山发电，1988年终于完成了它的光辉使命。

从上海出来的87名发电人员，为列车电站服务几十年后，散落全国各地，在世者已为数不多了。在此，留下他们的名字。

厂长杜树荣、副厂长王林森、党支部书记孙品英。人事保卫：王阿根、袁健、汪慧。文秘统计：刘子瑾、陈冲、赵荣根。材料：徐敏德、徐文明、王浩川、方仁根。生技：谢芳庭、胡惟法、周元芳、孙诗圣。值长：周妙林、高颂岳、潘庚年、马妙福。财务：徐良甫、胡冠涛。总务：田锡三。锅炉：王炳兴、王东林、袁兆璋、高鸿翔、曹福堂、戴根林、沈金林、秦金培、陆慰萱、姚祥林、沈正祥、梁彤瑶、吴锦华、马伯龄、万世昌、费荣生、侯毛团、徐根年、房海龙、张金国、汤妙福。上煤出灰班长：徐本大、张淦清、颜立文、李阿根。汽机：任仲贵、马耀生、马根发、赵以人、沈春桃、朱陶记、陈宜豹、张桂生、马伯生、俞根宝、范存心、蒋龙清、瞿国仁。电气：朱福地、周福宝、蔡亚光、胡兆青、李刘荣、汪大义、朱明云。化验：郑炳华、胡传慧、夏新娣、杨庆俭、胡眉倩、王惠林、胡振璇、宣美英。修配：张茂生、包祥安、刘树福、李振声、马林玉、刘国权、曹瑞亭。炊事员：朱阿四、董炳祥。医生：王远赛。

有关列电岁月的回忆

文 / 周元芳

有缘投入列电事业

1951 年 7 月，我高中毕业，学校将我保送到上海电业管理局上海电业学校（现上海电力学院），这是一所专门培养电力技术干部的学校。原本三年大专课程，从学习到实习，两年半时间就完成了。1954 年 2 月，我毕业分配到上海电业管理局生技处工作，任技术员。

工作不久，上海电管局决定，将上海浦东电气公司从英国进口的 2500 千瓦发电设备，恢复成原来的列车电站，用作战备电源。上海电管局领导派我和基建处的许佛曾去完成这项工作。该设备原就装在列车上，只是没有行走系统。我们请常州戚墅堰机车车辆厂加装行走系统和篷架式帆布车厢，并配一节办公车厢，共计 7 节车厢组成该列车发电站。1954 年 10 月开始改装，年底改装完成，名为上海电业管理局列车发电厂（即老 3 站的前身）。

随后，上海电管局组织了一支发电队伍，工人都来自浦东电气公司，约八九十人，几乎清一色的上海人。我也被派去支援电站，担任技术股长，电管局承诺完成邯郸发电任务再回来。1955 年 1 月，我随电站去了邯郸，在离开上海时，李代耕局长还特意为我们送行。

周元芳

我们在邯郸发电几个月，又转战焦作、西安，后又回到焦作。1958年2月调浙江支援新安江水电站建设。1956年初，列车电业局成立，上海电管局列车发电站归属了列车电业局，排序为第3列车电站。列电局长康保良来焦作看望电站职工，我借机提及回上海电管局的事。康保良说，列电太缺人了，工人和技术干部一个也不能走。我回上海的念头只好暂时打消了。

1959年2月我接列电局调令，去保定参加筹建21站，这是由列电局制造的国产第一台2500千瓦列车电站。厂长周妙林和一位支部书记（名字遗忘）已在筹建处，我任技术负责工程师。10月，电站制造完成，试发电数月，于1960年2月首赴广东茂名发电。在离开保定时，李尚春局长交代，21站因设计和制造原因，出力仅有2100千瓦，且设备稳定性、安全性不足，如不解决，甲方会有异议，要我设法消缺改进，使电站达到额定出力。并告完成任务后即返回局，另接任务。我肩负重任，在消除重大设备缺陷，改进部件和系统，安全稳定运行后，又研究出力问题，最终认定发电机过热超温是影响出力的主要原因。然而，要改造发电机是不可能的，只有强冷却来降温解决。于是在发电机外加装喷雾冷却器，来降低发电机温度，使机组达到额定出力。

我的任务全部完成后，即报告给列电局。当时列车电站发展迅猛，为便于管理，局建立区域管理机制，安排我去东北工作组。东北工作组设在牡丹江10站，组长张增友，我任工程师。1960年7月我到了牡丹江。我来到牡丹江就赶上发大水，至今想起那场水灾还心有余悸。

在武汉基地搞制造

1965年5月，我从宁波华东工作组调到武汉基地，任生技科技术负责人。不久，"文化大革命"开始，我下车间，到风机班跟班劳动。原电站锅炉风机都是低效率的，只有60%左右，我根据苏联资料，试制两种适用电站锅炉的高效风机，效率达88%～92%。产品定型投产后，给电站逐步更换成高效风机。1968年初，响应"抓革命、促生产"的号召，我又回生技科。当时基地主要任务是电站返厂大修和备品制造。同年八九月份，我们开始搞翻斗车制造。

1970年初，根据列电局制造战备电源的要求，我们进行多种方案的可行性研究和多处走访调研，最终提出"拖挂式燃机卡车电站"设计方案。统一思想后，正式报告列电局，承接这项特殊任务。1971年初经水电部批准，列电局正式下达1000千瓦燃机卡车电站制造任务。1971年2月开始试制，1972年6月完成调试出厂，这一年四个月的制造过程中，厂领导、各专业技术干部、相关车间领导和技术工人，都付出了极大的心血。

这里谈谈最关键的几个项目。首先是燃机高温合金叶片制造。镍基合金变截面扭转叶型动叶片，须采用模具在合金软化温度下，高速锤击成型。其纵树型叶根只能用同型金刚砂轮磨削出来。为保证金属强度、叶型精度和表面无裂纹，其工艺控制和操作是非常困难的。高温合金静叶结构复杂，只能真空精密铸造成型。设备和工艺都是第一次尝试，经历很多次失败、多次改进才成功。

另一个关键点是，燃气轮机启动很复杂，必须靠外部动力达到一定转速，才能点火燃烧，升速到燃机自发功率能维持升速时，须自动脱离外部动力（柴油机），术语称为脱扣。为怎样脱扣，我苦思冥想，创新设计出离心摩擦联合器，成功解决了这个大难题。

再就是试车。众所周知，首次启动是极危险的，在制造过程中虽经严格的检验和试验，但不敢保证试车时绝不出事故。燃气轮机11100转/分钟，万一叶片飞出来，那就鸡飞蛋打，厂房都可能毁掉，更不要说现场试车的人员了。我们心里也高度紧张，但责无旁贷，豁出去了！在试车那天，除启动作业必要人员以外，其余人员一律退出现场。现场只有我和调速控制系统专职杨志超工程师、吴立维技师等四五个人。机组完成全面检查一切正常后，我下令启动。当柴油机带动主机升速，顺利脱扣后，算是闯过启动关，我内心安慰不少。机组逐步升速，自动稳定到额定转速，且振动声音无异，大家心中石头落下。

最后过超速试验关，是最危险的时候。持续运转20分钟一切正常后，下令超速试验开始。随着转速逐步升高，大家心都要跳出来了。这时最重要的是监视振动和把持危急保安器，当转速达到12200转/分钟时超速脱扣动作，转速下降再稳定到11100转/分钟，超速试验成功了。此刻，我们无比激动！大家兴奋地相互拥抱，但由于当时过度紧张，突然放松，人几乎站不住了。随后，将好消息通知等待已久的领导和职工们，大家欣喜若狂地涌进车间。

第一台燃机拖车电站试车成功后，上级领导都来视察，水电部机械制造局组织鉴定后，认为武汉基地有发展实力，决定投资2400万元，装备武汉基地。基地制定了3年发展规划，年产目标是拖车电站10台和部属发电厂备品备件1000吨。由此，武汉基地生产能力和产品规模得到飞跃发展。通过搞制造，我切身体会到，改革赢得前途，创新驱动发展。

第一台拖电1972年6月出厂，先在良乡修造厂运行考验两年多，累计运行700多小时，紧急启动360多次，未有故障，由此验证拖车电站制造质量是安全可靠的。后调北京长辛店作抗震救灾应急电源。

1975 年起制造第 2、第 3 台拖电，先后给军工系统作国防工程应急电源。记得试车的时候让我一个人过去，部队专车接站，行驶了 4 个小时，夜里才到，我完全不知道这是哪里。第二天上午，我指导开机运行后，车子将我原路送回来。直到后来，才知道我去的是酒泉卫星发射中心。

1978 年底制成的第 4 台拖电，拖挂式改自牵引并兼作燃气轮机启动机，加装自动启动、并网、监测系统，运行操作监护更简单可靠。可惜，由于当时国内外形势变化，设备一直闲置在工厂里，许多年后，竟被肢解弃之，真是遗憾啊！

1977 年 7 月，局里要我们修复因事故损坏的加拿大进口 9000 千瓦燃机，制造第三、四级动静叶片和英国进口 2.3 万千瓦第一级动叶片。9000 千瓦燃机动叶片重 1.6 公斤，静叶片重 22 公斤，结构复杂，材质是钴基合金，国内无先例。材质我们请大冶钢厂协作，制造自己搞，同样通过创新，闯关完成。

制造翻车机

不搞燃气轮机后，应部里要求，我们开始搞翻车机。作为总工程师，我清楚地知道，搞翻车机，就不能简单仿造，必须创新，才能造出性能更好、更安全可靠的新产品。为此，先后对 4 大电力设计院，2 个钢铁设计研究院，9 个使用单位，含发电厂、钢铁厂、焦化厂、港口铁路等，以及 6 种类型不同用途的 13 台翻车机，进行充分的调研，搜集大量设计、运行、制造等资料，征集各类用户几十年使用经验和问题，最后在武汉钢铁设计研究院协作下，设计出新型转子式翻车机，定型为 ZFJ-100 型。经水电部机械制造局和电力建设局组织的有 24 个单位参加的技术审查会审查认可，并提出改进意见。

经过 4 个月的组织管理和生产技术准备，1982 年 12 月正式开始制造。最大的难题是大型部件的加工，没有大型机床设备。我们的各专业工匠，各显神通，利用现有机床设备，改革创新，攻克难关。

第 1 台 ZFJ-100 型翻车机于 1983 年 8 月完成，交付锦州电厂使用，第 2、第 3 台交通辽电厂和富拉尔基电厂使用。1985 年 10 月通过水电部及华中电管局组织的技术鉴定会鉴定。1986 年获水电部和华中电管局年度科技进步一等奖，1987 年获水电部优质产品奖。30 多年来，翻车机仍然是武汉电力设备厂主导产品。

1984 年 1 月，我调华中电管局科技处。我在武汉列电基地任生产技术负责人和总工程师将近 20 年，这 20 年里，基本都是在为基地寻找"吃饭"产品、开发制造产品中度过的，为武汉基地生存与发展做出了努力。回顾与同仁们一起奋斗的日子，十分感慨，十分欣慰。

甘心做一个基层的好医生

口述／王远赛　整理／周密

一

王远赛

我是上海人，在上海市卫校就读中专，是该校第一届毕业生。1954年我被分配到上海电管局职工医院，安排在电管局卫生所工作，担任这个卫生所的负责人。那年我才20岁。

1954年上海电管局组装了一台列车电站（当初称为4106工程处，也就是后来的老3站），并在上海组建了一支发电队伍，随发电车去支援各地建设。由于电站所到之处都比较偏僻，给职工生活带来许多不便，特别是看病难，职工反映比较大。电站职工大都来自上海，原本对健康医疗就有要求，于是，电站就派王阿根到上海电管局申请配备医生。我当时刚从电管局卫生所回到职工医院，院长有些难色地找我谈话，希望我能同意去电站工作。我那时年轻，也很爽快，打点行装就离开了上海。这一走，从此离开了故乡。

1955年10月我来到焦作，电站从邯郸辗转到这里。卫生所设在一节办公车厢里，白天我与办公人员在一起工作，晚上我就睡在车上。我来电站后，着手建立卫生所，开列必备的医疗药品和用具，将单子交给总务负责人田锡三，他去跑采购。卫生所很快建立起来，职工看病方便多了。周边的村民也常来求助。

1956年列车电业局成立后，我们电站隶属列电局，排序为第 3 列车电站。电站在焦作的时候，康保良局长来视察工作，看到我们电站有医生，就想把我要到局里去，但没有走成。后来，王阿根把经过告诉我，他对康局长讲，您是商量还是命令？要是命令我们没话讲，放人走，要是商量的话，请局长免开尊口，我们这里非常需要王大夫。康局长依然没死心，我们在新安江发电的时候，康局长来电站又提出要我。最后调走我的是接任康局长职务的李尚春和电校副校长戴丰年，他俩一起来新安江，敲定了调我到列车电业局。

1960 年夏天，我来到保定。头一天到食堂吃饭，碰到李尚春局长，在饭桌上他边吃饭边对我说，保定现在生活比艰苦，你委曲些，慢慢就会好起来的。我们交往并不多，也不深，但彼此印象很好。李尚春要卸任离开列电局的时候，我到北京局里办事，恰好看到他，他穿着拖鞋走出办公室对我说，他要走了。他离开北京来保定基地时，特意到卫生所来看我，说有什么事给他写信。

戴丰年在 3 站当过领导，他对我很了解，一心想把我调到电校当校医，但他争不过李局长。领导把我安排到列车电业局保健站。后来，局机关离开保定后，保健站易名为保定列电基地卫生所。我来局保健站的时候，保健站有何玉柱、金素芬、王仲先、陆萍等十来个医生和护士，郭健是负责人，他们年龄都比我大，但在医术上，我很自信，在卫生所工作几年，我的医术很快得到广大职工的认可和信赖。

二

我刚到保定的时候，就遇到生产车间工人发生严重工伤，职工马秋芝的手指被剪板机剪断，工友陪她跑到卫生所来救治。我一看，一根手指齐刷刷断掉，断指丢在事故现场。按说伤得这样严重，基层卫生所把人送医院就可以了，既不担风险也符合常规。但我还是很自信，我让陪同马秋芝来的工友赶紧把断指捡回来。拿到断指并经处理后，我将断指精心缝合上。马秋芝工伤痊愈后，手指功能如常。如今她每次见到我，还在提及这事，说："王大夫呀，多亏了你，要不我的手就残了。"

记得有一次临近大年三十，到基地查账的某银行人员，由厂里人陪同来卫生所打青霉素（针剂），护士不慎将针断在皮肉里，看不到踪影了。当天我值夜班，正在家里休息，卫生所的小张急忙跑到我家里喊，说出事了，快到卫生所来。我跑来一看，病人皮肤上仅留有一个发红的针眼，断针看不到踪迹。我安慰病人说，没事，千万不要动。我很清楚，针在皮下走远了就更麻烦了。我即刻打麻药进行手术，前后只用了十分钟，就将断针准确地从所判断部位取了出来，在场的人都松了一口气，避免了一次恶性医疗事故。

有一个姓高的师傅，打榔头伤到胳膊，伤口总是化脓愈合不了，从伤口表面也看不出原因，我就让他到医院拍照看看，到底怎么回事。结果，折腾半天医院也没有看出所以然，这名工人回来还是执意找我看。我感觉伤口一定有异物，就拿探针在伤口深处一探究竟。果然，从伤口深处探到异物，我小心地用器具深入伤口拨出来一看，是一根挺长的榔头把断木茬子，难怪伤口不愈合。取出异物，我和受伤的职工心里一下就踏实了，为职工解除了伤痛我心里非常高兴。

还有一次，金工车间的展宪宗发生工伤，大脚趾头被砸烂，骨头翻在外边。像这样的重伤，一般卫生所肯定是送医院，没有能力处理。我接收了受伤的职工，看骨头没有坏，就是筋断了，我将骨头复位，把筋缝连上。但受伤部位皮肤没有了，需要植皮。我就跟何玉柱大夫说，动员下看谁愿意给这个工人植皮。那会儿的人们，大多数是很纯朴的，王仲先大夫表示愿意。何大夫从她臀部采了一块皮，我将植皮给展宪宗缝合上，手术很成功。后来，我见到展宪宗问他脚趾怎样，他说早就好了！我很高兴，要知道，这是我第一次做植皮手术。

我从学校毕业在上海第十人民医院实习的时候，各科都走到了。在妇产科实习时接生过孩子，还推广苏联的无痛分娩法。因此，我到基层就成了全科大夫，我的老院长曾称我是万金油。在保定我也接生了不少孩子。那个时期，只要基层医疗机构有条件并有助产医师，就可以接生。陆萍就是助产师，她跑各家接生的比较多，出现难产或不顺利的时候，她要喊我去。记得陆萍给一个姓常的女工接生，孩子胎位不正，先出了一只脚，陆萍怕出问题，忙把我叫去。最后顺利接生出两个女婴。

三

列电局曾派我去甘南农场消灭疫情。1964 年前后，甘南农场职工李锡和因流行性出血热去世，农场负责人侯文光给局里打电话，说农场办不下去了，疫情搞得农场职工人心惶惶，都吵吵要离开。局长着急了，点名要我去农场消灭疫情，稳定军心。我当时家里两个孩子，小的才几个月，都需要照顾，脱不开身。保定基地领导不敢怠慢，对我说，你不去不行，局长指定你去，没办法，我只好克服困难。

我去甘南路过北京，季诚龙副局长见到我，约晚上到办公室见他。秘书杨文章给我准备了棉大衣和狗皮棉帽子。我对季局长说，我既不是党员也不是领导，人家能听我一个普通老百姓的嘛？季局长郑重地对我说，你去，就是局派去的全权代表，他们不听，你打电话给我。有了领导的"圣旨"，我就放心了。

甘南农场在齐齐哈尔甘南县。到了甘南距农场还要走一段路，一路全是齐腰高的荒草地。县招待所的一个炊事员给了我一把镰刀用来护身，还唤一条狗跟着我，说路上有狼出没。旷野全是荒草，沿途没有人烟，走半路，狗也不跟我了，掉头回家了。我硬着头皮往前走，背着药箱手紧握镰刀，心里挺害怕的。

到了农场，我先了解农场情况，观察周围环境，然后发动职工将农场外50米范围内的杂草全都除掉，全力消灭老鼠。出血热主要由老鼠传播。住地卫生环境不好，虱子也多，我不小心给招上了。经过一番整理清扫、撒药，环境大有改观，没有再发生疫情。

我在这里，职工就很踏实。这期间，还流行疟疾，病人发高烧。我没有带治疟疾的药，就跑到甘南县医药公司，说是北京来的，人家就提供给我需要的奎宁药。有了药，病人很快就康复了。出血热疫情控制住了，甘南农场职工恢复了往日的工作与生活，我与农场职工同吃同住到秋收才回到保定。我还去过张北农场，风沙大，回来脸上脱了一层皮。密云农场职工因为闹痢疾让我去过。几个农场只要有事，局里总要派我公差。

1965年西北基地开始筹建，保定基地支援去了一批人。1967年4月，我也调到西北基地。我人刚到，基地大喇叭就呱呱喊："保定基地的王远赛大夫调来了！"我才来时，西北基地的卫生所相比保定基地就比较简陋，卫生所只有我和陆萍两个人。每天看病忙得不行，经常中午12点也下不了班。有一次，因为劳累我晕倒在厕所里。厂里组织野营拉练、到农村帮助农民收麦子，都是派我背药箱跟随去。

1971年，我被提拔为西北基地卫生所所长。刘国权副局长来西北基地，特意向西北基地党委书记郭广范提及我，问王大夫是否提干了？由此可见，我在基层兢兢业业的付出，局领导也是知晓的。1972年我加入了中国共产党。

我这人比较耿直，不会说违心话。我行医的宗旨就是为人民服务，甘心做一个基层的好医生。多年的工作经历，我总结出这样的道理：为大家信赖和喜欢的就是好大夫，患者的认可和肯定，就是对我最大的褒奖。别看我现在84岁了，余愿未了，还有很多事想做。

在筹建列车电业局的日子里

文 / 车导明

1955 年，上海电业管理局列车发电厂（老 3 站前身）在河南焦作发电。11 月下旬，厂长杜树荣从北京参加电力工作会议回来，宣布几项上级和本厂决定：从现在开始，我们厂改归北京电管局领导；电力部决定，要筹建列车电业局；调本厂主任工程师谢芳庭，实习人员陈逢春和我，去北京电管局参加列车电业局筹建工作。

一

车导明

12 月上旬，我们 3 人到达北京，当晚入住位于西单二条的电力部招待所。次日，来到位于月坛的电力部大院，在西楼北京电管局计划处，见到同来参加筹建的韩国栋，他从萍乡太原电业局列车发电厂（老 2 站前身）调来。计划处处长袁联为我们在 3 楼安排了一个 3 开间的大办公室，就此，我们 4 人开始了列电筹建处的工作。

1956 年春节过后，电力部调淮南电业局康保良局长，正式到职主持筹建。面对千头万绪繁忙的工作，康局长充分发挥智慧和能力，在筹建中做出了一系列有利于后来列电大发展的决定。

筹建之初，适逢电力部干校有一学习

班结业，康局长通过部有关部门，将其中部分管理干部调入，立即使筹建处人员增加至 20 余人，并由此成立了两科——基建科和经营管理科。基建科由谢芳庭和韩国栋负责，经营管理科由田润负责，明确分工，全面展开筹建工作。

基建科当时主要任务是，选择局址及尽快进行建设，同时做 4 台捷克进口和 3 台苏联进口列车电站的交接试运行准备。经营管理科的主要任务是，接管当时分布在各地的 5 台列车电站。这些工作都迫在眉睫，头绪多，工作量大，大家都忙得不可开交。

选择局址，按照部、局的意图，我们始终都在北京市范围内进行。数月间踏勘、测绘了朝阳门外、清河、酒仙桥、丰台、良乡和长辛店等地，经反复比较，提出了以朝阳门外、长辛店和良乡为序的三个选址方案。岂料，电力部同意的第一方案——朝阳门外方案，上报国家规划委员会后，被该委的苏联专家以占地面积大，影响北京城建规划为由而否决。同时，第二、三方案也因水源、并网和铁路接叉等障碍而难以采用。选址陷入困境时，河北省保定市闻讯，热情地欢迎我们到保定去建局和发展列电事业。意外获此信息，康局长喜出望外，立即带领筹建处人员，乘坐大轿车来到保定，实地考察。

康局长一行受到河北省、保定市领导热情接待，他们表示愿将西南郊的一片土地供列电选用，并陪同到实地察看。看过后，谢芳庭、韩国栋等许多同志都感到该址无论面积、位置、铁路接叉，以及将来发展余地等都十分理想，康局长也很满意。返京后经康局长向部、局领导汇报和争取，获得批准。选址一经确定，征地、迁坟、设计和施工立即开始，经营管理等也相继加紧进行。在保定古城西南郊京广线北侧、清水河两岸的这片热土上，我国电力系统的特殊行业——列电事业，就此轰轰烈烈地拉开序幕。

新建局需要配备人员，即将接收一大批进口电站，还要新建 30 多台列车电站，人员缺口很大。康局长立即进行"招兵买马"：先后两批引进南京和郑州电校应届毕业生 50 余人，为新建电站做好技术人员的准备；局和各电站新招青工 200 余人，同时吸收公安系统转退军人 50 名，集中到保定进行了培训，为新建电站生产人员做了准备；还成建制地引进了淮南八公山、田家庵两电厂百余名生产、技术人员。两批人员之后分别接了两套捷克进口机组，建成了 6 站和 14 站。

1956 年 3 月建局后，年内举行了三次厂长会议。第一次，于 1956 年 3 月举行，在北京电管局 3 楼。到会的厂长有：1 站王桂林，2 站郝森林，3 站杜树荣和 4 站、5 站刘晓森。开会时，我看着厂长们的姓名，不是树木，就是森林，很觉有趣。另有张增友随同王桂林、贾同军随同刘晓森到会。筹建处有四五人参加了会议。会上，大家互相熟悉、认识，交流了电站的生产情况和局的筹建情况。

第二次厂长会议，于7月举行，与会人员约30余人。那时，4站、5站已分家，6站、7站、8站、9电站已开始筹建。会议就在3楼大会议室举行，由安守仁主持会议。基建科韩国栋介绍了保定局址的选定和开始建设的情况。劳资科王永华讲了工资改革工作的一些情况和要求。

第三次厂长会议，于10月举行，列电局已迁保定，会议在局临时所在的红星路五一宿舍院内举行。各电站厂长和局各科人员到会。会议主要内容是讨论电站租赁制和调迁规程，其中《列车电站调动规程（草案）》由邱子政和我起草。

二

列车电业局正式成立时，没有开会，也没有举行任何仪式。过后，只记得康局长让买了一些戏票，分发给部属有关单位，请大家到东安市场内的吉祥戏院看了京剧，那是北京名角儿李万春、李小春等的演出，戏目是《三岔口》《九江口》和《铁弓缘》。

建局伊始，面对接管的和将要新建的所有列车电站，康保良经过深入调查研究，决定对电站原执行的独立核算售电制进行改革，把售电制改为租赁制。

列车电站推行租赁制，无疑是一项重大改革。原售电制使容量不大的电站"麻雀虽小，五脏俱全"，非生产人员占有很大比例，这不仅严重影响电站的机动性能，还给使用单位增加了负担。执行租赁制后，不仅大幅度地减少了电站的管理人员，提高了电站的机动性，还大大节省了电站调迁时的临时工程费用及投产后的生产等费用。从此，用户只需支付租金，提供场地，准备好燃料（燃煤或燃油）即可租来电站"为我所用"。先进的经营方式，一直保持到列电事业终结。

列电局成立前，原隶属华北、东北、华东、华中各电管局的5台列车电站，其机构的建立及人员的配备，均按固定电厂模式进行。这样就形成生产人员分工细、工种全、人员多。面对这种情况，列电局又进行了第二项重大改革。第一步要求运行和检修一肩挑，也就是说，要求生产人员做到，"开起机来能运行，停下机来能检修"，电站以后不再配备成套专职的检修工种和人员。记得，在推行这一改革时，还专门组织全局人员进行讨论，在《列电通讯》上发表正反两方面的意见，争鸣气氛甚为热烈。"一专多能、一工多艺"，这一举措推行后，呈现出的优越性十分明显，不仅进一步大幅度地减少了电站的随车人员，大大增加了电站的机动性，还为当时列电大发展，减缓了人员紧缺的困难。

康局长的领导能力不仅表现在生产经营方面，在处理事务性问题上也令人折服。一次，因4站要到蚌埠防汛发电，我随局长出差，先到浦口、蚌埠，与甲方洽谈电站租赁事宜，后去洛阳主持4站、5站分家。他发现两位厂长都在争要素质好的干部和工人，划分设备物资也有计较，当即宣布，先分人员和物资，然后再确定两位厂长在哪一站，使得两位厂长再也无法挑拣，只能认真公平地进行分家。

几次随康局长出差，他对于饮食和住宿等很不讲究，有时就吃些烧饼、包子之类的食物，住的是简陋的小旅馆。到了单位，招待了饭食，走时总要叫我去算清伙食费。记得，那时高干多称"首长"，出行可坐软卧车，康局长可以享受此待遇。但那时高干旅客很少，软卧车中冷冷清清，因此，他常会与我一起挤坐硬席车。在车上，他很善于与邻座的旅客们交流，他的言谈风趣、幽默，充满智慧，不需多时，就与周围的男女旅客搞得很熟了，谁也不知他还是位首长呢！我几次随康局长出差，一路行止，无论排队购票、上车占座、下车觅食和投宿等，总是他做得多，我做得少。一切起居，也是他照顾我多，我照顾他少，对此我很感歉疚。

康局长离开列电后，我曾两次去他满城老家看望他。1985年秋，我调离保定前，最后与陈冲去看望已养老在家的老局长，我们在小院里愉快畅谈至傍晚。那时，正是陈冲的小说《铁马冰河入梦来》在《当代》发表不久。这部反映列电兴衰的作品，其中人物就有康局长的身影。当下康局长居于小院，其心绪与景状更有陆游《11月4日风雨大作》七绝诗的意境。陈冲借用"铁马冰河入梦来"，那情、那意、那景再贴切不过了。陈冲曾担任康局长秘书并被错打成"右派"，后来成为我国享有盛名的多产作家，曾担任河北省文联副主席。临别时康局长说："恐怕我再也见不到你了。"老局长已作古多年，他为列电事业做出了很大贡献，是令列电人难忘的一位好领导，也是我人生道路上的一位良师。

三

在筹建过程中，除了建局工作外，我们还多次参加与捷克、苏联等国商务人员谈判，洽谈列车电站进口事宜。中方由外贸部、北京电管局和列电局人员参加，我随谢芳庭和孙明佩工程师曾多次参加这种谈判。建局之初捷克进口的4台2500千瓦电站和苏联进口的3台4000千瓦电站，许多交接工作细节都是那时谈判确定的。

我们参加与捷克或苏联人谈判，都带有专业俄语翻译，双方交流都很方便。只有一次，在苏联大使馆谈判，开始由大使馆的译员翻译。他自我介绍，刚毕业于莫斯科东方语言大学，但他说的中文，我们听得很累、难懂，当涉及专业内容翻译时，他更是不知所以，涨红了脸，翻译不了。最后还是我们带去的翻译接替了下来，大家才得以轻松地进行交流。

参加捷、苏进口电站谈判后，感到电站价格昂贵，结算汇率也不很合理。例如，当时从捷克进口 2500 千瓦电站，每台价格 540 万卢布，合 500 万元人民币，相当于每千瓦 2000 元人民币，而当时国家建设发电厂的投资标准，为每千瓦 800 元。再有，当时与苏联交易，以卢布结算，我国从苏联进口工业产品，汇率为每卢布折合 0.95 元人民币，而我国向苏联出口农产品，每卢布仅折合 0.5 元人民币，相差近一倍。

当我们与英国中介商交谈进口燃机列车电站事宜时，外贸部和电力部参加的老同志，都能用英语与对方直接对话，他们常要互相推让一番，确定一人当翻译后，再进行谈判。与捷克人谈判，他们的商务参赞和人员都很年轻，打扮入时、精致，也很活泼、健谈。相比之下，我们的人，穿着很土。部供应司的老同志，私下称对方为油头粉面的"小滑头"。外贸部参加谈判的人，是衣着朴素的两位老工程师。他们业务娴熟，谈判精明，供应司的老同志戏称他们为"老狐狸"。据说，小滑头碰上老狐狸，占不到什么便宜。捷克人语言方面很"牛"，包括后来进行电站交接的专家，事前就通知中方，给他们配捷语、俄语或英语任一语种的翻译都可。但我们内部又有过规定，不要给捷克专家配女翻译。那时，国家俄语翻译多，列电的谈判和电站交接，都配了俄语翻译，电站完成交接后，他们都留在列电从事技术工作，有王俊昌、杨志超、卢淑真、贾熙、唐绍荣、吴秀荣和梁子富等。

还记得，那时的这些谈判，有一点，现在看来很特别：不管与哪国人谈，在哪里谈，谈到何时，从不招待用餐，即使到了中午，尚未谈完，也都要各自回去，专家回宾馆，我们回单位，午饭后继续。由此可见，当时国家机关的廉洁之风。

记得，我们对捷克专家仅有的一次招待。那是 1956 年的春节，上海越剧团到京演出《追鱼》，甚为轰动。我们按北京电管局领导指示，买了 5 张票，由北京局基建处屠处长和谢工带了译员，陪两位捷克专家到长安大戏院看戏。越剧又称绍兴戏，出生于绍兴的谢工担当解说，再由译员向两位捷克客人翻译。看戏结束，专家依旧稀里糊涂，谢工已累得不轻。

四

回忆我们在电力部机关大院筹建工作的 8 个月，除了工作外，业余文化生活也丰富多彩。电力部大院位于月坛后街，大院正面是部机关的 4 层办公大楼，后面有一楼，楼下是机关食堂，我们都在此用餐。每月伙食费约 15 元，就吃得很好了。

那时，部大会堂活动很多，我们曾在此参加过部青年团组织召开的向科学进军❶动员大会，听过吴冷西所做的国际形势报告。每当部里召开全国性会议时，常会请文艺团体来演出。我们曾在此蹭看过京剧名角儿吴素秋表演的《红娘》，听过侯宝林、郭启儒说的相声，欣赏过华特生杂技团的表演等。最难忘的是，我们还在这里观看过梅兰芳表演的《贵妃醉酒》呢！

那时，部、局机关里，有不少戏迷、票友，他们组成了业余京剧团，请了戏曲老师来教授演唱，还在大会堂演出过《霸王别姬》和《借东风》等京剧。其中有一位演楚霸王的中年人冯大申，在部里很活跃。他是冀北电业创始人冯恕的儿子。冯恕是老北京的名人，家业很大，他的书法在京城名气也很大，老北京曾有"无匾不恕"之说。冯大申后来下放到我们列电，在保定基地供应科工作多年。

五

因保定的局址正在施工中，新建局继续在北京办公。这期间，新建立的科室和任命的各科科长有：计划科丁树敏、基建科韩国栋及负责工程师谢芳庭、生技科孙明佩、人事劳资科田润和王永华、教育科安守仁、财务科金克昌、材料科肖玉堂，总务科没有任命科长，由一位叫修国范的年轻人负责。

列电局于 1956 年 8 月正式迁保定，暂先驻市区五一宿舍的一个大四合院内。到 12 月，新址部分宿舍建成，我们即迁入保定西南郊的列电新址，这里已是一片热火朝天的景象。一面是厂区和生活区在紧张建设施工中，一面是新成立的 6 站，在忙于做第一台捷克进口电站的交接试运行准备。再有，为迎接列电大发展，各电站招收的数百男女青工已集中到保定，参加机、电、炉、化培训班学习。局还从各电站调来了各种专业的技术员担任了培训班的教师。后来，这一大批 1956 年招入的青工和转退军人，都成为列电事业的骨干力量，还产生了不少电站厂长。

从那时开始，我和局里的许多人员都投入接机和参加新机交接试运行工

---

❶ 1956 年 1 月，中共中央召开了全国知识分子工作会议，提出了"向科学进军"的号召。

1957年列电局化学训练班毕业留念。

作。1957年，我先后参加了捷克进口机6站和苏联进口机11站新机交接试运行的全过程。两台机组进行试运行时，分别有捷克和苏联专家组前来进行交接验收和试运行。

两电站试运行时，厂区尚不具备并网条件。我在生技科时，奉命设计了一套"水抵抗"装置（代负载），请保定供电局完成了施工。电站试运行发出的电力，经过高压线路，由"水抵抗"，送入清水河中。那时厂前的清水河，水清且流量大。电站两次试运行，把大量电力白白送入河中，当然是极大的浪费，但为了按时完成交接，只能不得已而为之。

当年捷、苏两国专家前来保定进行列车电站交接试运行的盛况，轰动了保定古城。其间，保定的省市机关团体、学校和工厂企业，前来参观的人排成了长队。连续很多天，我们这些技术人员都当起了讲解员，为一批批前来参观者讲解、介绍列电。

在11站完成试运行后，我即随11站厂长田润到福建南平选厂。1959年夏，列电局自制列车电站时，我又调回保定，为自制列车电站从事电气专业设计工作。

我们列电人在保定，奠定列电事业的基业，在30年发展的进程中，列电人在保定西南郊的这块土地上，为列电事业的发展壮大做出了巨大的贡献。

我给康保良局长当秘书

口述／陈冲　整理／周密

我是随 3 站从上海出来的。1951 年，正值抗美援朝的时候，军干校来上海学校招生，我积极报名。但学校要求17 岁，我那年只有 14 岁（访者瞠目：这么小呀。陈搭手微笑），因为我父亲是老革命，曾是地下党，家庭成分好，学习也好，多报了一岁进了军干校（在座人会意微笑）。

1954 年复员回到上海。当时区政府负责找工作，给我找了两个地方，都是电力部门：一个是闸北电厂；一个是4106 工程处，就是上海列车发电厂，也就是后来第 3 列车电站的前身。我喜欢文学，听说 4106 工程处是流动单位，能到处走走，见多识广，那多好啊（陈神色愉悦）！我于是选去了工程处，做会计工作。上海列车发电厂首先去的是邯郸，在那发电半年，又调迁到河南焦作，大概也是半年。那时候全国到处缺电，我们就是去应急，救急不救"贫"，发电几个月就走了。调迁到西安两个月后，我离开去了列车电业局。

这要说到康保良局长。1956 年初春不久，他刚上任，就跑了大半拉中国，将管辖的 5 个电站走了一遍。他走到 3 站，看完了，汇报也听完了，康局长提出，你们净给我介绍先进人物，你们厂里有落后的嘛？这是康局长后来给我讲的（陈忍笑说）。说有一个，叫陈冲（陈冲两字，陈

陈冲

康保良（前排右1）与外国专家在一起。

老有意低眉说得很轻，言罢，在座人顿时放声大笑）。问怎么落后呢？说不安心工作，老写东西。康局长想要见见这个落后的人，我就被喊了来。见面后，康局长问了问，我也不隐瞒，就说我爱好写，但没有影响工作，我也得辩护辩护（陈挥手笑言）。康局长让我把写的东西拿给他看看。那时电站职工不带家属，都住集体宿舍，而且住得很挤，宿舍里根本没有桌子，我写的稿子都放在办公室，摞在办公桌上，文稿有厚厚一大沓，我也没挑，都拿过去了。康局长接过我的文稿，坐在那里低头翻看，我就站在那儿等着。他翻呀翻呀……忽然说："陈冲呀，你跟我走吧（陈老几分诙谐幽默的铺垫，令在座的人静顿片刻后，与陈老一起再次放声而笑）。"

当时胡眉倩也在3站，我们在谈对象，我对康局长说还有一个女朋友，康局长说到局里再找一个（陈忍俊不禁地有意压低声音，随即，再次引爆一屋子笑声，陈老手抚脑后仰脸而笑）。我说就要她，康说你想好了？我说想好了。那我给你调过来。康局长走后不久，我们来到北京。

我来北京给康局长当秘书还不到20岁。康局长调我来之初，被人质疑：从电站弄这么个小孩来，行不行啊，到时候退回去好退啊？为证明我行，康局长交给我一项任务，给毛主席写报告。主要介绍列车电站作用及发展前景。之前，局里就为此鼓捣过，没写成，就请电力部弄，也没弄成，到部长那儿就通不过。这报告要求一式两面，一面要求三百字，另一面一千字。意图是让毛主席先看简要的，若有兴趣，再翻过来看详细内容。这事交代给我后，我一听这写法，就心里有数了。我按要求写完第一稿交上去，部长一次就通过了。报告逐级送了上去，据说毛主席看到了这个报告。

我在北京大约有半年时间，就随局来到保定红星路一号办公，局本部建好后，机关人员才全部进驻。康局长很有意思，他让我跟他一个办公室，我们对脸坐着。办公室也不大，没事他就背着个手，在屋里来回走，他这么一走，我就知道要有事了（都会心地笑）。康局长创业非常有远见，当时列车电站供不应求，各地方到处争要列电，这个时候，他就提出一个问题：有没有没人要的时候，到时候电站撂在哪儿？基地建设规模如何规划，以及闲置的时候怎么办？

康局长的表达能力不是很强，但思维很活跃，也很务实。列车电站的经营怎么弄、机构怎么设置，他有自己的想法。比如：电站设经营管理股，就定7个人。他把思路讲给局里职能部门，他们理解不了。他回来对我说，费了好大劲他们听不懂。我对康局长说，他们听不懂我去讲，康局长问，你知道我怎么想的吗？我说知道。平时，康局长会把一些正在想的事跟我念叨，所以他做出的一些决定，我知道决定过程，中间都有过哪些考虑。

康局长这个人确实不简单，整个列车电业局的布局、规划、发展、制度，电站管理部门如何设置，比如带不带家属呀，能不能搞轮换制呀，都没有任何经验可以借鉴，他自己就这么一点一点谋划，真是不容易。康局长一直很信任我，我们俩的关系……记得我被打成右派去劳改，好不容易给了我四天假回家。在生活区大院里正好碰到离开列电局的康局长回来搞甄别，他见我很是惊喜。他问你怎么回来了，知道我是放假回家休息几天，他说，你回来正好，我的甄别材料你给我写。我有点难色，因为就休息这么几天还要走，他说别人写不了。最终我还是给他写了。

列车电站在那个特定时期为国家做出了独特的贡献。这是历史，应该铭记。你们记录列电历史，很值得做，希望你们把这项工作做好、做细、做成功。这是历史，我们不能忘记。告别时，陈老站在门外向我们挥手。我提前要了他的邮箱。回去后，将抓拍的一组照片发给他，他非常喜欢，特别是手抚头仰脸欢心而笑的那张。

注：2015年11月11日9时，笔者如约，与同事一起驱车至石家庄，采访知名作家陈冲。神采奕奕的陈老打开家门，我们未及寒暄，早是满屋朗朗笑声。采访近两个小时，离别挥手相送。两年后的初夏，陈老悄然而去，他的音容笑貌依然在记忆里。

怀念康保良同志

文 / 邓嘉

康保良

康保良同志是河北满城县人。虽然与世长辞 8 年了，他的音容笑貌，我至今仍记忆犹新。他一生为事业奋不顾身，一心为党的工作积极进取，以超前的思想和惊人的毅力，创造性地开拓电力事业。他严于律己、宽厚待人的作风，使我铭记永不忘怀。

我认识康保良同志，是 1950 年在淮南电厂工作的时候，他是淮南电厂解放后的第一任厂长，是淮南电业局的首任局长。在我的记忆里，淮南电厂是解放后接收过来的，机组很小，设备陈旧，带病运行，可以说是一个破烂不堪的厂子。在困难面前，康保良同志深入群众，紧紧依靠工人和技术干部，调动大家的积极性，开展生产和建设工作。

他首先开展技术培训，提高职工技术素质，并广泛搜集技术人才，使这个厂的机组出力有明显的提高，为迎接国产第一批 6000 千瓦新机组做了技术上的准备。其次是抓机组大修，在很短的时间里，使病残机组恢复了青春。他以惊人的毅力和敬业精神，积极争取到 4 台国产 6000 千瓦机组安装在淮南电厂，使电厂容量增加 4 倍以上，改善了淮南地区供电紧张的局面。

当时安徽省电力局尚未成立，他以超前的思想，成立线路队，架设了田蚌、田全等输电线路，使合肥、蚌埠、芜湖等单独运行的小机组联起来，集中管理、统一调度有限的电力，改善了供电情况。这个地区工农业发展比较快，是与康保良积极工作分不开的。康保良屡获华东、华北电管局和电力部的嘉奖及表彰。

1955 年底，康保良被电力部任命为列车电业局第一任局长。这是新成立的一个单位，可以说房无一间、机无一台，康保良是没带一兵一卒的"光杆司令"。就在一无所有的基础上，他以惊人的魄力，在 9 个月内，组建起一支能吃苦、技术素质好的列电队伍。

列电局初创时，从 1 站、2 站抽调了几名干部，组建了人事科和基建科，人事科负责"招兵买马"，基建科筹建办公地址及基地的建设工作。康保良亲自带队选局及基地厂址，5 月选厂，7 月破土动工，到 1956 年底，跨度 12.54 米、长度 95.24 米的装配厂已经完工。从捷克进口的 2500 千瓦机组即将进厂，前期安装准备工作已经开始，还建成了进厂铁路专用线（5 股道，股长 1500 米），可供电站安装检修；配套建设了基地管理区（含局办楼）、培训区、住宅区。

列电局在建局的同时，就着手进行捷克与苏联机组的进口与安装。1958 年，康保良同志急需各方面特别是技术力量支援列电发展，在淮南电业局刁岫生局长、田家庵电厂厂长张延义同志的大力支持下，指定由我组织挑选技术好、思想强的年轻骨干 100 名，充实了列电局，使列电局很快形成生产、检修能力。

为了发展列电事业，他创办了技工学校、保定动力学院（兼校长）。我国列电事业之所以起步早、发展快，与康保良同志重视教育关系极大。

为了最大限度地满足全国缺电地区生产、建设的急需，康保良同志千方百计地增加机组容量。一方面，在国内收集了几台小机组装上了"腿"（列车轮子），另一方面积极进口了一批 2500 千瓦捷克列车电站及两台 4000 千瓦苏联列车电站。

1958 年下半年，在他的大胆规划、精心组织下，开始筹备并试制国产第一台成套的仿捷式列车电站，1959 年 10 月试制成功。一机部给予奖金 2000 元，以资鼓励。该站被命名为第 21 列车电站。同时，康保良同志还建设了矽铁厂、炼铁厂，均出了产品。他还派副局长邓致逵同志，赴瑞士进口燃气轮发电机组。

在机组制造中，康保良同志开拓进取，与职工们苦干巧干相结合，克服了许多难以想象的困难。就以大搞设备制造而论，他下令将在成都发电的 14 站的骨干全部调回，另派人员到该站组织运行。还将佳木斯 1 站骨干也调回来，以这批骨干为主体，聘请几位专家，依靠各厂的简易金属切削机床（总共才 10 多台，最大的是 3 米龙门刨和两台 C630 车床）制造列电设备，可以想象其难度何其大。

康保良同志一次次召开骨干谈心会、动员会、全体职工动员会和打擂比武表决心会，使全体职工摩拳擦掌、气鼓得足足的。大家纷纷表示了"没有设备自己动手造，小母机产大机不用愁"的信心。

由于康保良同志的凝聚力和开拓精神，全体职工形成一股劲、拧成一条绳，用"蚂蚁啃骨头"的办法，终于试制成功仿捷 2500 千瓦全套列车电站。该站于 1960 年 5 月调往广东茂名。

当时，与我们同时起步，制造同类小型发电机组的一些专业机电制造厂，在两三年后才搞出同类产品。在当时的历史条件下，独立自主、自力更生、艰苦奋斗，是社会主义建设的必然产物。

康保良同志，严于律己，宽厚待人，深入群众，平易近人。白天亲临现场，晚上家中"高朋满座"，谈工作，聊大天，整天乐呵呵的。个别职工确有困难或其他原因要求调走，他组织欢送。有些人走前，还提级晋升。所以留者高兴，走者开心。职工们说，跟着康头干，累死也心甘。

总评康老的思想，他具备突出的开拓精神，战略上有超时代的强劲魄力。他多次讲，要搞成龙配套，使设计、制造、运行、检修、原材料生产形成一条龙。不向或少向部里要这要那。总之，他是一位好领导，突出的企业家。

我与康老从 1950 年初至 1959 年底（除 1956—1957 年），始终都在一起工作，几乎形影不离。他是我心目中最尊敬的领导和老师。当今社会若能多有一些康保良式人物，我们的国家将会更加兴盛，更快地发展起来。

注：本文原载《中国列电三十年》，有修改。

赴捷克押运列车电站

口述 / 张增友　整理 / 周密

张增友

1958 年初，郭广范与我及周春霖、唐存勖 4 人，分批从捷克押运回国 5 台列车电站，历时近 7 个月。前前后后，列车电业局共有 8 人出国执行过押运任务。如今，半个世纪过去了，这些人大都已逝去。那段经历，作为列电记忆的一部分，有必要记录留存下来。

1957 年 12 月份，我在哈尔滨参加组建第 10 列车电站，基建还在施工中，从苏联进口的机组已经拉进 101 厂。这时节，厂长王桂林接到列电局的电报，随即他将郭广范和我及周春霖、唐存勖召集来，郑重地通知我们说，你们马上到局里去，接受出国接机任务。我们不敢耽误，收拾收拾，匆匆赶往保定。

到了列电局，康保良局长告诉我们，往后进口电站将改由我们自己出国押运，现在就派你们去捷克斯洛伐克押运几台电站回来，这是一项光荣而艰巨的任务。我们得知，前期进口的 6 站、7 站、8 站、9 站均由捷克厂家派员押运，送到我国满洲里或二连口岸（实际到集宁）后，再由列电局派人接车押运至目的地。捷克厂家押运费用很高，为节省费用，经国务院批准，电力部下文，由列电局派员出国接机。我们 4 个就是首批出国的押运员。出发前，明确分两组接机，组长分别是郭广范和我。两组将从捷克押运回编号为 606、607、608、609、610、611 的列车电站。

按照局里交代，我们来到北京，找到电力部供应司设备处一位副处长，还有管财务的一位女同志，由他们办理我们的出国相关手续。我们4人都是第二次出国，因而办理出国手续相对简单。上级考虑人选的时候，我们4个在苏实习经历和外语能力当是重要因素。

正值冬季，需准备个人和公用防寒用品。这要说到出国置装费，头次出国给500元，5年后再出去，给相同数额，我们回国才两年多，只给300元。去捷克对服装有要求，必须做西装，到苏联做中山装也可以。准备就绪，拿到护照的第二天，我们由北京启程，登上了开往莫斯科的国际列车。出发时间是1958年1月4日。

一路旅程漫长，车窗外白雪皑皑。坐在车上，几个人都显得不太轻松，头一次出国接车，没经验，坐一起时常讨论可能会遇到的各种情况，如何应对，心里多少有些忐忑。8天后，车抵达莫斯科，又转车赶赴捷克。这段路又走了两天，傍晚时分车停在了苏捷边境小城乔普。更换列车轮对后（苏联是宽轨，捷克和我国都是准轨），继续前进，驶入捷克国境。

当年，出国持币是有规定的，到苏联前，要将人民币存入银行，过境取卢布消费，离开苏联，卢布也要存银行，到捷克取克朗。我们首次进入捷克没有经验，从苏捷边境切而那至布拉格，车要跑20多个小时，取克朗必须到指定的布拉格几家银行，这样一来，我们手头没有分文，只好躺在卧铺上，用手安抚饥肠辘辘的肚子。车上提供的红茶也是要钱的，服务员总来探头问，是不是需要水，我们摇头不喝。直到下午晚饭时，我们才实话告诉给满脸疑惑的服务员。服务员领进来一对夫妻，是捷克驻苏联使馆人员，主动借给我们500克朗，下来如何还人家钱，那是老郭的事了。这下我们挺起腰板，来到餐车上，终于吃饱了肚子。往后再走这段路程，要提前备好吃喝。

14日半夜时分，我们到达布拉格，驻捷商务处人员前来接站，安排入住友谊酒店，等待商务处安排后续事宜。在这个高档酒店里待了一天，我们吃不惯西餐，酒店也不提供热水。我们就给商务处打电话，要求过去住。商务处给我们腾出一间房子，摆了四张床，这下吃喝什么都解决了，虽然条件比不了酒店，但这里省钱省心自在。我还在这里认识了大使曹瑛。早晨，我在小院里锻炼的时候，居住在商务处后院大使官邸的曹大使也在晨练，见我陌生，隔着铁栏杆问过情况后说："大使馆就是你们的家。"我把此话告诉商务处的负责人，以后几年里，这间房一直为我们留着，来捷克的几批押车人员都临时住在这里。

在商务处安排下，与捷克技术出口公司人员会谈，并办理相关的事情。

几天后，我们来到距布拉格60公里的小城——果林，准备接车的工厂就在这里。这是个专门造车辆的铁路工厂，隶属政府交通部门。待发运的发电列车已经停在铁路线上。经海关、边防、商务处人员在场照单进行检查后，锁门、铅封，使馆人员签完字，我们就算

押车人员在捷克斯洛伐克合影（右2为作者）。

正式接车了。下来，就是准备路上所需的生活用品。车上有小锅炉，工厂提供焦炭，保证这一路不会挨冻。要备足一个月左右的吃喝，生活饮用水装在军用大水桶里，车上先备了三四桶。采购食品，我们花了不少心思，老郭在这方面真行，为节省开支，精打细算，令人佩服。

1月20日早上7点，我们押车离开果林，驶往切而那。厂家派了10名工人一同前往，他们负责车辆出境前的维护、更换轮对等事情。一名捷克进出口公司人员也在车上，他叫巴拉卡，参加过前几台车押运，捷方派他全程跟随，帮助我们首次押运。这也是双方协议约定的。

从果林开往切而那，列车跑得很小心，时速控制在40公里左右，走了近两天。到了切而那，跟车来的工人开始更换轮对，换轮对很费事，不像在苏联境内轮对连同转向架一起换来得快捷，工作持续了近一周。在切而那数天，我们与捷克工人常在一起，没事去看他们干活，渐渐比较熟了，还结交了一个朋友，他曾押车到集宁。他教给我们一些押车经验，很实用。分别前，我们与工人们拍了合影留念，这张照片现在依然保存完好。

1月30日，轮对更换完后，按规定进行试车，我们都上了车。从时速45公里，提速至最高限速70公里，列车跑了200公里，没有发现异常。过境苏联才知道，苏联人开的机车可不管什么限速，撒欢跑，可达时速100公里。试完车，我们正式分组：我和周春霖为第一组，押车继续前行；第二组老郭他们两人返回果林，去接下一台电站。厂家来的10名工人也一起离开，我和周春霖及捷方巴拉卡，随即从切而那启程，踏上押车之路。

要将电站完好无损地送到目的地，有许多操心的事要做。常规过境要负责办理海关检查登记手续，沿途要检查车辆轴承、制动装置等情况，有问题要及时通知检车员。要监督铁路执行运输规定，运单上标明了运输注意事项，如果发生车辆超速、冲击、溜放等，要记录并让铁路负责人签字。重要的是不能发生甩车，特别是装有轮对的车辆，一定要盯紧，如果甩丢了，麻烦就大了。第二组就发生过轮对车错编组的情况，好在及时发现，给找回来了。在离开切而那的时候，捷克工人特意在车上挂了标识牌，警示不得摘钩。

基辅是入境苏联后途经的首个较大编组站。一列火车挂有四五十节车辆，其中我们的主车、货车共20余节，在这里重新编组发往不同去向。机车牵引车辆到地势较高的"驼峰"处，摘钩溜放，人员通过操作道岔重新编组排列。按规定发电主车是不允许溜放的，防止因车辆冲撞造成设备损坏。无论我们怎么要求，也无济于事。我们的车重，惯性大，溜放下来刹不住车，冲撞在所难免。

一路长时间关在车里很寂寞，看看书，说说话打发时间。我们轮流值班，日常打扫卫生、烧锅炉、烧开水、到点做饭、认真写好行车日记等。晚上值班的人，和衣躺在床上，随时准备到站下车检查。苏联境内比捷克治安要差，我们防范意识比较强，除过境时让海关人员上车检查以外，不许陌生人上来。我们在车上准备了两个镐把子，以备不测。

每到一站，我们下车重点检查门窗是否完好，对车辆行走部分只是大致看看，终归那是车检员负责的事情。皮大衣本是用来下车检查时抵御风寒的，但我们很少穿，因为穿在身上又沉又笨，干脆扔一边，外面套一件皮夹克，下车一溜小跑，检查完赶紧上来。需要注意的是，到站时，要留心车下是否有铁路检车员，没有的话，一般是临时停车。如果贸然下去，车说走就走了，电气机车加速很快，追不上车就被甩掉了。为防万一，下车的人，都必须将护照和钱带在身上。捷克工人教过我怎么追车，要顺势而上。在切而那装完轮对试车的时候，工人还特意示范给我们看。

我还真追赶过一次车。那是押运到鄂木斯克例行检查时，我突然发现寝车下面联动直流发电机的皮带没有了，想必是被偷了，这关系到采暖，问题很严重。我心急火燎地跑去找调度，让他们尽快在下一站给配上皮带，我甚至威胁如果影响押运，一定会告他们。就在我返回的时候，车启动了，我一看，撒腿就追，周春霖在车上焦急地喊，我按照捷克工人教的方法，顺势把住车栏杆蹬上车，周春霖怕我失手，抓住我的衣领子往上拎。这段小插曲，今天想起来挺有意思。到了下一站，果然给配上了丢失的皮带，这心才踏实了，又继续前进。

押车路上遇到这样那样的问题在所难免，不过，我第二趟接车曾遇到大问题，半路发现锅炉车转向架裂纹，吓出我们一头冷汗。马上要途经七拐八弯的贝加尔湖，一旦出事后果不堪设想。好在这是个大站，车拉到车辆段进行处理，耽误了一天时间。

当年的春节是在押车途中度过的。商务处给我们带了两瓶"长白山"葡萄酒，当年这酒是招待贵宾的，把酒打开，请巴拉卡一起喝酒，他很高兴。这一路因种种原因，我们与他的关系处得不是太融洽。春节仨人一起吃喝，过得还挺愉快。

押车返程走了近一个月，我们自己从国外押运的首台电站从内蒙古二连入口岸，二连很荒凉，驶抵到集宁才可以换轮对，国内接车的人大都在这里等。一般来讲，交接的时候，主要检查车厢门窗铅封是否完好，其他就简单了。606 发电车被列编为第 13 列车电站，13 站人员接车后，押运到河南新乡安装发电。交车完后，我和周春霖返身再去捷克，押运下一台电站。

从 1958 年元月出发到同年 7 月，我们第一组从捷克押运回 3 台电站，即 606 号（13 站）、608 号（14 站）和 611 号（18 站）；第二组押运回 607 号（15 站）和 610（17 站）号。由于商务处联络失误，609 号（16 站）由捷克厂家派员完成押运。

在后来几年里，郭广范和我没有再出国接车，都忙于电站管理。我在押运最后一台电站的时候，列电局任命我为 10 站副厂长。周春霖、唐存勋又干了 3 年，每年有半年的时间在国外跑，他俩可谓是押车元老了。何立君、葛君义是后续加入进来的，易云和张桂生更晚一些。据统计，我们 8 个人总共押运回国 21 台（含 31、32 站）列车电站。

半个多世纪过去了，今天回忆当年押运，真是不易，历经 200 多个日日夜夜，押运总行程约有 60000 公里。依然还记得康保良局长讲的话，这是一项光荣而艰巨的任务。还记得当年抵达布拉格之前，周春霖用装有开水的搪瓷缸子，烫平我们的白色衬衣领子，穿上西服，打好领带，精精神神地下车，代表祖国执行押运任务。依然还记得完成任务后，我们来到北京王府井一所装饰华丽的浴池，洗浴、理发、洗衣，美美地睡上几个小时，然后干干净净、精神焕发地登上 17 次特快列车，奔赴工作岗位。

讲讲老 2 站和技改所的一些事

口述 / 孙玉琦　整理 / 周密

孙玉琦

1951 年初春，我那年 16 岁，天津电业局在天津招收学员，我报了名，有幸被录用。电业管理总局修建工程局也在天津招学员，委托天津电业局代招，招录结束后，修建局从天津电业局招收的 80 名学员中，挑了 12 个人，收为修建局的学员，我就在其中。于是，我离开了天津，来到北京集中培训。没多久，我们 12 人被分到了修建局第四工程队（就是后来列电老 2 站）。分配还挺急，催着我们赶紧走。我们稀里糊涂就奔到石家庄。这个工程队的发电设备从无锡双河尖发电所拉到石家庄，备战抗美援朝。

起初，电站工人是跟车从南方来的，帮助安装试运行后，人又回南方了。修建局给工程队调来一些老师傅，学习、熟悉设备后，接过这台发电车。我们来的时候，还有几个南方来的师傅没有走。我们 12 个人按机、电、炉工种分到车间，我起初分到汽机车间，跟着一个南方来的老师傅学徒，后来又把我分到锅炉车间，我的师傅是孙照录。

大约在 1952 年春，我们去东北抚顺支援电厂建设，到了抚顺，跟着师傅干了半截，大概是 7 月份，电站接到紧急通知，即刻调迁去辽宁安东。几个老师傅押车，我们坐上火车，直奔安东。

安东与朝鲜只隔一条鸭绿江，站江边能看到对岸的朝鲜人。发电车拉进安东一个棉纺厂内，棉纺厂就在江边，离鸭绿江大桥不远。因朝鲜战争，这里也被殃及，厂房里面设备都拆空了，人也全撤了，厂里的仓库有条用来装卸货的铁路专用线，我们的发电车就通过专用线拉了进去。

设备就位后，很快就开机发电了，主要是供给保卫鸭绿江大桥的炮兵阵地用电，另外，为市区自来水厂提供用电。我们发电所在地，紧贴战区，时有防空警报拉响。与我们同在棉纺厂的还有苏联高射炮团的维护人员，高射炮团守卫着鸭绿江大桥，离我们电站还较远。我们没事还跟苏联兵一起玩，语言不通，打手势比划。我们洗衣服晾晒在外面，等去收衣服一看，苏联兵把晒干的衣服穿在他们身上了，挺逗。

我们住在市里棉纺厂宿舍，宿舍里的工人都走了。上下班有专车接送，是当地电业局安排的车，路不太远，开车一刻钟左右。市区时常拉响敌机空袭警报，我们听到警报，就都跑出宿舍钻进防空洞躲避。有一次下夜班，坐车回宿舍的路上，拉响了空袭警报，车立即闭灯熄火，停在半路，虽然有惊无险，但也挺紧张。在安东发电时间不长，大概有半年多，当地电力恢复正常后，我们就离开了。

1954 年夏，我们正在山西榆次发电，上面来通知，赶紧停机，明天就拉走，去哪，不知道。我们马上停机拆设备，果然，第二天机车将发电车拉走了，临走才告诉我们去武汉。我们到了武汉，市区已经被淹，洪水还在不断地上涨，市内积水排不出去，形势很严峻。列车电站直接拉到江边，很快就发了电，江边的排水泵开始排市内积水。

我们住在搭建的简易工棚里，工棚就在电站旁边，我们住的地方地势比较高，因而水还没有淹到这里，但船已准备好了，水来随时可以登船。我们所在地紧挨着江堤，也就几十米远，堤上昼夜有人守护，一旦有险情，大喇叭紧急喊人上堤，大家毫不犹豫，都迅速奔上大堤，参加抢险。在当时情形下，所有参加抗洪的人，生死与共。有一次，我下班在宿舍休息，就遇到紧急广播，堤上发生险情，我跟着大家一起跑上堤，让干啥就干啥。往袋子里装土，往上运，那阵势也挺紧张，现在想想，如果决堤，悬在头顶上的水冲下来，我们一个也跑不掉。

离开武汉后，我接新机又先后到了 13 站和 29 站，调保定到技改所纯属机缘巧合。记得是 1962 年 10 月，我从 29 站调 40 站，40 站正在保定基地大修，我到电站报到后，路上遇到了谢芳庭，我们俩比较熟悉。我和谢芳庭相识，那是 1960 年左右的事，列电局成立了一个工作小组，主要任务是在上海订货采购发电设备，筹划安装列车电站。工作小组由谢芳庭带队，虽然事没有搞成，但我们一起相处了3个月，彼此很了解。在保定再次相见，都很高兴，他得知我调到40站，就劝我留在保定，调到他哪儿去。当时，谢芳庭在技改所当所长，技改所成立时间不长，正缺人手，他知道我搞化学，也搞锅炉。我对到哪儿都没有意见，就这样，与谢芳庭一次偶遇，我从此落脚到了技改所，一干就是几十年。

我来技改所的时候，所址就在原列电局总部的小楼里，所里按机、炉、电专业分若干组，一个组没几个人，我在化学组。技改所主要任务就是帮助电站解决技术难题，消除设备缺陷。各电站流动性比较大，有的地方水比较特殊，循环水结垢，指标不正常，出力下降，电站化验人员控制不了，就需要我们提供技术帮助。我们去了，提出解决方案，电站人员能掌握了，控制好了水指标，我们就回来了。那时候，电站来了电报，我们抬脚就走，出差成了家常便饭。

那些年，为电站提供了很多技术帮助，或许经历太多，大都没有印象了，但是，乘飞机到无锡，为62站做锅炉出力试验依然还记得。因为，坐飞机出差，在我服务电站的经历中还不多。那是1980年夏天，62站在无锡新装机，锅炉是列电局和无锡锅炉厂联合设计，西北列电基地生产制造。锅炉出厂使用前，需要做出力鉴定，进行热力化学试验，要给出一个报告。

这是一个比较专业、技术要求比较高的试验，列电局问中试所（那时技改所已改称中试所）能不能做，如果不能做，就请外单位做，我说能做。做锅炉热力化学试验，我心里有底。因为，老2站在榆次发电的时候，在太原第一电厂的苏联专家做热力试验，组织各电厂人去学习，我也去太原参加了整个试验流程。

局里催得挺急，让我赶紧坐飞机去，这次飞机之行，令我印象深刻。我们中试所化学组没俩人，人手不够，从电站抽调了刘世燕等几个老师傅配合做试验。虽然我学习过热力化学试验，但是，毕竟还是第一次亲自做。试验做了三天，一切比较顺利，完成热力试验，写出锅炉鉴定报告，及时交给了列电局。同样的试验，我到西北基地还做过一次。

想想过去，我们电站去的地方都比较艰苦，能有砖瓦盖的宿舍住，就挺知足了。记得，我在29站时到黄石发电，宿舍围墙就是苇席，席上面抹一层泥巴，这就是屋。我们那时候年轻，也没有觉得苦。老2站在阳泉发电的时候，年轻人多，工余闲得没事，组织了一个小乐队。于学周会丝弦乐器，他专门教我们，杨文章跟他学二胡，我跟他学二弦琴。我们几个人，下班凑一起，演奏广东音乐，那是一段挺美好的记忆。

忆青春年华

文 / 戴行彧

1956 年至 1966 年，正是我 18 岁至 28 岁的青春年华。回忆这段难忘的岁月，可以骄傲地说，我把人生美好的青春献给了祖国的列电事业。上班时曾想过把这些经历写出来，可一直没有动笔。直到 1996 年退休后，我终于拿起笔开始写终生难忘的故事。

蚌埠防汛供电

1956 年，我所在的第 4 列车电站和第 5 列车电站在洛阳，一起为洛阳轴承厂、洛阳第一拖拉机厂等"一五"重点项目供电。记得正在停机检修时，电力工业部特急命令从北京传来，淮河发生大洪水，蚌埠市用电告急，命令 4 站在 7 天内完成拆迁，发车进驻蚌埠市。

刘晓森当时担任 4 站和 5 站的厂长，他在职工大会上，做了紧急动员。刘厂长说我们干的就是应急的大事，牺牲自己也不能耽误了蚌埠市的供电！当下点精兵强将 80 余人，即刻准备奔赴蚌埠。刚参加工作的我和"小胖"甘承裕名列其中，荣幸地成为上"前线"的小战士。按时完成拆迁后，我们打起背包就出发了。

洛阳去上海方向的列车连站票都

戴行彧

1956年欢送4站支援蚌埠防汛合影。

卖完了，站方见到北京红色的急调令，只好在当日客运列车车尾加挂了一节车厢，专供列电人乘坐。上车后发现这个车厢小，只有50来个座位。我们十几个青工白天站着，夜间干脆睡在师傅们的座位下。我和小胖说，你看，我们比师傅还"舒服"，睡的是"卧铺"呀！

列车经过20多个小时颠簸，宽阔的淮河出现在眼前，汹涌的洪水奔流东泻，高压输电线距水面只有3米多高了，严重威胁着淮南电力输进蚌埠市区，况且蚌埠市区也没有电厂。

全体人员到达蚌埠市的第二天，发电列车也到达了指定地点。记得厂长动员时说要有睡在露天、野外支锅做饭的准备。还好，我们睡在原供电所职工食堂，吃的是一碗稀饭两个馍。

发电设备安装战斗打响了，要在72小时内完成组装，具备发供电条件。我和小胖的任务是安装列车管道，我俩没日没夜地在空中吊装管道，对法兰、紧螺栓。在紧完最后一个法兰螺栓时，我听到叮咚一响，原是小胖紧完最后一颗螺栓后，困得趴在管架上睡着了，扳手落到了车厢顶上。

72小时到了。此时倾盆大雨下个不停，淮河水位猛涨，高压输电线距水面只有1米了。淮南电网拉闸，蚌埠市区一片漆黑，工厂、医院、水厂纷纷向市长告急！

此时，发电机组在4小时前就已点火启动，冲刷管道、盘车及各种试验项目顺利完成。刘晓森接到市长电话，要求即刻向市区送电。值班工程师接到送电指令，眼盯着缓慢转动的同期表，命令值班工操作送电。

蚌埠市亮起来了，工厂的机器转起来了，市区传来欢呼声……

紧急驰援南京

4 站的发电机转动了 70 多个日日夜夜，汹涌的淮河洪魔终于溃退了。电站人员带着胜利的喜悦，告别蚌埠市返回洛阳崔家村，准备进行设备检修和人员休整。我们青工在清扫房间，打开行李卷整理床铺，师傅们正想与分别两个多月的妻儿团聚……这时，高音喇叭响了：4 站全体员工立即到厂部开会！

刚过 15 分钟，80 多人都肃静地坐在了会议室。刘厂长戴着老花镜，向我们传达红头文件：南京下关发电厂因一台汽轮机发生水冲击而损坏被迫停机，南京地区严重缺电，要求第 4 列车电站用最快的速度赶到南京，并网发电。

刘厂长不是不知道，职工们刚下车才几个钟头，现在又要求出征，的确有点难为大家了。但他并没有说一些犒劳员工的话，大家都很清楚，命令必须执行。厂长出征蚌埠时痔疮复发，他忍着苦痛，一直在操劳，这就是对部下无声的命令。

于是我们又跨过黄河，越过淮河，看到了宽阔的长江。南京到了！

南京市供电局局长带着锣鼓乐队，来车站迎接。因发电车未到，供电局长为让疲惫的电站人员稍作休整，安排我们到景点游园。次日，我们渡江到达 4 站的驻地浦口。发电列车已经停在浦口长江边铁道线上。这里是浦口车站作业区，我们居住在发电列车左侧 12 号仓库，库内用芦苇分割成一间一间的，这就是我们的宿营地。

紧张的机组安装战斗又打响了，南京供电局要求列电 7 天后向浦口地区供电，所以这次比蚌埠之战宽松了一点。时间宽松也不能拖拉，4 站职工仍然是紧张有序地、一丝不苟地、保质保量地工作。在第 8 天的零点，准时向浦口地区送去 2000 千瓦满负荷的电力。要知道在那个时候，4 站的发电量可以基本满足南京市浦口地区的工业用电和民用电了。

我们的宿营地 12 号仓库右边是电站发电区，左边是列车轮渡码头。因那时还未建南京长江大桥，一列列车辆在此解体上船、下船，机车头昼夜鸣叫不息。这对我们 24 小时三班倒上运行的职工休息带来了很大影响。经过一至两个月的"磨炼"后，我们才慢慢适应。而我的窍门，是睡前往两个耳朵内塞上棉花球。

刚适应了"噪声"，新问题又出现了。那时候锅炉除尘设备还比较差，从烟囱冒出来的飞灰顺风全落在我们住的仓库顶上。库顶又不严实，晚上睡觉我们只好眼睛戴上风镜，嘴和鼻子蒙上口罩……

我们就是在这样的环境条件下，为南京浦口地区安全发供电 9000 个小时，保证了浦口地区的生产和人民生活的安宁。

北上东蒙开新矿

时间过得真快，转眼就到了"大跃进"的1958年。前一年4站全班人马奉命到山东枣庄接了605号捷克机组，即后来的47站。47站在枣庄矿务局陶庄煤矿完成发电任务后，被调往内蒙古昭乌达盟喀拉沁旗新成立的内蒙古平庄矿务局发电。

在那个年代里，平庄矿务局实际上是一个拼凑起来的空架子。到现场一看，只有四面光秃秃的几个山头，这就是待开发的露天煤矿。

就在这山坡下一块空地里，正在修筑发电列车的铁路专用线，生活设施一无所有，这可苦了列电人。大家只能借住在当地的老乡家里，一间约十平方米的土房子，大土炕占去了一半。

喝水更加困难。第一次我们全家出动去深井取水，往井下一看漆黑一片见不到底。我摇动着木制辘轳缓缓地往井下放绳索和水桶，所有的绳索都放完了，就开始往上摇。我摇不动了我爱人上，爱人摇不动了岳母接着摇，最后还是我完成了任务。看了表足足用了20分钟才提起来一桶污浊的泥巴水，提回家还得用明矾澄清才能食用。后来听说我们的房东一年不洗一次澡，老大娘身上穿的一件白大褂，胸前的油污发亮，看情形洗衣服一年也是有次数的，缺水呀！

经过矿方一个多月的努力，铁路专用线终于建成了。电站机组就了位，我们就开始安装。不方便的是我们上下班来回要步行20多里。那时候买自行车是很奢侈的事情。

发电列车组装在紧张有序地进行着，每天从四面八方来看稀奇的牧民络绎不绝。因为他们不知道什么叫"电"，也从未见过"电灯"。听说中央派来一个电站，他们都来先睹为快。他们说的是蒙语，我们和他们对话有困难。还好，一个多月来我们跟房东学了几句常用蒙语，如："大

戴行彧夫妇在内蒙古平庄。

馍馍"是称呼老大娘，"白踏一跌"是你吃饭没有，"白脱勒活塞"是请你喝水的意思。总之，我们是入乡随俗，赢得了牧民对列电人的好感。

两个多月后，电站具备了发供电的条件，但矿务局变电站安装及输电线路尚未完工。趁此空隙，站领导照顾职工们安排家中生活。冬季即将临近，必须储煤。我们一担一担从厂区往家中挑煤，一担只能挑五六十斤 **❶**，因为往返要 20 多里路。我爱人这时已经有 8 个月的身孕，每日上下班照例行走 20 多里路，现在想起来真是有些不可思议！

发电了！厂区周围来了上千人，其中不少人是从 100 多里以外赶来看热闹的。地方和矿务局各级领导都赶来为发电祝贺。

强大的电流送进了矿务局变电站，霎时，西露天山包上苏制大型挖掘机启动了，好家伙，它挖三斗就装满了一个列车皮。不到一个小时，火车头拉着一列长长的装满煤炭的列车驶向远方……

还未到国庆节，寒冬已降临了。47 站的人和设备，要经受北国严寒的第一次考验。零下 40 摄氏度，滴水成冰，人出门不一会儿，胡子和头发上就结成了冰霜。

我们的首要任务是保证发电设备不能冻坏，因为管道会冻裂、冻坏，损失不可估量。为此我们利用当地的高粱秆子和黏土在发电列车两侧搭起了防寒棚，并且增加了安全生产检查的次数。因为在这个气温下一旦停机，整个设备将冻成一串冰葫芦。

一天后夜班，露天的碎煤机被一块鹅卵石卡住不转了。我们身着老羊皮袄上去检修，戴手套工作不方便，赤手摸在铸件上似乎被粘住了拿不起来，冻出来的鼻涕也成了冰条，大家相互鼓励，挺住！一定要抢修好，否则会造成整个机组瘫痪。经过两个多小时的拼搏，碎煤机终于转起来了。

列车发电机昼夜不停地转动，西露天山头上电动挖掘机的"巨手"不断地取出煤炭，一列列装满乌金的列车源源不断地驶向祖国的四面八方……

---

❶ 1 斤 =0.5 千克。

我在老 4 站那些年

文 / 陈秉山

陈秉山

1955 年秋，我由湖南湘中电业局下摄司电厂扩建局借调到武汉冶电业局，参加安装列车电站，地点在武昌赵家墩（现武昌车辆厂）。从上海南市电厂拆来的两台 2000 千瓦美国快装机，安装在特制的平板车体上，成为列车电站。这两台电站，就是后来列车电业局的 4 站和 5 站。两台电站安装完成后，我返回下摄司电厂，办理了相关手续，于 1956 年2 月，正式调到电站工作。此时，电站已拉到了河南洛阳。

当年我来洛阳时，交通十分不便，道路积雪很深，又带着行李，找不到北。只得找当地向导，坐上那人赶的牛车，将我拉到洛阳涧西区崔家村。电站就在这里，守着涧河，挨着洛阳拖拉机厂。

刘晓森是该电站的厂长兼书记，王虹负责人事，她曾是我读湘中时的老师，这也是我来电站的原因之一。殷维启任锅炉运行主任，副主任是侯玉卿，检修主任名叫张振帮。锅炉检修有史廷凡、孙士寿、史有宾和我。孙士寿师傅是南市电厂老修理工，工资是我的 5 倍。当时，我下决心好好学技术，当个好工人。同年，我因好学、积极肯干，被评为四级工。工作期间，曾报名参加空军，坐转椅没有能过关，成为一级预备役。

1957 年，我随老 4 站到南京浦口发电。电站停在长江边。浦口货站仓库既是我们的宿舍，也是食堂。白铁皮的屋顶，刷了防锈漆，屋里夏天闷热，冬天冰凉。宿舍内是大通铺，上常白班和上运行的工人都住在一起。这仓库守着一个轮渡码头，每天客货车频繁，轮渡的噪声让我们无法适应。车头推车上船或拉车上岸，特别是甩车声更是震耳欲聋。初期，噪声吵得我们根本无法入睡，久了，慢慢习惯了，睡着了响声再大也闹不醒。

1958年，老4站从南京调到广东河源龙王角，为新丰江水电站建设发供电。发电车从广州黄埔港登上大轮渡船，而后，用拖轮拖着逆水而上。到达龙王角后，再用大型拖拉机将电站拉到新建厂房就位。经过4天的紧张安装，机组启动发电了。

在河源发电时，电站人员定额超出指标，此时，厂长为王鹤林，书记是荆树云，总工是宋昌业。汽机技术员是王兆秦、陈鸿德，锅炉技术员是柴昌观、马正奇，电气技术员是张宗卷等人。同时，从新丰江工程局调来了王汉英，以及大批新工人，再加上1958年由朱文光（材料员）、潘顺高（财务员）从武汉招来的青工，整个电站朝气蓬勃，为后来分站接新机奠定了基础。

老4站是快装机，烟囱不到8米高，没有除尘器，厂区、宿舍煤灰满地。我提出加装烟囱出口除尘装置。方案被电站采纳后，我用了两星期，在烟囱出口装了个倒U弯头，并有喷水雾装置。这一改进，收到了立竿见影的效果。

另外，老4站锅炉是翻板式炉排，倒灰时由司炉用双手将倒灰杆往下压，借助连杆将炉排打开成30度斜坡，把灰倒掉。我运用牛头刨的原理，造了一台电动倒灰器，倒灰轻松省力，受到大家好评，尤其赢得了女司炉工们的称赞。

河源属沿海城市，因而民兵工作抓得紧，军人转业的王汉英书记亲自抓这项工作，组织青年参加民兵训练。王汉英任担连长，任命我为二班长。发给了我一支步枪，是"汉阳"造的老式枪，没有子弹。当时感到新鲜，我每天背着它。然而时间一长，三分钟热度没有了，枪成了包袱。怕把枪弄丢，晚上睡觉，我要把枪放到枕头底下才放心。我上班外出，带着不方便，也显眼，只好把枪东藏西藏。不过，在那段时间里我还收获了爱情。

康保良局长曾带着文艺队和秘书等一行人到广东河源，看望4站全体职工。文艺队有两个人我记忆犹新，一是吴英智，我们是湘中技校同学，后来和陈启明成为一家。二是胡孝须，他说山东快书，月牙板打得好。康局长走时，他将王鹤林、崔恩华、宋昌业、陈芳文、吴立维等人带离河源。4站职工欢送后，我们又恢复了往日生产和生活。铁打的营盘，流动的兵，列电人就是在这种流动中发展壮大。

1960 年，老 4 站离开生活三年之久的美丽河源，直奔广东坪石发电，人员乘汽车，电站走水路。

我和张辛酉（电工、后为站长）等几个人负责发电设备调迁。5 台主车两台辅车装在一艘改装的大轮渡上，船自身没有动力，负重大，吃水深，行走靠拖轮牵引。经一天一夜航行，行至惠州东江大桥，船超高过不去，只有等海水退潮。闲着无事，我们几个坐小舢板，用手摇电话机向水里放电，无鳞甲的鱼触电浮在水面，我们捞了许多。船老大用新鲜鱼做了一桌菜，风趣地说，感谢你们教了一种安全捕鱼法，真是授之以渔。

半夜潮落，船老大即刻鸣笛起航，顺流而下。次日清晨，到黄埔港码头，发电车拉到港口编组待运。到达新丰江时，由武装警卫押运发电设备。当晚，发电车到了坪石火车站，站调度立即派车头牵入矿区专用线。

坪石南岭矿区火烧坪四面环山，丘陵起伏，煤炭部第 2 列车电站（即后来列电局 50 站）和我们同在一个山坡发电。原本就是一家，我们要人来人，要物给物，他们给予了我们很大帮助。电站拉进厂房，从就位、安装到试运发电，仅仅用了 5 天时间。

正式发送电后，曾家寮矿领导到站感谢和慰问。我和刘玉明、张辛酉等人受到表彰。年底，我和煤炭部 2 站的吕仲侠一道出席了矿区先进青年表彰会，奖品是一个红皮且纸张粗糙的笔记本。

我们的发电机组在半山坡，职工家属都分住农户家。山区的房子都建两层，上层住人，下层喂牲畜，臭气熏天，蚊蝇很多。正值困难时期，粮食不够吃，我和锅炉技术员马正奇、汽机技术员王兆秦把稻草切断捣碎用水泡，然后在老荆家煮着吃，千方百计度荒年。

记得那年，我爱人因急病需到 20 多里外的坪石医院救治，我请了一天假，将她安排住院后，就往回赶。在车站登上一趟去狗牙洞的运煤车，我向守车师傅说到火烧坪下。火车速度不快，约每小时 60 里，快到火烧坪站时，师傅告诉我不停车了，让往下跳！我用灯照着地面，飞身跳下车去，却不小心跳到一堆荆棘丛上，膝盖流血。回到家中，已是晚上 11 点多，第二天照常去上班。

在坪石发电期间，电站因发电机转子线包匝间短路，机组被迫停运。我们了解到，煤炭部 2 站也发生过类似事故，花了近半年时间才在广州市修好。为了早日抢修好发电机，厂长蒋龙清主持召开有关人员会议，决定在原地自主抢修。我的任务是帮助电气班拆卸发电机转子线包和修后复原。大修刚开始，进展很慢，磁块楔铁和转子上燕尾槽，已经牢牢地"长"在一起。这台发电设备

列电岁月

是美国 1937 年的产品，设备常年运行，转子中楔铁产生了时效特性，拆卸非常困难。经过现场观察，我决定用土办法制作一个大"拉马"，以加大拉力。

我用铁轨加工成拉马的横梁，用直径 50 毫米的元钢作拉脚。为了省力有效，用直径 89 毫米的钢管，车制成螺丝管。大拉马组装好后，大家把它抬上转子处，将它稳固在转子身上。当我搅动螺纹管时，线包发出了吱吱的叫声，大家兴奋地喊："动了！"。线包一寸寸移动，经过两天两夜的苦干、巧干，拆卸任务完成。经过我和王兆秦、张辛西等同志的努力，前后花了半个多月时间，修好了发电机转子。为此，我被破格晋升为五级检修工，负责机、电、炉检修管理工作。同年 10 月，我出席了广东南岭矿区优秀青年代表大会，并被授奖。

1967 年某天深夜，电站在河南新乡市老火车站发电时，突然从厂区传来刺耳的排汽声，我立即赶着去车间了解情况。只见司炉工在紧急停 2 号锅炉，以便检查处理事故锅炉。2 号锅炉停炉后，炉内蒸汽不断向外喷涌并发出滋滋响声……

我观察后，认为是典型的炉管爆破。经过加大进出水循环散热、引风机排热后，我冒着 60 多摄氏度高温，拆开墙板和保温层，观察故障处，发现该炉第一道挡火墙的第 11 排炉管破损。

我们将第 11 排炉管两端切除，先用气割切除墙体近边的管子。距墙体远的管子，我们就用电焊的大电流切割。由于施工位置小，被切除管的距离长，炉管内有水垢，起弧不容易，再加上我们不能戴面罩作业，只能用电焊护眼镜片，每切除一根管子都很困难。

炉管切除后，上下汽水鼓上残留着的管头，共有 40 个。打管头，是技术活，更是体力活。工作时，人进汽包内，只能半坐半躺，头抬不起来。我们 4 个人小心翼翼、轮流作业，耗时两天有余。然后弯管、胀管……从炉管爆破，到抢修完工、点火、送汽，前后用了一个星期之久。

我当年不胖，但穿着工作服还是挤不进间距只有 17 厘米的炉管间隙，只好穿一件棉毛衫，挤进去测量胀管是否达到要求。工作完后，棉毛衫已经磨烂，胸前背后都是孔洞。这次抢修后，厂部给予我表彰，提升我为生技组负责人，又让我出席了新乡市先进代表大会。

1967 年夏，我离开老 4 站，我从实习生、工人、班长，一步步走到生技组长的岗位，充分说明列电是一个熔炉、是一所学校，能让金子发光。我怀念列电岁月。

新安江水电站建设中的"三七"站

文 / 杨文章

杨文章

新安江水电站，位于浙江西部山区，1957 年正式开工，总装机 66.25 万千瓦。是 20 世纪 50 年代后期我国自行设计、自己施工的大型水电工程，也是当时我国容量最大的水力发电厂。

1959 年，周恩来总理曾到新安江水电站建设工地视察，并为工程题词：为我国第一座自己设计和自制设备的大型水力发电站的胜利建设而欢呼！

在建设期间，施工机械需要大量电力，如果兴建高压电网供电，时间上不允许。于是，机动灵活的列车电站派上了用场。

1957 年 7 月，我离开了老 2 站，和另外两个同志及一名翻译到二连口岸接第 7 列车电站。7 站的基本队伍是由老 2 站抽调职工组成的，去了约 30 个人。这些人先到保定 6 站学习，熟悉设备，然后再到 7 站上班。

7 站先是在甘肃为永登水泥厂发电。永登这个地方荒无人烟，除了石灰石什么也看不到。新机组发电正常，但也有个小插曲，就是锅炉点火后，每次按下引风机启动按钮，引风机都要过一会才会启动。后来，我就去查图纸，发现是继电器的延时装置没有调整好，经调整解决了问题。

大约在 1957 年 11 月，7 站接调令到浙江新安江水电站发电，当时由我负责押车，走了约半个月才到新安江。

3 站已先期到达，7 站到达后，两台电站合并，统称

"三七"站，以3站名义对外。"三七"站刚组建时，部里派来的戴丰年及郝森林分别担任过一段厂长。合并后，这二人就先后调走了，由我任厂长，毕万宗、孙书信任副厂长。

两台电站总容量为5000千瓦，两台机组一套管理机构，归新安江工程局下属的水电队领导。电站的位置在大坝下游右岸约三四公里处，在进出大坝的铁路线旁边铺了两股道来摆放列车电站。多年以后，这个地方成了"娃哈哈"牌矿泉水的一个生产厂了。

整个水电站建设期间，主要靠列车电站供给施工用电。新安江水电工程局施工队伍1万多人，大型施工机械设备上千台，还有生活照明等，全部由两台列车电站供电。虽然负荷不是很高，但是随着大型用电机械的启停，负荷上下波动幅度很大，这就增加了电站职工频繁调整负荷的工作量。电站职工以高度负责的精神，精心操作，做到了用多少发多少，保证了工程用电。

列车电站在新安江供电期间，一直安全运行，从未发生事故，对水电站建设发挥了重要作用。有一次，发电用煤一时供应不上，造成负荷下降，眼看煤就要烧完了，除了正在上运行班的，全体职工都到煤场去扫煤，尽量保证不停机。

这件事被工程局领导看在眼里，给电站以高度评价。电站职工就是以这种精神对待工作。

由于列车电站保证安全供电任务完成得好，多次受到工程局的表彰。先是推荐电站为浙江省水电系统先进单位，后又出席省先进单位表彰大会，接着由

在新安江发电的"三七"站。

省里推荐直接去北京参加了 1959 年全国群英会。

当时，是副厂长孙书信代表电站去省里开会，又去北京参加群英会的，站里还不知道呢！孙书信回来后还参加了报告团做巡回报告，后来列车电业局也发来电报祝贺。

孙书信做报告，主要讲两方面的内容，一是讲安全生产、保大坝建设供电；二是搞技术革新实现电站集中控制，改善职工的工作环境和减少随车人员。说实话，当时搞集中控制，还是初级的，虽然配电盘做得很漂亮，和进口的差不多，但还不能集中操作，只能叫作"集中监视"。真正做到集中控制，是十几年以后的事儿了。

新安江水电站建成后，在其厂史展览厅内，一张列车电站的照片和相应的说明，赫然陈列在展厅的显著位置，这也表示了对列车电站的认可和高度评价。

列车电站在新安江发电期间，曾被列为接待参观单位。有一次，以巴金为首的作家参观团到新安江建设工地参观，工程局专门安排他们参观列车电站。当时电站正在进行集中控制改造，我负责接待他们。巴老兴致勃勃地登上列车，边参观、边和工人们亲切交谈，问这问那。

老作家们参观后很高兴，其中著名作家唐弢先生为列车电站赋诗两首，登在《浙江日报》上。其中一首是《参观列车电站有感》：

> 爱看年少尽英豪，
> 终岁工装当战袍。
> 技术革新结硕果，
> 双龙拱坝伏江涛。

我是 1958 年春天从电气车间主任直接提任厂长的，时年 22 岁。那时，我已入党几年，但喜欢在工作服上别一枚共青团团徽，看上去没有那种老成持重的"大叔"样。当时，又逢电站新招收了一批初中生学员，进厂时均未满 18 岁，个个朝气蓬勃，他们一边学习一边顶岗值班。来电站参观的老作家们，看到这些小值班员，可能有些意外，所以诗中有"年少"一词。"双龙"，则指两台电站。

到 1960 年 4 月，新安江水电站第一台机组开始发电并与大电网并网，两台列车电站完成发电任务，于五六月份先后调往宁波（7 站曾在杭州短暂发电），仍在一起发电。

在大西北的岁月

文 / 高鸿翔

1956年12月28日，我们接受筹建新机8站的任务。接新机的60余人，主要以老3站为主，老的技术骨干有20余人，其余都是1956年招收的学员，均经过电站和列车电业局的培训。当时厂部有杜树荣、袁健、徐良甫等。我们从河南焦作来到河北保定，穿过前屯村来到局机关大院。列电局给我第一印象是：在一个北方农村旁，盖起一大片新房子。房子内部还未清理，室外道路还未搞好，显得零乱。新房子很湿，别无选择，就急着收拾一下住下来。我们8站人员住的那排房，共4户甲型房，办公和宿舍在一起。除6站外，7站和9站的人员也各住一排，都是来接新机的。以6站为主，因为他们是第一台捷克机。除了我们来接新机的4个电站之外，列电局还同时举办汽机、电气、锅炉、电厂化学4个训练班。

高鸿翔

1957年，8站进口后，首个发电地方计划是山东淄博市淄川的洪山煤矿。就在我们安装过程中，遇到了全国性流行性感冒（也有的说是全世界性的），人们都病倒了，几乎没有人安装啦！这在当时是非常大的事件。就在电站安装即将结束时，又接到命令，调我们站去甘肃玉门油矿。同年7月，我们来到玉门。

玉门油矿处在河西走廊的西端，坐落在嘉峪关外80多公里处，距古老的玉门关还有一段路程，可以说是戈壁腹地。海拔约为1800米，初到时跑步容易气喘、流鼻血、脸部还会蜕皮。气候干燥，自然条件差，自古就有"春风不度玉门关"的说法。

机组于 7 月正式发电。由于对设备还不熟悉，新设备本身也存在不少缺陷，加之用电紧张，设备始终处在满负荷状态，所以，在发电后，存在"两多"现象：一是发电多，2500 千瓦机组，始终是满负荷状态运行。二是事故多，因机组处于满发状态，又是单机运行，没有回旋余地，稍有不慎就可能造成事故。当时 8 站在全局有事故大王的"美誉"，只要电站一出事故，市长杨拯民（杨虎城❶之子）的小车，就会出现在电站的生产现场，我们思想上压力特别大。王阿根调任 8 站厂长后，几乎吃住在现场，狠抓安全工作。在全站职工的共同努力下，到 1958 年第一季度，终于扭转了生产上不安全的被动局面，出现了喜人的大好形势，在玉门市动力系统中被评为"标杆单位"，并获得标杆丝绒大锦旗一面。

1958 年 10 月底，我们调迁嘉峪关，为酒泉钢铁公司发电。酒泉钢铁公司当时号称第四钢都，施工现场规模宏大。铁矿藏在镜铁山中。我们初到工地，方圆几十里都是施工人群，住"两木搭"和"干打垒"。建厂期间，安装现场用水十分困难，没有水喝，也没有饭吃，早上起来想刷牙洗脸，是可想而不可及的事。我们搭伙的食堂，在戈壁深处，往返一趟，需要一个多小时，因此大伙改变了吃饭的策略，将每日三餐改为一次完成。每天中午，背着挎包，提着水壶，开始吃饭的"征程"。吃过饭，挎包里再装上馒头、窝头和咸菜，打上一壶开水，然后原路返回。

1958 年底，电站从玉门调嘉峪关不久，甘肃省建设社会主义青年积极分子会议在兰州召开，我作为玉门市推选的代表，参加这次会议。会议结束后我又回到玉门，向团市委和水电系统团委及青年汇报大会盛况、要求和倡议。传达任务完成之后，本来可以在玉门住一宿，第二天再返回，但我想到工作，能早点回去最好，所以在下午离开玉门。当我到达嘉峪关车站时，已是晚上 10 点多钟，出站一看，一没有公交车，二没有电话，三没有照明，四没有同路人。唯一能见到的是远处工地上闪烁着的灯光。

从车站步行到电站大约要一个半小时，晚上可能要更长一点时间。怎么办？思考再三，还是决定走回去。说真的，夜间在戈壁滩上走这么远的路真有点怕！怕什么？不怕鬼、不怕贼，主要怕狼群。以前在戈壁上见过狼群，夜晚也曾听到过狼嚎。为了壮胆，从车站旁捡起一根竹棒，有备无患嘛！为了惊吓

---

❶ 杨虎城，著名爱国将领。

狼群、也是为了"壮胆",竹棒在地上拖着咯咯响,口中哼着小调,在茫茫黑夜中,对着闪烁的灯光前进。走了两个多小时,汗水湿了衣衫,终于安全到达电站,此时已近凌晨 1 点。

1959 年春,大草滩水库开始供水,我们发电机组启动,很快就发电了。偌大的工地上,是我们的电力打破了以往的沉寂,使机械运转、马达轰鸣;是我们的电力使夜晚的戈壁变成点缀银河的繁星;是我们的电力让酒泉钢铁公司按时正式开工。作为电力尖兵——列车电站的一员,自豪和兴奋是他人是无法体会到的。

1959 年 2 月,列电局在保定召开列车电业局社会主义建设积极分子代表大会,我和厂长王阿根同志前去参加。在会议上,8 站获得安全生产银盾奖,我也获得先进生产者的光荣称号。

与此同时,8 站分出一半人员,厂长袁健、生技组长郑乾戌带领接新机 25 站。8 站留下的只有 30 多人,人员"精干"到几乎不能运转的程度。管理上只有两个人,要干财务、材料、采购和总务等 5 个人的业务。运行班每班只配 5 人,两台锅炉 3 人,还要兼顾水处理车厢,电气 1 人、汽机 1 人。为了使机、电两个岗位能互相照顾,硬是把电气车厢调转 180 度,使机、电车厢门对门。机、电岗位上的女同志,上班要带痰盂,因为在班上不能离开生产岗位上厕所。上班非常紧张,犹如上战场一样。

1960 年,我们电站锅炉工每月粮食定量由 48 斤降到 42 斤,再降至 38 斤,干部定量由 30 斤降到 27 斤,再后来又号召节约 2 斤,变成 25 斤。主食由大米白面、玉米面改成青稞面,最后是到百分之百供应难以进食的陈化粮——莜麦面,而且没有任何肉食和蔬菜供应。食油已由食品变成药品,要有医生证明才能给三小酒杯。1960 年底,生活已到了极度困难的时候。在河西走廊的农村,已有饿死人的情况发生。电站职工的浮肿病发病率达 90% 以上。

职工生活困难,电站生产也面临考验。人们体质状况非常不好,电站是酒钢唯一的电源,千万要顶住,不能趴下。锅炉燃烧的都是劣质煤,发热量不到3500 千卡,而燃煤灰粉高达 30% 多,一个年轻除渣工,一个班下来都累得筋疲力尽。电站的工人表现出高度的主人翁责任感,做到了"下班和上班一个样,黑夜和白天一个样,干部和工人一个样"。上班犹如上战场、全神贯注,下班也都随时准备着,即使有事外出也都主动打招呼。可以说全厂职工都一心扑在工作上,工作热情是多么可贵啊!

同年 5 月,我被列电局任命为电站副厂长。5 月底、列电局调我去新疆

第三十二列车电站欢送李高厂长全体时合影

一九六一年九月六日于密密

1961 年 35 站职工合影。

哈密 35 站任副厂长。一年后，我再次返回 8 站，这时候酒泉生活状况更加困难。我在接手电站食堂时，仅有近百斤烂咸菜。就是这样的东西，也不能敞开供应，每人每餐只能用三个指头捏一点。当时莜麦代替了青稞，要想解大便、必须先吃"一轻松"药片，否则达不到大解的目的。患浮肿的人没有力气，但每天为了一袋（装药品的小纸袋）黄豆面，硬是拖着浮肿的腿，走 40 分钟的路程到酒钢总医院才能获得。虽然生活艰苦，但人们的精神面貌，依然是昂扬向上，车间如战场，一旦发生故障，人们总争先恐后地奔赴现场，协助当值人员处理异常。

除了工人身体素质差之外，发电设备的完好率也不乐观，比如：一台炉的省煤器管，就被冻裂过近 200 处。当时迫不及待的事，一是改善伙食、提高职工的身体素质，二是尽快提高设备的健康水平。只有职工的身体素质好了，提高设备的健康水平才有保障。一方面向局汇报情况，另一方面发动群众，成立副业队，搞农副业生产。戈壁滩上种土豆，那可费劲了，先要选地势平坦，沙土较多的地方，拣去大石块，再筛去小石块、培土打垄才能种植。煤灰里种土豆，收获时不用刨，用手一拔，土豆全部出土，不但结的多，而且个头特别大。为了改善伙食，改变职工"数年不知肉味"状况，从边远农村搞来一头老黄牛，现场宰杀以犒劳职工。老黄牛是用一对大车轮子换来的，明知违反政策，还是办了。经过我们的共同努力和用心呵护，职工的体质有明显好转，精神面貌更加团结向上，设备的健康水平也提高了。直到 1961 年 7 月嘉峪关小热电厂发电，我们才停下机组检修。

1962 年 11 月底，在完成战备电站任务之后，局里发来调令，调 8 站前往青铜峡发电。1963 年元月开始安装，时值数九寒天，天气异常的冷，而安装现场在黄河东岸"五大台"山坡上。列车电站安装是在露天进行，条件很差，但我们的同志斗风沙、战严寒，还是圆满完成了任务。元月 22 日上午向外送电。青铜峡水电站离宁夏回族自治区首府银川不远，处在腾格里沙漠的边缘，风沙较大，如遇大风，沙尘遮天蔽日。我们发电之后适逢春天来临，风沙是经常遇到的。记得有一天晚上，大风狂起，我们早已关好门窗睡觉，可是，第二天醒来，脸上、床上、被子上以及桌子上都落了厚厚一层沙土。

我们在这里发电的时间不长，主要是顶替 24 站大修。24 站大修结束后，两个电站调换生产场，这是一场速决战。4 月 29 日召开快速拆装会议，明确我们 8 站必须在 5 月 1 日下午 4 时停机，零点具备拉车条件，在天亮之前，不但要拉出主车，还要将卸下的大部件运离铁路，以免影响 24 站主车及附属设备的进入。为了实现停机后 8 小时撤离现场，我们召开了多次会议，研究各种措施和有效办法。比如按锅炉运行规程规定，锅炉停炉自然降压要 4 至 6 小时，这次我们采取特殊措施：排气降压及换水降温，使锅炉均匀冷却。刚停炉，炉膛温度较高，耐火砖还是暗红色的，只能打开烟道挡板，加快自然通风冷却。为了争取时间，提前拆卸了一些大件。为保障电站可以满负荷运行 8 小时，我们在上午 8 时之前，将煤斗上满煤，随即将两台输煤机拆下。

5 月 1 日，按我们的快拆计划，全站将近 70 名职工、外加工程局支援人员总共近 100 人，提前做好准备。16 点准时停机，到零点按计划预定时间，全面完成任务，同时，保证了人身和设备的安全，打了一个漂亮的快速拆装的歼灭战。这在列车电站拆迁史上创造出一个新纪录，受到工程局和列电局的褒奖。这次快速拆装，显示了列车电站机动灵活的特点，列电队伍表现出是一支特别能吃苦、特别能战斗的队伍。

1963 年 5 月，我离开宁夏，算来在大西北工作已经整整 6 个年头。这是不平常的 6 年。

我为列电做的一些事情

文 / 孙明佩　整理 / 周密　孙正繁

从淮南电厂起步

　　1945 年，我从国立武汉大学工学院电机系毕业，并取得学士学位，进入一所高级中学教书。1947 年考入淮南矿路公司田家庵发电所，做实习技术员。1948 年 7 月，淮南解放后，我在淮南电厂田家庵第一发电所继续做技术工作。

　　当时淮南电厂发电量不能满足当地煤炭生产需要，电厂派我去上海，负责拆迁中纺十七厂和十九厂快装发电设备至淮南发电厂。那时，上海刚解放，要动员两个厂将近 300 名员工及其家属支援内地，难度可想而知。

　　1951 年淮南电厂派我去田家庵第二发电所，任主任技术员，其实就我一个技术员。第二发电所有两台 1600 千瓦发电设备，都是美国 1920 年左右的产品，而且均达不到铭牌出力。我与工人一道，通过一次大检修，彻底解决了设备缺陷，达到铭牌出力，并创造了 195 天无事故纪录。为此，我也被评为先进生产者，代表淮南电厂工会出席全国电业工会成立大会，给了我不小的荣誉。

　　第二发电所停止发电后，我调到淮南电厂生产技术科。这时节，第一发电所安装了一台

孙明佩

日本投降后遗留下来的 40 吨新锅炉，使用时发现汽温过高，由于急于使用，不得已割掉了三分之一的过热管。后来叫我来解决这一问题。通过实地测量和热力计算，我发现热负荷分配有问题，通过一系列的设备改进，解决了一大关键缺陷，使淮南电业局发电容量大为增加，促进了煤炭生产。

1953 年，我调到淮南电业局八公山发电厂，任主任工程师。该厂 2000 千瓦发电设备因事故损毁了一道叶轮和叶片，发电出力仅为 1700 千瓦。我们在上级技术部门的指导下，修复了损坏的叶轮叶片，恢复了铭牌出力。

参加列电创业

1956 年 4 月，我从八公山发电厂调到列车电业局技术科。当时列电局在北京刚成立不久，筹备选址在保定建局建厂，负责生产技术的工程师仅我一人。当时列电局已收编有 5 个电站，电站设备大多陈旧，设备事故不少，机组损坏也较严重。我的首要任务是奔波各电站，解决发电设备缺陷，保障稳定生产。这其中就有 1 站汽轮机叶片损坏及发电机匝间短路。在当时条件下，完成这样的工作比较艰巨，凭借多年实践经验和技术能力，顺利完成修复工作。修理 5 站遭雷击损坏的发电机也是如此，捷克专家要求送苏联检修厂修理，我则坚持不迷信，排除干扰，自己干。我直接进行技术指导、制定修理方案，最后很好地完成了任务。

1957 年，列电局建设初步完成，保定装配厂已具备安装列车电站的条件。列电局进口的第一台 2500 千瓦的捷克机组（第 6 列车电站）是我到集宁口岸接来的。当时，比较大的问题是把宽轨轮对换成国内标准轮对，特别是为重达 130 吨的锅炉车更换轮对，这在当时的集宁口岸也是第一次。在铁道部门的协助下，慎重而迅速地完成了任务。以后，又陆续从集宁口岸进来了多套捷克制造的列车电站。6 站发电车拉进保定装配厂后，在捷克专家的指导下，如期完成了安装，这也是列电局成立后安装的第一台列车电站。

这一年，我几次陪捷克专家飞玉门、成都处理捷制列车电站的缺陷，我既当工程师，又做生活翻译和技术翻译。原本部里派了 3 名翻译跟随捷克专家，由于我可以胜任翻译，并懂得机炉电专业知识，3 名翻译就都回去了。我沿途照顾 4 位专家，把专家传授的技术转授给各电站，同时也帮助各站解决机组缺陷。

制造列车电站

1957 年，根据电力部意见，要求国内各机、电、炉专业厂，自制国产

6000千瓦列车电站发电设备（这在全世界也属于较大容量的列车电站），由我负责组织。我用了一年多的时间，同上海汽轮机厂、上海锅炉厂、上海电机厂、华通开关厂、华东电力设计院等单位，分别或集中进行讨论，并参加选型设计。我把苏联和捷克列车电站的优点介绍给他们，把复杂的协作关系比较顺利地整合起来，很快地投入了设计和制造。仅用两年多时间，1959年11月，第一部国产6000千瓦列车电站试制成功。

1958年"大跃进"，我把主要精力投入到列电局自制2500千瓦和4000千瓦全套列车电站上来。我在新机办公室任主任工程师。参加局属各制造厂及电力部召开的制造会议。

我专程去富拉尔基钢厂、哈尔滨各大发电厂学习制造技术，回来解决了制造中的关键问题，如大型锻件热处理、大小零件质量控制、大型部件加工工艺、发电机转子超速试验等问题，在新机制造过程中起到关键作用。我把学习的技术教给有关员工，又具体地指导技术工作。1959年10月，列电局成功制造出国产第一台2500千瓦列车电站（21站），我为此做出了自己的贡献。

受迫害的岁月里

1959年，我开始受迫害。十年浩劫中我多次被打，多次进牛棚，多次被批判，受到残酷的折磨。

尽管如此，我继续在力所能及的范围内做工作，与那些不注重生产质量和不为电站服务的人进行理论。在此期间，我继续编《技术通讯》，推广电站的技术革新，制定了轴瓦浇铸工艺、活塞环制造工艺等，降低了废品率。

我负责设计的当时最先进的硅整流交流发电机获得成功。并负责2500千瓦、4000千瓦新机试验工作。在听到列车电站要发展到100万千瓦消息时，我就私底下研究列车电业发展规划，建议下放2500千瓦和4000千瓦列车电站，发展12000千瓦列车电站、快装电站和拖车电站，改进冷水塔等。

1975年秋，我正在金工车间接受劳动改造的时候，接到通知，让我立即去衡阳冶金厂，负责指导安装队安装新19站。新19站汽轮机和汽轮发电机均是保定基地制造，也是保定基地制造的第一台6000千瓦机组。由于我已多年未做技术工作，加之新设计的汽轮机在制造过程中有这样那样的问题，在将近两个月的时间内，我几乎每日工作16至20小时。

在整个安装过程中，我了解图纸、指导安装，解决了一大堆技术问题，消灭一大堆机组缺陷。在安装设备完成大半，进行电气试验时，励磁机绝缘被击穿，给安装工作带来严重打击。我立即开会鼓舞大家士气，终于攻克难关。1975 年 12 月 30 日，提前两天完成了当年安装任务，衡阳冶金机械修造厂和新 19 站的职工兴高采烈的情景，至今仍历历在目。我们向列电局和保定基地报喜，并得到部、局的嘉勉。

1976 年，我被赶出车间，去拉煤烧锅炉的时候，"四人帮"垮台了，我又回到了车间，恢复了工程师工作。我全力抓保定基地自制第 4 台 6000 千瓦汽轮机发电机组。1977 年，我调到工业学大庆办公室，对基地所属各电站进行技术指导。那个阶段，我多次去东北、内蒙古及河北各电站，解决一些技术问题。

风力发电试验

在工业学大庆办公室最后阶段中，我就想应该给列电事业找一条路，给保定基地发展找一条路，有了这一想法后，我就注意国内外消息和资料。从 1977 年开始关注风能，1978 年认真思索这一问题，到 1979 年的时候，我对风能有了比较明确的想法。我认为保定列电基地现有设备和人员技术，完全可以胜任研究、设计、制造风能发电设备。同年 4 月，我向厂党委汇报了想法，并得到党委的支持。这给了我极大勇气，决定全力投入此项工作。

工作初期，我有不少时间消耗在北京中国科技情报所和北京图书馆的阅览室中，看中外文资料。不久我就基本掌握了国内外有关风力发电机的理论和制造方面的问题，以及当时国内风力发电进展情况。1979 年 5 月，我首先找了清华大学热能系，继而又找到电力部抓风力发电的肖功任工程师，详细介绍了保定列电基地生产情况，说明有能力承担风力发电设备的研制工作。5 月中旬，电力部和清华大学热能系共 10 位同志来保定基地参观。陶晓虹书记向肖工程师表示研制风力发电设备的意愿。经过此次考察，肖工程师全力支持我们的研制计划，从而使保定基地风力发电设备的研制工作迅速开展起来。

保定基地为此成立了风力发电研究室。为给风力发电机找一个常年有风的试验场，我登上抚宁县大风口山，走遍秦皇岛地区，访问气象局气象站，终于在北京八达岭附近（与八达岭相距 3 公里），找到了一个常年有风的风口地带，我们称为西拨子风力发电试验场，简称 CB 试验场。

总之，我为列电做了一些无愧于心的事情。

注：本文改编自孙明佩写于 1980 年 9 月的回忆录。

一段尘封的历史

文 / 程忠智 [1]

程忠智

邓致逯，1946 年参加革命，曾任新四军华中军工部工务科科员。1950 年转入电力部门。1958 年初调列车电业局任副局长。1966 年初调水电部对外司所属对外工程公司任副经理。

对外工程公司是"文革"前夕成立的机构，"文革"开始时，这个机构的工作人员彼此并不熟悉，工作正在磨合。邓致逯到职后，正在熟悉情况，尚未正式接手工作，所以邓致逯在对外公司并未受到运动的冲击。

1968 年底，列电局的部分群众带着三个问题来到水电部，要求揪斗邓致逯。第一个问题，邓致逯出身于富有的海关高级职员家庭，在西南联大毕业后，曾当过美军顾问团的英文翻译，怀疑其参加革命是别有用心，可能是美蒋特务。第二个问题，列电局由保定迁到北京是季诚龙（曾任列电局副局长，主持工作）同邓致逯相勾结，为排挤和打击党委中的工农老干部李某某而策划的一大阴谋。第三个问题，"三王一邓"是季诚龙在列电局推行反革命修正义路线的核心力量，是一个小集团。邓致逯是季诚龙的得力助手，也是这个小集团的头目。要搞清季诚龙的问题，必须要把邓致逯先揪出来。

[1] 程忠智，江苏南京人，1934 年 6 月生。1953 年 6 月北京电力学校毕业。1956 年赴苏联莫斯科电管局实习。1957 年秋在电力部对外司工作。1972 年秋调水利电力出版社工作，历任副社长、社长兼党委书记等职。

当时，水电部已经军管，部军管会没有同意这些人的要求，只同意成立专案组先对三个问题进行审查，根据审查结论再确定如何处理。专案组由 5 人组成，部对外公司派了成和、郭润明参加，列电局派了易云和一位姓李的（也可能姓吕）年轻人参加。部军管会指定我担任专案组长，并明确了三条原则：第一个原则，该专案组只接受部军管会的领导，同部里"井岗山"和"东方红"两大造反派组织没有任何关系；该专案组同当时的部对外司革命领导小组及列电局的掌权派亦无任何关系。第二个原则，该专案组只能按照实事求是的原则和党的方针政策办事，不准许戴着有色眼镜看问题，如有分歧意见，只能向军管会请示汇报解决。第三个原则，专案组所掌握的任何信息，在军管会未做出结论之前要绝对保密，禁止向任何人透露。

在部军管会的直接领导下，专案组调阅了邓致逑的全部档案资料，调阅了水电部党组有关列电局的全部有关文件档案，并向多位相关人员进行了调查核实。经过半年多的努力，整理了近 10 万字的材料，对列电局部分群众所提出的三个问题完全审查清楚了。

邓致逑参加革命工作后，对其个人历史、家庭出身和社会关系已向组织交待清楚，经多次审查均没有发现问题。此次有关群众提出的怀疑并无任何新的线索和证据，仅是根据其他案件联想和推论。

邓致逑参加革命后对组织非常忠诚，工作十分努力。1947 年邓致逑驾驶一辆十轮大卡车运送重要军用物资时，突遇国民党空军轰炸，他不顾个人安危，开着卡车同敌空军周旋。敌机数次投炸弹都未击中卡车，但敌机的机枪扫射击中了驾驶室并击伤了邓致逑的腿部，他在受重伤后仍顽强地驾驶卡车继续与敌机周旋，最终保住了军用物资。敌机飞走后，是由现仍在水电部工作的史提，将他背出卡车驾驶室送往医院救治的。这次受伤使邓致逑的腿部留下残疾。

根据组织上的多次审查和邓致逑参加革命后的一贯表现看，列电局部分群众怀疑他的历史是没有根据的。

列车电站是国家重要的战备电源。根据国家战备工作的需要，为调动列车电站更为方便，按照上级指示，经水电部党组认真研究，决定将列电局由保定迁到北京办公。这是国家重要决策，有重要文件和部党组决议为凭，同季诚龙和邓致逑没有关系，他们仅是国家决策执行者，更谈不上是打击李某某的一大阴谋。而且经过多方调查，邓致逑没有任何打击和排挤李某某的言论和行动。

据调查，邓致逑不仅科学理论基础扎实，而且有很强的组织能力和动手能力，在电站职工中口碑很好。在三年经济困难时期，经常深入列车电站，同广大职工同甘共苦，指导列车电站的生产和解决技术方面的问题。

邓致逺是列电专职生产技术方面的副局长，平日处理最多的是一线列车电站的生产技术问题，主管局内生产、技术两部门的业务。而"三王"是指局内由其他局领导主管的人事、财务、计划等科室的负责人，邓同这些科室的领导接触很少。某些群众提出的所谓"三王一邓"是一个反革命修正主义小集团，并无具体的事实。经过专案组认真调查和审查，认为不能成立。

部军管会听取了专案组对上述三个问题所进行的调查汇报，对做出的审查结论非常满意，认为邓致逺应当解放。像邓致逺这样对革命事业一贯忠心耿耿、努力工作的知识分子应当认真保护，遂确定邓致逺随部机关第三批人员，于1969 年 9 月初去青铜峡"五七"干校劳动，今后如有合适岗位将尽快安排工作。

当列电的部分群众得知部军管会的上述决定后，要求就邓致逺受审查的三个问题同专案组进行辩论。经请示，军管会表示可以去辩论，由专案组说明对三个问题的审查经过和经军管会批准的审查结论。对提出的其他问题一律不予答复，要他们请示部军管会解决。

1969 年 8 月 29 日上午，在当时的列电局食堂召开了辩论会，整个食堂黑压压挤满了人。我是邓致逺专案组组长，受部军管会的指派，负责介绍对邓的三个问题的审查经过及军管会批准的审查结论。

我将专案组经过半年多的努力，搜集和整理的大量文字材料，人证、物证作了介绍，证明邓致逺被部分群众所怀疑的三个方面是清白的，是没有问题的，对邓应该解放。

列电的这些群众听了我的介绍后，也提不出什么问题同我们辩论。只有个别人提出"三王一邓"是一个小集团，邓是领头人，现在宣布邓致逺解放了，而"三王"还在牛棚里接受审查，他们就没法再进行工作了。我回答说我们是邓致逺专案组，根据军管会的意见办事。"三王"的问题不是我们专案组的工作范围，无权回答这个问题，有关事项可向军管会请示解决。

由于受到列电一些群众的阻挠，邓致逺比部里第三批到"五七"干校劳动的人员晚到青铜峡几十天时间，但他在干校只劳动了很短时间，就被分配到新疆维吾尔自治区水电局担任业务组长。打倒"四人帮"后，他回到了北京，任水利电力部核电局副局长，直到离休。

老局长邓致遠

文 / 闫瑞泉

邓致遠是湖北孝感人，1918 年出生，2012 年去世，享年 94 岁。

1944 年，邓致遠毕业于西南联大机械系，1946 年参加革命，1949 年加入中国共产党，曾在新四军华中军工部工作。

1950 年邓致遠转入电力部门，曾任青岛发电厂厂长、青岛电业局副局长、华北电业管理局技术监察处副处长等职。1958 年初，40 岁的他调入列电局任副局长，分管生产技术工作。在任 8 年中，他的思想境界、他的为人、他的工作精神和工作业绩，给人们留下了深刻的印象。

邓致遠

探索列电管理体制

列电局成立以后，电站数量出现爆发式增长。从 1957 年到 1961 年的 4 年间，投产列电机组超过了 40 台。原来 5 个老电站的人，不断地接新机，各电站的老师傅，平均也就剩十几个人。建局后招收的大批学员经稍加培训后，即分配到各电站顶岗，边学边干。青工们虽然学习积极性很高，但每个人都感到压力很大，唯恐出事故，从安全角度讲这绝非长久之计。

从客观上讲，全国各地气候不同，水质、煤质不同，有的地方需要防雷，有的地方需要防冻，有的地方需要改善水质，有的地方需要改善煤的燃烧……而这些在当时都顾不上研究。领导难，职工也难，造成生产和技术管理上的被动局面。

面对这种形势，新任列电局副局长的邓致遽保持了清醒的头脑。他总结经验教训，先后促成了技术改进所和中心站的建立。技改所为电站提供技术支持，中心站为实行分区管理、区内技术协作，解决电站技术力量不足的问题创造了条件。在电站内部管理上，他提倡领导、技术人员和工人三结合，把生产中出现的问题摆到桌面上讨论，把解决问题的方法写入规程，然后在全局推广。这几项举措在当时可以说是"对症下药"，逐步改变了生产技术管理的被动状况。

以科学态度对待生产技术问题

在提高机组出力和集中控制的问题上，表现了他坚持以科学态度审视技术工作和管理工作的一贯原则。

"大跃进"时期，为缓解电力紧张局面，电力系统兴起了一股提高发电机组出力的热潮。水电部就此做出了"开展提高设备发供电能力，缓和电源紧张局势"的指示，这股热潮对列电局上下都产生了不同程度的影响。

邓致遽对此有不同看法。局生技部门负责人周良彦，带人到17站和14站组织捷克机组提高出力鉴定工作。试验结果表明，机组设计是有一定负荷余量的，在满足一定的条件下，可以适当增加出力，但不能长期超负荷运行，否则会使机组受到损害。这个结论，得到了邓致遽的肯定和支持。1959年7月，列电局向电站发布了《关于提高出力的规定》，强调各电站提高出力工作，应积极而慎重，既要有干劲，又要有科学分析，要留有余地。

同时期还出现过"集控热"。列电局先在7站搞了集控试点，然后召开大型现场会，准备分批在全局推广。实际上，这样的"集控"只能算是一种尝试，因为当时国产的遥感遥测设备、仪器仪表，都达不到相应的要求，不具备远距离操控的条件，其结果可想而知。邓致遽明确表示集控技术不成熟，不宜推广。直到1977年，在客观条件允许的情况下，57站才搞成了真正意义上的集控，圆了列电人的一个梦想。

开拓列电燃机事业

早在1956年7月，电力部即从瑞士订购了两台6200千瓦燃气轮发电机组。在交货之前，邓致遽受水电部派遣，以检查、验收的身份，到瑞士生产厂家，参加了机组组装、调试的全过程。既把关验收，又从中吸取许多新的知

邓致逖（后排左4）与列电局技术人员在大庆31站。

识。后来因运输问题，他又奉命到捷克处理车辆轮对变轨事宜，解决了机组在捷长期停滞不能过境苏联的问题。在捷克滞留期间，他充分利用这段时间翻译技术资料。

1960年4月下旬，被冠名第31站、第32站的两台列车电站从满洲里口岸入关，这是当时国内单机容量最大、自动化程度较高的单循环燃气轮发电机组。两台机组进口后，31站到重庆507电厂解体检查和部分试运行，32站到上海解体测绘。1961年2月，31站在四川荣昌配合14站停机小修，投入试运行发电，邓致逖赶到现场参加试验。据当时在现场的人回忆说："邓局长平易近人，和工人亲密无间。他在现场边指导，边和大家一起操作设备，一起学习研究，直到机组正常运转为止。"

1961年5月和12月，31站和32站先后到达萨尔图，为大庆油田会战供电，邓致逖也赶到现场。正当机组启动并做烧原油试验时，发现作为启动电源的大容量高能蓄电池损坏，机组因无直流电源不能启动。邓致逖心急如焚，经紧急磋商，决定采用"以直流发电机替代蓄电池"的方案，解决启动电源问题。

采购直流发电机组必须有一机部批文和分配的"千瓦指标"。负责采购的车导明"说破了嘴，跑断了腿"，最终还是在石油部、水电部和一机部领导的先后过问下，才买来了设备。在大庆油田的全力支持下，很快完成了启动电源改造任务，机组启动成功，向急需电力的大庆油田送上了电。

邓致逵参与和指导了31站由烧柴油改烧原油的全过程，经过多次试验，终于取得成功。这项技改，对当时还没有建成炼油厂的大庆油田来讲，意义重大。

为了这两台燃机投入正常使用，邓致逵在大庆待了足有一年。在这期间，他亲自对电站接机人员进行技术培训，指导编制规章制度，并在现场指导和监护机组启动调试，直到电站职工熟练掌握了相关技术，机组安全运行有了可靠保证后才离开。这两台电站成为列电燃机人才的摇篮和国内各有关单位参观学习的基地。后来列电局在此基础上，又发展了四台燃机电站。

原则性与灵活性相统一

邓致逵是一个认真执行上级指示的人，但这并不妨碍他根据本单位的实际情况，实事求是地处理问题。即使在某些特殊时期，他也没有随波逐流，而是在自己的权力和影响范围内，力所能及地保护了许多人。周良彦工程师就受到过他的保护。那是1960年，一心钻研业务的周工被认为是"走白专道路"的典型，"拔白旗"的厄运就要降临到他的头上。是邓致逵及时派他到外地出差，躲过了这次冲击。

李尚春是1936年参加革命的老干部，1959年7月调列电局任局长。1963年6月，李局长调走之前，一位电站厂长到办公室看望他。李局长心情沉重地讲起，局里搞反右倾运动伤害了一些同志，两个副书记都被批了。林俊英是爱国华侨，自愿回国参加建设，也险些遭到批判。"还是邓致逵出差回来，主动找我交流看法，我接受了他的建议，让运动'刹了车'，使我少犯了一些错误。"

作为副职，邓致逵曾和康保良、李尚春、季诚龙三位主持工作的领导配合工作。这三个人的脾气秉性有很大不同，康保良轰轰烈烈，李尚春稳稳当当，季诚龙风风火火，但他和这三任领导工作配合的都很默契。主要原因是他为人谦和低调、懂得尊重人，能够摆正自己的位置，又能做好本职工作。有时候和领导意见发生分歧，谈不拢时就靠时间来说话。

张增友回忆说，他在工作中也受到邓局长的教诲与支持。1964年初，局里调他去技改所工作。临行前，他向邓局长请教到那里怎样开展工作。邓局长说，你年轻，资历浅，到新单位更要谦虚、谨慎，要团结大家一道工作。要学会做知识分子的工作，多用谈心的方法解决矛盾，有时谈心比直接批评效果会更好一些。要自己慢慢体会，不断总结经验。随后，邓局长又找来局生技科负责人周良彦和应书光，要求他们两位多支持张增友的工作……

践行党的优良作风

他作风朴实，不摆领导架子。无论在局里开会，还是到电站出差，他都能和职工打成一片，下面的人说见他"不犯怵"。7 站 1960 年在杭州南星桥火车站发电时，因场地小，储煤量少，吊车又活动不开，所以只能组织人工运煤。那天正在运煤时，恰巧邓致逮到电站来了。他二话没说，拿起工具就和大家一起干活。他平易近人，出差回来，经常给司机捎东西。有时坐飞机出差，把飞机上发的烟带给司机。这些事虽小，却反映出他关心职工，和职工群众打成一片的工作作风。

他在大庆油田指导电站工作期间，油田会战指挥部领导，对他及周良彦的工作，给予很高的评价，并明确要求其所属水电指挥部对他们的生活要给予特殊关照，但被邓致逮和周良彦婉言谢绝了。每天从住地到现场，要步行 40 多分钟，油田要给他配车，他没有接受。快五十的人了，大冬天穿个"棉猴儿"，拖着他那条伤腿，和周良彦、陈士土等人一起坚持步行。

1961 年 31 站在大庆油田发电时，正是国家困难时期，来电站检查工作的邓致逮得知职工杨祖德的大女儿出生不久，因母亲没奶，又买不到奶粉吃，孩子生病，腹泻脱水，医院都不收治了。他马上给大庆油田指挥部打电话，请求帮助抢救孩子。油田的医务人员很快就开车过来，把孩子接去医院抢救，孩子转危为安。

1966 年初，邓致逮调任水电部对外工程公司副经理，"文革"中曾到"五七"干校参加劳动，后到新疆维吾尔自治区水电局任业务组长。1978 年 3 月后相继任水电部核电局副局长、电力部物资局副局长、电力部核电局副局长，为我国核电建设的前期做了很多工作。

注：本文素材由杨文章、张增友、杨祖德、王有民等提供。

从八公山来支援列电

口述 / 胡德宣　整理 / 周密

胡德宣

1952 年夏，我在安徽寿县中学即将毕业的时候，淮南电厂来招生，我顺利考上了。当时，淮南电厂下有八公山发电厂、田家庵发电厂等。同年 12 月，我来到淮南电厂，经过一个月培训后，分配到八公山发电厂电气分场学徒。我的师傅叫方开田，他带俩徒弟。淮南电厂招收的工人很多来自下窑附近农村，如胡家大营、陶家大营、段家岗等，因而同姓的比较多。

1956 年，田家庵发电厂首台国产 6000 千瓦机组发电，八公山发电厂 2000 千瓦快装式机组淘汰给了山东新汶煤矿。时任列车电业局长的康保良，曾是淮南电厂厂长，淮南电业局局长，所以，对淮南电厂的事非常了解，八公山发电厂前脚停机，他后脚就来要人。八公山发电厂大约有一百多人，去列电局有一半人左右，机电炉生产运行人员大部分都被康局长要来了。搞技术的只有孙明佩一个来了，搞行政管理的只来了两个人，澡堂的负责人陈世凯和行政科平多芳、保卫厂区的负责人王殿仕和郝道来等几个也一起来了。

1956 年 5 月，我们离开八公山前，厂长告诉我们，列电局在保定，暂时还没有住处。我们先到别处帮忙，因而分了几个组，到各地去帮助安装检修。我跟胡德望到蚌埠拆 1000 千瓦机组，安装到阜阳电厂，干了一个月左右时间，完成任务后就来到保定。

1956 年 6 月，我们这队人马首先来到保定，被暂时安排在联盟路保定老电厂宿舍。我们在电厂宿舍住时间不长，就搬到红星路五一宿舍，这里是列电局筹建人员临时办公地点。我们去后，人多了，原四合院住不下，就在后面又租了一个四合院，两个院子是挨着的，大门都朝东。不久，从八公山调来的人完成任务后，都聚集到保定。列电局和基地正在兴建，局基建科长韩国栋给我们派活，让我们帮助搞建设，将局本部和生活区线路架设及一些杂活交给我们干。

列电局地址位于保定市西南郊前屯村。局本部和生活区在清水河北面，生产区在河南边，我们来工地，从市区居住地步行，穿五里铺、后屯村、前屯村的小路。局本部、生活区、生产区同时开工，全面开花，建设进度很快，记得生产区老电气厂房，一夜就盖起来了，搞不明白怎么干得这么快。

1956 年 12 月，列电局和保定修配厂基本竣工，段成玉是首任修配厂主任。从八公山带来三台钻床，是保定修配厂全部家当。这时候，我们八公山来的人准备接第 6 列车电站，开始集中起来搞培训，培训地点在保定电厂礼堂。6 站厂长陶瑞平将机电炉人员都分了工，由翻译和技术员给我们搞培训。1957 年 2 月，从捷克进口的 6 站驶进保定基地。列电局组建专家办公室，郭广范负责，有俄文翻译组长王俊昌等人。

捷克电气专家，个子不高，很敦实，对我们很友好，见面就说"欧欣赫喽绍"（你好），我们也回他一句。电站安装过程，捷克专家一直跟着指导。局里派来技术人员参加安装。安装完成后，要试运行，但不能与保定电厂并网，他们的机组容量小，另外，输送线容量也小，没办法只好往清水河里送电。由车导明设计制作了一个"水抵抗"装置，架在清水河上，随着负荷大小，下降或提升置于河中的三个碳棒。为使清水河深度达到水抵抗要求，还在下面拦了个临时水坝。

1957 年 4 月 30 日，6 站全体人员在陶瑞平的带领下，从保定出发，去三门峡发电。电站全体人员在保定火车站广场集合，陶瑞平让我和几个人负责押车，一路保障设备安全，其他人都跟随陶厂长，坐火车直接到三门峡。我们在保定火车站广场前合影留念。

我们六七个人从火车站返回电站，准备一路上的生活用品，我们押车起居就在寝车上。记不得过了几天，火车编组完成，向目的地出发。我们都是头一次押车，没想到押车很辛苦，车逢站就停，停车就得下来检查设备、车厢门窗等，晚上睡不好觉，一路上遇到许多事。

1957 年 6 站职工赶赴三门峡前在保定合影。

　　我们电站设备重，因而车速慢，常常靠边停车，给快车让行。好不容易到了郑州火车站，火车在这里重新编组。郑州是大站，想必停的时间要长，我们都说出站看看去，就都离开车厢。大家走着走着就走散了，这时候天已经黑了，等我们回到车站，发现停在原位置的列车电站不见了。

　　我们想编组是否编到别的道上了，我们分头去找，那么多铁道和车，都没有我们的发电车。我们去找火车站调度台，调度室说，列车电站已经拉走半个小时了。告诉我们，乘货车的尾车能够追上。果然不久就追上了，我们不安的心才算是放下了。后来，列车在一个小站停下，因为车头出了毛病，我们只好等。我们押车带的口粮不多，快断顿了，我们到附近买了大枣，回来煮枣吃。

　　会兴车站是我们的终点站，从会兴站直接修了条铁路到了马家河底村，这是我们的发电厂址。电站的发电车，由火车头一节一节拉到指定位置，排成双排。两台锅炉和汽轮发电机组位置，要求轮子定位准确，因为修路时底下有水泥基础，防止共振，影响机体正常运转。在我记忆里，我们安装 72 小时后，就开始发电了。

　　马家河底村地处黄土高原，是一个无电村。有三分之二的人住在地下窑洞里，地上用砖砌半米高的圆形墙圈，下面即是很深的地坑，坑周边就是一个个窑洞。坑下面修有一个通道，供人进入和排水。我们住的是简易工棚，篱笆墙抹把泥，房上面盖油毛毡。我们来后，当地新建了一个小邮局，有一家小饭馆，其他什么都没有了，要买日用品，要去会兴镇购买。

我们在三门峡发电期间，赶上连续几天下大雨，结果黄河发大水，电站的供水泵也被水淹了，不得不停机。由于黄河水倒灌，村民的地下窑洞受淹，电站职工都去救老百姓，把住在地下窑洞的人和粮食抢出来。我从一个地下窑洞背出一个老太太时，下面的水已齐腰深了，如果水再深，连我也出不来了。救完村民，我们回去抢修电站设备。

三门峡工程施工，先要炸掉河中间俩石岛再建坝。电站机组是单机运行，供给电冲打眼放炮，机组负荷特别不好控制，值班人员提心吊胆。每天上午到下午5点，工程队施工打眼，5点后，就开始放炮，我们听得很清楚。只要电冲停止工作，我们电站的负荷几乎是零了，我们赶紧给锅炉压火，采取措施，以备第二天再正常发电。后来，工地也三班运转。为保障电站平稳安全运行，我们向施工方建议，设备开启和关停时，不要同时操作，错开一定时间，我们电站容易控制些。电网通到这里后，我们就撤离了。

1957年11月，我们调迁到河南平顶山发电，住的是煤矿的砖瓦房，居住条件还不错。由于列车电站发展很快，6站很多技术骨干被调走接新机，上运行的人员很大比例都是学徒工，从八公山出来搞电气的就剩下我一个人了。陶瑞平牢牢地把着我，在寝车上专门安排了一个卧室给我住，并在卧室里装了一个电铃，运行有什么问题，值班人员不管白天黑夜，随时按铃通知我，我随时过去处理，实际就是把我拴在车上了，"承包"了三班的运行维修。

有一天，我抽空去买短裤，我告知运行人员后，买了就紧着往回返。就在我离开这会功夫，电站出事了，路上就听到电站锅炉安全气阀排气声，整个电站蒸汽腾腾，往回跑的路上碰到陶厂长派出找我的人。

事故经过是这样的：6站在平顶山是单机运行，送电给两个新建的煤矿。当天，配电室值班人员接通知让拉掉一个煤矿的负荷。其中一名值班人员就持绝缘棒到站外一个开关平台去操作，结果把开关编号记混了，拉错闸并造成弧光短路，即刻触发电站安全装置动作，停机自我保护。突发事故，令陶厂长急得不得了，煤矿停电可不是开玩笑的，必须马上恢复送电。好在发电设备都正常，我赶紧启动柴油机，按着操作规程，很快恢复了发电。这起人为操作失误的事故，因处理及时，没有造成大的影响，但在我的记忆里很是深刻。

1958年初，局里办了个钳工培训班，电站抽我和技术员孟广安去保定学习。学半截，康局长派我去涞源县帮助修柴油发电机，等完成任务，培训班也结束了。康局长让我留下一起搞制造。这样，我来到电机附属设备厂，在郭广范厂长手下当电动机班班长。这时候，陶瑞平也从6站调到保定基地，他把我留在6站的被子、枕头、几件衣服和洗漱用具装在一个小破木箱里，一起带来交给我，这是我的全部家当。

我们以蚂蚁啃骨头的精神搞制造，发电机矽钢片是用剪刀剪出来的，下线槽用锉刀锉，矽钢片除锈，全厂每人一片，用手工擦。职工每天干12个小时。大约用一年的时间，造出国产第一台2500千瓦列车电站，这就是21站。

制造首台列车电站那年，我写了入党申请书，我的入党介绍人是郭广范。1958年12月26日，在局本部小礼堂举行集体宣誓仪式，正式加入党组织。年底，还被评选为社会主义建设积极分子。

就写到这吧，我后来在电气车间、安全科任职，干了许多事，从八公山出来支援列电事业，大部分人都不在了，怀念他们。

"淮南帮"的来龙去脉

文／周密

中国列电是一支电力"野战军"，在30多年的发展历程中，8000名职工背井离乡，为列电事业奉献青春年华，"淮南帮"就是早期参加列电创业的一支队伍。

翻阅《淮南发电总厂志》，有这样一段记载："1956年，以淮南电业局局长康保良为首，率领田厂（田家庵发电厂）干部陶瑞平、邓嘉，工程技术人员孙明佩和技术工人，先后两批共128人支援电力部创办的列车电业局。"这段记载，重点是"时间"和"技术工人，"这对建局之初，电力工人短缺、急需技术队伍的列电来说，可谓天降及时雨。据考证，实际从淮南电业局进入列电者，约150人左右。

"淮南帮"的统领是淮南电业局长、列车电业局长康保良。康保良在淮南电厂、淮南电业局工作6年之久，是公认的具有开创精神和大智慧的领导者。他群众关系甚好，孩子能摸他肚皮，工人能与他推杯畅饮，唯有干部敬畏他几分。两批淮南队伍，分别来自淮南电业局八公山发电厂和田家庵发电厂，陶瑞平和邓嘉分别是这两个发电厂的副厂长。他们组建了6站、14站，充实了2站，为列电创业发展，做出了重要贡献。

不妨将时间轴退后到1949年，快速回放"淮南帮"支援列电建设的足迹。

八公山发电厂援建队伍

1950年3月，为保障电力安全，淮南煤矿公司在淮南西部八公山兴建八公山发电所（建局后改八公山发电厂），同年9月正式发电。这个拥有百余名工人的电厂，在发电6年后，由于田家庵发电厂第一台国产6000千瓦机组投入生产而关闭。这个时节，康保良刚刚卸任淮南电业局长，进京首任列车电业局局长。来京之前，康保良对八公山发电厂人员的去向早已运筹帷幄，胸有成竹。

曾任合肥电厂厂长、党委书记，年逾90高龄的胡云甫老人，当年曾在淮南电业局任党委委员、团委书记。那年，他受电业局委派，来八公山发电厂做动员、安置工作，见证了首批离开淮南支援列电的建设者们。这支队伍主要由机、炉、电运行人员组成，吸收了大部分生产骨干，管理人员基本留在了淮南。

八公山发电厂副厂长陶瑞平、技术人员孙明佩、电气分场主任胡德望、汽机分场主任段成玉、锅炉分场主任杨传金等55人首批进入列电。他们大都在1949年前后参加工作，四级工及以上，除几个人40出头以外，多数在二十六七岁，正是年富力强的时候。

1956年4月的一天，淮南电业局领导来厂欢送援建队伍，他们与即将奔赴列车电业局的全体人员及少数家属一起，以八公山发电厂厂房为背景合影留念。合影后，援建队伍很快离开了八公山，他们大都没有机会看到这张珍贵的照片。

列车电业局于3月1日正式成立后，办公地点临时设置在北京南营房电力部大院内。5月，局址选在保定，筹建拉开序幕。也就是说，第一批淮南援建

1956年淮南八公山发电厂支援列电职工离厂合影。

队伍走进列电的时候，列电局还没有正式的"窝"，暂无处可投。因此，他们离开八公山并没有直奔列车电业局，而是经协调，临时安排执行其他任务。1956 年 4 月底，从八公山出发的 54 人分组奔赴佳木斯第一列车电站、天津针织厂、洛阳 5 站等地，参加检修安装工作。

康保良局长于 1956 年 4 月 14 日签署一份文件：奉上级命令调八厂（八公山发电厂）孙明佩等 54 人（陶瑞平后调）至列车电业局工作，自 5 月 1 日起，工资由列车电业局支付。孙明佩被任命为列电局生产技术科长。各组完成任务后，陆续来到保定。此时，在保定西南郊，局本部和列电基地开始动工兴建。

起初，来保定的淮南队伍，临时安置在联盟路保定老电厂宿舍，8 月，搬到红星路五一宿舍居住。这里是列电局本部所在地，刚从北京迁址保定，暂时安置在距新建局址 5 公里的一个四合院里。这个院子科室健全，伙食房、广播室、活动室也在其中。

在局和基地初建的日子里，淮南来的人员大都参与了建设工作。同年 12 月 20 日，基本建设完成，组建保定修配厂。列电局任命来自淮南的段成玉为保定修配厂主任，他成为列电基地首任领导。

八公山来的人员主要任务就是组建列车电业局成立后第一台列车电站，即第 6 列车电站，这也是我国从捷克进口的第一台列车电站。在列电史上，这台电站的落成有着浓墨重彩的一笔。

1956 年 12 月 30 日，就在保定修配厂刚刚成立之际，列电局任命陶瑞平为 6 站厂长。陶瑞平工人出身，性格直爽，颇有酒量，吹胡子瞪眼，不伤工友情份，工人信服他。陶瑞平任职时，6 站发电设备尚无踪影，他带着八公山人员聚集到保定老电厂礼堂，参加学习培训，由局技术人员讲解捷克机组图纸。

1957 年 2 月 17 日，孙明佩从集宁口岸押运机组抵达保定修配厂。6 站组织架构已经就绪：胡德望首任 6 站支部书记，与厂长陶瑞平搭班管理电站。许振声任电气分场主任，刘文和任锅炉分场主任（后由段友昌接任），张炳宪任汽机分场主任。电站技术负责人是于鸿江，不久，由路国威接任。保卫人员王殿仕，原就是八公山电厂警卫负责人，财务员樊宝璐同样来自八公山。由此可见，6 站骨干基本以八公山人员为主。

安装 6 站可谓举全局之力。经过两个月的安装及试运，大功告成。列电局召开了隆重的庆祝仪式。1957 年 4 月 15 日 17 时，胡德望、胡德宣、陈芳文等几人，来到清水河边，留影纪念，准备出征的几个人，此去不知何日归来。5 月 7 日，河北省长林铁剪彩后，发电主车奔赴三门峡，为三门峡工程提供电力。陶瑞平带领 6 站人员先期抵达目的地。

到三门峡发电不久，一同前往的田润带着车导明、廖汉、何本兆、王俊乙等技术人员返回保定，组建、安装 11 站，首任 11 站厂长。书记胡德望也带着八公山的王福均、庞明凤几人离开 6 站，参加 11 站安装，胡德望后任该站厂长。1957 年 11 月，6 站完成三门峡发电任务后，厂长书记一人兼的陶瑞平，带队来到平顶山发电。1958 年，陶瑞平调离平顶山，参加保定基地制造列车电站，任锅炉制造厂厂长。

1960 年，6 站在茂名发电时，张炳宪带着八公山部分人员离开电站，接新机 34 站，并首先奔赴萨尔图，支援大庆石油会战，经历了会战初期的艰难困苦。这时候，6 站的八公山人员锐减，不再是电站主力军了。

在短短的两三年内，第一批"淮南帮"分散到各个电站和基地参加生产建设，成为生产建设的骨干力量。

八公山发电厂支援列电人员 55 人

陶瑞平	孙明佩	张玉明	王宗贤	郝道来	胡德望	段友昌
龚德成	孔庆柱	段成玉	范希成	张修伦	陶开亮	许振声
盛怀恩	吴立云	邵瑾荣	路国威	樊泉先	庞明凤	孙玉成
张炳宪	陈世凯	胡德宣	孙齐文	杨传金	高竹泉	王福均
范植之	常金龙	吴兴才	盛学元	刘仕科	陶开友	平多芳
王友金	孙邦国	李登富	曹正坤	吕友才	任文臣	盛怀风
段荣昌	唐开福	钱之庆	魏克明	戴广让	樊宝璐（女）	
陶开元	姚宜奎	张茂瑛	王殿仕	李 杰	吕树海	杨家忠

田家庵电厂援建队伍

田家庵区位于淮南市东南部。1953 年 11 月，为安装 6000 千瓦汽轮发电机组，田家庵发电厂成立了以陈善、邓嘉为正副主任的新机筹建处。前三台机组，均由电业管理总局第九工程公司安装，第四台机组由田家庵新机基建处自行安装，当时在中国电业史上由发电厂自己安装机组尚无先例。时任田家庵发电厂副厂长、新机基建处主任邓嘉带领基建处 100 余人，于 1957 年 11 月完成安装并投产。基建处完成安装任务后，队伍将重新安置。

这个时间点上，列电发展驶入快车道，从捷克和苏联进口的列车电站接踵而来，接机队伍严重不足，令局长康保良应接不暇，提襟见肘。田家庵发电厂基建处这支颇具实力的技术力量，康局长自然望眼欲穿。

1958 年初，田家庵发电厂召开基建处职工分流大会，宣布以邓嘉为首的 80 余人去支援列电局，人员配置与八公山发电厂援建同出一辙，基建处的管理人员大都留了下来，生产骨干力量被康保良悉数收入囊中。在援建列电的队伍中，并非全部是基建处人员，还抽调了部分运行的人员，如汽机司机罗法舜、电气试验杨祖德等，想必是应康局长要求，以便成建制地接管列车电站。

这支援建队伍，技术力量雄厚，大都在五级工以上。王宝祥曾告诉笔者，他来列电时，就是七级工，擅长汽轮机调速。不过，他们对列电是陌生的，知道是流动发电单位，有流动津贴，工资不低，仅此而已。遗憾的是，至今没能寻找到当年援建名单，仅从存留不多的文件中，寻觅到淮南电业局第二批援建列电队伍的踪迹。

1958 年 1 月 13 日，列电局签发一份文件，大致内容是"淮南电业局，邓嘉同志带来你局调给我们的 87 人名单，我们完全同意，并感谢你局对我们的支援"。这支援建队伍来保定之前，被一分为二：王士湘等 25 人于 1958 年 2 月 8 日到达在新海连市（连云港）的 2 站。余下 60 余人，春节过后分批来保定列车电业局报到。准备成建制接新机 14 站。有人依稀还记得，到保定有心里美萝卜和花生米吃，这两样正是当季北方冬储的家常菜和春节必备的佳品。

热情的康局长见到来自淮南的老部下们，自然难掩喜悦之色，然而，任务迫在眉睫，他将刚刚落脚的援建队伍召集到一起，立即布置任务。由于 16 站先期抵达，抽 20 余名职工赴河南兰考，帮助安装 16 站，其余人员到四川金堂 9 站培训学习。会议结束后，当天下午，从淮南来的技术员梁英华就与游本厚、邱子政一道，离开保定，奔河南兰考三义寨工地选厂。四五天后，16 站机组经郑州抵达工地。去 9 站和 16 站人员，不日启程，各奔目的地。

同年 4 月底，在 16 站、9 站完成安装和学习的淮南援建人员，直接汇聚到成都跳蹬河，开始安装 14 站，5 月电站投运发电。14 站除个别人员外，基本一色"淮南帮"。邓嘉任厂长兼书记，游本厚（非淮南帮）任工程师，梁英华任工程师助理，王世春、张门芝、何立君（原 1 站人员）分别任汽机、锅炉和电气车间主任，电站会计和化验人员由局配备。同年夏天，八一电影制片厂摄影组来 14 站，与列电局合作，拍《列车电站》科教片，邓嘉厂长等人在片中出镜。这部片子为后人留下珍贵的影像资料。

1958 年 12 月，保定基地电站制造进入高潮，康保良电催邓嘉率队回保定。邓嘉几乎带走了 14 站的全部人马，只有杨祖德等少数几个人暂时留了下来，承担交接人员的培训，他是最后离开 14 站的淮南人。

邓嘉来到保定，任汽轮机制造厂第一厂长，段成玉为第二厂长，游本厚为总工程师。几个月后，邓嘉任支部书记，段成玉为厂长，孙明佩为总工程师，门殿卿（从八公山电厂单独调来列电）为副厂长。看到这几个人的名字，惊讶地发现，他们无一例外全部是"淮南帮"。

随着第一台列车电站制造成功，到 1960 年左右，第二批淮南援建人员，除少数人员留在保定基地，大都充实到各个电站和基地，成为列电事业的中坚力量。

淮南电业局援建列电人员，除 1956 年和 1958 年两批队伍以外，中间还有零散从田家庵发电厂进入列电者，如廖汉、何本兆、门殿卿等，援建队伍总计 150 人左右。第一批援建者，走出淮南已 60 余年，八公山来的 55 人，笔者几度寻觅，所知在世者仅有数人，大都故于异乡。第二批健在的也屈指可数。

领军人康保良于 1991 年 10 月在保定病故。列电人对康保良为列电事业所做出的突出贡献赞誉有加，"淮南帮"为有此领军人物而骄傲。他颇具魅力的开创精神，为列电人敬重和怀念。康保良临终前留下自由诗句：

离休后的康保良。

> 我们把侵略者消灭，
> 我们给同胞送去光明，
> 我在战斗中学习，
> 在斗争中成长，
> 谁能比得上我快乐洋洋。

家人遵遗嘱，将其骨灰撒于大海。

第一批淮南援建带队者陶瑞平，于 1977 年 6 月在武汉列电基地去世。1959 年，他卸任列电局工会主席，调武汉基地任副主任等职，一生坦荡，较为平静。邓嘉带队来保定制造首台列车电站后，就任保定制造厂副厂长、保定列车电站基地副主任，后调列电局任职。邓嘉在"文革"中受到冲击，后调华东基地任主任、党委书记，1998 年 8 月病故于镇江。他曾再次回到田家庵发电厂，与老厂长及同仁相见甚悦。笔者见到合影照片，感叹岁月无情。八公山的曹正坤，因事故而坐牢，出狱回家，靠拾荒为生。1979 年电站派人寻找到他，为其平反。然而，悲惨的 20 年却无法用抚慰来补偿。世间许多无言事，只道轻舟已过万重山。

"淮南帮"究竟有多少人曾走上领导岗位，担任工程师、技术负责人、生产单位的领班人，这个数字因资料所限难以统计。1972 年又回到安徽工作的王士湘告诉笔者，后任淮南电厂厂长廖广胜曾说过，调去列车电站的人，现在要回来，就是担架抬着我都要，只要嘴能动，能说话就要。淮南援建队伍是一支值得尊重和赞誉的群体，我们不会忘记他们——列电"淮南帮"。

邓嘉

田家庵发电厂支援列电 98 人名单（记忆整理）

邓　嘉	张成良	华应岚	梁英华	王先华（女）	丁曾安	张门芝
李家骅	王　凯	朱根福	张宏景	李天科	陈景亮	蔡家英	石恒荣
柴国良	何以然	黄玉金	卢焕禹	卢焕良	卢焕英（女）	左培梅
余玉普	刘复良	罗法舜	董长胜	王宝祥	任德来	唐素珍（女）
吕美忠	张秀月	杨祖德	杨锡臣	刘荣柱	范正谦	刘治英	段述迥
方传权	于庭龙	田圣才	孔繁玉	戚广宏	赵志恩	姚宜魅	周广发
高肇仁	吴义治	王世春	谢祖兴	彭树周	张瑞启	贾国良	程克耕
陈宝辉	阚毓宇	程理和	代俭根	胡德选	王恩余	蔡继成	张世铨
宋家宁	李新田	马继宗	何珍明（女）	陶开典	倪振初	何本兆
廖　汉	夏定一	陶开杰	刘长明	杨永均	逮振燕	赵仁华（女）
赵福南	杨敏华	沈荣洲	韩守权	王龙源	朱学谦	王两已	张学义
胡德修	黄林义	黄忠秀	杨国海	年延生	王士湘	杨连璋	谢继福
门殿卿	刑志迪	杨锡成	熊　忠	赵敬诚	查跃华	胡宗礼

煤炭部列车电站发展始末

文 / 谢德亮

煤炭工业部的列车电站，始建立于 1957 年。

当时，电力部成立了列车电业局，已有 5 台电站在各地运营。燃料工业部"分家"❶时，煤炭部分到了原订购于捷克的 5 台 2500 千瓦机组中的 1 台。由这一台电站，逐渐发展到 4 台，机组总容量为 8500 千瓦。作为煤炭部机动电源，在全国各地运营，为煤矿开采建设做出了很大贡献。

我原在燃料部计划司工作，分家时被分到煤炭部，干部司推荐我筹建列车电站。为此，我就成了煤炭部筹备列车电站的成员之一。

开始筹建时，除了我，还有一位懂铁路的姓管的工程师和一名技术员。我们 3 人商议决定，管工程师去山东陶庄矿选厂，再去满洲里接机组。因为对列车电站一无所知，也不懂管理，所以我和那位技术员到了保定列车电业局，向康保良局长如实汇报我们的情况，请求大力支持。

康局长听后，表示予以支持。他笑容可掬地说："发展列车电站，是我们的共同任务，你们急需的是一批技术力量。如果我从各电站抽调人员支援你们，你可能疑我康某甩包袱。为了共同的事业，我将现在南京浦口运行的 4 站人员成建制地调给你们，可否？"

我当时喜出望外，面对如此慷慨热情的领导，立即表示同意，并致衷心感谢。因我心中有了底数，大大地缩短了原计划筹建时间。

当时，4 站有厂长孙品英，副书记赵坤皋，工程师李炳星，管理股长张荣良，技术干部韩天鹏、原有成、陆敏华、黄华林、丁菊明，化验组长邵懂荣，

---

❶ 1949 年 10 月，燃料工业部成立。1955 年 7 月，燃料工业部撤销，成立煤炭部、电力部、石油部。

会计周鸿逵，材料员郭伯安，总务郭翰、张默宾，劳资范仲禹等人。这样一套专业齐全、技术全面的队伍全过来了，在煤炭系统发展列电事业中起到了领头、骨干作用。

得到一整套列车电站人员，在陶庄选厂，去满洲里接机等任务得到落实后，我们即提出工作方案及要求，向煤炭部汇报。部里批准了我们的报告，并决定605号列车电站（进口时机组编号）定名为煤炭部第1列车电站，由部直接领导，所发生的人、财、物等事宜均由有关司局分别管理。经营方式自主经营，独立核算，党的关系由所在矿务局党委领导。限期刻好公章，尽快运营。我作为煤炭部代表，协调各个方面关系。

以上决定，用文件下发至全国各有关单位。

有了煤炭部文件，我便到列电局、陶庄煤矿等单位开展工作，协调各方面关系。由于列电局的大力支持，我们仅用了很短时间，便使列车电站筹建工作就绪了。

1957年6月，4站全体人员就从南京到了陶庄。当时正是雨季，陶庄矿井排水急需电源，职工们冒雨进行机组安装，在很短时间内就开始供电。

8月，煤炭部下文，任命孙品英为1站厂长，我为支部书记、副厂长，工程师为嵇同懋、李昌荫等。至此，筹建任务正式完成。

后又决定成立2站，将山东（山东新汶矿务局孙村电厂美制快装机）1000千瓦机组改装在列车上，由张荣良、韩天鹏、杨树基、陈树壮负责2站拆迁安装，在萍乡矿务局所属的金江电厂发电。

1958年"大跃进"开始了，煤炭部决定成立列车电站管理处，并成立一个列车电站装配厂，准备将东德进口的1500千瓦发电机组安装在列车上，增加机动电源，并指定基建司同建年处长、孙品英和我等人负责组建工作。

8月上旬，我们3人赶到徐州。当时，报到的工作人员（包括我爱人胡新志）只有10余人。列车电站装配厂在徐州市郊已圈地400余亩，用钢丝网围好。

就在组建工作刚刚铺开的时候，就接到部里撤销煤炭部基建局（包括电建管理处）的通知，这多少让我们有些沮丧。后来，听说是各地急需用电，各矿区都盯着4台列电发电机组，部长顶不住，就将机组分给各大矿务局了。这就是撤销的原因之一。

在我和一位司长的建议下，电管处人员都分到了列车电站。孙品英任1站厂长，我任2站厂长（特注明为处级厂长），我的工作关系由煤炭部的徐州机械厂代管。

关于 3 站、4 站的建立，我要讲述一个有趣的故事。那是 1958 年，我去北京煤炭部办事，当时正是"大跃进"年代，我脑子突然一热，到了部里的工厂处，请求自己制造 3000 千瓦全套列车电站机组，得到了工厂处的大力支持。

在那里正好又碰上了经理部负责向外订货的工程师，他问我，现在有两台 2500 千瓦机组，要不要？我随口说，要！

于是，到 1959 年，国外来电通知，煤炭部有两台列车电站 1960 年 6 月进口。通过详查，订货人是我。总价 1140 万元。

当时，我们既未请示，更无批文，也没有人追查，就获得两台进口的全套列车电站。一台编号为 3 站，另一台编为 4 站，分别在湖南洪山殿和广东坪石安装发电。我为 3 站厂长，孙品英为 4 站厂长。

1962 年，各电站和部有关司局，觉得需要建立一个机构，负责管理列车电站。生技司会同有关司局都同意在河南郑州建立一个列车发电总厂，统一管理列车电站。

文件经各司局会签后，送给部领导审批时，他不同意，并指示："电站放到那里都调不动，起不到应急、机动的作用，不如交水电部统一管理为好。"

部长的决定，各司局无话可说了。一直到 5 月公布全部电站人员移交给水电部。在移交会上，只有徐学成厂长不愿去水电部，其余人员都到了水电部列车电业局。

原煤炭部的第 1 至 4 列车电站，编为列电局的第 47、50、48、49 列车电站。

这，就是原煤炭部 4 台列车电站的始末。

1963 年，我从电站调至西北基地工作，而后负责新 19 站、新 20 站机组的安装工作。华东基地筹建时，我和爱人又调到华东基地，直到基地建成投产后离休为止。

我见证了煤炭部列车电站从无到有、从有到无的过程，更为我国列车电站事业的发展及光辉历史而骄傲。

列电丰富了我的人生

文 / 原有成

一

1956 年 8 月，我从郑州电力学校毕业后，被分配到在古城洛阳发电的第 4 列车电站。时间不长，电站就调到浦口为南京发供电。甲方是南京市电业局。

4 站机组装在五节平板车上，没有车厢，临时用竹席搭建了防雨棚。机组就停在浦口长江边，在下关电厂斜对面，离京沪线火车轮渡口不远，男女职工都住在铁路 12 号仓库里（仓库很大，是车站储转

原有成

货物用的）。居住区和办公室占了大半个仓库，各房间是用毛竹草席隔开的，厂里有什么事或者开会，大声一说就都知道了，不用另行通知。

南京电业局对 4 站的到来非常重视，发电当天召开了欢迎会。南京市广播电台对 4 站发电情况采访后，播发了录音新闻稿，里面还插有电气女技术员丁菊明的讲话，大家听了很是振奋。

1957 年五六月份，康保良局长来电站传达电力部决定，要我们 4 站人员成建制调往煤炭部系统，接收捷克进口的 605 新机组，该机组也成了煤炭部的第 1 列车电站，原 4 站由 5 站人员接管。康保良局长告诉原 4 站的职工，一切待

遇与在电力部一样，不会变。

　　大约是 7 月份，为了尽快掌握新机组的性能，我们专门赶到甘肃永登 7 站，熟悉捷克机组。半个月后，山东连日大雨，致使鲁南地区发生严重水灾，枣庄矿务局告急，陶庄煤矿大多进水，矿井排水用电困难。我即跟随煤炭部第 1 列车电站，前往山东枣庄。

　　到达目的地后，天下着雨，施工场地一片泥泞，但为了煤矿防汛，防止灌井，电站干群团结协作，克服许多困难，突击安装设备。列电局也派来技术骨干支援。经过安装调试，首次启动即成功并网送电，满足了矿井用电急需，恢复了正常的生产、生活秩序。电站受到枣庄矿务局的高度赞扬。

二

　　在陶庄矿发电一年后，我们又离开已经习惯了的工作、生活环境。1958 年 8 月，煤炭部 1 站调内蒙古昭乌达盟平庄矿务局（后来平庄划归赤峰市）。当时，平庄矿务局要开发东西南北 4 大露天煤矿。首先开发的是西露天矿，就因没有电源，制约了开工的进度。

　　电站安置在哈尔脑山脚下的一片开阔地带上，是矿区唯一的大电源。开始发电的这一天，也是西露天矿开工典礼的大喜日子。到了晚上，家家户户都用上了电灯，矿区一片光明，这也是我们引以为自豪的一天。

作者（左 1）与同事在平庄西露天矿。

记得刚来时，电站周围一片荒凉，职工都分住在离电站较远的农民家中。偏僻的山区，常有野狼出没，有时上夜班路上竟会遇到这些不速之客。为防伤人，职工都是多人同行。后来随着开工的炮声不断，野狼才渐渐看不到了。我们又在电站的附近盖起了干打垒的房子，大家住在一起，相互照应，工作、生活条件逐渐有了好转。

因全矿区无其他电源，列车电站必须连续运转，不能停机检修。这让干部职工都有压力，当然也增强了大家的安全意识和工作责任心。因为万一停机，整个矿区不但生产无法继续，将没有照明，没有水喝。

西露天矿开发使用的从苏联进口的大电镐，一下子能挖四五个立方米，都是 6000 千伏直配线。几部电镐一起作业，电站负荷会在七八百千瓦到两千千瓦来回摆动，作业时一下子上去，停下后又会甩下来。忽高忽低的负荷，使锅炉的气压气温很难控制，职工的劳动强度大幅提高。再加上煤矿高压电缆经常被压坏，跳开关甩负荷时有发生。每当锅炉排汽，非当班的职工都会跑到车间，帮助处理故障。

冬天来临的时候，我们还常常为碎煤机、吊车、输煤机的启动为难。因为锅炉烧的是当地产的褐煤，全是大块，必须由碎煤机粉碎后方能入炉。冬季最低气温可达零下二十三四摄氏度，要让设备启动起来，必须做大量的工作。为了这些大大小小的事，作为生技股长的我每天疲于奔波，可以说没睡过几个安稳觉。

为了锅炉不烧正压，我们把冷却塔上的风机拆下来，在烟囱上戴了个"帽子"，用二次风机来冷却马达，形成串联风机，这在列车电站也算是一大奇观。这种状况整整坚持了 38 个月，直到 39 站到来，我们才得以停机大修。

冬季进行机组大修，也是一件不易的事，经常要面对暴风雪形成的"白毛风"。露天大修，所有的设备，尤其是汽水管道疏水，只要稍慢一点都会立刻上冻，成了"冰疙瘩"。有时要解体一个阀门，就得动用火烤等措施。但全站职工凭着列电人艰苦奋斗的奉献精神，集思广益，群策群力，斗风雪，战严寒，克服重重困难，终于胜利完成了大修任务。

在内蒙古时，国家正处于三年困难时期，口粮定量供应，除春节有 3 斤白面外，其他全是粗粮，基本都是高粱米。我先担任生技股长，后被任命为生产副厂长，必须事事身先士卒，跑在前面。不仅要管生产，职工的日常生活也需要亲力亲为。为了适应生存环境，改善职工生活，我们向当地人学习开荒种地，用冷却塔的排污水来灌溉。水在这里可是个"宝"，有了水菜就长得好。

辛勤的劳动，让我们不但吃上了新鲜蔬菜，还做到了自给有余。冬天挖菜窖，储存大白菜、萝卜、土豆，这一招，也是跟当地人学的。

在煤炭部1站的日子里，我们始终感觉列电是个大家庭，列电人就是一家人。大家在工作上相互学习、相互帮助，生活中就像走亲戚串门一样亲热。记得列电局26站进口时在赤峰安装，39站进口时在平庄安装，我们都主动去帮忙，彼此之间没有你我之分。

三

1962年，正逢国民经济"调整、巩固、充实、提高"之时，煤炭部1站又回到了列电局，改名为第47列车电站。我们在高兴之余，也想起了康保良局长当年的话："你们早晚还会回来的。"

1964年10月，47站返武汉基地大修。因为事先没有准备，到基地后大家抓紧开会，精心制订检修项目，进行人员分工（包括车辆）等。经过5个月（春节只休息了一天）的大修，47站面貌一新。

因为三线建设急需用电，我们又马不停蹄前往贵州，为六枝矿务局发电。后来48站也来到六枝，两站合并，对外称47站。在调迁途中，计划在桂林玩上三天，补上春节的加班假，让大家放松一下。但刚玩了一天，有职工说看到我们的零件车已经通过桂林，我当即决定停止休假赶赴贵州。虽然休息计划泡了汤，但没有一个职工提出异议，表现出了列电人的精神和品质。

初到六枝，电站的生产和生活用水，就取自附近河里。在夏季洪水暴发时，河水变成了泥水。不良的水质，在给发电设备带来极大损害的同时，也让许多职工患上了阿米巴痢疾。在这种情况下，发电并没有受影响，出现了很多职工带病值班的感人故事。

当时的六盘水地区是大三线的能源基地。为了抢时间、争速度，大干快上，先后有多个电站在六枝和水城发电，为当地的铁路、煤矿、钢铁服务。邓小平、李先念等老一辈中央领导，都曾来视察工作。回忆我作为电站代表前去欢迎中央领导的场面，至今都是感到幸福和自豪的一件事。

1965年春节，俞占鳌局长来到电站，给我们解决了集体宿舍的取暖问题。同时，他语重心长地给我们讲他曾经历过的长征故事，激发职工在艰苦环境中努力工作的士气。不久，以季诚龙副局长为首的"四清"工作队进驻电站，足见上级领导对电站的重视程度。

六盘水地区的煤矿都是超级瓦斯矿，停电就会威胁到矿工的生命，所以发电机一刻不能停止。电站的生活区离生产现场有 1 公里多山路。为确保现场生产的正常进行，我曾长期住在寝车上，以便随叫随到。每天连早饭，都由怀孕的爱人邱素莲挺着大肚子送来。

"文革"中，当地的上煤除灰工人经常不上班。我和当班职工只能顶替上岗。有时白天黑夜连轴转，非常辛苦，但没有一个人发牢骚，没有一个人提出要求特殊照顾。这就是列电人忠诚列电事业的真实写照。

四

1969 年，我被调到正在浙江宁波安装的 53 站。相对于老少边穷地区，宁波的生产、生活环境相对较好。

但是，在宁波也有在宁波的困难。每年的雨季，要战台风、防洪水。每年旱季，都会发生海水倒灌，自来水也成了咸水，电站水处理设备此时也满足不了发电用水要求。为解决这个问题，我们修建蓄水池，水源由客轮从上海装上压舱水，到宁波后再卸到电站水池。因为海水倒灌，循环水的含盐量增高，严重腐蚀了凝结器管板。在浙江省电力中试所的支援下，采用环氧树脂进行了涂刷、修补。这些困难，和其他地方的困难比真是"小巫见大巫"。

在宁波的 10 年，发电基本都是满负荷，年发电量是全局同类型机组最多的电站，受到了宁波市领导的称赞。水电部李锡铭副部长到宁波时，还特地看望了电站职工，给大家很大的鼓舞。

1979 年，53 站在宁波早已超过合同期限，镇江建华东列电基地，列电局下令调 53 站去镇江，但宁波市不同意。当时，局里催得很紧，电站只能采取"申请检修"的办法停机。但刚停下来，宁波市委的王副书记和电管局局长找我谈话，说你的行政关系在电力部，"党票"可在我们这里。为此非要我写检讨不可。没办法，列电局杨文章副局长到浙江省电力局去协调。终于，1979 年 9 月，电站才得以调到镇江。1982 年 2 月，华东基地成立电管处，我调任副主任。此时也是列电大调整时期，华东有 17 个列车电站需要下放，也意味着列车电站完成了它的历史使命。

回忆过去，我从一个青年学生到年近半百的"老列电"，30 年的奋斗历程，我很骄傲，因为我曾是一名列电人。我的青春年华都贡献给了我热爱的电力事业，是艰苦奋斗的列电精神，丰富了我的人生，教诲我如何做人。时至退休以后，仍激励着我不断思考，不断进步。

列电往事

口述 / 张宗卷　整理 / 周密

一

张宗卷

　　1956 年 8 月，我从郑州电校毕业，分配到列车电业局，一起分配来的还有原有成和赵占庭。列电局临时办公地点就设在电力部的大院里，我们来报到时，办公人员正忙着收拾东西集中装箱，准备迁局到保定。人事科长田润热情地接待我们，康保良局长闻讯也来接见我们三人，他说，这样吧，你们也没来过北京，给你们三天假，在北京好好玩玩。三天后，局里分配我们去列车电站。我和原有成分配到洛阳 5 站和 4 站，赵占庭独自去了东北电站。

　　4 站和 5 站在洛阳西郊涧西区崔家村这个地方，两台机组同在一个厂房里并网发电。厂领导有刘晓森、邵晋贤、荆树云。电站所在区域聚集了洛阳重点企业，拖拉机厂、热电厂、轴承厂、机械厂分布在电站周边。我们主要为洛阳拖拉机厂发供电。据说，这家生产履带式拖拉机的工厂是隐形的军工单位，如果战备需要，马上可以转产坦克车。

　　我们没到洛阳的时候，电站就在当地招收了一批学员和部队复员人员，电站人员比较充足，而且湖北籍老工人比较多，技术力量也比较强，还配有总工程师，这在一般电站是很少有的，这也为后来电站人员拆分打下基础。不久，我接任了电气车间技术员。几个月后，原有成随 4 站赶赴江苏浦口发电，这样，我们三个同学各奔东西。

1957 年初夏，4 站全部人员成建制地划给煤炭部，去接煤炭部新筹建的第 1 列车电站（后为列电局 47 站）。为此，列电局要求 5 站一分为二，一半人成建制去接人去楼空的 4 站。于是，由邵晋贤、荆树云带队，我们三四十人一起到了南京浦口。当初 4 站来这里，主要是因为南京下关电厂出了事故，造成供电紧张。我们电站紧邻火车轮渡码头。我们住在装盐的大仓库里，用芦席一间间隔开，非常潮湿。仓库前有条装卸货物的专用线，停有一节改装的客车，我们在上面办公。

电站的简易厂房紧邻江边，所在地方十分狭小，几乎没有煤场，上煤、排灰靠人力用箩筐装卸，江船往复运送。工人干活很是努力，也很认真，生产上很少有事故发生。

1958 年 6 月，4 站奉命调迁到广东河源县，支援新丰江水电站建设。甲方派来警卫人员与我和步同龙、张延孝三人，一路押车到了广州，临时停放在某单位的铁路专用线上，准备从广州南站走水路运抵 205 公里以外的河源。这时候，电站通知我马上去保定，参加列电局召开的先进生产者和青年积极分子代表大会，我转身买票北上。等我返回的时候，电站已经在广州南站码头装船，经水路将一节节发电车陆续运抵河源了。

电站就建在河源东江边上，旁边是汽车轮渡码头，为了把发电列车拉上岸，在码头边修了一段延伸到江边的铁路，装载电站的驳船到达后，临时和陆上铁路连通，再用拖拉机将发电车拉上岸，送进简易厂房。为了尽早投产，电站职工除了抓紧安装机组外，还抽出时间协助土建。虽然电站经水路调迁比较困难，但还是较快地完成了安装并顺利发电，有力地支援了新丰江水电站的建设。新丰江水电站建设主要靠我们电站发供电，当地工程局只有几台柴油发电机，无法满足工地用电需要。

在河源发电有两年左右，我们又调迁到湖南宜章，为坪石矿务局狗牙洞煤矿发电。坪石矿务局归广东管，而狗牙洞地界在湖南宜章县，这里人吃的是湖南饭。我们开会到坪石，发电在狗牙洞，因而调迁地点说宜章更

张宗卷在广东河源。

准确。说来也巧，在狗牙洞又遇到部分原4站人马，虽然我们各属电力部和煤炭部，已不在一个系统，但相见依然格外欢喜，他们给了我们许多帮助。他们前期已在这里扎营发电，我们两个电站在一条专用线上。

二

1961年初，列电局要求4站人员一分为二，成建制接新机46站。我这是第二次经历分站，46站是我列电生涯工作最久的电站。原本46站首次安装发电地点应该是湖南许家洞，电站已派汪家富、曹文礼等三人到许家洞去选厂，但是，还没有选好厂，列电局又变了，通知我们改去宁夏青铜峡，顶替24站大修。厂长荆树云派我先行去选厂，到了青铜峡，我们与24站及甲方人员接洽，商量46站厂址及人员住宿等一些具体事宜，当时孙玉泰是24站厂长。按我们提出的要求，甲方对铁路地基进行了加固，46站与24站共用一条铁路专用线。因为我们只是临时顶替发电，时间不长，所以不考虑新建房屋。

在去24站的坡路下面，建有一排窝棚，是过去菜农居住的，我们修整了一下，给46站双职工及带家属的职工居住，单身职工则安排在一个下马的铜厂厂房里。不久，荆树云带着三四十名4站人员抵达青铜峡，从其他电站调来的少部分人员也陆续赶到。机组抵达后，我们在露天临时支起几个帐篷，放置电站安装用的设备材料。24站人员帮助我们一起安装电站，不到10天就完成安装。1961年4月开始发电，24站得以停机大修。

在青铜峡发电与其他地方相比，最大的反差就是吃住比较艰苦。当地人吃的所谓和饭，就是面条加上小米汤与菜烩在一起，我们吃不习惯不说，和饭下面总是沉淀一层沙子，可想而知，青铜峡风沙有多大。

我们单身住在破旧厂房里，房顶不密封，下雨漏水，刮风漏沙，没办法了就撑把伞来遮挡，天长日久，搞得被子都变色了。双职工住的窝棚倒是不漏雨，但搭在路边的窝棚顶子随着积沙增多，原本低于路面的屋顶几乎与路面铺平。为防路人误踏屋顶，我们在路上做标志以示警告。

三

24站大修结束投入运行后，我们离开青铜峡，调迁到广东茂名。到茂名选厂也是我去的。6站和21站两个电站在一条专用线上，共用一个外部补水泵房。1962年初，46站开机投入运行，这样，在茂名就形成了初期的电站群。21站时任厂长是周妙林，6站厂长是马洛永，荆树云是46站厂长，不久，列电局任命我为副厂长。1964年左右，老厂长荆树云带了4个人调往48站工作，我留下来负责46站工作。

当年，我国在茂名搞石油会战，集中力量开采油母页岩矿来炼石油，但是，电力严重不足。6站来茂名，主要是为建发电厂供电。我们几个电站距油母页岩露天矿很近。采矿使用大型挖掘设备，单台挖掘机的功率就很大，挖掘设备作业的时候，我们3台机组一起发电都比较吃力，电压波动很大，搞得值班人员都提心吊胆，但供电基本正常。从46站往南不远处，建有一个炼油方炉（页岩油干馏方炉），同样需要可靠电力来保障。随之，15站、8站、9站也陆续调来。

15站厂址在方炉的旁边，与46站隔一条油母页岩装卸线，我们在北边，15站在南边。8站和9站到茂名，我们附近没有适合地方选厂了，就拉到距我们两公里以外的文冲口，在一个下马的车辆保养厂内发电。在这期间，21站返厂大修，离开茂名去了保定，在接下来的时段，就形成5个电站同时聚集在茂名，为采矿和炼油提供电力的局面。

列电局为便于管理，1964年，将茂名的5个电站合并，对内各电站建制不变，对外统称6站。46、6、15站划为第一生产区，将在文冲口的8、9站划为第二生产区。办公总部设在第二生产区，吴锦石任厂长，其他厂领导还有高鸿翔、陈启明、张成发、袁健和我，我和陆锡旦在第二生产区。

1964年46站管理人员合影（作者前排右3）。

1962 年五六月份，我出差去衡阳，给列电局中南工作组汇报工作。正在汇报过程中，工作组接到上级紧急电话，指定 46 站为战备电站，让我赶紧返回单位。我即刻往回赶，列电局办公室主任、第四工作组的林俊英陪我一同回到茂名。

　　人还没到电站，柳州铁路局已派人来检查车辆。茂名电建公司冯跃忠总工来到电站传达上级指示，让我们对设备也要进行检查，要做到调得出、调得动、发得出、靠得住。有什么困难和需要帮助的只管提出来，要我们抓紧执行。不寻常的来头让人能感觉到，战备应该是中央部署，各部委协同实施，否则，他们不会不请自到。虽然尚未见战争硝烟，但这阵式，平添几分紧张的气氛。

　　我不敢怠慢，让马上停机，随即，战备工作全面展开。茂名电建公司很快为电站调来了锅炉、汽机专业技术人员李兴国、安崇斌、刘凤英和一位老工人严童贵，以充实电站技术力量。因政审原因，我们一名汽机技术员悄然离开了电站。

　　1965 年，随着茂名热电厂投产发电，几个电站陆续离开茂名。1966 年 6 月，46 站以战备的名义调迁到湖南临湘县，这里有个 6501 秘密工程。在路口铺有个长岭炼油厂，因备战需要，炼油设备和油库要进到山里去，因此要在山里搞战备施工，开凿山洞。我曾参观过，开凿的山洞很大，油罐可以放置在里面。46 站来这里，主要为战备施工及长岭炼油厂发电。46 站发电两三年后，37 站也调迁来，直接开到路口铺炼油厂那边发电。

　　选厂之前，我到局里汇报工作，俞占鳌局长对我说，选厂要注意，要近山、靠山、隐蔽，保证电站安全发供电，这也是当年我国建设大三线的基本要求。等我回到茂名，46 站已经开拔，刘广忠（时任 46 站书记）带着队伍已经先行了。真是战备的速度，那边还没有建好厂，这边就出发了。电站厂址选在桃林铅锌矿的一个选矿场旁边，符合近山、靠山、隐蔽的原则。

　　1971 年电站调迁到福州化工厂，随后又去了漳州。1972 年，我离开了 46 站，到了河南信阳 29 站。1976 年调到西北基地。

我的列电经历

口述 / 方一民　整理 / 周密

　　我是无锡人，从小家境不太好，父亲早逝，我初中没有毕业就去无锡米市一家粮行里学了三年徒。中华人民共和国成立后，燃料工业部来无锡招生，我报考后被录用，来到河南焦作。燃料部干部学校就设在这里，我在校学习一年多。1952 年分配时，部里劳资处的李平处长来焦作，要我到北京，分配到燃料部电业管理总局。1955 年，我又调到新成立的电力工业部。

方一民

　　我在电力部劳资司工作的时候，列车电业局局长康保良总到我们那里，无非是要人要指标。我管劳动组织，所谓劳动组织就是劳动力和组织机构，当初成立列电局的批文就是我起草的。康局长跟我们混得很熟，他喊我小方。午饭后休息时，他跟我们年轻人一起打牌，他鼓动我说，小方，到我们局里来吧。我那时候年轻气盛，笑着应道："行呀，跟我们领导讲，领导点头我就去。"那时，劳资司司长是路岩。

　　1957 年，部里有个苏联劳动工资专家组指导劳资司工作，接洽工作组也是我的工作内容之一。当时部里有个规定，专家建议必须遵守执行，任何人不得反对。我们对苏联专家的建议有些看法，我们科长敢说话，提出不同意见，为此被打成"右派"，我年轻气盛，替他说话，也划归为中间偏右派。不久，我就写申请，到基层去锻炼，于是，1957 年 11 月，我调到列车电业局。这还真让康保良局长当初给说着了，我成为列电一员。

我分到保定装配厂办公室，刘晓森是厂长。后来，局里成立新机办公室，下面设了7个厂，刘晓森任新机办公室支部书记，因而我们也承担了新机办公室的工作。

我在保定装配厂，总是出差往外跑，装配厂的人许多我都不认得。头次出差是与贾同军俩人，到湖南郴州许家洞为5站选厂，这里发现了铀矿，代号为711矿，属军工单位。选厂回来，又安排我到无锡双河尖发电所拆机，组装22站。局里可能考虑到我家在无锡，办事方便些。我与谢芳庭工程师同行。

说起来挺有意思，我们拿着部里的调令来到双河尖发电所，拆完锅炉后，我让废品公司收购了从锅炉基础拆下来的废旧钢材，盘算着收购的钱可以顶租用车皮运费。但是，无锡市要求将拆机后废旧钢材交无锡钢铁厂处理，那时候，正值大炼钢铁时期，废旧钢铁是宝贝。钢铁厂的人看我们卖了废旧钢材，跑到无锡市长那里告我们状。无锡市长找我说，你们部里的人也不能这样干，要照顾我们地方。在双河尖拆机有两三个月时间，一车皮一车皮往回运，我都要做好记录，把单子寄回保定。

1959年方一民（左2）与保定基地同事合影。

回保定不久，刘晓森要调去武汉装配厂，让我跟他一起去。大约1959年初，我和妻子准备离开保定，离开前，与谢芳庭工程师和装配厂的几个人在厂门前及清水河桥上留影纪念。1959年夏天我离开保定到了武汉。

到武汉后，在党委办公室给刘晓森当秘书。1963年，季诚龙出差到武汉，参加武汉基地党委会，季诚龙在党委会上讲了一通话，我把他的讲话整理了一下，给地方党组织发简报，我们党组织是受局和地方双重领导的。季诚龙看到我整理的讲话稿，问谁整理的，有人告诉了他。他回到北京后，就点名要我到局里工作。我当时正在广东等地出差，办理一些棘手的事。回来接到调令，让我在1963年12月31日前到列电局报到。我匆匆出发，妻子带着两个孩子到车站送我。在规定的日期里，我扛着铺盖卷风尘仆仆地来到局机关报到。

局里安排我在政治部干部科管理档案。我到政治部的时候，开始搞"四清"运动了，局里分批分组下去搞"四清"，政治部的人几乎走空了，宣传科、组织科、政治部的三个大印都交给了我。后来，我也被安排跟俞占鳌局长带队的一组下去，准备走时，部里来通知，没有下去的"四清"工作组暂停出发。

从1963年到1971年，我一直一个人在北京，没有宿舍，7年时间都睡在办公室。有一段时间，连床铺也没有，我就睡在办公桌上。半夜里总有长途打进来，都是反映各电站的事情。到局里有3年没有回家探亲，后来给假探亲，还是带着任务。

"四清"没结束，"文革"就来了，列电局机关第一个被揪出来的是我。因为我管干部档案，"造反派"想从我这里了解情况，我不能说。为此，"造反派"把我关了一个礼拜。解放军进驻局里，又让我回到政治部，但不让办公了，可以晚上进办公室休息。之后只要办学习班，就让我当班长。

筹建53站的时候，我的妻子从43站调到宁波53站。我去宁波探亲。回家没几天，杨文章给我打电话，说局里研究了，准备把你留在宁波，有什么意见？我说好呀，我们夫妻分居都7年了，可以团圆了。到了53站，地方派了个主任，成立革委会，我没有参加，我办具体事跑跑腿。局里任命我为电站政治指导员，我把通知扣下半年多。后来地方上找到我，问我：局里早任命你了，怎么没有上岗？再后来，宁波地委下了通知，任命我为53站的支部书记，这才公开了任命。这样，1972年我才正式上岗，担任53站支部书记。我在宁波又干了7年，直到1978年夏天，我调华东基地。

现在回想在部里及列电的时候，总是出差，一年里大半年时间在外面，因为顾不上家，生了孩子就送回家。我4个孩子，3个在无锡，只有一个在身边，但没有一个进入列电系统。要说关系，我有很多关系，但我没有为孩子在列电系统找出路，这点我把住关了。

在列电岁月里的那些事，都成为过眼烟云，笑谈过往，坦然从容。

从事物资供应 40 年

文 / 于天维

于天维

1954 年春夏之交，我由佳木斯电业局调到列车发电厂筹备处。来之前，对列车发电厂一无所知，电业局向我们介绍列电如何先进、如何好，鼓励我们年轻人报名去那里工作。我们仅知道要从苏联进口一台列车发电厂到佳木斯。我当时还想，坐在火车上，一边跑一边发电，全国各地到处跑，感觉不错，就报名参加了。

列车发电厂筹备地点就在佳木斯发电厂外一片野地里，新建了几栋楼房，作为办公室和宿舍。来报到时，筹备处只有几个人。我在原电业局是搞物资工作的，因而被分配在材料股。材料股的主要任务是在列车发电厂入境前，接管先期进口的相关设备，另外，部分人员在苏联专家到来之前，做好接待准备工作。随后从哈尔滨电业局及电厂等单位又来了一些同志。我们材料股有四个人，股长是从哈尔滨电业局调来的董春瑞。还有财务股长陈子南，人事股长王作山，计划股长陈嘉芝，总务股长梁远基等。

1954 年的秋冬，从苏联运来了附属设备、备品备件等物资，车停在发电厂的专用铁路线上，我们组织人力和设备吊卸、运输物资入库。工作不分白天晚上，来了物资就组织作业。冬天气温达零下 30 多摄氏度，非常冷，在室外工作冻得说话都困难，只有轮流到传达室暖和一会儿再继续工作。董股长年龄大些，回到传达室取暖的时候，冻得已经不能说话，我们年轻人要好些。

发电车的主车是 1955 年四五月份进来的。进厂时非常威风，十几节车厢像一条长龙缓慢推进，车上有押运人员，路两侧有大批欢迎群众。锅炉车、发电车、水塔车等上面都盖有深绿色篷布，而办公车、寝车都是深绿色车厢。亮堂的门窗，粉色的窗帘，办公桌上摆有华丽的台灯，还铺有红色地毯。车上有哈尔滨电业局、哈尔滨铁路局人员押送至专用线。随后，以王桂林为首的十几名出国学习人员及苏联专家也先后到达。各方调来的人员到齐后，开始设备安装、调试。原本为十几名苏联专家准备好了楼房，但他们被安排住在了佳木斯市区交际处，为此，从小丰满水电站调来大客车，每天接送专家。待试运完毕，苏联专家准备回国，市和厂领导去火车站送行，告别时与苏联专家一一握手、拥抱、亲吻，中国人不习惯一些礼节，特别是年轻女同志不好意思。

1956年初秋，我与杨绪飞等几个人一起从1站调到保定列车电业局工作。当时局机关临时设在保定东关五一宿舍办公。我们报到后，随局机关一同迁至保定西郊新局址。新址只建有东院办公楼及西院几栋平房，全机关人员也只有三四十人。我依然搞材料，科长是肖玉堂。

记得很清楚，我来保定第一项任务是去满城，采购修建装配厂铁路专用线用的石渣。我经常要去厂区了解平整场地的情况，清楚石渣运来后卸什么地方。每周要骑自行车跑几次满城采石场，负责订购、运输。当时大家都是单身，住在新建平房里，房间又潮又冷，特别是冬天，没有取暖条件，地上、墙上都结有冰。吃饭在临时食堂，人不多，伙食很好。修配厂筹建完成后，派我去厂里搞材料。段成玉是修配厂负责人，工程师是谢芳庭，财务为刘廷建，计划是戴丰年。再往后，刘晓森任厂长，管理人员也多了几个，我和康纪红负责材料。1957年，我被局派驻上海，作为电力部上海办事处常驻代表，负责列电局及所属电站去上海跑物资业务人员的接待与联系，以及购货款的垫付。1959年撤回保定后，我又在天津的水电部办事处工作了一年多。

在计划经济年代，企业许多生产资料都是我们物资供应部门从上级争取来的，这与我们工作中的主动性和积极性分不开。早前，厂里生产的发电设备每次上站发货都是难事，我们没有专用车辆，要交给保定市运输队，靠畜力车拉货。有一次半路车翻了，把发电设备也给碰坏了，运输队赔不起，让我们把几头驴牵走。出这事后，我跑到部里，向相关部门反映困难。部里办事人跟我很熟悉，也很信任我，听我介绍这种情况，就让我写个报告留下。没有多久，就拨给我们厂一个"大半挂"和一个叉车，这样一来，解决了厂里运输大件的难题。

我们跟部里关系密切，与我们厂给部代管物资设备有关。长期代管，我们工作中没有出现过纰漏和失误，得到部领导的信任和赏识，所以，许多事我们办起来较为顺畅，也为企业谋取了很多利益。起初，给部代管的一些大型设备，卸下车就放在了路边，没有专用库房，风吹雨打，包装开始破损。看到这种情况，我到部里跟相关部门汇报，建议盖个料棚，部里爽快答应，很快资金到位，料棚也很快建好投入使用。但是，还有些大型设备放不进去，又与部里协商后，在厂区南边，由部里投资，建起一个条件完备的仓库，铁路线也延伸到仓库内。这就是后来我厂用来生产钢模板的厂房。

1973年，列电局为适应列车电站的发展需要，提高局系统物资管理人员的业务素质，决定在保定举办电站材料人员培训班，并全权委托我们厂承办。那时，正值"文革"时期，举办这样的业务学习班最大的难题就是一无老师、二无教材。但无论难题有多大，厂里还是接受了承办培训班的任务，并交由我具体负责筹办培训班的工作。这是全局首次组织举办材料业务人员培训班，既是荣誉也是压力。

没有教材，培训就是空话。在与局有关方面几次商讨后，决定采取自力更生的办法，自己编写教材，编写人员从全局从事物资管理并有一定工作经验的同志中挑选，成立专门的编写小组。有了这个设想后，我们就在全局中进行认真的挑选，最后选定了邱绍荣、冯振、我和武汉基地的一位同志（记不起姓名了）。我们4个人集中在保定基地仓库的一间平房内，确定了编写方案后，就广泛收集整理有关物资技术管理素材。应该说明的是，我们的教材必须在短期内完成，否则培训班就不能按计划举办。

教材编写涉及物资管理的基本知识，各种原材料的分子结构，相关技术参数、规格、型号的含意，以及辅助材料的性质用途，度量衡的使用方法等，并选用了一大批有代表性的图纸作为教材的组成部分。在对素材分类编纂后，居然形成五大册教材。我们印刷厂很快完成了印刷，装订成书。仅两个月时间教材问题就解决了。

接下来是教师问题，同样也没有地方找讲授物资课程的现成教师。没办法，只能赶鸭子上架，将编写教材的几个人推上讲台，算是自编自授吧。授课地点选定在保定电校。至此，筹办工作全部完成。

记得是同年的六七月份，培训班正式在电校开课，来自全局各个电站的40余名材料员，聚集在电校，接受了全局首次物资业务培训。培训大约近两个月时间。在培训期间，我们还组织学员到白洋淀旅游，听老雁翎队员讲抗日的故事。在局和厂有关方面的大力支持下，培训工作圆满完成，达到预期目的。后来，我们编的教材还被华北电管局办班选用。

今年我已80余岁，回忆列电，一幕幕像是过电影一样。

与苏联专家相处的日子

文 / 何自治

1957 年 8 月 6 日，是我终生难忘的日子。我们从西安电力学校毕业的十多位同学，异常兴奋地来到地处河北保定西郊的电力部列车电业局人事科报到。从此，我成为列电大军的一员，一生交给了列电事业。

一周过后，将我和同学张学义、潘健康、姬惠芬、裴悌云分配到正在筹建的第 11 列车电站，同期分到 11 站的还有上海动力学校毕业的王重旭、瞿润炎、徐武英、康德龙 4 人。11 站厂长是田润，他刚从三门峡 6 站带回一些技术骨干和一批实习的新工人。为让实习生尽快掌握技术，局教育科还创办了不定期出版的刊物——《列电实习生》。

何自治

当年，列电局同时从苏联进口了 3 台电站，除 11 站外，还有 10 站和 12 站。11 站设备性能是最好的，且较其他各苏制机有很多技术改进，因而列电局把安装 11 站当作苏制机组的示范工程。机组进厂之前，列电局俄文笔译组长王俊昌将全套俄文技术资料进行了翻译。主要电气系统图由电气技术员车导明翻译。我们几位同学，帮助车导明描图晒图，以供安装、试运和人员培训时使用。

1957 年 9 月份，随着 11 站主车成套设备到达基地，安装工作随即开始。11 站也是列电局安装的首台苏联机组，为此，苏联专家组也进驻列车电业局，并立即投入新机的各项检查安装中。说到苏联专家，我至今还记忆犹新，与他们相处虽然只有短短的两个多月，但他们对工作一丝不苟、认真负责的态度，给我们留下了深刻印象。给我们留下难忘印象的，还有局里配备的翻译组人员。我接触较多的是翻译组长杨志超，他翻译水平很高，即使重要场合（包括庆祝大会）也不带手稿（其他译员均带手稿）直接口译。他常给电气专家、汽机专家当随行翻译。翻译组中还有贾熙、缪曼琳、卢淑真、熊畅苏。

我们每天早上上班时见到苏联专家，用俄语打招呼："兹德拉斯解"（您好）！专家们热情答复并与我们亲切握手。

有一天在下班的路上，我们和专家们同行。突然跑来一群七八岁的男孩。他们调皮地站在苏联专家面前，齐声大喊："唉吪噜、吪噜、吪噜！"言语显然不礼貌。苏联专家组长问随行的杨志超："他们在说什么？"杨志超灵机一动，模仿孩子们声调回答说："他们在唱歌，他们唱着莫斯科，北京！"专家们听后高兴地伸出大拇指，称赞那些喊叫的孩子们说："赫拉少！赫拉少！"（俄语"好！好！"）后来，再提及此事，我们几个年轻人佩服杨志超机智应对。

那时，每逢周六晚上，康保良局长都安排在局机关大院里举行舞会。有一位苏联女专家，她始终坐在一旁不下舞场。电气专家对我们说，她的丈夫在卫国战争中牺牲了，因而她很少参加娱乐活动。经杨志超介绍，五位专家的名字，我至今仍然记得。他们都是苏联布良斯克机器制造厂的工程师。专家组长：巴什玛尼奇科夫，他年龄最大，是厂家副总工程师。汽机专家：安德烈依奇科夫，他个子较高，说话较慢且清楚。锅炉专家法米钦科，他个子不高，年纪最轻。化学专家玛洛佐娃。电气专家什茨科·亚历山大·格里高里耶维奇。

机组试运中，我在"水抵抗"装置处值夜班。当时，10月份天气已经变冷。在小河边，我们架着粗木劈柴烧火取暖。河中成群的鱼游经水抵抗时，被电击打晕，翻肚漂浮在水面上。我们就在靠下游处捞上几条鱼，小河北岸田地里还有农民没有挖净的红薯，我们也刨了几块，架在

作者（前排右1）和同事与苏联专家合影。

火上烤鱼、烤红薯。鱼香、薯香，竟引来了电气专家。他从配电车来到河边，和我们一起分享。

1957年11月4日，列电局召开第11列车电站落成庆祝大会。会上，专家组长和康保良局长都发表了热情洋溢的讲话。当晚，举行联欢晚会，康局长带头演节目。他身体虽胖，却灵活地边扭边唱保定小调，还有不少同志也表演了精彩节目。我也激动地用自带小黑笛吹奏了三首苏联歌曲，其中一首是刚由女翻译熊畅苏教会的俄语歌曲《祖国》。那位慈祥的专家组长拥抱了我，说我忘不了你这位黑头发黑眼睛的中国小伙子。晚会上，与会者还和专家们进行了"贴鼻子""瞎子吹灯"等游戏。大学生赵彩瑞和专家组长各用一块黑布蒙上眼睛，右手互拉，左手高举着点燃蜡烛，谁首先吹灭对方的蜡烛即是谁胜，结果，专家组长虽然年纪已大，气力可不小，他猛吹三口气，将赵手中的蜡烛吹灭。晚会结束后，康局长和专家组长像平常休息时一样，又进行了一场国际象棋友谊赛，比赛中，康局长不会说其他俄语，只会说两个字：捏都（不），专家组长听了哈哈大笑说，您怎么只会说这一个词。

这年11月7日是苏联十月革命40周年，周恩来总理将在北京举行国庆招待会，招待全国各地的苏联专家，来列电局的专家也不例外。于是，11月6日，赶在国庆招待会的前一天，康局长率领局机关和11站的部分职工到保定火车站送别专家们。汽机专家看到因身材矮胖被称"小蘑菇"的周长岭也来送别，就说"达瓦里希（同志）蘑菇"……大家都笑了，冲淡了依依不舍的心情。

火车开动了，专家们在车窗内挥手告别，车上车下齐用俄语友情共呼："达斯维达尼亚！（俄语：再见）"。

列电岁月　点滴在心

文 / 邱子政

邱子政

入行列电

　　1956年4月，我从南京电力学校毕业分配到刚刚成立的列车电业局。乘火车大约早晨4点到达北京。北京在我的印象中高大、庄严、雄伟，还有些神秘。出站后时间还早，准备步行到列电局，一路看看北京的风貌。眼前的大街宽阔整洁，路灯发着橘黄色的光，行人还不是很多，走着走着，眼前突然一亮，远处突现一座城楼，这不是我敬仰的天安门吗！激动之情溢于言表。

　　在列电局报到时，我见到了在基建科工作的学长车导明。我被分在生技科，科长是循循善诱、刻苦勤劳、精通业务的老工程师孙明佩。

　　到北京不久，我被派往在西安的老3站，在洛阳的老4站、老5站，去熟悉电站的生产组织和运行情况，这是我第一次接触列车电站。当时，适逢老3站调迁，从这里还了解到了电站调迁过程，为以后电站调迁制订必要的制度收集了资料。

实践出真知

　　在列电局生技科工作的几个月里，我深深感到要真正能独立工作，仅凭在学校掌握的理论基础知识是不够的，还得从基层做起，与实际相结合。这一思想，在与领导接触中时有流露。

在我调16站工作之前，有幸先调6站参加在保定基地的安装试运工作。6站是列电局从捷克进口的第一台2500千瓦整套机组，全局上上下下都很重视。电站人员以安徽淮南八公山发电厂调来的人员为主，厂长是陶瑞平。局生产、基建两科人员都到现场指导、协调，各路人马形成了会战的队伍。

捷克来的7位专家，有理论也有现场实际经验，做现场指导。与我相处较多的是一位电气专家，他大约45岁左右，身体稍胖，亲切和气，没有一点专家的傲气，工作中常常能听到他的阵阵笑声。有时因为语言不通就两手一伸，做个鬼脸，带着大家到设备前比画起来。回国前，他还与大家合影留念，互送了小礼物。

6站第一次出征是去河南三门峡，为苏联援建、设计的大坝建设供电。该工程施工机械化程度高，单台施工机械动力较大，特别是大型挖掘机的操作使电站负荷很不稳定，负荷表指针大幅摆动。经过与调度、挖掘机司机的协调磨合，逐步实现了稳定运行。我在三门峡近一年的时间里，理论与实践相结合业务水平得到提高。

在调离6站前，列电局派生技科科长孙明佩，带着路国威和我，去山东陶庄煤矿协助煤炭部第1列车电站（后划归列电局编为47站）进行安装、调试、发电工作。回6站后即调回列电局，参加16站的筹建工作。

16站首战兰考

兰考，因为焦裕禄的先进事迹而闻名全国，但1958年初16站去时，兰考还默默无闻。电站的任务是给兰考火车站以北约60公里、靠近黄河的东坝头引黄蓄灌工程供电。这是一个农业用水工程，时间紧，任务急，自然条件差。因此，建厂只能一切从简，生产用水采用二级循环，启动电源主要靠自备柴油发电机，职工生活设施不新建，借用农民住房。

对此任务，水电部和列电局非常重视，要求千方百计配合地方完成。列电局派出了邓致逑副局长、周良彦工程师及保定基地邓嘉、李应棠等参加组织、指导。16站人员组成是以老5站为主，保定基地抽调了一些骨干加入，厂长是杨成荣、技术负责人是赵学增，队伍整体实力较强。电站一到，车辆定好位，各部门就不分日夜，拆的拆，装的装，紧张地工作起来。

由于兰考的特殊情况，需启用柴油发电机组，我是从同型机组6站过来的，对它还略知一二，就主动地承担这项工作。邓嘉曾是机修厂主任，出身车工、钳工，手艺好，当然懂得更多，我们两人自然成了绝佳搭档。在兰考发电的几个月里，这套设备发挥了较大的作用。主机启动要用到它，停机检修要用到它，有时还向工地送照明，它的重要性可想而知。

还有一些事印象深刻。当地农村属于贫困地区，因土地沙化缺水，农作物产量低，农民辛辛苦苦仍难以糊口。他们的住房是只能挡挡风沙的泥糊的房子，每户一大间，吃、住、生产（养猪养羊）全在一起，只是用半截墙隔一隔，一进屋满是猪臭、羊骚味。借住的不论是局长、厂长、工程师，与职工都一视同仁，同甘共苦。

领导不只和职工住的一样，吃的一样，穿的也是一样的工作服。在现场亲力亲为，出谋划策，哪里有问题，就往哪里跑，为我们树立了榜样。

电站一分为二

16 站第二次调迁，是到湖南郴州鲤鱼江镇发电。该镇是郴州到资兴煤矿中间的一个铁路小站，镇南侧有一条鲤鱼江穿镇而过，水量大，水质清澈见底，已经建有一个小型发电厂——鲤鱼江电厂。它是个老厂，生产生活设施齐全，是我们的甲方。比之兰考，完全换了一个天地。

部领导和地方党委很重视和关心列电，甲乙双方关系比较融洽。我记得部生产司齐明司长经过长沙时，还专门要电站和电厂的领导去长沙汇报。齐司长对电厂领导说，列车电站就像吉卜赛民族的大篷车队，工作生活都很艰苦，你们要在生产上多帮助，生活上多照顾，要像自己的职工一样对待。

这期间对从河南、河北招收的一批学员，采取定期讲课和跟班劳动、以师带徒的办法进行培训。他们学习自觉性高，进步快，几个月时间就达到副值水平，能独立工作。

1959 年上半年 26 站成立，列电局指示 16 站一分为二，组成两套班子。在厂长杨成荣领导下分站很顺利，由赵学增带领约一半人，前往内蒙古赤峰接26 站。16 站在 1960 年 10 月，完成了在鲤鱼江的发电任务。

三年困难时期

1960 年 10 月，16 站调往湖南邵阳发电。邵阳是靠近湘西的一个小县城。甲方是邵阳电厂。电站建在一个已停产的小钢厂附近。单身职工住在钢厂的仓库内，双职工住在铁路施工时搭建的一个工棚里。工棚用两米高的半截墙从中分为两排，每排再分隔出许多小间。每户一间，棚内不仅没有生活设施，也没有卫生设施，只能在附近搭起一个简陋的公用厕所。

湖南多雨，一下就是十多天，安装工作常在雨中进行。尤其锅炉安装很多工作都是在室外进行，因此大家常是一身煤一身水，下班后还没有一个洗澡的地方。

当时，国家处于困难时期，定量低，副食差，蔬菜少。每月定量都不够吃，一不注意到月底饭票就没有了。在这样困难的时期，职工顾全大局，顶着困难上，毫无怨言，相互鼓励，协同作战，按期完成了投产发电任务。

一次，市委书记来电站检查工作，看到我和工人师傅一起在雨水中忙碌着，面部浮肿严重。在机组检修结束并网发电后，他让我收拾一下，带我离开了电站，强制送到工人疗养院休息两周。因为电站刚投产不久，生产尚不稳定，我实在安心不下，三天后偷偷地跑回了电站。不管有事没事，和大家在一起，心里还是踏实多了。

困难时期，能吃饱肚子是件大事。工余聚在一起聊起吃的，有人说起农民刨过的红薯地，可能还有"漏网之鱼"，或者丢弃的头头尾尾。大家就利用工余时间试着去刨，花上两三个小时，还总能收获一脸盆红薯。虽然劳累，回到家煮上一锅，全家老小还能欢欢喜喜地吃上一顿饱饭。相比之下，虽然现在条件好了，但浪费粮食的情况却时常发生，真是好了伤疤忘了痛。

有苦也有甜

1962 年 8 月，16 站调迁到内蒙古乌达，即现在的乌海市，为煤矿供电。甲方是乌达矿务局。

乌达，位于内蒙古西部，与宁夏回族自治区相邻，靠近沙漠无人居住的地区。那里沙包连片，地上寸草不生，不论是居民区还是空旷区，见不到一棵树木。刮起大风，就得眯起眼睛走路。嘴里常常都有沙子，咬动牙齿会沙沙作响。电站投产后，职工上下班，要走一段空旷区，一遇刮风下雨，有时就得背向前倒退着走路。此时背上像驮着几十斤重的东西，艰难地行进。还要时时回头看看远方，方向不对离目的地就会越走越远。

冬季温度低于零下 25 摄氏度是常有的事。生活区水管经常冻住致无水可用，只有附近机修厂大院中有一口常年不冻的井水供大家使用。记得在一个风沙满天的严寒日子里，有过一次有惊无险的经历，终生难忘。

那天家里要用水，我就借来两只铁皮桶，扁担两头连着用铁丝做的链条，打水时就用扁担勾着水桶从井里把水拎上来。水桶拎上来后一不小心链条脱开，落入水桶中，当时没加思索地撸起衣袖伸手进入桶底，取出了铁链条。可是衣袖还未套上，就感觉右手失去了知觉，好像手已经不是自己的似的，赶快解开外衣，将手伸进内衣贴紧身体，过了几分钟才慢慢恢复了知觉。事后谈起，还成了一个笑料。

电站职工在这样艰苦的自然条件下，不怨天、不怨地，不叫苦、不叫累，迎着困难上，完成了任务，得到了矿务局的肯定。考虑到电站从南方来北方衣服单薄，每人发了一件棉上衣和一件绒衣、几斤棉花，还运来了各种蔬菜和羊肉改善职工生活。

电站根据当地寒冷期长的特点，加强了设备维护和管理，缩短了小修时间，延长了小修间隔，尽量不停电检修。凭着全站职工的安全意识和责任心，保证了电站安全生产，满足了矿区稳定用电。

宜山是个好地方

16 站不光去过条件差的地方，也去过条件好的地方，宜山给我留下美好的记忆。1970 年 5 月，16 站调广西宜山县发电，甲方是宜山电厂。宜山地处广西中部偏北，有山有水，土地肥沃，气候适宜，特产丰富。

电站投产后，生产一直比较平稳。一个原因是得益于当地供应的燃煤很适合电站的燃烧。这种煤灰分低，煤质轻，发热量适中，挥发物高，当地人俗称柴煤。虽然锅炉煤斗进煤不少，但燃烧后排出来的灰渣不是很多，烟囱中吐出一丝淡淡的青烟。这给锅炉燃烧系统营造了一个良好的条件，燃烧完全，煤耗率低。

另一个原因是，当地社会恢复了正常的秩序。农民能自主生产农副产品，社会出现了欣欣向荣的景象。我记得当地恢复了集市贸易，十天半月就有农民从四面八方涌向县城集市，卖出自己生产的鸡、鸭、鱼、蛋及各种水果，买进自己需要的生产生活用品。那时，电站职工收入不算低，工资加上津贴、奖金，一个车间干部的工资已接近一个县长的工资水平。因此，逢到集日，职工们买鸡、买鸭，一捆一捆地买甘蔗，一箩筐一箩筐地买柚子。

生产正常了，加班加点就少了，职工的业余时间就多了。职工宿舍前，有一片平整的土地。开始时只有几个老工人试着种蔬菜等农作物，很快有了收获，食堂就领着人们大片种植，大大改善了生活。回想起来，当时大家心情舒畅，社会物质丰富、物价便宜，真是一派太平盛世的好气象。

回忆自制电站设计工作

文／车导明

1958年7月前后，列电局宣布正式成立新机办公室，统管新成立的7大制造厂。新机办公室主任是王震东，新成立的7大制造厂及其厂长是：汽轮机制造厂邓嘉，发电机制造厂郝森林，锅炉制造厂陶瑞平，电机附属设备厂郭广范，热机附属设备厂段成玉，铸造厂李恩柏，装配厂吴庆平。与此同时，局又抽调了各专业的许多技术人员，成立了设计科，为制造成套列车电站进行设计工作。

一

车导明

1958年7月，新成立的设计科由赵旺初和彭殿祺两位工程师先后担任科长。科内下设三个专业组和一个资料组，组长均由工程师担任。锅炉组为廖元博，汽机组为魏长瑞，电气组为李庆珊和陈典祯，资料管理组为钱耀泽。各组都配有技术员和描图员。全科约有40余人。其中少数是来自电站、有一定生产技术工作经历的技术员，如柴国良、李选引、姚菊珍、赵敬诚等。完成进口电站交接工作的俄语翻译人员王俊昌、贾熙和吴秀荣也被安排来从事设计工作。其余大部分来自南京、长春、郑州和上海各电校刚毕业的年轻人，有冯世煜、路延栋、柴淑贞、杨兴友、盛林春、谭胡妹、陈立宝和章士富等，绝大部分为共青团员。此外，还有不少从保定地区新招入的学员，被安排到各组担任描图员。因此，全科年轻人占有较大比例。即使是工作多年的工程师和老技术员，多数人员都没有设计工作经验，所有人员只能在干中学，在学中干。

列电局决定自制第一台2500千瓦电站时，各方面并未做好充分准备，国家也尚无适用于列车电站配套的发电机、汽轮机和锅炉等定型产品。故此，设计科机、电、炉三专业只能把主要力量投入到主设备的制造设计中，而无力顾及其他方面的设计工作。系统配套等设计，只能依靠各制造厂的技术人员和老师傅在现场"边设计，边制造"。因此车间技术人员和技工老师傅在制造第一台2500千瓦列车电站中，发挥了十分重要的作用。"产品"也是"百花齐放"。

从总体上讲，首台自制的电站，无论设备配套、结构布置、材料使用及外观等方面，均存在不少问题。但不管怎么说，经一年多时间，终于在1959夏秋之交设计制造成功，并被命名为第21列车电站。于10月在厂内完成试运行后，正式为缺电的保定地区发供电力。

21站的制成投产，是列电事业的一件大事，一时甚为轰动。这一成绩，给我们列电人以极大的鼓舞和激励。

二

进行第二台2500千瓦列车电站设计时，针对制造第一台电站存在的问题，吸取教训，局领导和新机办特别强调"按图施工"，再也不允许生产单位在无图纸资料的情况下，边设计边制造。这一要求，无疑给设计科增加了压力。这意味着，设计科除了要完成主设备的制造设计外，所有配套、辅助设备及其系统等，均要全面、完整地完成设计。

以电气专业为例，当时电气组进行设计的有八九个人，为了确保完成主设备发电机和励磁机制造设计，组里投入了大部分力量。参与人员有李庆珊、陈典祯、王俊昌、姚菊珍、冯世煜和柴淑贞等人。其中电气系统设备配置、安装和布置，包括高压系统、低压厂用系统、直流系统、照明系统和测量保护系统，以及各车厢动力盘柜的制作和布置等部分设计，由赵敬诚、汪传章和我3人负责，后来赵调走后，汪传章和我担当了此项工作。汪传章1958年天津大学毕业，是戴着右派分子帽子分配来的，他专业基础扎实，工作认真负责，我们配合默契，合作愉快。设计科撤销前，他右派帽子被摘掉，但又因"摘帽右派"之身份，在"文革"中饱受摧残、折磨。

第二台电站设计，所有配电部分，以苏联生产制造的电站为样板，进行"仿苏"设计，设计人员参考1、11站设备，结合国内产品供应情况进行设计。所有配电盘均设计为立式，是高 2.3 米、宽 0.8 米、厚 0.55 米的"标准盘"，在车厢内纵向布置，依次为主控制盘（包括同期盘）、直流盘、厂用电控制盘、照明控制盘。高压柜一律仿制苏产小车式 KⅢ型封闭柜，依次为发电机开关柜、发电机电压互感器柜、母线电压互感器柜、避雷器柜、1号出线开关柜、厂用变压器开关柜和 2 号出线开关柜，共 7 柜。因当时国家尚无自动励磁装置产品，设计未配备此装置，运行中只能采用人工操作。

为了满足按图施工要求，设计出图很全、很细。电路图有系统图、原理图、展开图和盘后接线图及端子排电缆连接图等，结构图有总装配图、盘面布置图、开孔图、分布图和零配件图等，哪怕是一块扁钢打 2 个孔，也要绘制一张"三视图"。特别是当时制造厂尚无折板机，盘柜结构都使用角钢做骨架，以 1.5 毫米钢板作面板和盖板，使得盘柜的构造更加复杂，零部件更多，绘图的工作量更大。所有高低压盘柜的电气系统、结线安装图，以及结构装配图和零配件图，总计可达数百张之多。

各专业设计人员完成设计图后，总系统和总装配图经科长审核签字，其余经组长审核签字，交描图员描成晒制图，每一描图员对口负责描制两三位设计人员的设计图。最后，由资料组晒出一式多份的图纸，交给相关制造厂，至此，设计任务方算完成。

设计科尽力按规范、标准，按时完成了第二台电站设计任务，这对全体设计人是一次很大的锻炼和考验。同时，在加强管理、建立合理有序工作流程以及执行规范标准等方面，也为后来完成多台电站设计任务打下了良好的基础。

第二台电站完成生产制造后，被命名为第 37 列车电站，并于 1960 年夏完成试运行后，调迁到内蒙古乌达煤矿发电。

三

1960 年夏，我们紧接着开始进行第三台 2500 千瓦电站设计工作。因有刚完成的第二台电站设计为基础，各专业只需在此基础上进行些改进和完善，很快就完成了任务，设计又有很大的改进。制成的第三台 2500 千瓦电站，被命名为第 40 列车电站，于 1961 年秋调迁去甘肃永昌为金川有色金属公司发供电力。

1960 年秋，第三台电站的设计尚在进行时，新机办又向设计科布置了4000 千瓦列车电站和船舶电站的设计任务。局领导要求设计科要将 4000 千瓦列车和船舶电站设计成具有集中控制功能的电站。

当时所有人都对集控心中无底。为此，1960 年我曾两次外出做调研工作。当年进行集控改造比较成功的是在新安江发电的 7 站，所以我与李选引和柴淑贞专程去新安江，学习 7 站集控改造经验。记得到电站后，风华正茂、全局最年轻的厂长杨文章在现场对集控改造逐项对我们进行了详细的讲解和介绍。

我还与彭殿祺科长到上海、南京、杭州等地调研相关遥测遥控仪表、设备等产品情况。调研后我们明显地感到，当时我国的相关产品供应情况，难以满足电站实施集控的要求，许多关键参数的传递、重要操作及紧急事故处理等要实施遥测和遥控都很困难，此看法在科内形成共识。因此，后来我们仍按常规电站格局，进行 4000 千瓦电站的设计。只是船舶有别于列车，故在设备布置、系统走向等方面，费时费事甚多。至 1961 年秋，我们相继完成了 4000 千瓦列车和船舶电站全部设计任务。

与此同时，中央针对国家严重经济困难，提出"调整、巩固、充实、提高"八字方针。我局在贯彻八字方针中，决定停止自制列车电站，并于 1961 年 10 月，宣布撤销设计科，大部人员与中心试验所人员合并，新建面向电站的局属技术改进所。

因受调整影响，制造厂一直延续到 1963 年下半年才相继完成 4000 千瓦列车、船舶电站的制造任务。列车电站被命名为第 41 列车电站，1963 年 9 月去黑龙江，为勃利矿务局发电。船舶电站被命名为跃进 2 号船舶电站，1963 年 12 月在福建福州投产发电。

设计科经过 3 年设计工作，许多技术人员在专业技术上经受了锻炼，有很大提高，后来均成为技改所、基地和电站的技术骨干。

四

在自制列车电站设计工作时，正赶上国家困难时期，我们承担了繁重的设计任务，生活却异常艰苦。

进入 1959 年，我们渐渐地感觉到粮食供应越来越困难了。开始细粮（大米、白面）越来越少，后来连粗粮（小米、玉米面）也很少供应了。当时干部每月的粮食定量已减至 26 斤，供应的多是红薯和红薯面，至于鸡鸭鱼肉和蛋等副食，几乎不见踪影。那时我们都在局食堂用餐，每人每月发餐券一小本，每天分早、中、晚 3 餐，早餐和晚餐各 2 两 ❶，中餐 4 两，供应的多为红薯面

---

❶ 1 两 =50 克。

窝窝头和红薯。红薯面窝窝头，1 两一个，呈巧克力色，味苦涩，细嚼有沙土。购买红薯为 1 比 4，即 1 两粮票可买 4 两红薯。我清楚地记得，1961 年的整个下半年，除国庆节每人供应了半斤大麦面外，其余时间基本上都以红薯和红薯面为食。

那时我们都年轻，一天吃 8 两这样的"粮食"总也吃不饱。科内那些刚参加工作的年轻人，初春时爬上柳树，采集柳树芽在宿舍里煮食。有的实在扛不住，晚上会步行数公里到保定火车站，花 5 角钱买个柿子充饥、解馋。最后患浮肿病者越来越多，工会组织人熬煮"车前子汤"供患者饮服消肿。还派人去白洋淀捞来水草，由食堂蒸煮后，供职工充饥。

在困难中，领导对政治学习，宣传教育抓得很紧，排满了每晚。那时大家在一起学习讨论，常会津津乐道地谈吃，谈美食、美餐，称精神会餐，领导虽常要告诫不要精神会餐，却屡禁不止。还安排各科室干部轮流下伙房帮厨，防止多吃多占。

1960 年开始，局发动职工种粮食，先把生活区和厂区的空地，以科室为单位进行划分，设计科分到生活区东南边一片土地，全科人员集体耕种了玉米、大豆。第二年又把这些土地分给职工个人，我分得一小块地，种了玉米，由于没有施肥，作物像人一样，营养不良，收成少得可怜。后来，厂里又把富昌屯的大片土地分给职工，我爱人分得很大一块，那是旱地，要过沟爬坡到村子里取井水浇地，当时所有职工的体力完全胜任不了这样的劳动，只能放弃。

设计工作，虽然不是体力劳动，但饿着肚子夜以继日地趴在图板上绘图的滋味很不好受。虽然这样，但我们的设计任务，仍能按制造厂的生产进度如期完成。

设计科从 1958 年成立至 1961 年撤销，历时 3 年余，完成的设计任务计有：2500 千瓦列车电站 3 台，4000 千瓦列车和船舶电站各 1 台。3 年设计工作，令人难忘，设计工作中遭受的饥饿，刻骨铭心。

回顾汽轮机制造

文 / 梁英华

梁英华

1958 年，我从淮南电业局田家庵发电厂调到了列车电业局，调来的不是我一个人，而是以邓嘉为首的一批人。当年，田家庵发电厂搞第四台国产 6000 千瓦机组的时候，我们就自己安装了，领头的是邓嘉，他任田家庵发电厂副厂长兼筹建处主任。康保良曾经任淮南电业局局长，清楚田家庵发电厂的底数，他不但有魄力，神通也广大。我们刚安装完 6000 千瓦机组，就把我们筹建处近百人给挖到了列电局。

我们来保定后，以邓嘉为首组建了一个半电站，即 14 站和 2 站。第 14 列车电站除了少数几个人，其他人员统统来自田家庵发电厂，少部分人员补充到 2 站。我跟着邓嘉来到成都 14 站，发电没有半年，又被康保良抽调出来，到北京跟苏联专家学习。

1958 年夏，我正在北京技改局学习，接到通知，让马上到保定。我来到保定后，在局办公楼见到康保良局长，我们在淮南时就认识，他记忆力强，见到我就介绍起保定厂自制列车发电设备的计划。

当时，局设立了新机办公室，主任是王震东，设有设计科等科室，下辖 7 个厂，分别承担机、电、炉及附属设备的制造工作。康局长原本要我到设计科工作。我到各部门参观时了解到，汽轮机制造厂厂长段成玉也来自淮南电业局，他正期待来自淮南的这帮人到厂参加制造。列电局已准备将四川成都发电的 14 站人员抽调回来。我虽然前期到北京学习，但人还属 14 站。段成玉得知我是 14 站的人，又是汽机专业人员，就抓住不放。我内心也愿意在现场工作，因此，两相情愿，我就在汽轮机厂上班了。事后得知，设计科科长赵旺初几次在会议上要我回科室，但都没能如愿。各单位相互竞争是可以理解的，当时搞制造，专业人员和有工作经验的师傅都缺乏。

不久，14 站的大批人员从四川成都抽调回保定。大部分人员按工种分配各制造厂，搞电气的分到了电机制造厂，汽机人员全部到汽轮机制造厂，锅炉人员例外，也搞起汽轮机来了。当时汽轮机厂分有五个生产组，其中三组承担汽轮机转子、轴承、汽封及调速保安系统的制造，组长是王保祥师傅，我是技术员。四组承担汽缸、隔板、主汽门的制造，组长刘复良，技术员是张成良。这两个生产组承担 1 台汽轮机制造的主要工作。其他生产组承担附属设备制造及相关生产工序如锻造、热处理等。

当年捷克总统在上海汽轮机厂说，汽轮机制造水平可以代表一个国家机械制造水平。当时的保定汽轮机制造厂，没有大型机械制造设备，最大的一台是 3 米龙门刨床，车床仅有两台 C630 普通车床，加工汽轮机部件没有现成设备，只能自制土设备。3.5 米立车是用钢筋混凝土浇筑立柱、横梁，配合自制

1959 年保定基地汽轮机制造厂工作现场。

的滑动刀架，3.5米的底盘也是马达带动自制的组合底盘。我们就用这样的设备加工汽缸等部件。

另外，我们自行制造了大头车，用来加工汽轮机隔板。后来有了一台C650车床，这是车间最精密的大型车床了，承担了汽轮机主轴、叶轮等加工。这台车床也要将齿轮箱垫高，才能满足这些部件的加工需要。另外还利用自制手提砂轮机、自制砂轮片架在刀架上代替磨床及抛光机的精加工。先后自制土设备多台，有的采取"蚂蚁啃骨头"的办法，用小机床加工大部件，类似这样的土办法很多。

各生产组都配有一两位能力强、水平高的师傅带班，一批新入厂的年轻人也非常勤奋和努力。汽轮机厂的邓嘉书记和段成玉厂长，很信任各位师傅及专业技术人员，因而大家敢想敢干，工作热情高，并以科学的态度进行汽轮机加工制造。在汽轮机部件加工及装配中，我大胆尝试，积极进行技术革新，应用于几项重大工艺及工序中。

汽轮机转子是汽轮机最主要的大部件，由动叶片、叶轮、主轴等组成。当时动叶片委托良乡修造厂叶片车间加工，主轴及叶轮毛坯向一机部统一订货后自行再加工。这两个部件加工复杂，精密度高。锻件加工时，几次取样棒进行化验。叶轮加工精度要求很高，要经过粗加工、精加工、精细加工、磨加工等工序。尤其是叶根槽，槽很小，都由专用型线刀以丝为单位进行精加工。这些精加工由金工班长闫金海师傅带领一批年轻车工进行。这些年轻工人都努力钻研、积极工作，很短时间就成为金工的骨干。

汽轮机转子除加工外，还有几个重要工序，如安装叶片、烘套叶轮、整体转子动平衡等工作，这些工序同样要求过硬的技术。当年七级工王保祥带领一班人奋战，记得有刘惠卿、黄治安、刘双庆、吕士元和14站在成都招的魏学林、廖国一、邓秀成等几个年轻人，他们在以后工作中都成为技术骨干，有的还因成绩突出，成为电力系统的劳模。

在我记忆中，一些生产制造过程，充满了奇思妙想。其中线槽一项工序是在3米龙门刨中精细切削加工完成的。而转子超速试验更离奇，挖了一个防空洞式的地下室，配大齿轮箱引出传动头，外面由一辆解放牌卡车翘起后轮，卡车传动轴与引出的传动头连动，由卡车司机按驾驶控制速度，采用这种办法来完成超速试验。

第一台汽轮机和发电机的制造工作，许多工艺都是在现场以领导、工人、技术人员三结合方式进行攻关，采取土洋结合的方法完成的。1959年10月，完成了第一台发电设备制造、安装、调试工作，这一台编号为第 21 列车电站。国产首台 2500 千瓦列车电站完成制造后，职工向各级领导报喜，得到了上级的表扬和奖金。之后，我们又继续制造完成了第二台（37 站）、第三台（40 站）制造任务，以及第四台（41 站）列车电站的配套任务（该站并不完全是我们制造的）。至此，制造工作告一段落，转型服务电站，主要承担电站返基地大修、电站备品备件制造、电站调迁、人员配置等工作。

1972 年，"文革"后期，基地又掀起制造高潮。制造水轮机等设备，之后进行 6000 千瓦的电站设备制造。那时也增添了几台机床设备，为 6 米龙门刨、小立车、65 公斤空气锤、长 3 米 C630 车床及 X62W 万能铣床、立铣、磨床等。队伍经过大制造时期的锤炼，技术水平已大大提高。汽轮机的动静叶片、蒸汽喷嘴组等都自行制造，成立叶片加工专业班，由李德福、丁增安二位任正副组长，我任技术员负责全套加工。

动叶片每级尺寸不一样，精度要求高，每一型线样板就需要四套，数千枚样板全部手工精细加工做成，全部型线刀具也是自己加工。当年机加工车间李国高主任亲自将一台普通车床改为铲齿机，做出各种型线的专用铣刀。我设计了全部加工的胎模具，叶片加工采取方钢切削，在这些胎模上进行。叶片材质为 2Cr13，质硬且韧性大。经锻造、热处理加工后，在铣、刨、磨各工序配合下，用了一年时间，完成全部动静叶片、喷嘴的加工任务。这两台 6000 千瓦机组安装在湖南衡阳冶金机械厂内。汽轮机制造大大锻炼了队伍，提高了制造能力，今后发电设备检修就不在话下了。

从 1958 年到 1975 年近 20 年的时间里，我见证了保定基地制造、装配、安装、调试汽轮机制造的全部过程。

激情燃烧的岁月

文 / 王书田　毕庶泽　罗宗武　整理 / 周密

铸造汽缸

王书田

　　1958 年，我们十几个来自学校、农村的年轻人，走进保定列电基地。当时，基地成立了 7 个厂，我们被分到了铸造厂。铸造，对我们这些刚刚入厂的学员来说，完全不摸门，连感性认识也没有。为此，列车电业局先后派我们到北京、上海等地工厂学习，了解和掌握铸造技术和工艺。1958 年冬，我们学回来的知识没等消化，列电局已开始自制列车电站，铸造汽缸的任务下达给我们铸造厂，这是汽轮机组的重要部件。

　　铸造厂有几间平房和一跨木梁结构的厂房，位于基地厂门口的路南边。当年，设备极其简陋，就如同顺口溜说的那样，"烟囱炉子烟囱的包，炉前架起大天桥，手拉倒链当行车，还有大锤和铁锹"，很形象地描绘了铸造厂。就是这样的条件，我们"初生牛犊不怕虎"，面对重约三吨的铸件，形状非常复杂的汽缸，没有表现出丝毫畏惧。

　　周稼田是铸造厂的技术员，他毕业于芜湖电校，学的是金属切削专业。列电局为搞制造，派他去上海学铸造工艺，回来带我们一起干。他看上去有些瘦弱，可肚子里道道多，胆子大，什么问题都难不倒他。他大我们几岁，我们称他为师傅。周师傅把工艺、配方反复讲给我们，我们心里有了底，情绪高昂。在动员会上，大家纷纷表决心，决心书都贴在墙上，就连天桥上也挂满了各色纸张的标语。我们分成熔化、砂型两个班，在原有人员基础上，厂里还派来有经验的老师傅做指导，一些刚毕业的学生也陆续分配来，壮大了队伍。

战斗的号角已经吹响！正值隆冬季节，外面冰天雪地，为冲天炉备料的小伙子们干劲十足，抢着 24 磅 ❶ 的大锤，要将 100 多斤重的铁块砸碎成小块。大家都喊着比着，你 5 锤砸 1 块，我就要 3 锤砸 1 块。熔化班的工人为提高铁水温度和质量，试验搞曲线炉膛，工人钻进冰冷的炉膛内砌炉砖，好像进了冰窖一样，手冻得僵硬不听使唤。经过夜以继日的连续作战，冲天炉变了模样，熔化班的小伙子们很是自豪，洋洋得意地喊："我们就要出铁水了，看看往哪儿倒……"砂型班的工人毫不示弱，在炉前的地坑里，他们往砂箱里填砂，持铁棒夯砂，手磨出血泡，没有人叫痛喊累。

砂型硕大，我们怕深处捣不实，就头朝下钻进砂型里作业，全身沾满泥砂。我们可以不畏寒冬，但砂型娇贵，温度过低会直接影响铸造质量。为此，我们在坑上边点燃起两堆劈柴，为砂型取暖保温，厂房里火光冲天，烟雾弥漫，工人依然奋战。烟雾里，走来周师傅的对象，她来给送饭，有人上去抢尝，故意大声地喊，好甜，好甜。天桥下，又是一片欢声笑语。

经过日夜奋战，终于要合箱浇汽缸了。那天晚上，厂房通亮，就要为两米多高、足有两吨重的大砂箱翻身。大家都明白，绝不能有一点闪失，否则将会前功尽弃。我们全神贯注地盯着砂箱，操作者手拉倒链哗哗作响，就在砂箱站起的时候，突然嘎的一声响，倒链拉不动了，砂箱角把铁墩压斜了方向，两吨重的砂箱眼瞅着向下滑。我们急了，不顾一切，抄起铁棍、木棒冲上前，顶着下滑的砂箱，用道木将砂箱支撑……紧急关头，班长宫振祥不知从哪儿搞来新倒链，背起就窜上房梁。当重新固定好砂箱，退下倒链一检查，发现轴被挤出了好长，大家不禁吸了口凉气，如果解决不及时的话，后果真不堪设想。

砂箱终于合上，浇灌待即，这时，厂里又派人来支援，钳工们来帮上料，木工们来帮铲沙埋箱。鼓风机隆隆响，冲天炉的生铁已熔化，大家期待着铁水浇注的那一刻，看到亲手铸造的汽缸模样。但是，我们也不免心里打小鼓，毕竟是大姑娘上轿头一回，没有成功的经验，只期望不要再发生什么差错。打开出铁口，炽热的铁水冒着刺眼的白光，喷着火花，伴着爆炸声冲进铁水包，炉前显现出一幅壮美的火树银花。铁水灌入砂箱，砂箱四射的火光映红了我们喜悦的脸颊……

---

❶ 1 磅 =0.454 千克。

我们成功了，我们铸造出汽缸了！康保良局长当晚带人来给我们送饭，表示慰问，与大家一一握手。我们这群无所畏惧的年轻人，此时，面对兴奋的康局长，看着自己的脏手竟害羞起来。几十年过去了，当年激情燃烧的岁月，至今依然不能忘怀。

（王书田）

白手起家制造发电机

毕庶泽

1958 年，康保良局长一声号令，自制列车电站，一夜之间，一个小小装配厂催生出 7 个制造厂。保定电力技工学校也升级为动力学院，一部分学生和老师分配到厂里搞制造。记得来厂的有肖长发、王风义老师，我和几位同学分配到电机厂，厂长是郝森林，工程师是王绍聿。我分到定子班，班长是朱根福，转子班长是卢焕禹，钳工班长是吕文海。当时厂房只有四间小平房，没有工装设备，白手起家造发电机的工人不过 50人，一部分来自电站，另一部分是从社会上招工来的学生，全是"白板"门外汉。

1959 年初，厂里先后派肖长发、庞善玉、张秋季、王文杰到上海电机厂学习，我和王引到北京发电设备修造总厂学习。两厂正在制造 2500 千瓦和6000 千瓦发电机，正是实地学习制造的良机。经过两个多月的学习，本子记满了，脑子充实了，手上也有功夫了。发电机制造从下料、成型，包括装配和试验各道工序，操作上基本掌握了，也成了一名小师傅。

我们回厂后，立即开始制造发电机的前期准备。烧电焊把眼睛都打红了，腿也烤起一层皮，全然不顾，照干！包线棒绝缘要求高，没有厂房，在车厢里作业，冬天手脚都冻肿了。十七八岁的女职工皮薄肉嫩，包绝缘的手都磨起了泡。工人手上沾满沥青漆，用有毒性的二甲苯洗手，钻心的疼，包上白胶布继续干，殊不知二甲苯会给身体造成潜在的伤害。发电机矽钢片冲槽后有毛刺，没有打毛刺机，康局长发动家属和科室干部齐上阵，手拿砂轮片和砂布，将近万张矽钢片毛刺打磨一干二净，那工作现场也很壮观。

我们制造的发电机比北京、上海的难度大，他们是开口槽，线棒一次加工完直接放进槽里。我们的是半闭口槽，线槽棒只能先成型一端，从槽口穿进去，在本体用专用模具成型另一端渐伸线，再包线圈绝缘。铜线散开像蜘蛛网密密麻麻，大手都插不进，绝缘衔接要求极高，稍有不慎，电气试验就过不了关。这是细致活，占三分之一的工作量，可见非同一般。

定子机座是由段庆海、郎起增和毛师傅用绞磨拉进三间房，用两根松木杆搭人字架，挂五吨倒链吊起机座，设备虽然原始，却安全有效。发电机转子要做每分钟 3600 转超速出厂试验，没有专用厂房和设备，就用汽车改装成动力机。因负荷太重，汽车声音沉闷，尘土飞扬，场面壮观，也很冒险。

第一台机组成功制造、安装并顺利投入运行，这为后来制造积累了经验，更重要的是培养了一支技术攻坚队伍。随后，新厂房也建成了，增添了设备，我们改进了工装模具，专业工程师詹志新加入了制造队伍，这更是如虎添翼，为加快制造和提高制造质量提供了有力的保障。20 年间，我们共制造出发电机 12 台，其中水轮发电机 3 台，6000 千瓦发电机 6 台，更换 750 千瓦发电机转子线圈 11 台，制造 250 千瓦高压电动机 10 多台。绝缘材料由沥青云母带改为环氧断云带，提高一个耐温等级。

昔日辉煌的保定列电基地已成为时代的记忆，然而，为之无私奉献了青春和汗水的一代列电人，对那段激情燃烧的岁月挥之不去。我从一个小师傅到班组长，入了党，在车间领导岗位工作 20 多年，并成为一名工人工程师，回首工作经历，也算多有成就、几分自豪、几分欣慰。　　　　　　（毕庶泽）

土法搞加工

1957 年夏，时任列电局局长康保良，了解到芜湖电校刚刚分配了一批毕业生，他请安徽省工业厅帮助协调、抽调一部分学生，充实新成立的列电局。康保良是从安徽调走的，说话有底气。于是，将刚分配入厂没几天的安林、陈玉生、周稼田、袁宜根、葛宗永、曹天秋、顾宗汉、周瑞麟和我等 17 名毕业生，又调回学校，重新分配给列电局。同年 10 月，我们十几个同学来到保定基地。

那时基地工人还不多，厂门口的树上，吊一根几尺❶长的铁轨，持铁管敲击发出清脆的声响，为工人上下班报时。

罗宗武

早上，7 点 45 分预备敲一次，7 点 50 分再提醒敲一回，8 点钟敲响，就是到上班时间了。迟到的工人，要接受处罚。

1958 年列电局举全局之力制造列车电站，保定基地成立了 7 个厂，我在电机附属设备厂。在那个时期，保定基地各方面条件都比较差，特别是技术能

❶ 1 尺 =0.333 米。

力和生产设备，用当今的眼光看，当时的条件想制造列车电站，几乎是天方夜谭。但是，列电人就是敢想敢干。

我所在的班组负责发电机转子的加工任务。加工发电机转子的凹槽，必须具备龙门铣床或龙门刨床，可我们没有这些设备。那怎么办，就想土办法，决定自制一台"积木式"铣床。铣床无非是铣刀旋转，加工件在轨道上运动，这两个条件满足了，铣床就算搞成功了。于是，我们先架起两个支架，用来固定转子，底下用铁轨铺上轨道，用来使铣床的机头运动。再用一台电机带着机头旋转，安装铣刀的刀架就开始旋转，这就是一台简易的铣床了。

正规铣床是机头不动，床身带着加工件运动，而我们这台土铣床则相反，床身不动，机头运动。这样的话，安有铣刀的机头除了铣刀转动外，机头还要纵向运动，送刀速度快慢，须人为摇动手柄来控制。这无疑增加了加工难度，必须两个人配合，默契操作。解决了机械问题，还要自制刀盘，我们在摸索中完成自制。加工凹槽没有合适的刀片，我们就把买来的小铣刀片，改装到自制的大铣刀盘上。总之，遇到问题就要想土办法解决。

粗加工还好说，只要开出槽，甩出余量就行。干过铣工的都知道，铣刀在切削时，机油泵会自动出油冷却铣刀。我们土铣床就没有那么先进了，需要人工拿着油泵管注油，时常要凑到跟前瞪大眼睛盯着划线，生怕铣偏了或铣过了，迸溅出的铁屑和油污弄得满脸满身，甚至不小心伤及眼睛。累肯定是累，一两个小时这么跟着铣刀注油、观察……精加工就更费心了，公差要求很严格，一旦出问题，造价昂贵的转子就报废了。工作前，每项工序检查都很严格，加工过程中须小心翼翼。有时候，一刀走下来要几个小时，别说按点下班回家吃饭，关键时刻，有尿也得硬憋着。

苦也苦了，累也累了，最让人欣慰的是我们用这种土办法制造成功了我国首台2500千瓦列车电站，这是最鼓舞人心、让人引以为自豪的事。此台电站被编为21站，电站试车成功后，保定市政府的领导都来现场剪彩。那段往事记忆犹新。

（罗宗武）

11 站在南平

文 / 何自治

1958 年 3 月，第 11 列车电站在福建南平投运发电。当时主要给福建南平造纸厂供电。这个厂是当时全国三大新闻纸厂之一，另两个是广州纸厂和吉林纸厂。

该厂有几台 1400 千瓦的磨木机，其用途是将锯成一段段的圆形粗木磨成木浆，作造纸的主要原料。当这几台大电机启动时，负荷波动很大。因南平电厂所属三个小发电所（后谷、西芹、北门）发电机组容量都很小，这对新投运的 11 站来说是个较大考验。后来古田溪水电站两台机组并网后，这种状况得以缓解。再后来又和福州电厂联了网，才保持了较长时间的稳定运行。

何自治

随后开始了"大跃进"，各行各业都大炼钢铁，11 站自然不能落后，派人短期学习后，自造了炼铁炉。可惜浪费了不少好铁，只炼出了一块形似铁勺的东西。田润厂长无奈地说："我们费了这么大劲，只炼出了一个瓢啊！"于是，总结了经验教训，把大炼钢铁改成大搞制造。

当时，抽调电气车间主任庞明凤担任制造车间主任。他率领从浙江、保定、南平等地新招来的徒工，烧烘炉，打制各种工具，如锯弓、手锤、撬棍等。电气运行工作由副主任王福均全权负责。因电气技术员车导明已调去保定，潘健康、张学义、姬惠芬和我四个一起分配来的同学，分工管运行、检修、技改和培训。我分工抓新学员的培训工作。

当时正处于列电快速发展时期，在新安江发电的

1958 年 11 站培训教师在南平合影（作者后排右 3）。

"三七"站，就地招收了大批新学员，给 11 站送来了 20 多个。后来，这批学员又介绍同学及亲朋好友纷纷来厂，使 11 站最多时有 100 多个新学员，全厂职工达 200 多人。这为后来在福建三明、山东官桥，连续接 24 站、38 站两台新机，准备了充足的人员。

各电站兴起了"打擂比武"之风。在新学员培训中，互相挑战，纷纷表决心，比赛谁学得更快更好。师教徒、徒快学，有的学员两个月内即担任了正值，掌握了较复杂的操作技能。

约在 1958 年 8 月份，台海局势紧张，福州、厦门前线紧急备战。11 站厂址在南平后谷的山窝中，周围高山环绕，山头上有解放军保卫 11 站的安全。

为了防空，厂里采取了措施，每节车厢窗门都拉上了内红外黑的布窗帘。当市里防空警报拉响后，各车厢连事故照明都要断掉，只在各监控盘前留下一盏 40 瓦的"防空灯"。

为了紧急备战，从保定招来的 15 名新学员和职工家属（当时只有 5 户家属）被动员疏散回保定。学员中只有 3 人（李国珍、王连池、刘文全）坚决不走，要求留下来和全厂职工一起坚守岗位。家属起初也不想走，但有一晚防空警报拉响，部队进入战备状态，经过这次"历险"，家属们也不得不撤回保定。

南平市成立了民兵营，11 站成立了民兵连。每个职工都是民兵，站里还从青年人中挑选骨干，成立了基干民兵排。田润厂长任民兵连长，机、电、炉三位车间主任孙玉泰、胡德望、席连荣任普通民兵排长，我被任命为基干民兵排长，全排 30 人，分 3 个班。

我们每天在正常运行值班后，坚持搞军训。有的基干民兵在不断匍匐前进训练中，磨破了几套工作服，打上补丁再练。由一位现役军人兼职的南平市民兵营长常来厂里检查训练情况，营部发给 11 站民兵连小口径步枪和 3000 发子弹，后又追发步枪子弹 3000 发，供训练打靶用。我们起初用小口径步枪练习实弹打靶，练熟后改练步枪。步枪是当年八路军缴获日寇的"三八大盖"。这些"三八式"步枪后坐力较大，每击发一次，右肩窝要承受一次枪托的撞击。部队已换新式步枪，就把这些"三八式"步枪给了民兵。

苦练两个月后，市民兵营长来测验训练成果，基干排实弹射击，打距离一百米的靶牌。我们依次射击，结果有 15 人达到了"优秀射手"标准。当时，要求 5 发子弹射中 30 环即达优秀。我作为排长，也打出了 33 环的较好成绩。

那时，南平市虽处第二线，但战争气氛日浓。当时 11 站只剩下少数精干人员坚守生产运行岗位。每个岗位（机、电、炉、水、化、吊）都只有 1 人值班，每班只留下 8 人。

田厂长要求，任何情况下，运行值班人员也不能离开生产岗位，要知道我们发电就是战斗，我们的电力直接送往福州前线。职工们提出"人在机器在，人和机器共存亡"的口号，并且抽出人力，在厂区周围挖防空掩体洞。一有警报，厂和车间领导及技术人员都立即赶到车上，和运行人员一起坚守岗位，没有人往防空洞里跑。

下班后，尤其夜间，基干民兵们还持枪在厂周围值班站岗。当时，已有空撒传单和空降特务活动。我们的任务就是要提高警惕，一旦发现有敌机飞过，就准备围捕空降特务。

1958 年的国庆节这天，是个不平常的日子。那天下着大雨。全市一万多民兵参加庆祝大会并游行。一人一支枪，冒雨游行，不许打伞。这一万多武装游行的队伍，浩浩荡荡在南平市各主要街道行进，群情激昂地举起钢枪喊着口号，我们 11 站的民兵连也参加了这次武装游行。

半军事化的列电队伍，招之即来、来之能战的优良作风，在南平这段备战日子里得到了锻炼和强化。11 站高素质的职工队伍，就是在这样复杂艰苦环境下历练成长起来的。

从柳州到海南

文 / 朱玉华

初战广西柳州

朱玉华

  1957 年，在电力工业部的安排下，南京电业局所辖双河尖发电所的一台早年从美国进口的 2000 千瓦快装机组，调拨给列车电业局。由列电局保定装配厂改装成列车电站，即第 22 列车电站。1958 年 7 月，22 站奔赴广西柳州发电。

  当时柳州正在进行大规模经济建设，因而电力供应紧张，列车电站的到来，受到当地热烈欢迎。柳江流经柳州，将其分成了柳南、柳北两部分。列车电站厂址选在了柳北区柳江东岸柳州贮木厂厂区内，该厂有铁路专用线。甲方在江边配备两艘木船，各装一台水泵，一台运行，一台备用，为电站汽轮机凝汽器提供循环水。电站的生活区就在电站两侧，职工宿舍和食堂均由木板搭建而成。

  在柳州发电有两件事令人头痛。一是煤的质量得不到保障，南方雨水多，干煤棚小，燃煤潮湿，影响燃烧。锅炉炉排是翻板式的，劳动强度大，要想使锅炉供汽压力、温度稳定，运行人员要付出很多辛劳。另一件是夏季雨天多，柳江水位涨落频繁，维护江边的循环水泵船成了汽机车间重中之重的工作。水涨船高，就要把水泵出水胶管接到母管上的上一段接口上。备用泵和运行泵交替地进行，人需要在水里操作，往往伴着风雨，其工作情景可想而知。

  1960 年 7 月，连绵暴雨引发大洪水，水位突然涨了十多米。平常河床只有 100 米左右宽，而此时两岸一望无际，水流湍急。除了不停地拆装水泵出水管，人们还要拿着竹竿，防范满江漂流的圆木。圆木大多是十多米长、30至50厘米粗的杉木，是上游林场放流的。圆木翻滚着顺势而下，其情景既壮观又惊心动魄。

22站成立时，各个岗位配置上都是双套人员，为将来分站做了准备。1960年3月，电站职工一分为二，一半人去接35站。1961年8月，柳州新建的柳北发电厂首台1.2万千瓦机组发电，22站退出当地电网。据说，准备调往丹江口。

接部长命令奔赴海南岛

8月末，厂长肖绍良突然接到北京的长途电话，是水电部刘澜波副部长打来的，通知电站调迁海南岛，为海南铁矿供电。很快，海南铁矿派人来电站介绍情况。海南铁矿坐落在昌江县石碌镇，是冶金部直属企业，因广坝水电站急需检修，为不影响铁矿生产，所以调来列车电站。

调迁海南岛不同于去其他地方，列车电站须走水路乘船调迁。先是由柳州铁路局把列电车辆运到广州黄埔港，然后甲方租用万吨轮船和广州打捞局的名叫"南海大象"的百吨浮吊来装船，并护送到海南八所港后卸船。这段事情，当年的《海南日报》曾有报道。设备运抵八所港准备卸船的同时，还有一件重要的事件要做，就是更换车体转向架，因为八所港至石碌火车站的铁路是窄轨。最后就是从石碌火车站，通过新修的引线，把发电车辆拉进厂房里。由于车站到厂房的路坡度较大，并且要拐几个曲折的弯，用机车无法牵引，只能用人力和卷扬机前拉后拖，一辆辆一段段地前进。

1961年9月中旬，电站职工及家属跟随设备离开柳州，途中同样也历经周折。到达港口，要等合适的轮船运输电站车辆。因为等的时间较长，甲方就在黄埔港一个叫作大沙地的地方，租了个大仓库，用木板隔成小间，作为临时宿舍，职工临时安置在里面。等到设备装船运走后，人们才离开黄埔港，到广州客运港乘客运轮船，由广州到海口的秀英港。秀英港有专门接旅客的公交车，把旅客送到海口市里。大家都是第一次见到大海，也是第一次尝到坐海轮翻肠倒肚的晕船滋味。下船后，职工由海口的客运站乘汽车至石碌，200公里的土路，汽车开起来后面扬起了一片黄尘，犹如卷起了小型沙尘暴。12月底，职工陆续到达石碌，历时两个多月。

在海南生产生活

1961年12月27日，电站到石碌后，立即进行安装调试，一切都很顺利。1962 年 2 月，投入正常运行。生产条件比在柳州有很大改善。锅炉用煤质量非常好，均是运矿船卸完矿石后，从大同、开滦运来的煤。为了保护电站安全，海南铁矿保卫处派一个班的人守卫列电。值得一提的是列车电站发电后，海南军分区司令员孙干卿少将曾来电站视察，电站职工很受鼓舞。

来到海南后，职工工资收入增加很多。海南铁矿工资标准是全国最高的 11 类，按当地规定，还要在此基础上再增加 25% 的地区津贴。这样一来，电站一个二级工可以拿到 80 多元。这在当时，收入还是很可观的。

在海南，当时职工宿舍均为茅草房。电站新建的生活区成"L"形，女职工和有家属的职工住在南北向的一排宿舍里。东西向住单身职工，中间为食堂。

1962 年 6 月的一天下午，距生活区东约 300 多米的一幢铁矿职工茅草房着火，火势凶猛。电站职工见此情况，忙着跑去救火。未料想到，燃烧的草一片片腾空离开房顶，乘着东风，呼呼地飘向电站的生活区。救火的电站职工一看形势不妙，家有危险，掉头赶忙往回跑。

此时，生活区的人们已经乱成一片，胆小的妇女早吓得直哭。大多数人忙着把宿舍里的东西往外搬，院子里堆满了行李和桌椅板凳，一片狼藉。然而，老天有眼，顺风飘过来的一簇簇火团，没有在此落脚，鬼使神差般地飘走了，这让惊魂失色的人们擦去一头冷汗。不过，这些火种还是殃及了 300 米外的一排草房。当地人说，草房着火不用去救，也无法救。后来，职工被分散安排到铁矿职工生活区的宿舍去住了。

1962 年 4 月，广坝水电站检修竣工后，发电正常。8 月，列车电站开始了冷备用。由于冷备用，电站只留少数人保养设备，大部分人去了茂名参加石油会战。还有部分人去了福州船舶 2 站，四川的第 19、20、23 列车电站，以及广东韶关的老 2 站。还有一些人去了东北列电局办的农场支援秋收。

由于海南铁矿生产发展和技术改进，矿山上的剥离和采矿环节，都使用了电动机车运输。此时，铁路部门也改造完成了 1435 毫米的标准轨。用电负荷增加，要求列车电站发电。此时，22 站已归列电局第三区中心电站管理，对外称第 6 列车电站。于是，中心站调配人力，重整队伍，很快就让 22 站投入了运行。此次投入运行后，到 1971 年 7 月，历时 6 年，电站除了因"文革"期间铁矿两派群众组织武斗，在 1968 年停产了几个月外，一直保持着安全运行。

1971 年 8 月，根据水电部的〔71〕水电电字第 41 号文，正式把 22 站移交给海南铁矿。22 站历时 13 年，从未发生过设备事故，为列车电站发电赢得安全可靠的良好声誉。

一部科教片勾起的回忆

口述 / 张翠云　整理 / 孔繁寅

张翠云

　　我叫张翠云，1956年6月列车电业局在济南招工，我加入了列电队伍，分配到河南洛阳第5列车电站任化验员。工作3个月后，去保定列电局参加化学训练班培训，学习了3个月，重新分配到6站。1958年4月，我又到四川跳蹬河，接新机14站，负责化验室筹备工作。当年，邓嘉是14站厂长，他带着原淮南电厂一批人来安装电站。安装完成后，很快就开始发电。

　　记得大约在当年8月份的时候，八一电影制片厂来人，为我们电站拍片，我受命上阵出镜，糊里糊涂拍完，也就忘到脑后了。几十年过后，这部片子被我们列电人查询到线索，通过各方努力，从影视库中寻到，这才知晓当年拍的是科教片，片名叫《列车电站》。头一次在影片中看到年轻时期的我，心里还蛮激动。就因为这个《列车电站》，这几天我又是接电话、又是接受采访，一夜之间仿佛成了列电"名人"啦！也正是因为这几个镜头，勾起了我即将忘却的记忆……

　　当年我刚满20岁，正是风华正茂的时候。1958年8月的一天（具体日期记不清了），我正在工作，厂长邓嘉通知我，明天配合摄制组拍一组电影镜头，提前做好准备。我一听，有点慌，电影是看过的，那里面的人物都是电影明星，突然间，要我一个平民百姓面对摄影机，想都没想过。这事如果放现在，可能都会抢着去，那个时候，我们哪见过世面，听到就想要往后躲。我急忙对厂长说："我不拍，找其他人吧。"邓厂长听罢，就一脸严肃地说："你必须拍，这是政治任务，还要拍好！"这显然就不是商量口气了，是命令。既然厂长这么讲，我也没话说了，心里打鼓，问："怎么拍啊？"邓嘉厂长说："你怎么工作就怎么拍。"说完，他就回办公室了。

第二天，心里七上八下的我，既没有化妆，也没有刻意换什么衣服，跟往日一样就上班了。一会儿，来了一位男同志，手持一台摄像机器，没有人陪同，看样子就要准备拍摄了。我的工作间里，也没有特意布灯光和布景，更没有和我交代拍摄要求和注意事项。摄制人员对我说，"你开始工作吧，我拍了。"

没有导演，也没有特意安排什么，我紧张的心情就渐渐安静下来。我当时工作确实忙，顾不了许多，我干我的活，他拍他的。拍了几组以后，他又说："我们换个地方。"我带着他，到水塔车取水样。由于我工作的地方比较低，在取水样时要蹲下身来。我一蹲下来，两条辫子就跑到前面来了，我就不由自主地总甩辫子，拍了几次效果都不好，他很着急地说："你就别甩辫子了，就这样拍吧。"这样，这组镜头才拍完。

下班后，我回到了宿舍，对同宿舍的电气值班员蔡家英说："今天烦死了，有人找我拍纪录片的镜头，拍了两三次，把我的工作都耽误了。"蔡家英说："我们和你一样，今天也拍了。"过了几天以后，我们才听说，是八一电影制片厂来 14 站拍纪录片，用了 3 天时间把电站各个车厢、各种专业工作场景拍完后就走了。我们后来还闹着要看片子，可惜一直没看到。

这就是我对当时拍纪录片的一些模糊记忆。影片中出镜的其他人，由于时间久远，再加上我年岁已高，只记得两人名字，其他人都回忆不起来了。时隔60 年，才看到当年我参加拍摄的影片，似乎隔空相望，影片里年轻的我，当时定不会想到，待白发苍苍的时候才相见于银屏。

回想起列电的生活，不由地又想起当年我随 6 站在三门峡发电的一件事。有一次，因大雨引发山洪，宿舍被淹，当时我还在睡梦中，突然听到外边有人大声喊叫："发大水了！都起来！"全体职工为保护机组安全，不顾个人安危，排成一排阻挡洪水，大约一个小时后，水才退到安全水位线下。这时厂长才叫我们回宿舍整理自己的东西。回到宿舍一看，我们都傻眼了，所用的生活用品都被水冲得七零八落，被子也被水泡了，只好等天晴了再晒吧。虽然大家遇到了很多困难，但都从没叫过苦。

一转眼，当年的小姑娘现在已成老人，回想我的人生经历，为列电事业做出了自己的贡献，很欣慰也很自豪，我们列电人都是那个时代的"明星"。

忆邓钟岱老校长

文／杜尔滨

邓钟岱老校长祖籍四川，出身名门，生长在北京，毕业于辅仁大学西语系，无党派人士。一直在电业部门工作，曾经在唐山电厂任过职。1949 年 10 月，在电力工业部机关工作，曾任电力部干部学校副主任。后受命组建太原电力技工学校保定分校，并担任校长，学校隶属北京电业管理局。

1958 年，正逢"大跃进"时期，经水电部批准，在太原电力技工学校保定分校的基础上组建列车电业局动力学院。列电局康保良局长兼院长，邓钟岱任副院长，具体负责建校事务和教学工作。动力学院成立了热力系和电力系，设置了三年制大学本科班，从全国列车电站招收高中毕业生 119 名入学。学院还设立了有机、电、炉三个专业的三年制大学预科班，从河北省（主要是保定地区）招入了 481 名初中毕业生。

学院从全国各地抽调了任栋梁、韩景桥、赵萱堂、杨仁宇、赵行之、席洪藻、王世忠、王绣君、胡博闻、罗慰擎、臧定、马漆波、宋奉勤、李守义、邢晰苑、李松林等老师任教。1958 年 10 月正式开学。

1959 年下半年，国家对大专院校进行调整，动力学院由大学改为中等专业学校性质的保定电力学校，邓钟岱任副校长。1961 年，根据水电部指示，保定电力学校与河北电力专科学校合并，直接由水电部领导，为部属电力中等专业学校，校长由刘超担任，邓钟岱任分管教学的副校长。

邓校长是一位有真才实学的教育家。从学校专业设置、教学课程安排、教学效果检查、教师选用、教学改革，无不渗透着他的智慧和心血。他的教育理念始终是领先的和超前的，即便是 60 余年后的今天，回头看也不落后，始终影响着保定电校的发展，影响着我们这批当年的年轻教师的一生。

邓校长认真贯彻党的教育方针，把教育与生产实践紧密结合。1957 年底，在动力学院成立前夕，他把刚到学校的教师安排到电厂实习，向工人和技术人员学习，这批人收获很大。由于他长期坚持这一办学理念，久而久之便形成了保定电力学校的办学特色。

邓校长在建校初期，就提出教学要安排三分之二的课时在学校学理论，三分之一的课时去现场参加劳动。最初把保定基地当作学生实习的场所，曾组织学生参加21站发电机组的组装工作。许多列车电站和部分固定电厂，像安阳电厂、邯郸电厂都是保定电校的学生实习基地，这使理论与实践相结合有了保障。他还要求专业教师到实习现场指导学生，不但提高了教学质量，还密切了师生关系。

邓校长重视培养学生的动手能力。在建校初期，就建起了一个规模很大的实习工厂，聘请了具有高超技能的老师傅担任现场教学，由王殿辉、毕华叙、马文义、王桂千、贾庚银、张维贤等人组建了实习工厂教学班子。要求每个学生必须在实习工厂学习钳工、车工、锻工、外线工等技术课程。因此，保定电校的学生不仅有艰苦奋斗的精神，而且动手能力强，到现场很受用人单位欢迎。这已经成为保定电校的优良传统和办学特色。

邓校长重视对教师的培养。他认为，教育质量的好坏，教师是关键。因此，他要求教务科每周都要听一两名教师的课，在听课中发现问题，改进教学。他本人经常到课堂听课，尤其新教师到校后，要经过他亲自听试讲课后才能上岗。此外，还组织青年教师听老教师的示范课，组织全体教师听《矛盾论》讲座等。在他的要求下，建立了三级教案审核制度，即一般教案由教研组审核，重要教案由教务科审核，最重要的教案由他亲自审核。他认真审阅新教师的教案和专业老师带领学生实习的实习报告，甚至连标点符号的错误都逐一纠正。

邓校长手把手地培养出一大批青年教师。许多教师卓有成果，像赵永民、林正馨、臧定、董崇庆、褚国荣、王浩等都出版了自己编写的专业教材。这些都是能传承下去的宝贵财富。

邓校长重视图书馆的建设。从无到有、由少到多，建立起了十多万册的图书馆，满足了教学的需求。

邓校长注重品德教育，提倡对学生严格管理。学校为此设置了专门的辅导员，如吴文广、谷慎等，来管理学生的思想、作风和纪律。他要求教师深入学生宿舍，与学生促膝谈心，并且以身作则，按计划带领班主任、辅导员检查学生宿舍，了解学生的要求，听取学生的意见。他建立并坚持了每周周会制度。周会由教务科负责组织，总结一周学生的思想情况、学习情况、遵守纪律及卫生情况，表扬好的，批评差的。他经常到场讲话，有时也请书记到场讲话。

邓校长学养深厚，讲话水平很高，没有虚言，感染力强，师生们都爱听。有一年的开学典礼，他讲做人要注意文明、礼貌、谦逊和讲卫生等几件事，虽然只讲了几分钟，却迎来了经久不息的热烈掌声。大家都愿意遵循他的教导去做。因此，保定电校的毕业生大部分都成长为企事业单位的骨干，很多人还成了专家和领导干部，仅在电力部机关工作的司局级干部就有 5 人。到如今，已经七八十岁的老校友，还念念不忘他的教育和培养。

邓校长为人谦逊谨慎，和蔼可亲。工作上认真负责，一丝不苟；生活上严于律己，不搞特殊化，长年和师生一起排队吃大食堂。三年困难时期，他和师生一样，月定量 24 斤，一天只吃两顿饭。他是 14 级干部，工资较高，家境又好，用自己的钱改善一下生活总可以吧？他没有；他是"糖豆干部"，当时国家规定 17 级以上干部每月供应一定量的白糖和大豆，他没有买过；一次食堂炸油饼多出来几个，让他买回去吃，他不肯，让剁碎了包饺子大家吃。他说，现在国家困难，资源有限，我多吃了，别人就得少吃，这个便宜不能占！

为了教育事业，他顾不上安排好自己的生活。他几乎没有休息日，时刻都在学校"盯着"，有问题及时处理。他的大半生都是过的两地分居的单身生活，直到离休才回到北京家中。对此，他曾幽默地说："离休后，和老伴孩子们在一起生活，感到既熟悉，又陌生。"

邓校长虽然是党外人士，但他忠诚于党的教育事业。在"左"的风气盛行的年代，一个非党员领导干部开展工作是比较难的，有时还免不了"受气"，但他从不计较这些。他胸怀宽广，不图名利，把满腔热情投入到工作中，以他卓越的才能和奉献精神赢得了师生们衷心的爱戴和尊敬。

邓校长在"文革"中受到错误批判。当时唐山来的造反派还以莫须有的罪名，要抓他去唐山批斗，幸亏支左的解放军设法保护了他，才避免了更大的灾难。

20 世纪 80 年代初，离休后的他到北京供电局职工大学教授英语，继续为电力教育发挥余热，实现了他毕生奉献教育的夙愿。

邓钟岱校长是 1999 年去世的。老校长虽然离开了我们，但他高尚的人格、深刻的教育理念和甘于奉献的精神是留给我们的宝贵财富，我们永远学习老校长，怀念老校长。

我的列电历程

口述／罗慰擎　整理／周密　唐莉红

20 世纪 50 年代初，列车电站应运而生，到 80 年代完成使命。列车电站虽然只走过短短的 30 年，但其历程是艰苦辉煌的，列车电站小巧玲珑，机动灵活，核心就是个"小"字。列车电站因小巧机动才应运而生，同样因为"小"，在走过 30 年历程后，完成了历史使命。

中华人民共和国建立初期，电力工业落后。一些大城市的旧电厂装机容量也不过 1000 千瓦，苏联援建我们 300 多个项目里面，有好几个电厂都是 5000 千瓦两台机组，而且还有编号，是保密单位。可想而知，当初我国的发电水平是怎样的。我们列电早期的快装机 1000 千瓦，捷克机 2500 千瓦，苏联机 4000 千瓦。容量虽小，但在当时电力严重紧缺形势下，发挥的作用举足轻重，是不可替代的，它的应急能力尤为突出。

列电人白手起家，能吃苦耐劳。我觉得"筚路蓝缕、砥砺奋进"，这八个字彰显了列电人的精神实质，也是列电人奋斗史的写照。

1958 年我来列电之前，在水利电力部工作。1956 年，我毕业分配到当时部机关报——《电业工人》报社，当编辑兼记者。随着国家大政方针调整，部机关人员开始大批充实到

罗慰擎

基层参加建设，1958年7月，我调到列车电业局，这时候，列电局刚刚成立2年多。

我乘火车从北京来到保定，下火车再坐人力三轮车来列电局报到。当年的保定各方面还很落后，这一路都是石子路，路面很窄，两旁是水沟，三间房村就那么几间房，显得非常荒凉。从三间房那边向北拐过来，路东边一栋二层楼，这就是局本部。我来到人事部门，一位管理人员对我说，康保良局长没在，我跟他汇报一下，你明天再来。通过这一细节不难看到，时任列电局局长的康保良重视人事工作，关注各类人才。

我们这些单身来到列电局后，都住在基地西院那几栋砖木结构的二层楼里，一间房要住五六个人，记得同屋有魏长瑞等人，屋内显得很拥挤。当初周边很多荒草，正值夏季，蚊子多得不得了，我没带蚊帐，晚上睡觉让蚊子叮惨了。

我来报到的时候，列电局正在准备自己制造列车电站，就是后来的21列车电站。在筹划之初，局里成立了21站筹建办公室，局领导将我安排在该办公室。办公室设在基地厂门口那栋二层楼里，就我和厂长两个人，我当技术员，主要筹划21站相关事宜。我在21站筹建办公室工作时间很短，21站离开保定调迁茂名的时候，我调到了保定电力学校。

我刚到电校的时候，学校本部就在列电西院东南角，用篱笆围了六间平房，面积有两个篮球场大小，教室设在列电东院，两间平房，与本部隔一条马路，学生住在列电西院北端临时盖的一排平房里，大概有二三十间，全是通铺。我来的时候，才十几个教工，没多久，很快增加了三十几个教工。当时校长是邓钟岱，在创办太原电力工人技术学校保定分校的时候，邓钟岱就是该校的主任。

我调过来的时候，老师紧缺，我本来是学电的，临时改教物理，并负责理化教研组工作。学校刚办，按教学计划，本学期需要上什么课，就安排教师来教，赶上哪门课就教哪门课。我教过物理、力学，然后教电工、电机、高压、电网，一路将进校的学生教到毕业，那时候就是这个教法。我们的任课量非常大，我教物理的时候，同时任两个班的课，基本上整个上午都在上课。我教学有个特点，必须琢磨透，才去讲课，而且讲课的时候，从不看教案，这是几十年教学形成的习惯。不翻教案，并不是没有准备，我课前都做了详尽的教学笔记，后来，这些笔记稍加改动整理，就直接出书了。我的学生都知道我的教学特点。

我们那时候吃了很多苦。记得，学校领导看我们老师成天都在上课、备课，非常辛苦，特意给我们老师配置了一把软座椅子，以示鼓励，我们高兴得不得了。

1959年学校开始基建，校址与基地相隔一个河沟。1959年底，第一批基建项目完成，这就是电校甲楼和与其相配套的锅炉房。甲楼建好后，学生搬进来，入住一、二层，教工住在三层。随后几年，兴建了教学楼、食堂、乙楼、丙楼。电校刚开始征地的时候，接近200亩地，包括水泵厂东边一块地。原来的体育场是南北走向的标准场地，后来，保定市弄走一块地给了工厂，学校的体育场只好改为东西方向。

1971年电校与基地合并，我们都下车间劳动去了，我分到了电气车间，在班组当技术员。但我基本没在车间待多长时间，先是在宣传组帮着写文章，在《保定日报》《河北日报》发了几篇。干了几个月后，生技科要将4000千瓦机组扩容，按6000千瓦机组来重新设计。他们抽了几个人来搞，把我也抽了去，让我搞定子部分设计，这对我来说也是一个新课题。我讲电机学可以倒背如流，但要搞制造确实很多不懂，看了半个月图纸后，明白了原理，开始设计。设计很不容易，计算非常困难，没有计算器，数据都是用计算尺拉出来的。我记忆最深的，就是定子线棒端部渐近线的计算，消耗了我不少精力，庆幸还是完成了任务。制造主体的图纸要完成，模具也要设计出来，模具计算甚至比制造计算还困难，最终设计完成，生产制造的6000千瓦机组运行良好。

理论知识不与实践相结合，显示不出它的作用，反过来讲，实践没有理论知识的指导就是盲目的实践。许多时候，有的工人因知识点不够，对一些简单工作，却干得很复杂。比如，找电动机定子的极性，工人师傅觉得很困难，而我用一个电池和一个指南针，就把问题解决了。在基地工作时间不长，到1973年春，我们最后一批教工回到学校。在基地这段工作实践，对我以后教学起到相当大的作用，使我更为重视理论联系实际了。

列电局在创业之初，非常突出的一点，就是广纳人才。广纳人才需要有宽阔的胸襟和卓有远见的胆识。列电局除了从学校、电厂、地方招工等渠道招进一批人以外，很多专业技术人员和干部都是从部、局下来的。可以说，列电局中高端的人才基础，主要由部局下来的人员构成。那个时候，有工程师头衔的大都是早年毕业的大学毕业生。当时，这样的人才非常少，但我们列电局的工程师并非凤毛麟角。

就拿我们学校来说，我到学校以后，担任理化教研组长，组里八九个教师中，就有好几个是清华大学、重庆大学、华中工学院、太原工学院毕业的。一个小小的教研组，就聚集这么多名牌大学毕业生，不难看出，列电局广纳人才卓有成效。在当时的政治条件下，每个人都是有政治标签的，如果单一讲政治条件，广纳人才就是句空话，列电局之所以能把各类人才吸引进来，时任列车电业局长康保良是有功劳的。

列电局在广纳人才的同时，更注重培养人才，这是列电局高明之处。在列电局成立不久，1957 年 7 月，北京电管局看中列电局的办学条件，借用两间平房，开办太原电力工人技术学校保定分校，为此电管局还下过一个文。三个月后，学校易名为保定电力工人技术学校。到 1958 年 1 月，这所学校交给了列电局，这就是保定电校的前身。当时办这所学校，主要是培养检修工人，没有面向社会招生，从华北各电厂抽调了一百多个人来学习，这是保定电校第一批学员。学校划归列电局后，真正招生是在 1958 年 8 月份，从社会上招收了近 500 名学生，开始为列车电站培养技术骨干。

康保良局长雄心比较大，他说，列电事业要发展的话，要把高校、中专、初中、小学校都办起来。1958 年 9 月，列电局将"保定电力工人技术学校"改为"列车电业局动力学院"，康保良亲自担任院长。动力学院将技校招收的学生转为预科生，定为二年制，本科生都是各电站近一两年参加工作具有高中学历的职工，学制三年。为形成教育体系，紧邻列电局的保定第九中学，也被局代管了一段时间。以后，列电子弟小学、幼儿园都开办起来。虽然因国家政策调整，列电局的教育设想未能全部实现，但在重视教育这一点上，应该给予浓重一笔。

列电局重视文宣工作，康保良局长文化水平不高，但具有一般文化人不一定具有的思维和理念。我到电校不久，局办公室的人员把我叫去，与我商量，想搞一份报纸，局领导知道我在部里搞过报刊工作，想听听我的意见。我说这是好事，很适合列电流动工作状况，这样促成了列电局创办《列电工人》这份报纸，康保良局长还题写了"列电工人"四个字，报纸办得比较正规，每周一期。我当时工作比较忙，每周到局办公室一次，帮着组稿排版，当时这份报纸在列电系统影响是比较大的。

列电局没有什么衙门作风，没有架子，是一个朴素的局单位，在部里是一个比较小的局，但是，为祖国电力事业做出了很大的贡献，这值得我们每个列电人骄傲和自豪。今天，列电已经淹没在历史的长河里，但列电人的精神永存。

春蚕丝方尽　遗范在人间

文 / 周密

李守义

在《保定电力学校志》人物篇中，对李守义有如下简介：李守义，男，1934年5月出生，吉林长春人。1954年毕业于长春电力学校，同年在沈阳电校任教。1955年调太原技工学校，1957年调保定参加筹建电力技工学校。曾任教研组长、教研室主任、教务科长等职。获工程师、讲师职称。曾被评为河北省模范教师、保定市先进工作者，曾当选保定市新市区第七届、第八届人大代表。1986年1月3日病逝。

一

李守义瘦高，身板笔直，五官端正，透出几分刚正不阿的秉性。他戴一副很普通的眼镜，深邃的眼神里，总是若有所思。坚定而匆匆的脚步，似乎他总在忙碌。他不苟言笑，注重仪表，言谈举止间，给人以儒雅学者的气质和师者的尊严。这是李守义生前留给师生和熟知他的人共同的印记。

李守义从教几十年，一直工作在教育一线，他生前曾这样总结：我曾担任过物理、工程力学、热工仪表、水力学、泵与风机、锅炉设备及运行、锅炉辅助设备等教学任务，经我培养过的学生约有40个班1600多人。

他的学生这样描述："李老师讲课条理清晰，有声有色，从不说一句多余的话，我们听他的课格外认真，唯恐漏掉一句。"李老师备有教案，讲课时带在身边，但从不翻看，内容烂熟于心，一如信手拈来。他的口才在全校也是知名的，李老师演讲现场总是很安静，采录后无需整理，即是一篇精彩的文章。

褚国荣也是学校创业时期的元老级教师，他给我讲了一段有关李守义的往事：早前，李老师与褚老师交往密切，时常一起聊天，李老师经常谈及苏联教育家马卡连柯和心理学家巴甫洛夫的观点，这让褚老师暗里惊讶。当时，他们俩和学校的一些年轻老师，大都非师范类院校毕业，根本没有学过教育学，而李老师对国外教育学家耳熟能详，可见他为搞好教学下了不少功夫。

陈兰蓉老师与李守义同期来到保定任教，不久与李守义喜结连理。我与陈老师坐在三人沙发里，她几次平淡地对我这样说："李老师喜欢读书，读很多书。"李老师回到家里，基本不管家务，吃过饭后，与家人没有多少闲话，就钻进他的小屋里，忙于读书、教学工作，多少年来都是这样，家人从不因琐事打扰他。李老师还有个习惯，回家随手打开收音机，直到他休息。或许这是他汲取教学营养的另一种方式吧。

每年新生到电厂实习参观，都是李守义带着去讲解，他备过课后，首先脱稿背给陈老师听，直到满意为止，没有经过试讲，他绝不会贸然面对学生。后来，家里买了收录机，他对着收录机练习。严谨的学风令李老师付出比常人更多的辛勤汗水。

作为一名教学经验丰富的老教师，仅凭讲课积累，要应付一些专业课再简单不过了。然而，李守义的教学信条里就没有"应付"二字。无论教授过多少遍的课程，他绝不沿用旧教案，回回要重新撰写，其认真的态度和严谨的作风令同行由衷的钦佩，并影响了很多年轻的老师。他的学生这样描绘李老师备课时的情景：他会将所涉及内容的相关资料统统找来，全部摊在桌子上，如同首次备课、第一次登讲台的从教者。当年，他为提高教师整体教学水平，多次办讲座，传授"如何讲好一堂课"。今天，这所学校依然传承着"严谨勤奋"的学风。

李老师的教学设计，涵盖了他的仪表、言行，以及时间控制、提问、板书、图示等各个教学环节。李老师在师生面前，头发总是梳理得整齐，裤线笔直，鞋擦得一尘不染。李老师写有漂亮的板书，一堂课下来，极少用到板擦，下课铃响起时，授课内容恰好完毕，板书刚好写满黑板。课下，没人见过他谈笑风生地言说杂事，即使与同事工作交流，多是规范用语，绝无沾染世俗的"花腔"，这一切，或许缘于职业，但我更相信这也是他严谨治学的体现。

二

褚国荣老师回忆，他担任学生科科长的时候，作为教务科长的李老师，几乎每天下午 4 点以后，利用自由活动时间，来他的办公室了解学生情况，坐一旁认真听各班主任向褚老师反映问题，参与协商对策，因势利导及时做好学生工作。久之，这个自发旁听商议的形式，几乎形成一个例会。从这个侧面，不难看到李老师强烈的责任心和对学生的关心和爱护，令人由衷地敬佩。

唐莉萍是李老师的学生，因优异的学业，被学校择优留校，然而，她执意要回电站。李老师出面做工作，唐莉萍以父母意愿为理由，犹豫再三。不知道李老师怎样联系到她的父亲，都说了什么，唐莉萍父亲发来电报，同意校方意见，让女儿留校。当李老师拿着电报递给唐莉萍的时候，她望着和蔼坦诚的老师，余下的只有默默的感动。李老师的品德和敬业精神影响了她的一生。闫瑞泉也曾是李老师选中留校的学生，因种种原因，李老师最终没能留下他任教，至今，闫瑞泉还为辜负老师而深感愧疚。

他的学生周彩芝从农村考到电校，因文化基础比较差，学习跟不上，要中途退学。李老师出面劝阻，让周彩芝到他家去，帮助她补课。于是，周彩芝每天晚上按时来李老师家里，李老师耐心给她补课。这样坚持了较长一段时间。有两天没见她来，李老师还特意问她的同学，周彩芝为什么没有来。在李老师和同学的帮助下，周彩芝学习成绩逐渐提高，并以较好的成绩完成学业。或许没人知道，李老师没有抽出过专门的时间辅导过自己的女儿。多少年后，周彩芝专程来看望李老师和曾帮助过她的同学，特意为恩师订制了一枚金戒指，以示报答。然而，她来晚了，李老师已去，她失声痛哭。

三

李守义身体一直不是很好，一生里逃过几次劫难。1958 年，结婚不久，他因胃穿孔送进医院，在当时，无疑是重病，保定第一医院甚至不敢接收他。那次手术，李老师需要输大量血液，医院一时无法提供。李老师的学生闻讯，从学校赶到医院，20 余名学生有 10 余名学生成功为老师献了血。后来，李守义又因肠粘连再次手术，他的学生第二次为他献血。师生之情，李守义心怀感激。为他献血的一名留校学生，病故前，李守义在医院陪护他，并资助其子女长大成人，师德与侠义在他身上并存。

李老师既瘦又高，这是学校师生对李守义最深的印象。他两次手术后，胃切掉了四分之三，从此，饮食不能多吃一口，身体状态俨然不如常人，但是，他的工作强度和工作状态，犹如强人。上班早来晚归，他常年如一日，在其他老师到来之前，就已经开始清洁卫生，晚上经常检查学生自习和老师辅导情况，很晚才离开学校。他带老师参加劳动，把最脏最累的活留给自己。带学生到电厂实习，与学生一道钻进炉膛清煤灰、干瓦工。没有人看到他疲倦的状态，如何支撑劳累的身体唯有他自己最清楚不过了。他常年备有藿香正气水，不舒服就悄悄服用，办公室的同事关切地问他是否又不舒服了，他总是若无其事地说没事。

李守义对自己和家人要求很严。劳动局时常请他讲课或指导锅炉改造等事情，人家会给他一些报酬，劳有所得这本是很正常的事情，然而，李守义从不会将外快独自装进腰包，他让家人将所得全购买成日用品，平均发给教研室的同事。

他对子女要求也一样严格，女儿乘公交多坐了一站，少买了5分钱车票，他得知，狠狠地批评孩子，让女儿再去等公交，上车补上5分钱。他的学生假期回来带给老师家乡特产，李老师都是照价拿钱给学生。这似乎不近人情，但他让陈老师这样对学生说，以后参加工作了，买了东西我可以收，现在不能拿家里的。

在这里，不禁想起这样两句话，学高为师，德高为范。

四

在太原电校任教时，因和老师们下饭馆他总掏钱付账，"反右"运动的时候，给他拼凑了一条拉拢群众的罪状，入党也落了空。来保定后，刚正不阿的李守义依然表里如一，与同事在外，赶上饭口，他将手藏在背后，偷偷暗示给陈老师，向她要钱请客，心有顾忌的陈老师，只好佯装不见。

"文革"期间，李守义又因替人家修改大字报，卷入派性斗争，十年没得安宁。学校停课，他无学可教，学会了抽烟、喝酒，烟酒伴他度过了不堪的岁月。李守义在他去世的前两年，1984年6月30日，终于加入了中国共产党。

李守义一生都在忙于教学，他的职务也因工作需要，仅在科长和副科长职位间摆动，没有再提职升迁。上级来校考核，组织民主测评，他的评分总是名列前茅。有一年，学校新任命领导，传言非他莫属，但是，他依然是教务科长。他表态，继续做好本职教务工作。李守义有情怀亦有胸怀，可以这样说，教育是他生命的一部分，他的言行中无不体现了对教育事业的尊崇，本着强烈的责任心和事业心，在执着的追求中，令其人格与品质熠熠生辉。

李守义没有料到命运给他设下埋伏。一次常规体检，发现转氨酶高，复查发现肝硬化且腹水严重。他住院二十余天后，医治无效，于1986年1月3日

1984 年 6 月 30 日李守义（2 排右 1）加入中国共产党。

13 时 11 分去世。终年 52 岁。

李守义在确诊肝硬化之前，因为教务科其他领导出差在外，他没有及早去医院，而是依旧坚守岗位，每天很晚才离开学校。这是他生命里为教学奉献的最后时光。被确诊为肝硬化后，他留恋地在办公室里踱步，不舍离去，他知道此去不归。在李老师一本笔记扉页上，书写有这样几句励志铭言："要像春蚕吐丝，兢兢业业，到死方休。要像蜡烛燃烧，从头到脚，一生光明。"写到这里，读者不难体会到，一位离世 30 年的普通教师，缘何依旧被赞誉为"员工的楷模、学校的一面旗帜。"

鉴于李守义生前为学校做出的贡献和在师生中的威望，学校特在校园内为他举行了隆重的追悼会。会场两边悬挂挽联，上联是：三十年春秋，辛勤耕耘，蜡炬成灰，春蚕丝尽，桃李满天下；下联为：五旬寒暑，历经坎坷，襟怀坦荡，丹心向党，遗范在人间。他同事留下这样的诗文："黄疫狠夺七尺身，撕心裂肺念忠魂，课上一曲惊四座，夜下三更尚耕耘，促膝常叙衷肠事，坎坷共推一片心。音容笑貌浮翩翩，长使朋辈泪殷殷。"获悉李老师去世的学生，纷纷远道赶来，送老师最后一程，自发送行的车队排了很长很长……

写到这里，依然觉得还缺憾了什么，当他的女儿李慕寒描述父亲享受天伦之乐的时候，平凡的李守义才完整，才栩栩如生。每年过春节，李老师要主动下厨房，跟他的老母亲一起为家人做一桌可口的饭菜。他作诗，七言律诗或五言绝句，得意时，兴致勃勃地走出他的小屋，朗读给家人听。他喜欢读文学名著，给家人讲《基督山伯爵》，原文似乎印在他的脑子里，讲得绘声绘色，家人个个听得如痴如醉。每到周日，他会骑上单车，带着女儿逛商场、看电影。他超车，让女儿记数，超过了几个人……一幕幕温馨的生活画面，如同再也无法触及的默声影像，他的音容笑貌只能珍藏在家人的记忆里。

在保定电校学习的日子里

文 / 刘振伶

刘振伶

1958 年 9 月，我正在故乡的小学当代课老师，中旬我接到了两封来信，其中一封来信说北京电子管厂正在招收初中毕业的学员，另一封来信说保定列车电业局所属保定电力工人技术学校正在招生。经过认真考虑，我辞职来保定应招。

到保定后，康保良局长并没有把与我同时到来的 7 人直接安排到学校学习，而是先让我们去列车电业局装配厂报到当学徒。我很不满地对康局长说："我是来上学的，我不去学徒！"康局长说："你到装配厂后再申请上学，再由他们安排你去上学。"当我们在装配厂车厢组干了大约两周时间，厂领导才通知我们到校学习。

在动力学院半工半读

在那个年代，社会变化"突飞猛进"，我原本应招的"保定电力工人技术学校"，已经改为半工半读的"列车电业局动力学院"了。

动力学院设有本科和预科两种学制。本科设电机和热机两个系，各一个班，招收高中毕业生，学制 3 年；预科不分系，共 12 个班，学制 2 年，连读本科学制 5 年，招收初中毕业生。

我们报到以后，学院根据所在工厂，把我分到了预科 210 班，班主任是马漆波老师，班长是翟雨芬，班上大约有 50 名同学。

我们的教室在保定基地东院的一排平房里，我们 210 班、212 班、209 班和 211 班四个班在同一教室上课，其中 210 班和 212 班与 209 班和 211 班每周交替上课，轮换来基地参加一周时间的劳动。

当时，全国都在"大炼钢铁"，基地也在建设"小高炉"，我们的劳动就是抬土筐、搬运砖头。完成"小高炉"建设以后，我在装配厂的劳动先是在车厢组，后来又调整到汽机车间，跟着师傅搞飞机头发电。

起初，我虽然在列车电业局装配厂和动力学院上课，但对列电的工作性质一无所知。还是在机械制图的课堂上，臧定老师说，列车电站就是把发电设备装到火车上可移动的发电厂，我们这才知道列电是流动发电单位，与铁路系统没有关系。

如愿留校

1959 年 4 月，我们停课到方顺桥参加农业抗旱，谁知这是动力学院按上级要求进行调整的前夕。"五一"节后，学校调整结果公之于众，"列车电业局动力学院"改为"保定电力学校"，是由水电部直接管理的四年全日制中等专业学校。动力学院整顿的具体办法是撤销本科班，其学生全部安排到列电局所属单位或留校当老师，记得留校当老师的有杜尔滨、刘大智、李富纯、谷慎、邵寿根等人。预科班 200 人留校学习，其余同学一部分安排到财务培训班进行短期学习，还有一部分人去当材料员，而大部分同学则分配到基地或列车电站当工人。

我们预科班在进行整顿前夕，学校要求同学们在两三天内根据自己及家庭条件等情况，可从留校、财务训练班、材料员、到基地或到电站当工人中选报三个志愿。还要求在填报志愿时，一定要有自己的主见，不可以"随大流"。

会后，我和赵学义、周景辉一起商议如何填写志愿时，我说我只选择第一志愿是"留校学习"，其他两个你们看着随便填写。赵学义、周景辉一致说，第一志愿填留校学习是肯定的。至于第二、三志愿嘛，社会知识稍多一点的赵学义说："第二志愿填学习财务，毕竟还能再继续学习两个月，第三志愿填材料员，材料员出差的机会多……"就这样我们三人确定填写同样的志愿。第二天班里分小组交流、讨论，在讨论会上邵秋菊同学问我："你打算怎么填？"我很随便地说了"随大流"三个字。

就是这个"随大流"三个字，不知是哪位同学向马老师打了"小报告"，马老师听到后，立即把我叫到他的办公室，问我考虑的结果。我如实地把我们填报志愿的决定告诉了马老师。马老师说"你不是刚才还说随大流吗？"我笑了笑回答："我那是对他们随便讲的，不是我真实的意愿。"就这样到了宣布结果的时候，马老师宣读留校名单，我竟是班上的第一名留校生，并且赵学义、周景辉和初中的同班同学李焕新也都被确定留校学习了。

这次整顿，学校由半工半读改成了正规的全日制中等专业学校，并把我分配在发电厂电力网及系统专业学习，班级编号为电5801班，而且与我的好友李焕新、赵学义、周景辉同班，电5801班的班主任仍是马老师，这让我很是欣慰。

这次整顿留校的200名学生，分为五个班，每班40名；其中三个班为热能动力装置专业，两个班为发电厂电力网及系统专业，班级编号分别为动5801、动5802、动5803、电5801和电5802。

严格的校规校纪

我们电5801班的学习气氛很浓，教室墙壁上面贴有名人格言，其中有马克思的"在科学的道路上没有平坦大道可走，只有那在崎岖小路不畏艰苦攀登的人，有希望到达光辉的顶点。"毛泽东的"虚心使人进步，骄傲使人落后。"

保定电校5801班毕业合影。

还有巴甫洛夫的"科学需要毕生从事，假如你有两个生命还是不够的，科学需要付出最大的精力和热情"等。

1960年的上半年，从动力学院学习开始到这个时间，已基本学习了高中阶段的主要课程，我们学习热情依然很高，希望继续升学深造。

记得电5802班高宝来同学设法办理了一个高中"同等学历"的证明，报考天津纺织学院并被录取。学校察觉后，派人到天津让他退学并带回学校，带回学校后又给予了"开除"学籍的处分。我同班同学张书中携带学生证到河北省文化艺术学院报名应考，人家看到他是一个在校学生，未允许报名不说，还通报给了学校，学校则责令本班对其进行批评，并让他在班上检讨。

现在想来，严格校规、校纪无可厚非，但同学为了祖国建设意欲深造也无可厚非，对高宝来的处理未免过分了。

1960年的四五月份，学校安排我们约两个月的认识性实习，我去了在内蒙古自治区赤峰市发电的26站。我们的实习笔记本每天晚上都要交给带队老师检查，刚开始，我每天向师傅请教，并把所学内容记录到笔记本上，下班后交给老师检查批阅。后来，因为专业知识缺少，而不知再从哪里深入学习，笔记本上记录的内容就少了一些，然而这竟让带队老师在笔记本上加了"谦虚使人进步，学习的敌人是自己的满足"的批语。

在26列车电站实习的时候，动5801班王长河同学下夜班后未经请假到赤峰市内去玩了一趟，带队老师报告给学校，此事不仅在学校的《实习简报》上通报，并且还惊动负责教学工作的邓钟岱副校长，来现场进行批评教育。

1961年5月，进入第三学年的第二学期，学校又安排我们到山东官桥为枣庄矿务局发电的第11列车电站实习。临行前，学校把我们集中到大食堂，由教务科任栋梁科长对我们进行实习前的安全、纪律教育。因为人少，同学们就无拘无束地随便坐、随便站。任栋梁科长见状，大讲了一通关于人情礼节方面的规矩，这也让我们受益颇多。

1960年，国家处在三年困难时期，保定电校也同样为了解决饥饿问题而组织同学们去捞河草、拾野菜、做"人造肉""种蘑菇"等。

几位老师

在电校学习的几年中，我班同学最尊敬的几位师长是邓钟岱副校长、马漆波老师、罗慰擎老师和王士忠老师。

邓钟岱副校长是北京辅仁大学的毕业生，他具有丰富的办学经验，道德高尚，讲话干练，深受同学们尊崇。记得 1958 年在动力学院学习时，邓校长曾为我们讲授《人民日报》社论《正确地使用祖国的语言，为语言的纯洁和健康而斗争！》。

马漆波老师，1957 年毕业于上海动力学校，年龄不比我长多少。马老师精明强干、勤奋努力、颇具魄力和极强的工作责任心。记得在动力学院时马老师曾请缨教授本科班的高等数学课。

罗慰擎老师 1957 年毕业于郑州电力学校，因为具有文学、文艺等多方面技能，在来保定电校以前曾在《电力工人报》报社工作。来保定电校后先后为我班讲授物理、电机学、高电压工程、电力网和电力系统等课程。大概因为有过当编辑的经历，罗老师曾主编《保定电力学校校刊》、执导过一些文艺节目。1961 年，苏联发射载人宇宙飞船后，还开办技术讲座讲述航天知识，显示了他的多才多艺。

还有一位纯粹搞学问的王士忠老师，也是让同学们敬重的一位老师。王老师 1958 年毕业于太原工学院，曾为我班讲授理论电工学、电力系统继电保护及自动化课程。因为专业理论基础扎实，王老师讲课过细，时常延误下课。我毕业以后曾两次见到过王老师，每次见面王老师都是谈有关专业学习方面的话题。据说在那个特殊年代，曾让这样一位专心技术的人遭受过一些不白之冤，真乃咄咄怪事。

1961 年 10 月，学校根据保定市下放城市人口的部署决定，四年级同学提前毕业分配工作，尚未学完的课程采用函授的方式自学完成。在 1962 年的3～4 月，经学校命题、电站监考、学校评卷的考试合格后，为我们颁发了毕业证书。就这样，我结束了学生时代，成为列电系统的一名正式员工。

征程万里写春秋

文 / 吴兆铨

吴兆铨

一次不同寻常的接站

1957 年 11 月，列车电业局从衡阳电厂调入 50 多人，组建第 15 列车电站。我是第一批调入人员。之前，我在衡阳电厂发电车间任党支部书记，来电站任电气工段长。当时，15 站发电车还未到，列电局派我们到新安江 7 站实习。

1958 年 3 月上旬，15 站厂长褚孟周来到新安江，要我结束在 7 站的学习，到内蒙古集宁接机。我在保定列电局与计万元汇合后，一起到达集宁市。

阳春三月，集宁气候仍然非常寒冷，气温也在零下 10 摄氏度左右。我这个土生土长的南方人，确实有些不适应，幸好列电局为我们准备了御寒衣帽和靴子。大约过了两三天，电站机组到达集宁，我们顺利完成交接。

由于国外铁道是宽轨，轨距为 1524 毫米，而我国使用是准轨，轨距为 1435 毫米，因此，要在集宁车辆段，将宽轨轮对换成准轨轮对。在更换至汽轮机车厢时，我听到"嚓"的一声，是轻微的金属碎裂声。当时只有我一人在这节车厢旁，待车厢落实以后，我钻入车厢底部察看，并未发现疑点，但总觉得不放心、不踏实，反复在发出声音的范围检查，终于在轮对转向架的下部，一块较大的连接钢板上，发现一条长 200 多毫米，比头发丝还要细的一条裂纹。

发现情况后，我立即告知车辆段更换轮对的工作人员，有人翘起拇指对我说，你立了一功。分析原因，车辆段认为连接钢板是在长途运行中碎裂的，是质量问题，应由捷方负责。因此，车辆段换轮对工作停止，等待协商处理。

计万元随即用电报向局和 15 站汇报，同时请局通知捷方，派人来现场。不久，局里指派贾同军和捷方代表到达集宁，分析了事故，捷方承担了责任。回想起来当时若没有听到那一声碎裂声，没有检查出这一丝裂纹，更换轮对后随即发车，2000 多公里的行程，途中裂纹扩大以致断裂，后果真是不堪设想。

在集宁前后停留了一个月，至 4 月下旬才从集宁发车，5 月上旬到达衡阳安装发电。

船舶 1 站丹江口发电

船舶 1 站，全称是"跃进 1 号船舶电站"，人们习惯称之为"船舶 1 站"或简称"船 1"。该站，是由上海 708 所设计，上海江南造船厂建造。除高低压配电盘是由北京开关厂生产的以外，其余发电设备均从西安第一发电厂拆来。此台容量 1000 千瓦的美式快装机组，由保定列车电站基地组装。

1958 年 8 月，我与 15 站的七八位同志，随同褚孟周厂长调到船舶 1 站，进行电站先期筹建工作。我们先到保定列电基地，配合基地人员将运来的设备清理、整修，造册登记，然后运往上海江南造船厂安装。随后，列车电业局从 5 站调来贾生厂长、江尧成工程师，以及全部运行检修人员。不久，15 站调来的人员，除我留下担任船舶 1 站副厂长外，其余同志随褚孟周厂长调武汉列车电站基地或其他站工作。同年 10 月，电站在江南造船厂安装完毕。出厂后即开赴湖北支援丹江口水利枢纽工程，电站按照工程指挥部指定的位置，停泊在汉江右岸。

发电之初，由于河床地势较缓，电站离岸有较大距离，上煤路径较远，完全由工地民工肩挑输送，达不到电站发电的供煤要求，影响安全生产。随后，指挥部从沙石供应部调来两台皮带运输机供煤，情况虽有所好转，可是一到汛期，汉江水涨，发电船舶又得往岸边移动，煤场时常被上涨的江水淹没，安全生产仍不能得到保障。后将电站停泊在左岸下游 100 多米的地方，利用坡度与电站高低之差，架上钢架，用钢缆做成溜索，挂上自制翻斗，一上一下，解决上煤难题。同时，在左岸建成电站简易生活区。

丹江口工程有几万人施工，"大跃进"过后，三年困难时期随之而来。电站职工为了能吃到蔬菜，有时组织轮休工人和管理人员一早就出发，步行20多公里，到山区肩挑人背运回一些萝卜、红薯，即使这样，也不能确保供应。有时连续几天，工人们只能就着干红辣椒下饭。有的同志开玩笑说，这辣椒"吃到嘴里开门红，到了肚里满腔红，拉出来红到底"。虽是笑话，可见当时生活之艰难。

船舶1站为丹江口水利枢纽工程建设做出巨大的贡献，受到工程指挥部的高度赞扬与好评。

跃进2号船舶电站汉江待命

1960年9月，我从船舶1站调往上海，和先期从5站调往上海的同志汇合，筹建跃进2号船舶电站（以下简称船舶2站）。

船舶2站也由上海708所设计，江南造船厂建造。设备容量是一台4000千瓦汽轮发电机组，由保定基地制造。船体总长34米，宽14米，吃水深度2米，排水量680吨，是一艘非机动的内河航行船舶。电站配有水手，航行时，由航运部门派机动船只拖带，并由拖带船只根据当时情况临时配备舵手。

电站于1961年9月出厂。因江南造船厂不是发电设备供货方，所以出厂时未同意做72小时试运行。原本要去武汉基地试运行，又因基地距市区较近，航管部门不允许长期停泊。经协商，停泊在汉口辛家地航运系统的"锚地"江畔试运行。列电局和武汉基地均派工程技术人员参加指导。在基地赵旺初工程师指导下，在江中采用"水抵抗"方式调试负荷。在电站靠江心一侧设立安全警戒标志。经过一个月的试运后，列电局决定，让我们到丹江口与船舶1站合并，向丹江口工程供电，边发电边调试设备。

电站向汉江出发时，江水已进入枯水期，航行至襄樊市汉江段，航运部门担心搁浅，不同意继续拖带。经请示，局通知就地停泊，等待命令。因此，就停靠在襄阳城旁汉江江畔，一部分人员安排去其他电站工作或实习，另一部分人员留守电站，维护船体，保养设备。

船舶电站停泊在江中，随江水涨落而经常要移动。无论是临时停泊，还是发电期间长期停靠，如果没有固定趸船靠绑，就只能用船舶本身的锚抛入江中，用绞盘将锚链收紧。如果是发电期间，除了用锚，还要用粗钢丝绳和岸上预先制作的缆桩系住加固，同时还要用撑杆（一般是用7~8米长的圆木杆）和钢丝捆绑，将船体撑开，使船和岸保持一段距离，防止船体随风浪漂移与坡岸碰撞，或使船只搁浅。这就要根据水情，随时收放锚链和缆索。此项工作是须水手提出意见，由厂部组织人员进行操作。

一次战备调迁

1963 年 9 月，船舶 2 站在汉江待命期间，我和 30 多名职工，参加了由局组织的黑龙江省杜尔伯特农场秋收劳动。一天，接到局发来的电报，要我立即赶到北京，到局里接受任务。局领导告诉我，目前福建前线形势仍然紧张。为了增加福州市的备用电源，决定急调船舶 2 站赴福州。水电部对这次调迁十分重视，已和有关部门进行沟通。

根据局领导指示，我立刻通知电站做调迁准备，由电站派人与襄樊市航运部门联系，迅速将停靠在襄樊市汉江边的电站船拖到武汉待命，电站人员全部到武汉集中。列电局党组派了由部队转业的老同志侯元牛到电站担任党支部书记。我们很快与武汉长江航运部门联系了拖轮，将船舶 2 站从武汉长江锚地，直接托运到上海江南造船厂。

因为这次调迁福州，要跨越东海，并且要通过国民党军队盘踞的马祖列岛航线，所以电站船一到上海，就进入江南造船厂检查、密封、加固。因为事先已派人与江南造船厂联系，在知道船舶电站去福州是作为战备电源后，特事特办，几天时间就将需要密封、加固的部位搞好，并添加了堵漏器材。航运部门根据电站提出的要求，按时在黄浦江拖带电站。

船舶电站渡海，我们是第一次，由于要通过马祖航线，为防止受到盘踞在岛上的国民党军队炮击，按照局和基地党委的指示，我们将随船押运人员减至最低限度，安排了水手钟家湘，电工齐浩然，柴油发电机组运行、检修人员洪礼涛、王文玉共计 4 人，由王文玉带队随船航行。舵手由航运部门安排。

据随船人员回忆，由于连日在海上颠簸，押运人员晕船呕吐，身体十分疲惫，在航行到浙江与福建交界处沙埕港时，休整一天，恢复体力，以利通过封锁线。一位部队副政委告知，部队在海上、岸上都做了准备，派有两艘军舰护航，电站船队过封锁线时，如遇炮击，只管航行前进。由于靠我方一侧航线滩多水浅，船队是偏马祖列岛一侧深水区航行，甚至隐约可见国民党军队的海岸炮。当时的状态还是很紧张的。电站船队到达闽江口一个叫马尾的地方，军舰解除了护航任务。

船舶电站进入福州后，停靠在离福州电厂不远的闽江边，全站职工积极投入设备调试。在局技术科长周良彦工程师指导下，解决了汽轮机调速器不稳影响安全发电问题，顺利与福州电厂并网发电。这次调迁，航程约 2600 公里，前后历时约 40 天，终于胜利完成调迁、并网发电，承担起战备电源的任务。

入川支援三线建设

船舶 2 站在福州完成备战电源发电任务后，于 1966 年 4 月奉令调赴四川乐山，支援三线建设。按照船舶有关规定，船体每 4 年要返船厂大修。6 月下旬，船舶 2 站在江南造船厂的维修船体工作结束。此次航行，需时一个月，因此安排一部分职工乘车直达乐山，有 20 余人由我带队，随船航行。

船舶 2 站出厂已有 5 年时间，船体有一定的腐蚀。因此，这次航行除了配合航行编队，保证船舶电站安全，同时要做船舱底部的清渣除垢、铲锈刷漆工作。船从上海启航以后，我们就开始在舱底隔舱内除锈、刷红丹漆。格舱狭小，就蹲在一个格舱清除另一个格舱。南方七月天，已经相当炎热了。船上甲板在太阳炙烤下发烫。人在格舱内屈身曲体，工作不多久就汗流浃背，腰酸背痛，加上油漆味刺鼻，干一会就到舱外换换空气继续干。我们不但完成了船舶底部的除锈刷漆任务，还把主甲板以上船体也油漆一遍，使船体焕然一新。

船舶电站的航行，是由拖轮拖带或顶推。一艘拖轮，要拖带几艘载货船只。沿途到了某个港口，就要卸掉或加带船只，重新编队航行。特别在驶入峡口后，由于激流冲击和昼航夜泊，航行速度异常缓慢。艰难驶过西陵峡后，临时停泊在巴东县江边，等了两天，由航运部门调来一艘 2000 马力的拖轮，才较为顺利地通过巫峡和瞿塘峡。在重庆休整两天后，又经过数天航行，才到达此次航行的目的地——四川乐山五通桥，停靠在金粟镇岷江边安装发电。

这次航行于 6 月下旬开始，从长江中游入岷江到达发电地点，航程 2400 多公里，历时 33 天，是船舶 2 站调迁途中，持续航行时间最长、完成任务较为突出的一次。20 多名职工在船上轮流做饭，工作虽然辛苦，生活虽然单调，但工作之余，唱唱革命歌曲，欣赏沿途祖国大好河山，也其乐融融。

西平遭遇洪水

1973 年 11 月，我调离船舶 2 站，到 36 站任厂长。1975 年，我们正在河南西平发电，8 月 7 日下午 4 点多钟，由于数天大雨，供电线路发生故障，机组开关跳闸停机。

不久洪水冲泻而下，水没脚踝，没过膝盖……我随即通知大家撤往地势较高的电站列车上。入夜 7 点多钟，除两三位年轻力壮的职工在生活区前平房顶上留守值班外，其余人员均聚集在电站车厢内。这时候，车外洪水已上涨至胸部，个子小一点的几乎没至脖颈了。这是一个不眠之夜。对外电话不通，联系中断。人们三三两两在车厢内"串门"，互相议论着，安慰着，鼓励着。

次日雨停了，只见一片汪洋，生产区、生活区全部淹入洪水中。水位距电站车厢仅有 5 至 6 厘米，万幸没有再涨。有人涉水回家拿来了煤油炉，用没有被水浸泡的大米，在车厢内做饭。好在水处理车厢还有可以饮用的存水。我们在车厢内度过了两三天。

在洪水退去之际的一天下午，西平县政府派人来通知我，要我到县政府打电话，向列电局汇报情况。接电话的是副局长杨文章，他向电站表示慰问，我报告了 36 站情况。

援救的直升机在我们电站上空盘旋，投下了食品，我们向机上人员挥手呼喊。因为我们已经逐步解决了食宿问题，将获得的食品大都集中送给县政府或周边受灾群众。

由于当时铁路、公路均被冲毁，火车、汽车不能通行，我们组织了自行车队。10 多名男职工各自带上自家烙的几斤烙饼，由我带队去慰问 40 站。我们骑行 30 多公里，到了受灾严重的遂平 40 站。

我们一见面，相互拥抱，热泪盈眶，有的泣不成声，久久不愿松开。那场景令人动容，终生难忘。

大水过后，在停机期间，电站职工对设备做了精心维护保养。供电线路抢修工作结束后，西平县电业局通知 36 站开机送电，我们立即投入生产运行，保证安全发供电，受到西平县政府的好评。

回首峥嵘岁月，心潮仍然激动，以一首打油诗《忆列车·船舶电站》作为结束语：

列电事业多奉献，建设祖国写春秋。

一纸调令千钧重，驰赴他乡送电流。

车轮滚滚奔腾急，编队航行搏激流。

跨东海，到福州，溯江而上至乐山。

干打垒，芦席房，请走菩萨住庙堂。

一专多能人争秀，运行检修竞创优。

艰苦征程无所惧，豪气凌云入斗牛。

如今乌丝迎白发，青春飞去成老叟。

历尽艰辛终无悔，笑看神州展风流。

我在跃进 1 号船舶电站

口述 / 李竹云　　整理 / 李祥来

李竹云

1955 年 4 月，五〇工程队（老 2 站前身）来山西阳泉发电，与阳泉电厂同归太原电业局管，那时候，我已在阳泉电厂工作了 3 年。不久，我从阳泉电厂调入五〇工程队，从此，开始了我的列电生涯。

那个时候国家正处于建设时期，各地电力紧缺，到处都需要电。1956 年，我们归列车电业局管了，老 2 站转战萍乡、常州、连云港等地，每到一地，发电也就半年左右，总是来去匆匆。1957 年底，我奉命调入正在洛阳检修的第 5 列车电站，1958 年 2 月，5 站调迁到保定发电。

我们到了保定，列电局要我们 5 站全套人马去接 16 站，这是一台从捷克进口的新机，厂长杨成荣带走了大部分人员，5 站几乎成了空壳。这时候，列电局从石家庄电力局调来了一批人，机、炉、电、化全套人员，包括赵立华厂长和一位工程师接管了 5 站。我原本也要去 16 站，得知石家庄电厂来人接 5 站，就想留下来，因为我就是石家庄人。原来 5 站职工湖南、湖北人多，难得与老乡们同站共事，于是，我就找领导要求继续留在 5 站，结果如愿以偿。

1958 年 9 月，我们在保定基地发电半年后，临近中秋节时，上级调 5 站去湖南郴州许家洞 711 矿发电（当时为保密单位），1 站接替我们在保定继续发电。我们来许家洞不久，赵立华被列电局调走，派来余志道接任厂长。

1959 年 1 月份，列电局从 5 站抽调人员去上海接跃进 1

号船舶电站，我们习惯简称船 1。来自石家庄电厂的贾生被提拔为船一厂长，他带了 4 个人一起去了上海，我是其中之一。我们 5 人小组来到上海江南造船厂，进行各项交接工作。15 站厂长褚孟周带着吴兆铨等人前期在保定进行船 1 筹建工作，不久，来上海与我们会合。褚孟周离开船 1 去保定任职后，吴兆铨任副厂长。同年 3 月，船舶电站由专业人员押送，离开上海前往武汉。我们到达武汉时，列电局为船一配备的人员已经先期到达，其中从 5 站又调来一些老师傅，还从保定电校分来一些学生，这样，电站组建基本完成了。

电站停靠在武汉利济路发电厂码头，进行了为期一个月的试运行。待设备调试运行正常后，船 1 接令首次执行发电任务：到湖北十堰市丹江口支援水库建设。丹江口水库地处山区，不通铁路不通电，四周荒无人烟，只有一条泥泞的山路通往工地。我们去的时候，工地已有近十万建设者，因为没有电，大坝建设不能使用机械工具，运送建筑物资全靠人拉肩扛。到了晚上，工地一片漆黑。工地上的各个食堂所需面粉，全靠小毛驴拉一小石磨来生产，难以满足供应，因此工人们经常吃蚕豆粉，致使便秘的人很多。我们刚去头两天，也给我们食堂牵来毛驴，配备一个小石磨。

船 1 刚停泊丹江口岸边，大坝工程指挥部的干部就前来看望，并表达尽快发电的期望。工地的工人也前来围观，说终于要有电用了。电站职工住在土坯墙、毛毡顶的房子里，南方雨水多，屋顶经常漏水，粘鞋的泥路坑坑洼洼，行走都困难。我们克服很多困难，在完成设备安装的第二天，就开始向工地发电。大坝建设工地终于有了机器的轰鸣声，各个食堂也开动了机械磨面机。船舶电站的到来，在大坝建设中发挥了重要作用。为此，受到了工程建设指挥部和湖北省政府的表彰。

我们在丹江口首次执行发电任务，遇到了意想不到的困难。电站在上海江南造船厂建造时，主要考虑在内河航行，根据水电部要求，造船厂调研了运河上的桥梁高度，为了使船舶能够顺利通过运河桥梁，无障碍地到达任何地方，建船时有意降低了船舶高度，把机、炉、电设备全部放在舱底。这样的设计，在夏季满负荷发电时出现了很大的问题。因为没有风扇和大型舱门可以通风，导致舱内的温度达到 50 摄氏度以上，加上锅炉又是美国快装机，工作劳动强度大，南方夏天炎热潮湿，几乎每一班次都有晕倒的运行人员。晕倒一个就赶紧抬出仓外透气降温，有一次接连倒下两个人。一旦岗位缺员，不得已将下班休息的职工再调到船上顶替。这样的工作环境严重影响了职工身体健康和设备安全运行。第二年，电站向列电局汇报，并与大坝工程指挥部联系，想尽了办法才在现场安装了风扇，暂时解决了通风问题。后来船 1 回上海大修时，把原来的舱门加大，增加了窗户，改变了通风不好的问题。在建造船 2 时，江南造船厂吸取了经验，把设备安装在与甲板几乎平齐的位置，解决了通风问题，降低了环境温度，提高了装机总容量。船 1 为 1000 千瓦机组、船 2 为 4000 千瓦机组。

1960 年 9 月 4 日至 8 日，汉江发生特大洪水，我们经受了严峻的考验。40 年不遇的洪水将已建好半年的过江大桥桥墩拦腰冲垮，桥面巨大钢梁被洪水拧成麻花翻到江里。当时，我们船 1 在大桥的下游，处境非常危险。由于电站船头是平面设计，因而船体不但承受着来自洪水巨大的冲击，还承受着来自上游顺水冲下的各种杂物的碰撞，随时都有被重创沉没的可能。全站职工无条件坚守岗位，岸上和船上配合观察险情，以便及时控制随时可能发生的任何问题。我在船上与 20 来人坚守了三天三夜没有下船。当时偌大的船体就像大海里一叶小舟左右不停地摆动，最危险的情况出现了两次：一次是固定船体的 5 根长 200 米、每根直径 1 寸 ❶ 半的钢缆在巨大的洪水冲击下一下子被拉断 3 根，船舶瞬间向后移动，船体随时有倾翻的可能，情况十分危急。岸上人员紧急联系建设指挥部运来钢缆并及时更换，这才稳定了船体。还有一次是指挥部所属 3 艘挖沙船被洪水冲翻到江里，并向我们船舶冲来，就在这千钧一发的时候，老天长眼，翻倒的沙船有惊无险地与电站擦肩而过。这两次险情至今回想仍感到后怕。四天四夜的洪峰过后，电站在第一时间启动运行、恢复供电。为此，列电局特别通报表扬了我们。

20 世纪 60 年代初，国家要在湖北宜昌枝城镇建造焦柳铁路、公路两用桥（中间走火车，两边走汽车），该桥是国家战备工程，目的是一旦武汉长江大桥战时被炸毁，可以通过焦柳线枝城长江大桥保持运输畅通。当年在建江中桥墩时，长江南岸的电力无法伸延至施工地点，更无法输送到北岸（北岸没有电源），施工受阻。水电部调船舶电站前去支援，为此，我们船 1 于 1964 年 1 月结束在丹江口的发电后，赶到了枝城。

在江中建设桥墩，需要船舶电站停留在长江中，单独向桥墩供电，并且每建一个桥墩，船舶就要随之移动。这样的发电形式前所未有。船舶电站常规是停靠岸发电，而在江中发电有很多安全问题亟待解决，如船舶固定、职工上下班、燃煤供应等问题。列电局领导非常重视江中发电，俞占鳌局长亲临现场与

❶ 1 寸 =0.033 米。

大桥局领导研究探讨对策，最终达成一致意见。方案是：由大桥工程局负责船舶电站的固定及稳定和安全性，并提供两艘交替运煤的驳轮，在驳轮上提供后夜班职工休息室，同时配置一艘渡轮，负责职工从江岸到江中上下班的接送。当时，大桥工程局为电站职工提供的宿舍在山上，带家属的则住在山下土坯墙、稻草和毛毡顶的房屋。赶上雨天，外面下大雨，屋里下小雨，床上、地下就摆上六七个脸盆接水。从驻地到码头需要步行半小时，驳船上的值班室只提供给上后夜班的人休息，其他人均须下班回家。就这样的上下班模式，我们坚持 5 年之久。直到 1968 年底，南岸的电缆可以安全通过桥墩跨过长江后，我们才结束了江中发电。

1969 年 1 月，船舶电站回到娘家——上海江南造船厂，进行了为期一年的船体大修和发电设备检修维护。由于上海房屋紧张，电站家属仍留在枝城原地居住，职工到上海上班。1970 年 2 月，为了备战需要，列电局根据上级要求，把在上海江南造船厂刚大修完毕的船 1 调往浙江台州地区临海县，做战备应急电源。临海县城小，没有大船，我们船舶电站到达临海后，每天都有人在县城码头参观船舶电站。当地人听我们讲普通话，都认为我们是从北京来的人。

为了保密，船舶电站选址在临海县西郊，距西郊公社 1 公里，地处三面环山。山脚下是灵江和一条两车道石子路，在江边建简易码头，供职工上下班和上煤使用。职工宿舍建在半山腰中，煤场建在山脚下，住宿条件虽比以往好许多，但是仍然没有自来水可以使用，只能靠自己去公社拉水。后来县政府知道后，在驻地建了一个水池，专门请了个拉水的师傅负责拉水。水很浑浊，完全不能直接饮用，我们只能使用明矾净化。电站与驻扎当地的解放军连队关系非常好，有机会便与他们进行篮球友谊赛。有意思的是，电站工人倒班，经常凑不够上场队员，电站的职工子弟经常上场充数。我们电站和部队放电影时还相互邀请观看。

1973 年，列电局宣布船舶电站就地下放，经一年落地善后工作，我于 1974 年 7 月依依不舍地离开"跃进 1 号"。

我的列电生涯

口述 / 杜玉杰　　整理 / 闫瑞泉

杜玉杰

1931 年 3 月，我出生在河南省洛宁县的一个小山村里。从小家贫，8 岁时就跟着父母一起逃荒要饭，到十三四岁时才上了几年学，初小没毕业就不上了。

1947 年，刘邓大军过黄河来到我们这里，我父亲担任了农会主席。后来，胡宗南扫荡豫西，我父亲跑到山上，全家也跟着逃难。1948 年 3 月，我参加了革命，当时还不到 17 岁，就在县政府当通信员。后来跟着县长一起参加剿匪，既当通信员又当警卫员。不久进了县城又做了宣传员，当了干部。当时，正打三大战役，为了及时宣传胜利的消息，我白天听收音机、做记录，晚上刻蜡板、印传单，第二天就分发到各区张贴出去了。

1951 年，县里保送我去省工农速成中学上学。1953 年 5 月我加入中国共产党，1954 年考进了天津大学电力系发电专业，1958 年毕业分配到列车电业局。本来我被安排到保定电校工作，为了照顾分配到哈尔滨第 10 列车电站的刘润轩到保定电校与爱人米淑琴团聚，我主动要求换到 10 站去工作。

10 站是列车电站的中心站之一，是由第 10、12、17、18 列车电站组成的电站群。开始我是技术员，后来当了 4 个电站值长组的组长。1959 年，电站群分站，我到了 17 站。1961 年，随 17 站到双鸭山发电，任副厂长。

当时，正是困难时期，职工吃不饱饭，很多职工得了浮肿病。在不影响发电的情况下，我组织职工种了佳木斯电业局的60多亩地，秋天收了不少粮食，每人分了60斤苞米。还开了豆腐坊，给当地粮食局加工豆腐，赚豆腐渣和一些豆腐。把豆腐渣、苞米面加上糖精和在一起，用烤炉烤成所谓的蛋糕分给职工吃，在当时这是很好的食品了。所以，在困难时期，我站职工没有一个因为没吃的上不了班，在同类机组中我们发电也是最多的。

1963年，我参加了全局列电工作会议。会议期间，季诚龙副局长找我谈，说部里在黑龙江克山县有个农场，产量很低，局里打算接过来让我去管。我说我在大学学的发电专业，不愿改行。可是领导非要我去办三年农场，还搬来部里的老革命行政司长杨文汉给我做工作，我只好同意了。

3月20号，我一个人来到克山农场。东北都是种春小麦，时间紧迫，适合播种的时间已经不多了。原来部里办的这个农场，因经营不好，能走的人都走了，只留下了十几个复员军人守摊。我把他们都留下了，他们很高兴。

当地的农谚说："清明种小麦，谷雨种大田（指种苞米和大豆），过了芒种不能强种。"这时种地，没人没技术没种子，我只好先到克山县政府去借种子。正好县委书记是河南人，和我算是老乡，加上有部里的介绍信，总算借了5万斤麦种，回来赶紧把麦子种上了。

没有技术，就向当地农民请教。当地无霜期只有110天，不误农时最重要。农民告诉了我们很多种地谚语，使我们逐步由外行变成了内行。后来，局里又派来了几十个人参加劳动，这些人中有些是来支援的，有些是各单位送来"劳动锻炼"的。这时21站调到克山发电，我被任命为21站的书记兼克山农场场长。

还不错，当年就收了60多万斤小麦，加上苞米和大豆共100多万斤。把大豆榨了油，由局里统一分配，各电站都吃到了农场送去的豆油。

由于劳累加着凉，到克山不久，我患上了风湿性关节炎，腿不能打弯，发低烧。中心站站长张增友去过那里，他把我的情况向局里做了汇报，局领导通知我进京汇报工作，实际上是让我到北京看病。经治疗，一年后总算痊愈了。

局领导对克山农场很关心，主持工作的季诚龙副局长曾来到农场视察，并和职工一起到农田里参加劳动。

在农场刚好3年，1966年，"文化大革命"开始了，我被打成了"三反分子"，电站和农场两边都在批斗我，我的农场生涯也宣告结束了。不久，我随21站回保定基地检修。1970年，21站到内蒙古集宁发电，我又重新担任21站的书记、厂长。1971年，21站调到江苏徐州发电。

1973 年，局里让我负责筹备新 3 站，并担任书记、厂长。新 3 站是从英国进口的 23000 千瓦燃气轮机发电机组，技术比较先进。在安装过程中，我和全体职工一样，刻苦学习新知识，掌握新技术。1974 年，新 3 站在南京汽轮电机厂安装试运后，交给电机厂进行测绘仿制。当时参加测绘仿制的单位有100 多家。1977 年，新 3 站重新安装后，正式发电。

在工作中，我首要的体会是，做工作要身先士卒，要求职工做到的自己首先做到。另外，要关心职工，视职工为自己的亲人，把电站周围的老乡也视为自己的朋友，这样就能克服各种各样的困难。记得我在克山办农场时，要不是职工的努力和当地老乡帮助，是做不出来那样的成绩的。

当时，我得知当地老乡最大的困难就是麦子收下来脱不了粒。因为当地的麦子在每年 7 月收割，这时天气正热，又是雨季，麦子被捂烂是常有的事。于是，我就弄了 4 台脱粒机，每台配上 4 个工人，在收麦子的时候，日夜不停地给老乡们脱粒，解决了他们的大问题。他们反过来也很支持农场的工作。记得农场给豆子地和苞米地除草时，上万亩的地，单靠农场的职工肯定是不行的。这时只要给老乡捎个信儿，第二天一早，就有几百个农民赶到农场帮助除草，解了我们的燃眉之急。

21 站在徐州发电时，一个工人因家里困难想调回家乡工作，我就亲自到他家所在地给他联系工作，后来他如愿以偿。当他离开电站时，和另一个送他到车站的工人说："我在'文化大革命'时那样的批斗杜厂长，想不到他还对我这样好！"结果，他哭着走了。

新 3 站在南京发电时，厂里一个叫陈洪春的工人病了，我把他送到当地最好的医院去治疗，因病情太重未能治好。最后，我亲自接他回家，在车上我就一直抱着他。陈洪春去世后，他爱人对我说，在他去世的最后一刻，嘴里还叫着杜书记呢！他家里很困难，我就到南京电业局联系，帮他当时只有 16 岁的儿子安排了工作。

在内蒙古集宁发电时，正是毛泽东主席提出"深挖洞、广积粮、不称霸"的时候，电站也要挖防空洞。一次挖防空洞时，放炮后发现有几个炮未响，为了赶进度我就下井"排臭炮"。"排臭炮"很危险，我怕伤到职工，就一个人下去了。结果，因二氧化碳中毒昏迷在井下。是一个叫周泉的职工冒着危险，及时下井把我弄了上来，4 个小时后我才醒过来，要不是他，我早就没命了。

为列电干了大半辈子

口述 / 张庆富　整理 / 周密

我这辈子呀，奔波了许多地方。1952 年从东北技工学校毕业，来到哈尔滨电厂工作。1955 年东北电管局把我和郑其东调到佳木斯列车发电厂，我俩都是搞汽机的。我到佳木斯的时候，从苏联进口的列车发电设备已到佳木斯电厂，来了就参加安装工作。列车发电厂很快就发电了，我担任汽机司机。

1956 年，我们划归列车电业局，排老大，叫第 1 列车电站。1958 年我们来保定发电，没有多久，电站抽调了一部分人去接新机 23 站，

张庆富

我也去了，任汽机工段长。23 站是在辽宁开原安装的，就地为修建清河水库发电。这是台捷制机组，没有外国专家指导，全靠我们凭经验摸索，很多图纸上的外文字也看不懂，安装挺费劲。电站地处清河下游，这里的条件挺艰苦，大冬天就住在简易房里，屋子还漏风，哈气结霜，就那么住，列电人扛造。施工队伍中，有成批的劳改犯，还带着刑具。

23 站在清河发完电，调迁到瓦房店。1961 年，到了四川荣昌的时候，23 站又分出一拨人去接新机，我又去了 45 站，周春霖的厂长，我是汽机工段长。这个电站也是捷克机，从关口进来就拉到黑龙江勃利矿务局，我们在八道岗煤矿完成安装。但是，安装完没有发电，原地待了一年多。不是因为别的，当地水质不行，山水下来都是浑的，把回水器都堵

了，真空也完了，毁了新机子。这样到了1963年，我们去了伊春友好林场。

1964年8月，我调到18站任厂长，于振声任书记。当时18站在伊春翠峦，为林场发电。我去之前，18站"四清"结束，前厂长给撤了，书记调走了，局里为18站重新配领导班子，调我和于振声过去。我接手的18站，是个烂摊子，各方面都比较差，机组也不能发电了，设备几乎是瘫痪状态。为恢复发电，我们可是拼命了。

我是搞汽机的，于振声是搞锅炉的，我俩配合，有技术条件恢复发电。不过，汽轮机有较大的问题，开起来震动得人都站不住脚。请专家来也解决不了，拉到哈尔滨电厂，也没有找到问题根源，又原封给装上了。这样不行呀，我们就自己想办法处理。用笨办法做动平衡试验，让汽轮机转100多转，然后停下来，一点点观察，发现停转都在配重的位置，我们就一点点加工，居然车下了好几公斤材料。我们用这笨办法，最终解决了问题，开机一切正常了。汽轮机有问题，风机电机也几乎都烧了，我们自己绕线圈修理电机。锅炉也进行了一番大修，该刷漆的刷漆，整得都挺好。费了九牛二虎之力，使电站恢复运行，正常发电。

我们在那里发了11年电，林业局对我们也挺重视，获得过林业局的先进单位表彰，还给我们报到林业部，获得部先进单位荣誉。在电站跑多少年，就没有住过什么像样的房，在翠峦，我住的就是简易工棚，板子上糊了一层泥。我们四家住一个工棚里，中间用板子隔开，虽然简陋，但就这条件，习惯了就那样。冬天倒是冻不着，有的是木板子烧。这里的地肥，春天，我们开荒种地。

"文革"运动一来，电站有人出来造反，我们的书记给打倒了，我挨斗，没有被打倒，我一直抓生产，搞生产有什么罪？我跟造反派达成协议，你们可以斗我，但生产管理你们不能胡来，制度不能违背。他们还挺听话，因而电站生产比较正常。后来"支左"的军人驻站了，我还是那个态度，你支也不能烂支，斗我也没有问题，就撅着呗，怎么样不了。不过，于振声遭了不少罪。"文革"后期，任命我为革委会主任兼书记。

1975年底，电站需要大修，来到保定列电基地。"文革"即将终结的时候，基地发生夺权，有个小子动手，给了我一家伙，把我打得头破血流。见这乱局，给职工放了假，我甩手奔外面躲了几个月。很快"四人帮"一倒台，造反派消停了。

1977年，我们在保定完成大修后，调迁到牡丹江林业局供电。到了1980年，列电局局长俞占鳌找我谈话，刘国权副局长也在，让我到伊敏矿务局去，那有个大煤矿，年产2500万吨，还建一座300万千瓦的发电厂，就是现在条件艰苦些。我听着也行，只要有粮，有医院，他们能生活，我们也能。脑袋一热，也没有多想，我就跟着伊敏矿务局的局长去了伊敏选厂。

下了火车，吉普车拉着我们一头扎进草原，到目的地一看，都是大荒原，哪有煤矿呀，就两个大碱湖，啥也没有。当时，铁道已铺完了。路过发电场地，吉普车也不拉我进里面看看，可能怕我看了后悔来伊敏。我们电站去之前，伊敏矿用电，就靠一个360千瓦的柴油机。

1980年9月，我们来到伊敏。那时，电站人员调动比较乱，电站老人不多了，从基地和其他电站也调来了一批人。我就说了，不管啥目的，来了就好好干，发好电。

我们到伊敏一个多月后，就开始发电了。虽然来之前，没有回基地大修，但设备挺好，也抗造。我们起初是单机运行供电，电流负荷起伏太大，用来开采露天矿的大电铲，一个就1000千瓦，把我们2500千瓦的机子折腾得够呛，后来并了网才安定了，一直稳定发电。

这里冬天贼冷，能到零下40多摄氏度，当地房子外墙有1米厚，外面去尿尿见地就冻成冰。赶上大雪天，刮起白毛风，出门都难了，这给我们发电带来很多困难，职工遭的那些罪就更别提了。吃的用的全靠外面往里拉，到冬天，没啥菜吃。

电站发电后，我腾出手帮助职工落户口，许多人来电站目的就是解决家属农转非户口，来这么偏远的地方，都抱着很大希望，而且，看这阵式以后机会不多了。我跟鄂温克族自治旗一个主管部门的书记混得比较熟悉，那时候办事也简单，也不拉也不扯，我们给你们发电，你帮助我们解决点困难，一来二去的，全给落了户口，一下子解决了好几十户。这让职工高兴了，家属安心操持，孩子踏实上学。

1982年，我调到矿务局去了，电站交由刘丙军、张喜乐负责。1983年61站无偿调拨给伊敏矿，这样矿区有了两部列车电站。我任伊敏矿区机电处副处长时，专门管61站和18站。后来，我到厂供电处后，就不再管矿区电站了。1984年18站也无偿调拨给了伊敏矿，人都各奔东西，原18站的人有11人留在了伊敏。再后来，18站设备整不转了，资料图纸也都整丢了，设备就扔在那儿了，我早都交出去，也管不着这摊事了。

转眼在伊敏又生活了几十年，一切都还挺好。想想在列电奔波的日子，不是发牢骚，电站职工的孩子有几个成才的？到处东奔西跑，孩子到一个学校，屁股没有坐热呢，就又走了，可苦了这些孩子。

我现已八十有七，一切都过去了，想想都挺不容易！

接车记

文 / 陈光荣

陈光荣

我曾两次到边境口岸接进口列车电站。一次是接 13 站，另一次是接 44 站。

第一次接车，大约在 1958 年 3 月，我刚满 20 岁，还是个单身汉。13 站筹建时，我和王湘华、邓秀中、李汉征、王赞韶、尹燕琪等几个人从 7 站抽出来接机，一行人从新安江坐火车，辗转到达保定。机组产自捷克，当时，列车电站还没有进口，按常规，一般由新组建的电站派人去口岸接车。13 站厂长韩国栋把接车任务交给我和白义，我是电气技术员，白义是学锅炉的，老 2 站的人。

接车这活儿虽然没有太多技术含量，但是，将进口发电设备安全运抵目的地责任重大。初期，苏联和捷克进口的列车电站从蒙古驶入内蒙古二连口岸，后来，都经满洲里进来。列电局派员出国到厂家接车，押运到集宁或满洲里交给电站派来的接车人，一路押车到目的地。其他附件如烟囱、排气管道等，由普通货车另行发运到电站所在地。

当年正值年轻，这段记忆我本应很清楚才是，但是，奇怪了，第一次接机经历，东拼西凑，记忆依然残缺不全，居然和谁一起接车也忘干净了，是去的二连还是集宁，怎么办的手续，统统模模糊糊。还是读到白义的回忆文章，才知道他也曾去口岸接 13 站，接车就俩人，定是我们两个了。

唉，若不是因列电局解散，心灰意冷，把几十本工作笔记一股脑地丢进河塘里，回忆这些事，岂不是手到擒来。虽然此次接车有大段的记忆空白，但有些事还记得深刻。

清楚记得押运 13 站至口岸的有捷克人，车上剩下许多食品。一公斤包装粗糙的纸制盒子里，有一盒盒的糖、咖啡和盐，还有奶油、果酱，面包如枕头一样长。咖啡比较粗糙，包装纸盒上的捷克文字我们也不认得，俩土老帽没认出咖啡，竟然当炒面冲着吃，苦得我们龇牙咧嘴，倒掉了事。后来我们才知道，捷克人为什么这样大方，原来押车费用由中方出。

捷克机办公车厢里配备挺齐全，有办公桌椅、台灯、风扇、痰盂等，寝车床位都是上下铺，也配有床灯。捷克车上配的搪瓷烧锅，在当时看来，非常高级，国内十几年后才开始使用这样的炊具。车上还配有西餐用的不锈钢刀、叉、汤匙等，都是稀罕物，那时我们用的汤匙多是铝皮做的。

车抵达目的地——新乡，好奇的电站职工拥上车来参观，将剩余的食物扫荡一空，咖啡也没给留下。在我们明白当炒面吃的是咖啡时，本想留一点，电站的人说，你们俩还没有吃够呀……还记得车上带有押车人做饭用的炉子，煤是褐色的，发热量非常高，烧多少天，白色灰粉也没有多少。我们第二次接车到东北时，用车上的炊具做了几条没开膛破肚的鱼，取车上的新痰盂装豆瓣酱，现在想起这些，依然忍俊不禁。

第二次去满洲里接车，记忆就很清楚了。那是 1961 年 1 月，29 站抽调 30 余人去接新机 44 站，派籍砚书和我去满洲里接车，押车目的地是广东茂名。我们俩首先到保定列电局，局里派人带我们一起到北京公安机关办理护照。护照至今我还保留完好。护照办理日期是 1961 年 1 月 28 日，有效期一个月。护照上竖排两行字：兹有水电部陈光荣因公经北京前往满洲里，希沿途军警岗哨验照放行。

我们此行，临近春节，正值北方寒冬，我们也做了相应准备，将棉衣棉帽都穿戴上。局里人见我们一身装束，吓唬说你们这身不行，必须全是皮的，满洲里冷得很，撒尿都要拿着棍子，要不连人冻那儿。我们年

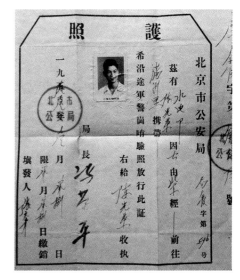

作者赴满洲里接机护照。

轻，不怕吓唬，再者买也没有布票。到了满洲里，虽没有像他们说得那么夸张，但比关内的确要冷很多。眼睛眨巴眨巴就冻粘上了，再眨巴眨巴又睁开了。口罩摘下来擦擦鼻子，再戴上口罩就成硬壳子了。拿手推商店的门把手，手会瞬间被冻粘一下。总之，时刻提醒你这是东北最冷的地方。

我们从北京启程，坐车到了三棵树，在这里换乘转车。车站有卖玉米饼子的，一块钱一个。眼瞅一个人买了还没等吃一口，饼子就被人从后面抢走了，抢吃的人边吃边往饼子上吐口水。那时候，正值三年困难时期，饥民是饿坏了。我和籍砚书也饥肠辘辘，当下不吃，下段旅程肚子会不会饿扁也不敢说，因而决定先吃些东西垫垫底再说。为防止充饥遭劫，我们各买一个饼子后，选站内相对人少的地方，背靠背，边观左右，边捧饼子狼吞虎咽。

虽然我们手里有车票，但换乘再上车就难了。车站人山人海，车到站，还没等检票，把检票员都挤没了。车站人员领我们持票的人在车站广场转圈，本意在转圈中排出一列纵队，好有秩序地带上车，但是，检票口就不敢开门放人，转来转去也进不了站台，眼瞅着车开走了。车站人员看我们急眼了，告诉说车票不作废。我们也不敢进候车室，怕错过了进站时机，就在露天广场干等，那才叫一个冷噢！

不知过了多少趟车后，我们终于在广场上转出名堂来，拥进站台，拼命挤上车。我只能贴挤在门口，进不了车厢过道，两脚不能沾地，挤成画片了。那边人穿羊皮衣服，戴羊皮帽，毛在里皮朝外，那个膻气味，我实在闻不了，但也没地方躲，死贴在一起，差点恶心得要吐出来。就这样挣扎到萨尔图车站，车上的人呼啦下空了，老天保佑，这要挤到满洲里，有命没命都难说了。接下来比较顺利，因为我们坐到终点站，选我们两个为车厢旅客代表，免费提供一点食品，这在困难时期很是难得。列车到达嵯岗小站时，将没有护照的人统统赶下车。

我们1月底到达满洲里，那年春节是在满洲里度过的。刚到的时候，我们住在满洲里市委招待所。依我们想象，卫生条件应该说得过去。但没料到，床上有虱子，晚上咬得根本没法睡，我们干脆睡在地上，亏了屋里有暖气。第二天早上，服务员看我们俩睡地上，很是诧异，准以为入住了两个神经病。籍砚书说，你们的床能睡嘛，虱子满处跑。说什么也不敢在这住了，我们另找了家国际旅行社，这里有外国人住，条件就好些了。我们来满洲里之前，在部招待所住过一夜，也遭虱子侵扰。全国电力部门来北京办事的人大都住在那里，房间床位是上下铺。睡半夜，见灯亮，睡眼惺忪地往上铺一看，一个东北老客坐床上抓虱子，一个个往地上扔，我的头发立马炸起来，没多时，虱子就与我亲密接触了……

我们在满洲里等的时间比较长，半个月过去，车也没有到，我只带了从电站食堂用餐券退换的几斤粮票，电站如果不把2月份的粮票寄来，我们就没饭吃了。我一趟趟跑邮局，问粮票是否寄到，跑次数多了，人家都认识我了。大春节的我又去问，邮局人见我进门，没等我开口，就告诉说粮票还没有来呢。那时候，没有粮票寸步难行，曾见有人拿罗马手表讨换15斤粮票。

春节过后不久，我们终于接上车，办完交接手续，就准备押车返程。说到换火车轮对，主要是因为苏联铁轨与我们的铁轨宽距不一样，要更换符合我们国家标准的轮对，才能继续前行。

我们买了差不多一个月的粮食，准备路上食用。我们的发电车不与其他车编组发运，要专列单行。编组车大都是通过车皮溜滑撞钩连接，对车体有较大的撞击，我们的发电机组设备不允许冲撞，汽轮机是有定位的。我们的专列属临时过往，没有固定车次和行车时间，每到一站，都要等有固定车次的车皮先发走，才安排我们的专列，我们能做的只能是耐心等待。等急眼了，我们就跑去找调度催，反复强调有任务，让尽早安排发车。

押车的主要任务，就是途中发生的事，要有记录，如有重大情况，列车停靠大站时，及时想办法通知给电站领导。到编组站一般都要检查轮轴发热状况，车厢门窗完好等。

我们押车到北京的时候，通知我们下车去茂名选厂址，电站另派了两位同事接替我们。44站主车到达茂名的时候，已是春暖花开的3月。然而，茂名矿区空欢喜一场。44站辅机连同36站的主机半路被大庆拦截，就地给急需用电的油田发电了。没有辅机的44站在茂名闲置半年后，只好掉头去36站原厂址——山西晋城，与其辅机配套安装发电。44站离开茂名之前，部里答应另调46站来茂名。

两次接车经历细细回忆起来，也耐人寻味。

我在列电搞革新

文 / 周西安

一

周西安

小时候跟随大哥生活在广州，大哥在铁路工作。我在广州读完初中，来到衡阳铁一中读高中。因客观原因，决定不再考大学。

1958年4月，我正在找工作的时候，列车电业局第15列车电站在衡阳安装发电。前期到衡阳电厂工作的同学，力荐我来这里工作，这单位名字既有列车还有电，我很感兴趣，就如约前来。1958年6月30日，23岁的我，正式成为列电大军的一员。

我学得很快，看图纸没有遇到难处，3个月就当了电气副值，半年后已是正值，这在学员中，应该是最速成的了。电站工人开机就上运行，停机就参加检修。我在实践中也很快掌握了相关设备的检修技术。无意间，从电站俄文资料中得知，电气值班员即是值班工程师，这引起我对掌握机、炉、水设备的兴趣。我利用巡回检查各车厢电动机的机会，向当班师傅请教，不久，我就能背出锅炉的所有阀门编号和所在位置，能说清从煤、水到电的生产全过程，还具备了机、炉副值的水平。

早年因国内战乱，我高中毕业时已属"大龄青年"了。15站领导安排我给保定电校实习生讲课，带学生上运行和维修。在此期间，结识了我未来的妻子。她毕业分配到远在四川荣昌的 23 站工作。1963 年，23 站搞战备，正好缺员，我如愿调到荣昌 23 站。

二

我进川来到 23 站之际，"四清""文革"运动先后席卷而来，我的命运突变。因为我痴迷无线电，为方便快捷修理收音机，设计了一台故障寻迹、讯号发生装置与收音合为一体。这被疑私装发报机，有通敌嫌疑，并罗列其他罪名，被列为批斗对象。人生如戏，我的命运转场似乎比戏还快。

"文革"中期，我的"罪名"经一一核实，都子虚乌有。大同市公安局专业人士审查从我家抄走的一箱箱器材、工具书和资料，结论道：他是一个地地道道的无线电爱好者。市委进驻电站的工作组，属下的专案组长，操着浓重的大同口音对我说："你木（没）事！"

20 世纪 70 年代，老百姓家中有台收音机就很有面子，收音机利用率极高，而懂无线电技术的人少之又少，同事家的机子坏了都拿来找我，我就免费（包括材料）为大家修理。当时，无线电技术正在经历革命性转变，需要双电源。且要高电压的电子管、花生管，正在被单电源、低电压的晶体管替代。当我意识到体积小巧的晶体管大有用武之地，于是就想到技术革新，用晶体管来实现电站控制系统自动化。

本着先易后难，我首先把目标锁定在水塔风扇电机。因为它

作者（中）与同事进行晶体管半自动同期装置模拟试验。

容易受潮，一旦受潮需要抽出转子，用灯泡烘烤除潮，耗时费力。我想做一台烘箱，直接把电机放进去烘烤。然而，问题是怎么让电站同意，给我提供需用的白铁皮。我采取循序渐进的方法，先做了个漏斗，后又制作了电焊机雨罩和碘钨灯灯罩，白铁工艺和使用效果让车间工人很满意。为此，电站同意我搞烘箱。烘箱全是我用镀锌铁皮手工敲出来的。我用热敏电阻、晶体管和平衡电桥设计制作了"恒温控制器"，控制烘箱内的电加热温度，经使用效果很好，

采用晶体管及其电路首次取得成功。

有了初步成功后，我更有信心搞技术革新。开机并网操作，对运行人员的技术要求比较高，操作者大都发怵，我就想到搞个半自动并车装置。1974年，我根据并车原理，利用业余时间，在家里悄没声地开始搞电路设计。画了很多原理图，反复推敲，从原理上确认可行后，就找来三合板，画上线路图，用锥子在上面钻眼，然后，把三极管、电阻、电容安放到线路板上，一个个焊接起来。制作完成后，需要一台低频信号发生器来做试验，我没有，就做了个正弦环形电阻器来替代。我把这事告诉了生技组长孟广安，他很支持我搞并车装置，不断地关心进度，经我完善电路后，模拟试验结果令人满意。

并车装置需要在设备上进行实际操作试验。为了确保安全，我将这个装置与手动并车串联起来，两者同时动作，确定无误方可完成并车。当时，我心中仍然忐忑不安，站在操作盘前的孟广安拍着胸脯说："出了问题我兜着。"经过数次并车，半自动并车装置终于成功了！

电站将结果汇报给中试所，中试所派贾汉明和朱琦来电站，并把23站周边的5个电站的技术人员召集来大同，现场并车操作，请大家观摩评议，得到了一致的认可和好评。但是，我希望有专家给一个权威性的鉴定。于是，中试所的车导明将相关材料上报给当时比较权威单位——河北电力学院。河北电力学院教授看到我做的土电路板，饶有兴致地问是谁做的，他们得知是一个电站工人设计的，就一定要求见我。我从大同赶到河北电力学院，教授提了许多问题，我都一一解答，最终给予这样的结论：构思巧妙，设计合理，安全性高。车导明将这份鉴定上报列电局，局里批了5万块钱，让中试所推广自动并车装置。

1975年，中试所组织"七二一"工大的学生组装并车装置，制作完成后，调试中出现技术问题，甚至产生对器件和电路的怀疑，中试所通知我前来解决。我立即赶到保定，问题当即解决。有一位老工程师发话，没有老周，你们是玩不转的。中试所希望把我调来，但我接到调令，已是数年后的事了。

三

1977年，我又开始搞发电机负荷自动调整装置。电站从大同调迁昆明后，装置就做出来了，经模拟试验，效果很好。但有个问题，装置要安装到设备上使用，必须要有功率变送器（试验时用一个模拟信号代替）。当时这个器件已经有定型产品，哪里有？孟广安和我到处找，终于在昆明供电局找到了它，我们打了个白条，就把它借回来了。结果如愿，发电机负荷自动调整装置完全达到设计要求，这是我完成的第三套自动装置。

电站把负荷自动调整器这项成果，又报送给中试所，这次谁都不提鉴定。贾汉明、李连奇和我三人，聚集到14站，将负荷自动调整器安装到设备上，试了两天，机、炉、电的运行人员都非常满意。试验完，电站生技组长不让我们拆走负荷自动装置，说："人可以走，东西不能

作者（左）与同事调试负荷自动调整装置。

拿走。"经我们再三解释，这只是个模拟板，并答应制作好首台装置先给14站用，这才物归原主。过后，局又批给5万元，中试所首批完成12台的制造任务。1980年在衡阳19站召开现场会，16个电站和3个基地代表参加，局生技处发来贺电，很快在部分电站推广负荷自动调整装置。

离开23站前，1977年2月，针对锅炉各班组交接时需要平煤斗，我又构思了"燃煤自动计量装置"，写了方案，画了机械构造图和电路图。但是，没有得到有关方面的重视和支持，机械制作不可能在家里完成，因而没有实现。

为汽轮机设计的水塔水温控制装置，因时间原因，也没有在23站完成。1979年初我调到保定。来中试所后，才完成了水塔水温控制这套装置。我把这个装置拿到56站去做试验，效果很好。它是一套智能化的自动装置，不但自动循环开停风扇，还能自动测定风扇电机绝缘，闭锁绝缘不合格电机。这是我完成的第四套自动装置，但此时列电已近尾声，这套自动装置没有被推广使用。

当负荷调整器试验成功后，列电局指示中试所走出去，调研适合电站的自动装置。贾汉明和我先后去过天津军粮城电厂、43站和广东工学院。广东工学院曾为43站设计并制作了一系列自动装置，据该站运行人员反映，其中自动并车冲击电流很大，负荷自动调整、无偏差信号输入时仍不断发出增减脉冲，负荷整定无标识，加减负荷无显示等。而我设计的这两套自动装置，并车时冲击电流几乎为零，当发电机甩负荷时，会由自动转为手动，避免汽轮机超速加减负荷。自动、手动均设有灯光显示，还设有灵敏度控制，既安全可靠又操作方便，十分完美。中试所在"晶体管自动负荷调整等装置调查报告"中，回复列电局：采用23站的设计。

四

列电局的撤销令我感到意外，遗憾的是我所研制的几套自动装置，没有在全部电站得到使用（并车装置 12 个电站使用，负荷调整 25 个电站使用）。当年我搞技术革新，大多是业余时间，我们夫妻俩都上运行班，谁在家谁做饭，我常常因为埋头搞技革，忘记了做饭，孩子放学回家，没有饭吃，少不了被家人怪罪，我也很自责。

试验所用的元器件都是自费购买，只要有机会去北京，就想方设法购买。那时，我家有五口人，手头并不宽裕。但是，谁让我爱好这些呢？所有付出，也要感谢妻子的理解和支持。埋头技术革新，既无官职，也无职称和荣誉，妻子不言，我也感到有愧于家人。同事们说，周西安的成功，其背后与妻子默默支持和付出是分不开的。我搞的几项技术革新，《前进报》《巴彦淖尔报》《内蒙古日报》等地方报纸有过报道，当年《人民日报》记者也采访过我。

回顾在电站搞"发明"的岁月，我问心对苍天，可以无愧地说，我为列电事业贡献了自己的青春年华和聪明才智，实现了自身的价值！有成就，也有苦涩，自己付出了怎样的心血，旁人是难以体会的。改革开放的年代，为实现个人价值，我开拓出属于自己的一片天地，历经奋斗，有了属于自己的三家公司，事业有成。然而，耄耋之年的我，依然对列电岁月充满情感，借此忆文，重温往昔。

暴雨给我的洗礼

文 / 宋昌业

1958 年，第 4 列车电站奉命调到广东河源县发电，支援新丰江水电站的建设。1959 年 3 月，河源县进入了雨季，雨时大时小，始终下个不停，一连 3 个月，几乎天天如此，让人都想不起来晴天是什么样子了。电站近一半职工是在水国泽乡里长大的，披着雨衣、踏着泥泞的田边土路，往返于县城毫不在乎。尽管电站条件异常艰苦，大家依然乐观，积极工作。

电站的循环水泵装在电站右侧岸边的一条船上，从循环水泵出口到凝结器入口用一条长 30 多米、直径 8 寸的波纹状胶皮管连通。随着江水的起落，船要起锚、抛锚，移动水管，这是一项十分操心费力的维护工作，一刻都大意不得。

4 月中旬，连着下了 3 天大雨，加上海水倒灌，江水陡然间上涨了 3 米，江面离厂房地平面也只差 3 米多点。大家看着脚下汹涌的江水，你一言我一语议论起来。有人说，水那么大，亏得厂房建在了半山坡上，这要是在武汉，又得像 1954 年那场洪灾那样，用一袋袋面粉筑堤了！有人接话道，说得轻巧，现在到哪去找那么多的面粉呀？咱们呀，都得喂鳖了……就在大家聊得热火朝天时，突然电站停机了，原来循环水泵终止了工作。

水泵船不是好好地漂浮着吗，怎么水就断了？大家赶紧查找原因，最后查明是水泵马达烧了。事故就是命令，那些从电厂调到电站的老工人们，显示出了他们的英雄本色。汽

宋昌业

4 站在广东河源发电。

机车间主任叶方剑带人把马达抬上岸，电气车间主任钱小毛、技术员张宗卷立即测量绝缘，并拆开马达仔细检查。原因很快便查了出来，马达线圈端部绝缘击穿了，故障不是很大。查出了事故出处，很快便制定了修复方案，电气车间必须保证在 24 小时内处理好故障，汽机车间保证两小时装复。

锅炉车间李登富主任命令值班人员坚守岗位，压好火，打开风门监视水位，并安排运煤工上足较干的煤，随时准备升压送气。

当时，我担任电站工程师，水电工地的调度几乎 10 分钟一个电话催着送电，急促的铃声传递着工地上的一个个险情。下午，水电工地的总工程师给我打来了电话，他哀求的声音让我至今难忘："求你们尽可能提早送电，工地上数千名职工、家属盼望着你们呐……"这是几千人性命攸关的大事呀！全站人马都严阵以待，随时准备开机送电。乌云滚滚，电闪雷鸣，冰冷的海风裹着江水无情地吹打着抢修的电站职工。没有人叫苦，也没有人喊累，大家只有一个心思，修好马达，提前送电，力保水电工地的安全。

经过电站职工不懈的努力，机组终于按计划启动送电了。电话里传来了工地领导真挚的感谢声。放下电话，我不禁思绪万千。广东很热，虽然建站之初就考虑到了这点，也制定了应对措施，对循环水泵的安全也做了考虑，感觉措施很完善，但广东属亚热带气候，雨大且多。对此我却全然没有想到，最终造成了事故，我对此负有直接责任。同时也真正让我体会到"安全生产"四个字所包含的神圣含义。

15 站衡阳纪事

口述 / 周西安　文世昌　陈孟权等　文 / 周密

　　1957 年，衡阳市电力紧张，特向电力工业部申请调列车电站前来支援。经部批准，列车电业局将新机第 15 列车电站直接从口岸运抵衡阳，由衡阳电厂负责场地基建和组装，同年 6 月 3 日并网发电。这是《湖南电力工业志》中对 15 站的一段记载。15 站的组建与众不同，它完全由甲方承包，并为列电局输送了一支专业的发电队伍，纵观列电发展史，这绝无仅有。

　　1957 年秋，衡阳电厂作为供电甲方，依据协议开始筹建 15 站。褚孟周以衡阳电厂副厂长的身份负责筹建工作，同年 11 月，褚孟周挑选出包含机、炉、电、水处理等各工种 10 余名人员，首批进入电站。这批人由吴锦石带队，去新安江 7 站参加培训。衡阳电厂发电车间党支部书记吴兆铨，以及文世昌、陈启明、廖国华、周柱涛、莫键、赵云浩等均在首批之列。之前，吴兆铨并没有思想准备离开衡阳电厂，厂党委书记赵黎明通知他去列车电站工作，他服从组织安排。改变人生轨迹竟然如此简单。他们在新安江度过了元旦和春节。

　　虽然 15 站筹建已经紧锣密鼓地进行，但正式建站的文件于 1958 年元月才正式转发给长沙电业局。列电局委任褚孟周为厂长，吴锦石为副厂长，刘权为工程师。吴锦石原是湖南电业局保卫科副科长，刘权原是湘潭电厂工程师，褚孟周曾以军代表身份接管湘潭电厂，吴刘两人加入列电，想必均缘于褚孟周。

　　与此同时，第二批衡阳电厂援建者先后调入列电，进入的时间大约在 1958 年 1 月至 5 月间，有三四十人。曾在线路工区负责材料工作的李文魁、衡阳电厂锅炉技术员计万元等在这个时间段进入 15 站。1958 年 3 月中旬，正在新安江学习的吴兆铨接到通知，让其赶往边境口岸，接列车发电机组，并押车至衡阳。吴兆铨与计万元在保定列电局汇合后，一起奔赴内蒙古集宁市。他

1958年15站部分职工在衡阳合影。

们押运进口编号 607 的捷克机组返回衡阳时，已是 4 月底。

15 站与衡阳电厂隔江相望，衡阳电厂在湘江西岸来雁塔下，电站落脚在湘江东岸，区路里玄碧塘。发电车停靠在衡阳冶金机械厂铁路专用线上。这条专用线，再早属于一家车辆修理厂，该厂撤销后，原址建起矿山机械厂，后易名为衡阳冶金机械厂，19 站最终留给了这家企业。邻近电站还建有一个轧钢厂。电站很快投入安装，列电局和衡阳电厂均派技术人员前来协助。同年 6 月，电站完成安装，并网发电。文世昌、廖国华、吴兆铨分别任汽机、锅炉、电气工段长，这是 15 站"衡阳帮"的最初架构。据说，衡阳电厂还支援了第三批人员，包括保卫人员、电站辅助人员、食堂后勤人员等。50 年后，15 站的前辈凭记忆统计，全站来自衡阳电厂的人员可达八九十人。不过，后来这部分人属临时加入，在电站调迁离开的时候，大都回到衡阳电厂，仅有个别人跟车前往。

在衡阳铁路一中毕业的周西安，是 15 站在当地招收的首批高中毕业生。周西安回忆，铁一中距 15 站不远，电站被铁丝网严密包围，有专职保卫人员守卫，外人不得擅自进入，除非持有市委介绍信才行。周西安第一次眺望这部进口的列车电站，是隔在铁丝网之外。15 站发电不久，周西安于 1958 年 6 月 30 日加入列电队伍，这个日子永远刻印在他的记忆里。他隔着铁丝网向看望他的老师和同学介绍列车电站的时候，他很是自豪，他也令同学刮目相看。过后，周西安为电站引来若干铁中同学。

8 月左右，厂长褚孟周接列电局调令，离开衡阳去武汉筹建船舶 1 号电站，刘权、吴兆铨等七八位骨干也随同而去。3 年间电站领导更迭较为频繁，吴锦石、赵廷泽（兼第四区中心站厂长）、文世昌相继走马上任，电站调迁到鲤鱼江后，陈启明继任厂长。

15 站没有配给水塔车，衡阳电厂在江边安置一条水泵船，船很大，南方人称为趸船。船上装有两台 75 千瓦的循环水泵，电缆通过架空线连接到水泵船上，水管也从船上连接到车厢。这样的装置虽然可以保障电站正常发电，但随之带来的问题也显而易见。湘江水有落有涨，水泵船也随水而不断移动。水落时，船远离江岸，因而要有专人及时放长电缆和水管。水涨时，又需及时收起。为此，衡阳电厂在水泵船上配备了专职维护人员，跟电站运行人员一样三班倒，保障水泵船正常运行。电站人习惯称他们为临时工，属衡阳电厂第三批支援人员之列。

电站在衡阳发电初期，燃煤供应充足，但随着"大跃进"兴起，各地煤炭需求量陡然增大，电站煤炭供应开始紧张，后来，几乎到了吃了上顿没下顿的境地。好容易等来运煤的车皮，劳动力都"大干快上"去了，卸车也成了难事。电站等不及，领导干部带头，全部下去卸煤。文世昌回忆当装卸工的经历，很是感慨，他操着浓重的湖南口音说，那时候没黑没白地干。电站曾一度等不来运煤的车皮，为解决燃眉之急，组织职工到煤场挖积煤。偌大的电站煤场，因煤长久堆积、踩压，地面形成厚厚的煤层，清理出来足可以抵挡一时。厂长赵廷泽带队，与工人一起挖煤，盛夏之日，个个汗流浃背，场面热火朝天。

在燃煤供应最为紧张的时候，电站不知从哪里学来的方法，往燃煤中掺谷糠，以降低煤耗。于是，各运行班为创造最好成绩，争先恐后地去拉谷糠。老 15 站人回忆，他们找来一条木船，改装成机动船，下班后，几个人开船到湘江对岸。那时，天已渐凉，他们光着脚，弯腰将船推到江水深处。有一次，船行至早年炸毁的过江桥处，水流湍急，险些翻船……

缺煤好在是阶段性的，然而，煤质差却是 15 站在衡阳挥不去的阴影。在衡阳发电 3 年，电气和汽轮机没有出现过大事故，比较正常，事故大都发生在锅炉工段。因煤质差，锅炉炉膛经常处于正压，神仙来也没有办法解决。煤含灰量大，锅炉引风机叶片磨损严重，导致煤烟排放不畅，倒灌入锅炉值班室，这就害苦了锅炉工。锅炉值班人员下班时，个个脸熏成黑包工模样，只能看清楚两只眨动的眼睛。煤灰量大，增加了炉排被卡住的概率，一旦发生，电站不得不停炉，着急忙慌地进行抢修。当年，在衡阳发电的锅炉工和电站领导回忆这段往事，苦不堪言。

大约是在衡阳发电的第三年夏天，湘江发生洪水，从上游冲下来草房等杂物，还有农民养的猪。江岸被洪水侵蚀，发电车处在非常危险的境地，如果不采取措施，车厢有可能翻到江里。衡阳市委得知情况后，派来专家查看。他们很专业，用车拉来很多石头，抛到江里以稳固堤岸，电站转危为安。从中也不难看到，衡阳市非常重视电站安全发电，虽然 15 站发电容量不及衡阳电厂，但单机容量在衡阳排老大，况且，列车电站在当时尚属高端设备。

几年间，15 站人员来来往往，相继有人离开去支援其他电站，也相继补充了一些人员，但始终保持着一支朝气蓬勃的队伍。1958 年初，电站分出二三十人接新机 27 站。这一时期，15 站又先后分配来学校毕业生和调入一些工人，并在柳州和广东招收学员，因此 15 站没有出现较大的缺员状况。此时，创业的衡阳人逐渐分散到各个电站。电站年轻人多，女职工多，男大当婚，女大当嫁，谈情说爱，那是再正常不过的事了，因而在衡阳发电 3 年，对收获爱情的年轻人来讲，该是最为美好难忘的时光。陈启明与吴智英、文世昌与王美华、孙振声与殷燕铃、姚炎熙与黎素芳均在衡阳喜结连理。

1961 年 7 月，衡阳电厂再次扩容后，发电量基本可以满足当地需求，15 站于同年 10 月离开衡阳，调迁到湖南郴州鲤鱼江，为鲤鱼江电厂发电。1962 年春，15 站被指定为战备电站，电站停机，处于待命状态。由于发电地点距车站很近，甚至有旅客错登上发电车，所以电站拉到距原厂址 1 公里外的木梗桥继续备战。上级还派发枪支，由电站派专人持枪昼夜保卫发电设备。曾发生两次开枪事件，一次怀疑不明身份人靠近电站，另一次枪不慎走火，子弹将车厢击穿。

1963 年 3 月，15 站解除战备，开往广东茂名，参加石油会战。

12 站艰苦历程

文 / 邢守良

第 12 列车电站从建立到落地的 20 多年里，行程两万余里，为五个省市自治区发供电。经历了高寒、酷热、戈壁、边陲等各种艰苦环境的锻炼和考验，打造了一支政治觉悟高，技术过硬的队伍。

一

1958 年，12 站的设备从苏联进口，同年 4 月在哈尔滨安装投产，与 10 站、17 站、18 站一起为 101 军工厂发电。职工来自 1 站、2 站、11 站等多个电站。全体职工团结一心、刻苦钻研，努力掌握与新机组相关的技术和操作规程，圆满地完成安装任务，并保证安全供电。

1959 年 9 月，12 站调安徽合肥发电。厂址远离市区，职工住在用竹子搭建外面抹层泥的茅草房里。这种"房子"，四处透风，冬天阴冷，白天房子里没有外面暖和，晚上需要烤火取暖。夏天，合肥天气炎热潮湿，职工多为北方人，不适应当地气候。晚上 12 点前根本睡不了觉，一些职工抱着凉席跑到附近化工厂 10 多米高的楼顶上睡。蔬菜极少，且买菜要到 10 里外，所以经常吃酱油拌饭。面对环境的极大变化，全体职工没有任何怨言，努力克服困难，出色完成发供电任务。

二

12 站在安徽濉溪为矿务局发电时，正值我国三年经济困难时期。当地粮食极度短缺，除年节外，一日三餐都是已经霉变并混有杂质的红薯面，且不能吃饱。因常年吃不到油水，身体严重营养不良，60%~70% 的人出现浮肿，有些人连走路都困难。

厂领导千方百计地想办法，向局里汇报，调拨来大豆煮水喝；与当地农场协调，购买青菜补充粮食不足。为了让大家能多吃几斤地瓜干，在重体力工种减少时没有及时上报下调粮食指标，当地有关部门到电站来调查，结果发现电站职工长期营养不足，在身体状况堪忧的情况下仍在坚持工作，很受感动。回去后向领导汇报后，不但没有批评，还一次性发给电站职工每人5斤营养面（麦麸子），这在当时对电站已是最高奖赏了。

老厂长高文纯在回忆这段经历时，动情地说："12站职工真是了不起，在严重营养不良的情况下愣是没被压垮，连走路都困难仍坚持工作，保证设备正常运行。"他特别佩服家属中的三位老太太，为了让孩子们能多吃点，自己经常不吃饭，结果因为营养不良，有两位老太太永远留在了濉溪。"我家当时有三个小孩，两个大一点的是女儿，小的是儿子，1960年10月出生。在那时，大人整天吃地瓜干子，小孩没有奶水吃，又买不到奶粉，只能看着儿子一天天的消瘦，不到九个月就走了。"高厂长回忆说，我那时坚持先保大的，她们还能吃得下地瓜面。如果当时能有些白面或米粉熬糊糊喝，儿子就能活下来。

12站职工及家属在安徽濉溪合影。

三

1963 年 10 月，一份特殊的调令，调 12 站去西北甘肃，不知具体到什么地方，为哪个单位发电，只知到站是低窝铺，地图上查不到。同时对电站人员进行严格政审，通不过的要调转到其他电站。到达后才知道，是与先期到达的 1 站一起，为生产核材料的 404 厂发电。

由于当时交通条件差，职工探亲仅往返路途就需半个月时间，若按正常休假电站人员无法轮换，大家就主动放弃一年一次休假，改为两年探亲一次。因保密不能说出具体地址，有的家属误以为电站在兰州发电，就到兰州来探亲。来到后才知道，电站还在很遥远的地方，只好在兰州通上一次长途电话，然后带着对亲人的思念，踏上返乡的路。也因此，电站未婚职工恋爱结婚普遍推后了两三年。

在为 404 厂发电的三年里，全体职工以高度的责任感精心维护设备，克服各种困难，保证安全送电，没有发生过一起事故。

1964 年 10 月 16 日，我国第一颗原子弹爆炸成功，听到这一振奋人心的消息，大家相互拥抱在一起，激动得流出了热泪，为自己能够亲自参加原子弹研发试验而感到无比光荣和自豪。

在当年中央军委、国防科工委、甘肃省委召开的庆功会上，12 站受到了表彰和奖励。

四

1971 年底，正值寒冬。扎赉诺尔电厂仅有的两台 1500 千瓦机组，因设备陈旧，一台停运检修，另一台也不能满负荷运行，仅能维持井下保安用电。矿务局停产，居民没有照明。煤炭系统向列电局申请支援，急调 12 站到扎赉诺尔。接到命令后，在革委会副主任葛春城（原锅炉工段长）的带领下，进行紧急拆装、调迁。扎赉诺尔矿务局派军代表前来接车，并提前与铁路局进行沟通。然后一路绿灯，从赤峰的平庄到扎赉诺尔只用了两天时间。因用电紧急，电站到达后立即开始安装。

扎赉诺尔属高寒地区，当时最低气温已是零下 40 多摄氏度。生活设施也不配套，电站职工临时在多处居住。随身携带的衣服难以抵御高寒，冻得浑身发抖。车厢如同冰宫，寒气逼人，有时因空间狭小无法戴手套工作，手潮湿，稍不小心，碰到冰冷的管道即刻被冻上，轻者冻伤，严重的一块活生生的肉皮被撕下，鲜血直淌。全体职工在这样恶劣的气候条件下，不分昼夜地工作，只用了 7 天时间就将设备安装完毕，一次启动成功，给当地居民送去了光明，解决了煤炭生产用电问题。当地政府和矿务局领导被电站职工不畏艰难、敢打硬仗的精神所感动，称赞电站职工是铁人队伍。

五

12 站自 1967 年在西北基地大修后，就一直在自然条件极其恶劣的边疆地区发电，电力供应始终处于求大于供的紧张状态，加之人员缺少等因素，致使设备严重失修，甚至带病运行，亟需返厂大修。

1974 年末，列电局对 12 站领导进行了调整。乔勤书记带领新班子做出了就地大修、打设备翻身仗的决定，并实施一系列保障措施。

一是利用扎赉诺尔可以解决家属"农转非"户口的有利条件，引进了十多名技术骨干；二是对设备存在的隐患进行逐一排查；三是对存在问题的设备进行彻底检修。特别是 1977 年大修，得到了列电局和保定基地的大力支持。局物资处瞿献高处长指示北京马连道仓库，12 站需要什么给什么，而且要按快件发运。保定基地在人力、物力上给予了无私的援助，派出了各专业顶尖儿的师傅前来支援大修。他们与电站职工一样，昼夜连轴转没有任何怨言。其中 4 台水塔车除了外壳，内部材料拆光进行了彻底更换。

矿务局也十分支持电站工作，拿电站当宝贝，视职工为亲人。主管矿长到现场给大家鼓劲儿，并下令矿务局修配厂对电站加工部件特事特办、立等可取。在各方面的支持下，只用了 28 天就完成了检修任务，设备面貌焕然一新。

后来，12 站在此基础上对设备进行自动化升级改造，派机、炉、电、热工技术人员到相关电站学习。在没有列入列电局计划的情况下，自筹资金进行自动化升级改造。先后完成了电气中央控制盘、汽轮机集中控制盘、锅炉仪表盘、发电机有功负荷自动调整装置等自动化改造，基本实现了电气设备远程监控、锅炉自动给水、给煤自动计量、蒸发器自动给水、复水泵自动调节等十多项自动控制。既减轻了运行人员的劳动强度，又保证了设备运行安全。

1977 年大修后，电站年年超额完成发电任务，实现安全运行 1000 天无事故。1978 年，被评为保定管区先进电站、列电局物资管理先进单位。1979 年，被命名为全国电力工业大庆式企业。

家国情怀
1960—1969

　　这个时期，列车电站服务于国家战略，履行"备战备荒为人民"方针，在油田会战、铀矿开发、核弹研制、卫星发射、大"三线"建设，以及战备应急中，保障电力供应，发挥了不可替代的作用。蓬勃发展的列电事业，吸引了一批批专业学校毕业的年轻人加入，增添了有生力量。列电人与祖国同呼吸、共命运，自觉地服从国家需要，"哪里需要哪里去，哪里艰苦哪安家"，以特别能吃苦、特别能战斗、特别能奉献的精神，排除千难万险，建立特殊功绩，谱写了一曲曲战天斗地、可歌可泣的感人乐章。

十九年的坚守

文 / 闫瑞泉

1950 年 9 月 5 日，天津市第三发电厂职工写信给毛泽东主席，决心以实际行动支援抗美援朝。毛主席于 9 月 11 日回信给天津第三发电厂职工，鼓励他们"团结一致，努力工作，为完成国家的任务和改善自己的生活而奋斗"（见 1950 年 9 月 17 日《人民日报》）。这件事在当时的电力行业引起了很大的轰动，而时任这个厂厂长的，正是刘国权。

同年，由于贯彻落实党的方针政策好，安全发电成绩优异，恢复发展生产成效显著，燃料部授予该厂"安全先锋"称号，刘国权获得"模范厂长"荣誉。

刘国权

刘国权是河北任丘人，生于 1922 年。1937 年到张家口电厂当工人，1945 年参加革命工作，曾在晋察冀军工局 308 厂任过工长。1949 年后，历任天津第三发电厂军代表、副厂长、厂长，天津市电力建设工程处主任，水电部援助蒙古人民共和国乌兰巴托第二电站工程处主任等职。

1965 年初，刘国权调到列车电业局任副局长，并长期主持列电局日常工作，直到 1984 年列电局解体工作完成后才离开工作岗位，前后长达 19 个年头，是列电局在职时间最长的局领导。

"文革"中苦撑乱局

刘国权调到列电局不久，"文革"就开始了，全国陷入动乱之中，列电系统的工作秩序和生产秩序也遭到严重破坏。列电局领导受到不同程度的冲击，曾主持全局工作的副局长季诚龙，以及转业不久的副局长贾格林先后停职审查，列电局实行"军管"。革委会建立后，主任俞占鳌因身体原因，不能坚持正常工作，作为革委会副主任的刘国权主持全局日常工作。

这是最艰难的一个时期。局机关不少骨干人员，下放基层或调到系统外；局机关也有两派的对立，局革委会只能起到维持局面的作用。一些基地和电站派性严重，有些单位还参与了当地的派性斗争，武斗现象和夺权事件不断，生产受到严重干扰。

1970年前后，水电部一些直属机关被撤销，军管会向国务院打报告，要求也撤销列车电业局，将列车电站划归地方管理。在副总理李先念、国家计委主任余秋里的坚持下，列电局得以保留。

在这种情势下，一方面，他要"抓革命"——应付运动。另一方面，他要"促生产"——尽力维持生产秩序。

"文革"期间，基地和电站都有来局机关"造反"的人，他只能采取不介入派性斗争和"抹稀泥"的办法，尽力维持工作局面。某电站来人，拍着桌子指责他是"资产阶级政客"，他看似幽默却也无奈地说"我是'资产阶级政客'，但是为无产阶级服务"。1976年反击"右倾翻案风"时，保定基地来人到局机关贴大字报，闹着要局里否定1975年保定基地领导班子的整顿。他耐心对话，把这些人劝了回去。有人说刘国权是"脚踩西瓜皮、两手抹稀泥"，是个"滑头"。可也有人说，在那样混乱的政治环境下，他不这样做又能怎样呢？他的"滑头"其实是一种政治智慧。"文革"中，局机关没有发生严重冲突，基本维持了正常工作，这与他的作用是分不开的。

由于"文革"的干扰和"下放"的影响，"文革"初期制定的"三五规划"——发展20台6000千瓦机组的计划泡了汤。其中8台6000千瓦燃气机组本来已经排产，结果中途退货，造成了很坏的影响。保定基地生产的一批配套设备，也因此成了库存积压。

在"文革"中，大部分基地和电站维持了正常生产，并且在10年中，新增列车电站12台，共计7.8万千瓦。虽然发展速度是慢了，但毕竟有所发展。

"9·13"事件发生后，周恩来总理主持中央工作，批判极"左"思潮，落实干部政策，恢复生产秩序，使"文革"造成的全国混乱局面出现转机。刘国权利用这一时机，支持刘冠三带领政工口逐步落实干部政策，"解放一批，调回一批，提拔一批"，基本解决了列电系统干部"青黄不接"的问题。

同时，他借机抓规章制度的恢复，扭转被动的安全生产局面。1972年9月，恢复了技改所建制，更名中试所。针对当时雷害事故多有发生的情况，要求中试所抓紧开办培训班，购置避雷装置，务必在雷雨季节到来之前解决防雷问题。

在1972至1973年的这段时间里，列电系统开始出现了稳定发展的局面。

整顿中促进发展

1974年秋，毛泽东主席指出，文化大革命已经八年，现在以安定团结为好，全党全军要团结。表达了欲结束"文革"的愿望。1975年邓小平主政全面整顿，全国形势明显好转。

1975年，传来了国务院领导关于列电发展问题的批示。1975年7月10日，国务院批准国家计委关于列电发展10年规划，也即百万千瓦发展规划。这个消息让包括刘国权在内的全体列电人感到振奋，列电局党的核心小组认真研究实施方案，准备大干一场。为了适应形势发展，在几年的时间里，列电局先后对保定基地、武汉基地、中试所及一些电站进行了整顿，使全局工作逐步走上了正轨。

保定是"文革"重灾区，保定基地是有名的"老大难"。水电部、河北省、保定市领导对解决保定基地问题都做过指示。刘向三副部长明确指出，对保定基地进行整顿，是发展的需要，是领导班子团结的需要，是落实政策的需要。列电局派出以刘冠三为首的工作组，进驻保定基地。刘国权要求工作组，上靠保定市委，下靠基层群众，做好思想工作。他也曾亲自到保定基地找有关人员谈话。经过反复做工作，保定基地问题最终得到了解决。

1978年下半年，副局长贾格林带领工作组，以"加强领导班子建设，加强职工队伍建设，把生产搞上去"为目标，协助武汉基地党委，进行了历时半年多的整顿。基地各项工作都得到了提升，为以后的发展打下了基础。

百万千瓦发展规划虽然振奋人心，但在当时的条件下，无法落实诸如资金、材料、设备，尤其是车辆排产等问题，使这一宏伟的规划刚刚起步就步履维艰。

列电的优势在于机动灵活，适应战备和应急需要。国务院及水电部领导多次强调列电的机动灵活性。1978年，杜星垣副部长要求列电减少随车人员，加快调迁速度，减少现场工作量。对此，刘国权和其他列电局领导十分重视，而且作为提高管理水平的主攻方向来抓。

1977 年 4 月全国工业学大庆会议以后，列电系统广泛开展了以建设大庆式企业为目标的工业学大庆活动，在 3 年中建成了一批大庆式企业，推动企业管理迈上一个新的台阶。

以贯彻中央《工业 30 条》为契机，提高企业的技术水平和管理水平。列电局于 1978 年 9 月在密云干校开办了为期 24 天的电站厂长学习班。刘国权到会讲话，指出列电在管理上存在着 8 个方面的问题，要求各企业领导人要敢于抓生产、抓管理。

技术改造是增强电站机动灵活性的重要一环。自粉碎"四人帮"以后，在局党组和刘国权的领导推动下，全局技术改造和技术进步蓬勃开展，诸如两机合并、集控改造、水塔改造等技改项目，大都在这个时期完成。

所有这些工作，都是为了减员增效、瘦体强身，强化电站机动灵活性，适应战备应急和用户的需要。

调整中适应变化

1979 年 4 月的中央工作会议，提出了"改革、调整、整顿、提高"的八字方针。这次调整，对列电的前途和命运产生了重大的影响。在 6 月的列电工作会议上，刘国权就贯彻"八字方针"，发表了鼓舞士气的讲话。他说，列电不属于关停并转的范围，我们应该在调整中前进，在前进中调整，只有在加快发展中，才能解决存在的问题。

但随着国民经济调整的深入，电力供需矛盾缓和，列电的日子开始不好过了。1980 年 7 月 16 日局党组会记录显示，电站出租率等主要经济指标，已出现明显下滑趋势。1981 年，经营形势进一步恶化。到年底，机组闲置已经达到 29 台，在运行的 31 台中，全年运行的只有 21 台。基地亏损将达到 300 万元，好在电站租金收入弥补基地亏损后仍有盈余，但预计 1982 年全局将亏损 360 万元。

列电存在的诸多问题，在经济深入调整中更显突出。一些设备陈旧落后，容量小，消耗高，污染严重，人员老化，随站家属增多，建厂费用居高不下，基地生产任务不足，国家预算内投资不断减少……

在研究对策时，刘国权说："列电在相当长的时间内还是需要的，美国现在还有小型机动电源呢！不要瞻前顾后，应该采取积极的态度解决存在的问题。"他提出了 3 个方面的应对措施：

一是电站改进管理。刘国权分管调迁工作，他每周必亲自到"调迁办"了解情况，因此对调迁工作非常熟悉。他在 1980 年修编调迁规程会议上指出，要进一步改进电站调迁工作，加快调迁速度，降低调迁费用，降低建厂费用，减轻用户负担。他肯定了 57 站快速调迁和热电联产的经验，表扬 26 站自找用户和 12 站实行地面工作费用包干的做法。

二是基地广开生产门路。他在两次基地生产座谈会上，反复强调基地广开门路不是权宜之计，必须打破靠电站单一经营的老框框，面向市场广开生产门路。武汉基地的"翻车机"、西北基地的"底开车"，就是这个时期在他的支持下上马的。这两大产品技术先进、操作性能好，推出后受到电厂及铁路部门的好评。尤其是翻车机，经不断改进提高，历经 30 多年仍是武汉基地的拳头产品。

三是实施电站压缩方针。1980 年 10 月 21 日，李鹏副部长到列电局听取局党组关于列电调整的汇报。根据部领导的指示，列电局拟定了初步调整方案，即从 1981 年开始，3 年内压缩电站 30 台，保留一部分骨干电站，减少流动职工 2000 人左右。

面对日趋严峻的形势，刘国权对列电调整有强烈的紧迫感，但对列电的前途仍抱有信心。他在 1981 年 3 月 25 日强调，列电调整要"早认识，早动手，早主动"。同时认为，列电行业有"调整"问题，没有"关停"问题。

翻看十几年的局务会议记录，贯穿其间的核心内容，就是抓整顿、强管理、求发展，这是刘国权及列电人挥之不去的"列电梦"。

解体中"坐镇到底"

1982 年 5 月下旬，列电局召开了最后一次全局性的工作会议。原本打算通过这次会议，研究调整方案，针对基地和电站的问题，采取不同的措施，边生产边调整，实现平稳过渡，各得其所。

即将开会时，却得到水电部决定列电局和机械局合并的信息，原来准备的会议内容不得不重新调整。因猝不及防，情绪激动的刘国权对李代耕副部长说："请你到会讲讲吧，我现在没法和大家讲了！"

李代耕代表水电部到会讲话，他肯定了列电 30 年的作用，分析了列电调整的必要性，承诺在调整中要妥善安置好电站职工。然后对列电调整提出了具体意见，并正式宣布列电局与机械局合并。

会后不久，列电局成立了由局和基地两级人员组成的华北、中南、华东 3 个工作组，分别由张增友、赵廷泽、周良彦三个组长带领，到各管区电站，对人员、设备及划交情况进行调查摸底，同时对已具备交接条件的电站开展交接工作。刘国权密切关注着工作组的情况，几次召开分片汇报会，听取汇报，认真研究解决问题的办法。

列电解体，流动职工安置是最大的问题，也是列电局党组工作议程中的大事。1982年2月，列电局专门召开流动职工安置会议，两位副局长主持，研究老弱病残职工安置问题，并出台了《老职工安置试行办法》。

1982年11月3日，水电部下发《关于进一步调整下放列车电站管理体制的决定》和《调整方案》，明确列电局将撤销，列车电站下放落地。

这时，列电局领导成员有的退，有的调，只剩下刘国权一人收摊子。他本来也可以履职新任，但他没有，他的心思都放在列电收尾和职工安置上了。他说"我快到点了，把列电的事处理完我就退休了""这些人不容易，要尽力安置好"。随着局机关工作人员减少，他担负起了很多具体事物，如资产处置等业务工作，很多都是由他亲自办理的。他经常过问人事档案的移交情况，生怕没有送到对方而影响职工接收安置。他每天都是早来晚走，尽心尽力地"站好最后一班岗"。

刘国权多次找部领导反映列电职工的安置问题，得到了部领导尤其是李代耕副部长的理解和支持，因为他了解列电，对列电人有感情，1955年老3站离开上海时，时任华东电管局局长的李代耕曾亲自到车站送行。1983年1月全电会议期间，李代耕召集了相关网局、省局领导参加的专题会议，商谈列车电站交接和人员安置问题，会上他作揖拜托大家帮忙。这对于流动职工的安置起到了关键性作用。

1982年列电局工作会议合影。

列电局撤销后，为了电站移交和职工安置，刘国权带领水电部善后机构列电管理处的几位老同志，马不停蹄地跑了很多地方，曾半年没回北京。在东北还请老局长俞占鳌出面，同大连、哈尔滨、佳木斯电力局，谈东北电站的下放安置问题。

在各相关网局、省局支持下，列电局所属列车电站、基地、电校、中试所各得其所，基本都有了归宿。涉及在职职工 7031 人（未含先期自行调离的职工），其中，电站职工 3656 人，其他单位职工 3375 人。

善始善终不容易。一直干到 1984 年，刘国权履行了他"坐镇到底"的诺言。

严律己清正廉洁

有人说，刘国权是一个平平淡淡的人，身上没有什么故事，其实也不尽然，在他身上有很多充满正能量的故事。

他不收礼。有一个外地来京的列电人，带着两瓶香油到他家去看望，就因为这两瓶香油，敲了他家门有半小时，他就是不给开门。

他不吃请。打倒"四人帮"后，他到大庆学习，遇到海拉尔地区的领导，要请他吃烤全羊，他坚辞不去。后来经别人解释，这位领导是少数民族，不去会影响民族关系，他不得已才去了。

他艰苦朴素。当过局党组秘书和副局长的杨文章说，和刘国权出差最艰苦，按规定可以坐软卧、乘飞机，但他总让买火车硬座票。

他从不向组织伸手。他家 6 口人，一直住着三间不带厅的房子。按他的地位，解决这个问题并不难，但他不想为自己的事给组织添麻烦。

他能做到不离不弃。他 1945 年参加革命后即与家里失去了联系，妻子带着一个孩子和家人一起艰难度日。时间一长，家里人以为他已不在人世了，再加上生活非常困难，就让他妻子改嫁，妻子不从，娘儿俩只好回了娘家。刘国权到天津后，打听到了妻子的下落，即让人送到了天津，一家三口终于团聚。其实在那些年里，他的职务不断上升，20 多岁就当了厂长，像当年有些干部一样，换一个年轻的"城里人"做妻子很容易，但他没有那样做，正应了中国那句老话，"贫贱之交不可忘，糟糠之妻不下堂"。

这些足以说明他的"人品"和"官品"。

34 站参加大庆油田会战

文 / 周国吉

一

周国吉

新中国的地质工作者和石油工人为国争光，为国争气，在"一定要甩掉贫油国帽子"的口号下，于 1959 年初在黑龙江松辽地区，也就是俗称的"北大荒"找到了大油田。因那一年正是中华人民共和国成立 10 周年，是大庆年，所以后来冠名"大庆油田"。

大庆油田全面开发"大会战"，是在 1960 年生活最困难时期。由石油部余秋里、康世恩两位部长亲自组织，调动全国上万名石油战线的建设者和几万名解放军转业官兵组成的大军，在荒无人烟的北大荒展开了一场艰苦卓绝的石油大会战，并且以最快的速度建成了中国最大的油田。

当时萨尔图是会战指挥部所在地，方圆几百里缺少电源。几万石油大军急需生产和生活用电，而这里的主要电源是几台加在一起才有几百千瓦的柴油发电机组，简直是杯水车薪，无济于事。

参加大庆油田会战的列车电站为第 34、36、31、32 列车电站。他们先后开到萨尔图，为石油会战发供电，隶属于油田水电指挥部。4 台电站容量共计 1.74 万千瓦，是大庆油田开发建设的主要电源。

34 站是 1960 年 6 月调迁到大庆油田发电的，也是到大庆的第一台列车电站。6 月 23 日，机组和人员到位后，立即投入紧张的安装工作，奋战两天，25 日即向油田正式供电，解决了原油装运、管路保温、冬季取暖等一系列的难题，受到了指挥部的表彰，打响了列电人参加大庆石油会战的第一炮。

二

参加过初期大庆会战的人，都有两点特别难忘，一个是冷，一个是饿。

说冷。到了冬季，北大荒冰雪覆盖，白茫茫一望无际，气温能降到零下 40 摄氏度，初到这里的南方人简直都被吓呆了。住的是"干打垒"，冬天里面结冰霜，冻得睡不着觉；夏天里面的冻土融化后成了泥洼，潮湿阴冷。

要说饿，那是真叫饿。当时，国家正处在三年困难时期，粮食供应严重不足。大庆地区人烟稀少，到处是荒草和沼泽，农副产品奇缺，有钱也难买到吃的，几万建设者的吃喝全靠外运。会战指挥部想了很多办法，但职工仍不能吃饱饭。吃的主要是"钢丝面"和窝头。没有青菜，酸白菜一个月也难得吃上几次，每天是大头咸菜。我们的职工饿到什么程度？曾看到有人得到了一块喂牲口的豆饼，当即在铁道上摔碎往嘴里塞，实在是饿坏了！

在困难时期，大部分职工营养不良，体质下降，不少人身体浮肿。特别是南方籍职工，对北方气候条件不适应，病号增多。本来电站人手不足，如何坚持正常发电，成了当时主要难题。在干部和党员的带领下，电站职工发扬"铁人精神"，坚持带病工作。身体好一点的加班替换体质差的，让他们多休息一会儿，领导也上运行顶岗，就这样保证了机组的正常运行。

冬季用电负荷最大，如果停电，不能保温，供水系统管路、输油管路会全部冻裂，造成不可估量的损失。这一点列电职工都很清楚，所以冷归冷、饿归饿、病归病，工作可一点不能耽误，始终是兢兢业业，不敢有半点马虎和懈怠。

一次，正在冬季用电紧张的关键时刻，一台锅炉播煤机轴承坏了，不能进煤，眼看着锅炉气压就要往下降，这给电站职工出了一道难题。为了保住锅炉气压，避免停机，决定不停炉更换播煤机轴承。于是，全体职工即刻行动起来，人工代替播煤机往炉膛里加煤加木柴，紧张的场面像打仗一样。奋战 3 小时，更换好轴承，恢复正常生产，大家这才松了口气。

三

1960 年 7 月 16 日，正常运行中的 34 站突然遭到一列调度中的货车冲撞，发电列车瞬间位移 3.2 米。机组设备损坏严重，只得紧急停机。

事故是调车员违规操作引起的。萨尔图火车站是一个三等小站，只有两股铁道，列电专用线和其中一股相通。油田开发初期，大批物资运到萨尔图站，两股道根本不够用，有时，调车员就违规利用列电专用线进行调车。本来列电专用线一端有信号标志和一些枕木阻隔，但之前调车时被铁路员工违规拆除未及时恢复。16 日这天，调车员再度利用列电专用线调车时由于指挥错误，致使一列装满矿石的货车越过列电端位线，直接撞击列电车厢，并形成连环撞击事故。

在大庆坐镇的余秋里、康世恩两位领导得到报告后深感问题严重，因为大庆石油含石蜡高，停电后一旦在管道内凝固再打通很难。当即责成松辽石油勘探局张文彬局长处理此事。张局长立即到现场召开紧急会议，组成了由石油基建、水电、铁路部门参加的临时抢修指挥部，并制定了抢修方案，下令 7 天内必须修好发电机组。恰巧赶到的列电局第一中心站站长张增友及局里派来处理事故的杨志超工程师也参加了组织抢修工作。

按照分工，油田方负责锅炉、蒸汽管道和水塔管道抢修，电站负责汽轮机抢修，双方互相配合。油田提供了大批人力和物力，尤其是建井公司的崔经理带领一支由精兵强将组成的抢修队伍，每天从早晨干到晚上 11 点，夜里就睡在列车下的枕木上，第二天早上接着干。这让列电人又看到了大庆精神。

经过 4 天 3 夜的苦战，机组恢复了发电，避免了油田开发初期一场大的事故。余、康两位领导打电话慰问抢修人员，并将油田已恢复供油的消息上报了北京。

在零下三四十摄氏度的严寒中抢修设备，是对电站最大的考验。1961 年 11 月下旬，正在运行的一台锅炉炉排被卡死，估计是原煤中的铁质杂物造成的。按照常规，要等停炉后炉排温度完全降下来，人才能进入炉膛消除故障，这样至少需要几个钟头才能恢复正常运行。时间不允许，因为当时已经是天寒地冻，如果停电时间久了，就会造成原油管道冻裂等十分严重的后果。

为抢时间，保证油田用电，经紧急磋商后，决定采取非常规的办法，不等炉膛完全冷却，检修人员即进入炉膛抢修。维修人员披上浸了水的石棉布和草垫子，轮流钻进五六十摄氏度的炉膛里，清理卡在炉排片中的杂物，更换损坏的炉排片。从炉膛出来，还要抵御外面零下30多摄氏度的严寒，里外温差近100摄氏度！第一个进入炉膛并取出杂物的是老工人陶开友，当他拿着一颗道钉出来时，浑身黢黑，眉毛都烤焦了。不过好在不到一个小时就排除了故障，电站恢复了正常运行。在场的大庆人感动地说，我们大庆有铁人，你们列电也有铁人呐！

四

在极其困难的那个年代，列电人能胜利完成大庆油田的供电任务，其主要原因是大庆精神的鼓舞，以及列电人四海为家，艰苦奋斗，甘于奉献的坚强意志。

官兵一致，上下同心，也是一个重要原因。那时的干部和工人，吃的、住的、用的都一个样，但干部付出的更多。所以大会战时人们心能想在一起，劲能使在一处。会战指挥部驻地也只不过是一片"干打垒"，余秋里、康世恩等领导干部，和大家一起住在工地、吃在工地，哪里有困难，哪里就有他们的身影。他们还经常到电站来问寒问暖，把电站当成油田的一个部门，一样关心爱护，且无微不至。列电人穿的军大衣、大头鞋，都是指挥部发给的。这对于列电人自觉地融入大庆人之中起了很大作用。

由于34站为大庆油田的安全供电做出了贡献，那几年中年年被评为战区红旗单位。在大庆会战的庆功大会上，电站受到嘉奖，我也被评为五好红旗手，与铁人王进喜同时坐在主席台上，接受余秋里等领导的表彰。会后我们又披红戴花，骑着马在萨尔图中心区绕了一圈。我走在这个队伍中感到十分光荣，但是我知道，这不是我个人的荣誉，而是对参加会战的全体列电人的褒奖。

列电岁月留给我的记忆

口述 / 杨祖德　整理 / 周密

杨祖德

1955 年，我刚满 17 岁，从师范学校毕业，响应支援工业建设的号召，没进学校当老师，直接来到淮南电业局田家庵发电厂参加了工作。我在电厂搞电气试验。1956 年，国产首台 6000 千瓦蒸汽轮机发电机组在田家庵发电厂安装投产，到 1957 年底，第 4 台 6000 千瓦机组也完成了安装。第 4 台机组由我们发电厂自行安装，我参加了机组的安装、试验及配电盘的布线等工作。

当时，邓嘉是田家庵发电厂负责基建的副厂长。完成第 4 台 6000 千瓦机组安装后，时任列车电业局局长康保良（原是淮南电业局局长）捷足先登，趁机将安装队伍大部分人员要到了列电局。1958 年春节过后，邓嘉带队，近百人乘上火车，来到列车电业局所在地——保定。我们这些人全住在列电基地西生活区，里面建有很多平房。记得刚来保定时，有萝卜、红薯、花生吃，我们安徽人大米是主食，在北方吃粗杂粮，非常不习惯。

我们准备接第 14 列车电站，该电站从捷克进口。在准备期间，先期拿到电站图纸，我们分专业学习，局里工程技术人员来讲课。大约三四月份，我们从保定启程，到成都接新机。14 站队伍基本上由"淮南帮"组成，电站的厂址在成都跳蹬河，成都热电厂的对面，热电厂把宿舍腾出了一些让我们住。

在成都发电不久，随即到永荣矿务局发电。没有几个月，康保良下令，让我们全部回保定，参加列车电站制造。

31（32）站支援大庆石油会战。

于是，邓嘉带着"淮南帮"又返回保定。我没有跟随大队人马一起走，因为，我们这一撤，14站基本没剩下几个人了，接任厂长的范世荣在本地招兵买马，新人需要培训才能上岗，我被临时留下来，培训指导接替我们的人员。我两个月以后才回到保定。

我到保定基地分到电机附属设备厂，搞发电机转子，任转子班的班长，厂长是郭广范。转子班就在厂区一进大门南边的平房里，全班有十几个人，记得有郑同乐、刘志新等人。那时候，我20岁左右，班里很多人都比我岁数大，喊我师傅，我还不好意思。在保定基地搞制造的时期，没白天没黑夜地干，付出了很多。关键是我们没有制造经验，懂行的人很少，1站的刘玉林也仅参加过转子大修。我们边学边干，仗着年轻，接受知识快，干得比较顺利，我们这个班没有出过质量问题。为此，得到列电局的表彰，还被保定市团市委以我的名字命名为"杨祖德突击队"。

1960年，我调到31站，从淮南来的人，除我以外，还有几个同事一起调到这个电站。这是列电局第一台燃气轮机组。为接这台新机，局里抽调30多人在保定集中学习、培训，由局里的王俊昌、邢晰苑、陈士土给我们讲课。列电局副局长邓致逮经常来培训班，很关注我们学习情况。他是一名老知识分子，这台燃气轮机组是他从瑞士接机引进来的，他说这是我国第一台燃气轮机，你们要好好学。我对这些新东西接受得比较快，邓致逮特别喜欢我，我们相差20岁，成为忘年交。

邓局长曾救过我女儿的命。1961年，我跟随31站在大庆油田发电时，结婚有了小孩，当时，因为也不太会带孩子，加之没有奶粉吃，孩子脱水，眼看就要不行了。这时

候，正赶上邓局长来电站检查工作，得知我孩子的情况后，拿起电话就打给大庆油田指挥部，让派人过来抢救一下。油田的医务人员很快就开车过来了，把孩子接去医院抢救。如果不是邓局长打电话喊来医生，我的大女儿肯定就没有了，真是要感激他。

31站为大庆油田做出了很大贡献。当年，我是电气工段长，被油田授予"一级红旗手"的荣誉称号。在油田的庆功会上，我也与获表彰者们一起骑马，披红戴花，油田领导亲自给牵着马，游行宣传。铁人王进喜获表彰就是给予这样的礼仪。在萨尔图发电那几年，住在干打垒的房子里，冬天取暖直接烧凝固的原油。暖和是暖和，就是原油冒的黑烟脏死了，鼻子里全是黑黑的。因为取暖烧原油，当地经常发生火灾。

为改善职工生活，电站自力更生，成立副业队，让我当队长。副业队什么都干，比如种菜、建干打垒房子、采黄花菜、捡野鸭蛋、钓鱼等。萨尔图草甸子很大，跑远了迷路走不回来，有一次钓了四五十斤的鱼，没力气拿回来，边走边扔。还有一次，跑老远采一麻袋黄花菜，返程找不到回家的路，跑了一天才回来，家里人都急坏了。

1963年左右，我离开萨尔图，调到满洲里（扎赉诺尔）34站，依然没有离开东北，冬季同样零下三四十摄氏度。当时，在满洲里发电，职工需要政审，一些职工政审不过关，我因而被调过去，担任电气工段长。直到1966年我调到西北基地，才结束了东北生活和列车电站运行发电工作。

始终伴随 31 站

文／王有民

31 站从组建到解体落地，先后进出职工达 200 多人，我是唯一一个自始至终跟随该站经历全过程的人。

1957 年西安电力学校应届毕业生将近 300 人，我们响应号召"到艰苦的地方去，到祖国最需要的地方去！"有 30 多名同学分配到列车电业局。8 月，我来到正在南京浦口发电的 4 站。两年后，列电局责成王鹤林厂长筹建 31 站，从 4 站抽调了于之江、张丽芝、丁文法、崔恩华、吴立维、陈洪德、丁敬义、张淑华和我等一起参加筹建。1959年 7 月，我们从广州乘和平号列车来到列电局所在地——保定。

王有民

31 站首次发电地址选在重庆九龙坡 507 电厂。电站人员抽调集中后，我们奔向重庆。记得我和张宏景在保定上火车时，因携带的令克棒拉杆超长，还与乘务员发生争执，强行上了车。我到重庆是在几天后的一个深夜，出站后租了一个凉席，在路边睡到天亮。醒来发现重庆原来是山城，我坐缆车到两路口重庆电业局招待所，按其介绍，几次转乘公共汽车才到达电站驻地。电站人员办公和居住都在江边 507 厂的招待所里。重庆供电紧张，电站仅给两个照明灯泡。20多个列电人相处很好，每天工作、学习安排得紧张而有序，主要工作是清点先期到达的配套配件、器材、备品备件等，

31 站在长辛店二七机车车辆厂发电。

配合建厂施工，平整场地。

1960 年 4 月，王鹤林厂长带领吴立维、谢时英和我及 32 站恒东立去满洲里口岸接机。两台新机是从瑞士进口的单机容量为 6200 千瓦的燃气轮机组，当时属国内单机容量最大、技术较为先进的电站。列电局将其排序为 31 站和 32 站。在齐齐哈尔车辆厂把车辆轮对由宽轨调整为标准轨距后，31 站运抵重庆 507 电厂。32 站被拉到北京前门火车站，供一机部、水电部领导和技术人员参观，后发往上海汽轮机厂解体测绘。

31 站运到 507 电厂后进行解体检查，受到多方关注。水电部技改局总工程师亲临现场考察，四川省水电厅李光总工程师带领省中试所技术人员进行仪表校对、继电保护调试和高压试验。在 507 厂起重工的配合下，电站人员首次进行设备解体检查，并进行了部分设备的试运行，但因供油及地面设施所限，机组在重庆未能进行整体试运行。

9 月份机组运抵荣昌广顺场。当时正处在三年困难时期，四川提出"保钢、保粮、保外贸"的口号，每人每月 1 两油，红薯顶口粮，患浮肿的人比较多，我因患过敏性紫斑症、胸膜炎而得到照顾，吃大米饭。列电局副局长邓致逵到现场指导工作，要求大家注意休息，并取消了每天晚上的技术学习。

在地面工程尚未全面竣工时，运来了一部分柴油，1961 年 2 月，为配合在广顺场的 14 站停机小修，31 站首次投入试运行发电，但那点油烧完就没有了，仅仅几天时间即停机。

1960年底，31站奉命调迁萨尔图。路经北京时，在良乡电力修造厂对主变压器进行吊芯检查，做了电气实验。1961年5月电站抵达萨尔图，当时34、36站正在那里为松辽（大庆）石油大会战发电。31站厂区设在总机厂与供应指挥部沙石场专用铁路线中间的一片开阔地上，电站职工除了配合场地施工外，还自行组织起来，搭建木板房，盖"干打垒"，开荒种地等。

8月6日，机组开始试运，9月9日启动试运成功。由于柴油供应困难，即实施试烧原油发电。初期试验出现燃烧室、燃气轮机积炭多，喷油嘴磨损，燃烧室锥顶局部过热变形等问题。没想到启动蓄电池经不起频繁启动的考验，在9月26日为启动蓄电池充电时，发现有个别电池冒汽，电压为零，机组启动受阻。虽经多方施策处置，但无法阻止电池继续损坏，也没有找到合适的替代产品。人们急切地等待32站来援。

同年年底，32站抵达萨尔图，两台机组停放在一起，实行统一管理，对外称31列车电站，对内称1、2号机组，通讯地址为"农垦12场5队"。甲方调配党支部书记，行政领导是王鹤林、张静鹗，领导这60余人。甲方负责油务管理和列电安全警卫工作。我和张宏景任电气车间主任。

2号机就位、安装、调试后，经过几次启动试运，启动蓄电池出现与1号机相同的问题，不能支持机组启动，两台机组都成了"死机"，令人心急如焚。列电局立即研究制定了解决方案，即以交流电动机拖动直流发电机作为启动电源的方案，并派技改所车导明等来到现场帮助解决。但所需550千瓦电动机和470千瓦直流发电机，因指标限制无法获得而束手无策，最终惊动了石油部、水电部、一机部的大领导才得以购置。由于油田电网是以34、36站为主的独立小电网，启动如此大容量的电动机对电网影响很大，油田总工程师史久光来现场调度指挥，试验获得圆满成功，使两台"死机""复活"，开始为油田会战输送电力。

1962年春节后，两台机组相继进行烧原油发电试验，耗时一年有余。每试验一次，不管是炎热的夏天还是严寒的冬天，都要钻进燃烧室将积炭打扫干净并秤重。对设备反复揭盖检查、清扫、调整、回装。为了保证石油大会战用电，停机检查都是安排在晚上或休假日进行。试烧原油中燃烧室锥顶严重变形，因没有冲压设备，只能在冷状态下用

作者与同事运行值班。

十几磅大锤人工敲击平整，声音震耳欲聋。在解决一系列问题后，改烧原油大功告成，在我国成品油供应十分紧张的年代，此举有着重大经济价值，为燃机电站发展做出了有益探索。

就在试烧原油取得初步成果后，36 站、34 站先后退出运行，陆续调离大庆执行新的发电任务，只留下 31 站独挑大梁。31 站不仅保石油会战安全用电，在地方电厂煤炭供应不上，系统电力供应不足时，还为系统超额发电，为此受到列电局和水电部表彰。1964 年 4 月 7 日，石油部副部长康世恩来到电站看望职工，兴致勃勃地观看了电站的设备，并与大家合影留念。

1965 年 2 月 18 日，2 号机组突然发生末级静叶片断裂事故，电站职工冒着零下 30 摄氏度的严寒，投入到紧张的抢修工作中。由于首次拆卸叶片，毫无经验，开始一个班次只能拆卸一到两片，后来逐步摸索出经验，拆卸速度才不断加快。完成抢修任务后，总结事故原因，是因机组长期运行，空气中的沙尘及烧原油造成叶片根部磨损严重，未能及时采取相应措施。吸取事故教训后，便加强了对两台机组的检查监测及适时检修。

修复磨损严重的静叶片在当时是一个难题。西安交大毕业的韩长举到哈尔滨汽轮机厂求教，该厂郭学顺师傅有一手绝活，经他焊接的合金件，切开焊口检查无丝毫瑕疵。在他的指导下，我们掌握了补焊技术，叶片使用寿命延长，节约了大笔大修费用。

1968 年 12 月，32 站调往山东济南发电。1972 年 8 月，31 站也要离开大庆，奔赴湖南湘乡。油田指挥部为我们赠送了"发扬大庆精神，争取更大的胜利"的锦旗。1973 年初，31 站调北京长辛店二七机车车辆厂。1979 年 8 月，机组大修后，因无燃油指标，被迫停机待命。我于 1981 年 3 月，离开了奋斗 24 年的列电队伍，调入二七厂。31 站从组建到落地，我全程伴随，自始至终。

在基层一线摸爬滚打，让我经受了锻炼。对自己人生观、价值观的形成，以及专业技能的培养、工作能力的提高，都是非常难得的经历。我怀念列电。

我随燃机参加大庆油田会战

口述／张宝珩　整理／黄杰

1957 年 9 月，我毕业于北京电力学校电厂化学专业。同年分配到列车电业局系统工作。我在列车电站工作了 21 年，在大庆发电那段经历令我终生难忘。

列电局先后调动 34 站、36 站、31 站、32 站参加大庆油田会战。31 站，是我国从瑞士进口的第一台燃气轮机电站，1960 年 9 月，该电站在四川荣昌广顺场筹建。1960 年 12 月，电站领导王鹤林通知我去黑龙江安达市萨尔图选址，为电站调往大庆油田发电做准备。由于时间紧、任务急，要求我必须在春节前到达大庆油田会战指挥部，协调落实 31 站选址及建厂的相关准备工作。

张宝珩

到大庆选厂址

知道东北地区寒冷，31 站的同志们帮助我织毛衣，并准备了一些御寒用品，电站又借给我 200 元钱，并嘱咐到北京后一定要买件皮棉袄和皮帽子。就这样，我于 1960 年末只身从四川荣昌赶往黑龙江。

为了节约时间，我在北京转车时也没买御寒用品，就匆匆地上了北京开往哈尔滨的火车。火车驶出山海关后，车厢里的温度几乎到了零摄氏度，身体感觉越来越冷。列车进入东北大地时，铁路两旁已是皑皑白雪，车厢内已结冰。我记得，上车时凭火车票领到的一个大馒头，途中由于保管不善也被别人顺走了。两天多的路程，就这样在空腹和寒冷中度过。

5天后的傍晚，我到了冰天雪地的萨尔图车站。当我走进油田会战总指挥部（当时称2号院）时，门口的温度计显示为负42摄氏度，此时我的手和脚几乎冻得失去了知觉。进入油田会战总调度室并说明来意后，负责同志即刻领我来到水电指挥部，沟通完工作后，他们很周到地安排我吃了顿味苦难以下咽的秸秆"饭"，食堂师傅风趣的称它为"人造肉"，指挥部的同志也都在吃。

饭后，水电指挥部的同志看我穿的单薄，又借给我一件棉大衣和皮帽子，并告诉我，油田会战条件有限且资源紧张，暂且解决不了我的住宿问题。当晚，我只好踏着冰雪求助先期到这里发电的34站张炳宪厂长。张厂长说，北方寒冷，南方人来到东北就更不容易，小伙子你辛苦了！而后，张厂长又克服困难，将我暂时安排在了该站候班车上居住。

有了落脚的地方，也有了家的感觉。我在油田水电指挥部的支持和协调下，开始了31站在萨尔图的选建厂工作。不久，31站又派杨祖德和另外一位同志来到萨尔图，协助我开展选址工作。

首先，我们要熟悉草原环境，并根据电站的需求，寻找适合建厂的地点，以便与油田会战指挥部磋商确定厂址。大庆油田位于哈尔滨和齐齐哈尔中间的萨尔图大草原（汉语即红色的草原）。每逢冬季，风中舞动的雪花早已填平了草原的沟坎，阳光照射下的白色雪原银装素裹，一望无际。为了寻找适合电站建厂的地点，我们在积雪中深一脚浅一脚地四处勘察。没到过冬季草原的人，体会不到在没膝盖深的雪中行走怎样艰难。草原中原本就没有路，覆盖上雪的草原，根本就没有了方向感。我们一直在草原中前行，掉进沟里就爬出来，雪原的反射光刺得眼睛睁不开，我们就盲行，实在累了就躺在雪上休息一会儿。我们就这样在草原中寻找着适合电站建厂的地点。

1961年春节后，31站第一批职工20多人赶到了萨尔图。水电指挥部克服种种困难，仅给解决了一只棉帐篷。记得当时，我们找了一片高地搭起帐篷，找些包装箱木板并垫上草做成地铺。条件虽简陋，但这是我们31站在大庆的唯一职工宿舍。男女职工各睡一边。这个帐篷，后来成了31站的筹建处，或者说成了31站的作战指挥部。回想当初选址的经历，我的体会是初次到东北地区发电的列电人，首先需要承受生理极限的考验，再则才是生活的艰辛和工作的艰难。

建厂试烧原油

31站人员基本到齐后，我们面临的主要工作一是建厂，二是自力更生解决生活问题。31站出厂设计是燃用重柴油发电，当时受到重柴油供应和运输条件的限制，按照上级的要求，建厂工程在正常规划经铁路罐车运送重柴油供电站发电方案的基础上，必须谋划用原油为燃料发电的方案。这样，燃气轮机组改烧原油的课题摆在了我们的面前。

我是学电厂化学的，兼有31站化验技术员职责，结合选建厂工作，对电站的改烧原油项目也做了必要的选址准备。通过对原油物化性质的分析，明确了加热、沉降、排水和过滤的油处理程序，为顺利开展原油自井下直接送到主机油箱的地面供油工程建设打下了基础。

地面供油工程建设由31站负责提出技术要求，石油部第五设计院负责设计，油田水电指挥部组织施工。我为乙方代表，当时以电站技术负责人身份参与其中，并最后对工程进行验收。由于大庆原油的凝固点较高，油从井中采出输送至燃气轮机燃烧室燃烧，需要全程伴随加热保温，否则就要"灌肠"。31站地面供油工程采取的是原油输送过程的三管伴随，即主油管及伴热管和扫线管，做到输油时加热，停止输油时扫空管道中的残油，以免原油凝固。

1961年5月，31站机组正式抵达萨尔图，经安装调试后，6~7月间，使用以萨尔图地区安达龙凤炼油厂（仅此一家）提供的柴油为燃料并网发电。大约运行半年左右，由于运输、油料供给及发电成本等原因，31站燃气轮机试烧原油工作正式启动。

该课题涉及的技术问题较多，当时在国内也尚属首次。因此，水电部牵头，有关科研和试验单位及大学组成了专家组，负责试烧前的改烧工作。列电局负责组织现场日常的试烧工作，局技改所有关人员长期驻扎在现场，负责收集试烧数据、参与试烧方案调整等工作。列电局邓致逸副局长也曾多次亲临现场指导。

在试烧过程中，31站负责试烧过程的运行操作、解体检查和设备检修工作。我当时是运行值长，在我记忆中，31站试烧调试阶段开停机达百余次，从1962年初算起，调试过程持续近一年。

生活在萨尔图

萨尔图草原的播种季节到了，油田水电指挥部给电站指定一片草地，并配给部分大豆和土豆种子，由我们开荒种地，以解决粮食供应困难问题。从未开过荒的萨尔图草原长满了半人高的野草，空旷的草原上除了竖起的一排排井架，竟连一棵树也见不到。我们开荒铲草锄地，将一块块带芽的土豆和大豆种子埋在土中就任其自然生长。因为土地面积太大，根本谈不上精耕细作。

草原的天气，也变化无常。记得有一次，我们十余位职工正在阳光下护理禾苗，突然一阵风过后，天空黑云笼罩、电闪雷鸣，狂风暴雨瞬间倾下，云黑雨大的草原瞬间变得能见度非常低。草原本就没有路，也没有任何避雨的地方，我们只能踏着很高的草，蹚着水、顶着风，凭着感觉往住地跑，浑身早已湿透，直到雨停时，我们也没有跑回到住处。

萨尔图草原的秋天遍地都是成熟了的草籽，为了弥补电站食堂的缺粮之急，按照油田指挥部的要求，电站职工都争先恐后地去采集草籽。草原深处，饥渴的蚊子也密密麻麻地围着人转，叮人又快又狠，很快身上就叮出很多大包。人们只好一边轰蚊子，一边撸草籽。那样的场景，至今仍清晰地浮现在我的眼前。

我们住了一个多月的棉帐篷后，就搬到了水电指挥部给电站搭建的三幢简易木板房中。有了男女宿舍，还可以睡床了（虽然是大通铺也很舒服了），大家都非常高兴。为了解决电站做饭问题，我们到兄弟单位学习建造"干打垒"技术，自力更生建食堂。动工的第一天，我们就打出了一堵墙，大家既激动又高兴，感到建"干打垒"除了累点也没什么难的。第二天来到工地时，大家惊呆了，发现头天打好的墙在第二层处发生崩塌，变成了一堆土。这件事教育了大家，干任何事情都不能过于盲目乐观，必须认真对待每一锤，只有锤锤夯实，层层才能牢靠，大墙才能耸立不倒。就这样，十余名职工苦干了一个月，硬是建起一百平方米左右的食堂，解决了职工的吃饭问题。

大庆油田会战指挥部规定职工不休息星期天，我们电站职工也是这样执行的。所以，电站职工几年内没有享受过法定假日，后来，改为每10个工作日休一天，当时大庆叫"大礼拜"，职工们觉得很是幸福。他们说我们也是大庆人，为祖国做贡献再苦再累也没有怨言。正是各种困苦和艰辛的考验，造就了列电人的钢铁意志，也锤炼和塑造了知难而上、可歌可泣的列电精神。

1965年5月，接到列车电业局通知，调我到上海接国产第一台6000千瓦燃气轮机电站。于是，我结束了5年在大庆油田的工作与生活，又踏上了列电事业的新征程。大庆油田会战经历，令我终身受益！

在列车电站的艰苦岁月

口述／刘世燕　整理／韩光辉

刘世燕

我是 1956 年 4 月份从部队转业后分配到第 2 列车电站的。当时列车电业局共有 5 个电站，我们转业兵有 50 个人，一个站分去 10 个人。当年 10 月份，局机关从各电站抽调一部分人进行培训，我便是其中之一。那时局机关还在保定红星路。

培训结束后，1957 年的 5 月份，我被分配到了 8 站，当时 8 站在甘肃玉门。当年，玉门油矿严重缺电，当地政府盼星星盼月亮地盼着我们去发电。我们到达玉门时，地方政府像接待贵宾那样接待我们，还举行了隆重的欢迎仪式。观看文艺演出，安排我们前排就座。当地还给我们准备了宽敞的新房子居住。玉门这地方用水本来就很紧张，当地政府对市民用水采取限时供应，以保证发电用水。

有人说玉门那边很苦，但我觉得并不那么苦，吃的方面比内地好，环境方面就是沙漠多，很少能看到绿色植被，花儿草儿的更是稀罕物，很少能见到。那里风沙大，一天到晚刮着大风，不过有一点我觉得挺好，那边冬天不怎么冷，夏天没蚊子。

1958 年，我调到在四川二郎庙地区的 19 站，为新建的水泥厂发电。刚到四川吃得还挺好，鸡蛋、肉什么的都很便宜，随便吃。可好日子没过多久，饥荒就来了，从限量到后来干脆就没什么吃的了。我们曾吃一种叫作"牛皮草"的植物，这种植物是当地用来喂猪的，据说这种草生长得特别快，晚上你坐在草旁边，就能听到牛皮草生长时发出"嘎巴嘎巴"的声音。1959年下半年，电站从二郎庙调到广元，生活条件更加艰苦。1960年12月份，我调到36站，参加石油会战。在萨尔图这段经历是我列电生涯最艰苦的岁月。

到萨尔图没有房子住，只有一个个用土坯打起来的围墙，两米多高，没有顶子，当地管这叫"干打垒"。我们还得用帐篷支在干打垒上，门口就挂个门帘。帐篷里是大通铺，十几号或是几十号单身职工就在大通铺睡觉。如有带家属的职工，就在帐篷里打隔断，隔出一个空间。地面就是冻实了的草地。取暖自己解决，生火炉子你爱做多大就做多大，煤随便烧。帐篷里生了炉火，有了热乎气，地面就开始融化，踩上去软绵绵的，冒着热气，头发湿漉漉的。晚上睡觉时戴着帽子，因为到了夜里没人愿意去捅火，后半夜温度就会降下来。如果不戴帽子睡觉，前半夜炉温高时会把头发弄湿，到了后半夜温度降下来，潮湿的头发就会结冰。条件就是这样的艰苦。

宿舍区最不方便的是没有厕所。男同志方便时还好说，随便找个地方就解决了，可苦了女同志，每次方便还要找附近没有住上人的干打垒，或者是去电站方便，在电站旁边用土坯打了个简易厕所。宿舍区没有水，职工洗手洗脸都是上班时用水塔的水洗，记忆里在大庆期间就没洗过澡。

大庆的冬天最低气温在零下40摄氏度左右。零下40摄氏度是什么概念？举个例子说，一次在车间干活，装卸一颗螺丝，地上有一滩水，当时车间的门没关，我站在那摊水上拆卸螺丝，等把螺丝上好了，要离开时，才发现已经迈不动步子了，原来我穿的鞋已经和地上那滩水冻在了一起。

在萨尔图期间，伙食上基本没有蔬菜，偶尔吃上一顿，也是冻白菜、冻萝卜。记得过年时指挥部说给电站职工一头牛改善伙食，可把人们高兴坏了，派了四五个身强力壮的小伙子去指挥部抬牛。结果一个小伙子就把牛背回来了，原以为能给一头多大的牛呢，最后给的是头刚出生不久被冻死的小牛犊子。

那会儿生活上极其困难，去食堂买饭，只能买一个窝头，不够可以喝跟水一样稀的棒子面粥。你有钱有粮票也不行，就给一个，就是这样到月底按定量算下来都亏。都是年轻力壮的小伙子们，干一天工作，就吃这么一个窝头哪够吃呀。

36站在大庆发电一年多，于1962年调离了萨尔图。此后又去过河南商丘等地，条件相对就好多了。回想在电站这些年，虽然艰苦，但丰富了我的人生。

康局长忽悠我进列电

口述／程洁敏　整理／周密

我来列电，全是康保良局长一通忽悠来的。

1955年我考上初中，因为家里人口多，想早点出去工作，所以不想上学。1956年初，北京许多工厂都在招工，我与几个同学结伴，跑到劳动局报了名。

就在这时候，我三姨程竹梅给我捎信儿，说列车电业局准备招工，让我过去看看。我三姨从电力工业部调到刚成立不久的列车电业局，是专职打字员（列电局迁保定时，她留在了北京）。列电局我不陌生，就在三里河附近，有一间临时办公室，之前，我闲着没事儿就去那儿找三姨玩。我们家在辟才胡同，从西单豁口走着就过去了，没多远。得到三姨给的信儿，我们几个就想去了解情况，我当时年龄偏小，才十六七岁，担心人家不要。

我们几个来到列电局，局里拢共就那么几个人，康保良局长正在办公室，他很和蔼热情。康局长问过基本情况，看我们几个人都关心是否在北京工作，他便拿我们当小学生似的一通开导。他说北京有多大，全国有多大，要出去走走看看才知道，我们列车电站全国各地到处跑，既工作又开阔眼界，跑几年，你们的心就大了，就不会舍不得家，舍不得北京了。

康局长天南地北这一通忽悠，把我们几个给忽悠动心了，都改变了主意，铁了心要来列电。当时北京招工哪儿也不用考试，来列电局却要考试，满世界独

程洁敏

一份。我们那批参加考试的有二三十人。就这么着，我让康局长一忽悠，一脚迈进了列电的大门。

1956年春，我们这批人分配到第2列车电站，启程奔江西萍乡高坑。同行的有李淑君、谢淑敏、龙淑果、刘志远、孙忠厚、张莹等。我们女的大多从小就没离开过家，离开北京不免哭鼻子抹泪。这一路，过了黄河擦泪，过长江离家更远了，又是两眼泪汪汪。我年龄最小，跟她们不一样，出门瞅哪儿都新鲜，心里特高兴。当时2站厂长是李德，我分配到汽机车间，跟孙玉泰师傅学徒。在我印象里，从北京招来的青工分两批来到2站。

1956年底，在高坑工作半年左右，我们这批青工全给送到保定，参加列电局办的机、炉、电、化验专业培训班。当时，2站进来很多年轻人，除我们北京这批人以外，还有山东、郑州、哈尔滨、武汉来的几批人。我们在保定培训有半年时间，1957年5月左右，完成培训后，我们又回到了2站，这时候2站已调迁到江苏戚墅堰发电。不久，我们调迁到新海连（连云港）。这期间，2站抽调几拨人去接新电站，老职工几乎都走了。1958年5月左右，我也离开了2站，跟着韩国栋厂长去保定接13站。

1958年7月，13站在河南新乡发电。记得才发电不久，毛泽东主席来新乡七里营视察人民公社（后来人民公社就遍地开花了），专列就在我们电站发电的铁路线上，来了好多警察，周围都戒严了，让我们停机，放假一天。那时候，新乡小城市还比较不错，从天津迁过去几个厂子，搞活动挺多，我们下班没事，就结伴过去跳舞。在新乡发电一年左右，我们又来到鹤壁。1960年底，我们一批人又去山西晋城接新机36站。坐敞篷卡车颠簸到晋城，这一路把我给悔的呀，翻山越岭转盘山道，提心吊胆得吓死人了，心里说，这辈子就是打死我也不坐汽车翻山了。到了晋城，我们建厂，等待捷克新机。

这时候，上面下来通知，要我们36站改去萨尔图（大庆），据传说新进口的36站设备路经东北时，就被坐镇大庆的大领导给扣下了。那时候，我的小孩子才几个月大，我完全可以不走，暂时留在晋城，过后再去。但是，我心想，我在电站也算老职工了，不能掉队。于是，我先行，抱着孩子回北京，愣将孩子塞给我母亲，转头就赶队伍走了。母亲还给带着回奶的药，想想，孩子才几个月，奶能不胀嘛？我在北京车站，跟郭荣德厂长带队的全站人员汇合，一起直奔黑龙江萨尔图。

这一路车上人满为患，受的那罪就甭提了。当我们从哈尔滨一下车就给冻傻了，东北正是冰天雪地、寒风凛冽的时候，来前光知道着急忙慌地走，也没有人提醒穿厚衣。大多数人从晋城过来，穿得都不多，还有一个女学员甚至只穿单衣。

1961年初，夜幕时分，我们风尘仆仆地抵达萨尔图。当晚，我们全站人均住宿在火车站旁的小旅店，睡在一个大房间里，两边是通铺，一边睡男职工，另一边给女职工。我们来之前，34站已经在萨尔图发电，他们要停机大修，两个电站并列在专用线上。我们稍作休息后，就开始在严寒中安装电站，很快就运行发电了。

电站就那么几十号人，上煤除灰一般都是甲方找当地人干。石油会战指挥部把刚分到萨尔图的复员军人派来上煤除灰。他们闹情绪，不愿意干，弄不弄灰就满了，严重影响我们正常发电。电站也不敢擅自停机，我们就通知指挥部。指挥部来了个头头，往电气值班室一坐，拿起电话，一通拨打，厉声厉色地把指挥部管理人员都给喊来上煤除灰。他这一举动，一来是给复员兵看，二来也是对指挥部管理人员惩罚性地批评。

我们在萨尔图为油田发电那两年，从各方面讲，应该是最艰难的时期。我对萨尔图的第一印象，就是一望无际荒凉的草甸子，其他几乎什么都没有。我们电站离车站不远，上下班都要经过这里，从车站运来的井架等设备，没有起吊设备，没有运输工具，全靠人力搬运。大庆工人那个艰苦劲儿，电影里哪演得出来呀。

这里粮食供应主要就是高粱碴子，一般人吃不惯，菜很少，食堂里的白菜还没有在北京垃圾筒里捡的好。锅炉工段长白义他们几个下班后，去野地里挖野菜给食堂，改善职工生活。有一次，不小心挖到不能食用的野菜，几个职工食后中毒，又吐又拉。石油指挥部得知情况，在万人大会上点名批评36站。记得最

36站职工在大庆。

松辽石油会战纪念章。

艰难的时候，吃不饱饭，晚上值班上运行，有人偷偷从车站搞来大豆饼，回来搁汽轮机烤着吃，结果肚子涨得难受。我们还结伴坐两站地火车，去摘黄花菜回来煮着吃，这东西都吃够了，现在连瞅都不瞅。

初来萨尔图没地方玩，正赶上 26 届世乒赛在北京举行。我结婚买了一台熊猫牌收音机，在那个年代，这就算是挺高档的家用电器了。在电站到处跑，就将收音机搁北京了。我爱人孙绪策借出差机会，将收音机给抱到萨尔图，这部收音机给业余生活贫乏的电站职工带来许多快乐。

在世乒赛的那些日子里，我们帐篷里挤满了职工，竖着耳朵听世乒赛实况解说，好是热闹。至今还记得徐寅生扣日本选手星野 12 大板，帐篷里的人都沸腾了。我这台为职工带来欢乐的熊猫收音机，在后来的一次火灾中，毁于干打垒房中，烧得仅剩下机壳，我们好几家被烧得一无所有。

1962 年底，电站完成发电任务，离开了萨尔图。我后来在电站几经辗转，最终落到了武汉列电基地。这么些年过去了，也经历了很多事，但是，有过在大庆发电的经历，什么难都不算啥，什么苦也都不觉得。康局长把我忽悠进列电，我也以身为列电人而骄傲。

调迁大庆的艰辛旅程

文 / 徐谨

1960 年底，我所在的 36 站完成了在山西晋城的选厂建厂，职工和家属也都到了晋城，只待安装发电。就在这时候，突然接水电部调令，要我们到萨尔图（后来的大庆）发电，顶替前期在那里发电的 34 站检修，并明确我们只在萨尔图进行短暂发电，待 34 站检修完毕，我们即返回晋城。

调令就是命令。站领导决定将家属留晋城，职工尽快出发。当时没有谁考虑到大冬天奔东北需要准备足够的御寒衣物。话说回来，即使考虑到，也没有给我们留出购买时间，即便留出时间，我们也无法购买。当时正值国家困难时期，买棉衣要布票和棉花票，每年发的布票不够买棉衣的。况且很多学徒工收入低，也买不起。另一个重要原因，调令明明写着只在萨尔图发电 14 天，这么几天克服一下就算了。在客观条件和临时思想的主导下，绝大多数人没有准备棉衣、棉鞋，棉帽就更没有了，我们只带上了被褥和日常用品。当时晋城还没有铁路客运，全站职工必须乘汽车到焦作才能换乘火车。

1961 年初，寒冬腊月的一天清晨，我们带上行李物品登上了一辆敞篷卡车，一路翻越太行山直奔河南焦作。车行驶到了太行山脚下，沿着狭窄弯曲的盘山路向山顶进发。扑面而来的山风像沙子一般打在脸上刺痛难忍。山风吹透了单薄的衣衫，那真是彻骨之寒啊！车盘到半山腰时，一侧是高山，一侧是无底的山涧，每每惊险地急转弯，生恐车子翻下

徐谨

山涧。我们女工天生胆小，流着眼泪咬着嘴唇强忍恐惧。车从山脚盘上山顶，再从山顶盘下山脚，从日出盘到日落，终于来到了河南的焦作。

我们一路上十几个小时水米未进。在太行山上见到一个很小的饭馆，却无法提供 70 多人的饭菜。我们饥寒交迫、灰头土脸的一群人，到了焦作第一件事就是找饭馆吃饭。可在火车站附近的饭馆吃饭不仅要粮票，还要凭火车票，我们全站人只买了一张团体票，大家只能一起吃。显然，小饭馆难以同时接待这些人。大家只好自己用粮票在小摊上随便买点吃的。好歹吃了些东西，垫了垫肚子，又去托运行李忙到半夜。我们在候车室里席地而坐，挤在角落里打个盹儿，天不亮就登上了开往新乡的火车。次日上午到了新乡，要在这里转车去北京。在这等车的时间较长，可以自由活动，但必须按规定的时间回来集合。

男同胞们借自由活动之际，不知跑到什么地方每人买了一顶那种能护住耳朵的棉帽子，可能都冻得实在受不了啦。他们回来比集合时间晚了几分钟，被带队的朱开成秘书狠狠批评了一顿。也难怪，因为只有一张团体票，一个人晚回来误了车，全站人都走不了啊。新乡到北京路程可不是一般的远，我们一大群人就一张票，没座就站着吧，站累了也只能席地而坐。又是十几个小时的煎熬，终于到了北京。

领队凭着部里的调令办好了中转签字。这回谁也不敢自由活动了，怕回来晚挨批。我们又登上了开往哈尔滨的列车，上车照例没有座位，疲惫不堪的我们早就不那么讲究了，管它地下干净不干净，能坐就坐。熬过十几个小时后，我们迷迷糊糊地从哈尔滨车站下了车，刺骨的寒风即刻迎面扑来，好冷啊！

我们大队人马在站外等候朱领队中转签字。哇！这里就是哈尔滨啊，好一派北国景象。见来往的男女头戴皮帽，脚登皮靴，身穿皮大衣，显得很帅气，再不济的行人也都是一身棉装，脚蹬棉鞋或毡子乌拉。再看看我们，头上没有皮帽，脚上一双单鞋，罩衣里面仅是一套绒衣绒裤，相比之下，人显得特别瘦小干瘪。不时有人回头异样地看我们，准以为从哪儿来了一帮逃难的。

我们的中转签字还没签成，说这没有去萨尔图的车，让我们去滨江站转车。我们有提脸盆的，有提随身用品的，排着歪歪斜斜的长队，走在这号称东方莫斯科城的大街上，别提有多狼狈了。

我们到了滨江站，这里同样说没有去萨尔图的车，让我们去三棵树车站看看。我们向三棵树走去，没人说话，估计都冻得不会说话了。从早上跑到中午，来到三棵树车站，以为终于走到头了，没想到又把我们支回了哈尔滨站。

领队朱开成又去站长室办中转签，我们大队人马想进候车室等，哪儿进得去啊，候车室里人满为患，毫不夸张地说想跨进一只脚都困难。中转签字办完，车什么时候能到还说不准，必须在广场排队等候。等吧！不管怎么说总算有希望了。我们在三个车站之间"遛弯"的时候，急急忙忙买了点吃的，现在趁排队的时间可以填填肚子了，这时午饭时间早已过去了。

不知等了多久，终于有人喊火车快到了，准备检票进站。工作人员带着队伍在广场转，不知转了几圈终于到了检票口，检票口的门早关上了。工作人员喊车过去了，等下一趟吧！就这样一次次等，一直等到夜幕降临也没能进站。在零下 30 多摄氏度的冰城，我们从早到晚已经冻了十几个小时了。领队朱秘书也急了，他跑去找站长，说我们的人快冻死了，不信你派人去看看。站长果然派了一位女同志来，看到我们这支"叫花子"队伍的惨状，车站给我们联系了一所学校，让我们到学校教室里休息，等有车立刻通知我们。学校里好暖和啊，我们这群冻僵的人慢慢地化冻了，东倒西歪地迷糊着。等到半夜，我们被直接带到了站台上。车停了，列车员吃力地打开了车门，车里挤满了人，根本上不去啊。上不去也得上，前挤后推，我们一个个被塞上了车，列车员费了好大的劲才把车门关上。人在车里一个个紧紧贴在一起，快挤成柿饼了，只感觉呼吸困难透不过气。幸好两个小时左右到站了，时间再长点真不知道还能不能坚持下来。

出了站，我们随着来接站的人，深一脚浅一脚地走在茫茫黑夜里。这里一片荒凉，远近看不到一点灯火，这就是未开垦的处女地——萨尔图。走了好一会儿见前面有灯光，走近看到这是一间用木板搭起的活动小木屋，门很狭，只能通过一个人，大家一个个走进小屋。在灯光下，男士们一个个犹如白胡子老头，胡子、眉毛、睫毛全变成白的了。女士们也一样，只是没有白胡子，而前额上的头发也是白的，这是一路上哈气结成的冰霜。

这个小木屋是厨房，我们在这交了粮票，吃了点窝头，喝了点稀饭，就又出发了，这回是去住旅馆。走了不多时我们被带进了一间泥巴房子，后来知道这种房子叫干打垒，这就是我们的旅馆。好大的房间啊，南北两铺相对的大炕，炕很长，从西墙到东墙，炕上放着一排铺盖卷，两炕中间是一个砖砌的大炉子，屋里很暖和。我们几天没正经睡过觉，真的太累了，不由分说地都坐到炕上，等候下一步安排。领队可能也累糊涂了，等了半天也没听他发话，几个女职工让我去问，女的住哪儿？这一问女职工们可炸了，原来男女不仅都住这一间房子里，还要睡一铺炕。女同胞们都赶紧抢靠墙的铺位，特别是那些小姑娘。炕上一个铺盖卷就是一个铺位，不管怎么抢总是有一个女同胞要跟男士相邻，这回大家真正的是同吃同住同劳动了。

这里没有澡堂，几天几夜的旅途除了蹲候车室就是火车上席地而坐，从头到脚都脏死了，可是旅馆没有澡堂，还男女同住一个房间，不能讲究只能将就了，只能脏兮兮地睡了。男女同室很不方便，男同胞们很自觉都是和衣而眠，女同志就更是如此，大家彼此尊重最多是脱掉外衣。

就这样全站人同室住了将近一周。领导宣布我们的宿舍建好了。大家兴高采烈，带着各自的物品奔向我们的宿舍。宿舍到了，原来是在雪地上搭起的几顶棉帐篷。每个车间住一顶，女同志们一顶。进了帐篷，没有桌椅板凳，没有床，只有在雪地上铺好的一个挨一个的稻草垫子，这就是我们的床。帐篷中间是一个用砖头垒的炉子。今后我们就要住在这里为大庆石油会战发电，并不是预先说好的顶替 34 站检修，只发电 14 天，而是一干就是一年多。

住进了帐篷后，管理人员又通知大家去领工作服。哇！太好了，棉衣棉裤，还有棉帽和棉的大头鞋，棉装全是那种轧了道道的黑色的石油工人的工作服。工作服只分大小号，个子高的穿上还可以，个子小的穿上裤腰能到腋下，衣袖能长出半截，穿好衣服，形态百出，大家面面相觑，笑得前仰后合。

住进帐篷了没有人叫苦，倒是都觉得很新奇。不用男女同住了，就能大概洗一洗了，几天的长途跋涉洗洗再睡真是莫大的幸福。天亮了，起床后一个个坐在地铺上互相看着，又是一阵大笑。原来，我们都戴着棉帽子睡觉，帽子上、被头上都结了冰霜，这是呼出的哈气结成的。这就是萨尔图。若干年后我看了电影《创业》，人们都觉得条件太艰苦了，其实那比实际的艰苦差远了。

住进了帐篷，穿上了棉衣，我们的调迁旅途结束了。下一步是要在吃不饱的情况下，在零下 30 多摄氏度的室外作业，工作中的困难和生活上的艰苦更是难以想象。尽管如此，没有一个人抱怨、没听到一句牢骚一句怪话。我们真正做到了"哪里需要哪里去，哪里艰苦哪安家"。这就是我们列电人的精神吧。在国家的建设中，电力工业是先行官，我们列车电站就是先行官的尖刀连、敢死队。虽然现在列车电站完成了她的历史使命，退出了历史舞台，但我们列电人没有愧对我们的使命，列电人的精神千古流芳！

一次未果的调迁

文 / 徐竹生

1966 年末，正值"文革"运动初起，在大庆油田执行发电任务的 31 站和 32 站接到紧急调迁令，赶赴大庆油田待开发的葡萄花地区发电。全站人员集中在暖和的食堂里，书记刘兴唐、厂长孟庆友和副厂长蔡保根分别做调迁动员。此次调迁声势挺大，大庆油田总部在"二号院"召开动员会，水电、油田建设、通信总队、铁路调度、运输供应及我们列电的领导均参加了会议。厂部对电站调迁、安装时间提出了硬性要求，口号是"拉得出、顶得上、发得出"！

动员会后，机组拆卸工作马上就开始了。我被分在主机进排气口消音器拆卸组，一共有四大套，要求全部解体编号装车，到达目的地后还是我们这些人安装。拆卸装车的时间限制在 48 小时，时间不算太紧，关键是要求严，不许出差错。一个螺帽、一件工具、工作服上一个扣子也不可以丢。机组的出入口事关发电安全，一旦打开了，就得专人值守，工作完成了要经过严格仔细的检查才能封闭。拆卸一旦开始了，我们必须连续作战，吃、住全在露天的现场。当时寒风凛冽，零下 30 多摄氏度啊！

我们按计划完成了任务，该拆的全部拆了，该装车的全部装车了，连职工的个人行李

徐竹生

物品也上了车。厂里面组成了押车小组，侯兆星、安树钦、宋希云和我 4 人，侯兆星任组长，安树钦任副组长。临行前，孟厂长再次给我们强调任务的重要性，说押运小组也是先遣小组，押运到现场后，与甲方各施工单位的施工人员做好协调配合，以保证机组顺利回装。他要求我们及时打电话，向厂里报告现场情况，全站等我们的消息，随时准备出发。

我们押车小组也开会分了工，还没有来得及多考虑，火车头就轰轰地开进了厂区。铁路调车员与我们一起复查各车厢情况，确认可以行车，立即拖动车厢，我们几个赶紧上车。这时，食堂人员赶来给我们送吃的，每人给了 3 天的食物：五个面包，另有馒头，全是细粮，还有咸菜干。这里必须多说两句，当时粮食供应制，多半为粗粮，高粱米和棒子面占每日主食的多一半。食堂给我们带的全是细粮，这就是说，其他的职工师傅只有吃更多的粗粮了。列电专列整体拖动了，孟庆友、蔡保根、王有民、刘万昌等领导和师傅给我们送行。这时，我们中间不知道是谁喊："我们还会回来的！"这句没头没脑且谁也没认真理会的话，却冥冥中应验了结局。

铁路部门承诺 72 小时将发电设备运抵目的地。当晚，专列驶过了萨尔图车站，停在一个大空场内，这里除了油罐车、空车皮外，就是我们的专列。我们的车长长一串显得非常漂亮，特别显眼。尽管非常冷，我们还是很兴奋，个个摩拳擦掌，暗暗地下决心，要团结一致好好干。只是还没有见到烧开水、烤馒头的炉子，都觉得火炉应该在尾部的守车上。我巴望着车再往前开，能见到守车。

天亮了，铁路上才调来火车头。两个手持红黄绿色三面三角旗的人向我们走来，不由分说、不打招呼，开始指挥调动我们的车厢。车厢的顺序被打乱，原来两台机组是头对头的排列顺序，结果给一分为二。在得到对方承诺将发电车按原序排列的情况下，我们才同意重新编组方案，分两趟前行。

侯师傅安排我上前一趟车。我们押的几节车先行离开了停车场，另几节车在原地等待。直到中午时分，侯师傅他们才押车赶上来，并超过了我们。我一直没有喝到热水，没有看到有守车，带来的馒头和面包全冻成硬疙瘩，啃不动。我把馒头暖在棉袄里，过一两个小时，也只能啃吃一层干皮。专列前进虽然很慢，但是，当天下午就到了葡萄花。

葡萄花在大庆油田的西南部，属大庆管理。这里的环境令我们意外，甚至怀疑来错了地方，完全不是我们想象的一片沸腾的工地，四周很寂静，光秃秃的一片。在极度失望的情绪中，我们要求铁路上按照原来的顺序和方向排列了车厢，随后，我们检查各个车厢并做好防止打滑的措施。现场没有见到其他施工队伍，只有我们几个人和发电设备。为保障设备安全，几个人轮流值班日夜巡查，不敢疏忽大意。

到葡萄花的第二天，侯师傅和我遵孟厂长临行指示，准备电话汇报这里的情况，以便与相关单位协商，赶紧上人开始施工。我们没有电话，附近两个队部也没有，到公社又太远，跑了整整一上午，想找个变电站什么的也没有找到。没有与电站联系上，只能干等。离机组300米远有一住户，是这里唯一一户人家。老乡可以给我们提供开水、馏馒头吃，至于菜，我们就没有奢望过，能吃上热乎的馒头就咸菜已经不错了。

机组保温已经停了，油箱的放油口已经冻死了。安树钦、宋希云两位师傅想启动厂用柴油发电机，给机组保温，以解燃眉之急。虽然慎之又慎，柴油发电机组还是冒了烟，再也盘不了车了。出了设备事故，大家的心情就别提多难过了。这个时候，我们也想不明白，来的时候以为这里早是沸腾的工地，居然除了我们列电人以外，四野空旷，再没有见到有来人，这里就像是被遗忘的角落。

到葡萄花工地的第三天，大约是早上4点多，我在现场巡逻时，隐约见远处有人在向我这里移动。来人大步流星地走近，头上戴有狗皮帽，脸捂着口罩，呼吸出来的水汽在头发上、帽子的翻毛上，还有眉毛上凝结成了冰花。来人摘下口罩，喊道："徐竹生！"原来是孟厂长，我激动地流下了眼泪，几乎是哭着转头对车厢里的同伴喊："孟厂长来了！"

原来孟厂长从铁路部门获悉我们已经到了现场，就马上开车往这赶，半路汽车出了问题，他就一路徒步而来。他了解情况后，说要向上面反映。他肯定我们巡逻值勤是对的，但轮休的人在车上睡觉太冷了。他想求老乡帮几天忙，让我们有个暖和的地方眯一下也好。我们马上劝他不要提了，老乡家里有个大姑娘，房子很小，我们去了住不开。孟厂长还是一番努力，办妥了事情。老乡把我们安排在放柴禾的半间小屋，腾出不大的土炕，就是无法加热，我们只能和衣睡在凉炕上。

孟厂长走后的第二天，电站食堂的蔡平川和王兆增同志来送面包、咸鸭蛋、馒头等食品。孟厂长又来了两次，最后一次来对我们说："回去！"我们的发电设备没有卸车就原装返回了。不过，由于萨尔图车站与电站原址中间有一段铁路损坏，专列在萨尔图车站的东边停留了十多天。大概有两三个月才返回原地，重新发电。

31 站职工在大庆。

　　半途而废的葡萄花会战，始终令我疑惑。1983 年，列电解散后，我有幸遇到大庆的副总工，当年他在"二号院"是参谋。他告诉我，当时大庆对葡萄花会战做了详细布置，但调迁被红卫兵定性为"用生产压革命"的罪行，总部领导和各指挥部领导全部"靠边站"了，致使会战流产。我还遇到过一位大庆水电指挥部的政工干部，当年油泵房、锅炉房、供电线路、厂用电还有电话，全是他们负责的。他说，当时正值"夺权风暴"，红卫兵从上而下夺权，他们掌握"印把子"，天天"闹革命"，葡萄花会战当然没法干了。唯有列电着急忙慌地冲了上去，被孤零零地丢在葡萄花没有了下文。

　　事情过去 50 年了，31、32 站机组都已化成了铁水，逐渐被人们遗忘了。现在要编列电史，我有责任把记得的情况写一写。

大庆情怀

文 / 张贵春

大庆是世界瞩目的地方，是热血青年向往的地方。1965年的仲夏，我们一行4男3女从保定电校来到第31列车电站。当列车驶进萨尔图火车站时，已是凌晨5点多了。我们站在大庆这片热土上，心情难以平静。

大庆地名由来，是因在此地成功开采第一口油井时，恰逢中华人民共和国10年大庆。大庆市是个政企合一的城市，那会儿的城市基础建设还相当原始。大庆石油会战总指挥部设在萨尔图2号院，大庆市长担任总指挥。2号院建有一大片干打垒的平房，与先锋村、红旗村、东风村（各二级指挥部的办公地点及职工家属居住区）没什么区别。所谓"干打垒"，就是建房子时不用砖或坯，而是用板子支成盒子，中间添土，再用木夯夯实，换言之，整个房子的墙壁全都是用土夯实堆起来的。除了这些散落的"村落"外，周围到处都是荒草地、水泡子。

电站派车专程接我们。一条500多米沙石路的尽头，就是31站驻地。沙石路北侧有一条排水沟，沟北边是燃油锅炉房，用于为列电燃油加热保温供暖气，单身宿舍也在这里，百米外是家属宿舍。沙石小路的南面是铁路专用线，依次排列着6节油罐车，两辆寝车，两节办公车厢，一节备品材料车和一节维修车。再向里边去，是被高墙围着的4节发电主车，有部队守卫，24小时站岗值班。

宿舍区北面是两间男单身宿舍和食堂的饭厅，东面是女单身宿舍，西面是电站家属组织的缝纫组什么的，中间空地

张贵春

建有一个篮球场。我们的宿舍是一间约三十平方米的房子，顺着东、北、西三面墙摆了 8 张双层床，门开在房子的南墙上，门旁边有一个用钢筋焊的架子，上面整整齐齐摆放着脸盆、毛巾等洗漱用具。床上的被子叠得有棱有角，床单也全折在褥子下面……俨然一派军营的风貌。

31 站和 32 站在这里是一套领导班子。甲方是大庆会战总指挥部，委托水电指挥部代行甲方职权。这个甲方和别的地方不同，几乎什么都管，书记也是甲方派来的。厂长给我们安排的第一项工作是进行为期一个月的劳动锻炼——重新盖食堂的炊事间。原来的炊事间是干打垒的，不仅卫生条件差，而且顶子快塌了。炊事班长胡师傅做指导，我们新来的学生便正儿八经地盖起房子来，这似乎是体验大庆精神的第一课："有条件要上，没条件创造条件也要上"。

大庆的冬天很冷，室外温度最低可达零下三四十摄氏度，住的是干打垒，取暖靠火墙。我们的床铺排在火墙两侧，尽可能地吸收更多的热量。炉膛里烧的全是原油，就地取材方便。原油凝固时像家里做的肉皮冻，用铲子可随意切一块扔进炉子里，烧完再丢一块进去。尽管取暖方便省事，但从炉子里钻出来的黑烟把人熏得够呛，人们鼻子里都是黑的，后来接上天然气才情况好转。再就是炉火万不可熄灭，哪怕片刻，这草房即刻就会变成冰窖。

室外零下三四十摄氏度，在如此严寒下工作，非经历者是无法想象的。工作前我们每人都要穿上特制的棉衣、棉裤、棉鞋，戴上棉手套。当然我所说的棉衣与普通的棉衣不一样，要厚实得多，穿在身上就像披上了一身铠甲，伸胳膊迈腿都很别扭。就单说那双大头皮鞋，关内是见不到的，从个头、厚重上，关内的御寒棉鞋难以匹敌，形象点儿说，就如同小吉普面对装甲车。即使加重、加大、加厚的大头鞋，里面还要买些乌拉草塞进去用以保暖。就是这般全副武装，还必须在屋子里把全身暖和透了才敢出去干活，最多坚持半个小时，手指已冻得失去知觉。

在那种环境中，许多脏活累活大家都抢着去做，没有人讲什么条件。体会最深的是清理厕所。室外公共厕所极其简陋，方便之处就是坑上架两条板子，不过便坑足有两米深，冬季便坑里的粪便形成金字塔的冰柱，每到冰柱"超高"时，我们都自觉地下到便坑里，使錾子、抡大锤，将冰柱打碎，移出便坑，飞溅起的冰碴弄得全身哪儿都是，甚至会不小心溅到嘴里，没有人说什么，仍然干得起劲。在大庆几年里，参加突击队劳动是常事，厂区内外的沙石路、简易篮球场等设施，都是青年突击队员利用业余时间拉沙石垫起来的。

我们的业余文化生活还是蛮丰富的，工作之余除了在电站食堂里打乒乓球等活动外，大庆常有文化团体来慰问演出，因而我们没少看知名剧团的精彩节目，当然是免费观看。在大庆坐公交车、看电影、烧天然气等许多都是免费的。说到吃，我在的那个时期，大庆没有定量限制，让我这个大肚汉沾了"便宜"，只是蔬菜单调了些。一年到头只有三种菜可吃：大头菜、土豆和自己磨的豆腐。为改善职工生活，电站自己种了30多亩菜地。蔬菜收回来，双职工和家属们吃多少就拿多少，剩下的送到食堂。在大庆生活、工作的4年里，虽然艰苦紧张，但心里感觉充实愉快，人与人之间既真诚又和谐，还真有一点共产主义的味道！除了物质不丰富以外，还真就是"各尽所能、各取所需"。

当时31、32两个站加在一起才一百来人，除了正常发电外，还肩负着列车电业局交办的接新机任务，为此我们进行了大量的设备改造和人员培训，最终实现了机电合控的三人值班。这就要求每个人都要一专多能，例如各专业的系统图，不但能背着画下来，而且设备位置、功能、构造，以及阀门大小、管道走向，都不打磕巴地讲得清清楚楚。干活时工具一次性拿齐，从来不用活扳手，也就是说每个位置的螺钉是多大、有多少个，是用梅花扳手还是用套筒，是否需要万向节头，大家心里都清楚。接下来的几年间，列电局新组建燃气轮机电站的主力全是从这里分去的。就本人而言，15年后在列电工程公司工作期间，不论是车、钳、焊，还是机、炉、电，不论是钣金、起重，还是制定工艺、预算、投标，尽管需要的知识面很宽，但是都能很快上手，其主要原因，还是得益于31站在大庆的那段时间。

那个年代，电站注重科学管理，恐怕多是受大庆环境的熏陶。例如每到机组大修，生技组将制订好的大修进度计划，画成1.5米宽、4米长的网络计划图挂在墙上，给参加大修的所有人分组讲解，每个节点、数字、线段的意义，设计此图的指导思想和如何结合实际工作等都交代清楚，直到人人明白为止。由于准备充分、组织得力，包括换叶片等非标项目在内的电站标准大修，仅用13天就顺利完工了，不仅创造了列电局最快的大修纪录，也培养了一批技术全面、懂点科学管理的年轻技工。

31站在大庆的那段时间里，承接过很多与燃气轮机有关但与本站毫不相关的工作。印象最深的是石景山电厂，一次就来10多人，一住就是3个月。反正都是为了祖国的社会主义建设，我们都毫无保留地教给他们。

在大庆的工作生活经历，对我的人生观、价值观产生了深远的影响。每当想起那些往事，是那么的振奋、那么的激昂。

电站群英会茂名

文 / 高鸿翔

1963 年 7 月，第 8 列车电站返回武汉大修，历时 9 个月。1964 春节过后，我们积极准备调迁广东茂名。临离开武汉，电站放假一天，让大伙再逛逛武汉三镇。3 月 15 日装车，17 日离开。

这次调迁，我们在主车发运单上没有注明"限速"要求，事前也没有向局领导请示。这样的大胆尝试，缘于以往限速每小时 45 公里，运输时间很长，带来诸多不便。其实，主车运行速度快点，没有什么问题，关键是要禁止车体溜放、撞击。这次尝试的结果，发电车毫发无损地抵达茂名，从此以后的若干次运输，再也没有在发运单上标注"限速"二字。

高鸿翔

这次调迁，除数名押运人员之外，大部分职工是集体乘客运火车前往茂名，我们都在一个车厢内。青年人多，不买卧铺坐硬板，一路欢笑一路歌。音乐指挥宋承森、小提琴演奏石关生、手风琴演奏杨仁宇、小号演奏朱海泉，把整个车厢变成演出的舞台，旅行生活搞得非常活跃。路过桂林时，让大伙下车游览了两天桂林山水。随后，我们继续南行，经黎塘转河唇，于 3 月 23 日，抵达南方石油城市——广东茂名。

茂名地处南海之滨，离海岸大约 20 公里，处于粤西雷州半岛的北部。城市不大，但非常漂亮。这里夏天不酷热，冬天不冷。然而，茂名每年都有几次台风，其破坏力很大。一年中的雷害有 330 天左右，每年都有电力设施遭雷击和人畜伤亡事件发生。茂名是个新兴的工业城市，以石油为主，是从油母页岩中提炼石油，虽然成本较高，但油质较好。当时，开采露天油母叶岩矿主要靠列车电站提供电力。因甲方建厂施工原因，8 站于同年 7 月 1 日才正式并网发电。

在茂名先后聚集了数个电站同时发电，组成电站群。如第 6、8、9、15、21、46 这 6 个电站先后在茂名发过电。21 站先期离开返厂大修。8 站和 9 站来茂名较晚，最早的已经在这里发电两三年。我们到达茂名时，几个电站已经统一管理，打破了各电站原有编制，5 个电站对外统称 6 站，其余公章全部封存。

住地也集中管理，所有电站职工集中在文冲口一大片住宅里。据说，这片房屋原是建工部的产业，是季诚龙副局长通过关系，请建工部无偿调拨的。原先，列电人住得比较分散，房屋都是临时搭建，条件很差。住到文冲口，条件好多了。虽然房子也比较简陋，但毕竟是永久性的土木建筑。这里有甲、乙、丙三种房型，还有四幢窑洞。电站总部就设在这里。有大食堂、招待所、小花园、篮球场，还设置了医务室和托儿所。绿化得也很好，房前屋后长满芭蕉和热带树木花卉。

1968 年 8 站职工在广东茂名合影。

电站党组织成立了总支。生产管理上，分第一生产区和第二生产区。第一生产区，由6、46站组成，厂址在西侧，靠近露天矿，离生活区较远。第二生产区，由8、9、15站组成，厂址在文冲口，离生活区较近。党总支书记、厂长由吴锦石担任，党总支副书记是刘广忠（专职党务）。陈启明、张宗卷、我均为党总支委员、副厂长。张宗卷主管一区生产，我主管二区生产并统管全厂生产。另外，党总支下设三个党支部，一区党支部书记由张宗卷担任，二区党支部书记由我担任，管理党支部书记由陆锡旦担任。

1964年，陈启明调贵州三线43站工作，原43站厂长袁健调回茂名，依然是副厂长职务，没有安排具体工作，22站厂长肖绍良也是如此。22站在海南昌江石碌发电，在水电站发电时，它只能作备用，一旦水电站处于枯水期，电站就要按时投入发电。平时备用期间，除留下少量守护人员之外，其余人员全部回到茂名。

那时，茂名5个电站的职工加上22站人员和51站（燃气轮机组在此筹建）人员，最多时有400多人，即使不算51站，也有342人。据统计：工人294人，其中男性246人、女性48人，干部48人，双职工30户、随车家属36户，小孩子上百。全站人平均工资63元。电站开大会，每人自带折叠式靠背椅，按机组对号入座，大食堂里坐得满满的。除了基地之外，电站能有这样大的阵势，唯有茂名的电站群。

1964年，全国都处在"工业学大庆、农业学大寨、全国学人民解放军"的热潮中，学政治、学技术，打擂比武很盛行。每天早上要列队跑步，上下班和开会要列队进出，开会之前要唱歌，真是一派生龙活虎的景象。俗话说人多好办事，我们搞文艺宣传演出，能组织起40多人的队伍，各个行当、各种角色，应有尽有，电站真不愧为藏龙卧虎之地。列电局的领导对茂名电站赞赏有加，并赋予"南方大庆"的美誉。

我负责生产，对安全生产和生产设备安全运行较为关注，下功夫做了一些工作。生产上充分利用水资源，循环水一次开放；充分利用人力资源，搞好闲置设备检修；充分利用本地沥青资源，搞好水塔大修。

在安全生产这个中心环节，上运行班的工人钳工基础比较差。为此，专门举办多期钳工训练班，还提出了"扔掉活扳手，工具定型化"的口号。阀门检修标准，提高到"三开三关。"就是说静态试压通过不算数，要在动态试验中，每开关一次试压一次，三次不漏，再拼压三分钟才算合格。虽然在反事故演习中举一反三，但还是有薄弱环节和猝不及防的教训。

1965 年，冯华在第二生产区 8 号机发生球触电重伤事故，令人痛心。我从北京开会回来，才了解到事故过程。当时，机组小修完毕，高压电已经倒送，值班员郑某进入岗位，高压组长冯华收完工具，洗手准备回去吃饭。郑对冯说，避雷器上三个螺丝有点松动，最好紧一下。冯犹豫了一下，未填写工作票，也未做任何保护，便拿起扳手，钻进车厢端头高压罩内，脚踩电容器外壳，后臂倚在车厢外壁上。当他举起扳手去紧螺丝时，6300 伏高压突然放电，将冯双臂击穿。罩壳内空间很小，好不容易才将伤者救出送往医院。经检查，左右臂均已严重烧伤，血肉模糊。从广州请来医生做手术，只能截去双臂，并将左肩也截去，造成冯终身残疾，生活不能自理。对于一个青年人来说，这个事实太残酷了。

1965 年底，新建不久的茂名热电厂因事故停机后修复试生产。当时，8 站在检修，46 站在运行，6、15 站冷备用。1966 年 3 月，46 站临时停机作防雷检查。就在这个档口，热电厂因厂用系统故障导致紧急停机，我们各个电站均处于停机状态，致使茂名市及石油公司全部停电。石油公司调度着急了，要求电站马上投入运行发电，但电站连启动电源都没有了。要马上恢复送电，须无电源启动，首先要启动柴油发电机。但启动柴油机气瓶压力不足，要人工打气。一场"人海战术"的打气行动开始了！三人一组、三分钟一换，这样剧烈的运动，有的人三分钟不到就休克了。最后，还是 46 站率先送电，解决了一场全市停电的危机。尽管我们应急预案准备不足，但是，从中尽显列电人过硬的应急能力和这支电力野战军的风貌。

1966 年，"文革"开始，随即 46 站和 6 站相继离开。1969 年 4 月，15 站最后一个离开。

在许家洞铀矿发电

文 / 宋世昌

湖南郴州许家洞原本是个不起眼的地方，自 20 世纪 50 年代在此发现铀矿，这里成为我国核工业的主要矿区，军工代号 711 矿。为我国第一颗原子弹研制、爆炸提供了核原料，被原二机部部长刘杰赞誉为"中国核工业第一功勋铀矿"。列车电业局第 5 列车电站曾在此执行发电任务达 7 年之久，为祖国核工业建设做出了贡献。

1959 年，我来到 5 站，走进许家洞。我来 5 站工作纯属偶然。1958 年，我从保定八中毕业。那时候各单位大批招工，争抢毕业生，很多同学都去招工单位报考上班去了。我也到西郊几个大厂看过，不是太理想，就没有着急上班，闲在家里。

同院一个邻居家的老哥，在 5 站工作，是汽机工段的副段长。他回保定来列电局办事，顺脚回家看看。老哥见我闲在家里，就问我是否愿意到电站工作，在湖南发电的 5 站正在招工。我问到湖南工作要什么东西？他说什么都不要。老哥很热心，打电话给 5 站厂长余志道，说要带一个人过去。就这样，我按要求带上户口和粮食关系，跟玩似的随老哥去了湖南。1959 年 3 月，我来到郴州许家洞发电的 5 站，余志道见过我，问了问年龄，然后就说，到电气去吧。我的人生因邻居大哥一

宋世昌

句话，脑袋一热，就这么拍板决定了。

我在 5 站工作了 17 年，在湖南郴州许家洞发电有 6 年之久。5 站是于 1958 年 10 月驶离保定基地抵达郴州许家洞的。许家洞在郴州北部，距市区约 30 公里，这个小镇坐落在四面环山的一个小山坳里。小镇狭窄的街道不足百米长，路两旁点缀着若干家店铺，一条自南向北的小河穿过小镇，将许家洞隔分为东西两部分。我们习惯称这里为二矿，矿上的人和矿区以外的人也是这样称谓。

当年，郴州没有工业，当地只有一台几百千瓦的小发电机，仅供郴州市区照明用电。因此，二矿开采之初及后来一段时间，电力保障完全依靠列车电站。5 站在许家洞扎营发电后，二矿很快开采出第一车矿石，矿总部举行了剪彩庆祝活动。

电站单机运行，专供二矿开采用电，责任重大。原本电站 1 年就要大修，电站停机，采矿就得停产。为减少对生产影响，电站大修间隔延长到一年半或两年。针对当地雷暴天气，电站采取了一系列防范应急措施。虽然各项安全措施做得比较到位，但突发事故还是时有发生。

那是 1960 年"五一"劳动节的晚上，大约 8 点多钟，电站水处理给水泵阀门因法兰盘的垫子破裂，瞬间高温、高压的汽水大量喷出，厂房（因 5 站是快装机，设备放置在厂房内）里顿时弥漫了大量蒸汽。汽机司机李瑞恒和副司机李玉贵马上戴上石棉手套，顶着军用雨衣去关闭阀门，准备倒换备用给水泵，但压力太大、水温太高，冲了几次都没有成功。锅炉因缺水而紧急停炉，我们电气也随即切断了油开关，停止了向外供电（电气有一台柴油发电机供工厂内照明）。这时候，二矿生活区露天球场正放映电影，矿总部领导正与苏联专家举行庆祝"五一"国际劳动节招待会，瞬间矿区一片漆黑，喊叫声一片。

总部不明是什么原因，一名副矿长带着保卫科长来势汹汹地赶到电站。这时候在家休息的职工及厂领导也赶到车间，立即投入了抢修工作。矿领导了解到停电是突发事故，而非人为破坏，嘱咐了几句，催早点送电，便与佩带手枪的保卫科长匆匆离去。这时候，紧张的气氛有所缓和，经两个多小时抢修，排除了故障，重新启动恢复送电。

1961 年，一条输电线路架到二矿，这样电站可以并网运行了，电站运行也比以往稳定了许多。不像单机运行的时候，矿上开启大卷扬机、升降机、大风机等大型设备，负荷忽地上去了，电压忽地降下来，对电站机组冲击很大，值班人员精神高度集中，搞得挺紧张。虽然有了电网，但电站并没有撤走，作为二矿的自备电厂，5 站继续原地发电。到 1964 年左右，另一条高压线路架到二矿，5 站才撤了出来。

二矿是军工单位。不过，对于铀矿开采，对外保密等级并非很高。在这里生活的人，从表面上看，与其他地方并无两样。二矿生活区与生产区相距较远，采矿工区在深山里面。与列车电站并行的一条铁路，伸延到山里，那里有解放军一个连队守卫，我们从没有接近过。电站厂址在生活区这边，也派有半个班的部队守卫，在通往电站的路上，建有一个哨位，荷枪实弹的战士轮流站岗，非电站人员是进不去的。电站大修的时候，我们电站的基干民兵也配武器轮流值勤，保卫电站设备。

当时，在许家洞生活工作的人对铀的了解有限，不像现今的人知晓得深入和全面，但是，其辐射对人体的危害妇幼皆知。二矿开采的铀矿石要运出加工提炼。运送矿石都是在夜深时分进行，以减少对人的辐射危害。装载矿石的专列从山里开出来，必经平行于我们电站的铁路专用线，距 5 站厂房仅四五十米远。途经的矿石列车，对 5 站人员会有多大的危害，我们不得而知。

虽然电站远离采矿生产区，但是，我们居住地并非无放射物质。列电生活区的道路和篮球场都是用矿石块和土混合铺成的。711 矿定期派人对人员活动区域进行安全检查，使用专业探测器（类似扫雷器）进行探测。曾在我们的篮球场和人行道路上，探测到放射物质，仪器指针居然达到最大值。工作人员发现一处，即刻就挖走一处。5 站人员患肝炎的不少，是否与在许家洞发电有关，没有人鉴定，也没有说法。二矿的工人有保密费和辐射费补贴，我们电站没有，曾经争取过，但可能因为离生产区较远，没有争取到。二矿医院离我们电站挺近，常见有矽肺病的矿工在医院救治。

电站职工居住条件简陋，在山坡上开出一块平地，搭建起简易房。隔墙是用竹片编织，两边再抹上泥巴，屋顶是用树皮铺成的，四面透风。让我们不能适应的就是当地蛇多、老鼠多、蚂蚁多、蟑螂多、蚊子多，这几多，给我们生活添了不少烦恼，吃了不少苦头。吃的方面，这里主食是大米，生活困难时期，也没有断过大米。对我们北方人来说，吃大米不习惯，好像吃不饱。就那么些定量，多吃也没有，没到下顿饭，饥饿就到访了。

在二矿发电的那些年，我们电站的文体活动挺有特色，篮球、乒乓球、黑板报、广播、交谊舞会等形式多样，既活跃了职工生活，又锻炼了队伍。

1965 年底，5 站完成了为 711 矿发电的任务，又踏上新的征程。从铀矿开采到核弹研制，列电人见证了我国核工业发展，我们无比自豪。

为研制我国第一颗原子弹发供电

口述 / 高文纯　整理 / 闫瑞泉

　　1962 年 5 月，列车电业局第 1 列车电站再次进入酒泉地区执行神秘使命，为 404 厂发供电。之前 1 站曾为酒泉钢铁公司发过电。404 厂是一个综合性的核工业科研生产基地，是我国核武器研制工程——596 工程的重要组成部分。第一个核反应堆、第一条核材料生产线等很多"核工业第一"都出现在这里。

高文纯

　　酒泉位于河西走廊西部，是古丝绸之路通往西域的重镇。核基地说是在酒泉，其实是远在玉门关以西约 60 公里一个叫低窝铺的地方，这个地方地图上找不到，离酒泉有 300 多公里呢！这里地处祁连山北麓的西北高原，一望无际的戈壁滩人迹罕见，气候恶劣变化莫测，一天里就会有春夏秋冬四季的感受。由于干旱少雨，这里没有树木，没有草场，只有极耐干旱的沙蓬和芨芨草，星星点点地点缀在荒原上。

　　我们在进入 404 厂之前，电站职工都经过严格的政审。404 厂是国防保密单位，对外叫兰州 508 信箱，实行军事管理。列车电站生产厂区，有一个连的解放军负责警戒保卫，进出门都要出示证件。电站入厂后，都进行了严格的保密教育。电站绝大多数是单身职工，都住在生产厂区，只有少数家属住在离厂区较远的地方，活动空间也仅限于生产厂区。严格的保卫措施，使单调寂寞的生活又增添了几分森严。

1 站到达 404 厂后，在该厂的大力支持配合下，安装试运行十分顺利，很快就投产发电了。1963 年 12 月 4 日，12 站也开来了，31 日投入发电，与 1 站并网运行。两个电站都是 4000 千瓦的苏联机组，共同为核基地提供安全稳定的电源。1 站机组就停放在距核工厂生产车间约 200 米的地方，12 站的机组离得稍远些。第二年 4 月底，接到列电局指示，两站合二为一，组成了由卢焕禹、孙玉泰、高文纯、苏振家 4 人组成的领导班子，两站人员加起来共 140 人，合并后以 1 站名义对外。

在这里，一切生活物资都是从外地调运来的。核基地享受"特供"，粮食供应充足。12 站是从最苦的安徽濉溪调过来的，单从吃的角度来说，简直是进了天堂。在濉溪时连地瓜干都吃不饱，到这里大米白面敞开了吃。夜班饭供应馒头、米粥、咸菜，随便吃。有一个职工上夜班，一次吃了 16 个馒头，成为笑谈。

初到这里遇到的比较大的问题，第一是疾病的困扰。可能是水土不服或其他原因，电站职工有四成的人肝脏出了问题，严重的有 6 人，我也是其中的一个。对此 404 厂很重视，给予了及时的治疗。第二是吃菜问题。由于风沙大、气候干燥，加上吃不到新鲜蔬菜，职工口唇干裂、流鼻血。这难不倒电站职

发电运行中的 1 站。

为研制我国第一颗原子弹发供电

工，电站的后勤人员，在全是细沙的贫瘠的土地上，成功种植了一些绿叶菜，如耐寒的香菜和萝卜等，改善了生活。

电站在 404 厂发电期间，受到了各级领导的亲切关怀。1966 年 4 月，时任中共中央总书记、国务院副总理的邓小平，国务院副总理李富春、李先念到 404 厂视察。404 厂的周秩厂长，这位原志愿军政治部主任，以及总工程师姜希圣对列电工作极为重视。逢年过节都要亲自到电站慰问看望职工，春节都要给坚守岗位的列电职工送去热气腾腾的饺子，对由于环境影响而身体较差的职工也格外关心。

1964 年 10 月 16 日，我国第一颗原子弹爆炸成功，404 厂召开了庆功大会。中央军委、国防科工委领导，甘肃省委第一书记汪锋，二机部部长刘杰，兰州军区司令员张达志等都到场，向核技术专家、工程技术人员、工人及家属表示诚挚的慰问和热烈的祝贺。列车电站孙玉泰、管金良、宫振祥、苏振家和我也被邀参加大会并在主席台前就座。庆功大会上，对为生产核武器做出贡献的人员进行了表彰，电站也受到了表彰，全体职工每人奖励 10 元现金和 10 斤植物油。

庆功大会后，汪锋书记举行宴会，招待 404 厂及各有关单位的领导、受奖的工程技术人员及工人，电站领导也应邀赴宴。那时经济刚有好转，物资依旧短缺，但为了招待制造核武器的功臣们，那真是美酒佳肴，笑语欢声，真的是"破费了一回"。应邀赴宴的每个人还领得了两瓶茅台酒。

有些事至今记忆犹新。1966 年，1 站职工郭化民的妻子宫外孕大出血，做手术需要输血。闻讯后，两个电站的职工和家属 200 多人，加上警卫连的干部战士共 300 多人要求献血，最后符合条件的十几个人献了血，可惜仍未能挽救她的生命。但这件事体现了列电一家亲、军民一家亲，列电人团结一致，克服一切困难的精神风貌。

1966 年 12 月，当地 803 电厂投产发电，1 站先期离开 404 厂。12 站暂留原地待命备用，不久也离开。为 404 厂发供电的经历是我们列电人的光荣。

35 站在海晏

口述 / 李敬敏　整理 / 闫瑞泉

李敬敏

毛泽东主席在 20 世纪 50 年代曾提出，我们也要搞一点原子弹。时间到了 1964 年的 7 月，原子弹的研制已经进入关键时期。为了绝对保证安全供电，第 35 列车电站奉命紧急调迁至青海，为原子弹制造基地发电。13 站已于 1963 年 2 月调至此地发电。35 站到来后，两个电站联网发电，确保了原子弹试制期间的安全稳定供电。

那时该地区与相关单位均属于保密地区和保密单位，对外通信地址为青海 886 号信箱，单位对外称青海国营综合机械厂，直属二机部领导。

来自 21 个单位的人员重新组成的 35 站职工队伍，人员经过严格政审。由李汉明等组成的政审小组，将外调回来的材料先交保定市公安局审查盖章，然后再交青海省公安厅审查才算通过。

当时的保密制度十分严格，有"三大纪律八项注意"。我至今还清楚地记得，八项注意中有一项是"知道的不说，不知道的不问"，听说有人因泄露机密而被判刑了。

整个厂区划分为三大块，第一块为一级保密区，第二块为二级保密区，第三块为三级保密区。每月的保密津贴分别为一级 18 元，二级 13 元，三级 6 元。按保密级别颁发不同的职工出入证。列电属二级保密区，每月发保密津贴 13 元，发给二级职工出入证。

从西宁到海晏坐火车要买票，到海晏站下了车，再凭职工出入证换乘厂区的免费火车。厂区究竟有多大，到现在我也不知道，只记得从海晏坐了个把小时的火车才到我们的二级保密区火车站，下车后又步行半个小时才到了列电。

新调来的 35 站和 13 站正式合并，以 35 站名义对外。电站组成了强有力的领导班子。由大庆红旗电站 34 站调来的周国吉任厂长，刘润轩任副厂长，米淑琴任副指导员。其他管理骨干，有 21 站调来的贾臣太任党支部干事，由"三七"站调来的李汉明任生技组长，6 站调来的常金龙任电气车间主任，我任管理组长，原 35 站的崔恒任锅炉车间主任，闫英管总务，保定基地保卫科调来的李玉强任人事员。调入的工人，记得有保定基地的李新田、郝世英，46 站的高级焊工陈凡秋，"三七"站的于振远夫妇等。

当地气候条件比较恶劣。电站所在地海拔 3600 多米，水温 84 摄氏度就开锅，职工食堂的馒头、青稞面窝头从来都是半生不熟的，很多人消化不良，常年拉肚子。

冬季最低气温零下 38 摄氏度。我们初到时，看到 13 站还有小部分职工住在地窖里。即便是新盖的职工宿舍，由于墙体薄，墙外面又常年积雪，都第二年 5 月份了，职工想晒晒被褥，发现褥子和北墙还冻在一起呢！真是"5 月才见草长芽，8 月抬头看雪花"了！

刚从内地到来的职工，在二级保密区一下火车，立刻就感受到了青藏高原的厉害，走路上气不接下气，总觉得缓不过劲来。

党和政府对在大三线工作的职工非常关怀。刚调入的职工每人发给一件棉大衣和一床羊毛制作的褥子作御寒之用。该地区执行的是 11 类地区工资标准，咱列电执行的是 6 类地区工资标准，到那每月加发 13% 的地区差。加上流动津贴 12 元、保密津贴 13 元，再加上安全奖和夜餐费，一个二级工每月工资能拿到 105 元左右。我们的俞占鳌局长、季诚龙副局长曾分别来电站看望职工，并检查指导工作。

最难忘的是 1964 年 10 月 16 日，我国第一颗原子弹爆炸成功，列电职工感到无比的喜悦和无尚的光荣。我们还享受到了周恩来亲自批给的每人 1 斤花生。

很多事情是几十年以后才知道的。2011 年左右有报道说，海晏制造的原子弹在绝密情况下，用专列火车运往新疆试验地，而且是夜间走、白天停，整整走了一个多星期才运到。

到了 2013 年，水利部组织在职公务员到青海参观学习时，安排参观了原青海国营综合机械厂，和我一起工作过的水利部老干部局保健处处长朱贵祥也参加了那次活动，据他回来讲，该地区已变成了国防教育基地了。

在海晏为核基地发电

文 / 李武超

李武超

1959 年 5 月，第 13 列车电站来到河南鹤壁发电。两个月后，我经姜林林师傅介绍，搭上了这趟发电列车。13 站主要为鹤壁矿务局发供电。刚进电站，师傅们带我参观了陈家庄煤矿，下到 300 多米深的采煤工作面，体验矿工生活，对电力保障的重要性有了深刻的认识。那时候，电站各生产班组搞劳动竞赛，比生产指标，每月评优胜班组，争"流动红旗"。记得为降低能耗，我们到锯木厂拉回木屑掺在燃煤里。电站机组大修，仅用 9 天时间就完成任务，那时候工人的干劲真是没得说。

三年困难时期，职工粮食定量降低了，面粉只有 10%，其余都是高粱面、豌豆面、蚕豆面等，尤其副食很差。1961 年冬，记得食堂管理员郭计锁通过关系，从贾家村买回 3 万多斤的胡萝卜，中午、晚上每人 1 个 5 分钱的水煮胡萝卜菜，后夜班可以多买一个。这小小胡萝卜解决了大问题，电站职工平平安安度过了漫长的冬春。

1962 年底，调我们去青海发电。这次调迁不同寻常，临行前，全体职工都经过了严格的政审，十来个人因故没能成行，60 人随车前往。我们来海晏之前，很少有人知道是为核工业基地发电。1963 年 2 月 28 日，我们一行 10 人离开了鹤壁市，前往青海海晏县，为后续大部队打前站。之前，朱学山师傅已去选厂，郭彦斌到西宁负责接待。我们途经郑州、西安等地，于3月4日抵达青海西宁。稍做休整后，再次乘车于6日到达海晏。

我们从海晏火车站下车，在不远处的一个叫二现场的地方，凭证件通过军人守卫的岗哨，然后坐上汽车，直奔目的地——青海机械厂的生活区。这个厂是个保密单位（后改为国营综合机械厂、中国科学院221分院），它的领导机关人们习惯称之为总厂。这段路程20公里左右，路况不好，车绕来绕去，足有一个多小时才将我们送到生活区里面。当地电厂的西边也就是我们的驻地，搭建有两排帐篷，共20多顶，是专为我们电站职工准备的。

不久，厂长邵晋贤、书记李庚辛带着电站大队人马赶到，但主车由于车辆原因，在路上耽搁了时间。电站组织职工学习保密文件、各种制度及曾经发生过的泄密案例。要求与外界通信联系时，不得讲总厂内的情况，发出的信件邮局会检查，出入总厂厂区必须持出入证。还规定出差或探亲，西宁至海晏段要单独购票，不得买通票，否则不予报销。电站代号为青海西宁市886信箱，后来又改为540信箱。厂内职工享受保密津贴，称之为事业费，我们电站虽在生活区域，也享受每月13元的保密费。

主车到达后，厂部立即组织安装，并顺利发电。为鼓励在艰苦条件下为国防军工发电，电站为每个职工发了一只印有"艰苦奋斗奖"字样的搪瓷茶缸和一个日记本。

在13站发电之前，总厂唯一的电源是一座装机1500千瓦的电厂。但由于机组安全状况不是很好，加之容量小，在13站投运后这个电厂就停机备用了，电站单独承担总厂内的全部负荷。电站运行中，白天和深夜负荷变动较大。厂部规定：即使深夜低负荷一台炉也够用的情况下，仍必须保持两台炉运行，同时也要保持两台冷却塔运行，以防运行设备出问题而影响安全供电。从中不难看出，为国防军工供电，责任重大，电站不敢有丝毫的懈怠。

这里的海拔在3000米以上，四季不分明，冬季长达6个月以上，最低气温会降到零下30多摄氏度。总厂给予了列电人多方面的照顾，每人发了防寒四大件：帽子、鞋、毡子和一件棉猴。电站又给每人配备了一件皮大衣。由于职工没有房屋可住，为了防寒，在帐篷里下挖了一米多深的地窖子，这就是我们的窝。为做好设备防冻，电站派专人去甘肃596厂学习防冻经验，偶尔停机也要保持一台锅炉供热等防冻措施。由于措施得当，整个冬天发电设备没有因为冻害而影响发电。

开始我们没有自己的食堂，在当地电厂食堂搭伙。这里蔬菜很少，生活上所需要的物资，基本都是靠外部供应。到天冷的时候，更是吃不到菜，职工就托出差的人捎些咸菜回来。这里由于海拔高，水烧到 81 摄氏度就开了，蒸馒头也蒸不熟，吃起来发黏。有些人因此患上了胃病。

总厂生活区以外是一大片荒原，见不到一棵树木。在这个军事禁区里，电站为活跃职工的业余文化生活，搞起了篮球场，在会议室摆放了一张乒乓球台。电站的东北方有很多军营，军营或附近单位也常有文艺宣传队来慰问演出、放映电影，春雷文工团、烽火文工团、火线文工团都来过这里。晚饭过后，披上大衣，寻找演出，成了年轻人业余生活的一部分，也是一道风景线。

1964 年 8 月左右，35 站也来到了。在 35 站到来之前，甲方又盖了不少简易平房形成了"四合院"。13 站职工也离开了帐篷住进了平房内，两站的职工很快融合在了一起。季诚龙副局长特意来电站指导工作，将两个电站合并，成立了以周国吉、米淑琴、刘润轩为领导的班子，对外统称 35 站。随后，电站的工作生活也发生了不小的变化，特别是自己办起了食堂，生活有了很大的改善。

10 月 16 日，我国成功地进行了原子弹爆炸试验。为此做出贡献的列电人感到骄傲。总厂内的建设日新月异。纵向横向的柏油马路建成了，大电影院落成了，新的百货商店开张了……四川的猪肉、西安的蔬菜、上海的日用品，还有其他地方运来的物资，源源不断。

1965 年 7 月，电厂二期工程第一台 1.2 万千瓦机组正式投产了。13、35 站也圆满完成了在核工业基地的发供电任务。就在我们即将启程奔武汉基地的时候，俞占鳌局长风尘仆仆来看望我们，他风趣地说：30 年前两万五千里长征，我就走过这个地方，今天又来了……

1965 年 11 月 3 日，第 13 列车电站离开了奋战两年多的青藏高原，前往武汉基地大修后，又去支援广州发电了。

886 信箱

口述／唐英功　整理／韩光辉

唐英功

1964 年，我当时所在的第 35 列车电站在新疆哈密的三道岭煤矿发电。7 月份，电站突然接到调迁命令，立即拆设备，装车待命。之后又接到指令，全站人员乘车回保定基地。到达保定基地后，便开始接受各种审核，很多职工未能通过。当时，还从其他电站调来了很多人，一同接受审核。审核未通过的编一组，通过的编一组。审核结束后，我们通过审核的七八十人，集中接受培训。

所说的培训，并不是专业技术上的培训，而是保密培训。当时要求大家对新任务要保密，不许对任何人说去哪里，去干什么，如果家人写信，就把信件寄到 886 信箱，我们就能收到。到了工作地点干好本职工作，不该问的不要问，安心工作就行了。

我们是 8 月份从保定基地出发的，坐在火车上人们心里还在嘀咕，不知道这次会是什么任务，为何这样神秘，目的地究竟在哪儿。虽有百种疑问，但大家谁也不打探，也不敢妄加猜测，一任火车载着跑。经过昼夜奔波，火车终于抵达目的地。通过车站站牌才知道，这里已经是数千里之外的西宁。走出西宁火车站，早有汽车等候在那里。我们按指令上了汽车，又是一路颠簸，也不知走了多远，当汽车停下来时，眼前是一片大草原。四排已经盖好的房屋，周围还有篮球场、小商店，远在新疆哈密的 35 站不知何时也已经拉到了这里。

我们到达后才知道，这个地方叫海晏，海拔在 3000 米以上，属于高原气候，虽然是 8 月份，到了晚上还是出奇地寒冷。高原气候，中午炎热，早晚寒冷，的确如当地人说的那样，"早穿棉衣午穿纱，抱着火炉吃西瓜"。这里最冷时，气温达零下 40 多摄氏度，电站水塔溢出来的水立马就会结成冰溜。由于气压原因，水烧到 80 摄氏度便沸腾，这也就是高原上煮不熟鸡蛋的原因。

我们每人配发了棉大衣、棉鞋、棉手套，接下来就是电站组装工作。

13 站已在这里发电一年，他们帮助我们一起组装电站。据 13 站的人说，一年前到达这里时，条件更艰苦，没有房子，是挖地窨子住帐篷熬过来的，现在盖起了房子，条件大大改善了。电站完成安装后，9 月份便开始发电了。

在这里上运行，与在其他地方没什么区别，四班三运转，每班工作八小时，一切都很正常。不一样的地方，就是神秘。发电所用原料有专车运输，但都盖得严严的，从外根本看不出运的什么，全由军人押车。我们发出的电也不知道供给谁，电站周边见不到一根输电线杆，所有电缆都埋在地下，究竟通到哪里，也没人敢问。我们这次发电所享受福利待遇比其他地方都好，每个月除了甲方给补助 13 元外，电站还给补助 12 元，这样一个月就多挣 25 元。在那个年代，那真是一笔不小的收入。工作之余可以打打篮球，附近也有电影院，去看看电影，但更多的时候是挖防空洞。

有一段时间，我们工作场地时常有军人突然光顾，锅炉车间、汽机车间、电气车间，每个车厢门口都有荷枪实弹的解放军站岗，气氛一下子紧张了许多。这些解放军就是在车间门口站岗，一句话也不说，我们也不敢问，但心里犯嘀咕，总觉得肯定有什么事。

记不清是哪一天了，电站像往常一样按部就班正常发电，正工作着，来了一些军人和"领导"进了控制室。随即，电站领导要求所有工作人员做好应急检修准备。时间不长，发电机负荷陡然增大，这令当班工人异常紧张，心提到了嗓子眼。正常情况下锅炉的额定压力为 37 公斤，可那天的压力陡然降到 13 公斤，这是我从没经历过的。发电机超负荷运转，发出了求救般"吭哧吭哧"的声音。

在以往，出现类似情况应该立即停机检查，否则很可能会出现整套设备彻底报废，任何人都担负不起这么大的责任。但今天不行，解放军和那些"领导"就在控制室亲自把守、坐镇，任何情况下不准停机。我们维修人员更要做好随时抢修的准备，一旦出现故障立即抢修。

时间一分一秒地过去了，锅炉的压力开始缓慢回升，最后恢复到正常值，我们这才松了一口气，解放军和"领导"们脸上也出现了笑容。之后他们便都离开了电站，包括门口站岗的解放军。电机运转恢复正常，我们悬着的一颗心也放回了肚子里。

35 站圆满完成发电任务后，休整了两个月。1965 年 10 月份，35 站驶离了海晏，返回保定基地。后来才得知，我们在青海海晏，是为 211 核武器研制基地发供电。

特殊任务

口述 / 李兰州　整理 / 周密

1962 年 5 月，我在保定电校完成专业课学习后，与几名同学去河南鹤壁，到第 13 列车电站实习。实习不久，13 站根据上级要求，停机战备，随时准备拉走支援前线。我们几个刚实习一半时间，被叫回学校，参加毕业分配，我被分配到 13 站。走出学校就准备支援前线，教导处马景斌老师半开玩笑地跟准备离校的我们几个人说："赶紧去，去晚了电站开福建前线去了。"我拍胸脯说："马老师放心，电站开到台湾我也敢去。"马老师拍我肩头说，好样的！我离开学校，回家只待了一天，就告别父母，坐上南下的火车去电站报到。

由于战备，13 站处于停机状态，电站领导把我们派送到兄弟电站去实习，以便胜任电站运行工作。1962 年底，我们几个完成实习返回电站，战备的 13 站迟迟没有调迁的消息，依然停机待命。

转眼 1963 年春节过后，电站忽然传来消息，要调迁青海西宁执行特殊任务。什么样的特殊任务没人知道，但特殊性首先表现在电站人员分批政审上，家庭出身成分高和有历史问题的职工被纷纷调走。之后正式宣布电站调迁青海西宁发电，特别要求职工遵守工作纪律，如同"三大纪律，八项注意"。总之，到目的地后，不该说的别说，不该问的别问，每位职工享受甲方保密津贴。这对调迁频繁的电站来说，有些

李兰州

非同一般。

同年 2 月底，我们几个年轻人先期动身打前站，但具体地址却没有告诉我们。按照事先安排，我们坐火车到达青海西宁后，在青海饭店住下。我们几个休整了几天，难得吃到这里的美食。3 天后，我们再坐上火车，来到七八十公里以外的海晏。下车后，有军人来找，查过我们几个人的身份后，让我们坐上军车，奔目的地飞驰而去。后来，我们才知道，我们发电地点就是今天的原子城，当年的军事禁区。军车不知开了多久，过了三四道关卡，傍晚时分，才停在两顶孤零零的帐篷前。军人指着两顶帐篷对我们说："到了，这就是你们电站的地方。"留下行李和完全傻呆呆的我们几个人，军车调头开走了。

西宁海晏海拔 3000 多米，高原亚干旱气候，冰雹、霜冻、干旱、风沙频繁，遇大风，飞沙走石一点不夸张。高原的 3 月天依然寒冷，我们几个人站在广袤的草原上，接下来吃什么、喝什么，如何过夜完全没谱。当时全凭着年轻，在夜幕降临之前，我们将两顶帐篷组合了一下，钻在里面熬过海晏第一夜。第二天早上，我们带的牙膏全给冻瓷实了，根本挤不动。这要没有接济如何能撑到大部队到来？正一筹莫展的时候，远远发现有电厂的影子，我们就像见到救星，急忙赶去求助，这才解决了吃喝问题。接下来，军人很快铺完铁轨，列车电站如期到达，完成安装后，很快并网发电。

电站全部人员都住在若干个帐篷里，全配发皮袄皮帽，这里昼夜温差大，这是必备的御寒服装。春秋夏季还算好，但到冬季帐篷难御

作者在青海海晏 13 站。

风寒。于是，原地挖 1 米左右的深坑，面积同帐篷大小，然后，上面支帐篷，坑里烧煤取暖，人躲在里面熬过严冬。这样的状况，在一年后甲方给盖了房屋才得以改善。电站发电初期，没有菜吃，每周每人发一个咸菜罐头，还得省着吃，不然连咸菜也没地儿讨。生活必需品要走数里地到被称为"七厂"的一个帐篷商店里去买。想逛逛的话，四周全是一望无际的草原，放马任你逛也走不出禁区。写家信，除不该写的之外，邮信地址只允许写 886 信箱。唯一可以调剂业余生活的事，就是到七厂和总厂看电影。傍晚，我们穿上皮袄，结伴步行一个小时，远是远了点，但一路欢声笑语。这会儿想起来，觉得不易，但那时候年轻，真没觉得什么。

13 站是捷制 2500 千瓦机组，具有较好的运行稳定性，想必这也是被选为核弹研制发供电的重要原因。在海晏运行发电，经常上面打来紧急电话，要求在某个时段，必须无条件保障电压稳定。那时候人们对政治高度敏感，何况又在那样一个极其特殊的地方，每个人都不敢有丝毫懈怠。电站也从严要求，上运行的职工不允许坐着值班，原先的座椅凳子全部从值班车上搬走，必须全神贯注站着监视运行仪表，不能出现半点人为差错。在海晏发电的那段时间里，我们全是站着上运行。

1964 年 10 月，我国第一颗原子弹爆炸成功的消息传来，举国欢庆，因而我们电站在海晏发电的特殊任务才不言自明。说心里话，作为列电职工一员，曾为祖国核试验做出过贡献，深感自豪。

其实，列电人总是在执行一次次特殊任务。

我印象里的老工程师们

文 / 车导明

一

车导明

1945 年毕业于浙江大学的谢芳庭先生，是我参加工作最先接触的老工程师，那时，谢工年仅 36 岁。当年，我与同学陈逢春还在实习期内，就跟随谢工从在焦作发电的上海电管局列车发电厂（老 3 站前身）调至北京，参加列车电业局的筹建工作。我们在同一办公室上班，在电力部宿舍同住一室，真正是朝夕相处、形影不离。在筹建工作中，从北京到保定，我的工作多听谢工安排。谢工认真、严谨的工作作风和对工作的高度责任心，使我受教甚多，得益匪浅，留下难忘的记忆。

孙明佩是列电局的首任生技科科长，是从淮南调来的工程师。开始时，生技科只有我们两个，他领导我一个人工作。孙工待人友善、热情，性格率直，作风泼辣、果断，他那年是 40 岁。除了开始对刚接管的电站进行管理，较多时间是配合即将从捷克进口的 6 站做安装试运的准备工作。这是建局后，首台从捷克进口的列车电站。我和陈逢春负责翻印复制捷克进口电站刚翻译好的大量图纸资料，我还具体为 6 站的试运行设计"水抵抗"装置。

建局之初，接管的 5 台电站，1、3 站和 4、5 站都有工程师，只有 2 站还没有工程师。1 站总工王再兴是一位中年人。当年，他从 1 站调来保定，在红星路办公，担任生技科安全监察工作，时间不长即调离。

康保良局长十分关心老技术员。在建局不久的 1956 年冬，2 站的郑永忠和 3 站的胡惟法（都是化学专业），以及局机关的丁树敏三人，上报北京电管局，都晋升为工程师。

郑永忠于 1956 年冬调来保定，主持化学训练班工作，化训班结业后，于 1957 年调筹建中的 11 站，任技术负责人。那时我已从局调 6 站，又调 11 站。11 站在苏联专家指导下，完成安装试运行后，我还与他一起随 11 站厂长田润到福建南平去选厂，后来又在 11 站共事数月。郑永忠办事认真、性情随和，与大家相处很好。1958 年夏我调离 11 站后，再未见过他，他可能早就离开列电了。

在 3 站工作的胡惟法，东吴大学毕业，化学专业，在电站兼管锅炉专业，是一位对技术很钻研、理论基础很扎实、实际工作经验很丰富、各方面都很优秀的技术人员。我们同学 3 人分配到该站时，由胡指导我们实习。筹建局时，胡被调来北京。

在这之后，全局还有几位资深老技术员，1 站的郭广范和李恩柏，2 站的陈孟权和张仁，也晋升为工程师。郭和李后来担任了基地和电站的领导职务。陈孟权和张仁后来都调局生技科担任专职工程师。陈是 1963 年调局的，调局前先调技改所过渡，那时我已在技改所工作。陈调来那年的 8 月 8 日，正赶上保定发大水，大水涌进我家时，他还来帮我把家搬到局大院办公楼上，我印象很深。

建局初期，列电晋升的 7 位工程师是幸运的，在这之后 20 余年，国家停止了技术职称评定工作，列电许多毕业于 20 世纪五六十年代大学和中专的技术人员，直到 20 世纪七八十年代，才晋升为工程师或高级工程师。

当时的 4、5 站，尚未分家，在洛阳发电。两站有两位总工，都姓李。李炳星老工程师，瘦高个，很像教授、学者，是一位态度谦和、彬彬有礼的老知识分子。李工原在上海南市电厂工作，两机从南市电厂完成改装调出，因他对该两套快装机熟悉且有感情，主动要求随电站工作。他本人为汽轮机专业，专业水平高，实际经验丰富，在电站很受大家尊敬。我曾听电站的人讲过，一次汽轮机检修，有一部位拆不开，向他询问，他当即回答，那里用的是反扣螺丝，按他的点拨，问题迎刃而解。从上海来的这位老李工，工资很高，每月500 多元，是全局最高的工资。局接管时电站有人解释，把李工的工资定这样高，是因他在改装的两台快装机中，有他的股份，电站用高工资来补偿他的股份。4、5 站还有一位李工，名未记下，30 多岁，是武汉冶电业局完成电站改装后配备的总工，时间不长就调离了电站。

由此而知，建局之初，全局工程师共 10 人：王再兴、李炳星、丁树敏、胡惟法、郑永忠、陈孟权、张仁、郭广范、李恩柏，还有一位李姓工程师我记不得名字了。

二

1958 年前后，列电局大搞制造时，从电力部及在京其他电力单位，陆续调来了许多工程师。在我的记忆里，那时人员调动频繁，调进调出的工程师不少，在康局长精明的运作下，经他吐故纳新，我局调进留下的，都是很优秀的工程师，这是老局长为列电事业打下的技术人才基础。这些工程师，后来都成为列电局各技术岗位的骨干力量，在列电各时期的技术工作中发挥了重要的作用。

在局生技部门（前期为生技科，后期升格为生技处）工作的工程师有：周良彦、应书光、沈汉江、李德浩、陈士土、张仁、陈孟权和戴耀基等。除了机、电、炉配备了专职工程师外，科内另配有化学、热工和燃机等专业技术员，人员专业覆盖了列电所有专业。后又增加了一位老工程师嵇同懋，他原属煤炭部，随 49 站进入列电。

调来列电局的工程师都有不同的特点：凡是从部、局机关调来者，一般都擅长生产技术管理工作，非常熟悉有关电力生产法规等各种规章制度，列电局的整套生产、管理规章制度都是由他们开创和建立起来的；凡是在电站等基层生产单位调来者，专业上较强，较善于处理电站生产中的技术难题。

1958 年，列电局在大搞制造时，新成立的设计科，集中了各专业的一批工程师，有赵旺初、彭殿祺、廖元博、魏长瑞、李庆珊、钱耀泽、张毓梅和陈典祯等，还有一位锅炉专业的陈殿帮老技师。这些工程师和技师，专业理论和解决实际问题的能力都很强。魏长瑞，清华大学毕业，在汽轮机专业上很强。赵旺初、廖元博和钱耀泽在锅炉上具有很厚实的优势，廖工后来在 70 年代还引领完成了 17 吨／小时新型锅炉的设计。张毓梅除了热能专业是他的本行外，他的英语水平也很高，后来在技改所翻译了许多英文资料，另外张工的书法也颇见功力。这些工程师，大部分从正规大学毕业，除专业知识外，普遍具有较高的英语水平，一般都能直接阅读和翻译英文技术资料，这是后来大学毕业的年轻技术人员所不及的。

列电局设计科的工程师们，在完成 3 台 2500 千瓦列车电站和 4000 千瓦列车电站和船舶电站的设计工作中，起了很大的作用。他们于 1961 年都转入新成立的技术改进所。谢芳庭工程师被任命为该所副主任。进入技改所的，另有两位资深老工程师，热机专业的葛祖彭和电气专业的王绍聿，后来还调来了李祖培工程师。葛祖彭是系统内颇有知名度的汽轮机专家。王绍聿在电气专业上经验多，在自制列车电站时做了不少工作。

因此，可以说，列电局的生技科和技改所，平分秋色，是老工程师们高度集中的两个单位。生技科和技改所关系紧密，分工清楚。生技科偏重职能管理，技改所承担技术监督、调试、改造、培训和技术交流等具体工作。平时两单位始终保持着密切的联系。工程师们在这两个重要的技术部门，不辱使命，为列电做了很多工作，发挥了重要的作用。

很多年来，生技科在周良彦工程师主持下，工作非常繁忙，六七十个电站生产技术上的事，都找他们解决。对生技科门庭若市的繁忙景象，谢芳庭曾经诙谐地说，生技科热闹得像个交易所。大家到生技科都能感觉到以周工为首的工程师们，办事认真负责，从不推托和拖拉，能及时解决实际问题。还有，生技科的工程师们对人、办事，态度热情，使人很感亲切、温馨。他们分工明确，都能独当一面。

周良彦工程师全面主持本科工作外，本人专业是热能汽轮机专业。业内周知，他的专业水平享有很高声誉，他曾亲临现场进行过提高出力、探索快速启动和处理调速器和汽轮机振动超标等缺陷。李德浩是安全监察工程师，这是很重要的工作。列电局贯彻执行部颁《事故调查规程》，工作量很大，主要由李工负责。20 世纪五六十年代，实行安全生产奖，奖金与安全记录挂钩，涉及每一职工的切身利益，做安全监察工作很不易，也很忙。我还曾应生技科的要求，协助编写过《事故汇编》和《反事故措施》资料，去电站做过事故调查工作。张仁、陈孟权和戴耀基都是生技科的专职工程师，都有实际工作经历，是专业上都很强的专职工程师。他们都能根据电站的需要和求助，及时处理、解决生产中的问题，如组织、指导电站设备检修、技术改进及开展技术培训和考核等工作。

那时，生技科、技改所、基地和电站之间，联系频繁。平时通过发文、发函进行布置和汇报，紧急事情就发电报或打长途电话。发电报时收电单位都用"电报挂号"，全国所有列电单位统一的电报挂号为 0441，即"列"字的明码号。如果电站出了损坏主设备的重大事故，都会立即向局、技改所和基地发加急电报，加急电报的封面上有一蓝色的标志——象征"鸡毛信"也。

为工作方便，那时生技科的工程师都建立了"工作联系单"，由委托办事者填写，把要求办的事和被委托办事的人名填写清楚，直接发给被委托人。使用工作联系单，体验了人情和友谊，效果很好。列电局、中试所向电站布置工作后，催要报表，收集资料，询问情况，常使用工作联系单。

三

与局生技处的老工程师们相比，地处保定中试所的老工程师们的命运，就没有这样好了。在保定的中试所，建所之初和谢芳庭、张增友主持工作阶段，对工程师们较重视、尊重，专业组组长多由工程师担任，老工程师们都能满腔热情、心情舒畅地工作。1961年至1965年，这是技改所最美好、工作最出成绩的时期。

后来形势有了变化，特别在"文革"中，许多老工程师和技术人员都遭遇到不同程度的灾难。多数老工程师，因家庭和个人经历等原因，被批斗、被抄家、被隔离审查、被办学习班等。最后落实政策，什么问题也没有。"文革"对于中试所广大技术人员来说，是噩梦。除老工程师们的遭遇外，还有被摧残而失去健康早死的和被斗疯的两人，都是业务水平高、很有能力的技术人员。暴风雨过去了，天晴了，死者已不能复生，疯的已不能康复，劫后余生的老工程师们都老了。中试所存续的20余年中，上级不断派来领导干部，后期正副主任达五六人，所内没有一人被发展为中共党员，也没有一人被提拔任用。

如今，无论是生技处或中试所，绝大部分的老工程师们都已作古。我常常会想起他们，特别是技改所那些共事很多年的老工程师们，一个个熟悉、亲切的身影，仿佛就在眼前。这些老工程师都受过高等教育，有较高的文化素养，有较深厚的专业知识，他们普遍都为人忠厚、诚恳，待人友善、热情，人品很好。

我十分怀念曾经一起共事的那些老工程师、老知识分子们。

忆周工

文 / 闫瑞泉

周工静静地走了，享年 96 岁。他宝贵的生命定格在 2018 年 12 月 20 日凌晨 3 点 38 分。

周工就是周良彦，教授级高级工程师，无论是人品，还是技术水平和管理能力，他都得到了列电人的广泛认可。尤其在"技术圈"里，威望颇高，广受信赖。正所谓"桃李无言，下自成蹊"。

按老辈儿人说法，像这样高龄的老人去世，称之为"喜丧"，言外之意，不必悲伤。然而，当列电丛书编委会把他去世的消息发到列电微信群之后，还是产生了不小的反响。人们自发地以悼文、诗歌等形式，追忆周工的业绩，寄托对周工的哀思。

周工是浙江镇海人，1946 年毕业于上海交通大学，曾在南京下关发电厂任值班工程师。20 世纪 50 年代初到华东电管局，后到北京电管局从事技术工作。1958 年初调入列电局负责生产技术管理工作，一直到 1983 年列电局解体。先后任过科长、处长、主任工程师、副总工程师等职。

周良彦

一

周工不仅熟悉电力生产，而且熟悉技术管理，所以来到列电局后，即成为分管生产技术的邓致逯副局长的左膀右臂。邓致逯调走后，他即成为列电生产技术管理方面的领军人物。在列电局工作的 26 年中，他的工作都是围绕加强电站的生产技术管理，提升安全经济运行水平而开展的。

他注重制度建设。初到列电局时，面临的是由于列车电站发展速度太快，而生产技术管理处于比较被动的局面。在他的参与和主持下，逐步建立起生产技术管理机制和一整套自成体系的规章制度。一些老列电人感慨道："列电这套规章制度，即便拿到现在也不落后。"

他在管理中强调服务理念。生产技术处是当时局机关最大的处，机电炉热化，专业技术上都由这个处管理，各专业都配备了专职工程师或技术员。六七十台电站运转，出现生产技术问题是难免的。小的事故电站可以自行处理，出现大的事故，或生产上遇到技术难题，都要找生技处解决，所以生技处经常是门庭若市。但是不管多忙，都能感到以周工为首的技术人员，有很强的服务意识，办事认真负责，从没有推诿和拖拉的现象，态度和蔼热情，使人感到亲切温馨。

他十分重视技术培训。在进行旧设备改造和新技术推广时，他都是先搞调查研究，然后确定试点单位进行实验。实验成功后，即采用现场会或学习班的形式，进行技术培训，然后遴选一批专业技术骨干，协助各电站加以推广。如汞表改造、消烟除尘设备改造等，都采用了这种模式，实践证明这个方法是行之有效的。

列电人崇尚技术，且提倡一专多能，这与列电长期抓全员培训是分不开的。回想当年各种各样的专业技术培训班，以及在全局开展的技术问答、应知应会、现场考问、百问不倒、技术练兵、反事故演习等，大大提高了列电人的技术水平和应变能力。周工自己也利用各种场合，讲技术、讲管理。1978年9月，列电局在密云干校开办了一期24天的厂长学习班，他结合实际，认真备课，在班上详细讲解了列车电站技术管理工作的概念、内容、应该处理好的几个关系等，与会人员反映"受益匪浅"。

周工在管理上还有两大贡献。一是和邓致逯副局长共同促成技术改进所的建立。20世纪50年代后期，电站数量快速增加，迫切需要建立一个综合性的技术服务机构。技改所（后更名中试所）建立后逐步成为全局的"五大中心"——技术监督中心、技术调试中心、技术改造中心、技术培训中心和技术情报中心，为列电的发展起到了保驾护航作用。

二是中心站的建立，也是周工和邓致逯向局主要领导提出的建议。同样是为了解决列电快速增长而管理不到位的矛盾。就拿化学管理来说，当时在东北的电站有十几台，但有一定理论基础和实践经验的化学专业人员却只有两个人，如各自为战，显然无法应对。中心站建立后，各电站技术骨干在区片内可统一调配使用，搞技术协作。这样解决了不少的技术问题，缓解了技术人员紧缺的矛盾。

二

周工本人是热能及汽轮机专业。他的专业水平，在局内享有很高的声誉。来列电局之前，周工已是小有名气的汽机专家，1956年曾主持全国汽轮机振动研究班，对提高业内对汽轮机振动的分析与处理能力发挥了重要作用。他曾出版过《凝汽式汽轮机调速系统的检修和整定》，还参与编写了《中国电力百科全书　火力发电卷》中的汽轮机和燃气轮机部分。他充分发挥专业方面的专长，直接为电站解决了很多技术难题。处理调速器和汽轮机振动超标缺陷是他的拿手好戏，他亲自到过好几个电站解决这类问题。

59站的张学义，对周良彦非常敬佩。从他的回忆中，我们看到了周工到基层是怎样工作的：

59站的调速器不稳，当时已经两年多了，修了多次一直没有消除。后来，调速器又突然出现大幅度摆动，严重影响了机组的安全运行。周工闻讯后，立即乘飞机到了佳木斯，为了到现场方便，他不住市里的宾馆，而是住在了条件较差的佳木斯纺织厂招待所里。

1978年周良彦在西安交大主持列电局汽机经验交流会。

"他放下行李，马上向电站的人打听调速器摆动的情况。第二天是星期天，他顾不上休息，一早就赶到现场，认真观察设备，详细了解情况。回到招待所后召集会议，广泛听取意见，很快就提出了消除摆动的具体方案。"

11月的佳木斯已经是冰天雪地，气温降到了零下25摄氏度。已年近60岁的周工，每天踏着冰雪顶着寒风，徒步走到现场，亲自坐镇指挥。饿了就在现场吃饭，晚上再踏着冰雪返回招待所。

"经过反复试验，用了3天的时间，终于解决了这个老大难问题。第4天，他就汽轮机调速器摆动的有关技术问题，给电站生技组和汽机工段上了一次技术课，一口气讲了3个多小时。很多老师傅说，这么好的技术课，多年难逢，真是受益不小！"

周工会用人。一些电站和基地的技术人员，在他的培养下，成了独当一面的技术人才，他充分发挥这些人的作用在下面开展工作。有时候电站出现技术问题向生技处求援时，他就发电报，直接调派基层技术人员去现场解决问题，如梁英华、熊忠当年就没少出力。

三

周工为推动列电系统的技术改造殚精竭虑，既是倡导者，又是实践者。

水塔改造，是列电系统一个重大的技改项目。那年陈孟权从《电力技术》杂志上看到北京高井电站采用新技术、新材料改造旧水塔的消息，即向周工做了汇报。不谋而合，中试所也捕捉到同一信息并向局里提出了建议。周工敏锐地感到这项技术对提高列电机动性和减少建厂投资的意义所在。他立即带陈工去水科院冷却水研究所，洽谈合作进行水塔改造的问题，得到了水科院的积极配合，并成功进行了水塔模型试验。1977年2月在46站进行了逆流塔改造实验，效果明显，一台新型塔能代替两台旧型塔使用。这个技改项目受到水电部表彰，并获1978年全国科学大会科技进步奖。在此基础上，又进行了Ⅱ型和Ⅲ型横流式冷却塔的改造，取得了重大经济效益和社会效益。

1977年下半年开始，列电局为了减员增效和提高电站出租率，搞两机合并试点。以容量为2500千瓦的24站和25站为试点，对锅炉、水处理、配电及冷却塔等设备，进行增容改造和机组自动化集中控制改造。时任电站党支部书记的杨文贵回忆到，周工亲自到现场参与谋划指挥两机合并的各项技术工作，1979年9月两机合并获得成功，周工在总结大会上讲了话。会后又语重心长地说，虽然安装调试成功了，但遗留的问题还不少，要尽快完善后投产发电。你们站生技组的力量较弱，要加强，管好电站靠你们了！第二年5月，周工带了十几个技术人员到电站，做了七个改进项目的实验鉴定，看到电站安全发电，他这才放下心来。

除以上项目外，机组提高出力实验、燃气轮机烧原油改造、电站集控改造、消烟除尘、汞表改造、供热改造等，无一不凝结着周工的心血。

20世纪70年代末，随着国民经济调整和能源政策的变化，列车电站退网现象日渐增多，基地的生产也在萎缩，引起了周工对列电生存发展的担忧。在那段时间里，他和搭档张增友就这个话题，经常在一起交流并逐步达成共识。二人商定，周工侧重研究电站出路问题，张增友侧重研究基地的新产品开发问题，彼此相互配合支持。

当了解到无锡、镇江等地一些轻纺、化工企业，对供热有需求时，周工牵头和陈孟权、殷国强工程师一起，对供热市场及机组改造的技术问题，进行了调研和可行性分析，并形成了一篇很有说服力的调研报告。报告中提出把蒸汽电站改造成供热电站，搞热电联产，作为列电转向的一个重要举措。后来有几个电站进行了热电联产改造的尝试，只可惜还未来得及推广，列电就解体了。但凡搞了供热改造的电站，如57站、59站、15站、46站都大大延长了电站的寿命。尤其是57站，1981年动工改造，1982年开始供汽，供暖面积23万米^2，一直运行到2013年。

四

周工顾全大局，组织观念强，善于搞好团结。在那个比较"左"的年代，作为一个党外人士，负责一个方面的工作是很不容易的。但是周工以他博大的胸怀和宽厚善良的亲和力，赢得了全体同仁的爱戴和尊敬。生技处在周工的领导下，人们各负其责，和谐相处。和他搭档十年的张增友副处长称他为良师益友，至今怀念和他一起工作的时光。戴着右派帽子调来的陈士土工程师，在生技处得到了信任和尊重，多年来做了很多工作。

"文革"中，不少技术骨干被下放到基层，原来十几个人的生技处，只剩他带着陈孟权、谢宗麟、白乃玺等人维持工作局面。70年代初政治形势有所好转，他抓住机遇，在局领导的支持下，先后调回应书光、陈士土等人，并补充了一些技术和管理干部，使生技处的工作重新走上正轨。

他对上不卑不亢，不搞拉拉扯扯，事事以搞好工作为根本。对下不摆架子，平易近人。他到电站指导工作，从不指手画脚，而是虚心向技术人员及工人了解情况，一起分析技术问题，制定解决方案。他经常和工人住在一起、吃在一起、干在一起，工人们亲切地称呼他"周师傅"。

在解决 59 站调速器故障的过程中，周工和人们处得非常融洽。临行前，电站很多人想请他吃顿饭，都被他婉言谢绝了，可是一些老工人不肯罢休，非要请他吃饭不可。盛情难却，他只好答应了。但他提出两个条件，第一，就在食堂随便吃吃。第二，自己拿出 10 元钱留作饭费。没办法，大家只好答应了，按类似现在 AA 制的方法，和周工一道在佳木斯纺织厂食堂吃了一顿难忘的便饭。

他悉心培养技术骨干，在他的影响和带动下，生技处的技术人员都能独当一面，成为各专业的行家。杨志超、胡博闻等列电局的汽机专家更是被人们称作他的"大弟子"。

周工在家是个好儿子、好丈夫、好父亲。他的老母亲经常到北京和他一起生活，困难时期他月月寄钱给老母亲，并通过老母亲接济困难的兄弟。老伴1986 年患老年痴呆，他一直伺候了 15 年，直到老伴去世。当谈及周工在家里的生活状态，二儿子周解刚说，小时候对父亲的印象就是"忙"。"感觉一年中很少见到父亲，因为他总是在外出差，经常听母亲埋怨他不顾家。即便他退休以后，也是每天忙着翻译技术资料和整理文稿。可以说他为国家的电力事业忙碌了一辈子。"

列电解体后，周工被分配到水电部政策研究室工作，后到中国电机工程学会任副秘书长。退休后继续发挥余热，1994 年开始进入"电机工程技术人员之家"，发挥精通英语的特长，继续组织人员进行国外电力科技资料的翻译工作，一直到 2005 年，此时他已经 80 多岁了。

周工 2012 年患脑梗，经治疗后在家休养。2013 年因病复发又住了一段时间医院。2014 年他最后一次住院，这次住进去就没再出院，一直到去世。这位德才兼备、深受列电人尊敬的老人走完了他不平凡的人生。

在 21 站那些年

口述／王桂如　整理／周密

1956 年，我从西安电业局来到第 3 列车电站。之前，就听说 3 站要调迁到河南焦作发电，河南是我的老家，这也是我高兴来 3 站的原因之一。1957 年，在焦作完成发电任务后，我们又调迁到新安江，3 站和 7 站（习惯称为"三七"站）一起在这里发电两年多，并在当地招收了一批学员，为以后分站做好了准备。1959 年 9 月，"三七"站抽出一批人去保定接新机，我随队伍来到保定。三七二十一，也巧了，新机就是 21 站。

21 站是列车电业局在保定基地制造的，为国产首台 2500 千瓦列车电站。电站制造成功后，还搞了很隆重的庆祝仪式。周妙林是 21 站首任厂长，蒋龙清是首任书记。他们来保定早，在这里一直搞筹建。电站试运完后，没有马上出厂，10 月中旬应保定市的要求，就地开始发电，支援当地工业建设。任务完成后，年底停机。

我们调迁的第一站是广东茂名，那里正搞石油会战。记得是 1960 年 5 月到达茂名，6 站已经在那里运行，我们两个站在一起发电。初到茂名，人员还挺紧张，原本汽机、电气各班都需两个运行人员，结果减至各班一个人，要上厕所都没有人替，只好喊维护的来顶班。为此，电站安排维护人员黑天白天都在现场，随时听唤上车补缺。

我们住的是草房，漏光亮也习惯了。在新安江发电时住房也简陋，赶上飘雪花，雪能漏进屋里。这地方蛇多，北方

王桂如

人都怕蛇，特别是我们女工。到晚上，一个人不敢上厕所。厕所周围都是草地，蛇喜欢藏在里面。想去方便，我们要结伴，手里拿着树枝以备防卫。虽然生活上有许多不习惯，但相比东北，这里就谈不上艰苦了。1964年刚过完春节，21站在保定完成大修后，我爱人马海明就到黑龙江克山选厂去了。到克山的时候，周妙林没有跟21站走，马海明任21站副厂长，在克山农场任场长的杜玉杰，兼任21站的厂长及书记。

在我们等候克山选厂的时候，还有一段插曲。列电局副局长季诚龙知道我们在家等任务，派我们去密云农场参加劳动。电站去了一帮人，大都是女职工，我抱着不到一岁的孩子也去了。农场当时正在搞基建，我们啥活都干，搭葡萄架、和泥搬砖等。那年夏季，赶上一次山洪。暴风雨说来就来，我正好去食堂打饭，被困在食堂回不去。狂风将树连根拔起，雷声大得吓人，帮我看孩子的女工后来跟我说，她吓得抱着孩子钻床下面去了。眼瞅着山洪冲下来，水涨到膝盖深，把厕所的粪便冲进了食堂。我们在密云干到了八九月份才离开。这时候21站已经拉到克山县。

没去克山前，我们就听说当地有克山病，发病治不了，整村的人死掉，这让我们有些害怕。我们一行男女老少，坐了不知多少个小时的火车，才到达目的地。走出克山县城的小火车站，也没有人来接，荒荒的四野，也不晓得到哪儿找电站。我们一边打听，一边找，这里的黑土地粘脚，走走鞋就粘掉了，一行人甭提多狼狈。

克山县隶属齐齐哈尔市，这里是一马平川的大平原，人少，荒凉。我们在克山发电三年时间，虽然没有人患过克山病，但这里的艰苦生活，是我们没有始料到的。克山的冬季非常寒冷，气温达零下三四十摄氏度。我们的甲方是克山北安电业局，他们将我们安置在一个废弃的大厂房里，用板材一间间隔开，单身职工就住在里面。双职工住在厂房外面的平房里。冬季御寒，必须烧火墙、烧火炕才行。单身那边电站专门雇了人给烧火墙。我们屋子里都盘有火炕，炕要自己烧。刚去时，哪里会烧炕，炕不热，早上起来炕上结冰。

这里雪下得很大，雪落下，路就没了，白茫茫一片。人在荒野里很容易迷路找不到家。铁路上一个工长的孩子就因此冻死在外面。东北的积雪一冬天也不会融化。下雪天，回家都要准备一把铁锹，大雪封门，不铲雪打不开家门。要形容这里有多冷，说几个例子：出门带好几个口罩，因为，从口中呼出的热气，没多久，就在口罩上结成冰，口罩冻硬了，就要换一个戴。上班时，到水塔车检查，脚踩在冻冰的雪地上嘎吱嘎吱响，稍有停留，鞋就冻粘在地上了，腿抬不起来。进门拉铁门把手，手套潮湿一点，就把手套粘掉了。来这里，每人发一顶大棉帽子、大棉鞋和翻毛的皮袄，这身装束，走在外面，一下也辨不出谁是谁。好在宿舍距车间不远，走雪地不会太辛苦。吃的嘛，细粮很少，不是大碴子就是高粱米，工人们将一面带糊嘎巴的玉米面贴饼子形象地称为炉排片。赶到冬天，蔬菜更单调，整天吃土豆，土豆丝、土豆片、炖土豆、烧土豆，变什么名，都没离开土豆。

那时候，我的小孩才1岁，我们上班也顾不上她。电站也没有办幼儿园，为照顾我们几个孩子尚小的母亲，电站安排一间房子，将几个需要母乳的小孩子集中在里面，从当地临时找个老乡来照看一下。这个小"托儿所"卫生环境差，到夏季，也不知道从哪儿飞来那么多苍蝇，满屋都是。孩子小，捏炕上的死苍蝇吃，闹病拉痢疾。来克山的第二年，我气管炎也犯了，老马还要出差，孩子我实在照顾不了，就让老马将孩子送到上海孩子她爷爷奶奶那儿去了。

我们住的地方偏，附近啥也没有，买个日用品或到医院看病都要去县城，步行走个几里地，要不就花钱坐大马车。有一天半夜，我气管炎犯了，气喘不上来，非去医院不行，老马就陪我一起去。他预先准备好了一根长棍子，上面钉上钉子，这是用来防野狗的，这一路上有很多野狗。我们出门走不多远，就有十几条狂吠的野狗追赶我俩。我本来就喘不上气，一害怕，上气不接下气地没命往前跑，老马断后，持棍子驱赶跟随的野狗……

21 站职工在黑龙江克山。

冬天电站运行，就怕机组出现问题。因为不敢随便停机，一旦停机，就开不起来，极寒的天气很快就会将管道冻死。有一次，运行出现故障，必须停机处理。为避免停机排除故障时管道给冻上，厂长就发动工人，拿着棉纱蘸上透平油，点燃后分段加热管道，一直到故障排除，重新开机。可以想象，在冰天雪地里，工人们长时间在室外暖管道是怎样的不容易。电站为给管道保暖，机组两边都砌有保暖墙，但依然将管路上的计量表冻坏。过了冬季，上运行就相对轻松些，特别是这里的日出比较早，每到六七月份，凌晨3点多太阳就从地平线冉冉升起，上夜班的工人如同上白班。

21站是列电局在"大跃进"时期土法制造的，发电设备有一定缺陷，出厂几年间，两次返厂大修。1960年5月到茂名，发电三年后，于1963年3月左右返厂大修。那年正好赶上保定发大水，基地被水淹，桥也冲垮了，我们虽然没有受到多大的损失，但也遭遇了水灾，惊慌地往地势高的地方转移。在克山发电三年后，1967年10月电站再次返厂大修。这回正赶上保定"文革"武斗。21站在保定基地"大修"了两年多，直到1970年春才出厂。同年五六月份，我们21站调迁到内蒙古集宁。

内蒙古集宁一家肉联加工厂是我们的主要供电方，我们发电车就停靠在肉联厂的铁路专用线上。这个厂生产的肉罐头，主要对外出口，是国家重点企业。肉联厂没有现成宿舍给我们住，将我们几十号人安排在一个大厂房里。我们拿草帘子将一家家隔开，一张床，就是一家，再挂个草帘子又是一家。

在集宁发电一年左右，我就与老马一道去接新机56站去了。再后来，又去接新机62站，直至列电局撤销，我们一家安顿在了无锡。想想我们这代人，当年上完运行，主动到车间干活，发给的劳保用品用不完还上交。擦机组用的棉纱都是用了洗，洗了再用，因用碱水洗，手都裂了口子。这就是列电精神吧。

我经历的四次运行事故

文 / 刘振伶

滑环环火误判停机事故

1961 年 11 月，我从保定电校毕业，分配到山西晋城 44 站，在电气车间当副值班员。

1961 年 12 月 29 日，我与张玉发上 0 点至早 8 点的后夜班。早上 5 点多钟，汽机值班员刘振远急急地敲门喊："你们的发电机着火了！"张玉发说："你看看去！"我随即跑到汽机车厢，其内已经一片漆黑，并闻到浓重的臭氧味，判断发电机真的着火了。我急忙跑回电气车厢，告诉张玉发说："发电机真的着火了。"张说他已经拉开发电机开关了，并让我快去叫车间主任。

刘振伶

那时，电站只有厂领导和机、电、炉三个主任带有家属，家属区距离电站约 200 米，且其中有长约 100 米、30 度左右的坡，我跑到家属区已经气喘吁吁。张秉仁主任一看到我，知道有情况，没二话就一起向电站跑，一边跑一边问："怎么回事？"我说："发电机着火了。"

我们跑到车间后，只见张玉发正在进行发电机的升压操作。张玉发向张主任汇报说："发电机电压升不上来。""发电机不是着火了吗，怎么还要升压？""发电机并未着火。"

经张主任反复检查，确认这次事故是发电机滑环碳刷磨短，发生了环火，被汽机值班员误认为是发电机着火了。

从中可见，这是电站工人运行经验不足，汽机值班员把滑环出现环火误以为发电机着火，电气值班员又在未查明事故原因的情况下盲目拉闸，从而造成全厂停电的严重事故。对我自己来说，也同样缺乏经验，不乏盲从行为，实应吸取教训。针对这次事故，电站制订了相对应的措施，这措施还被列车电业局向全局进行了推广。

两点接地引发套管击穿事故

1962年3月31日，8点至16点，还是我与张玉发值班。10点左右，忽然听到"咣当"一声，发电机主开关因为差动保护动作跳闸了。到汽机车厢一看，这次发电机是真的冒烟起火了。

因为是白天，张秉仁主任很快便来到电气车厢。发电机主开关虽然已经跳闸，但励磁开关的红灯依然亮着，张主任指示张玉发拉开励磁开关。张玉发接连进行了几次操作，红灯就是不灭，直到直流操作电源开关因为过负荷跳闸，励磁开关失去了操作电源，红、绿灯均熄灭后，才认为励磁开关已经跳开。之后，张主任等去汽机车厢查看，看到发电机出线小室仍然有烟气冒出，直到发电机落转，烟才消失。

最终查明，是发电机出线瓷套管（捷克原产）绝缘水平达不到标准规定之故。另有说法，是春节小修时，检修人员未按规定方法紧固套管螺栓而将瓷套管压裂，以致在外部发生一点接地的情况下，形成了两点接地短路，引起发电机"着火"。造成这次事故扩大的主要原因，是励磁开关卡涩失修而未能随主开关跳闸。

在事故分析时，张主任自我检讨，在小修时，没有安排励磁开关检修，没有认识到这个开关的重要性，以至事故扩大化。张主任强调，以后不让某人对发电机进行检修了。而对于我和张玉发，张主任说："我并不是唯心主义者，但你们两个只要在一起值班我就害怕，以后再不敢安排你们俩同上一个班了。"

雷电击穿定子线圈事故

1963年6月，本应张玉发和刘兰亭同班，但因刘兰亭请假回家探亲，张主任让我来替刘兰亭的班。这样，我就又和张玉发一起值班了，结果再次应验了张主任的"唯心论"。

6月12日，我们上白班，天气晴朗。下午1点多，天空出现一片乌云，接着是一阵雷雨轰鸣，一声暴雷响过，发电机遭受了雷击。这次发电机主开关和励磁开关都随差动保护的动作而正确跳闸了。两个小时后，天空又是一片晴朗。下班时，有人对我俩说，看来老天爷可真有点和你们过意不去。

事故后，经过检查发现，发电机定子线圈端部有一相对铁心发生了击穿。电站及时向列电局汇报，局委派保定基地的毕庶泽和技改所的王俊昌等到电站进行事故抢修。抢修人员将绝缘击穿点处清除干净，填以用绝缘漆调和的云母粉填充绝缘孔洞，再用云母带包扎，尔后经干燥和耐压试验合格，即算处理完毕。这是我第一次观摩处理定子线圈局部缺陷的工艺过程。

这次事故分析确认，捷克原装避雷器都不符合我国的标准。局曾通知要求更换为国产避雷器，因国内避雷器生产供不应求而未能及时更换。当时国内还不能生产发电机专用的避雷器，苏联进口的PBBM-6型发电机专用避雷器就更难求了。

晋城矿务局知道事故原因后，毫不费力地从他们的器材总库找到了这种苏联进口避雷器，并提供给电站。真可谓"踏破铁鞋无觅处，得来全不费功夫"。尽管这样，分析这次事故的根本原因，依然是1962年那次事故造成的定子端部绝缘损伤而致。

两点接地引发定子绕组烧损事故

1968年7月10日，我和1967年从大连电校毕业的陈润祥上白班。10点多钟系统发生一点接地，听到汽机车厢那边一声爆响，发电机差动保护动作，相继跳开了励磁开关和主开关。

经查看，见到安装在发电机出线小室的中性点避雷器爆炸了，还将安装底板冲了一个大洞。经揭开发电机端盖检查、试验和对系统的调查，认定发电机是在系统发生弧光接地过电压情况下，绝缘薄弱处发生击穿，形成了两相接地短路，而发电机内部的击穿点还是1963年的事故点。

此时，电站提出了局部更换定子绕组的处理方案，经局批准，保定基地刘玉林和王文杰两位师傅前来负责绕组更换工作，技改所王俊昌和贾汉明两位技术人员前来配合试验。事故原因分析过程中，王俊昌利用电磁波理论，解释了发电机中性点避雷器爆炸的理论依据，让我对王俊昌倍加敬重。

在这次事故抢修过程中，电站人员与基地、技改所的人员连续奋战了三天三夜，完成了更换1/3定子绕组的工作，技改所车导明、莫润民又来进行匝间绝缘冲击耐压试验。我参与这次事故抢修，亲历了局部更换发电机定子绕组的工艺、试验程序与标准，为后来到 55 站进行这项工作奠定了基础。

大概在这次事故后的两三个月，在晋城矿务局王台铺矿发电的 40 站发电机也因相同的原因发生了事故。究其原因都是系统弧光接地过电压引起。得知可以通过在中性点加装消弧线圈消除，但因条件限制未在列电系统实施。在列电虽没实现，但为我调入石油系统后采用这项技术措施进行了技术准备。

我的老 3 站记忆

文 / 杨信

我的故事发生在那个特殊年代。

两组两撤工作组

1965 年 10 月，列车电业局派办公室丁树敏主任和我，去浙江宁波配合宁波市重工业局党委，到正在宁波发电的第 3 列车电站搞"四清"。其实那时我还不明白，搞"四清"具体是什么内容，只好边干边学了。

我们两人到电站后，宁波市重工业局党委派出以段同志为组长的 3 个人，加上我们俩共 5 人，组成了"四清"工作组进驻老 3 站。正准备召开电站职工会说明来意时，老 3 站接到通知，调迁至湖北均县为丹江口水利枢纽工程建设发电。"四清"工作组自然也就撤了，丁树敏回北京列电局，留下我随老 3 站到了丹江口。

老 3 站在丹江口稳定投产时，已是 1966 年 3 月了。丹江口水电工程局党委派出以水电厂党总支潘书记为首的 4 人，加上我又组成了 5 人的"四清"工作组，再次进驻老 3 站。正在准备召开职工大会进行动员时，1966 年 5 月 16 日，中共中央发出通知，"文革"开始了，"四清"工作组自然又撤了。这个工作组，真是生不逢时，两组两撤啊！

我又留了下来。为啥我没能回到北京列电局呢？一是没有局里的指示，二是我在一次职工学习会上，讲了一次"修养课"，主观上是想帮职工之间解决小矛盾，增强团结，谁知我由此成了电站造反派批判的对象，想走也走不了了。

杨信

被逼表态参加群众组织

老 3 站那时候出现了两派群众组织，一个叫"先锋队"，一个叫"战斗队"。一天上午，两个队一起开会，让我表态参加哪个革命群众组织。想不开口，会场上形势过不去，必须表态。我说我不是站内编制职工，两个组织都参加，但两队群众都不同意，必须说出参加哪一个组织。

在群情激奋中我只好说："我参加一个组织。"此时会场上安静片刻，都在等我说下半句，我高声说："参加中国共产党！"个别人高喊："滑头！滑头！"两个队当时无话可说了，会也平安地散了。

被整"材料"印成一册

"战斗队"的少数人到北京列电局，局里有人将我和老 3 站程克森厂长向刘国权副局长及政治部汇报老 3 站"文革"情况的书信，全数交给了来者。这些材料连同丹江口水电厂保卫科于干事对我的问话记录，被整理后油印成一册"材料"，并依此在站内召开了批判会，记得华中工学院来"串联"的 3 个红卫兵也参加了对我的批判会。

首先我检查是必做的，接着是批判发言。我低头站立着，口是心非地回答批判者的问话，只能说"是"和"对"。会后有人送给我一册"材料"，至今还收藏着，有时翻开看看，感觉就是一部闹剧。

"文革"中敲敲打打搞"文斗"

"文革"期间，丹江口工程建设工地施工没有停过，老 2 站、老 3 站及船舶 1 站都正常发电，电站之间也没有为搞运动相互串联。

有一次，全水电工程局 48 个受批判的人被集中起来，戴着高帽子游街。

为首的是水电工程局任局长，他的高帽高达二三米，由前后左右 4 个人用绳牵着，怕风吹倒。我排在最后一个，高帽也最小。48 人一列浩浩荡荡，加上大批围观的群众，场面十分壮观。在我前面的是老 2 站厂长李汉征。游街队伍从水电工程局机关大楼前出发，绕走丹江口大道和均县一条街，再回到原出发地就解散了。

老 3 站在"文革"中坚持了文斗。战斗队出主意，购置了一只大洋鼓、6支小洋鼓，组成了一支鼓队。每个星期日，鼓队都敲敲打打，按 48 人游街的路线转一圈。有时缺小鼓手也让我加入，我欣然参加。电站职工经常在鼓队后徒步跟随，表示坚持"文斗"，这在当时是很少见的。

罚扫厕所一整年

1967年8月，我爱人大龄首胎分娩，她发了两份加急电报给我，出于无奈，我没给她回音。其实我很想回北京，并且得到了老锅炉工人孟祥瑞师傅的支持，他帮我拿着行李，两个人直奔均县火车站。快到火车站了，却被战斗队4人赶来将我拦回电站，人没走成，还罚我打扫厕所一年。这是我在老3站的"硬任务"，而"软任务"是，有需要时协助电站职工工作，如小修设备、顶替值班等。

时至1968年8月，军代表进驻水电工程局及下属单位，老3站的军代表了解我的情况以后，同意我回北京列电局，我才得以离开电站回到局里。

对孟祥瑞支持、帮助我的情景，至今难以忘记，因此数十年每年都通电话问候，互祝健康长寿。

市上无鱼汉江取

在老3站也有趣事。一次，我与电气张志昆师傅同上后夜班，正赶上那段时间市场上无鱼可买，张志昆提出到汉江去抓鱼，俩人一拍即合。

于是就在头天晚上，把沙石场筛石料的破筛子，放入汉江浅水区，做好鱼道。第二天下后夜班，拿着准备好的一个塑料桶直奔江边。啊！筛子上都是小鲫鱼、小鲤鱼，整整装满了一桶，足有20斤，交给了厨房，油炸后给大家分着吃。

从此以后，想吃鱼就"如法炮制"。俗话说"河里无鱼市上取"，现实是"市上无鱼河里取"。

有一天，张志昆拿出他珍藏的一瓶茅台酒，我们两个人边吃炸小鱼边品酒，高兴得连酒度数也没细看就喝上了，感觉酒度数要在60度以上，喝一口就像吞了一颗刚煮熟的栗子一样，热流顺势而下……

作者1965年去3站途中。

不一会儿，两人喝了大半瓶，也记不清是怎么回宿舍睡的觉。

在老 3 站的日子，也不光是受苦受罪，和坦诚的人在一起工作、生活，还是很甜美的。

见证了老 2 站的不平凡

认识李汉征厂长，是在那次丹江口水电工程局 48 人一起游街时，他排在我前面。一天，他约我到他所在的老 2 站看看。在现场绕走一周后，又上了办公车厢。当迈进办公车时，我不由"哇"的一声，只见各项奖状、功臣锦旗、纪念册、纪念品，几乎摆满了车厢，令我肃然起敬。想起刚才参观老 2 站现场时，环境整洁，每台设备、仪表都擦得闪亮，获奖也是当之无愧。

老 2 站、老 3 站、跃进 1 号船舶电站，于 1959 年 6 月至 1970 年 11 月，先后在丹江口发供电 12 年，为建设这一集防洪、发电、灌溉、航运功能和南水北调水源地于一身的大型水利枢纽工程，立下了历史功绩。

与崔瑛半个世纪的交情

文/赵文图

2016年4月28日傍晚，我去雅砻江水电公司业务交流，从成都回到北京。在机场，接到要斌电话，说崔瑛同志下午两时多去世了。

顿时，我心中一种莫名的懊丧，留下的只有遗憾和遗憾！

近三四年，老崔总愿和我通电话，但通电话不容易，因为他耳背，只能听他说，因此我每年去看他一两次。去年冬天，我打电话给同住二里沟的陈冠忠同志，他说老崔住亦庄一家养老院了，但不知道具体地址。春节期间，我又与冠忠通话，请他打听一下老崔究竟住在哪个疗养院。当时我患感冒，想过一段时间再去看他。但此后的两个多月，业内业外的几件事搞得我总不得清闲，一直没有去成。

崔瑛

晚上，我躺在床上，翻来覆去，难以入眠，与老崔50余年交往的往事，都涌上了心头。

1964年9月初，我正在河北师范学院附中传达室值班，临时打杂。一位身材高大的中年人来到这里。印象中，这人身着一套崭新的蓝色中山服，笔挺笔挺的，夹着黑皮公文包，一看就有几分军人的做派。他问教导处在哪里。我指点给他说，在教学楼北侧的二层楼房里。

约莫个把小时，他离开了学校。教导主任——一位女老师，记不住姓名了，来到传达室。她对我说，刚才来的这位同志姓崔，是水电部列车电业局来招工的，让我赶快通知一些没有考上大学的同学，过一两天去面试。

大约在两三天后，我参加了面试。地点在石家庄车站附近，铁路西边一家小旅店里。那时的石家庄车站还很局促，有天桥，周围杂乱、热闹，天还下着雨。在一间不大的客房里，老崔之外，还有一位瘦瘦的年岁更大一些的人，后来知道他叫刘月轩。面试中，老崔介绍了列车电站的性质，特别强调工作流动、生活艰苦，并了解招工对象的情况，征询是否愿意应招。

当时，我从这所就读六年的学校毕业，高考不中，正不知道怎么办。那些年早已经过经济拮据、身体饥饿、精神困顿的磨难，还怕什么艰苦呢？所以毫不犹豫地答应了。也有一些同学没有应招，因为家庭条件不同，也就有不同的考虑了。

几天后，我们就来到位于保定西郊的列车电站基地。保定基地位于市区的西南边，当时还是郊区。1956年列电局在这里成立，1963年搬到北京东绒线胡同，这里就成了列电局最早的基地。基地分厂区和生活区，厂区在南边，生活区在北边，中间有条东西向的小河，小河流水潺潺。我们就住在生活区路东的一个院落里，主体建筑是一个二层小楼，据说是为外国专家建造的，后来成为列电局中心试验所。

基地给我们的主要安排是培训，上大课。记得先后有锅炉、汽机、电气和化验等专业的技术人员讲课。还有邓致逵副局长讲列车电站的发展。也曾组织到基地厂房参观，我们对一切都感到新鲜。

经过三周的培训，10月初我们到北京实习，这是第一次到北京。说是实习，其实是在南营房宿舍建设工地当小工。那是一座四层楼房，至今仍在。当时楼房主体已经完成，我们的工作主要是勾墙缝、挖下水道、凿墙壁。楼房内有的房间与图纸不符，有的门应开没有开，要凿通。工作没有什么技术含量，只要卖力气就行。

劳动期间，学员们陆续分配到各地的列车电站。我们十几个人是最后一批，1964年12月7号离京，到河南平顶山特区（那时是煤炭部特区）第29列车电站。

在离开北京10年之后，1974年12月10号，我又回到北京，参加水电部列电局举办的第四期干部培训班。干训班由列电局政治部组织，主要学习"文化大革命已经8年，还是安定团结为好"的最高指示，还有《关于正确处理人民内部矛盾的问题》。

次年3月，学习结束，我留在列电局机关，在工业学大庆办公室。这个办公室设在政治部，具体由杨文章同志负责。到机关一两个月后，又见到了老崔。那时他是列电局党的核心小组成员，在政治部分管宣传，因为去小汤山干校，所以没有出现在培训班上。

从那时起，到1978年底，3年多的时间，我在老崔直接领导下工作，在一间办公室办公。那时政治部分干部、宣传、组织三摊，有十几个人，主任是刘冠三。资格老的是抗战时期的老八路，我是最年轻的了。但老同志都没有什么架子，很少称呼职务，就是叫老刘、老王、老崔，或是称呼名字。开会讨论问题也比较随便，没有什么顾忌。记得在一次会议上，我根据自己的感受，谈了对机关团结问题的意见，现在想来真是不知天高地厚，但他们都没有怪罪我。

在与老崔的交往中，对他也有了更多的了解。他生于1928年，原籍河北安平。崔姓是安平的大姓，三国时就出过有名望的人。他家在保定有生意，少年时曾在高碑店读书。1946年，他在我的原籍——高阳参加革命工作，在晋察冀边区商贸公司从业，当时只有17岁。后到华北联合大学学习。校长是成仿吾。华北联大的前身是陕北公学，与后来的中国人民大学有渊源关系。他后来参加人大校庆活动，碰到季诚龙局长，因为季局长曾在陕北公学工作过。老崔说，我们还是校友呢。

华北联大毕业后，老崔在部队从事文化工作。他曾写过一篇回忆文章，刊发在《中国电力报》上，是回忆清风店战役前后急行军的情况。进城后在防空部队文工团，擅乐器，会作曲，那首"坦克兵之歌"就出自他和战友的笔下。晚年我去看他，他拿出保存多年的《解放军歌曲》小册子，以及刊登有他文章的《音乐报》剪报给我看。

1964年，在"全国学解放军"的背景下，他和一些同志转业到水电部列电局。他常常谈起，他们刚到列电局时，主持列电局工作的季诚龙局长在大庆接见了他们。

老崔是一位胸怀坦荡的人，也是一位善良宽容的人。在办公室里，没有见过他厉色地批评过谁，似乎是"无为而治"。但大家都自觉地干好自己的本职工作，也没有多少是非。是这些属下素质较高，还是老崔领导有方？可能二者兼而有之。他也是一位多才多艺的人，除了音乐本行，还喜欢下围棋。他家就在机关旁边，晚上没事就到机关来和年轻人下棋。他的生活经历并不平坦，一位同事曾对我感慨地说，老崔这一生很不容易！但他能从容面对。因为相处融洽，他生活中的坎坷，对我这比他年轻很多的属下也不讳言。

除日常工作与老崔接触外，最让我难以忘怀的是两件事。

一件事，是毛泽东主席逝世时我们在江西贵溪的遭遇。

先交代一下背景。1976 年 7 月下旬，水电部在山东泰安召开电力生产企业工业学大庆会议。列电局有十多个人参加会议。带队的是杨文章副局长，我随行作为列电局代表团的会务秘书。此后，为了贯彻学大庆会议精神，武汉基地在厦门召开管区学大庆会议，老崔和我去参加。

我们买的是 9 月 7 日 45 次北京至福州的硬卧票。票买到了鹰潭，准备从鹰潭倒车去厦门。9 月 9 日 17 点左右，车到江西贵溪，停下来不走了。车里很热，虽有车顶的小风扇吹着，但旅客们仍烦躁不堪。开始不知道什么原因，后来列车广播，说毛泽东主席去世了。还传来消息，说前面不远的鹰潭车站发生武斗，铁路阻断了。鹰潭是铁路枢纽，也是"文革"中闹腾比较厉害的地方。虽然事发突然，但人们似乎已有预感。车上的人们多是惊愕、沉默，因伟人去世可能导致的政治空白或动荡，在心中涌现出隐隐的忧虑。

最现实的是如何解决肚子的饥饿。车停驶之前，车上曾卖盒饭，因考虑不用多长时间就会到鹰潭，可以下车再找饭吃，我们就没有买盒饭吃。没想到车停下来就不动了，肚子本来空荡荡的，随着夜越来越深，也越感到饥饿，后来竟有些心慌。

好不容易捱到天亮，列车门打开，憋在车上的人们开始下车活动。我和老崔下车，准备找饭店买点食物，但下车一看，周围没有一家商店、饭店，只有小车站的职工食堂。虽然知道不会对外营业，但我饿得没法子，只得硬着头皮，对食堂的师傅说："我们饿得厉害，卖给几个馒头吧！"人家还不错，答应卖给我们。我们拿出 1 斤全国粮票，2 角 5 分钱，买了 5 个馒头。两个人狼吞虎咽地吃了这几个馒头，暂时解决了肚子问题。

到中午，列车联系贵溪县城的饭馆，安排了盖浇饭——就是米饭和炖菜混在一起，装到有盖的一个陶钵里。那是第一次吃盖浇饭。就这样，每到开饭时，我们便步行三四里到县城去吃饭。沿途有一条穿城的大河——信江。在贵溪停留了两昼夜，车才启动。

此后还比较顺利。我们到厦门时，武汉基地的张静鹗主任等已经到了。那时，15 站在厦门发电，厂长是苗文彬。会议在鼓浪屿对面的鹭江大厦开，我们就住在那里，我和老崔住一个房间。当时，鹭江宾馆是厦门最高档的宾馆了。除了学大庆会议，还参加了当地政府组织的悼念毛泽东主席的活动。

返回北京，是乘坐厦门到福州的公共汽车，经过晋江、泉州、莆田等，汽车要走七八个小时。那时，毛泽东主席给莆田小学教师李庆林复信，并寄上300元的事发生不久，知道了这个莆田，当时也是一片破败景象。在福州，我跟老崔在江边浏览了闽江，还跟老崔去看望了他在部队文工团的一位战友。在这位战友家里吃的晚饭。乘46次快车经过两昼夜，顺利回到了北京。

崔瑛（前排右3）与列电局同事合影。

另一件事，是"四人帮"粉碎后在保定工作组半年的工作。

这是一段特殊的经历和记忆。1976年12月，粉碎"四人帮"不久，中央着手解决河北保定问题。飞机在保定地区散发收缴武器的通令，北京军区与河北省领导坐镇保定联合指挥。国家经委袁宝华主任通知水电部，因为有保定列电基地，水电部也要派人去。我们去的是3个人——老崔、白绪铭和我。

老崔对我讲，水电部钱正英部长、李锡铭副部长一起找他谈话。老崔对部长说，保定的事很难办，水电部那么多司局长，列电局有几个局长，自己不过一个科长，担心办不好。但钱部长说："老崔，已经定下来了，没关系，你就去吧！有问题去找刘书记。"刘书记是指时任河北省委第一书记刘子厚。

刘子厚50年代从湖北省长调任三门峡工程局局长，还任过黄委会主任，与钱正英比较熟悉了。老崔提出，请钱部长给刘子厚书记写封信，钱部长如请，亲笔给刘书记写了信。到保定的第三天的晚上，在38军军部一间办公室里，老崔把钱部长的信交给了刘子厚书记。刘书记对我们说，你们的主要任务就是落实中央的通令，做团结工作，消除派性，恢复生产。

不几天，河北省派来了陆志刚、李志和、尚钊三位同志。老陆是苏州人，原来在省经委，也是一个"笔杆子"，"文革"前不到30岁就提为副处长。后来调到省电力局，任政治部主任。老崔、老陆为工作组负责人。工作组的工作，直接向市委王铁书记汇报，还有一位处长经常联系。后来，我随俞占鳌局长也见过王铁书记，那是一位很和蔼的老同志。

"消除隔阂，恢复生产"，话虽然简单，但任务复杂艰巨。

保定地区自"文革"以来，长期动乱，问题盘根错节，根深蒂固。保定列电基地也是"重灾区"之一。1968 年夏，基地宿舍区门前马路上曾发生十多人被枪杀事件。1975 年夏，企业整顿，基地领导班子调整，但到 1976 年初，"反右倾翻案风"刮起，基地又发生了夺权事件。新任党委副书记黄耀津的头，被手榴弹砸了一个洞。党委书记陶晓虹等党委主要成员流浪在外，成了"流浪党委"。

我们到基地时，工厂早已停产多时，偌大的厂区里冷冷清清，一片枯枝败叶。

到职工食堂，一伙穿蓝色棉大衣的人占据着，他们正在那里吃饭。没有我们的饭吃，只好到旁边的保定电校食堂去，第一顿饭是在那里吃的。那时，保定电校也是列电局的下属单位。

首先着手做的也是最难的一件事，就是把党委成员拢到一起，开党委会。

党委中对立情绪严重，有一个女委员，吵起来就像泼妇吵架，那种情况不是现在的人们能理解的。工作组摆形势，讲道理，反复做领导班子的工作。同时开会做中层干部的工作，深入车间、班组甚至宿舍做职工的工作。针对职工反映的主要问题，我们进行了不少调查研究，找各方面的人谈话，了解情况。

在此基础上，为了统一认识，工作组让我整理一个材料，本着客观、公正的原则，就大家反映强烈、分歧大的一些问题，澄清事实，说明情况，谈我们的认识和态度。记得是在招待所二楼会议室里召开会议，基地所有中层以上干部参加。大概出于工作策略方面的考虑，老崔、老陆让我来主讲。他们认为材料整理得不错，至于效果很难说。但从现场可以看出，观点大相径庭的与会人员都在认真地听。

我们住在基地的招待所，是列电局老中试所。两个房间，每间 15 米^2 左右，每个屋里住 3 个人，我和老崔、老白在一个屋。没有办公室，商量工作就在宿舍里。我们虽然来自不同的方面，但大家不分你我，面对复杂、困难的局面，齐心协力，坦诚相待，没有工作之外的是非，工作合得来，相处得很和谐。

工作局面打开、党委恢复正常工作后，我们的担子也减轻了些。在职工食堂就餐清汤寡水，饭菜单调，生活节俭的老白有时一天只花一角多钱。为了解解馋，有时利用周日的空闲，我们去白云章包子铺吃上一顿，照例是工资相对高些的老崔、老陆埋单。

1977年6月底，工作组工作结束后，河北的几位同志来京，一起向列电局党组汇报。局党组对工作组工作给予充分肯定。河北的同志住在花园村招待所，记得早上在我家吃鸡蛋米酒，白天去了一趟长城，晚上老崔设家宴招待大家——那时没有公款招待这一说，只好由老崔和他老伴承担了。

这项特殊的任务，为什么派老崔去承担？"文革"中，虽然局内外都有派性，但老崔公道正派，不走极端，能和各方面说上话，容易被各方接受。这可能是最主要的原因。白绪铭是从水电总局调到列电局的，来的时间不长，我从基层到局机关不久，都没有"文革"中的成见。老崔说老白是老实人，工作认真，说我的人品可靠，性格也比较合适。这大概就是我们能够一起接受这件棘手的工作，并能圆满完成的原因。

大约在1978年底，老崔去了中国音乐家协会。他后来对我说，那时百废待兴，各部门都正在恢复组织，音协主席吕骥先生让他到那里。后来，又回到水电部系统，去干部管理学院。再后来，就到了水利电力出版社，在原列电局旧址，任党委副书记，一直到离休。

1979年初，他离开列电局到中国音协时，我用钢笔写了一首所谓的诗，格律很不讲究，但反映了我们之间的交往和感情，抄录如下：

赠老崔同志

石门往日曾相识，三载相逢亦是缘。

世乱贵溪同乞讨，时平保定共克难。

路多坎坷何自若，人有忧戚常坦然。

鸟恋旧巢人思旧，师友挚情勤探看。

几天后，老崔用毛笔写给我一信，并附诗一首。信如下：

文图：

今晨再次拜读大作，引起恋旧之念。事已至此，只有在不同岗位携手共进，后会有期。我的思想比较古旧，平时和同志们宣传一些旧东西，诗中已有检讨，望今后多话当今为宜。过去曾读唐人郑谷《淮上与友人别》，摘其意用之，以尽李白汪伦之谊。

崔瑛即日

附诗如下：

1979年1月21日，再次拜读文图老弟临别赠诗，依律回敬，以念故交。

文清笔秀写君心，图宏略远有知音。

老聃屈宋俱往事，弟兄同案话当今。

临江风笛吹不散，别去潇湘亦辅秦。

留下墨迹谢故友，念罢太白赠汪伦。

崔瑛草

戊午年腊月廿三日

老崔1990年退休之后，我们见面不多。后来，知道他有一件惊人之举。利用数年工夫，用羊毛小楷在宣纸上，抄录了一遍《金瓶梅》，共计百万字。这个抄本依照明万历刻本《金瓶梅词话》，并对照1985年的人民出版社删节本，在抄写时断句，加上了标点符号。后来，有朋友帮忙，于2010年影印出版，印了100套。每套21本。竖版排列，抄写工整，蓝布封皮，装潢古朴。老崔与出版社定有合同，给了他5万元稿费，几套书。

老崔自己只有几套抄本，一本给了电力出版社的刘荫椒，一本送给我。望着这工工整整的抄本，我想这要耗费多大的心血，需要多大的毅力啊！他说，因为毛泽东主席说过，没有《金瓶梅》，就没有《红楼梦》，所以退休后就想干这件事。原来写小楷写得不好，为此专门学习书法，临摹文徵明等大家的字帖。

2014年9月，老崔托人捎给我一封信，并打电话来，说前些日子，国家图书馆善本部已收存他的一套抄本，并写了收条，还把收条的复印件给我捎来一张。

他为此感到很欣慰，因为他的抄本有了一个比较好的归宿，心血没有白费。我与刘荫椒商量后，请《国家电网报》刊发了一条消息。

4月30日早7时，在北京人民医院告别室举行遗体告别仪式。望着相识共知50余年的老崔的遗像，我不禁泪如涌泉。

谨以此文，表达我深深的悼念和永远的怀念吧！

老崔，我所敬重的师长！我心无所隔的朋友！

老崔，您走好！

从新疆戈壁到青海草原

口述／闫英　整理／周密

我是 1956 年参加工作的，在当地政府部门做过乡团委书记、妇联主任等。1960 年，我随爱人崔恒调到牡丹江第 10 列车电站工作。刚到电站不久，就遭遇了一场洪水，我正在值班，有人喊："垮坝了，水来了！"还没等回过神来，大水冲到了近前……好在过后一切平安。

1961 年初春，我与老崔准备调去 46 站。来到局里，不知什么原因，让我和老崔改去新疆哈密 35 站。叫去就去，"哪里需要哪里去，哪里艰苦哪安家"，那时候就兴这样的口号。我们踏上了去新疆哈密的列车。

闫英

我们从牡丹江坐火车，一路颠簸 7 天 7 夜，终于抵达了新疆哈密，时间是 1961 年 4 月 18 日，这个日子我记得非常清楚。这一路，车坐得快要绝望了。一打进了甘肃，窗外越来越荒凉，心里发沉，有种说不上来的感受。嘉峪关是一个分界口，到了口外，汉族就成少数民族了。我们从哈密下车时，正是半夜时分，候车室服务员一再提醒，不要走夜路，时刻提高警惕，注意安全。我们也不敢贸然出站，就在候车室等候天明。早上，一走出车站，眼前是一望无际的戈壁沙滩，这突如其来的世界，令我愣在原地，心里不禁"啊"了一声。这是我平生第一次走进戈壁滩。

我们的目的地是 700 分场（当地一个 700 千瓦的小发电厂，哈密发电厂正在兴建中），35 站机组就在那里。因不通公交车，我们只能徒步前往。我们跟着一个同路人，他前面带路，我们后面跟着。初走沙滩很不习惯，一走一出溜，前面的人落下我们一大截。一路上再没见到过路人，心里挺瘆得慌，心想，说不定同路人也提防我们俩。好不容易走到电站，有人出来接，这才心里踏实许多。我刚到的时候，副厂长高鸿翔主持工作，厂长叶如彬已调走了。我来电站主要负责后勤管理这摊杂事，老崔任锅炉工段长。几个月后，电站又调迁到哈密西部的三道岭发电，这时候李生惠接任厂长，高鸿翔被派往8站任职。

哈密是新疆的东大门，这里除了戈壁滩就是戈壁滩，开车颠簸百八公里也见不到人烟。只要见到树就能见到人。当地的商品啥东西都是标绿洲牌子，这里太渴求绿洲了。最不缺的就是风，不是一般的风，一刮就不歇气，大风裹着沙尘，整日天地昏黄。对我们来讲，刮个三四级风就当没刮一样，七级八级的大风就是家常便饭。要出门的话，不管男女，要戴上风镜，每人头上要包上一条纱巾，这是出门必备的防风用品。记得来哈密的当天晚上，安排我们临时住在哈密饭店，一路疲惫，我们沉睡了一夜。早起一睁眼，都蒙了，不知睡哪儿去了，被子上盖了一层沙土，鞋也看不到了，上面盖了一层沙土。想想这风有多大，关门闭窗也挡不住风沙。我们管理组的几个南方人，都比较苗条，上班来就百十米的路，遇到顺风不一会就"刮"进办公室来，要赶上顶风，那就是费死劲了，半个小时女士们脚都跨不进门。

哈密起风，风沙漫天。三道岭的风与哈密不同，好像是沙尘都吹干净了，扬起的是沙粒，打在玻璃窗上跟鸡叨米一样，当当作响。一旦预报有更大的风，我们就得赶紧把窗子用板子钉上，如果不挡上，玻璃一块也剩不下。都准备好后，就躲在家里，盖上被子戴上口罩，静候大风肆虐。有一次，电站水塔里的循环水居然都给大风刮干净了，电站不得不停机，你说这风大到什么程度。还曾见到过一列火车也给大风刮出轨道。

在哈密正赶上国家困难时期，很多地方都吃不饱饭，但在哈密我们的伙食还算不错。每天能吃上青稞馒头，虽然口感不太好但能吃饱。电站没有坎儿井，平时用水要去肩挑，水是天山西河坝的雪水，顺渠引下来。这里刮风也照顾百姓，有喘息的时间，一般过了中午到2点就开始刮，一直刮到第二天早上8点。我们每天早上趁风小的时候去挑水。我还记得当地一个搞基建的老乡专门给我打制了一只水桶，水桶上面还写着"建设新疆"四个字。每次挑水要走一里多路，担上水后，要在水桶里放个十字架形的木漂，护着水不让洒出来，不然的话风吹桶晃，到家桶里一半水也剩不下。

35站不像我在10站时都是北方人，这个电站哪儿的人都有，福建、江西、江苏、浙江等地的南方人居多。这些南方人都是22站在柳州发电时候招工招来的，组建35站时，叶如彬带着这些分站人员来到新疆。大家来自五湖四海，相互都很团结友好。1962年，我们在三道岭为当地煤矿发电的时候，国内形势有些吃紧，这时候从哈密电厂调来了闫殿俊、蒋友高、陈志祥、王希森4人，军人出身的闫殿俊任电站支部书记。

电站的材料供应也归我负责，在当地出门办事很不容易。一次，和同事一起乘长途车外出办事，半路想方便就难死了。如果想找没人处，要跑多老远，司机要赶路，就让乘客在车下解决内急，车两边，男一侧、女一侧，这把我们难为的呀。返回的时候，我和同伴坐一个大货车上，那司机把车开得不带喘气的，时不时还一脚踩油门，一脚踏在门外，手把着方向盘扭头向车后面喊我们俩："不要睡觉呀！睡着了会甩下去的。"现在想想那时候的经历，真是艰辛呀。电站职工就是那样承受着，坚持发电。每年回家探亲，就跟万里长征一样，一路坐车、转车，要经7天7夜才回到哈尔滨，跟头把式地推开家门时，那心情非经历者是体验不到的。

在新疆发电3年，我就外出玩过一次，去看电影，片名叫《红叶》。天还亮的时候去的，赶回来天黑了，后背冒凉气，一口气跑到家里摔在床上，后来再也没有出去玩过。到少数民族区域，都很重视少数民族政策。记得我们刚到电站，就发一本32开大小的关于民族政策问题的小册子，上岗前要学习好几天。电站也有当地维吾尔族人，相处都还和谐。

1964年6月左右，35站返回保定基地。电站不知要执行什么特殊任务，不同往常，人员逐一政审，审得一六八开的，工人几乎拆散了，许多人调去别的电站。我和原35站剩余人员及一些不认识的人重新组成队伍，开到了青海海晏。

海晏与哈密的地理环境不一样，这里是草原。我至今也不清楚怎么进去的，也不知道怎么出来的。记得到西宁的时候，我们上了一辆大解放车，拉我们到一个叫杨家岭的地方住了一晚上。天不亮车又将我们拉走了。进了一间屋子，墙上就写着八条纪律：知道的不要说，不知道的不要问……这些都贴在我们居住的帐篷里面，须要牢记。下来，坐火车到达海晏车站。到这里，我们地址就叫886信箱，我们发电结束快走的时候，改为54号信箱。

我差点把命丢在海晏。1964年11月6日，患大出血，急需输血，当时医院没有血库，是电站职工排队给我输的血。我会一辈子感激他们，感谢他们给了我第二次生命。

现在我已经退休多年，常常回忆列电那时候的事。

困难时期的教书生涯

文 / 叶钧

———

　　"坚决服从国家统一分配，到祖国最需要的地方去！"我们以实际行动去实现这些诺言。

　　1960年8月17日下午，我们上海电校分配到列车电业局的20名同届同学，从保定火车站下车，直奔西南郊列电局所在地。第二天，从西安电校也来了20名应届毕业生，第三天，从沈阳电校又来了5名，这样一共45人，又像新班级一样聚在一起。由列电局人事干部带领，学习统一分配政策，我们重温母校毕业分配时场景，又是表决心，服从分配，又是到祖国最需要的地方去，好像保定不是最需要我们的地方。8月27日再次分配，44人都被分到了全国各地电站和基地工厂，唯独留下我一人去保定电力学校任教。这让我愣了好久，太出乎我的意料之外了，因为自己表了态服从分配，所以当天就服服帖帖去报到了。

　　保定电校当时分为中专部和技工部两部分，我被指引到中专部动力教研组。组内连我一共5人，组长徐博文是组内唯一的女老师，上海人，姣丽俊瘦，清华大学毕业，另有杨仁宇、席洪藻、胡博闻老师，他们3人也都是前几年毕业的大学高才生，只有我是刚刚毕业的中专生。

　　给我的具体任务是教动1、动2、动

叶钧

3 这 3 个班级的流体力学，徐博文老师用上海话对我说："辰光蛮紧，邓校长要求 9 月 1 日试讲，只有 3 天备课时间，侬看阿来三？"我也不问一下什么是试讲，便不知天高地厚地回答："可以！"随即，我马不停蹄跑到校图书馆，按每位任课教师一次可借阅 30 本参考书的规定，捧了一大堆书坐到办公室，依照教学大纲，埋头备课写教案。每一堂课，教师所讲的话和教授内容，都要预先写成教案，送教研组长审阅签字后，教师才可以到课堂去上课。我从第一讲直至离开保定电校，在将近两年时间内，这么多的教案送审，都是一次通过。

9 月 1 日上午 8 点，准时铃响试讲。教室里坐着邓钟岱副校长、中专部教导科两位正副科长、动力教研组成员，以及我尚不认识的其他科室人员，满满一教室。我平静地走上讲台，向台下深深一鞠躬，然后按准备好的教案上了第一课。休息十分钟后，大家重新坐下开始对我的讲课进行评议，总的评价不错，什么层次、站位、板书、节奏控制都可以，就是普通话水平要提高，上海口音太多等，就这样顺利通过试讲。9 月 4 日开学，我由学生变成了教师，开始了我的教师生涯。

我始终不明白在 45 人中唯独让我一人当教师的真实原因。当时保定电校这 3 个班是建校后招的第一届学生，前两年已学完了基础课程，再开学升三年级就要学专业知识和专业理论，此时才发现急需一名流体力学教师，真正是临时抱佛脚，我也确实是到了祖国最需要的地方！保定电校这么多教师，像我这样匆促上岗的绝无仅有。

保定有 3 大宝：铁球、面酱、春不老。对这 3 大宝我毫无印象，让我终生难忘的是在保定的饥饿，那真是刻骨铭心而又悬心吊胆的岁月。

3 年困难时期，就全国来说是从 1959 年开始的，最早的灾情出现在农村，农民吃不饱肚子，已经发生饿死人的严重后果，但是城市里仍然保持着表面的繁荣。我直到去保定前，在母校吃饭是管饱的，大米饭随便吃，什么定量不定量无所谓，我离沪时市面尚没有任何饥荒的蛛丝马迹。因此对我来说，困难时期是从 1960 年的 9 月份开始的，也就是说我参加工作的第一个月就遇上了饥荒。

刚到保定待分配时，曾浏览过保定市容。虽然比不上大上海的繁华，但商店里的物品也还不少，日常用品、糖果饼干、各式点心，略带土气也应有尽有，饭店里也供应米饭馒头，也没有大饥荒的风吹草动。可是，当我任教后的星期天再到保定市区转悠时，情况不对了。商店里货架上都是空的，糖果饼干之类一概不见了，饭店里米饭馒头也无影无踪了，供应的是黑黑的地瓜面窝头或红红的高粱面窝头，满街都是萧条景象。对这一巨变，我不知道是怎么回事。谁也没告诉我现在全国正在闹大饥荒！

保定电校教师的粮食定量是每人每月 24 斤。刚开始我也不觉得吃不饱，这也许是因为肚子里有在上海积存的油水在支撑着，当这些油水耗尽后饥饿感就来了。尤其是每星期有两天的上午要上 4 节课，当中午 12 点最后一节课下课铃响后，我是又饿又累，两条腿就像灌了铅一样，真正是筋疲力尽。到了食堂，饭票上印有早中晚 3 个字，上面有日期，只限当天用餐使用，不能提前，过后作废。早餐是 2 两，中餐 3 两，晚餐也是 3 两，所以每天每餐吃的东西，就像刻好的死模板一样，想多一粒米都不可能。如果这点主食是米饭，再配些蔬菜也不至于吃不饱，问题是蔬菜奇少，每人只能分到一小碟，像小朋友办家家，少得可怜！主食是地瓜面或高粱面窝窝头，南方人吃这样的主食很是受罪！肚子饿得咕咕叫，嘴里嚼的东西又咽不下，这种磨难现在想起来仍心有余悸！

1961 年刚过完年，新学期又开学了。有一天我去上课，一路上有许多老师莫名其妙地对我讲："叶老师，今天你好胖！"我奇怪自己怎么会胖起来呢？谁知只两三天的时间，胖的人多了起来，这才知道由于饥饿缺乏营养而引起的浮肿病。怪不得我总感到整天四肢无力，甚至爬一层楼梯中间都要歇一息，脸上和腿上一按一个坑。学校领导采取了紧急措施，为每位浮肿病人每月增加一斤黄豆。上海的父母得知我患浮肿病后十分焦急，给我寄来了过年时好不容易省下的一块约一斤重的咸肉和一条不知名的咸鱼干。我将这宝贵的食品锁在柜子里，每到饿得发慌时就用小刀割一小块，放进嘴里嚼半天，然后香喷喷地咽下去。也许就是这一块咸肉和一条咸鱼，再加上一斤黄豆，才拯救了我这条小命。事后当母亲知道我这样生吃掉咸鱼咸肉时，惊奇地瞪大眼睛说我像野人！

随着饥饿的降临，寒冬也悄然而至。我没有太多的御寒衣物，只能整天躲在办公室内烤火，好在二楼是办公室，单身宿舍就在三楼。我与技工部的梅产松老师同住一室，他是江苏常州人，人很不错，南京电校毕业，年长我两岁。两个南方人生活习惯相近，正年轻也有点懒，又怕煤气中毒，所以两人商定宿舍内不生火取暖。每天在办公室看书什么的熬到深夜，然后从暖和的办公室迅速窜进宿舍睡觉。这样的结果，就如同从温室出来失足跌进冰窟一样，人冻得直抖。我们每人只有一床薄棉被，被子的一头用绳子像绑米袋口一样绑紧，以免脚跟头漏风，人钻进去就像睡在睡袋里。一天后半夜时分，我们俩都冻醒了，这老兄爬起来居然将靠背座椅压在被子上，也把我坐的椅子帮我压在身上，然后他爬进被窝问我："怎么样？暖热些了吧！"

饥饿时期，有许多不可理喻的奇谈怪论。首先，大喇叭里叫得震天响的

"低定量、瓜菜代"，低定量早已实现了，但是瓜在何处？菜在何方？代食品又是什么谁也不知道，完全是空洞的宣传口号。其次，一些宣传材料空谈对待饥饿的办法。在一次教职员工大会上，校分管后勤的领导大谈人不应该吃干饭的理由，从胃容量、胃酸量、进食量，表面积与胃酸接触率等，从而证明人只有喝一定比例的稀粥，才最有利于健康云云。说得大家灰溜溜，叹气连连。有一阶段忽然刮起了"人造肉"风，于是便宣传"人造肉"怎么怎么好，甚至比猪羊肉的营养价值都高，可最后谁也没见到"人造肉"究竟是什么东西。学校食堂拉来了一牛车长长的白洋淀水草，据说这种草煮熟了，只要加点盐很有营养，可是盛到碗里没法吃。这是牛吃的草，人的牙齿怎么嚼得碎呢？

随着国家贯彻"调整、巩固、充实、提高"8字方针，情况慢慢好起来，食堂里蔬菜多了，农贸市场也丰富活跃起来。1961年6月底放暑假了，学校安排我和杜尔滨、赵德章老师3人带一个毕业班，去黑龙江牡丹江第10列车电站实习。张增友厂长把我们3人安排睡在随车的卧铺车厢内。电站照顾我们教师，粮食定量也提高到30斤，这可把我高兴坏了。东北的白高粱渣子拌芸豆煮的饭和南方的大米饭差不多，因此，我的心情十分舒畅愉快。

在牡丹江市整整一个月，这是我至今唯一的一次去东北。

1961年9月份，我在完成保定电校第一届3个班的教学任务后，又接着教第二届动4、动5班的流体力学。因为只有两个班级，上课任务自然比3个班级轻松多了，再加上有了上一年的经验和教案底稿，再写备课教案也就轻车熟路一气呵成。尽管如此，吃饱肚子仍是我心中解不开的结，为此产生了离开保定下电站的想法。但是想法虽好，无法兑现，教师一个萝卜一个坑，谁也别想动窝。我就在这幻想中苦苦熬到年底，就在这学期结束前夕，机会就像天上的麻雀一样，突然降临我的面前。

原来距保定电校不远处还有一个河北省电力学校，简称河北电校，这是一所由河北省刚筹建的新学校，此时刚开始土建，目前只有几间简陋的平房供办公住宿。由于国家经济困难，原先规划的资金无法到位，基建已处于停工状态，实际已到了倒闭的境地。在此情况下，河北电校就无条件并入保定电校。这样一来，保定电校增加了师资力量，这对我无疑是天赐良机，我便当机立断，向邓钟岱副校长提出下电站的要求。很顺利，学校批准了我的要求，分配我去四川9站。饥饿的教师生涯就此结束了，我高兴得像小鸟一样，迅速离开保定飞向列车电站。

我在 28 站的岁月记录

文 / 王士湘

我曾经在列电工作了十几年，回首往事，桩桩件件，犹如昨日。

1957 年 12 月，列车电业局康保良局长到淮南，从田家庵电厂要了一批人，我就是其中的一员。这批人中的大部分，跟着邓嘉去保定筹建 14 站，我们少部分人被派到了正在新海连市（现连云港市）发电的老 2 站，记得报到日期是 1958 年 2 月 8 日。

在老 2 站工作了将近一年，到 1959 年 1 月 17 日，站里要我 20 日下午 3 点到保定列电局报到，随孙照录厂长（他已先期到局里）筹建 28 站。组建 28 站的基本队伍，是从老 2 站分出的一部分人，带着从海州招收的十几个学员组成的。

28 站和 29 站是同时组建的。1959 年 2 月 19 日，列电局胡惟法工程师带领 28、29 站的筹备人员到水电部，办理组建的相关手续，22 日返回保定。23 日我们列席了列电局社会主义积极分子代表大会，3 月 1 日会议结束。

那时的列电系统，就像一个大家庭，各站之间互相支援、有求必应。1959 年 5 月 21 日，我到广东韶关河边厂老 2 站要东西，淮南电厂调来的张门芝副厂长给了 1 部柴油机、1 个倒链、2 个虎钳、3 个白金刀头、1 个千分表及 5 个油桶

王士湘

等。5 月 28 日，到湖南许家洞老 5 站求援，厂长余志道也给了大力支持。5 月 31 日，到达福建三明 11 站，八公山电厂调来的胡德望厂长给了 12 英寸 ❶、15 英寸活扳手各 1 把，5/8 的钢丝绳 200 米，1/2 的钢丝绳 200 米。我又在此地买了 15 英寸扳手 4 把、刮刀 2 把、手摇钻 1 把，正是此时认识了热工邵钦岳。

1959 年 4 月，28 站机组从上海运到济南，准备在济南钢厂安装，但上海发来的设备缺这个少那个，不具备安装条件，所以后来改在保定安装。10 月 24 日，我和刘长海、韩守权由济南去保定打前站，25 日到保定列电局，筹备 28 站由济南迁至保定事宜。我三人分工：我负责办理人员户口，刘长海负责安排住处，韩守权负责职工子女上学。11 月 17 日，全站人员由济南到了保定。

1959 年 12 月 19 日，孙照录厂长带领我、冯庆华、李恒松、刘西华到上海，按照专业对口的原则，各人联系各自需要对接的制造厂。我们是带着一套设备图纸和交接清单去的，到各厂除了参观学习外，还要看看这些厂家为我们生产的设备还缺少什么。

为此，我们一行人便马不停蹄地忙碌起来。22 日我和冯庆华、李恒松到上海锅炉厂，23 日到上海电机厂；24 日和李恒松到上海和平仪表厂；25 日上午和孙照录、李恒松到锅炉厂，下午又到电机厂；26 日和孙照录、冯庆华又去了锅炉厂；27 日和刘西华去了华通电机厂。

1960 年 1 月 4 日，孙照录、冯庆华和我，由上海乘轮船顺长江去汉口，7 日到汉口，住了 3 天。11 日由汉口去新安江，参加红旗站评比会议。20 日结束返回。

1960 年 12 月 13 日，28 站在保定装配厂安装完毕。为做好接收准备，28 站成立了电站验收组：组长是孙照录，组员有锅炉的陶开杰，汽机的刘长明，电气的安得顺，热工就是我了。

1961 年 4 月至 5 月，28 站在保定试车成功。同年 8 月 10 日奉命离开保定，到河南省鹤壁市，为鹤壁矿务局发电。8 月 11 日，电站人员住进鹤壁市第二招待所。9 月份搬入新宿舍。

在保定安装时，正赶上三年困难时期，这里不能不说说孙照录厂长。当时职工的口粮供应，95% 都是粗粮，而且吃不饱。而他作为厂长，在当时享受了一部分面粉的口粮照顾。他看到站里的职工饿着肚子，白天干活，晚上还要

---

❶ 1 英寸 =0.025 米。

1959 年 28 站职工在保定合影。

加班，就让老伴儿把这些面粉拿出来，擀成面条，晚上煮好后派人送到现场，让电站和装配厂一起加班干活的人吃，职工们很受感动。

1961 年在鹤壁时，刚进 10 月，孙厂长就让唐松友和邵荣贵骑车到当地生产大队，预订了 1 万斤胡萝卜，秋收时运回厂里。恰好我知道这胡萝卜如何储存，就让他们挖了一个 2 米宽、5 米长、2 米深的坑，把胡萝卜放进去后，盖上玉米秸，上面蓬上土，留出气眼，就大功告成了。这一万斤胡萝卜，让 28 站的职工和家属吃了一冬天，每人每天到食堂打一碗，收 5 分钱。所以 28 站在困难时没有一个人饿死，也没有一个得浮肿病的，这主要是孙厂长的功劳。

1962 年四五月份试车，汽轮机调速器不稳，电站请求局里派人调试，局里派杨志超来，站里派我协助他。我把最好的标准表、油压表、气压表（0.5级）给用上，站在他身后，看他怎样操作，结果 3 天就被他搞定了。我们 28 站的人送他一个外号"杨调速器"。杨志超给我留下了联系地址，他后来去了广州石化总厂。

1963 年 2 月 24 日，我到北京广安门外马连道列电局仓库，参加鉴定热工仪表工作。参与此项工作的除了我还有周学增、吴玉杰、李玉松、洪晶元等 6人。4 月 16 日，这项工作结束，4 月 18 日回到鹤壁 28 站。

1963 年 8 月份，当地发生水灾，安阳电厂、峰峰电厂等都被淹停机，只有我们 28 站正常运行发电，供应峰峰煤矿等。河南省贾副省长坐直升机来 28 站慰问职工，还带来半扇猪肉、两箱洋河大曲酒等慰问品。

1963 年 9 月 4 日，局里通知，在武汉基地成立新机办公室，主要工作是解决几台国产新机的一些技术问题。地点在武昌青山热电厂招待所。9 月 26 日，我到青山热电厂招待所报到，新机办公室技术组长是列电局汽机工程师赵旺初，组员分别是祝塘秀、王勋、刘音垫、孙坤福和我，以及新来的大学生潘忠禹、文祖国。1963 年 12 月中旬，结束工作回到鹤壁 28 站。

1964 年 4 月 17 日，28 站由鹤壁调到邢台市北关外，为邯峰安电业局发电。在邢台发电时，生活就好多了，列电局办的克山农场，还给电站发运来了肉和面。东北面粘牙，南方人不爱吃，当地人就用大米和玉米面和电站人换，一斤大米能换二斤面。

11 月份电站又从邢台调往河南开封，为开封化肥厂发电。

1965 年 9 月，我到新乡帮助 37 站检修回来，开封化肥厂党委武书记，把我和邵荣贵找去谈话"交底。"说了些"你们是工人阶级和贫下中农的子弟，要准备斗争"之类的话。这时，列电局派以席廷玉为组长的工作组来 28 站开展"四清"工作。"四清"运动结束后，席廷玉留在 28 站任党支部书记。

1966 年 1 月 20 日，这时电站已停机，准备返厂大修，全站放假过年。当地农民送来猪肉，站里统一购买后，再卖给职工，每斤四毛八分钱。不管买多少，先记账，春节后再由工资里扣除。我也买了肉带回淮南过节。

1966 年 2 月底，28 站由开封回保定返厂大修。1966 年 4 月，我去北京健康体检，6 月 24 日，住进北京朝阳医院，进行了排汞治疗。

1966 年 7 月，28 站调昆明发电。7 月 5 日，我离开北京，7 日回了一趟淮南，12 日由淮南经武汉过长江大桥，只见两岸红旗招展，万人欢呼。过后才得知，是伟大领袖毛泽东主席正在畅游长江。我们一行于 19 日到达昆明。

1972 年，我离开了 28 站，调回安徽淮南，结束了我的列电生涯，开始了新的工作和生活。

牡丹江抗洪抢修记

文 / 周密

1959 年秋，列车电业局第 10 列车电站受命从哈尔滨调迁至牡丹江市，为当地一家钢铁公司主供电力。电站厂址位于市区东北部郊区，两家子地段。牡丹江水道在两家子地界呈 U 形蜿蜒，10 站的发电列车就停在水道弯臂里的铁路专用线上。

10 站是列电局最早一批进口的苏联机组，厂长张增友带领全站八九十号职工，边生产边克服粮荒带来的困难。队伍稳定，电站运行正常。

洪水历险

1960 年刚刚进入 8 月，黑龙江省委就动员全省防汛，预计江河水位要超过 1957 年的洪水水位。10 站受命保障江边防汛护堤供电，因负荷不大，电站只开了一台炉。

8 月 23 日，牡丹江市再降大雨，持续一天一夜。24 日清晨，雨过天晴，与往日并无异样，电站正常运行。但防汛指挥部下达紧急通知，让江边居住地势较低的居民迅速转移到地势较高的地段，10 站人员也在转移范围。张增友基于锅炉车重、地基坚固，可以抵御较大洪水的考量，下令让职工及家属全部上车。于是，一百余人集中在 3 台锅炉车厢上。

下午 4 时，设在钢铁公司的防汛指挥部紧急通知张增友前去开会。这时候，牡丹江东段已经发生决堤（后见当地报纸消息，牡丹江东段决堤 80 余米，决堤 4 天后才合拢堵住）。准备去开会的张增友向南远望，疑似洪水决堤，一条白带映在阳光下，如白晃晃的镜子，忽忽悠悠地涌来。

张增友不会水，水性较好的兰锦义和史振铎两人特意送他去开会。事态紧急，三个人跑步到钢铁公司，张增友点了卯就急切地问，是不是江堤决口了？

防汛指挥部还没有接到确切的消息，打电话询问，电话已经打不出去，显然，最坏的事情发生了。指挥部武专员要大家赶紧上车，撤到钢铁公司高炉上去，三四辆苏联"嘎斯69"车就停在门外。

张增友没有跟着与会人员上高炉，调头原路返回，两个"护驾"紧跟其后。原本电站地处洼地，决口的洪水凶猛地滔滔涌来，他们奔跑的脚步远不及洪水来得迅猛，来时的路很快被洪水淹没。他们三人还没到电站，水已淹到胸部，朝前迈脚，人就要漂浮起来。三个人焦急地想赶紧脱离险境，与车顶上的职工会合。这时候，电站已经被迫停机，水涌进车厢。车顶上的职工，远远地就看到他们三人在洪水中吃力地行进，拼命地向电站靠近，大家边朝他们呼喊，边为他们捏把汗。

尽管从电站到钢铁公司只有几百米的路，但是，三个人越接近电站，前行愈加困难。距电站仅有几十米远的时候，灰堆和铁丝网挡住他们前面的路。他们停下，三个人疲惫地抱住了一根比水杯粗不了多少的木制电话线杆。洪水将木材加工厂的木头及钢铁公司筹建用的沙杆冲下来，水面变得更加危险。由于他们前面是灰堆，急流在这里转道，沙杆等木头在这里形成了一个"小岛"，脚可以踩在上面，三个人得以喘息之机。这时候水更深了，手已摸到3米高的电话线。

这时候要上车，必须绕过灰堆和铁丝网，从另一个方向进去。这几十米湍急的洪水，对不习水性的张增友来说危险性很大。兰锦义水性好，打算先游到近在咫尺的电站车厢内，取条绳子来。三个人简单交流后，兰锦义果断离开"小岛"，顺流而下，成功进入车厢。返回要逆流，兰锦义奋力游近他们，或许体力消耗过大，加之水寒，他忽然腿抽筋。紧张之中，取来的绳子也脱手被洪水卷去，他在洪水中拼命挣扎呼喊。张增友急催救人，史振铎说时迟那时快，抱一根木头，顺流救起兰锦义，然而，急流随即将俩人冲走。

一片汪洋中，聚集在车顶上的职工，眼巴巴地与孤零零抱着电线杆子的张增友隔水相望。他们焦急地朝他喊话，试图下水解救他。湍急的洪水挟带着木材等杂物，令下水救人变得更加危险。马同健和米建祺不顾安危，毅然跳进洪水。他俩奋力靠近张增友，然而，毫不留情的洪水又将他俩冲走，施救再次失败。

依然在洪水中的张增友，为保险起见，他将脚跟前的三根沙杆用裤子和皮带扎成一个木排，这样他可以较牢靠地站在上面，抱着线杆，准备面对更糟糕的状况。8月下旬的东北，天已见寒，随着夜幕降临，被洪水和黑夜围困的张增友能否坚持一夜，让车上的人们非常担心。

焦急无望的职工向一里地外的钢铁公司求救。大家亮开嗓子向钢铁公司方向呼喊，但周边树上、房上都是大呼小叫的灾民，远方根本听不清呼救的声音。情急之下，电站警卫向天鸣枪（当时各电站都配有持枪的警卫人员），枪声一响，顿时周边安静下来，电站救援的喊话才清楚地传过去。没多久，钢铁公司方向也传来枪声，有人拿喇叭筒子远远地喊："张厂长，要沉住气，我们马上派人去救你……"

防汛指挥部的武专员和钢铁公司党委王书记都熟知张增友，没有想到他返程困在洪水里。不久，钢铁公司派出一名姓卢的复员军人，夜幕中只身驾舟而来，边划边呼喊张厂长。其实，那舟不过是一只工厂装材料用的废弃的铁盒子而已，来人只身持铁锹做桨，铁盒里备有水瓢，边划舟边往外舀水。可想而知，在滔滔的洪水急流中，这绝非是普通的解救，无疑是一次勇敢而冒险的壮举。

当晚9点左右，张增友终于获救，可以想象他被解救上车时的情景。从下午5点到被解救，他在洪水中惊心苦熬近4个小时。兰锦义和史振铎被下游钢铁公司设立的救济站搭救，马同健和米建祺被洪水冲到下游，也都分别上了岸。马同健穿着湿漉漉的背心短裤在野外冻了一宿，天亮时分，他又游回电站。因身体过度疲劳，扒着电站车厢车轮，没力气上来，直到电站的人发现了他。他被解救上车，躺在还有余温的汽轮机缸盖上面，捂上被子慢慢缓了过来。那时已被解救上车的张增友，见状不禁眼含泪水。万幸，被洪水冲走的人都平安无事。多少年后，张增友始终难忘那段洪水经历，感恩冒着生命危险的营救者们，感激参与救助者们的深情厚谊。

第二天，洪水有所减退，但依然很深，电站周边一片汪洋。电站职工在洪水围困中一筹莫展的时候，牡丹江电业局派出两位科长持杆涉水而来。危难中的电站职工见到他们，感动不已。下午，电站留下两个警卫，男职工沿铁路线蹚水、女职工及老幼乘电业局从公园借来的小船离开电站。市区地势较高，基本没有受到洪水影响，他们被集中安置到电业局俱乐部里。

抢修设备

撤离到安全地带的电站职工，依然惊魂未定，这场突如其来的洪水让他们一时缓不过神来。当晚，几个部门领导和张增友围坐一起，抽闷烟，都有些发懵。当有人提示，水退后，电站设备一旦腐蚀生锈，大都报废不能用了。这话让在座的人突然从半梦中惊醒，强烈的责任感，让大家都意识到问题的严重性和紧迫性。张增友当即布置下一步工作。

撤离电站的第二天，电站所处地段积水依然很深。但没有时间再等了，在牡丹江电业局的支持下，洪水过后的第三天，电站挑选的身强力壮的男职工，乘车回到北山，顺着铁路线蹚水进入电站。当务之急就是要把被洪水侵蚀的电机全部拆卸，送到提前联系好的牡丹江发电厂，进行清污和干燥处理，再进行绝缘试验。为抢在设备腐蚀前将其全部拆运走，大家干红了眼睛。清污泥、拆电机，一个个埋头玩命地干，喊谁休息都不听。

1960 年 10 站在牡丹江抗洪胜利职工合影。

电机从车上拆下来，装到小船上，几个人持绳拉着船，顺铁路线蹚水运到北山，上岸再用倒链将电机装上车，然后运抵牡丹江电厂。由于环境和条件所限，工作效率不算高，但大家只管争分夺秒地干。电气车厢清淤修理维护工作量也很大，二次线被水侵蚀的部分，每个接点都要处理，来不得半点马虎。每天大家很晚才离开，第二天，又涉水而来。抢修设备从起初的二三十人，到后来能来的都加入到抢修队伍之中。起初重点抢修电气设备，后来，遭洪水侵袭的汽轮机、锅炉等相关设备，都逐一进行抢修维护。

3 天后，电站所有电机都及时拆运到电厂抢修，没有一台设备因腐蚀而报废，也没有更换一个配件。电气接线端子、开关等同样因抢修维护及时，都保持了完好。7 天后，电站周边的洪水基本退去，电站职工及家属离开电业局俱乐部，返回电站。厂区职工宿舍在这次洪水中被淹没，各家留在屋里的东西几乎全泡了汤，即使匆忙带上车的"值钱"物，也大都被水侵蚀。

电站组织女职工清理宿舍及车上的淤泥，男职工即刻投入电站大修。这时候，拆运到电厂的电机已维修好运回电站，需要马上安装。牡丹江地市委要求生产单位抓紧恢复生产，钢铁公司计划 40 天恢复生产，显然，10 站恢复发电是首要保障。

江市抗洪斗争胜利全体合影留念

牡丹江进入9月，已渐寒冷，参加大修的职工超负荷工作，却填不饱肚子。由于正值全国性粮食短缺，之前，电站为解决职工吃饭问题，曾派人到哈尔滨郊区阿城糖厂买回八九吨甜菜（含糖成分较高的一种萝卜）榨汁后的残料，与玉米面掺和一起充饥。开始大修的头几天，钢铁公司送来莜麦面饼子给职工吃，没有菜，就是干吃。莜麦面里连糠带皮，难以下咽。电站之前养的3头猪，被洪水泡成臭肉。十几只羊在洪水中幸存下来，张增友让食堂隔3天杀一只羊，给职工补充营养。十几只羊在电站大修期间和后来艰苦的日子里，全部被杀光。不足一个月，10站完成了设备大修，并运行发电。

电站大修结束时，10站全体人员身着工装在现场拍了一张大合影。照片下面标识一行文字：列车电业局第十列车电站1960年于牡丹江市抗洪斗争胜利全体合影留念。

1960年9月，列车电业局通报表扬了10站职工抢救抢修被淹设备，积极维护国家财产，保障电站安全。

这就是平凡中见非凡的列电人。

那些年那些事

口述／刘桂福　整理／周密

我是河北保定人，1957 年从满城中学毕业，回乡务农有大半年时间。1958 年，我的同班同学康瑞臣先期来到列车电业局工作，他捎话也让我过去，说那里户口什么的都不要，还发零花钱，我听信就去了。这时候，列电局办动力学院，我就在动力学院预科班半工半读，学习电专业。1961 年搞下放，我们学业没读完，就离校分配了，余下的学业以函授形式完成，最后考试毕业。

刘桂福

我分配到列电局第 45 列车电站。电站当时在黑龙江勃利县七台河，准备为当地矿区发电，因水质不合格，折腾半天也没发成电。1963 年电站调迁到小兴安岭南边的伊春友好林场，为一个纤维板厂发电。这里有我国从德国引进的生产线，比较先进，这边往漏斗里扔木材边角料，那边就出包装好的纤维板。邓小平曾到这个纤维板厂视察过。

1965 年，为支援大三线建设，修贵昆铁路，我们从东北一下子跑到大西南。我们算过，从伊春到贵州六枝，相距有一万里。当年 45 站调令是由水电部、铁道部和军委三家联合签发的，因而电站调迁是按军列发车，有一个排的军人护送列车电站。电站到达贵州拉进专用线的时候，军队呼啦就把电站给围起来了，处于严密保卫状态。当年就是这架势，由此可见，列车电站在大三线建设中的重要性。45 站在六枝发电几个月后，往前移动了一二百里地，来到水城发电。

我在伊春期间就入了党，来六枝发电的时候，俞占鳌局长专程来电站，提拔我代理生产副厂长。那时候，我还不到30岁，才是二级工。说实话，这都没想到的事，让我有些发懵。"文革"运动席卷而来，我也被一股脑划为"走资派"，跟着沾包挨斗，受了不少罪。那会儿45站到水城与33站合并，我和李华南列为"火烧"对象，其他领导不是"打倒"，就是要"揪出"。每次开批斗会，我都得上去陪绑，"坐飞机"，那罪受的，汗水顺着脸滴在脚下，能把地打湿一小片。

我在水城还赶上一次车祸，南京嘎斯车翻了个底朝天，把一车人扣在下面，险些送了命。亏我当年还机灵，在车翻倒之前，跳下车，仅受了轻伤。1978年，我调到在内蒙古临河发电的23站，任厂长。

23站在临河发电也就两三年，1980年底，电站就停机了，部里也没有再下调令。来年初春，列电局单独把我召了去，刘国权副局长和其他几个领导一起找我谈话，郑重地告知，23站调拨给新疆吐鲁番了。我关心电站人员怎样安排，如果安排不好，这事可就难做了。局领导答应我，电站人员安排到西北基地，以后再有电站下放，人员就不好说回基地了。局领导给交了底，这我才踏实点。

这是列电局临撤销前，下放给地方的第一台机组。局领导一再叮嘱，要做好工作，不能出乱子，并要求不要传播电站下放信息。不管怎样，我心里比较沉重，这么多年在电站工作，电站就是家，说下放就没了，感情上过不去。当时并不知道这是列电局成批下放电站的前奏。1982年5月，列电局召开全局调整工作会议，那次会议我记忆非常深刻。那时，我正在新疆吐鲁番安装电站搞培训，列电局来电报，通知我到北京开会，让坐飞机去。各电站厂长听到列车电站要下放，回到宿舍都一声不吭，坐床上，呆望着天花板，都傻了。

我回到电站后，把局里决定传达给电站人员，

23站在内蒙古临河发电。

因为人员有西北基地接着，职工情绪基本稳定。接下来，就按照局指示，派人去吐鲁番会同甲方选建厂，清理库存物资、电站备件、工具等，准备清册移交。8月下旬，电站主车发运到目的地。在吐鲁番那边建厂期间，电站人员将个人家当打包，发运到宝鸡，然后离开临河，来西北基地报到。

1981 年 23 站移交到新疆哈密。

吐鲁番电站厂址就挨着一个电厂，有专用线。这电厂机组也不大，经常出事，不可靠。当地产甜菜，工厂用它榨糖。直到 1982 年 2 月，吐鲁番县列车电站才基本完成基建，我们派出三四十人去吐鲁番帮助安装电站、培训运行人员。我与新疆电力局代表签订列车电站移交书，蔡菊平代表西北基地也去了，我代表电站移交签字，他代表西北基地电管处签字。

吐鲁番列车电站在当地招收机组运行人员，其中有许多维吾尔族人，我们搞培训有语言障碍，于是在每个车厢安排翻译。4 月份电站正式发电，我们又处理些小缺陷后，6 月份完成交接工作，离开吐鲁番，返回西北基地。

23 站河北人比较多，许多人都想回到保定基地，但由于种种原因没办法实现，我只把几个河北籍单身职工联系回了保定基地。锅炉工段长吴兰波、岳文智等几个人就是那时候回到保定的。另外，还有几个南方的职工，我也帮助给安排回到原籍。总体上看从人员安置上，没有留下什么后遗症。

27 站在福建战备发电

文 / 徐应祥　常儒　彭金荣　整理 / 周密

徐应祥

第 27 列车电站在福建执行发电任务近 15 年，这对于四处奔波的列电来说，长期在一个省份流动的并不多见，更何况当年由于台海军事形势紧张，电站始终处于战备发电。那段经历，有很多值得回忆。

1959 年五六月份，由 15 站抽调廖国华厂长带着秘书及机、炉、电的工段长，再加上几个老师傅和招工来的学员，来到福建三明接新机 27 站。27 站正式发电后，同在三明发电的 11 站，就离开这里去了山东枣庄。1960 年 4 月，27 站从福建三明调往厦门。当年，厦门尚属前线，电站人员需要审查通过才可前往。电站落脚在从鹰厦线引出的一条专用线上，位置在梧村，距厦门火车站一二里地。当年厦门火车站在梧村山脚下，当地人称为梧村火车站。那时候，台海局势正处在高度紧张时期，备战形势严峻，部队的一个高炮连就在电站的旁边。电站边备战边发电，职工下班后参加挖战壕、学习紧急抢救等。

大约是在 6 月份的一天下午五六点钟，电站正在发电中，接到上面的紧急通知，让马上停机撤离，通知说有海啸，会威胁电站的安全，要求电站在夜里 12 点前转移到漳州郭坑镇火车站。接到命令，廖国华厂长即刻布置停机拆设备。由于时间要求太紧急，电站现有人员不够，难以按时拆迁，厦门电厂派了一些职工前来帮助拆机。就在紧张拆机的时候，大约晚上 8 点，突然，炮声响了，非常猛烈，半边天都红了。后来得知，美国总统艾森豪威尔来台湾，福建前线举行炮击示威，炮击目标是大、小金门。就在炮击声中，电站职工加速完成拆机，遗留下管道等来不及装车的设备，紧急拉出厦门至漳州郭坑。家属全跟车离开，单身职工留下来待命。数天后，美国总统离开台湾，我军再次炮击，口号叫"送瘟神"。数日后，电站又拉回原地继续发电。电站虽然距海岸还有一段距离，但前线常有的炮击声，电站这边都能听到。

常儒

在厦门发电一年半左右，27站又调迁，两进邵武，两进三明。1964 年在邵武的时候，电站又紧张了一次，是停机备战。当时，鹰厦铁路线民运基本停止了，运送的都是军用物资和部队人员。

在福建发电时期，全民皆兵，战备训练一直抓得很紧，战备这根弦绷得较紧。在三明市的时候，每天早起进行军事操练，休班的职工带上枪支、弹药、粮食、蔬菜、肉类等，到山上进行实弹射击训练。每年电站还要组织民兵进行野营拉练，在野外做战备适应性训练，增强准备打仗的意识和军事素质。

说到射击，就要讲讲不爱红装爱武装的女工彭金荣，她出色的射击表现，为列电人争得不少的荣誉。在邵武发电的时候，由于她的射击水平突出，代表邵武体协在南平专区参加特等射手比赛。电站调迁三明，她又参加民兵射击比赛，后代表三明市参加全省民兵射击比赛并获奖。福州军区司令员韩先楚亲自为她颁奖，发给一支半自动步枪、100 发子弹，两套新军装。按要求将子弹交到武装部门保管，枪留在彭金荣身边（发有持枪证），令人羡慕不已。1965 年三明市召开的一次万人大会上，彭金荣作为民兵代表在大会上发言。会后，还专为她拍了持枪宣传照片，挂在宣传橱窗。她还与三明电厂书记一道参加了三明市国庆招待会。可见，她的知名度在当地很大，无疑也是列电的一份荣光。

彭金荣

电站职工金雨时是个文学爱好者，在

福建发电期间，创作了一篇文学作品刊登发表，名为《列电之歌》，内容主要讲述列电人工作中的故事。作者又改编成话剧，电站的几个文艺爱好者组织起来，排练演出。彭金荣还记得她在剧中扮演师娘的角色。在那个时期，电站职工自己创作和演出话剧，实属不易。写列电人，弘扬列电精神，更是难得和鲜见。

1960 年，厦门电力供应紧张。27 站在厦门发电时与厦门电厂并网发电。

一天接上级通知，晚上厦门市召开公审大会，宣判 20 多名罪犯。电站领导通知值班人员，要保障设备运行安全。就在这关键时刻，厦门电厂发生事故，解列停电，这给 27 站增加了巨大的压力。恰逢电站煤场煤炭存量不足，上煤困难，陡增的负荷致使锅炉汽压急剧下降，电气值班员紧急中发生误判拉掉发电机开关，因而造成厦门全市停电。厦门公安部门立即到电厂及 27 站现场进行调查。虽然排除了敌人破坏，但造成事故的直接责任人抓走，判刑 20 年。这对职工震动很大。列电人付出艰辛不说，还肩负重大的责任，特别是战备发电，事故无小事啊。被判刑的人员，在"文革"时期，被释放回到电站。

在福建发电赶上"文革"。在三明时就开始了，到了邵武，邵武电厂闹得很厉害，后来两派打起来了。当地两派组织都想拉电站人员参加，但都没有如愿，电站一直正常发电。彭金荣也将获奖的半自动步枪上交了，生怕武斗人员给抢去伤害无辜。

列车电业局领导曾几次来福建看望电站职工。1965 年，季诚龙副局长来三明 27 站视察。他穿着一件风衣，直接就爬到水塔顶上，与正在工作的职工握手，给职工递香烟，丝毫没有大领导的架子。"文革"后期，1974 年，局长俞占鳌来邵武，与电站职工同吃同住。电站厨师专门给他准备了几个菜，但他借上碗筷，与职工一样排队打饭，和职工谈笑风生。

列电人的故事，带着自己浓郁的特色，是那个时代锤炼了列电精神，列电精神为那个时代增添了光彩，列电精神永续不衰。

我在 47 站的记忆

文 / 冬渤仓

1960 年 8 月，我从唐山煤矿学校毕业后，分配到煤炭部第 1 列车电站工作。该电站是 1957 年从捷克斯洛伐克进口的 2500 千瓦机组，出厂编号为 605，也称为 605 列车电站，在内蒙古赤峰为平庄矿务局发电。我们一行三人，从锦州转乘开往赤峰的火车，经 10 个小时路程，到达平庄站。这里距 605 列电还有 5 公里左右。我们在平庄矿务局招待所休息了一晚上，第二天，专车接我们抵达目的地。

这是一个露天煤矿，当地自然条件较为恶劣，四下满目黄沙。附近有马架子和五家子两个村庄，马架子村比较大，居住的多是矿工家属。这里有个供销社，还有一个邮电所，所里只有 1 名营业员。

来到电站，这里的一切既陌生又新鲜。两排职工宿舍呈直角形，一排坐北向南，另一排坐西向东，形成一个小生活区。房子是干打垒的土墙，很厚实，屋顶是用高粱秆打底，上面抹了一层厚厚的草伴泥，虽然简陋，屋里倒是冬暖夏凉。电站的大多数职工都住在这里，只有少数几户带家属的职工住在五家子村，车间距宿舍不到 50 米，职工上下班很方便。

当地的气候特点就是风大，有人玩笑地形容这里的风：一年刮两次，一次刮半年。一年里除了夏天，其他季节大风不断，黄沙漫天。尤其是

冬渤仓

冬天，西北风刮得贼凶，室外电话线被吹得嘶嘶凄鸣。记得电站书记赵坤皋在例行防寒动员会上说，防寒工作要尽早抓紧做好，不要等电话线唱"四调"了再做，那就晚了。每到电话线唱"四调"的时节，人们躲在屋里，没事是不出门的。这里气候也并非一无是处，夏天不热，没有蚊子侵扰。

这里副食品供应几乎没有，集市上仅有不多的农民卖自家种的菜，还有活鸡和鸡蛋。电站为改善电站职工生活，抽专人种蔬菜、养猪。每到冬天，食堂的菜就单调了，以大白菜、土豆为主。春天更是菜荒，我们只能吃剩下的白菜帮晾晒成的干白菜，菜里的油很少一点，肉就更别提了，只有逢年过节，我们才有可能改善一下生活。电站的业余文化娱乐活动还不错，我常与大家一起打篮球，算是主力队员之一。我也喜欢打乒乓球，每周都去玩。电站每月在食堂里为职工、家属放映一次电影，附近很多村民也前来观看。电站还有自己的广播室。

1962 年国民经济调整，电站部分职工下放回家，岗位出现空缺。电站领导就安排我学热工仪表，这样，我在电站就一直干热工了。同年，煤炭部所属的 4 个电站划归列车电业局统一管理，我们站更名为列车电业局第 47 列车电站。1963 年，我们 47 站在平庄露天煤矿大负荷且波动大的状况下，创造了安全运行 300 天无事故的纪录。

1964 年 10 月，47 站到武汉基地大修，大修后的电站焕然一新。尹喜明书记带着几个人选厂回来，却没有透露准备去哪儿发电。我们私下猜测，是不是什么保密单位？没有多久，电站宣布调令：去贵州六枝。

调迁之前，电站领导交给我一项任务，去北京送电站车体外形图纸给铁道部运输总局。后来才得知，调迁要途经麻尾、独山两地非标准隧道，我们电站的车体超宽，所以要提前确认通过隧道的安全性。经运输总局比对，隧道最小截面比锅炉车厢仅宽 100 多毫米，也就是将将能通过。所以要求列车行驶到这两处，必须要限速缓行，小心通过。

我回来后，与大家一起很快完成调迁准备工作，除先行人员和押车人员以外，其余几十人在原有成厂长带领下，乘客运列车去六枝。列车路经桂林时，大家商量好，下车休整三天，在桂林看看转转，再继续前行。第二天下午，我们正在桂林老君山上游玩时，看到山下一列火车通过，见是我们电站几节装有零散设备的车厢。原厂长当即决定，停止在桂林的活动，要在货车到站前，赶到车站卸车。

当年，黔昆铁路的铁轨刚刚铺到六枝，六枝站还没正式通车，客运列车到六枝前一站——安顺站就不再前行了（发电列车可以直达六枝），于是，我们再改乘解放牌大卡车，风风火火地到达六枝。

由于参加西南三线建设的人员比较多，且比较集中，一时没有那么多房子可住，本着"先生产后生活"的原则，来的人大都住进简易搭建的临时房子里。我们还比较幸运，搬进刚刚盖好的煤矿机修厂的三层办公楼。"天无三日晴，地无三里平，人无三分银"，这就是贵州边远地区的

47站在内蒙古平庄。

真实写照。我们来到六枝，连续40天没有见过太阳，阴沉潮湿的天气，让我们很不适应。生活用水是从地下河水抽上来的，许多人水土不服，腹胀、闹肚子，吃不下饭。一些工人因腹泻1小时要跑几次厕所，但是，必须带病坚守岗位，病号多，也没有可替班的人。

1969年底，47站从六枝调迁贵定发电，主要支援湘黔铁路建设。我们电站就在这条铁路的起点，与铁道部第二工程局铁一处在一起。电站刚到时，供我们居住的临时住房还在抢建中，电站大多数人暂住在贵定县城的旅店里。我们的宿舍建在山坡的梯田上，房子很简陋，主体是木支架，用毛竹编成的篱笆做墙，两边用泥糊平，屋顶铺一层油毡，整个房子上半部没有任何隔断，因而，家家户户顶棚相通。

贵定县城突然间来了这么多人，使原本不富余的小县城供应越发困难。电站食堂把以前的腌肉、雪里蕻拿出来应急，电站派人到周边城镇采购副食品，以保障职工伙食。电站附近没有学校，职工孩子上学只能去县城，要走很远的路。在困难面前，电站职工总是迎难而上，快速完成电站安装任务，一次并网发电。

为了活跃职工业余文化生活，贾永年书记组织大家，利用业余时间在宿舍旁边的坡地上，平出了一个简易篮球场。电站与铁一处的下属单位，经常开展篮球友谊比赛。在艰苦的环境里，营造快乐的氛围，这就是以苦为荣的列电人。

大约是 1966 年春季，季诚龙副局长来到六枝，到我们电站"蹲点"，与地方派驻电站的人一起搞"四清"工作。那年赶上春季干旱，与电站结对子的小寨大队（地方政府安排电站与社队挂钩并提供帮助）请求我们电站协助抗旱。电站组成了抗旱队伍，由季诚龙局长亲自带队，除当班及少数维护人员外，其余人员都跟着季局长去抗旱了。

从六枝去小寨大队，要翻过两个山头，由于偏远，小寨当时还没有通电。小寨村边有一个水塘，由于干旱，池塘里面已没有多少水，大部分人在水塘边一字排开，用水桶、脸盆从池塘取水，向水田传递。村民生活用水取自一口水井。这水井是斜形洞，洞口很窄，仅可以一人爬进去，洞口外有一个用砖砌成的方形水池。正常年景，井水可以从洞里溢出到水池里，村民可以方便在池中取水。遇到干旱年份，井水少了，水溢不出洞外，人必须进洞取水。我们四个人轮换爬进阴暗潮湿的洞里，坐在石块上向外淘水，很是辛劳。还有一部分人，用往复式手压机从地下河里向外取水，这是唯一手动机械设备，大家轮流手压取水。季局长带着我们一连干了几天。

水电部刘澜波副部长也曾来电站看望我们。具体时间已经记不得了，只记得是一个星期日的晚上，我和另一个同志在食堂写黑板报，原有成厂长带几个人来到食堂。一位个头不高，年龄较长的人上前问我们，在写什么内容，多长时间出一次。原厂长向我们介绍询问者是刘部长。在周日的晚上，在大食堂里，刘部长走近我们普通工人，让我俩既兴奋又激动。刘部长接着问："有批评稿件吗?"他指着原有成厂长说："他们也可以批评，只要做得不对，都可以批评。"我们又交谈了几句后，刘部长一行匆匆离开。事后听说，刘部长是从昆明乘车去贵阳（当时黔昆铁路正在建设），晚上到六枝，来到电站就直接去车间，电站领导接到值班人员电话才知道此事。刘部长沿途去了几个地方，都没有事先通知。

俞占鳌局长曾两次到 47 站。他是个和蔼的长者，完全没有局长的架子，中等身材，穿一双布鞋，一件普通的夹克衫，如果没有人告诉他是列电局局长，就以为是一个普通百姓。他来电站与职工一起排队买饭，给我们讲长征的故事。他参加长征时，曾经路过距六枝不远的大用，向贵阳方向进军。许多事他都记忆犹新，讲得很生动。当他得知我们电站的汪印波师傅是江西人时，他高兴地与这个江西老表拉起家常。

1974 年我离开了 47 站，调到新 4 站工作。

25 站调迁纪事

文 / 王加增

　　1962 年 7 月，我们一行 10 人，从保定电校毕业分配到正在吉林省蛟河县发电的第 25 列车电站，我从此成为列电人！作为电站职工，听候命令，随时调迁搬家成为家常便饭，并且要做到"调得动，搬得快，迅速到位"，以满足、适应电力应急之需，充分体现电站的机动灵活性。

　　1963 年 11 月中旬，我刚到列电工作 1 年多一点，25 站便接到了水电部调令，到吉林省延边朝鲜族自治州朝阳川发电。由于冬季镜泊湖水位低，水电站发电不足，致使延边地区缺电严重，且水电站设备也需大修，延边电业局请求部里派列车电站前来支援。接到调令后，电站厂长张兴义召开会议，要求职工前往，家属留在原地，户口不迁移。正值严冬，在冰天雪地零下 20 多摄氏度的低温条件下拆迁，其中的艰辛可想而知。全体职工发扬大无畏精神，迎难而上，为保证设备不被冻坏，千方百计放干水，保好温，做到完好发运。

王加增

　　12 月中旬，主车开进延边朝阳川。电站曾在这里建厂发电，发电车仅需停在原位。职工刚到时安置在旅馆，后搬到机车厂房改造的宿舍。我们冒严寒完成安装。12 月 31 日，一次试车成功，按上级要求时间并网发电，解决了延边用电的燃眉之急。这是我第一次经历紧急调迁，过程紧张有序，充满了挑战性。

　　1964 年 8 月末，我们圆满完成了在延边的发电任务，

25站紧急调迁河南商丘后职工合影。

就在准备拆迁返回蛟河时，又接到水电部调令，让25站暂不回蛟河，调往河南商丘发电。原因是商丘市发电厂的3台机组坏掉了2台，城市照明及粮食加工都成了问题，为了限电，居民家多余电灯口都贴了封。

接到调迁命令后，时任25站厂长宋玉林，一边火速派人奔赴商丘选厂址，铺轨施工，一边在原地组织职工拆迁装车待运。由于事态紧急，铁道部也积极配合，为25站的紧急调迁一路开绿灯。从吉林延边到达河南商丘调迁里程2300余公里，主车仅用10天时间，半路由于吊车原因，耽误2天。随即，便开始了紧张有序的安装。两天后点火试运，又是一次试车成功，并网发电。从拆迁、调迁、安装发电共用了15天，解了商丘用电之急。为此，商丘市召开了表彰大会，电站职工被安排在剧场前排就座，接受表彰。随后列电局又在全局厂长会上表彰25站，并给予物质奖励。每人发了一个搪瓷水缸，上写有省煤、节电、调迁快的红字，令全站职工倍感荣耀。

此后，又经历过几次调迁，每次都像打仗一样。虽然列电已经成为过去，但作为一个曾经为祖国建设做出贡献的列电人，我倍感骄傲和自豪。

难忘艰苦岁月

文/黄开生

我在第38列车电站工作了30多年，见证了从接机到落地继续发电的全过程。现在回想起来，印象最深的还是头几年的艰苦时期。

保定待命

1960年10月，38站筹建组在保定成立，成员有来自11站的厂长席连荣，工段长庞明凤、范奎凌、朱廷国，技术员何自治和王重旭等。派人到二连接车，用了3个多月时间。准备接机的人员就利用这段时间，在列车电业局培训学习。

当时，正值三年困难时期，列电局机关干部每月只有26斤定量，还要捐出1斤给灾区，不会计划用粮的人到月底就要饿肚子。而我们的定量是执行安装单位的标准，比机关高不少。局领导要求38站全体接机人员协助局机关解决生活上的暂时困难。

局工会主席王阿根统一调配，局机关、保定基地、38站都派人，由38站周长岭带队到白洋淀打捞水草，运回食堂做菜做汤。李国珍和我负责培植链苞霉（用玉米粉发酵成糕），拿到食堂做增量红薯粉饼子。有些人早晨5点起床，到路上拣马粪，种植蘑菇。有人搞"人造肉"来充代副食品。总之想方设法让人们填饱肚子，渡过难关。即使这样，还是吃不饱，有的职工去捡大白菜根充饥。

黄开生

在这样艰苦的条件下，包括局长李尚春在内的局机关工作人员，始终坚持兢兢业业地上班，一丝不苟地工作，为我们树立了榜样。

晋南支农

1961年2月，38站奉命到山西运城支援农业抗旱。春节刚过，先遣人员离开保定，兼管电站宣传广播工作的代理锅炉技术员徐明功和我，抬着38站的收放扩音机，乘火车到了运城。

38站是苏联制造的4000千瓦机组，1961年3月由栾尚前从包头押车到山西运城。新建厂址离火车站很近，甲方是晋南电业局。由于大多数人对新机组、新设备不熟悉，加上学员多、师傅少，进厂早的学员也当师傅用，一段时间机组运行很不正常。于是电站组织学技术、大练兵活动。职工技术水平提升很快，扭转了机组运行的被动局面。

运城是个好地方，这里盛产小麦，是晋南粮仓，饮食方面比保定要好很多。但职工住的地方却很差，一个大菜窖隔开很多间，就是所有上运行班人员的"宿舍"。蚊子成片，空气混浊；由于不隔音，每当运行班夜间派人来叫班时，整个菜窖里上白班、休息班的人都会被吵醒，好一阵子才能恢复安静。在这种条件下，电站确保满发满供，缓解了晋南严重缺电的状况，有力支援了当地农业生产。

但也出过意外。记得电站完成任务，即将停机调迁甘肃金川时，煤场的煤已用完，电站铁道吊车便开到进煤专用线进行吊抓煤作业。进煤专用线与火车站是连通的，由于吊车柴油发电机轴瓦烧毁，造成刹车失灵，吊车一直滑到运城火车站，吊臂刮断了高压线造成火车站大面积停电。幸好当时没有火车进站，否则后果不堪设想。于是赶紧联系车站，用机车将吊车拉到车站备用铁路线上维修。吊车工栾尚前、学徒刘昌起会同锅炉师傅昼夜抢修，很快将吊车修好并拉回厂区，以避免不良影响的扩大。

就在火车头把吊车拉到备用铁路线一小时后，时任全国人大常委会副委员长彭真乘坐的专列就进站了。

金川做贡献

1962年3月，38站奉调开赴甘肃金川，支持国防工业原材料基地建设。金川是戈壁滩上的一个不毛之地，当时地图上没有标注。1960年冶金部开发镍矿的总指挥部就设在金川，总指挥是冶金部的一位副部长，可见国家对这个工程的重视。列电局为加强38站技术力量，从兄弟电站调来工程技术人员充实了生产技术组。组长王重旭，电气技术员何自治、方箴德，汽机技术员郭家强、战广学，锅炉技术员刘聚臣。各工段也调来老师傅加强一线力量。

由于地处沙漠地带，要求电站的铁路专用线要有绝对的质量保证，甲乙双方对此都十分重视。从河西堡火车站开始，机车推进列电机组，领导亲临现场指挥。38站共12节车厢，其中3台锅炉车厢、1台汽机车厢，重量都超过100吨，所以只能像蚂蚁搬家一样缓慢推进。到了列电厂区基础定位时，机车退出，然后靠全厂职工采用人海战术来推车。用撬棍一点一点推进，从早到晚整整用了一天时间将机组定位。

紧接着，全体职工一鼓作气、昼夜奋战，提前完成了安装调试。金川公司领导前来看望列电职工，鼓励大家并希望尽早发电，给金川整个矿区带来光明。在此之前，40站在金川因设备和煤质等原因，不能正常发电。因此，席连荣厂长下了死命令，一定要提前发电，不辜负公司领导对列电的期望。

安装调试结束了，电站用备用柴油发电机及吊车上的柴油发电机当作启动电源。首先启动一台锅炉供汽发电，然后再启动另外两台锅炉，实现满发满供。

当日，金川矿区灯火辉煌，热闹非凡，没电的日子终于过去了！公司领导到列电厂区慰问，并邀请全体职工和家属去公司大礼堂跳舞联欢，以示庆贺。

艰苦岁月

冬季，戈壁滩上的金川，沙土飞扬，灰蒙蒙不见天日，暴风雪也时有光顾。电站为了确保发电设备安全过冬，在车厢外搭起防风沙、防寒冻的简易木板大棚。有了大棚，平台走廊上较暖和了，但车厢下面还是经常在零下10摄氏度以下。设备检修时，使用的专用工具上会结有冰霜，虽然戴着手套，但拿工具还是粘手，用不上力。在一次抢修炉排中，检修师傅趴在结冰的地上连干几小时，被冻得连话都说不清了，整个检修结束时，手脚都被冻僵了。

每到抢修设备，席厂长总会到现场为大家加油鼓劲，解决难题。为了给大家解乏，他经常给大家买烟。那时候，"大前门"算是好烟了，工人们抽着厂长的"特供"，心里暖洋洋的。那时候是没有"业务烟"的，全是领导自掏腰包请大家。

锅炉专业是列电最脏最累的。国产锅炉专用水位计玻璃板质量不过关，上运行班的司炉工，有时从接班开始换水位计，到下班都换不好。下雨天煤湿，煤斗不下煤，要到播煤机前人工捅煤。炉前辐射温度高，烤得脸发红，工作服被烤焦是常有的事。要保住汽压，必须连续轮流捅，锅炉小伙子们真的是不怕脏不怕累。炉膛打焦，过热器扒灰，除了眼睛，满脸黑灰，分辨不出张三李四，比"包黑子"还黑。

金川气候干燥，人人嘴唇干裂、鼻子经常出血，脸被风吹日晒成褐红色，列电人变成了地道的西北老汉。从南方带来的樟木箱，因干燥开裂，有的裂开10多毫米，手指都能插进去。这里臭虫繁殖很快，每天早晨起床，床单上点点血迹密密麻麻，都是臭虫咬的。真是抓不净、灭不绝，让人睡不好觉，苦不堪言。

就是在这种环境下，电站为镍矿生产提供了安全稳定的电力，得到公司领导的多次表扬。

难忘关怀

镍是国防工业必需的材料，当时我国进口原材料受境外封锁，只有靠自己生产。国家非常重视金川镍矿的开发，各种生产资料和短缺物资都由有关部委统一调配，保证供应。电站到金川第一年生活还十分困难，1963年以后生活逐渐好了起来。主食供应，除有少量青稞面、莜麦面、高粱面外，大部分是白面。只是副食品、蔬菜紧缺，平时很难见到绿叶菜，土豆是当家菜。但逢年过节，也会从外地用专列运来胡萝卜、黄瓜、茄子、豆角、包菜等新鲜蔬菜用以改善生活。

各级领导对电站一直很关怀。38站在金川期间，水电部李代耕副部长曾到电站视察。刘国权副局长、工会主席郝森林、局劳资科潘顺高副科长等也曾到38站检查工作和慰问职工。

1965年11月3日，听说俞局长要来金川，席连荣厂长从矿山公司借来当时最好的上海牌轿车，派我代表厂领导到兰州，将老局长接到金川列电厂区。当日，除了上运行的，电站全体职工列队欢迎俞局长的到来。老局长慰问了运行人员，看了食堂的伙食，表扬了不怕艰苦的列电职工，要求电站保障安全、稳定地为矿区发供电，并做好列电机组的保卫工作。

为此，电站建立了基干民兵值班制度，由刘振旺负责安排年轻职工，利用业余时间值保卫班。不论冰天雪地，只要轮到值班，不讲条件，穿上老羊皮袄、毡靴、皮帽，肩背步枪，轮流巡查厂区，保证发电设备安全。

我们列电人，艰苦卓绝30年，为祖国的建设奉献了我们的青春岁月，我们怀念这段岁月，更为拥有这段岁月自豪！

回忆保定基地车辆检修

口述／陈玉生　整理／周密

1963 年春，保定列车电站基地按列车电业局的要求，开始筹建车辆车间。

列车电业局建立之初，对列车电站的"腿脚"问题没有给予高度重视。列车电站快速发展若干年后，车辆问题也突出了。一纸调令，人员走了，车走不了，因为车辆维护原因，车瘫在原地，电站调不动。原本铁路上对我们电站调迁非常头痛，因为电站大都是重车，问题多，某电

陈玉生

站曾经在调迁过程中，车出问题，趴下走不动了，把整个铁路线给堵住了。铁路单位告到水电部，上面追问下来……最后，把我们趴窝的车吊一边，才疏通了铁路线。类似的事，有了教训，列电局才将一直边缘化的车辆问题重视起来。

列电局曾与铁道部门签有相关协议，让电站所在地车辆段负责我们的车辆检修。但我们的车辆失修严重，又要说走就走，急得很。人家一看我们的"万博"车辆，头都大，摇头摆手，不干。列电局不得不建立一班人马，从零做起，自己搞车辆检修。否则，随着车辆磨损加重，电站机动性大打折扣。

保定列电基地是列电局内第一个成立车辆车间的基地。自己搞车辆检修，最大的问题是技术。我们的工程技术人员，大都是搞机炉电的，车辆不是列电的主业，几乎没有车

辆专业技术人员。

1963年五一节过后，保定修造厂（当年保定基地三厂合一厂后的厂名）的副主任李恩柏找到我，让去筹建车辆车间，搞车辆技术工作。当时，我在铸造车间搞铸钢，跟我在芜湖电校所学专业就不沾边。那时候厂里缺少技术人员，只要需要我们就干，改行现学现指导。我和我的同学好友周稼田都是学金属切削，他负责铸造车间铸铁技术，我负责铸钢技术。他到上海，我去北京，学习炼铁和炼钢工艺，都是从零做起。搞车辆，又要回到零起点。

来自淮南电厂的陶开典任车辆车间主任，我是技术员。开过筹建会后，就着手开始搞设备抽人、学习等。先后购买了一些检测设备，还买图纸制作二三十套设备，在很短时间里，我们一个车间几乎囊括了一个车辆段的全部设备。学习车辆检修技术是当务之急，我带队到北京丰台车辆段去学习。到了丰台，我们六七个人分了工，按不同检修专业跟着车辆段工人干活，干了有一个多月，每天一身油污。

学完技术，我又跟着基地劳资科的人到丰台车辆段调他们的人。先后从丰台车辆段调入十来个人，像吴宝英、陈有德、张兴国、赵森等有经验的师傅都是那个时期调来的。他们也愿意来列电，我们工资不低，检修工作量要比铁路少一些，所以调人比较顺利。后来，赵森等几位师傅又调到西北基地，帮助筹建车辆车间，我们的设备也拉去一些，这都是后话了。

到1963年底，经半年筹建，车辆车间就开工了。检修41站是车辆车间承担的首项任务，当时41站就在基地，原地进行车辆检修。随后拉出队伍，去河南鹤壁28站检修。两个电站如期安全调迁，让局领导很满意。

按照车辆段的年修标准，货车在铁路上跑一年后，就要进车辆段，把转向架与车体分离，对转向架进行检修。车体底盘下的转向架具有平稳行走、转弯、承重、减震等功能，是车辆的关键部件。车跑一年，零部件磨损比较厉害，拆开转向架，要将零部件测量一遍，对磨损件要进行更换。

我们的列车电站大部分时间是原地发电，跑的时间少，车辆磨损并不厉害，但是腐蚀非常严重。特别是列电局成立初期，电站只管发电，不懂也不注意车辆维护。锅炉车辆转向架几乎被煤灰掩埋，冬天全结成冰，轴里面全是水，锈蚀严重。每次我们检修，转向架里面脏得一塌糊涂，我们不来检修，车就别想走。为此，我们向列电局汇报，局里也很恼火。后来，局针对电站车辆对电站提出维护要求。

相比电站发电设备检修，车辆检修工作强度要远高于前者。在外人看来，车辆检修傻大笨粗，其实，车辆专业技术含量很高，仅车辆轮对技术方面的知识就有一本书，车辆制动器加上制动部分又是一大本书，车辆检修要掌握的细则足有 2000 多条。

铁路上一般货运车标识是 T60，那就是载重 60 吨的车，一般 4 个轮对。而我们发电车是重车，将近 200 吨，需要 8 个轮对。因而摩擦力、制动力都需要重新计算。当时我国火车制动是由车头控制，采用 GK 制动阀，都是有标准的；可是用在苏联机组和捷克斯洛伐克机组就不行，闸瓦压力不够，不能保证车辆在短距离内停车，而且上坡下坡都不方便。

于是我们就跑到某铁路研究所求助。他们就告诉我们，要改成中国的制动阀，对所有的气道、主气缸、副气缸、管道压力等都要重新算，再把摩擦力加上，这一套整个都搞起来，也算一项技术革新。我们为此获得列电局技术革新奖，革新项目全称是"改造苏联马克洛索夫制动阀为中国 GK 制动阀"，这项工作主要由吴宝英攻关，他很聪明能干。

我们检修首先要将车厢抬起，把车下的转向架退出来，然后用道木将车垫稳，转向架维修好，再将车抬起来，把道木拿掉，装上转向架，再退出千斤顶。有的电站有两台或三台超重锅炉车体，我们用液压千斤顶抬车，一个千斤顶承重 50 吨，就同时用 4 个千斤顶，满负荷抬车。

操作千斤顶全靠手工，持压杆压一二百次车才顶起 1 毫米。车体要抬起 250 至 300 毫米，转向架的销子才能拨出，想想这要多大的劳动强度。每个千斤顶有两个人轮换操作，不能停止。否则，4 个千斤顶会出现不同步，车体倾斜，后果极其严重。如果液压千斤顶出现回油，后果同样不堪设想。一般电站 13 节车厢，我们都要逐一抬起，往复这样的劳作。

车抬起来后，卸下转向架，要用一百多根道木垫稳车体。搬运这些道木全靠我们肩膀扛，浸了油或沥青的道木每根 2 米长，百十来斤，俩人一根，我和工人一起扛。现场的道路往往不好走，还要爬一二十米的坡。可想而知，仅 13 节车顶起来的工作量，就令人咂舌。

我们到电站检修，要带着铁道吊，车辆车间配有专职吊车司机。还要带着车床。我们把"666"大头车床改装成轴颈加工车床，到现场加工车轴轴颈部分，然后抛光，拿硬辊子压，按照铁路的标准，必须压到规定的粗糙度，验收合格了才可以用。锅炉、汽轮机、电气车体有四个轴的转向架，水塔及维修等车体有两个轴的转向架，检修时要把转向架部件解体，要对弹簧等部件进行实验，这里面涉及许多车辆方面的专业知识。

我们车辆检修，一年要出去七八个月，陶开典带一队，我带一队。一个电站检修要半个月到 20 天左右，然后，把工具装车，到下一个电站检修。这样下来，基本上一个月检修一个电站，一个队一年要检修六七个电站。两个队都拉出去检修，一年下来，检修十四五个电站是有的。各电站都抢着请我们检修，局里检修计划排不过来，任务总是满满的。初春走，回来就快入冬了。

所有保定基地管辖的电站调迁，在拉走之前，都要派检修队去检修，然后让铁路来人验收，验收合格，电站就可以启程。车辆车间都要派一个检车员押车，我曾参加押车，从扎赉诺尔押车到某地。我们押车的目的，就是要保障发电车走得动、走得通、走得安全，一直将列车电站护送到发电目的地。

押车是件挺辛苦的差事。只要车动，就要注意观察。有一次，张兴国押车，半夜时分，列车走弯道的时候，他发现车轴冒火了。他赶紧把轴厢盖子打开，往里面塞肥皂。如果不及时采取措施，有可能轴被切断，车就趴下了。

押车跑远路，一走十天半个月是很正常的事，备粮备菜，吃住都在车上。每到一个铁路局管辖的铁路段都要重新编组和交接，我们要下车到当地铁路部门去交接，拿调令给他们看，然后请他们来，一起会检车辆。他们充分了解我们车辆状况后，经同意才可以编组调走。

到下一个铁路局管辖的铁路段，又是如此行事，都需要我们与铁路人员打交道。不同的机务段要有更换车头牵引，火车头也要上水上煤。我们都是重车，最多每小时跑 60 公里，调迁千八百公里，那就耐着性子熬时间吧。

我经常跑北京报材料计划，列电局的苏继祥管我们的事，技术资料及材料计划，都归口给他。"文革"时期，苏继祥下放到保定基地。

我在车辆车间干了十余年，车辆车间后来不仅检修车底转向架，也进行车厢门窗维修更换，宗旨为列车电站服务。随着列电局的撤销，一切都成了遥远的风景。我的回忆，至少让后人知晓保定基地车辆车间的来龙去脉，为列电事业做出的贡献。

笔者后记：本文为电话录音整理，2017 年 12 月 2 日 9 时电话采访陈玉生，49 分钟愉快交谈，他完全沉浸在往日激情岁月里。他记忆清晰，车辆技术如同背书，出口成章，可见当年钻研技术之功底。相约，再谈技术层面的知识。万没料想到，12 月 19 日，他竟不辞而别，驾鹤仙去。痛惜！

武装冲击下的 29 站

文／赵文图

第 29 列车电站是我国第一台 6000 千瓦国产列车电站。

1964 年 12 月到 1974 年 12 月的十年间，我曾在 29 站工作。前期 6 年多在河南平顶山，后期 3 年多在河南信阳（明港）。这十年间很少有非正常停机。但也有例外，那就是 1968 年 1 月 5 日，因社会极"左"武装冲击电站，导致多名电站职工和一名解放军战士受伤，电站被迫停机。第三天，电站就在解放军的支持和保护下恢复了生产。

赵文图

当时，平顶山地区武斗不断，人们往往把一些严重的武装冲突称为某某事件，29 站这次遭受武装冲击，则被称为"1·5"事件。"1·5"事件发生后，我曾参与这个事件的调查，虽然最后不了了之，但留下了一些记忆。从这些记忆中可以了解"文革"期间的状态，了解看似平凡的列电职工在特殊环境下、在生死考验中，坚守岗位、坚持生产的大局意识和担当精神。

事件背景

"文革"初期，河南省与全国一样，也有造反派、保守派之分，主要的群众组织有"二七公社""河南造总"等。河南省首先站出来支持"文革"、支持造反派的领导干部比较多，如刘建勋、纪登奎等，还受到伟大领袖的赞赏。到

1967 年 7 月，中央文革小组表态，支持"二七公社"，河南形势大变，原来处于少数派的"二七公社"占了上风。

随着全省形势的变化，河南平顶山特区（当时是煤炭部特区）也是"二七公社"派占了优势。那时，不少地区形势明朗后，社会就逐渐趋于稳定，但平顶山不同，所谓的造反派中又出现分裂，其背后的原因不得而知，一个表面现象就是一些人继续持有枪支，搞"打砸抢"。

29 站在"文革"初期，也出现过不同的派别，也有造反夺权，但除非个别人对领导干部粗野动作以示"革命"外，基本是"君子动口不动手"，生产秩序比较正常，保持了安全发供电。对社会上的派别分野，电站职工有不同观点，但多数职工不赞同搞极"左"，介入社会不多。

"树欲静而风不止"。就在"1·5"事件发生的前些天，连续发生了两件与电站相关的事情。一件是"借广播"。电站生活区是开放的，生活区第一排房子中有广播设备，每天定时转播新闻或电站通知。一天有人来借用，被拒绝。另一件，就是"借车"。那时电站有一辆三轮汽车，是生产用车，主要拉送材料。一天有几个人来借，当然又被拒绝，来人发出威胁，声言报复。

报复是否一定实施很难说，但在当时社会严重对峙的形势下，这种威胁无疑增加了紧张气氛。而且"文革"旗手宣称的"文攻武卫"已经深入人心——我们不去攻打别人，但以武装保卫自己还是应该的。于是，电站采用了两项措施，一是用钢管制造火炮，用以防御，二是电站职工夜晚在生活区轮流值守。

这两项措施是怎么决定的、是谁决定的不清楚，但没听说有什么异议，大多数职工积极参与其中。有甲方配备职工王军林在试验火炮时，右手和脸部被炸伤。纵然发生这样危险的事，维修的师傅还是制作出一些简陋的火炮。而运行班的职工——大部分是年轻职工，则在夜间轮流值班。

29 站的宿舍区，东边 2 排、西边 4 排，坐北朝南，共 6 排平房宿舍。宿舍区北面是一条公路，东面和西面是两条各自从东北、西北方向往南去的小河沟，这两条小河沟交汇在宿舍区南边五六十米处，公路与两条河沟形成一个三角区，电站宿舍就坐落在这三角地带。电站食堂在宿舍区西南约百十米的地方，中间有一个跨越河沟的小木桥。

1968 年 1 月 3 号夜晚，发生了一件事情。电站宿舍区值班人员发现，十几个人披着白乎乎的东西，从电站宿舍西北方向，沿着小河沟朝电站宿舍摸来。电站保卫人员喊话"干什么的"，没有得到对方答复，却听对方喊"打"的声音，于是有人点燃了火炮。火炮声音巨大，电站职工闻声都跑出来助威。

我从宿舍出来时，看到这伙人已经被打散，只有一个年轻人被抓住，满脸鲜血，显然是被火炮发射的散粒所伤，很快送到了矿务局医院。同时看到这伙人丢下了几十条棉被，原来白乎乎的东西就是这些被子。

后来调查得知，原来这是一帮打砸抢人员，为首的叫郭永峰。他们去平顶山特委招待所抢了几十床被子。没有料到，途经电站宿舍区时，遭遇到了电站的伏击。

这个冲突成为"1·5"事件的导火索。

电站遭劫

1月3日冲突发生后，电站预料到会遭到报复，人们议论纷纷，更严格了保卫值班制度。

1月4日一天，电站安然无恙。当时电站实行四班运转，我所在的运行值14点下班，晚上在宿舍区值班，直到次日两点才下岗休息。

刚入睡不久，被突然响起的枪炮声惊醒。外面枪声、炮声，以及四处的警报声、嘈杂的呼喊声，响成一片。我住在右边第二排中间偏东的一间单身宿舍里，同室有我们一起入厂的孟祥全、刚从19站调回29站的郭学本，还有一位1963年从天津电校毕业的李承全。

听到枪炮声后，我摸黑穿上衣服，踏上带鞋带子的球鞋，从门后抄了一根大概一米长的钢管，第一个就跑了出去。当时枪炮声乱成一片，也分不清子弹从哪个方向打来，只记得白天听人说过，发生情况时大家就到第一排前面的小树林集合，于是出门后从宿舍右侧朝前面跑去。

跑过第一排宿舍前的厕所后，看到前面七八米处有两个人，一人拿长枪，一人持手枪。听到他们喊："什么人？"我还没有回答，后面就传来同宿舍郭学本的声音："电站郭学本！"这时，拿长枪的对持手枪的说"打他"，没等我反应过来，就感觉右胳膊旁似有爆炸声，原来是右小臂中枪了。后来得知，此时化验室一位马洪星师傅正趴在西边河坡上，他目击了这个情景。

我赶紧往回跑，迎面碰上孟祥全和吴宏建。我对他们说，"前面有敌人！"他俩见我受伤了，就拉我跑到我所在二排宿舍旁边的电站办公室。这是电站在宿舍区的一间办公室，一般用于晚上开会。当时办公室里亮着灯，乱糟糟的，好像被洗劫过。没有止血的东西，孟祥全急得掉泪，吴宏建一把扯断拉灯绳，把我的右上臂缠上，然后把我扶回宿舍躺下。

我感到十分口渴，左手从桌子上摸着一个大茶缸，喝了一茶缸水。为什么

"文革"中的护厂队。

口渴？后来知道是因为流血太多。当时上身穿一件秋衣、一件线衣、一件制服式棉衣，虽然上臂捆扎住，但血仍湿透了外面的棉衣。后来医院处理时才知道，子弹恰恰穿破了动脉血管。

大约过了一二十分钟，外面有人喊，解放军来了。我被抬上汽车，拉到了距离三里左右的矿务局总医院。大夫进行紧急处理，把衣服袖子都剪破，清洗伤口，并包扎好。天亮后，有电站的同事来探望。因为医院不安全，当天上午，我和41站受伤的张双元一起，被转移到湛河南边的解放军炮团营房。

后来得知，这次电站遭武装冲击，共有6人受伤。

一名罗姓解放军班长，为了掩护电站炊事班班长谢师傅，在第二排宿舍右边第一间屋子门口，被子弹打伤肩膀。

一起入厂的同学王玉奎住第一排中间宿舍，左右上臂，各被子弹穿了一个洞，但流血不多。如果子弹靠里面一两寸，那后果不堪设想。

受伤最严重的是同学翟小五，他住第一排右面把角的第一间屋子里。他与袭击者发生冲突后躲到屋子里，用身体抵住木板门，对方朝门射击。他的肚子被子弹打穿两处，流血很多。在矿务局医院手术后肠粘连，当地医院处理不了，转院300多里外的郑州。原以为凶多吉少，但一路颠簸，肠粘连不再粘连，得以死里逃生。同事张文兰回忆，她在医院里照顾了小五好几天。

一起入厂的霍福岭，与翟小五同在一门内，他住一个小房间，腹部也受伤。可能是子弹穿过翟小五的身体后，又伤到他。好在有惊无险，没有多大伤害。

41站张双元，1958年参加列电工作，是高阳老乡。41站生活区在29站生活区西边，没有受到直接冲击。两个电站隔着一个小河沟，中间一座木桥，也就是29站通往食堂的那座木桥。29站遭劫时，他在木桥上遇到来袭的武装人员，臀部被刺刀扎伤了。

29站党支部书记姬光辉是一位老干部，高高的个子。他经历过解放战争、抗美援朝。他住第二排，枪响后出来看看，正遇到武装冲击人员，对方看他那个年岁，不像是对手，没有伤害他，只是把他戴的栽绒帽子抢走了。

刚到炮团卫生队，晚上睡觉能隐约听到枪声，有一天晚上枪声很近被惊醒，可能是武装分子骚扰军营。与解放军战士接触中感觉到，他们对"打砸抢"看不惯，很同情我们，照顾得也很好。这里伙食不错，大师傅是湖北籍战士。就是有时炒菜火候不够，肉还带有鲜血。没两天，张师傅先出院了，我又多住了几天，伤没有痊愈，就回到了电站。

去留选择

我在炮团的这几天中，没有电站的消息，回电站后才知道电站发生的情况。

"1·5"事件发生前，虽然形势紧张，但电站一直坚持正常运行。1月5日凌晨3点多，电站生活区遭攻击后，大家群情激奋。一位革委会委员正在电气车间当值，听到电站生活区被冲击、职工受伤的消息后，与当地调度吵了一通，气愤之下，拉掉了出线开关。电站紧急停机，负荷表到零，4台锅炉的安全门一齐排汽。那时平顶山社会上武器很多，武装据点也不少，时常响起枪声。电站紧急停机后，震耳欲聋的排气声，与四处呼啸的枪炮声、刺耳的警报声交织在一起，使这个寒冷的平顶山之夜非常不平静。

当时平顶山联网运行，29站是平顶山最大的机组，作为煤矿地区主要电源的29站突然停机，其后果很难想象。这种行为在正常情况下是绝对不允许的。但在电站遭受武装冲击、死伤不明的危急状态下，事先请求军管会加强保卫仍造成这样结果，对如此行动也应有几分理解。

29站百名职工来自全国多个省区，当地人很少，连同家属子女有一百四五十口。处于慌乱之中的电站职工，拖家带口，在解放军的安排和保护下，临时转移到十多里外的平顶山煤校。

那时，全国因为武斗和内乱，企业停工停产、职工离厂回家的现象比较普遍，列车电站中也有这种情况。但煤矿要生产，市民要生活，而当时电力紧缺，29站是主要电源。在危局中支撑社会稳定的人民解放军支"左"办公室（军管会），显然希望职工留下来，恢复生产。

当时在平顶山支"左"的部队是姬光辉书记转业前所在部队，支"左"的干部不少是他的同事和部下。部队领导传达了省革委会主任刘建勋的指示，要求保证电站职工的安全，保证电站生产的安全，而且承诺采取更有效的保护措施。在部队领导讲明道理、耐心说服下，电站领导动员组织职工返回电站。电站职工顾全大局，第三天就回到电站，很快恢复了发电。

我从炮团卫生队回到电站时，发现情况有了很大变化。

"1·5"事件发生前，鉴于当时紧张的形势，电站曾向支"左"办公室（军管会）要求，加强电站保卫。已经派一个排的解放军保卫电站安全。但当时武斗严重，可能出于担心，执勤的解放军虽然携带枪支，却没有配发子弹，所以遭遇武装攻击时只能被动应付。事件发生后，一些人抱怨解放军保护不力。

现在不同了，一个全副武装的解放军连队进驻电站附近。生活区距离北面的生产区，有不到一公里的路程，每天运行班交接班，都有全副武装的解放军战士全程护卫。运行班上也有战士陪同值守，记得一位湖北麻城籍的战士，很自豪地讲述麻城出了200多位共和国将军。

我临时住在最后一排宿舍，后窗户都用砖头进行了封堵，以防止子弹射入。电站生活区和生产区周围，用白石灰画上了一个大圈，并有"军卫区，禁止入内"的标示。

随着安全形势的好转，电站的军卫措施才解除了。

没有结果的调查

平顶山的持续动乱引起了中央的重视。1968年春天，北京传来消息，中央专门解决河南平顶山问题。周恩来总理讲话，说平顶山动乱的根源是，"前面有个蔡敏，后面有个孔勋、杨展，旁边还有个康国蕴"。

河南省在平顶山体育场召开群众大会，贯彻落实中央精神，解决平顶山问题。我和电站同事也去参加，记得刘建勋、纪登奎等河南省主要领导都在主席台上。刘建勋是省革委会主任、河南军区政委，一个瘦瘦的老头，穿着棉军大衣；纪登奎那时的名气也很大，在河南造反派中很有影响。他们分别讲了话。

周总理讲话点名的蔡敏，"文革"前是平顶山特区政治部主任，河北保定人，是抗战初期参加革命的。杨展是矿务局局长，特委副书记，是从唐山调河南平顶山的。孔勋是特委书记，一位老红军，是煤炭部派来的。康国蕴是特区区长，河南地方干部。

平顶山动乱的结束，为搞清楚"1·5"事件的真相，创造了条件。

电站让我调查"1·5"事件。也不是脱产专事调查，只是利用业余时间寻找线索，了解情况。现在已记不清找了哪些人，但还记得了解到的一些情况。

前面说到的，1月3号被电站伏击的那伙人抢了特委招待所的被子。这伙人的确与1月5日冲击电站有关。据了解，1月4号晚，一帮"打砸抢"分子到平顶山南边的叶县，在监狱抢了十多只半自动步枪和很多子弹。其中与电站发生过冲突的郭永峰提议，到列车电站去报复。于是，几十个人携带从叶县监狱抢来的武器，直扑电站生活区。为什么枪声那么清脆，内行人说是因为有不少新枪。

还了解到，这伙人为首的是牟铁林、曹昌林等，骨干分子有蔡兰生、万敏等。主要是一些中学生，停课"闹革命"，聚众"打砸抢"，也有一些社会青年。在调查中经常听到这些人的名字，在当时这些人也算是风云人物了。后来，蔡兰生到电站来"赔礼道歉"。我一看，也就是十六七岁的孩子。他的父亲就是周恩来总理点名批评的蔡敏。调查中得知，当时指挥开枪打我的就是他，开枪的则是小个子万敏。

蔡兰生到电站，围拢来不少人。有一个身体非常强壮的工友抓住他，动作粗鲁一些，他嘴角出了血。就当时"以眼还眼、以牙还牙"的社会氛围，用拳头教训他一顿是再正常不过的了。虽然有一枪之"仇"，但面对这样的场面，看到这样一个认错的孩子，我心存恻隐，就说"已经认错了，就饶了他吧"。电站职工还是有气度的。大家七嘴八舌地教育他，并没有动手。其实，一些年轻人的错误行为甚至犯罪行为，也是当时社会造成的。我问他"1·5"事件的一些具体情节，也印证我们了解的一些情况。在大形势变化后，他曾经到保定老家躲了一段时间，回来后到电站道歉，以求获得谅解。

蔡兰生得到了电站职工的宽恕，但就"1·5"事件，电站组织了对中央点名批评的原特区领导的批判。批判会场在电站食堂。蔡敏没有来，可能隔离审查了，被批判的靶子只有孔勋、杨展和康国蕴。因为中央对这几个人的评价不一样，所以批判会上也区别对待。孔勋、杨展是一类，他们在台上弯着九十度的腰，康国蕴有错误，但是被保护的，立在旁边。有几个职工发言，大意是批判他们制造电站血案，破坏"抓革命、促生产"，中间还不时喊起"打倒孔勋""打倒杨展"的口号。孔勋与杨展胖胖的，不一会，头上的汗就滴湿了脚下的一片土地。现在看来，孔勋、杨展与电站遭劫会有什么关系呢，只不过那时总要有人承担责任吧。

调查中还有一件匪夷所思的事情。"1·5"事件发生后，有人怀疑电站内部有人与外部勾结。这种怀疑并没有什么根据，更多的是派性作怪。只受到连带影响的 41 站，这种议论反而更为强烈。一次，我和 41 站代表到一个关押所，提审在这里关押的曹昌林——也是一个中学生，武斗的头头。当 41 站一方人员问曹昌林"电站有没有人和你们事先联系"时，曹回答"有"，并立即指着在场的郭立保说："就是他！"。郭立保是秦皇岛人，也是 1964 年高中毕业参加列电工作的。"文革"一开始，他便响应伟大领袖的号召，在食堂贴出大字报，改名字叫"郭要武"，并活跃了一阵子。看着郭立保惊愕的样子，我知道这不过是一场闹剧而已。

后来，"文革"又进入新的阶段，两个电站也先后调离平顶山，"1·5"事件也就不了了之了。

如今，受重伤的翟小五同学已经去世几年；双臂穿弹一度失去联系的王玉奎同学又恢复了联系，遗憾的是未来得及见面，又被病魔夺去生命；擦伤肚皮的霍福岭老兄还有见面的机会。我右臂的伤疤还保留着半个世纪前的记忆。因为《列电史》编纂的缘故，列电往事经常涌上心头，才断断续续地记下了以上的文字。

补遗

近期阅读列车电业局 1969 年档案材料，其中有一份列电局向水电部军管会呈报的 1968 年 12 月当月及全年发电情况统计表。29 站 12 月发电量 377 万千瓦·时，全年 4113 万千瓦·时，均居全局 52 台列车电站之首。中华人民共和国建立 70 年中，全国年发电量下降的年份只有两个——1967 年和 1968 年，其间列车电站的生产状况也不乐观，不少电站停机。就是在这样的大背景下，在遭受武装冲击之后，29 站仍能取得这样的成绩，实属不易。

中国列电——新中国建设开路先锋丛书

28 站小记

文 / 韩明

1960 年我从保定第六中学考上河北电力专科学校。1961年河北电校与保定电校合并，学生全部并入保定电校。1963年 9 月，毕业后分配到第 28 列车电站。在 28 站工作近 20年，有许多值得记忆的小插曲，记录两段与大家分享。

初次下矿井

1963 年 6 月份，28 站正在河南鹤壁矿务局张庄煤矿发电，与我同时进入该站的还有 20 多名同学。我到电站后被分配在锅炉车间工作。因我们都是刚从学校出来的学生，虽然学的是热能动力专业，但毕竟都是课本上的东西，与实际操作还有一定差距，边工作边跟老司炉工学习。除了正常工作之外，很多打杂、清扫卫生的活，也都是我们这些年轻人来干。每天下班我们都要清扫车间周围的卫生。锅炉上煤时，时常有碎煤散落在地上，我们也就习惯性地当垃圾扫到一起，扔到垃圾堆里。

1964 年的一天，电站突然召开全站大会，我也不知道什么事，按点到了会场。大家到齐后，只见电站厂长的脸一直阴着，看阵势可能有什么事发生。果然厂长一开口就大发脾气，说我们虽然是为煤矿发电，免费用着煤矿的煤，但不要觉得这煤来得轻而易举，就可以肆意浪费，甚至当垃圾扔掉。矿工师傅们付出了很艰辛的劳动，甚至是生命代价才把煤从地下挖出来。你们没做过矿工，不知道矿工的辛苦，所

韩明

以电站与矿务局协商后决定，全站职工分批次下矿体验一下矿工生活。

散会后我觉得很纳闷，厂长说的甚至把煤当垃圾扔掉，应该指的就是我们在清扫卫生时把散落在车厢周围的碎煤扔掉的事。可从上班以来一直都是这么干，也没见谁说过，怎么今天厂长发这么大的脾气，有点奇怪。后来我才从别人的闲聊中知道，原来几天前我们在清扫卫生时，正赶上当时的列车电业局副局长季诚龙到电站视察，我们谁都不认识季局长，也就没当回事。结果季局长看我们把清扫的碎煤当垃圾扔掉后，把我们厂长狠狠批了一顿，才有了全站大会上厂长大发脾气的这一幕。

我们七八个人分一组，穿上矿工的工作服，戴上工作帽，每组由一名矿上人员带领。我们下的是竖井，大概下了有三四百米深，我们乘坐的大铁笼子平稳落地了。借着帽子上的灯光，发现这里是一条比较宽的巷道，用水泥构筑，矿上人员介绍说这里是用来通行的，不采煤。走不多远便到了采煤面。采煤面的通道窄了很多，地面也不平，积水遍地，通道里有传输机通到主巷道，他们叫刮板机，其实就是向外输送煤的传输设备。几位矿工师傅选好要开采的煤层，然后用钻头在煤层处打眼，打眼应该有深度和眼距要求。打好眼后向里放入炸药，然后还接上电线。所有孔都埋好电线后，矿工师傅让我们撤离到安全地段。我们离开不久，就听到轰隆隆的巨响声，再折回来时，采煤面已经爆破完毕，那个刮板机已经开启，源源不断地向外输送煤块。输送到主巷道时已有小车停在那里，煤块便自动传输到小车上。几位矿工师傅拿着铁锹，把从传输带上掉下来的煤铲到一起，再装上小车。

参观完毕后我们开始升井，给我们做向导的矿工师傅向我们介绍说，这次参观的地方是全矿最安全的地方，在这里工作的矿工劳动强度相对来说要轻松很多。那些离主巷道远的采煤面，工作起来更辛苦，很多地方没有刮板机，采出的煤要矿工一筐一筐地背出来，而且还时刻面临着缺氧、瓦斯爆炸的危险。

这次下井体验生活，让我们学到了不少东西，真正体会到矿工师傅的艰辛，感受到每一块煤的来之不易。节约燃煤就是对矿工师傅的最大尊重，最好的回报。在后来的工作当中，大家也都慢慢养成了节约燃煤的好习惯。

倒霉的火车吊

28 站在昆明发电两年多，列车电业局准备调我们站到山东济宁，但由于当地"文革"，电站暂时无法调迁。为了保证电站人员安全，站领导要求电站职工先行撤离，约定好到山东济宁的报到日期后，电站人员陆续离开昆明，踏上了回家的路程。

到了报到日期，我准时到达山东济宁，很多同事也都如期而至。电站设备已经分几批次拉到了济宁，唯独不见同行的火车吊。一打听才知道，火车吊半路丢了，电站正在派人沿线寻找。不久第一批寻找火车吊的人回来了，没找到。电站又派出第二批人去找，大概过了一个月，第二批派出的人带回消息，说火车吊运输途中半路翻车，并累及多节车厢脱轨翻车，造成了一起重大交通事故。事故处理完后，火车吊便被拉到了商丘的一个货场里，已在那里孤独地待了几个月。

有了火车吊的下落，接下来电站领导与商丘铁路部门协商具体事宜后，便派我和赵振山去河南商丘，把受损的火车吊装车，并押车到沈阳皇姑屯的铁道部车辆厂。我和赵振山赶到商丘，在一个货场里看到了这台"倒霉"的火车吊。吊车已经被摔得面目全非，到处是伤痕累累，并且火车吊的轱辘也已严重变形，不可能挂在车厢后端自行行走，只能装车托运。但火车吊本身就很高，如果装上车厢肯定超高，所以在装车前，将火车吊上下解体，分成两部分装上了槽型火车车厢。

当时是 1968 年的 12 月份，天已经很冷了。我和赵振山商量，这么冷的天押车去东北，咱俩也就这一身棉大衣，可别把咱俩冻死呀，不如先做个炉子以备不时之需。赵振山也觉得在理，恰好 36 站当时就在商丘发电，我们找到 36 站说明情况，兄弟单位二话不说，立即派人给我俩做了个煤火炉子，还给提供了大量燃煤，让我俩很是感激。

以往押车，人都是在车厢里，但这次没有这个待遇，我俩只能猫在火车吊的驾驶室里。火车吊的驾驶室本身就很小，再放个煤火炉子，更没个落脚的地方了，即便如此，也只能这样将就了。火车开始出发了。火车一走起来我俩才发现，这个火车吊驾驶室的密封也太差劲了，四面都向里灌风，尤其车闸部位还有个大窟窿，风呼呼地向里灌，幸亏我们做了个炉子，否则这一路非得冻僵了不可。

走着走着火车慢了下来，最后停了。我俩正纳闷，只见过来辆机车，把拉着火车吊的两节车厢脱钩后挂在了机车上，然后拉到了一个存满货物的大货场里。我和赵振山真是丈二和尚摸不着头脑了，赶紧下来问那位机车司机，这是哪里？为什么把我们拉到这？他说这里是徐州火车站货场，为什么拉到这里他也不知道，调度这样安排的。说完机车司机就走了。

我俩想，这下坏了，给拉到货场里，那一时半会是走不了了。我俩跑去火车站问这里的调度，调度一脸的不睬，什么也不说。再找火车站别的部门，很多办公室里都没有人，即便有人也都不理不睬。在徐州火车站我们东找西找找了好几天也没找到个管事的人。这可怎么办呢？我和赵振山一商量，干脆改变策略，别这么瞎找了。俗话说得好：阎王好见，小鬼难求。要找直接找这里的大官，徐州铁路局分局的局长。我们打听好了徐州铁路局分局局长的办公所在地，直奔分局而去。

走在徐州的大街上，感觉甚是凄凉，甚至恐怖。路上到处都是路障，再有就是持枪的武斗人员，真担心会有人背后开一枪，那我们可就惨了。到了徐州铁路分局的办公大楼，里面特别冷清，很多办公室锁着门。我们就一间屋子一间屋子地找，还真不错，有一个办公室开着门，里面坐着个老头正在低着头写什么。我俩进去道明来意，还真正巧，这个老头就是徐州铁路局分局局长。

我们把情况向局长诉说了一遍，那位局长还真不错，透底给我们说，现在这里很乱，没人办公，都去搞武斗了。你们这个情况我知道了，但你们不能这么说，如果是因为事故去大修吊车没人会理睬你们，你们可以编个借口，就说沈阳那边发生了灾情，调你们的吊车去沈阳救灾，或许还能早日安排你们出发。你们先回去等消息吧，我联系一下看行不行。

我们也就这一根救命稻草了，人家既然这样说了，我们也只能回去等消息了。大概过了一天，就在我俩心里忐忑没底的时候，机车开了过来，把我们装吊车的车厢拖出了货场，挂在了即将出发的火车车厢后面。我和赵振山这个激动呀，从心里感激那位慈祥的铁路分局局长。

火车再次出发了，这回倒是一路畅通，没再出现其他意外。只是时近12月下旬，又是一路向北，那个冷劲可真是要了命。我和赵振山把炉火生得旺旺的，我俩就这样抱着炉子，一刻都不敢离开。炉火烤的前胸和脸火辣辣得烫，背后却是冷冰冰的凉，真是切身体会到了"火烤胸前暖，风吹背后寒"这句话的真正含义。

火车终于到达了目的地——沈阳皇姑屯铁道部车辆厂。下了火车，我和赵振山彼此望望，会心地笑了。赵振山感慨地说：终于到了，感谢老天爷，没把咱俩冻死，让咱们还能活着回家！

办完了各种手续，我和赵振山回到济宁28站时，差两天不到1969年的元旦。

我经历的几件事

口述 / 郭守海　整理 / 韩光辉

1956年我从部队转业来到西北电管局。1962年，因组织需要，被调到列车电业局第8列车电站，从此与列电结缘，走南闯北，"哪里艰苦哪里去，哪里需要哪安家"，足迹遍布黄河上下、大江南北。现将我亲身经历过的几件事记录下来，作为对列电岁月的一个纪念。

郭守海

在海南岛的日子里

1964年，我在茂名的8站接到调令，命我去海南岛22站接任厂长。该电站是由江苏双河尖发电所快装机组装的列车电站，从内地迁机到海南费了九牛二虎之力。据说，机组先拉到广州，从广州黄埔港上轮渡过海，在海南岛的东方县八所港登陆。港口与电站的目的地——昌江县的石碌镇相距50多公里，这段铁轨是日本侵华时修建的窄轨铁路，电站机车没法在铁轨上跑，必须全部更换轮对才能行驶。可想而知，当时着实费了一番气力。22站调迁海南，主要是为海南铁矿在枯水期提供电力保障。

第一次登上这块陌生的土地时，就仿佛来到了另一个世界，这里的一山一水、一草一木都与内地大不相同。22站的驻地属少数民族居住区，当地居民主要是黎族人，无论男女老少都不穿鞋，走起路来健步如飞，碎石块、蒺藜、圪针等踩在脚下似乎没有任何感觉，真是让我佩服。椰树林是海岛特有的风景，穿于林间犹如画中。岛上茂密的草丛都有二层楼房高，里面隐藏着各种小动物，更显得神秘与恐怖。要说那里的癞蛤蟆大如菜盘，恐怕一般人都不相信，准说那不成了蛤蟆精了，其实一点不假，"蛤蟆精"的叫声简直比我们汽轮机发出的声音还响亮。这里气候炎热，让初来乍到的北方人一时难以适应。最让人不可思议的是当地的雨，简直就是时钟，每年的 4 月至 5 月间，中午 12 点半到下午 1 点半准时下雨，当地居民都是用下雨来判断时间，灵验得很呢！

如果没有人的话，岛上恐怕全被蛇占据了。我这人天生怕蛇，可海岛上遍地都是蛇，当地的妇女和儿童把捕蛇当作一件很平常的事。记得我刚到 22 站时，就被蛇吓着了一回。我当时住的是单身宿舍，由于海岛气候炎热，住房的门底下都留出半尺高的缝隙，为的是屋子外面的风能吹进来缓解屋子里的闷热。那天晚上我睡到半夜，迷迷糊糊感觉有人在拍我的蚊帐。我当时心里纳闷，还以为是谁半夜睡不着觉来开我的玩笑。等我坐起来才看清，一条胳膊粗细的蟒蛇抬着头立在我的床前正看着我呢。这下可把我吓坏了，连滚带爬跳下床，鞋也顾不上穿，一边呼叫着一边往外跑。我的喊叫声惊动了值班人员，大家冲过来看见那条蟒蛇时都用一种讥笑的眼神看着我，好像我有点小题大做了。那条蟒蛇足有两米多长，当地人很轻松地就把蛇抓了起来，并告诉我这蟒蛇没毒，肉很香。后来才知道那条蟒蛇成了他们的一顿美餐。

我在海南岛工作了 8 年，就仿佛身处异国他乡，始终都没适应那里的环境。8 年来，有过新鲜猎奇，也有过辛酸苦辣，海南岛，给我留下了一生中最难以忘怀的记忆。

永济车厢遇险

1971 年，我奉命到新建 58 站当厂长。接到命令后，我和计万元一起带着 20 多名职工离开海南岛，奔赴陕西宝鸡组建 58 站。紧急筹建 58 站是为了到山西执行一项军事任务。当我们完成组建，并将电站拉进山西后，军事任务因故取消了。当时恰逢山西大旱，应地方政府要求，58 站被留在山西支援当地农业生产。

我们被派往山西运城永济发电。主机安装位置一侧临山，就在安装工作基本结束、准备试车发电时，老天突然下起了大雨。大家盼望着大雨早些结束，这时一件出乎所有人意料的事因为这场雨而发生了。雨过天晴后，我们工作场地四周塌陷出了许多洞穴，就连主机车厢的铁轨下面也出现了一个大洞，铁轨被沉重的车厢压成了弧形，电站主机也随着铁轨的弯曲倾斜下陷，连接法兰及

郭守海（2 排左 6）在茂名与电站群管理人员合影。

接好的管道因为车厢下沉断裂扭曲。

大家都是头一次经历这种事，不知地基下面怎么会有洞，当时真有点束手无策。后来才查明真相，原来这下边是一个古墓群，电站定位铺设铁轨时并未挖出古墓，由于电站主机车厢过重，又赶上大雨浸泡，才使得古墓坍塌。我和计万元赶紧与当地有关部门取得联系，费了九牛二虎之力才把车厢移走。经过施工处理后，电站终于再一次安装完毕。

大家刚松了一口气，当准备开机时，又一件意外事情发生了。水塔漏水严重，修复了水塔，电机还是无法启动。把汽轮机的盖子打开查找原因，这一打开盖子差点把我鼻子气歪了，由于这个电站刚刚组建，汽轮机又是在"文革"那个不正常的时期生产的，里面的隔板里居然有黄泥。我又组织人员全力清理汽轮机，再次试车一次启动成功，58 站这才正式投入运转。

16 站给我"下马威"

1977 年 11 月下旬，列车电业局下调令，通知我到 16 站接任厂长，当时 16 站在内蒙古丰镇。同年 12 月底，我离开 58 站，从山西晋城直奔内蒙古丰镇，12 月 31 日晚 11 点多钟抵达 16 站驻地。因时近半夜，我便睡在了电站的值班室。16 站为 2500 千瓦捷克机组，全站职工加上地方配备人员约 200

多人。

一路劳累我早已是人困马乏，躺下便睡着了。正迷迷糊糊时，忽然被锅炉安全门刺耳异常的排气声惊醒。"出事了！"我一骨碌爬起来，冲出值班室，跟随闻讯赶来的职工朝电站跑去。果不出所料，汽轮机因事故停机，车厢外人头攒动，气氛紧张。

没有命令停机属于重大事故，这一下可捅了个"马蜂窝。"电站办公院子里很快塞满了汽车，县委、县政府、县纪检委，以及县工业局、电业局"有头有脸"的人物都被惊动，赶到了现场，众口同声一个问题，出什么事了？

电站领导对这突来的意外事故一时慌了手脚。我因为是刚上任，对事情不了解，便协同电站原任领导及有关部门查找原因，处理善后事宜。经调查得知，事故原因是因为发现汽轮机油压过低，维修人员违规在汽轮机运行时调整油压分配阀，并用铁锤击打油压分配阀致使螺帽脱落，引起汽轮机轴瓦缺油损毁。由于事故重大，我立即与列电局、保定列电基地联系，汇报了这里的情况，并请求派人支援修复工作。

出事故的当天正是1978年的元旦，按中国人的传统观念，讲究"开门红"，我们却"红过了火"。这次事故使得电站人心惶惶，盛传各种流言蜚语，最有"价值"和"说服力"的传言是给我下马威……

我上任的第一天就开始奔波电站的抢修工作。那段时间可真是把我累得够呛，为了修好设备，我四处求援，山西电管局、内蒙古电管局、呼和浩特电厂、大同电厂、包头电厂……好在当地政府全力支持，派人、派车，要什么给什么。在16站的抢修过程中，列车电业局生技处、保定基地、武汉基地均派来了精兵强将指导抢修。

为了防止油循环系统和水循环系统被冻坏，锅炉连续运行。所有抢修人员三班倒，昼夜不停奋战在抢修前线。经过大家的共同努力，用了一个月的时间，16站汽轮机终于修复。当电能源源不断地送上电网那一刻，所有参加抢修人员都露出了由衷的笑容，我绷紧的神经到这一刻才得以松弛下来。

西北基地建厂 30 年感言

文 / 陈本生

回想起当年建设列车电业局西北列车电站基地，感想很多。

20 世纪 60 年代，在"备战、备荒、为人民"的大背景下，国家投资兴建西北基地。从 1965 年秋开工，到 1966 年秋，仅仅一年时间基地就形成规模，并且发挥了效益，这与深圳速度相比，也毫不逊色。之所以如此神速，从客观上讲，与我们基地属大三线的战备项目不无关系，属于"搬迁"性质，可以说是要什么给什么。但是起决定作用的还是当年参加建厂的同志们积极努力。

陈本生

1964 年春，我由武汉调到宝鸡，负责筹建西北基地。1965 年初，在西安第四工作组人员基础上，筹备人员扩展到 8 人，除我之外，还有陈纲才、江尧成、吴世菊、张尚荣、祝桂萍、曹济香和许玉香，后称为"八大员"。

我们齐心协力，除了管理西北、西南近 10 个列车电站外，还积极投入选厂工作，效率极高。到 1965 年夏，就基本具备了开工条件。因为我们占地处于关中高原，眼见庄稼丰收在即，所以开工时间有意拖后了些，等农民收获完地里的夏粮再开工。

因拖后开工，光是看管上百万块红砖就是件不容易的事。材料员徐文光，不怕蚊叮虫咬，硬是在场院屋子里住了两个月，结果红砖一块未丢，他立了一功。

当时，卡脖子事情不少，严重影响施工，最卡脖子的是地质钻探。江尧成和周祖祥硬是把西北电力设计院仅有的 1 台钻机弄到现场。还有，铺铁道要用的枕木卡脖子，铺不上铁轨，没有专用线，边基建、边生产就是空话。20 岁的大姑娘许玉香，千里迢迢跑到东北，硬是把枕木弄了回来。

52 站出厂，是生产上的一个奇迹，在建厂同时，一年内完成安装试运。如果说，大家对基建不太了解，但一定懂得没有厂房和起码的生活设施，要安装一台 6000 千瓦列车电站要克服多少困难。当时调集的 100 多名职工、家属，全住在卧龙寺东边由废弃的猪圈、鸡窝改造的简易棚里，他们毫无怨言。电站安装进入高峰时，锅炉管子头打坡口，锉管子头卡脖子，管理干部全下到现场，参加锉管子头，边学边干。经过共同努力，这道工序基本上未影响焊接进度。这样的事情很多很多。

在"文革"期间，1967 年到 1969 年，西北基地仍能按计划完成 54 站、56 站、58 站安装任务，为列电发展做出了很大贡献。我印象最深的一点是，职工政治觉悟高，在"文革"中我们始终没有停产。

基建、生产能顺利进行，我们的工农关系搞得好是一个重要的条件。当时的卧龙寺大队副大队长表示，我们把最好的地拿出来，你们需要什么尽管说，没有什么舍不得的。建厂时，我们有意识地把地下管道甩到田里，想的就是有利庄稼灌溉，此举，得到了地方政府和部局领导的极大赞赏。

当年，大家那股冲天干劲和热火朝天的建设场景，回忆起来，简直就像是一场梦。今天谈点这方面的事，对我们基地今后的发展，不无好处。

注：1995 年 8 月 4 日作者为西北基地 30 年厂庆撰此文。

焦裕禄式的好干部——郭广范

文／刘引江

认识郭广范的人都对他有一个很深的印象：脸上道道皱纹里刻写着朴实和真诚，平易近人的话语里透露着温暖和亲切。老郭人生经历丰富，身上有说不完的故事。

1927 年 10 月，老郭出生在吉林省怀德县一个普通农民家里。他的青少年时期，上过小学和师范学校，曾两度辍学务农。1946 年 5 月至 1948 年 3 月在长春电机学校学习，1949 年 3 月到丰满水电厂工作。1950 年 3 月加入中国共产党。1954 年 6 月，到燃料工业部干部学校学习。1954 年 12 月到苏联学习列车电站技术，从此与列电结下不解之缘。

郭广范

一

1948 年春，吉林丰满解放在即。3 月 8 日晚上，老郭正在丰满水电站实习值班，值长召集开会，要大家坚守岗位，保护设备，遇事不要惊慌。果然几小时后，来了七八个国民党兵，用枪把工人们逼到厂门口，并把值长抓起来，抬来几箱手榴弹，要炸毁电厂主要设备。值长危急时刻沉着冷静，机智地把国民党兵引向配电室，指着厂用电配电盘说，这就是主要设备！结果只炸坏了厂用电配电盘，电厂发电设备保住了。

这是中国共产党组织的一场护厂斗争。老郭亲历了这惊心动魄的一幕，从中受到了教育。后来在水电厂工作期间，他认真负责，勤奋努力，由电气值班员提拔为班长、团总支书记、工会副主席、组织科长。

老郭在丰满水电厂工作时，他的师傅叫赵庆夫，也是他的入党介绍人。赵庆夫在 1950 年就是全国劳模，他总结的安全运行工作法曾在全国电力系统推广。赵庆夫 20 世纪 80 年代初当了水电部副部长后，到处打听老郭的下落。老郭知道后只是托人向他问好。别人很奇怪，"你有这样的关系，应该亲自去登门拜访啊！"但他一笑了之。

二

新中国到处搞建设，缺电严重。国家决定发展机动灵活的列车电站，并在全国挑选人才，老郭被选中。什么是列车电站？列车电站是火力发电，搞水电的行吗？带着疑问，他和其他单位调来的王桂林、李恩柏、张增友等 18 位战友踏上异国他乡的土地——到苏联学习。在苏期间，老郭比任何人都更加努力地学俄语，学技术。散步背单词，吃饭睡觉背单词，全身心投入到学习之中。

1955 年 4 月，从苏联回国后，老郭担任佳木斯列车发电厂电气车间主任。从苏联进口的发电机出厂时就存在匝间短路问题，必须进行大修。谁来修？送外边修既耽误时间又增加费用，得到上级批准后，他们决定自己修。

老郭和李恩柏找到一些技术资料，在宋玉林等工匠的配合及有关技术人员的指导下，边学边干。解体设备，套箍抱得很紧，必须用火烤才能拉出来，但烤的温度却很难掌握，高了不行，低了也不行。他们往焊锡里加铅，一点点试，费尽周折，总算把套箍拉出来了。后面的一个个难题也都解决了。苦熬 40 多天，终于把发电机修好了。

三

1957 年 11 月，老郭调往在哈尔滨的 12 站，接着连续两次与张增友等人去捷克斯洛伐克，押运进口的列车电站，老郭是负责人。

为了节省费用，他们去时不坐飞机，坐火车。到莫斯科用了 8 天，到布拉格又用了两天。西伯利亚的冬天，气温在零下五六十摄氏度，亏得老郭为大家准备了厚厚的皮衣皮裤。回来过境时车辆要换轮对，很费事，需七八天时间。往国内运输要经历 30 余天，中间还要编组，不能摘错车、挂错车、不能甩车，沿途的安全情况也摸不清，老郭可没少操心。

在国外，他们生活很节俭，每餐一菜一汤，一个面包。到布拉格，被安排入住"友谊酒店"，档次高，开支大。老郭马上给我驻捷使馆商务处打电话，要求换地方，在他的几次要求下，搬到了商务处住。既节省费用，又方便工作。要押车回来了，老郭更是仔细盘算，带多少罐头，带多少面包，在车上怎么做饭，怎么取暖。账算得很细，以至大家都笑他太抠了。按规定，在国外每人每天可以报销30元人民币，结果在他的"算计下"，平均每天只花了5元左右，押运每台车为国家节省5500余元，这在当时是一个不小的数目。

就这样，老郭带队，4人分两个小组，半年押运回6台列车电站，并写出总结报告，为后面的押运工作提供了经验。从1957年底到1961年4年间，列电局有8位同志参与，除捷方押运4台、煤炭部押运2台外，他们顺利押运回20台。

四

1965年，在三线建设的高潮中，陕西宝鸡市一下子搬迁来10多家军工和民用大厂，平静的宝鸡热闹起来了！新建西北列电基地也列为重点建设项目。6月，老郭由保定列电基地副主任改任西北列电基地副主任，党总支副书记（后来又任基地主任、党委书记）。孩子和家人不解地问他，我们是东北人，怎么跑到大西北去了？他只说了一句话，"服从分配！"

在一片麦地里白手起家建基地，困难重重。首先是宿舍不够用，一开始住十里铺宝鸡供电局的空房，后来人多住不下了，就搬到卧龙寺食品公司用鸡窝、猪圈改装的房子里，房子矮小，臭气难闻。老郭家里人最多，住的房子最小。

"喊破嗓子不如干出样子"是老郭常说的一句话。从宿舍到建厂工地，来回八九里地，中午饭就吃自带的干粮，困了就在田埂睡一会儿，他和工人没什么两样。不同的是，老郭每天起得最早，把院子扫得干干净净，把办公室抹得光光亮亮，捅厕所，刷便池，别人嫌脏嫌臭的活，他抢着干。在现场从来没见他闲过，不是和人们一起挖地、铲草、扛水泥、卸设备，就是忙着跑仓库、跑运输单位、跑生产队，查看建筑材料、催问到货情况等，就像一台不知疲倦的"永动机"。有天他加班工作了一夜没睡，第二天仍然坚持和职工一起搬材料。人们劝他回去休息，他不听。后来看他实在太累，就把他锁在办公室里，强迫他睡了两个小时。

他的小本本上记满了各种数字，画着许多图形符号，多少管子，多少木材，多少门窗，工地上的一切，他都了解得清清楚楚。一次，他看见临时工挖水沟，觉得距马路的尺寸不对，便把技术员找来问，是不是把线放错了？技术员一查图纸，果真如此。

宝鸡地委每周召开两次重点单位主要领导汇报会，地委书记听基建进度汇报。有关建筑材料、设计、购地、政府部门的配合等一切问题，都在会上当场解决，真是一种战时状态。对行动快的给予表扬，对行动慢的单位当场批评，限期改正。西北基地因抓得紧，进展快，屡受表扬，老郭的名字也名噪一时，树为模范干部，发文在全市表扬。

边建设、边生产。基地刚具雏形，在缺少人员和设备的情况下，在简易工棚里，只用三个半月，就完成了西北基地出厂的第一台6000千瓦列车电站——52站的安装试运。此后，54站、56站、58站相继安装试运成功，西北基地担当起安装新机和修车、改车的重任。

五

20世纪70年代末，列电开始萎缩，西北基地生产任务处于严重不饱和状态，开发新产品势在必行。在列电局有关部门的支持下，选中了发电厂运煤用的底开车作为转产产品。

可是真要造车又谈何容易！首先在认识上就不统一。为解决不同认识问题，列电局在西北基地召开了研讨会。老郭等主要领导在基地召开了中层干部会、职代会，干部职工一起商量底开车该不该造，能不能造，怎样造，最终达成了上马这个项目的共识。

成功造出底开车，老郭及领导班子的决策是关键。这时担任党委书记的他，全力支持较年轻的籍砚书主任挂帅造好底开车。籍主任有魄力，说干就干，雷厉风行。老郭经验丰富，细心谨慎，考虑问题周到，没想到的问题他想到了。他最担心的是决策出现失误，常常和籍砚书及副主任张宗卷等在一起设想困难，反复讨论，商量对策，做到万无一失。

1980年开始"造车"，1982年9月，水电部机械局和电力规划院专家在西北基地召开产品鉴定会，底开车通过水电部鉴定，批准批量生产。从1981年到1999年17年间，造底开车3452辆，改车、修车3156辆，总计6608辆。底开车经过改进，成为西北基地的拳头产品，曾畅销全国14个省市22个大型火力发电厂。在这辉煌的成绩里面，有着老郭的心血。

六

老郭一身布衣，满脸沧桑，没有官架子，是职工的贴心人。有职工调来了，他去看望；有职工调走了，他去送行；职工病了，他问寒问暖；职工出差了，他过问家中柴米油盐。曹济香的爱人在电站工作，她一个人在基地带着孩子，老郭经常帮她解决生活上的困难。她孩子生病打点滴，老郭就让爱人到医务室帮她照顾孩子。材料员韩启明心梗病逝，老郭第一个赶到他家。职工余玉普的母亲吐血倒地，老郭把病人抱到床上……

"文革"中，老郭被批斗，被"关牛棚"，有几次被打得抬回家中。"文革"后，他不记私仇，不打击报复。有个年轻工人在车间一看见他就躲，当得知是因为"文革"中的事情，老郭反而安慰他，让他放下思想包袱。

办离休手续时，按照资历，他应该享受局级待遇。几个条件均符合，只因工资额差了二三十元，没有办成。工资额为什么差？因为两次调资他都把指标让给了工资比他低的人。局领导也为他惋惜，他淡淡一笑，"是局级又怎样？不是局级又怎样？"

老郭获得了应有的荣誉。1966年中共宝鸡市委命名他为"焦裕禄式的好干部"；1975年2月被陕西省评为工业学大庆先进个人。1973年11月25日《陕西日报》头版头条刊发《永远是一个普通劳动者》的文章，报道了他的先进事迹。列电局号召全局职工向他学习。

老郭对子女要求严格。二儿子招工到单位后，想分一个理想的工种，让父亲帮忙，被他一口回绝。当儿子想入伍当兵，但因表现优秀单位不愿放时，他马上支持儿子的决定，并亲自到单位替儿子讲情。他对儿子说，"当兵就要打仗，打仗就会有牺牲，你要有为国牺牲的准备。"在他的教育下，他的子女个个本本分分做人，踏踏实实做事。当兵的儿子后来成了省"五一劳动奖章"获得者。

离休后的老郭，在家仍然闲不住。自买工具，在楼前楼后开垦荒地，种花种草。人们经常看见一个满头白发、微微驼背的老人在花圃间辛勤劳作。在他的带领下，许多离退休人员也加入这一行列。一时间，西北基地楼前楼后鲜花盛开。

老郭于2008年12月去世。老郭走了，但，老郭又没有走。

难忘西北基地的岁月

文 / 曹济香

进了列电门

曹济香

1964 年 8 月，滦县一中校党办的陈玉霞老师把我叫到办公室，说："列车电业局从应届毕业生中招人，咱校推荐了你们七个，只你一个女生，六个男生。该单位是中央企业，但工作比较艰苦，女生只要 10%，你身体能行不？"我当时特瘦，体重不到 45 公斤，因而老师这样提醒我。不过，老师还告诉我说，不去也没关系，学校已经保送我们十人去读河北滦县师范学校，让我自己定。回家一商量，爸妈说那是铁路单位呀，去吧！我也想到外面闯一闯，终身大事就这样定了！进了列电门，成了列电人。

9 月初，到保定列电基地报到后，分配我去密云财训班进行强化培训。没啥说的，服从命令听指挥呗！一班 50 多个同学，一起培训了半年，结业时我被评为财训班的五好学员。我的会计生涯就这样开始了！

1965 年 2 月初，结束了财训班的学习，我和祝桂萍、许玉香被分配到正在筹建的西北基地。我们从列电局出发，去古都西安，西北基地筹建办公地点就在此地。这里聚集的人员，后来被称为组建西北基地的八大员，即陈本生、张尚荣、江尧成、吴世菊、陈纲才、祝桂萍、许玉香和我。这些人组成了西北列电基地的先头部队，陈本生主任是我们的领头羊。西北基地建设的队伍即将从这里开拔！

筹建西北基地

1965年5月底，我们八大员来到宝鸡，这里就是开始建设的西北基地所在地。人员又到了十几位，后勤统称经营管理组，由周墨林（后来是谢德亮）负责。我们财训班的三人也分了工：祝桂萍做文书，收发和打字，许玉香做仓库保管，我任出纳。那时用料紧张，且是卖方市场，都要买方办好手续才能发货。于是我常骑辆自行车，跟在周墨林后面采购急需材料，买到后，我当场开支票，去银行进好账，再来办提货手续。就这样一次成功，省了不少中间环节。周墨林师傅戏称，这就是咱基地现场办公的效率！

当时办公在斗鸡台供电局的家属院，我们几个女工每天一大早就和郭广范书记抢着扫院子，打扫办公室，把十几辆公用自行车擦得一尘不染。上班后，每辆车再带一人，大家就上工地了。干不了技术活就帮忙铲青苗，平整土地，为的是加快速度。中午还曾把拔下的青辣椒撒点盐配饭吃，倒还别有味道，饭后就躺在地旁田埂上，横七竖八睡一会儿，大个的蚂蚁趁机成群结队地往身上爬。

厂内铁路、厂房建设用的一车皮水泥到货了。为赶进度，我们发动团员青年晚上加班卸车，很多老师傅也加进来。开始，女的都扛一袋，后来我看金工车间小个子的柳凤娇居然扛了两袋，我也就要了两袋。毕竟是200斤压在我瘦弱的肩头上，只扛了两趟就撑不住了，只好还是一袋。人心齐，泰山移，两个多小时，整车水泥硬是被我们全"请"下来。节省了时间，节约了资金，更激发了大家吃苦耐劳的潜力。

基地的建设是全面开花，但同时有几个施工单位，因种种原因基建款不能按时到位，影响进度。一次，刘子谨老师对我说："小曹，给你个重要任务，去局里催拨基建款。""啊！"我有点不相信自己的耳朵。老师说："这事非你莫属。"老师分析，他去只能挨怼，而我一个女孩子去局里不会挨批，现在等米下锅，不给就哭！我推不掉，只好硬着头皮进京。到局财务科，已快下班了，秦永生科长听说我是来要钱的，说："这个老刘，怎么派个孩子来了。"他还是强调现在局里也没钱，让我们把决算催报上来再说，叫我先回去。还怕我不相信，给我看了基建账户的银行对账单。我看真没希望了，大老远跑来，空手回去怎么交差呀！心里一急，眼泪真就不由自主地流下来。秦科长见状，只好又安慰我，让我先去招待所。第二天，我早早到办公室，知道秦科长已派人去部

作者（前排右3）1964年参加列电局密云财训班。

里周旋筹措，并搞到了30万元。我跟着出纳到银行，看到电汇回单才放下心来。回来后，刘老师说知道你准能办成！不错，比预想的还多了10万。

西北基地是边基建、边生产，财务管理是基本建设和生产成本两套核算一起上，我分工生产成本核算。这项工作，量大、琐碎，当时还没实行二级核算，要一竿子插到底，所以不能光坐在办公室算账，要经常深入到车间和班组。有时为一张领料单要顺藤摸瓜跑半个厂区。到月初更是忙得不可开交。

前进的路上总会遇到坎坷。我也有过一次"走麦城"。刚到宝鸡没多久，我的启蒙老师刘子谨要和施工单位的人出差去铜川，给我100元钱让帮买两张火车票。工程处拉道砟的卡车把我捎到火车站。买好票后，将票和剩余的钱放在裤子口袋里，然后，我一人坐到后车帮处的道砟上返程。到办公室我一掏口袋，空空如也！心想不对呀，刚在车上还看了呢！我马上抓辆自行车去追卡车。到工地一看，道砟已卸完，又跑到食堂让带工的询问装卸工，都说没看见。顿时傻了！丢哪儿了？错儿就这样犯下了。虽不是工作失误，领导和老师也没责怪，且钱自己也全部赔偿了（后工会给了些困难补助），但教训的沉重使我寝食难安。作为一个财务工作者，马虎是大忌，蝼蚁之穴，可溃千里之堤！够我牢记一辈子的。

多姿多彩的业余生活

基地从筹建始，就成立了广播室、文艺宣传队、篮球队、乒乓球队。基地的广播室，开始设在厂区原没拆除的一处平房内，我和祝桂萍担任广播员。广播要早出晚归，广播室离单身楼还有段距离，工会主席李德为安全考虑，让我和祝桂萍就住在广播室内。用柜子隔了里外间，里面放张大床，成了我俩的家。别小瞧这简陋的广播室，在基地建设中还真发挥了不小的作用。它既是宣传阵地，又是职工工作、生活不可缺少的一部分。金工车间特制了一个巨无霸的大高音喇叭，安装在水塔顶上，广播覆盖至周边的工厂农村。

每天早上，大家在我们播放的音乐声中起床，边做饭边听新闻。职工上下班时间，也有激昂、悠闲的乐曲相伴。时间久了，广播无形中成为职工家属固定的作息模式。记得有次中午停电，迟开广播几分钟，就有不少人下午上班迟到，真有点离不开它了。还有一次全市统一灭蚊，要求各单位同一时间用树枝茅草燃放烟雾。基地的广播室搬上了单身楼顶，用来观察指挥全厂几十个燃放堆的点火时间和火势控制。当时，我已怀孕七个多月，怕人手不够，也爬木梯上了楼顶。周墨林科长听到我的广播声，跑到楼下硬要人把我弄了下来。六年的广播室工作，成了我割舍不掉的业余爱好，直到要回老家休产假，才不得不放手。

基地的文化娱乐活动非常活跃，很大程度上与基地的领导喜爱和积极参与有很大关系。记得基地在生活区搞联欢，活动接近尾声时，大家自发地扭起了大秧歌。陈本生率先兴致勃勃地加入其中，他的舞姿尽显山东汉子的豪放粗犷；郭广范、周国吉展示了标准的东北秧歌，活泼优美；李德扭开了女步，沉稳隽秀，柔中带刚。我们紧随其后，跳啊，扭啊，嗓子冒烟了，肚皮笑疼了！可惜那热烈的场面没录下来！

我们的文艺宣传队，办得有声有色，是斗鸡区的主力。我们有个实力强大的民乐队：吕美忠的板胡、京胡，王树臣、张今禹的二胡，陆根林的琵琶，赵忠达的三弦，周祖祥的大提琴，锅炉一位曹姓师傅的笛子，还有张云福、梁江龙、王自靖、王新……技艺都是首屈一指的。只有我和祝桂萍两个女性是为乐队掺沙子，滥竽充数地操起了扬琴和秦琴上台演过几个合奏，效果还不错。宣传队没统一服装，大家收集废砂纸，洗干净后染成军绿色，由家属缝纫组拼好做成了一套套的军装，穿在身上，英姿飒爽，帅极了！我们自编自演了很多节目，经常去附近的工厂、农村、部队宣传慰问。没有场地时，卡车放下车帮就是个小舞台。有次区文艺会演，我们的一个女声小合唱《北京有个金太阳》竟获得了最高分：105分！前所未有！

基地的篮球队在主任陈本生的关注、指导下，也曾打遍全区无敌手。当时还没有组建女篮，记得有次基地举办篮球友谊赛，临时凑了个女队，结果双方比分一直是0比0。直到临近终场，基地女队员终于投进一个球，却投到了自己家的篮筐里，为对方得了两分。把观众乐得前仰后合，成为一时的笑谈。

惜别西基

记得我们几个单身从简易房搬到尚未内装修的单身楼时，郭广范书记亲自一趟趟地帮我们搬杂物。我小孩得病输液时，郭书记特地交代他爱人陆大夫帮忙照料。总务科长李树玉，星期天帮我拉土做煤球。很多女师傅看我一人带子孩，时不时来帮忙干这干那。最初在简易房办公时，经常晚上加班到很晚，车间的师傅们主动轮流送我回宿舍。我们也尽可能地为师傅们服务，帮没带家属的师傅洗工作服，拆洗被子，帮孩子多的同事做家务等。"文革"中，财务科范仲禹师傅因出身问题被批判。我寻思，那么忠厚老实的人，万一想不开咋办？晚上我就让闺蜜富岩做掩护，偷偷跑到他家安慰他。他非常感动，说别人躲都躲不及呢！

婚后我和爱人分居基地和电站两地，一人带个小孩，生活诸多不便。一直拖了两年多，基地领导才同意我调离。临别之际，郭书记特地到我家告别，说厂里开会，就不送我上车了。可没想到，当车开出生活区路过厂门口时，发现老领导又跑出来到车前，语重心长地嘱咐又嘱咐……我泪奔了，亲生父亲也不过如此啊！

东行的列车徐徐开动了，看着频频招手的送行人群，望着渐渐远去的宝鸡山城，我任由热泪流淌，再见！西北列车电站基地，我从这里起步，我在这里成长，你是我的初恋，也是我终生的眷恋。

一车间的"第三把手"

文 / 许玉香

1964 年，列车电业局招工，我应招加入列电队伍。通知上写的是流动性电站工人，各种待遇都挺好，我很高兴。到保定列车电站基地报到后才知道，电站厂长不想要女工。女工以后要结婚、休产假，没人替班。

当时，列电局缺少财务人员，要有计划地培养，这样我们一些学员就给安排到列电局密云干校财训班，学习财会去了。在家时，听父亲说过，当会计不好，"四清"时会计都"下不了楼"，过不了关。所以，我从心里不愿意当会计。在财训班时，我给局政治部写过信，申请当工人。政治部主任给我回信，要我学习雷锋，甘做一颗永不生锈的螺丝钉。经过政治课学习，我勉强接受了会计工作。财训班学习完后，我和曹济香、祝桂萍分配到了西北基地。厂长说，财务科人多，去一个到材料科，我急忙举手去材料科了。

"文革"中，我调到劳资科，和邝振英师傅在一起。大概是 1968 年吧，上面号召机关人员到第一线工作。为此，我写了一张大字报，要求下车间当工

许玉香

人。没想到，有 60 多人在我的大字报上签名。这样，我的这张大字报，引起了西北基地机关的"第一次机构改革"，把若干名管理人员"改"到了车间。我到了锅炉车间。后来，我向厂部申请调到了金工车间干铣工，陈梅芳是我的师傅。陈师傅当时还不到 20 岁，比我小，但陈师傅对我很好，手把手教我，还开导我。我在那干了 3 年。

后来，落实干部政策，让我回财务科，我不去。于是就分到一车间当管理员。

当时，一车间管理人员包括书记张嘉友、主任宫振祥、副主任赵德英，还有 3 名技术员。平时，办公室就我一个人，他们每天都在班组劳动，我一身兼任统计员、计划生育委员、妇女委员、爱国卫生委员、宣传委员。厂里开会，除点名要求书记、主任到会的以外，其他会议大都是我去开。一车间除生产的事情以外，其他事工人都找我，所以，工人们都说我是"第三把手"。

这"第三把手"真不是好当的，我每天早上去班组收考勤，下午把各班组报纸和私人报纸、信件都送到工人手里，防止丢失，工人们都很高兴。到了班组，有的工人说，许师傅，给我买点饭票行吗？省得我请假。我说行，一会儿就给买回来。有的工人说，许师傅，我要从互助会借点钱。我赶紧坐厂车，到斗鸡台银行去取钱，及时解决工人困难。我们的互助会是每人交 10 元钱组成的，专为解决职工临时生活困难的。

我们车间出差检修的任务很重，每年都有两三次出差检修任务，十几个人一去就是两三个月。中间来信要钱，要粮票，要衣服，赵主任都是让我去各家收，收齐邮走。我是车间与厂部的联络员、交通员，一车间工人们一切穿的、用的，都由我去厂部领取，还有每月报工时等。我的工作很多很杂很碎，有的很细，但我干得得心应手，干得很愉快、很高兴。我喜欢我的工作，喜欢为职工服务，喜欢干好事。所以，每年年底评先进，工人们都评我，说我为人民服务做得好。

一车间是我最难忘的集体，铸造班、木工班和锻工班在全厂生产中举足轻重。宫主任长期坐镇铸造班，他不批评人，成天乐呵呵的就是干活。他就像铸造班的一个员工，每天上班直接去铸造班。在他的带动下，车间一片新气象。宫主任不识字就会实干，但车间的生产在他心里明镜似的。一到下生产计划时，他就说，小许，写生产计划。他说我写，一会儿就写完了。他说，赶快刻印出来发下去。当时，机关有打字员，也很忙。我们车间都是自己用蜡纸刻出来，去机关印。我很快刻印出来给他，他很满意。

宫主任关心我政治进步，对我说，你什么都好，就是不积极靠近党组织。我很清楚，我劳动纪律不达标。西北基地没有商店，卖水果的架子车来了，大家都去抢货，我也抢着去买。有时，碰到门口卖鸡蛋的，我也买。当时，我一人带两个孩子，一个两岁，一个三岁，个人琐事缠身，我无法做一个名副其实的共产党员，所以我不能入。宫主任看说不动我，就说等你家老崔回来，我去告状。老崔是我丈夫，正在部队服役。回来休假时，老主任真来告状了："你家小许什么都好，就是不积极靠拢组织入党。"我说，让老崔把孩子带走，明天我就争取。现在想想，很对不起老主任，我辜负了他对我的期望。我曾数次在心里说"对不起，对不起……"他是那个时代的好干部。

赵主任是管全面的，比如宣传、计划生育、爱国卫生、刷大标语等。刷宣传大标语，每次要找一线职工来写，为了不影响生产，赵主任动了脑筋。他和我说，以后写大标语，就由你写了！别再抽一线职工了。我说我不会写。他说不会写练一练不就会了嘛！我想也是。我管着笔墨，办公室有的是报纸，我拿出大刷子，铺开报纸，就练起来了。结果，写出来也能用。

每当节日来临，车间都要出一期大壁报。每次，要抽5个工人，加上我6个人，忙活6天。"五一"劳动节又要出壁报了，赵主任和我说："我给你抽一个写毛笔字好的，你们两个出这期壁报吧！"我说："行！"锻工张宗来了，我俩不玩不聊天一直干活。他写了大标题"红五月"，是橘红色的很鲜艳。我说："我给你配个翠竹吧！"我俩的壁报任务4天就完成了，翠竹配"红五月"，鲜艳、夺目，太漂亮了！正好那次基地各车间举办壁报评比，一车间荣获第一。

一车间出差检修的工人们走了，赵主任就和我说："经常去问问家属，谁家有困难，向我汇报，我给解决。"我经常去生活区挨家问，张、王、李嫂，你家有什么困难吗？买煤、买粮吗？有什么困难就提出来。家属们一听，都笑嘻嘻地说，没有，没有！这样，在外面检修的工人思想稳定，激发了工人们的干劲，三个月的活两个月就完成了。

我是军属，当时一人带两个孩子。生活用煤必须到离基地7里地的斗鸡台去买。每逢我去车间借架子车，只要碰见赵主任，他就说别借车了，我派个人去给你买吧！派的工人把煤给我拉回来，还搬到三楼码好，连口水都不喝，我心里面真是过意不去。我只有努力工作，全心全意地为人民服务作为回报。

我一生最年轻、最愉快的岁月，是在一车间度过的。大家团结奋斗，各项工作都力争走在前面。这一切，是我心中永远难忘的美好记忆。

他还在现场

文 / 王克臣

官振祥

当组织通知我为他写悼词的时候，我还不相信他已经故去。因为我刚刚写完一篇西基三车间为第 62 列车电站两台 17 吨炉打水压试验取得一次成功的报道。稿子里，有单独表扬他——这位党支部书记兼车间主任的官振祥同志，以身作则的文字。

稿子刚欲交去打印，没想到他不幸以身殉职了。人们噙着眼泪告诉我，他在生命的最后一息，还紧紧地握着焊把……

我心情沉重地摊开稿纸，脑海里立刻浮现出他那纯朴的"老列电"形象：粗眉、大眼、肩阔、腰圆……五冬六夏，总是身着一套满是油渍的工作服。已是年过六旬了，走起路来仍像年轻人一样的"高速度"。

别人以为他性格偏，我说那是直。那次，我到锅炉车间参加劳动，他的见面话是这样说的："这还差不多，以后没事不要在上边浮着。"

听说还有一次徒工考试，他的儿子成绩不理想，他就在大会上叫着孩子的乳名批评。车间职工都很不好意思，负责培训的技术员更感到内疚。可是当他批评完了儿子，就又批评主考人："你们以为他是我的儿子就可以多打分吗？我认为他应该不及格！"几句话使技术员感动了。

"说了算，定了干"——这是他经常说的一句话。

说到做到，毫不含糊。他在接受任务和执行任务时，从不打半点折扣。这次安装62站锅炉，遇到缺材少料的困难，有人担心这下工期要推迟了。可他把粗眉一挑："说了算，定了干，别说推迟工期不行，就是不提前完成我也不干！"他就是有这股劲。

工程开始时，焊条不够用，他急了。除去一再叮嘱焊工们节约用料以外，他经常到供应科询问。当他得知焊条已发到火车站时，就立刻要取货单。人家说："取货是我们的业务，我们要车去取好了。"他一听，又是粗眉一挑："要车，派车，两道手续，多误事，我等不起，还是交给我解决吧。"人家拗不过他，只得交他去办。

可是，谁也没有想到，他硬是步行六七里，从车站将50多公斤焊条扛回了车间。不知他身份的人，准以为他是送货上门的老库工呢！

师傅们喊他"老宫头"，年轻人叫他宫师傅。可就是没有一个人称过他书记、主任的。不是因为别的，是他那公仆一样的行动让你叫不出来。

这次安装锅炉，我为了核实一个数字去到现场找他。他正汗水淋漓地扛氧气瓶。我吃惊地问："这活还用您干？"他自豪地一笑"你没见，连小徒工都抢我的焊把上阵了，我还不退位干这个……来吧，同志，搭把手！"我这才机械地帮他把氧气瓶，从他的肩上卸下来。

望着他稍显消瘦而多皱的脸颊，不禁肃然起敬。我说："身体恐怕吃不消吧？"他又笑了："比你行，不信试试。"说着，使劲地捏住我的手，我"哎呀"一声，他笑得更响了。

基地有人曾编过顺口溜表扬他："莫奔东哟莫往西，老宫头去向好寻觅，问问哪儿任务重，就是哪里带班的！"一点不错，"带班的"三个字，也许最能概括他。

论资格，他是车间"一把手"；论技术，在锅炉他是全能。这样一位指挥者，却从没有居高临下地指手划脚过，更不会反剪双手巡视。照他的话说，他总在"关键部位"。

这次安装，他就首先抓住焊工班。他说："要想把这两千多大小焊口焊好，得先把焊工班这几个人焊牢——团结得紧紧的，不留缝！"那时，班里出现传闲话的现象，影响了团结，也影响了生产。他就一个人一个人地做工作，直到把疙瘩解开，他才放心了。当他觉得在焊工班只需要他扛氧气、加电石时，他才离开，又到其他"关键部位"去了。

在他生命的最后15天里，带领全车间职工完成了一件大事——62站锅炉的安装，而且水压试验一次成功。

我带着这个令人鼓舞的喜讯去采访时，他还在世。他从衣袋掏出一个小本，扬着眉毛向我念叨应该表扬的人名单。尽管人数是那样多，他能绘声绘色地、全面细致地介绍每个人的事迹。

　　我很佩服他。过去我们接触不多，他给我的印象是"粗"。此时，我才看得出他粗中有细了。就连被表扬人的先后名次，他都排好了。

　　我有次序地去访问这些人。可是，我所接触的每个人，都首先谈宫师傅。

　　在安装两台锅炉的 15 天里，他没有一次回家吃过午饭、晚饭，都是他的老伴把饭送到车间。因为那几天电不够用，他要抓紧这分分秒秒。没有睡过午觉，每夜还要干到 12 点。

　　他检查过每一道焊缝，他扳试过每一颗螺丝，他抚摸过每一个法兰，他擦亮过每一块表计。他又一次实现"说了算，定了干"的诺言。

　　在他的带动下，技术人员全部深入现场，实地制图，精心校正。老工人为了提前完成任务，加班加点，不计得失。青年突击队在 50 多天里，多贡献 1887 个工时……

　　我采访中，干部夸奖工人，工人赞扬干部；师傅为徒弟请功，徒弟为师傅摆好。我被这些肺腑之言所感动，心中的热浪沸腾着，想着宫师傅事先交待我的一句话："你要好好地写他们。"

　　宫师傅，我是要写他们的。可是，今天我一定要写你。

　　我轻轻地拂展稿纸，想着宫师傅的生平。从哪里写起呢？

　　我似乎听到宫师傅的声音："……不要在上边浮着。"

　　我收起稿纸……仿佛看见他还在现场……

　　注：本文原载《列电》1979 年第 1 期，有删改。

在23站的几个故事

文 / 刘引江

全站总动员

1965年，23站在四川广顺场发电。有一天，输煤机出现故障，上不了煤。值班人员立即进行抢修，可是修了半天还是修不好，大家很着急。输煤机短时间停运还可以，时间再久的话，炉顶大煤斗里的煤就会烧空，影响正常负荷，甚至出现停炉停机。那些天，当地用电正紧张，地方电厂又是老机组，顶不上去，我们列车电站必须扛起大鼎。

刘引江

运行人员一边抢修，一边人工向炉顶运煤。其他人员见此情况，也都跑过来帮忙运煤。一个多小时以后，故障还是没有排除。煤斗的煤下降得越来越快，照这个运煤速度，根本供不上烧，煤斗的煤就要烧空了。这时，炉顶开始排汽，周边几里范围都可以听见蒸汽气流的巨大嘶鸣。这声响，对列电人来说，如同军号。不一会儿，生活区骚动了，先是中班和夜班人员，后来连下夜班睡觉的人员都起来了，大家纷纷涌向现场。得知情况后立即自找工具，迅速加入运煤行列。用肩扛、用盆端、用手递、用绳拉，锅炉车厢两边全站满了人，叫喊声、喊号子声响成一片。大家干得正起劲的时候，回头一看，又是一拨人从生活区赶来了，是一帮家属，有看孩子的大妈，有探亲的大嫂，还有围着红领巾刚刚放学回家的学生。穿白大褂的大夫和拿着铁锹的炊事员也来了，几个病号劝都劝不回去，他们端着脸盆、簸箕，也加入到上煤的队伍。

梯子上挤满了人，大妈大嫂挤不到跟前，排起了长队。煤递不上去的人，急得在一旁大喊大叫。汗水湿透了衣服，每个人的头上、脸上、身上都是煤黑。手划破了，腿磕肿了，没有人在乎。忘了喝水，忘了饥饿，忘了疲劳，什么都顾不上了。这时大家只有一个心愿，那就是运煤！运煤！保住发电负荷，保证社会用电。

七八个小时以后，故障解除了，电站又恢复了正常运行。外人都不知道这七八个小时的电是怎么发的，用户没有觉察出供电与以往有什么不同，只有列电人知道其中的艰辛。

两件趣事

1966 年底，电站调迁，我们要到凉山彝族自治州，给修建成昆铁路的工程局发电。下了火车，已经大半夜，跟着大家好不容易来到一个可以休息的地方，刷牙、洗脸就免了吧，上眼皮早就和下眼皮打架了，"扑通"往铺上一倒，便和周公商量事去了。一觉醒来，天色大亮，伸了个懒腰，是该起床了。

忽然，从我旁边不远处的蚊帐里，传出女子的说话声，听是外地口音，这么清晰又这么靠近！接着又有孩子的哭声，母亲哄孩子的喂奶声，我立即像触电似的浑身一颤，脑袋嗡地大了，心怦怦直跳。我迅速回想着，这是什么地方？怎么和女子床挨着床睡了一夜？怎么也想不明白，此时，只有一个念头，赶紧离开。我像贼似的慌忙收拾了东西，头不回地逃了。后来才闹明白，这是铁路部门的一个转运站，是专为接送远道而来探亲家属而设的。破茅草房，床挨着床，薄薄的蚊帐隔开了一个个家庭、一对对情人、一个个陌生男女。我夜里投宿到这里，并没有注意到周围的情况，因而早上醒来误以为睡错了地方。

凉山彝族自治州猫儿打谷的山层层叠叠，千峰万壑，电站被吞没在群山环绕的世界里。1967 年的春日，煦风吹来，牛日河水清澈、透亮、纯净，我们高兴地到牛日河里去游泳。忽然，有歌声传来，没错，是彝族姑娘的歌声。不但听到了歌声，而且已经清楚地看见了一大群姑娘的身影，她们正高高兴兴向河边跑来。所有小伙的眼睛都睁大了，第一次清楚地看见了现实生活中的彝族姑娘：青色的头帕，漂亮的绣花长衫，宽大飘逸的百褶裙。如果她们就在路边唱唱歌也就罢了，没想到她们到了河边，全都很麻利地脱了衣裳，扑通、扑通跳进水里。再看看我们电站的小伙子们，好像比姑娘们的动作还要快，麻利地从水里跳了出来，兔子似的跑得无影无踪，甚至连岸边的衣服也来不及拿。水里的彝族姑娘一阵大笑……

过了一段时间，我们帮彝族收麦子，那是在半山腰的小块田地里。他们大部分人都能说汉语，交流起来没有多大障碍。我们一边干活，一边和他们的生产队长及社员拉家常，问家里有多少地，几口人。老大叫木角，老二叫木嘎，老三叫木狗。一个社员饶有兴趣地教我们唱歌："卡沙沙，卡沙沙，哥教妹子学文化……"大家在一起聊得非常开心。聊熟了，不知是谁说了一句："你们彝族姑娘长得漂亮呀，电站小伙子多，给我们介绍个对象呗。"说者无心，听者有意。

正吃着午饭，队长领着一个彝族姑娘到电站来了。说是他妹子，还没对象，给介绍一个吧。说完，队长扭头就走了，拉都拉不住。所有的人都傻眼了！最着急的是电站领导，忙派女职工安抚队长妹子，招呼吃饭，陪着说话，拉家常，送衣服……再带领一些职工到半山腰去找队长，找寨子上的人，找早上一起割麦子的人，说好话，解释情况，赔礼道歉……

奇怪的是，队长找不到了，早上割麦的人也都不会说汉话了，一律是一句也听不懂的民族语言。任凭几拨子人嘴皮子磨破也没有用，人是领来了，必须给找个对象。天色已渐晚，只要过了当晚，明天就更麻烦了。如果整出民族纠纷来，事情就闹大了。所有人的心上就像压了一块沉甸甸的大石头。

山重水复疑无路，柳暗花明又一村！14站离我们不远，它旁边有个铁路医院，医院有个大夫轻而易举把问题解决了。原来铁路医院的大夫经常给彝族人看病，彝族人最信任的是大夫，最怕的也是大夫，大夫的话他们不敢不听。没费多少唇舌，队长便把他妹子领回寨子去了。

一线负伤

1967年23站检修设备时，因龙门吊意外倒塌，致使一位师傅不幸受了重伤。头部开裂，到处是血，人昏迷不醒，需要立即送医院抢救。可是往哪儿送呢？离我们最近的铁路工程局只有小医务室，根本无力接治这样的重伤人员。最近的成都大医院，也有几百公里之遥。

病情危急。分分秒秒都关系着伤者性命，要在最短时间做出决定。电站领导立即向甲方铁路工程局求救。铁路工程局生产指挥部非常重视，立即向上级部门请示……据说，一直请示到了铁道部。上级部门考虑到受伤的是为修建成昆线供电的列车电站人员，一线负伤，如果乘试运客车，时间太久，一定会贻误救治，必须给予非常规的援助。于是，做出了一个出乎意料的决定：紧急从沿线调来一辆燃气机车，以最快的速度，专列送病人到成都大医院救治。

当时的成昆线还没有修通，只有区间路段有客车试运。到了晚上，沿线各火车站道岔基本都在上锁关闭状态。要例外行车，是很困难的。调度要向沿线所有的车站发出通知，各车站都要安排值班人员，所有的车站都要处于行车状态，开放绿灯。就是这样，送伤员的机车出发后，在前面不远的车站，还挤坏了一副道岔。由此可见，铁路部门做出这样的决定，实属不易，也从一个侧面反映出列电在当时的生产建设中所处的重要地位。机车车厢里，病人非常痛苦，时而昏迷，时而呻吟。机车开了一个夜晚，终于在天亮前到达目的地——成都火车站。受伤师傅得救了。

风陵渡

日本鬼子侵华的时候，在山西运城赵村西边的黄河岸边看了很久，没敢过黄河，黄河的险恶恐怕是重要原因。黄河从毛乌素沙漠向南奔涌，被华山山脉阻挡，拐了一个弯，向东流去。这个 72 度的拐弯便是著名的风陵渡。风陵渡是兵家必争要津、秦晋豫鸡鸣三省之地，最重要的是风陵渡的"风"让人不敢小觑。

1969 年 23 站来到风陵渡，为修建黄河大桥的铁路工程处供电。到风陵渡，你看不到太阳和月亮的真实面貌，每天风呜呜地从早刮到晚，又从晚刮到早。风卷着黄沙，遮天蔽日。风沙令人睁不开眼，吸不上气，感到窒息。狂风大作时，人被吹得踉跄、倒退，感觉在这里根本无法与大自然相抗衡。

然而，铁路人要在这里建桥，列电人要在这里发电。我们住的房子是铁路职工丢弃的破茅草棚，竹笆和泥巴垒成墙壁，房顶上盖着茅草和油毡。窗户几乎全被封了起来，门都是两道或三道，早上起来被子上还是一层沙土。从食堂打完饭后，每个人都是一手端饭，一手撩起衣服严严遮住碗，迅速往宿舍跑去。尽管如此，饭菜里还是有细沙硌牙。

施工现场搭建的浮桥被风沙吹得摇来晃去，有一天，从浮桥上走来一位五十岁左右的女同志，她就是水电部部长钱正英。她在黄河工地视察，听说这里有列车电站在发电，立即前来看望大家。

半年以后，由于用电缓解，电站奔赴它地发电。现在的风陵渡，生态环境已经大大改善，铁路、公路桥连接起两岸繁华的经济区。这两座大桥对 23 站的职工来说，一定会有与一般人不同的感慨……

火车拉水也发电

文／郭孟寅

郭孟寅

第 6 列车电站离开茂名来衡阳发电几个月了。湖南雨季水多，水力发电开足马力发电，烧煤的 6 站和 12 站停机备用。1967 年 3 月 31 日，忽然，一位自称是新疆雅满苏矿的人来到 6 站，捎来列车电业局的调令，通知我们调迁到新疆雅满苏铁矿发电。

我们争相传阅这一纸调令，白纸黑字，上面还盖有大红印章，显然调令不是假的。但是，我们还是一肚子疑惑，列电局的调令怎么会让一个不速之客带给我们？来人自称叫杜志明，说原 17 站已选好场地，铁路、维修房、四栋宿舍已建好，他们不去了，他催促我们尽快去新疆发电。大家一听，立即炸了锅。办公车厢里坐桌子的、站着的、靠门的职工，群情激愤，追问来者："为什么他们不去叫我们去？"杜志明说："不知道。"有人言道："他们不去，我们也不去！"

就在争吵不休时，电报局送来北京加急电报，取过来一看，与杜志明捎来的调令内容基本相同：0006 调你站到新疆雅满苏矿发电，派一名有经验的化验人员参加选厂。显而易见，到新疆选厂，水处理问题大，我必去无疑。第二天，我和龚荣春与送调令的雅满苏铁矿代表杜志明一起先行，乘上了广州至西安的火车。我们在西安站前解放饭店住了一夜，用全国粮票吃了一碗羊肉汤泡馍。杜志明告诉说，你们俩在这买点吃的、用的，到矿上什么都没有。我去买块肥皂，售货员管我要肥皂票，我哪有西安的肥皂票，结果没能买成。

1967 年 4 月 3 日，我们登上西安至乌鲁木齐的火车，颠簸 44 个小时到达哈密站，出站就是一望无际的大广场，碎石路伸向无尽的远方。台阶下有一辆毛驴车，可坐车到市区，要掏五毛钱，必须凑够 4 个人才能满载"开车"。我们在哈密又等候 3 个小时，才挤上乌鲁木齐至兰州的火车。这趟绿皮慢车将我们丢在兰新铁路上一个仅有一间房的小火车站，头也不回地远去了。这个小车站名为山口站，从这里再乘坐矿区支线小火车，经一小时路程，终于到达雅满苏。我们两个人被临时安置在简陋的矿区招待所里，就是一间单身宿舍，摆放了四张双层铁床，床下有一脸盆。放下行李，杜志明带我们去食堂吃晚饭，他说明天见矿领导。趁天没黑，我和老龚出门看了看厕所的位置，不然夜里就不方便了。

雅满苏矿区是一个与世隔绝的地方，无人、无水、无村庄，天上没有鸟、地上没有草，四野是望不到边的戈壁荒滩和连绵起伏的沙石丘。雅满苏铁矿区无历史水文、气象记载，参考哈密附近地区的资料，最低气温零下 38 摄氏度，最高气温 46 摄氏度。戈壁滩的风沙如刻刀，裸露的石头和半截掩埋在沙土里的枯木，无不被大风雕刻成一副狰狞之相。若赶上风沙肆虐，能把人吹倒，吹起来的小石子打在脸上生疼。

矿区没有邮局，仅有一个今日来明日去的投递员；没有商店，要等铁路流动供应车来这里临时停车；更没有银行、没有电视、没有广播。可以说文明社会赖以生存的必需设施均不具备，仅有四排红砖平房和一间面积略大一点的食堂。因无处买粮、买菜，所有的人都吃食堂，买任何东西都要去哈密。汇款、取工资也必须到哈密银行。凡去哈密的人必须早 10 时出发，搭乘泄完水的小火车到山口站，等候兰州至乌鲁木齐的慢车（快车不停山口小站），坐 4 个小时到哈密。第二天办事，第三天吃完早饭走 40 分钟到哈密站，乘火车原路返回。

原本雅满苏铁矿有台 480 千瓦柴油机，虽然这台老爷机只能发电 300 千瓦，初期矿区建设还够用，再建设发展就无法保障电力需求了，因而调 17 站来发电。铁路专用线、维修房和列电职工宿舍建好后，或许因为水处理难以解决，或许还因为其他方面的"原因"，他们就不来了，改调我们电站来发电。

1967 年 6 站部分职工在新疆雅满苏。

我与雅满苏矿建设指挥部王凤悟工程师接洽后得知，这里的生活用水是用小火车从 120 公里以外的烟墩、骆驼圈子，抽地下深井水灌装槽车拉来的，发电用水同样采取这个办法。但是发电用水量巨大，必须保障供水源源不断才行，如此拉水发电令人咋舌，这在中国发电史上，乃至世界电力史上都没听说过。我问王凤悟总工火车拉水成本，他说每吨 1 至 2 元。我再问，为什么不用柴油机发电，仅拉柴油进矿就可以了。王凤悟总工沉默了几秒说："上级怎么决定，我就怎么执行。"我立即感悟到自己仅仅是一个小卒，是听令的执行者，不该问的不要问。无论火车拉水、还是牛车拉水不必多言，必须想法子完成发电任务。可是这水的问题，17 站解决不了，我能解决吗？我心中十分担忧。

首先要满足水量，火车拉来的水量要由每日 250 吨增至 1500 吨，其中发电用水 1200 吨，生活用水 300 吨。为此要增建储水池，每个储水 500 吨的话，要增建 3 个 500 吨水池。为连续不断供水，需将水池分主水池和副水池。主水池水泵负责供水发电，水位下降时，副水池的水泵入主水池。为此要在水池安装浮子水位计，确保主水泵连续供水。每日火车槽罐车到站定位后，专人将槽罐下的排水管套上直径 100 毫米的软管，打开泄水阀，水顺软管流至导流槽再流至地下水池。因仅有两个定位导流槽，两个罐里的水泄完，火车将空罐的水槽车推开，再将两个满罐水的槽车定位、套管、开阀导流至地下水池。如此重复完成各槽罐泄水入池后，火车拉一列空罐车离开雅满苏。每日一班列车拉水肯定不够，王凤悟总工答应水量不够增开班列。

火车拉来的水硬度 16~20 德国度。这超高硬度的地下水怎么处理才能满足发电需求？列车电站水处理车上那个软化器太小了，几小时即失效，应付不了。循环水硬度高，凝汽器铜管肯定结垢。在这一无所有的不毛之地，拿什么处理这唯一的高硬度水？巧妇难为无米之炊，愁的是不知道该怎么办。在我走投无路时，杜志明告知，乌鲁木齐八一钢铁厂露天仓库有一些旧水处理设备，不知能不能用。我心想死马当活马医，立即与杜乘一天一夜的火车赶到乌鲁木齐，下车直奔八一钢厂。

堆放在露天仓库里的这套中型石灰钠离子交换水处理设备虽然有缺损，但可以修复。我问同行的杜志明，新疆产矿盐吗？他说新疆产矿盐，不贵。我听罢，心里大喜，粗略估算直径 1500 毫米的离子交换器可以满足生产需求。于是，将这套水处理设备的过滤器、离子交换器拉回雅满苏矿进行修复。石灰处理设备残破，留在了露天仓库。我没看一眼乌鲁木齐的样子，就立即返回雅满苏。

我借绘图工具，伏在招待所的床上开始绘制水处理工艺系统图、水处理厂房平面布置图，交给建设指挥部，由哈密第二建筑公司施工。水处理设备需要防冻，必须建厂房。我还先后绘制了过滤器、离子交换器、盐泵、溶盐槽、盐水过滤器的安装图及管道安装图。画完所有的图纸，我长舒了一口气。我仔细计算了离子交换器的交换容量，还有富余，这样循环水处理就会很轻松了，还可减少排污量。龚荣春负责各车厢上水、排水井和排水总管图。这些管道要深埋防冻。来新疆两个月，我和龚荣春两个人各自完成了相关选厂的设计工作。接下来，选厂就进入施工阶段了。

我正忙着出图纸的时候，列电局派中心试验所一位叫黄福琴的女技术员来到雅满苏矿，她说是协助我搞水处理工作，我表示欢迎。她提出石灰处理方案。我说这里的地下水中悬浮物很少，高硬度水直接通过离子交换器出水，水质可保障合格，且简单可靠，有现成旧设备可用；当地有矿盐，水处理费用低，运行人员少，选择这种方法也比较现实；直径 1500 毫米的离子交换器装上树脂后的交换容量可以满足发电需求。黄福琴听过我的方案后，表示赞同，她第二天回北京向列电局汇报。

因为水贵，就得省着用。我和老龚商议如何省水、减少排水、回收循环用水。为了将锅炉水膜除尘灰水回收重复利用，我绘制了灰水沉淀分离水池图。

还绘制了废水回收水池图，将所有的排水汇集到低位回收池，旁建一泵房，用泵将废水打入洒水汽车，用于采矿道路降尘。

然而，席卷全国的"文化大革命"运动没有忽略这块荒漠之地，工地上施工进度很慢，基本处于停工状态。雅满苏矿当时也不需要更多的电，电站能否发电他们并不太关心。我依然如故，在电站工地现场忙碌。首先按照水处理厂房平面图浇筑过滤器、离子交换器的基础，然后用汽车吊将罐体吊装定位，再砌厂房。要等水处理主管道安装完与水泵房出水对接，主管道出口与各车厢上水母管对接。过滤器、离子交换器设备的阀门和管道安装由哈密二建水暖班施工，进度非常慢。班长杨师傅说："我们还天天来工地干点活，其他的人是到了工地聊天，到了晌午吃饭，没人干活。"我再三恳求哈密二建雅满苏项目队长刘克福帮忙快点施工，他满口天津腔地说："急嘛？现在是闹革命，不生产。"随后又悄悄地对我说真没办法。

龚荣春心急，决定向上级反映，向谁反映？他悄悄地给新疆赛福鼎主席写信，反映雅满苏矿自备柴油发电机可满足生产需要，根本不需要列车电站来发电。千方百计把列车电站骗来了，没人施工、没人负责，电站来了也不能发电，造成极大的闲置和浪费。后来收到新疆重工业厅回信，我们才知道此事，急问怎么答复的？龚荣春笑一笑说，回信讲，列车电站不是骗来的，目前的困难是暂时的，前途是光明的。

用电的不急，施工的更不急，我和老龚瞎急也没用。在后来的两年间，发电列车和人员匆匆来到这片荒漠之地，却迟迟不能发电。但是，电站却上演了"文革"武斗，几十人被迫徒步穿越戈壁，走出新疆，在生命禁区与死神擦肩而过。其后我被打得头破血流，动用飞机将我空运出这块伤痛之地，生命才得以延续。直到1969年4月水处理厂房设备安装完工，6站才成功投入运行。至此，我在戈壁深处设计实施的水处理方案验证成功，总算完成了闻所未闻的在戈壁滩上用火车拉水发电的任务。

1972年10月雅满苏矿自备电厂6000千瓦机组投产，仍采用我设计的水处理设备发电。

技术革新的几段记忆

文 / 陈光荣

　　1957 年我从西安电校毕业分配到列车电业局，在这支四海为家的发电队伍工作了 26 年，一直从事技术工作。由于列电机动性和应急性的特点，锻炼培养了一支一专多能、一工多艺、技术全面、作风过硬的队伍，广受社会认同和欢迎，这一点，我深有感受。

　　1979 年，第 42 列车电站调到苏州白洋湾发电，经 35 千伏主变压器升压并入华东电网。在从 35 千伏线路受电校验相序和同期时，我发现 35 千伏线路相序错误，随即告诉供电局。供电局葛人俊总工程师认为不大可能，我将测量的数据和由此做出的相位图给他看，他马上通知供电局送变电工区复查，结果印证了我的判断。他得知我是西安电校中专毕业后甚感意外，称赞说，你们电站人技术厉害。从此，葛总和我成了好朋友。1983 年，电站落地苏州后，葛总要我到供电局生技科搞继电保护，但我所在的苏州热电厂就是不放，说就要你们列电来的人，技术全面。尽管该厂有 7 位电气工程师。

　　我喜欢搞技术工作，在列电工作时期，钻研了不少技术问题，积累了很多第一手技术资料，也因此在"文革"中被认为走"白专"道路，但我"痴心"难改。

　　1965 年，我调到 42 站，当时由湖北火

陈光荣

电安装公司在武汉基地承装该站。我发现静子绕组槽口普遍流胶，查阅安装记录发现，安装单位曾对发电机进行过直流电流干燥，我认为是干燥时超温造成的。安装公司拿来干燥记录，数据显示干燥过程中最高温度纪录是90摄氏度，以此证明他们没有超温。但他们是用静子槽部埋入式电阻温度计测温的。我给他们分析说，如果是用交流电流干燥，静子除了绕组的铜损以外还有磁滞和涡流造成的铁损，所以槽部温度比端部温度高，这样测温是对头的；但采用直流电流干燥时，铁心中没有涡流损失和磁滞损失，非但不是一个热源，反而成为一个"散热器"，这时，静子端部绕组温度会高于槽部温度，只有槽部测温是不完全的，必须增加端部测温。

　　安装公司对我的分析持怀疑态度。为了弄清真实原因，我建议按他们原来的干燥方法再进行一次试验，只是在静子绕组端部增加了足够数量的酒精温度计。结果显示，槽部60摄氏度时端部温度已经85摄氏度了。推算结果是槽部90摄氏度时，端部温度达到138摄氏度，远远超过了绝缘胶的软化点。试验证明，我的分析是正确的。事实面前，安装单位承认了超温的责任，鉴于他们也没有修复能力，最后还是我们保定基地的师傅们来武汉做了绝缘补强。因为干燥发电机是经常要碰到的事，这个经验具有普遍意义，于是我写了一篇《用直流电流干燥发电机静子绕组时温度的控制》，发表于《电世界》杂志。赶到出刊时，"文革"来了，《电世界》改成了《红色电工》。

登载过作者技术论文的刊物。

42 站在武汉基地安装完毕并网试运行时，需要校验高压系统相序和同期，安装单位坚持要系统拉开到基地的高压线路。但该线路不是直供基地一家的，中间 T 接有其他用户，地区调度不同意拉闸停电，这样就无法进行带负荷试运行。基地总工游本厚找我，看有没有办法在系统不停电的情况下进行同期检验。我说可以的，并把具体技术措施方案、操作步骤方法告诉他。因为试运行是安装单位的责任，设备经过试运行验收合格移交我们以前，操作权、管理权是在他们手里，我们不好自己动手操作。游工就把我讲的方法转告给安装单位电气王工程师。王工说他们从来没有这么干过，同期系统出问题那可是大问题，汽轮发电机大轴扭曲变形，发动机静子线棒变形绝缘破坏都有可能。他们安装的机组多了，他们还在柬埔寨安装过西哈努克水电站……显然，对方案持怀疑态度。游工又把我叫上，与王工再次一起讨论，无论怎样讲，王工不同意。

那边机器每分钟 3000 转一直转着，汽轮机不带负荷空转，排汽温度是要升高的，游工急得不行，他把我拉到车外，问我是否有确实把握。我告诉他，电站每次调迁新址，我都是这样校验同期并网的，同期系统出问题责任大我能不知道吗？游工说，你有把握我就给他讲，我们自己校验同期，自己操作并网，你来干，怎么样？我说当然可以，只是恐怕王工不高兴。游工说只能这样了，再空转下去汽轮机吃不消了。王工同意我们操作，只是声明如果发生问题他们不负责任。我们按规定填写了操作票，不到 10 分钟就完成了相序、同期校验并网，开始了 72 小时满负荷试运行。

我搞技术革新，很多时候是在电站运行中，被遇到的棘手问题逼出来的。我们在四川峨眉发电时，刚投产不久，有一次打雷，引起为电站地面设施供电的车外 10 千伏配变失电。电站电气值班人员不知道距离电站约 1 公里外的水泵房已失去电源，最后导致停机。事故是坏事，但从中也暴露此前没有考虑到的问题。过后，我在电气车厢加装了一套配变失电声光报警装置。小改进起了大作用，此后，在峨眉发电 4 年有余，曾多次发生配变失电的情况，都由于电气值班人员得到报警信号，及时处置，没有再发生过类似停机事件。电站循环水泵安装在冷水塔车厢，冷水塔车厢多，排成长长一列，汽机值班人员无法就地监视。循环水泵工作情况，关系到电站安全运行。为使汽机司机能够及时发现问题，我在汽机车厢加装了一套循环水泵跳闸声光报警信号。这样，值班人员可以随时发现哪一台循环泵跳闸，以便处理。

42 站是 4 台锅炉，呈双列布置。上煤吊车把煤抓到紧靠煤场的一列锅炉煤斗，另一列锅炉的煤斗靠横在两台炉之间的水平输煤机进煤。曾发生过因吊车故障处于抢修状态，各锅炉煤斗存煤有多有少，存煤少的面临停炉的危险。这时，需要转运锅炉间煤斗里的存煤。当远离煤场一列的锅炉储煤多，需要返回到另一列锅炉时，由于原设计没有考虑到这种情况，输煤电机是单向的，这可能导致缺煤锅炉"弹尽粮绝"被迫停炉。于是，我们就把输煤电机改成正反转双向控制，两列锅炉之间煤斗的存煤可按需要相互转运了。

42 站制作安装半自动准同期装置也是很有推广价值的技术革新。原设计同期回路采用手动准同期，人工很难准确掌握送出合闸脉冲的最佳时机，稍有偏差，就会造成并列冲击。我们在研究苏联《动力系统自动化》一书及相关资料后，结合电站实际情况，制作并安装了一套机电型半自动准同期装置，使用效果很好。52 站电气技术员张书忠还特地到 42 站考察这套装置，并借走那本《动力系统自动化》，说他们也要安装这个装置。后来我的老同学何自治，在他工作的 38 站、12 站也先后安装了这种半自动准同期装置。到苏州热电厂后，我负责设计的两台余热发电机组，以及为地方其他厂设计的几台发电机组，都采用了这种半自动准同期装置，性能可靠稳定，运行人员十分满意。

1978 年电站返回武汉基地大修时，我们对配电车进行了集控改造。配电车原控制盘是 800×2300 毫米立式屏，因车厢空间狭小，盘前距离不足一米，坐在盘前扬头也难以监视仪表，值班人员只能站着监盘操作。而且预告信号、事故信号分散在各个设备的开关柜上，发生故障时，值班人员要离开控制盘跑到各处去查找信号指示，才能知道是哪里发生了故障，以及发生了什么故障。同时还考虑有其他需要改进的系统和设备，于是改立式盘为卧式集控台。我们利用基地的折板机、剪板机等设备，自己制作了卧式集控台。它比一般控制台多了一个 60 度面板，用于安装控制开关、按钮等，避免安装在大平面上误碰误动。集控台也改善了值班人员的工作条件，坐在台前，机组所有运行状况一目了然。

生产不停，改进不止，只要是生产过程中发现有需要改进革新的地方，我们就群策群力，研究制定改革方案组织实施，而每一次改进都会促进安全经济生产。

在 33 站的往事

文 / 冀志聪

冀志聪

1965 年 9 月，我料理完母亲的后事，返回列车电业局劳资科（后称劳资处）上班不久，干部科方一民找我谈话。他说在贵州发电的 33 列车电站需要一个人事员，问我想不想去。那时，我积极要求进步，刚由机关党委批准入党，因而毫不犹豫答应：去！方一民让我再考虑考虑，我说没有什么考虑的。就这样，三天后，离开北京列电局直奔 33 站所在地——贵州六枝。

在贵州六枝，当时有四个电站在支援大三线建设，33 站和 43 站共同为修建黔滇铁路发电，47 站和 48 站也在六枝。大三线地区各方面条件都较差，我们职工住的条件极其简陋，大家挤在干打垒的油毛毡房里。大通房用苇席当隔墙，分割成数个小房间。房间里没有隐私可言，透过灯光相互都能看到人影。粮食以大米为主，缺菜少肉，吃的水，是用棕榈、木炭、砂子过滤河坑里的水，根本谈不上饮水指标是否合格。

1966 年 2 月，黔滇铁路从六枝修到水城后，33 站和 43 站一起调迁到水城。33 站是为王家寨煤矿和水帘洞电厂建设发供电。43 站和 35 在水城火车站为水城建设服务。不久，45 站也调到水城，与 33 站合并，对外统称 33 站。

我们 33 站停靠在水城一个黄土坡下，而职工住在黄土坡上。住的条件依然很差，干打垒的油毛毡房子，隔墙不再是一纸苇席，两边都糊了泥。由于气候特别潮湿，居然从泥土中生出草来。房间里的地面没有硬化处理，人往床上一坐，铁管床脚就深陷进泥土里。就是这样一种生活条件，职工没有怨言。电站拉到水城，经过三四天紧急安装，就向外供电了。

由于当地政治情况复杂，发电列车由武装人员着便衣 24 小时持枪巡逻保卫。曾经发生过当地农民聚众切断电站水源，部队紧急出动才平息了的恶性事件。"文革"中的电站也出现争斗，电站领导被夺权，揪出来挨批斗。好在电站两派没有介入地方，尽管周边枪声不断，但是，电站运行没有受到影响，始终正常发电。

我在水城任经营管理组长，还负责人事、保卫、劳资、食堂等管理事情，特别是食堂采购让我付出了许多。当年，来这里搞三线建设的会战队伍比较庞大，给原本条件较差的生活物资供应带来更多的困难。当地菜少，肉更少，为了给职工改善伙食，让职工吃上肉，我要早上五六点钟爬起来，若没有汽车可派，就骑上自行车，奔 10 里外的水城县杀猪场去排队买猪肉。常常一去就是一天，等买到肉，已是下午五六点钟了。

我们电站买肉，一般就是两扇，整一头猪，大约一百斤。我将猪肉捆在自行车后架上，连推带骑往回走。当时，我骑车水平本就不高，在坑坑洼洼还净是上下坡的土路上骑车很是勉强，再驮着百十斤的猪肉，骑上车子晃晃悠悠。这一路，我不知要从车子上摔下来几次。人倒摔不坏，但是，要把车子再扶起来，要费九牛二虎之力。采购粮食也挺累人，要到几十里以外的王家寨粮库去采购，一买就是七八麻袋，司机帮我把麻袋搭在肩上，全由我一袋袋肩扛到车上。这样的奔波坚持了好久。

我奔赴贵州 33 站工作的时候，与妻子结婚才几个月，没想到一走几年都没有回家。妻子一人在农村，得病没有人照顾，几次打电话催我回去，但由于"四清"以及接踵而来的"文革"，不许请探亲假，因而与妻子一别就是几年。

1980 年，为支援内蒙古乌兰察布盟白乃庙铜矿和朱日和地区用电，33 站从山西运城开进了草原。朱日和至白乃庙一百多里的草原上人烟稀少，一年三季（除夏季）风沙不断。春秋刮的是"黄毛风"（沙尘暴），冬天吹的是"白毛风"（暴风雪）。由于一年三季飞沙走石，电站要求职工尽量不要一人行走，以防风大发生意外。1982 年春节前，电站厂长和生技组长因家中急事离站回家。正月初二，电站书记也接急电离开电站，回家探望生病的母亲。临行时将电站事务交我临时代管。或许老天知道我不懂生产，故意给我来了个下马威。

正月初三早上6点多钟，正在熟睡的职工、家属被电站发出的刺耳排汽声惊醒。不好，出事故了！大家不顾严寒，飞奔至数百米以外的发电列车。果然，由于锅炉送风机发生故障，压力降低，主汽门关闭，被迫紧急停机。大家都清楚，单机运行的电站突然断电绝不是儿戏，铜矿井下还有工人。就在我焦急万分时，忽然有人喊："老冀，矿长来电话找你。"我箭步跑到电气车厢接过电话，便听到矿长焦急的怒吼："你为什么不经允许就停机？我井下的工人怎么办？"我向他解释是因为事故被迫停机的，他还继续吼，我气愤地挂断电话时，电站已经启动了备用柴油机。

情况紧急，刻不容缓，我马上召开了机、炉、电、化验、热工等负责人紧急会议，布置抢修。会上大家一个劲安慰我，说："老冀，你别上火，我们一定会各负其责，保证用最短的时间把设备抢修好！"大家当时的心情我非常理解，可是非正常停机，管道都冻了，就是修好了能启动发电吗？说是不上火，其实我的火上大了！

全站职工、家属进入现场后都紧张地投入战斗。管理人员做好后勤，保障材料供应、备用设备供应及送茶送水，食堂炊事人员把饭菜送到现场，家属用火烤被冻的管道。吃饭的时间到了，没有一个人去吃口饭、喝口水，只是忙着抢修、疏通、试验、调整……

我虽然心急如焚，但看大家不吃不喝拼命工作，心里也着实不是滋味。我跑到这个车间说，"同志们，你们吃一口喝一口吧。"又跑到那个车间说，"人是铁饭是钢，大家吃了饭再干吧。"没有人去吃去喝，倒是有人反过来劝我去吃饭。大家从早晨6点钟一直干到下午5点来钟。我跑来跑去却帮不上忙，心里既着急又感激，忍不住眼圈红了，泪眼模糊。经过大家十多个小时的奋力抢修，终于顺利开机发电。朱日和地区、白乃庙铜矿的电灯亮了，机器响了，我心里的一块石头落了地，同志们脸上也露出了开心的笑容。

矿党委书记事后见到我说："老冀真行！"我心里说，不是我行，是职工技术和作风过硬。

为西南铁路会战供电的 43 站

文 / 丁正武

20 世纪六七十年代，在"备战、备荒、为人民"的形势下，西南三线建设如火如荼。第 43 列车电站在黔滇（贵昆）、湘黔和成昆铁路及国防设施施工大会战中，供电服务 7 年多，做出了突出贡献。

43 站是 1961 年初在广东英德冬瓜铺安装投产的，一直在广东地区发电，生活条件比较好，生产稳定。1964 年底，水电部下达调令，要 43 站赴贵州，支援西南铁路建设。要去"天无三日晴，地无三里平"的贵州，职工思想波动很大。离家更远了不说，还不能带家属，因而有些职工曾要求留在广东。电站为稳定职工队伍，下了不少功夫。

机组拆迁时正值冬季，不巧又遇到连日阴雨，给拆迁工作带来一定困难。衣服淋湿了拧两把穿上再干，手脚冻僵了烤烤火继续干。不少人从早晨 4 点就起床，一直干到深夜 12 点。就这样苦干了两昼夜，顺利完成了拆迁任务。因战备形势和铁路会战要求，职工家属不能同往。领导干部带头将家属送走，工人们也积极响应，这样全站 60 多名职工全部轻装上阵，直奔贵州六枝。

六枝属六盘水地区，四周荒山野岭，远望群山重叠。尽管来前，大家思想上都做好了吃苦的准备，但下了火车，与广东巨大的反差还是让职工吃惊不小。电站所在发电场地，除了两条铁路线，只有一个大工棚，洗脸要到山下河边去洗，还要端盆水回来做饭。当晚，职工们全挤在工棚里将就

丁正武

了一夜，第二天，就开始了发电准备工作。工作不分甲乙方，自己修路，接水管，竖线杆，拉线，装路灯。住房不够住就因陋就简，竹片插入地中，两面糊泥，屋顶铺上油毛毡，新房这就落成了。简易厕所由党团员带头修建。电站安装是工作的重点，为了争取时间，炊事人员把饭菜送到现场。传统节日春节到了，大家就在紧张的安装设备当中，度过了一个有意义的新年。经过两天半的苦战，电站一次启动成功。

43 站是为修建贵昆（黔滇）铁路的铁二局一处发供电，电站提出了"艰苦奋斗建西南，安全经济保施工"的口号。贵州气候变化大，水质较差，初到这里大家水土不服，职工接连患病，最严重时，有 20 多人同时拉肚子。但是，运行岗位没有因此缺岗。

那年夏天，六枝暴雨倾盆，几个小时后引发山洪，33 站水泵房被冲垮，网内其他几个电站均已解列。大量泥沙杂草也冲到 43 站水泵处，堵塞了水泵入口。在这紧要关头，电站职工闻讯赶到，纷纷跳进激流中，轮换潜入水底，清除进水口滤网处的杂物……在兄弟单位的支援下，几个小时后终于排除故障，保证了安全发电。冬季寒冷，三台水塔车和两台锅炉车顶上都有风机马达，车厢上的铁梯子上挂满薄冰，登梯的人须小心上下，特别是夜班工人稍有不慎就会跌落受伤。但每班都坚持检查。

全站有 65 名职工，是同类型机组中人员配置较少的，发电设备和车辆完好率一直保持 100%，达到了战备电站的水平。在六枝发电 294 天，运行 7056 小时，发电 1083 万千瓦·时。节约标准煤 915 吨（合原煤 1281 吨），发电成本也相应降低。电站被铁路二局三次通报表扬，并被授予"后勤战线上的大红花"奖状，年终总评中又获得了黔滇铁路电力系统竞赛固定红旗。还被评为 1965 年度列电局先进单位。1967 年副厂长张兆义代表电站到四川甘洛参加铁路建设表彰大会。

1966 年 1 月，六枝至水城铁路修通，电站随铁路大军迁至水城西，转而为铁二局十三处施工发电。1970 年 4 月在完成水城发电任务后，再随十三处赴野马寨为修建保密单位支线发电。1971 年 3 月又调迁贵定，为修建湘黔铁路的铁路二局一处供电。

这些地方当时都很小，水城是个小县，野马寨几乎看不到人烟。随着铁路的开通，建设队伍相继涌入西南，仅水城地区就有 43、35、33、45、54 等列车电站。转眼来了成千上万的人，给当地供应造成很大压力，生活物资十分匮乏。在水城，每周铁路流动货车开来一次，可供人们采购生活用品。而在野马

在贵州支援三线铁路建设的 43 站。

寨和贵定，流动货车也没见过。为了保证职工的正常生活，各单位自力更生，八仙过海各显神通。

　　各个运行班都在宿舍周围见缝插针开荒种菜，职工探亲回来也不忘带种子。电站所到之处都是自办食堂，并在食堂旁边修猪圈养猪，最多时养有五六头猪，有段时间还放养了两头小牛。电站的副食都是到很远的地方采购，有一次 15 元买到一头很瘦的小牛，宰出了一个大牛黄，卖给中药铺竟比牛价钱还高。

　　电站与当地农民相处也很融洽，农忙季节，抽出人员帮助生产队插秧、送肥和收割，生产队也主动帮助我们修建篮球场和道路。六枝的一个生产队还送给电站一面"工农一家"的锦旗。毋庸置疑，西南铁路建设列电人功不可没。

我在 45 站的一段经历

文 / 郝群峰

郝群峰

1965 年 5 月，我们 8 个同学结伴离开保定电校，登上北去的列车，到达远在林都——伊春友好镇的第 45 列车电站。

电站领导专门召开大会，欢迎我们几个加入列电队伍。经过 3 天安全培训后，按我们所学专业分到锅炉、汽机工段跟班运转，正式踏上了工作岗位。

11 月中旬，电站接到停机待命的通知，电站职工又开始忙于停机放水工作。此时，这里白天的最高气温零下 25 摄氏度，晚上最低气温达零下 42 摄氏度。如果管道或阀门内的余水放不干净，管道及阀门就会被冻裂。师傅们系着腰绳，爬上 4 米多高的车厢顶部，打开管道上的旁路门放水。我负责 3 台循环水泵阀门的放水，用叉口扳子拧开阀门底部的丝堵，见水流得慢，心急脱下手套，用右手食指伸向丝堵孔，想疏通一下，结果食指冻粘在上面动不了了。我惊得大声喊人。师傅看到我这个囧样说："小郝，不要怕，没事的！"只见他脱下手套，猫下腰来，用双手捂住我的右手，并不时向他的两手内哈气。不一会儿，我的食指从丝孔内抽了出来。虽然手指完好无损，但是大汗还是浸透了我的内衣。

12 月 20 号，我站接到列车电业局的加急电报：奉水电部命令，调第 45 列车电站支援大三线，前往贵州六枝特区。随即生产技术组组长焦玉存立即起程前往贵州六枝选厂。全站职工很快完成了拆迁工作，4名押车员随同发电列车奔向六枝。电站职工及家属陆续撤离，只剩下我和赵丙戌两人等待铁路方面将零担车拉走。1965年12月26日，友好火车站铁路验货人员来到驻地，检查装车合格后，蒸汽机车开进了道岔，机车两声鸣笛后，拖着4节零担车向友好火车站方向驶去。

夜幕降临了，我们俩回到空荡荡的宿舍，取暖炉已拆除，室内温度计显示为零下41摄氏度，我们要休息一夜，坚持到明天早上离开。床铺冰凉，哈气是一团白雾，我俩只好和衣而睡，钻进一个被窝，相互取暖。第二天早晨，顾不上洗漱，我们扛起行李卷大踏步向友好车站走去。3个小时后，我俩登上了开往哈尔滨的客车。

1966年1月，我们到达贵州六枝。电站选址在六枝东风水库北侧，与六枝电厂隔水相望，专用铁路道岔与黔昆铁路并行，相距只有五六米。职工宿舍建在电厂西侧，步行穿小路到厂区需20分钟。因建厂施工问题，发电列车暂时停在50公里外的二等车站的道岔上。全站职工陆续到齐后集中学习，每天开会传达中央文件或读报。我在电站读报有了小名气，推荐我参加了六枝电厂组织的读报大会。

2月的一天早上，突然听到机车长鸣，这是发电车进厂了，我们紧急集合，跑步去接车。只见一节崭新的机车（首批专供黔昆线使用的内燃机车）牵引着4节货车和12节发电车厢，缓缓地驶入厂区。百十名养路工在指挥者的指令下，将铁轨与列电铁路专用线相连。机车将16节车厢缓缓地推到专用道岔上。

接车任务一个多小时结束了，卸车任务开始了。锅炉工段的几个师傅爬上零担车，有的拆卸捆绑绳索，有的卸道木，有的卸部件。我的任务是拖拽电缆。拽电缆头的是电气张师傅，他累得满头大汗，索性把电缆扛在肩上低头猫腰向前走。我发现拽电缆有些轻了，猛回头，发现我后边还有六七个人也在拖拽电缆。张师傅刚进配电室，就大声喊：注意，注意，我要合闸！口令一个人一个人地往后传，拽电缆的人们才松了一口气，放下电缆。"合闸启动！"口令又传出，依次传给吊车司机王师傅，他立即合闸启动。伴随吊车马达的轰鸣声，坦克吊像蜗牛一样，从零担车上顺着临时搭砌的道木斜坡爬了下来。人们忘记了吃饭、休息，足足干到下午3点多，在锅炉工段张钧和师傅的指挥下，终于将4节零担车上的部件卸完。

下午4点，内燃机车长鸣一声，脱离列车电站，养路工将铁轨恢复原来连接。全站职工目送机车将零担车拉走，机车鸣笛一声，再见了。新上任的厂长刘桂福吹哨召集开会。由厂指导员（也称书记）陈士平讲话：大家辛苦了，马上停工，回食堂吃饭，明天休息一天！

我来六枝 20 多天了，没上过街，没洗过澡。休息一天后，全站职工又投入了紧张的安装工作。厂部号召职工向大庆人学习，发扬连续作战的精神，3 天内拿下主要部件的安装任务。那个时代的我们干起活来不要命。一直干到下午 4 点，在厂领导多次劝说下，职工们才勉强收工。第二天中午，炊事员用采购员刚买的小推车，把热腾腾的饭菜送到厂区，职工们才知道已经 12 点了，该吃饭了……

这种连续作战，持续了 3 天，终于完成了主要部件的安装任务。1966 年 3 月 1 日，调度命令 45 站在 3 日内并网发供电。

电站所有运转人员立即投入三班倒，我开始单独在水处理车厢值班。两台锅炉引风机马达的轰鸣声和甲方派来的推土机（用来向煤坑推煤）马达声交织在一起，45 站开始向外发供电。

我们在六枝发电近 4 个月，突然一天接到停机命令，调我们去水城发电。1966 年 7 月底，45 站来到水城，与不久前到达这里的 33 站合并，对外统称 33 站。发电列车停放在水城西站以西 3 里远叫黄土坡的地方，紧邻黔昆铁路，与其相距也就十几步远。两台发电车厢并排在铁路专用线上，车相距不足 20 米，煤场设在两站锅炉车厢中间。

水城较六枝海拔要高，冬季冰点气温持续 3 个多月。在水城我们住的仍是干打垒的房子。在六枝住干打垒时间短，且十几个人住在大宿舍里，人多热量大，没待冬季我们就离开了，在水城才真正体验到大西南的冬季是怎样的滋味。在北方冬季要穿棉衣棉裤，在这里也一样全副武装，但依然不觉得有多暖和。宿舍里跟北方就没办法比了，阴寒湿冷，晚上睡觉身上要压两床被子。由于本地气候特点，这一时节，难得老天爷开眼恩赐阳光，整天雾气昭昭，置身在云雾山中，长久锁在"仙境"里，个个都无精打采。

遇上连绵冻雨，出行就犯难了。我们的宿舍建在陡坡上，与厂区有一条 N 形坡路相连，上班的职工要下坡，下班的职工须爬坡，步步惊心，稍不小心就滑倒，不留神便来个"狗吃屎"。我摔过两次，摔得"五体投地"，好在没有摔坏"零部件"。为能安全上下坡，我们也想办法。向附近寨子里农民要来稻草，将稻草编成绳子，然后把稻草绳拴在鞋上增加摩擦力。有的职工干脆放弃走险坡，提前一个多小时动身，绕道球场，转大弯顺黔昆路往返。还有的下夜班就在发电车厢的犄角处蜷身而卧，一觉睡到大天亮。

这里的饮用水让我们吃了很多的苦头，差点要了我的命。水是从十里开外的河边抽上来的，是没有经过消毒的地表水，完全达不到国家规定的饮用水指标。尤其是夏季，饮水稍不注意就拉肚子、患痢疾、闹肠炎。甲方配给的医务室没有化验设备，缺少有效的药品，只有黄连素等常规药。在这里发电的职工80%都拉过肚子。我应该算是受害最重的，患肠炎久治不愈，一天总跑厕所，内裤都不够换的，整得狼狈不堪。我的体重由110多斤，患病瘦到90多斤。实在扛不住了，只好休息了几天，搭车去十里开外的县医院诊治，病情才得到控制。但遗憾的是拉稀未及时治疗，转为慢性肠炎，十余年后才治愈。

1971年6月，45站告别了水城，后又去了长春和株洲。我很欣慰自己曾是列电队伍的一员，曾是参与大三线建设的百万大军中的一员。

在克山农场的日子

文 / 徐竹生

初到农场

徐竹生

  1966 年的农历春节后，初春的气息刚刚露头，31 列车电站厂部决定派侯兆星、安树钦、宋希云和我赴克山农场从事农场生产一年。厂里开会宣布后，我们 4 人第二天一早就出发了。

  我们先乘火车从萨尔图到齐齐哈尔，再换乘火车去克山站。我们几个都穿一身带道道儿的黑色棉袄棉裤，周围的乘客抬起头来默默地注视着我们的一举一动。一位大嫂又走了过来，问我："就你们几个？"我不知道她为什么这么问，她见我有点糊涂，又问："他们没有跟着？""没有。""怎么？没有人押着你们？啊，你们是劳改释放犯呀！"原来大嫂见我们身穿别样棉装误以为是犯人了。

  大约是下午 3 点，列车到达克山站，站外有人手举一个马粪纸牌子，上面有两个字：列电！一个长头发身穿翻毛羊皮袄、手握赶马鞭的爷们儿来接我们，我们坐上了他的马车，四周白茫茫的一片，看不见黑土地。我们从他的谈笑中得知他是农场越冬队员，今年干活的人还没到呢。克山农场有两个队，一队有农田 2000 亩，二队不到 4000 亩。农场有两部大卡车，四台拖拉机，另外还有收割机、中耕机、播种机。农场的劳力主要是从各个列车电站抽调，有长期的也有临时帮忙的。

我们分在二队，这里也就十来间平房，院子里有些设备埋在雪中。这个年产粮食上百万斤的农场，完全不是我想象中的样子，连间像样的砖瓦房都没有。我们忙着打扫室内卫生，铺好行李，下午在室外扫雪时，远方有几条狗向我们飞奔而来，围着我们摇尾、舔鞋、打转，无比的亲热。在后来的日子，这几条狗成了我们最亲密的朋友。

春播

"当下的任务是备耕和春播。"农场王队长专门给我们下达劳动任务，他抽着自卷的老旱烟，守着火炉。我记不清他后来讲了些什么，只记得这一句，也知道明天就要干农活儿了。

在整个春播期间，我一直跟在拖拉机手的后面当机耕手、播种机手。拖拉机在前面走，我就坐在后面的农机座儿上，操控农机具的作业，观察农机具的作业效果，有了问题就拉动拖拉机后面的一根铁丝，师傅就听到铃声，马上停车进行调整。这个工作说起来简单，做起来不容易，那个座儿太小了，人很容易被颠下来。我每天都要从农机具上摔下来几次，往前摔往两边摔都会受伤，只有往后摔问题小些，这可是人身安全问题。虽说我是一个笨人，但是每次从农机上摔下来眼看就要被农机卡压的时候，我都能安全脱险，连师傅都吃惊不小。

农机手是一个危险的工作，到后来我宁愿跟在后面跑。记得在南大地中耕除草，我就是跟在后面跑的，鞋坏了光着脚丫也是跟在拖拉机的后面跑，我还要负责把弄倒的幼苗扶正。南大地一个来回有六里路，一个下午我得跑四五个来回。那时年轻，我没觉得太累。

大概在 4 月中旬，农场的农业植物下种工作基本完成了，王队长说他这才喘了一口气。但是，田间管理工作也正式展开了。队长最不放心的是我，他问我认识庄稼苗吗？会锄地吗？他对我亲自考核过后，才可以上岗了。

我们住地百米开外，有一口水井，20 米深，用水得一桶桶手工摇上来。二队没有像样的厕所，好在二队全是一顺的爷们儿（女同志住一队），房后挖有不深的坑，就在此方便（春天施的农家肥的出处之一，农场苍蝇奇多的重要原因之一）。

二队的伙房只有两名炊事员，人多的时候有 30 人吃饭，大师傅天天挥汗如雨，筋疲力尽，叫苦不迭。吃饭的人多，要吃饭的苍蝇更多，掀开伙房的门帘，立马就有一团团的苍蝇嗡嗡地扑上来。想吃饭的话，必须手脚并用侧身向前冲开一条路。我们吃饭时，要一只手不停地赶苍蝇，一只手拿筷子急忙吃饭。

我有个朋友外号大炮，高度近视，头一天进伙房没敢吃饭。第二天中午，他发现手里的窝头内有一只煮熟的大苍蝇。我们习以为常，他没沉住气，拿着就去找炊事员，结果吵了一架。晚上，全体员工的学习会上，领导强调，来农场干活的，免不了吃斤儿八两的土、七八个蝇子。

对待宿舍内的苍蝇，我们几乎每隔一两天就洒一回"六六六"或"敌敌畏"，睡觉时得闻着这种药味，闻不到还睡不着了呢！尽管如此，屋内各个角落还是大量潜伏着这种活物。我们屋内房顶中部挂了一根电灯拉火线，平时你看着有一两厘米粗，而且越往上越粗。怎么这么粗？你只需要轻轻弹它一下，成百上千只苍蝇"轰"的一声腾空而起，那根拉火线其实很细！

力夺丰收

我们一早就下地。夏天白天时间长，我们腰间系一小布袋，装一个馒头或窝头。出汗太多，但是没有合适的容器带水，只有干渴着等待中午队里送饭送水，那时我们十分羡慕有一个军用背壶。几年后，我在哈尔滨买到一个一直保存至今，我是在农场那一片偌大的田地里干活渴怕了。

我们劳作一天，累得东倒西歪。狗朋友偶尔来看我，亲近地舔我的脚。

侯兆星、安树钦、宋希云、韩长举和我，还有两人来自其他电站，我忘了单位和姓名了，全在南大地的大豆田里锄草培土。天气闷热难耐，只见天空的东南方有一大片乌云，移动的速度在加快，突然间狂风大作，乌云变成了白色的雨雾向我们压了过来，鸭蛋大小的冰雹从天而降。我们无处躲藏，有人喊进玉米地！有人喊护住头！不多时，冰雹戛然而止，而且雨过天晴。我们慢慢地站立起来，清点人数，7人一个不少，查看伤情，除了几人身上有红肿血印之外，大家均安然无恙。在我们庆幸逃过一劫时，队部的救援汽车也赶到了。

雹灾影响了少数地块，我们又要补苗、补种了，也增加了田间管理的工作量。在二队的田野里，我们奔波了半年多，终于看到了金黄的麦浪、沉甸甸的麦穗了。我们试着问队长，"怎么样，可以说丰收在望了吧?"他轻轻地点了点头。

秋收工作开始了。农场开镰是有仪式的，王队长站在春小麦的田头，看看天，看看地，弯腰下刀，开割！仪式过后，收割机进场了。

小麦运回来要借风力扬场，队部又从村里借来两台手摇的鼓风机。扬场是用木锨铲起一满锨的小麦，向前上方高高抛去，以使麦粒能与杂物在下落时分离。一下两下不算什么，半天就手酸腰痛了，两天三天呢？农场张立德书记见我的个子高又不惜力，扬场动作到位效果好，他表扬我，说："老徐真行，能上清华，又会了扬场。"我们每个人头上落有厚厚的一层土，唯独嘴鼻处没有，全吸进去了！农场领导说的吃斤八两土完全是有依据的。

再说扛包上垛更是对人的体力、耐力的考验。一麻袋小麦重200斤，这重量超过成年男子的体重，两个人才能把麻袋撮起半人高，你得闭住气下蹲猫腰从麻袋的下方钻进去用后肩把它扛起来，而后站起，喘一口气，再向前移步。到跳板向上移动上垛时一定要碎步，注意避免走步与跳板的频率发生共振，而使人从空中跌落。以上各个环节要一气呵成，农务组的朋友半数力不从心。据统计，一天下来，一人能扛六七十袋。我们在农场干的这种活儿不久就由机械取代了。

再说说封口，就是把装满的麻袋上口用细麻绳缝好。农场领导好像也有点准备不足，找两个女同志缝，以为这样就行了，现场一干，缝口的人手太少了，把食堂会计也找来封口，还是人手不够，最后还是发动群众。8个人排着队，一个一个地扛上包走，在垛顶上放下麻袋往回走，站到扛包队伍的后面等着扛下一个包。就是这个等着扛的时候你闲了，对不起，来缝包，缝几针是几针，该你扛包了，你马上去扛，下一个放下包返回的人接着你的缝口再缝，就这样接力。到后来大豆装袋就改成扎口了，也不是200斤了，改成150斤一个，口一扎就行了，不用人帮助一提就上肩走人。我扛惯了200斤麻袋，觉得150斤的大豆扛起来轻轻松松的了。

我们不知道农场打了多少粮食，只听管理员讲他准备了5000个麻袋没有够用。在生活困难时期，农场给列电职工提供了粮食补贴。列电朋友们，不要忘了农场呀！

我们在克山农场干完了一个完整的生产年度，百万斤粮食的收获，我们从来没有多吃一个馒头，完全按当时政府规定的粗粮细粮搭配比例就餐。历时八个多月，我们没有休息过一天。250多个日夜，我们没有离开农场半步路。

我们离开克山农场的时候，路过一队，想看一看跟我们特别亲热的狗狗。司机师傅告诉我们，半月前收小麦期间农场灭鼠时它们误食灭鼠药死了。"全死了吗？""只留下两条很小的小狗！"我们都很失落！我这时想起了我夜间值班看守小麦时，那条叫"黑子"的狗一直守在我身边，寸步不离……我们对着汽车后方高喊："黑仔！羊蛋儿！你们在哪里？"没有回应。我想，在天国，它们一定听到了我们的呼唤，正在向我们飞奔而来！

50年过去了，但1966年在列电克山农场劳动的记忆仍很深刻，离开农场后，每遇上在克山农场劳动过的人我都要聊聊天，都是一起出过大力流过大汗的朋友呀！

为 20 基地发供电追忆

文 / 王占兴　整理 / 张作强

王占兴

1967 年 12 月，正是"文革"时期。在保定列车电站基地待命的第 49 列车电站，接到列车电业局紧急调令，到甘肃酒泉卫星发射中心发供电。

当时，49 站领导靠边站，不能去。全站 60 多人，经过严格政审，合格人员也就 30 多人。在十万火急的情况下，列电局领导和军宣队决定向兄弟电站借调部分人员，以解决去酒泉人员不足问题。

眼下，最急需的是拆卸设备并装车发运。经上级领导研究，由我这个汽机工段长和车工贺廉春共同抓电站生产，并指挥调迁。

我老婆刚生完孩子才 3 天，还有一个 3 岁的儿子，我如果组织调迁，老婆身边就无人照顾。在这种情况下，我还是把党和国家的利益放在了第一位，为国防建设出把力，不是人人都有这样的机会。

人员少、任务紧迫。我们就从保定市装卸公司要来 40 名搬运工和两台吊车，再加上基地一台吊车，从人员到设备都有了保证。于是，设备拆卸和装车工作全方位展开。

在装车过程中，一不小心，我的右手大拇指被挤压出血，但在紧张的工作中也顾不上包扎，忍着疼痛，仍然跑上跑下，指挥全盘工作。经过三天三夜连续作战，设备拆装任务终于完成。49 站按时发车，驶向神秘的 20 基地。

20 基地全称第 20 训练基地，说是在甘肃酒泉，实际地处中蒙边界寸草不生的巴丹吉林大沙漠额济纳旗境内。从远处瞭望，可见到一座高达40多米的长方体钢架，后来得知这就是发射火箭的2号发射架。

12月的天气已经很冷。电站职工先住进了用木架、帆布临时搭起的简陋房。房内有用大油桶改装的火炉，用作取暖。烧的是工程兵从沙滩上拔来的像干树枝一样的骆驼草。烧起来，炉火很旺，但是气味很浓。我们的邻居解放军战士提醒："千万要注意通风，严防气体中毒！"他们还说，曾有一对年轻夫妇，睡前麻痹大意，门窗关闭太紧，两人中毒身亡。所以，我们在这里居住的半年中，把预防气体中毒当成大事，但是仍然有一些同志经常出现头晕、头疼、口干舌苦，恶心呕吐等现象。后来，我们搬进了半地下室的平房。

在等待机组进入工地时，我受伤的大拇指，因没有及时治疗而造成感染化脓，肿得像大冰棒，疼痛伴着发烧，难以忍受。无奈之下，住进了解放军10号医院，经过治疗很快痊愈。

49站职工，在解放军张天信指导员和小马排长带领下，有幸参观了2号工地现场。在发射塔的最北面，是发射场地下操作室。令人震惊地是，这里正在挖一个至少有50米见方、深约40米，不知干什么用的大坑。上百辆汽车、吊车、铲车、搅拌机在工作，机器轰鸣，焊光闪闪；人肩扛、小车推，川流不息，日夜不歇，真可谓万马奔腾的大会战。

发射基地派来了两部汽车吊，并有军工的大力协助，49站紧张而有序的安装工作开始了。首先起吊安装的是车厢顶部的锅炉烟囱、煤斗、上煤机，汽轮机车厢顶部的U型主蒸汽管道，水塔车的循环水母管几个大件。安装过程中，不仅寒冷，还伴随着风沙，吊体在风中摇摆不定，难以定位。站在车厢顶上的工人，冻得全身发抖，站立不稳。但大家群策群力，相互帮助，终于安全地完成了车厢外部的大件安装。

机组安装过程中，有不少同志手脚冻肿，有的感冒咳嗽不止，甚至发烧。经过8天的艰苦奋战，顺利完成了机组安装任务，并于1968年1月29日，一次启动成功，创造了调迁安装最快、发电最顺利的好成绩。

大漠中的20基地，冬季冷的时间很长，最冷的时候，可达零下40摄氏度。在这样的条件下，要保证机组的安全运行，说起来简单，做起来确实很难。备用设备能不能在关键时候启动起来，水管、汽管能不能经受得住严寒的考验，都是一个未知数。机组投入运行后，大家顾不上休息，马上投入到设备的巡检、监视，以及保温等各项工作，以保证机组安全运行。

1968年7月份，钱学森到基地视察，并徒步来到49站。他走进每个车厢，亲切慰问正在值班的职工，热情地与每一位工人握手，对我们说，你们辛苦了，你们没有辜负党和国家的重托，保证了工程建设安全用电，我谢谢你们。

在 2 号工地现场，49 站职工曾两次亲眼看到火箭发射，那壮观场面激动人心，令人难忘。

那天，发射场上非常宁静，所有的人都目不转睛地盯着发射架上的火箭。当坐在吉普车上的司令员发出点火的信号弹时，发射架上 40 米高的火箭，在翻滚的云烟中徐徐升起，尾部喷着蓝色的火焰，飞向了太空。

现场欢声雷动！火箭发射成功，凝聚了不知多少人的心血，其中也有 49 站职工的一份贡献。

记得在 2 号地下操作室即将竣工的时候，49 站职工在张天信指导员和小马同志带领下，参观了地下操作室。地下室四周墙壁全是用钢筋水泥混凝土浇筑而成，操作室大厅的中央设计得特别精致、奇特，所有的设施包括照明都令人赞叹不已。

小马介绍说，操作室的最底层离地面约 40 米高，工程兵日夜不停，连续作战两年多，挖出土方二十多万立方米，用钢筋两千多吨，水泥数十万吨。在施工中，有的同志因劳累病倒了，也有的同志永远留在了大漠。

小马还特别讲道，这个工程，是用工程兵的血汗浇筑而成的，其中也有你们列电职工的汗水和贡献。在工程施工和发射试验缺电的紧迫情况下，你们及时来到这里，并经受了严寒风沙的考验，保证了工程施工用电。我代表基建工程兵向你们表示感谢。

1968 年 11 月，49 站全体职工，包括其他兄弟电站抽调来支援的人员，经过近一年的艰苦奋斗，圆满地完成了为 20 基地供电任务，奉命调回保定基地。

遗憾的是，因为 2 号工程是国家机密，很多场面不能拍摄下来作为纪念。但每当我们在电视上看到酒泉发射塔时，那段难忘的画面就会浮现在眼前……

为我国第一颗卫星发射工程发电

文 / 高吉泉

1970年4月25日，夕阳西下的河南平顶山沐浴在余晖的彩霞中，阵阵晚风掠过坐落在落凫山脚下的第29列车电站。此时，我正在值运行班，坐在1号锅炉车厢门口，监视着锅炉运行状态，不时地放眼市区灯火美景。

设在市区的高音喇叭，提前播报当晚有重要新闻。18时，听到播音员声音洪亮地播报中共中央新闻公报："1970年4月24日，我国成功发射了第一颗人造地球卫星……中国

高吉泉

共产党中央委员会向从事研制、发射卫星的工人、人民解放军指战员、革命干部、科学工作者、工程技术人员、民兵以及有关人员，表示热烈的祝贺……"听罢，我心潮澎湃，激动万分，不禁站在锅炉前振臂大声呼喊，埋藏心底三年之久、难以忘却的秘密使命，此刻可以告知他人了。

我的思绪在机器设备的轰鸣中、街头群众游行欢庆的口号和鞭炮声中，穿过时光隧道，飞向昔日的沙漠戈壁……

艰难的旅程

1967年12月底，"文革"进入高潮时期。列车电业局

借调部分 29 站人员到 49 站,参加国防工程建设,填补 49 站因政审或其他原因不能随站发电的人员空缺。包括我在内的锅炉、汽机、电气、化验 20 人很快圈定下来。虽然我们大都是 20 刚出头的年轻人,但都已是独立胜任岗位工作的骨干。

我们谁也不知道跟随电站调迁何地,更不知道为谁发电。电气工段程振起专程从北京取来介绍信,上面带有"中华人民共和国国防科学技术工业委员会"的印章。我们带上这封介绍信,开始了全程 2400 公里的艰难旅程。

当时,由于"文革"造成的混乱局面,嘉峪关至新疆的列车已经停驶,兰州至嘉峪关的列车也不定时。在郑州、西安等车站军管会的帮助下,我们方能登上分段西行的列车。到达兰州时,8120 部队驻兰州办事处人员才告知,我们的目的地是清水,这是一个非常小的车站。在兰州等待 4 天后,解放军派一队战士送我们上车,战士排成人墙护卫,我们才坐上前往嘉峪关的列车。车厢里人多到不可想象,厕所、走廊、桌椅下、行李架甚至车厢门口及扶梯,但凡可置身、立足的空间都塞满了乘客,留下的空间仅够喘气之用。人坐在座位上动一下腿都是相当困难的事,不能吃饭更不能上厕所。在绝望、麻木的 30 多个小时的煎熬中,在一路哐当哐当的噪声中,我用体温慢慢烘干尿湿的内裤、绒裤。这段令人恐惧的 684 公里的旅程,至今让我难以忘却。

我们到达了清水火车站的部队招待所,享受到了很久没有的安宁与款待。第二天早上,我们沿着在地图上无法找到的"走向太空、卓越功勋"的 270 公里军事铁路,到达位于大漠深处的额济纳旗青山头地区。这是我国第一个陆上导弹试验场,中国人民解放军第 20 训练基地司令部所在地,代号为 10 号的东风城,即现在所说的酒泉卫星发射中心。实际上,这里距离酒泉市还有近 300 公里。这是在极其艰难条件下,无数解放军指战员用血汗建成的戈壁明珠,出于保密原因,对外通信地址为兰州 27 支局 34 栋 26 号。

奋战戈壁滩

来到试验场,8120 部队基建工程部长韩恩山接见了先期到达的 29 站职工代表,我作为 29 站骨干人员和唯一预备党员参加了接见。从韩部长对 138 工程介绍中得知,国防科委正在东风基地新建发射阵地,用来担负远程火箭试验和东方红卫星发射任务,新建阵地导流槽及几个深埋于地下的发射控制间比原有更大、更坚固。基地自备电厂机组小,无法满足工程施工用电需求,因此调列车电站前来支援。

韩部长告知，这项任务是经毛主席和周总理亲自批准，事关国防安全，任务保密，不能公开。要求我们克服派性，团结一致、不折不扣地完成任务。我们表态，一定团结一心，努力工作，绝不辜负使命。

49站人员到达后，我们一起到了2号施工工地。此时已是寒冬，滴水成冰，皑皑白雪覆盖着戈壁。为抵御寒冷，我们身着基地配发的黑色棉衣、棉裤、棉帽、大头皮鞋、棉手套，再加上绒衣绒裤，人被包裹得伸胳膊迈腿都很别扭。

由于海拔高，紫外线强，人人脸晒得暗红，走路气喘吁吁。我们拖着快要冻僵的身体，从敞篷卡车上下来，进入了解放军工兵连战士给我们搭建的板房。板房内两侧是用木板搭建的通铺，中间是用汽油桶制成的煤炉。睡觉前，炉火把油桶铁皮烧得通红，人们可以穿着裤衩嬉闹，到夜里炉火熄灭后，室内冻成另一个世界，挨着墙壁的被子结冻拽不开，脸盆里的水被冻成冰坨。

在工地，每天最发怵去的地方是厕所，厕所用苇席搭建，每次大便后，屁股被冻得没有知觉，半天才能恢复过来。清理厕所，需要几个战士使用大锤、撬杠才能完成。在零下三四十摄氏度的严寒里安装，其艰难程度是未经历者无法想象的。

49站领导因故没能来这里。基地基建部派工兵连队张天信来电站任指导员，还派来小马排长。他俩不了解电站，电站职工们以特有的热情，主动帮助军代表熟悉电站工作流程、人员状态和需要协调解决的问题。在稍后赶到的汽机工程师吴颂年和49站王占兴、曹德新等师傅的技术指导下，经解放军工兵连队指战员的昼夜奋战，发电车厢稳稳地停在专用线上。

鏖战在除夕

接到进行设备安装的命令后，我们依靠一台电动坦克吊车和人拉肩扛，立即投入到卸车及管道、煤斗等设备安装工作中。天虽然寒冷，汗水还是浸湿了内衣，汗很快变凉，倍受煎熬。口中呼出的哈气令眼睛、眉毛结霜。冻得不行了，就围拢在火堆旁烤烤冻得发僵的双手。现场听不到有人抱怨，看不到谁懈怠。在调速器吊装就位时，李树璋为保证调速器缸盖准确就位，毅然摘下棉手套徒手摆正缸盖，两手瞬间冻伤。在后来的工作中，他两手起满水泡依然坚持工作，受到了138工程现场指挥部领导的表扬。

严寒、低温使得润滑油凝结，设备不能转动。指挥部紧急调来几台以航空煤油为燃料的热风机，将要启动的设备逐一吹热。为保证电站水、汽循环系统不被冻成"灌肠"，系统启动前，锅炉依靠消防车不停地供水。每次注水完毕，都需要四五个人迅速抱起消防水带将水控干，防止消防水带冻住。大家的棉衣不免被水浸湿，即刻冰冻，大头鞋也冻成冰疙瘩，个个走起路来像狗熊一样笨重，一副憨态还不忘相互取笑。

经过几昼夜连续奋战，准备并网发电。1968 年 1 月 29 日除夕夜，由于电站自备柴油发电机之前已损坏，电站启动需要外部电源提供支援。但是，外部电压很低，由于 138 工程基槽降水泵的运行和晚用电高峰的到来，使电力供应非常吃紧。电站锅炉尽管只启动了维持燃烧的引风机、给煤机，停止了送风机、炉排的运转，供电电压仍然很低，设备仅能低速转动。大家轮流用手按住动力盘上空气开关的保护按钮，用绝缘工具顶住开关衔铁，强行使开关吸合、电动机运转，维持锅炉升压。

汽轮机转速在艰难地升高，即使关掉了所有的排气、疏水阀门，锅炉汽压还是不给力。突然，电站一片漆黑，瞬间所有设备停转，原来是因电力紧张，电网调度停止了给电站的供电。我们深知后果严重，在这种极端严寒的天气下停电，会造成整个电站报废。作为 49 站唯一的技术干部、汽机工程师吴颂年，几乎带着哭泣的声调给电网调度及有关领导打电话，讲明停电危害，请求立即恢复供电。当厂用电恢复的一刻，全站上下一片欢腾……这是我人生中经历的最不寻常的除夕。

1 月 30 日大年初一，基地在 10 号东凤城东风礼堂举行参建人员庆功大会，138 工程小组长、副司令员张贻祥将军对列电并入基地电网给予了表彰和肯定。多少年后，每当回忆起用这种特殊方式欢度春节的经历，都会感到振奋。

战胜了寒冬，又迎来春季肆虐横行的沙尘暴。沙尘暴袭来，狂风卷着黄沙和碎石铺天盖地，车厢被吹打得"当当"作响，剧烈地晃动。待风沙掠过，车厢顶上足足有两厘米厚的粗砂，我们个个犹如刚从土堆里钻出来的一般。

1968 年 11 月，基地电厂新安装的 6000 千瓦机组投产，就此，我们为 138 工程应急发电 10 个月后，圆满完成特别使命。电站在发供电期间，没发生过一次停电事故，保障了工程施工和东风基地电网用电需要。

发电期间，我们也荣幸地被基地首长请到火箭发射现场，观看"和平 2号"固体燃料火箭发射。火箭升空那刻，令我们激动不已。后来，汽机王占兴师傅用水彩描绘了导弹发射场景，凝固了那刻难忘的记忆。

筹建 51 站

文 / 孟炳君

1965 年冬季，列车电业局从正在萨尔图发电的第 31 列车电站抽调 30 余人，成建制去接新机 51 站，任命余钦周为厂长。我从保定电校毕业分配到 31 站才两年，还是列电新兵，也随队参加筹建。

应该先交代一下，51 站是列电局第一台国产燃气轮机组，也是最后一台。机组为开放式、单轴、无回热单循环型式的整套发电设备，额定供电功率 6000 千瓦，是上海汽轮机厂以瑞士进口 32 站设备为原型仿制而成的。这台燃机电站"降生"并不顺利，又赶上"文革"，筹建经历较为坎坷。

首先，上汽厂完成发电设备制造后，列电局就面临一个难题，因为国内制造厂都没有设计生产过如此庞大的燃机主车厢，何况设计制造需要一定周期，所以主车厢一时没有着落，有马配不上鞍。为了不影响设备按时投入运营，列电局决定先将设备落地安装，地点选在当时用电紧张、燃料提供便利的石油产地广东茂名。

基于这样的方案，筹建人员分兵两路，一路由厂长余钦周率队前往上汽厂参加试运，技术骨干随队前往，其中有技术员杨世大、张宝珩、徐黑、向方荣，以及具有燃气轮机运行经验的老师傅吴立维、张宏景、杨翠娣、戴云霞、王双吉、廖品才、李桂新、徐先林等。另一路则由张学山负责，带领其余职工前往广东茂名，选厂址配合搞基建，我也在此列。出发前，厂领导要求两路人马年底前到达各自地点开展

孟炳君

工作。

到茂名这批人，受到早已在此地发电的第 6、8、9、15、46 等各电站职工的欢迎，得到了妥善的安置，为尽快地开展工作打下了一个很好基础。51 站厂址就选在茂名车站附近，在当地石油公司的支持和帮助下，基建工作顺利进行。

1966 年元月，不好的消息传来，发电设备在上汽试运时发生了故障，燃气轮机组的主要承热部件因超温而产生严重变形和部分部件损坏，机组需要较长时间的修整后才能重新组装。出师不利，令人沮丧。之前，列电局对 51 站前景还非常乐观，曾指示电站设备在上汽厂试运成功后，要暂时留在上海发电，以缓解当地用电紧张，待茂名建厂完成后，再按原计划方案实施。而当下，短期内发电设备不可能运抵茂名，接下来 51 站何去何从成为未知数。春节过后，列电局 51 站基建停工，逗留茂名的人员于当年的 4 月离开，集中到武汉基地待命，在上汽厂参加试运人员也汇集到武汉。人员在武汉基地安顿下来，没想到一待居然有两年之久。

在武汉期间，部分机电人员由张学山、李桂新带队，于 1966 年 4 月中旬前往宝鸡西北基地，参加 52 站机电设备安装工作，6 月中旬返回。7 月下旬，由基地为 51 站配备的辅助车辆及一些设备陆续到位。在基地有关部门的指导和参与下，51 站的全体人员展开了全面技能培训，为今后 51 站设备顺利运营打下了坚实基础。一段时间筹建没有任务，电站人员下到基地生产车间参加生产。

由于修复设备需要较长时间，列电局更改最初的筹建方案，将 51 站发电设备由落地改为装车。主车厢由上海江南造船厂负责制造，台车行走部分由齐齐哈尔车辆厂制造，完成后运抵江南造船厂组装。配电车和启动设备车也由齐哈厂制造，其他辅助车辆及配套设备由武汉基地完成。

1967 年底，51 站配套工作即将完成时，从上汽厂传来好消息：主机设备修复工作将完工，可以进行启动试车。另外，由江南厂制造的主车厢及由齐齐哈尔车辆厂制造的配电车和启动设备车也已完工。按局领导要求，厂长余钦周带领机、电、热人员再次前往上汽厂参加试运，张学山带其余人等前往江南厂和齐哈厂接收车辆。这是 51 站筹建人员时隔两年后，第二次分兵两路接机。

上汽厂试运成功，机组各项技术指标和性能都达到了预期的目标，可以出厂装车投入运营。发电设备主车长而重，需要在运营的铁路线上进行行车试验。在铁路部门的统筹安排下，主车与配电车及设备启动车组成专列，在选定的铁路区段，进行了时速为 30 公里、60 公里、80 公里测试。结果显示，车辆的各项性能指标完全符合铁路部门的标准要求，可以在全国范围内的铁路线上安全运行。车辆试运合格后被送到上海吴泾热电厂专用线，51 站发电设备的安装试运行工作将在那里进行。

发电设备的上车安装，包括发电设备主机组、辅机组、配电组三项任务，负责安装的单位是华东电力安装公司。为了今后可靠的运行保养，51 站选派电站机电骨干人员吴立维、杨世大、李桂新、王双吉、张宏景、徐先林、徐黑、向方荣等参与其中。

正式安装工作在 1968 年的 3 月上旬开始。值得一提的是，为了使 51 站能够做到快速调迁、安装，并及时启动供电，要求电站自带燃油，所以配备了 6 节油罐车，自备油箱的油要在高位随设备调运。同时要求电站所有油气水管道、电缆、电线全部上车，这样就大大缩短了主车就位的安装时间，出线接好后，机组可在 24 小时内启动送电。为了更好地配合设备安装后试运行，电站根据列电局有关部门的要求，将武汉基地为电站配备的油罐车、燃料处理加热车辆等发往上海。4 月中旬，除管理人员外，电站机电人员前往上海，配合设备试运行和正式运行的准备工作。

设备安装顺利，并在 6 月中旬进行了第一次启动，试运行成功。经过多次启动、调整、测试，设备各项技术指标和特性完全达到规范要求，可以交付运营。列电局对首台国产燃机各项安全性能非常重视，要求电站再进行行车试验。在上海铁路部门协助下，机车拉着已安装设备的 3 节车厢，在上海至杭州区间又进行了多次往返试验。然后，重新回到吴泾热电厂，再次对发电设备的各项性能进行检测和启动试验，其结果完全符合相关要求。

至此，首台国产燃机电站终于由上汽厂移交给列电局，开始投入商业运营。从筹建到接机历经近 3 年时间，51 站可谓来之不易。去上海参加安装试运的人员，随车执行 51 站首个发电任务，直接奔赴山东历城。在武汉的其余人员，也同时离开武汉基地，汇集于历城。

51 站经多年运行来看，这台国产燃机很争气，各项性能指标均不错，为支援各地建设提供了可靠的电力保障，发挥了应有的作用。

老厂长席连荣

文 / 黄开生

立功与受奖

席连荣

席连荣是个名副其实的"老列电"。他1943年就在下花园发电厂当司炉，1948年参加革命工作，1949年加入中国共产党，1950年从下花园电厂调入电业管理总局修建工程局所属工程队，后调入老2站。1954年在武汉防汛发电中荣立三等功。

1957年9月，席连荣调入第11列车电站。他工作兢兢业业，业余时间经常参加义务劳动，几乎没有休息日，不久，便被提拔为锅炉车间主任。这更激励他埋头苦干，勤奋学习技术，还带动新进厂的学员苦学苦练专业技术。1958年他被评为水利电力部先进生产者。

1958年8月，康保良局长到福建南平11站考察工作时，宣布列电局任命孙玉泰、胡德望、席连荣为副厂长。从此，席连荣走上了领导岗位。

1958年12月底，11站奉命从南平调到三明发电。三明建委要求11站两天内完成安装调试，1959年元旦供电，因为1月2日要出福建第一炉"洋钢"（转炉炼钢）。为此，11站领导精心安排，组织职工一鼓作气，不分昼夜地干。三明热电厂筹建处在现场不同方位，安装了5个大喇叭，做宣传鼓动。

厂领导进行了分工，席连荣主抓锅炉安装。他将锅炉人员分成本体组、大件组、转动调试组，然后分头行动，各负其责。三台锅炉水管、汽管连接阀体比较多，安装工作量大。为了不拖后腿，他和锅炉的师傅们真是铆足了劲干。经过全厂职工的连续奋战，终于在 29 小时内完成安装调试，提前发电，创造了列车电站快速安装的范例。三明钢铁厂党委发来慰问信，表扬列电人的拼搏精神，并奖励电站 500 元，每个职工另奖 10 元，还组织全厂职工及所有参加安装的外援师傅会餐庆贺。

1959 年 7 月 22 日，11 站奉命调到山东官桥发电。席连荣分工主抓锅炉车间。他以身作则，哪里有困难，他就出现在哪里。在那个时候，师傅有奖金，学员是没有奖金的。每到发奖金那天，席连荣和王良祥主任都会自掏腰包从食堂买来干炸鱼、炸虾球、炸油饼，叫学员们一起享用，在场的学员们心里都美滋滋的。

筹建 38 站

1960 年 10 月，席连荣奉命筹建 38 站。他带着一批从 11 站分出的接机人员，来到当时的列电局所在地保定。接机人员大部分是刚进厂的学员，老师傅很少。新机组、新设备，不论师傅和学员都要从头学。身为书记兼厂长的席连荣，深知责任重大。他首先抓队伍建设，开展全员培训，训练出了一支团结协作、技术熟练、肯学肯干的职工队伍。

当时，保定已经到了寒冬季节，来自浙、广、闽地区的学徒，带来的被子都很薄，而且床上只有草席，没有褥垫。到冬至进数九，晚上气温都在零下几摄氏度甚至零下十几摄氏度，睡觉经常被冻醒。席连荣得知后，派人到市区旅馆租用被子、褥子给这些人用。大年三十，食堂发给每个职工一团面、一包馅、一块红烧方肉、半斤树根酿的酒。远离家乡的南方人看着这些东西直犯愁，因为不会包饺子，有人准备做成疙瘩汤吃。席连荣看到后，他叫来会包饺子的女职工教他们。他自己也当老师。很快食堂传出了欢声笑语，尴尬的场面变成了喜迎新春的欢乐情景。

在保定正赶上国家困难时期，居民粮食减量供应。38 站是按生产单位配供，厂领导和管理干部每月定量 35 斤。席连荣听说局机关干部每月只有 25 斤定量，就主动把自己的定量降到 25 斤。

援建镍都金川

1962 年，38 站从山西运城奉命开赴甘肃永昌县金川。当时金川是戈壁滩上一个"鸟不拉屎"的地方，国家开发国防工业原材料镍矿的指挥部（投产后称金川有色金属公司，886 厂，简称金川公司）就设在这里。此地缺水缺电，环境荒凉，沙尘暴随时刮起，飞沙走石，灰蒙蒙不见天日。

这时的金川，生活还很困难，比起有粮仓之称的晋南差远了。席连荣提前了解到了这个情况，在电站离开运城时，他让每个职工在行李快件中放进10斤白面，并在主车和4节水塔车中，都装满了从晋南买的柿饼、红枣、胡萝卜等副食品，这对电站初到金川时克服生活困难，起了很大的作用。

金川公司党委要求38站提前发电，速解缺电困境，尤其是解决矿区晚间照明问题。席连荣心里有数，因为他有11站在三明快速安装的经历。他坚持在现场指挥，与工人一起连续奋战，提前开机送电。送电那天晚上，整个矿区一片光明，欢呼声鹊起。

席连荣是锅炉专业出身，对锅炉设备了如指掌。有一次水处理因汽动泵故障无法供水，锅炉启动活塞泵供水维持运行。但1号炉活塞泵打不上水，眼看要停炉，正在维修的王金堂师傅急得手忙脚乱，正巧席连荣赶到了，他拿起扳手调整了错汽阀，活塞泵很快正常供水，避免了停炉。

电站机组离办公室50米，离宿舍100米。锅炉排汽声就像冲锋号召唤着人们，而每次第一个冲到车间的都是席连荣。有一个星期天，他正休息，突然听到锅炉排汽声，他立即跑到配电车间查明甩负荷原因。当时他穿的白衬衫，没来得及换，结果弄得一身污灰，他也毫不在乎。

1966年1月28日，席连荣接到金川公司党委的指示，要38站参加挖水渠劳动。当时38站已停机，准备检修后调迁，但他二话没说，带领职工去执行任务。席连荣和男同志挖沟、砌砖、叠石头，女同志搬石头、抬石头。因厂长带头干，大家也都铆足了劲。他前一天就安排食堂包好羊肉馅包子，当天中午送到工地，大家都感到心里暖暖的。饱餐一顿后，干劲更足了，齐心协力地完成了会战任务。在会战结束的总结大会上，公司党委书记田汝孚特别表扬了席连荣和38站所有参战的职工。

38站完成援建金川镍矿的发电任务后，奉命调往广东韶关。1966年2月26日，电站整列主车调离金川矿区，公司领导同席连荣送主车离开厂区。此时，席连荣已接到调令去西北基地工作，他依依不舍地望着付出心血组建的电站及朝夕相处的战友远去……

席连荣厂长是在"文革"中受迫害致死的，年仅39岁。他虽没有惊天动地的业绩，但他的人生可圈可点，可歌可赞。几十年过去了，我们至今仍然怀念他！

老先进李顺东

文 / 谭亚利

1979 年，列车电业局机关刊物《列电》创刊号登载了第 59 列车电站党支部的文章《李顺东同志的入党愿望实现了》：

"李顺东同志是我站锅炉技术员，最近他被电站党支部吸收入党，多年的愿望终于实现了。老李出生于一个朝鲜族的贫苦农民家庭，参加工作 20 多年来，一贯勤勤恳恳，以厂为家。他经常利用业余时间进行技术管理工作，很少休息一个完整的星期日。"

和李顺东一起工作过的同志谈起他，都满口称赞这位可敬的李"东木"（朝鲜语"同志、朋友"）是"老先进"。

李顺东

一

1943 年正处于战乱的年代。刚满十岁的李顺东跟随父母在一个风雪寒夜，离开了自己的国土朝鲜，来到了中国的东北，辗转于四平、长春、哈尔滨等地乞讨为生。1948 年深秋，李顺东的父母终因饥寒交迫，病倒在公主岭一间破草房里了。

就在李顺东一家三口挣扎在死亡线上的时候，东三省解放了！全国解放了！这个来自异国的贫民家庭，与中国人民一起享受着革命胜利的喜悦，融入了新中国建设中。

22 岁的李顺东，1955 年从沈阳电力技工学校毕业，分配到哈尔滨电业局列车发电厂（即第 1 列车电站）。从此，李顺东把整个身心都扑在电站工作上了。

1958 年 3 月，李顺东调入 10 站。也就是这一年，年轻的李顺东由于工作出色，晋升为锅炉技术员兼车间主任。

这年，他递交了入党申请书。就这时候，却发生了一件事。李顺东的堂兄从海外来过一封信，父亲让他复信一封，谈了些家常。从此，也就没有了联系。然而，因为"海外关系"，李顺东的入党问题也就被束之高阁了。

此后，他还因"海外关系"受到了不公正的审查。他委屈、苦恼、困惑……但没有失望。他含着眼泪写了"海外关系"的来龙去脉。

二

李顺东埋头业务、废寝忘食，不断把知识运用到生产实践；他任劳任怨，尽职尽责，时刻为着电站的安全生产尽力。他的付出，得到了职工的认可。

就在此时，"文革"开始了。这个"埋头拉车不看路"的老黄牛，自然而然，入党的希望更渺茫了。

1967 年，10 站返保定列车电站基地大修。李顺东带领几十名临时工，负责水塔车的恢复性大修。那时，保定社会秩序很乱。去车间的路，白天行人稀少，偶尔会有乒乓的枪声。夜晚枪声不断，天空会划出一道道亮光。有一次，李顺东刚把一个灯泡拧亮，就引来了一阵子弹，灯泡被打得粉碎。

从延边刚来的妻子，担心地说："明天就别上班了。子弹可是不长眼的，你要是有个三长两短的，俺娘仨可咋办啊！"李顺东笑着安慰她："没事，我还是长着眼的嘛。水塔车如果不及时修，就可能腐蚀坏，这可是咱列电人吃饭的家当啊！"

第二天他照常上班。一个民工憋不住地问道："李师傅，听说前天在您来厂的路上，有个人被打死了。难道您不怕吗！？"李顺东笑道："怕，我能来吗！"

1973 年，电站在山东济宁发电时，李顺东被评为山东省电力局先进个人。

1975 年，电站在山西大同发电时，李顺东被评为山西省大同市先进个人。

1976 年 7 月，李顺东以先进个人代表身份参加了水电部电力生产学大庆会议。

三

1977 年 10 月，他参加了接新机 59 站。

当时，59站在陕西宝鸡西北列车电站基地安装，原计划到湖北宜昌的葛洲坝工程发电，由于佳木斯市经委主任带人到水电部催要，结果开赴到佳木斯市纺织印染厂。

当时的佳木斯市电力十分紧张。佳木斯纺织印染厂是一个有5900多人的大厂，年产值5800万元，需电4000千瓦。那一年，拉闸672次，计2984小时，严重影响了企业生产和效益。他们请市经委领导多次进水电部、进列车电业局，终于请来这台列车电站。

1978年2月的佳木斯非常寒冷。根据列车电业局及甲方要求，59站不但要保证机组按期完成安装，而且要保证一次启动并网发电！作为负责全厂安全工作的技术员，李顺东深深知道自己肩上的担子有多重。不说电站复杂的设备，单单是水汽管道，如果稍有不慎就有可能"灌香肠"。

李顺东懂得在这样的环境中安装的难度，更懂得"稍有不慎"的严重性。他干脆把铺盖搬到了办公室，让家人送饭，以厂为家了。

为了掌握第一手资料，保证安装质量，他常常钻炉膛、爬炉排……每一个安装环节，每一道安装工序，每一个阀门，甚至每一条螺丝，他都要过问，直到确认万无一失。

在全站职工共同努力下，机组一次启动成功，并网发电，佳木斯纺织印染厂的生产经营被动局面迅速得到扭转。59站受到了当地领导的赞扬。

四

由于地区用电紧张，为了赶时间早日发电，电站的地面施工质量较差。尤其是锅炉下面除灰的灰坑太浅，坡长太短，以至从炉排下来的灰渣，不能顺着坡面流到坑底。因此，经常出现灰渣结焦，顶住炉排，影响锅炉正常运行的情况。这个问题也成了李顺东心病。他不顾严寒，钻到锅炉车底下，测数据、画图纸，设计了一种电动筛。电动筛通过往复不停地振动，使灰渣不再在坡面停留，从而解决了不流灰或流灰不畅的问题。

电动吊车，是给锅炉上煤的重要设备。可是，它屁股后面拖着一条30多毫米粗的电缆尾巴。每次上煤，在煤渣地上拖来拖去，几个月就把绝缘胶皮磨破了。有时，还会被拉断、轧坏，造成吊车不能工作。这时，就需十几个人往十几米高的煤斗里，用篮子提煤。李顺东看在眼里、急在心里，一连十几天埋头翻书，苦心设计，提出了一个双头丝杠电缆滚动筒的方案。吊车前行时电缆自动放开，返回时电缆又自动卷到滚筒上。试验证明，吊车往复行走自如，电缆在滚筒上缠绕顺畅，解决了吊车电缆磨损的难题，既安全又经济。

为了电站安全生产，他废寝忘食，还与职工一起，建立健全了各种生产制度、技术资料和练功图纸。

因为经常钻在车底下趴冰卧雪，李顺东得了严重的关节炎。脊椎骨经常像电钻钻似的痛，几乎支撑不住身子。"别看他白天爬上爬下，好像没病没灾的，一到晚上就痛得唉啊乱叫。"他的邻居这样说。"他的意志力太强了，根本看不出五十多岁，还像个小青年，简直不可思议。"一位同事这样说。

五

李顺东的大女儿，那时已是能独立思考的电校学生了。她曾问父亲："人家进厂3年就入党了，你要求入党30年，交了多份入党申请书，还是入不了。你到底图个啥呀？"

李顺东这样回答："写多份入党申请书，我感到与党的感情一份比一份深，每份申请书都不是一个起点上的。在思想上，这可以说是一次一次的飞跃。要是我这辈子入不了党，也要为你们做个爱党、爱国的榜样。"

随着"解放思想，实事求是"思想路线的确立，人们的是非观念逐步变化。

这年，那封海外来信的远房堂兄来到中国。他当然不知道，那封信给亲人曾带来的坎坷，眼前都是分离几十年的亲人，只有幸福的回忆，高兴的畅谈。

远房堂兄邀请李顺东的全家，到日本、朝鲜观光，李顺东让父母去了，他自己没去。因为还有一桩人生大事已向他发出了召唤。

1978年12月23日，李顺东30年的夙愿终于实现了。他站在党旗下，举手宣誓……

此时此刻，他或许已经思绪万千：从鸭绿江边，到公主岭街头；从一封海外来信，到子弹横飞的水塔车；从一个乞食的苦孩子，一步一步地成长为一名光荣的中国共产党党员。

他，一个朝鲜族人，把一颗不屈不挠、追求光明的赤子之心，奉献给了中国社会主义建设，奉献给了列车电站事业。

1983年，列电系统调整管理体制，李顺东与40多名电站职工调往佳木斯纺织印染厂热电站。1993年8月1日退休。

从1983年至1992年，李顺东先后6次被评为佳木斯市劳动模范。1987年和1989年，他还被评为黑龙江省纺织系统劳动模范。

八级工柴国良

文／王开强

柴国良师傅是安徽淮南人，1952年在淮南田家庵电厂参加工作。1958年随同近百名技术骨干前来支援列车电站，一干就是几十年。

他初到列车电业局，被安排在新机办公室，负责列电进口机组和国产机组总装筹备工作。1960年，由于列电局精简机构，柴师傅调至14站，来到四川成都。

当年的柴师傅，身高一米八，国字脸，浓眉大眼，一表人才，用现在的说法叫"大帅哥"。他才二十多岁，就已经是七级工了，后来又晋升为八级工，可谓是出类拔萃。他在成都收获了爱情，与成都电厂职工、四川财经学院（西南财经大学的前身）毕业的高才生邝振英结为伉俪。从此二人相濡以沫，白头偕老。他们夫妇随电站转战河南兰考、黑龙江牡丹江等地后，于1965年调到陕西宝鸡，筹建西北列电基地。柴师傅分在汽机工段工作，邝振英师傅到厂劳资部门工作。

柴国良

柴师傅来西北基地时，基地正在建设之中，建厂口号是，自力更生，艰苦奋斗，勤俭节约，早日把三线建设好。为了早日把基地建成，同时也为了节省资金，基地职工承担了部分基建任务。陈本生主任把厂区铁路，以及安装电站的铁路线，都争取来由厂里自己建设施工。修建铁路，大家从来没干过，再说这活儿又苦又累，因此感到很为难。柴师傅明白领导的意图，体谅厂里的难处，他主动请缨，带头接受了这项艰巨的任务。

柴师傅是班长，后来又当了工段长。他了解工程情况，研究施工方案，制定施工措施，带领 10 多名职工和生产队的几十个临时工，热火朝天地干了起来。当时，没有像样的起重工具，要把水泥枕木从车上卸下来，是相当费劲的。他们土法上马，因地制宜，用木头搭滑梯，逐一将这些笨重的家伙卸了下来，然后安装到位。接着，再用硫黄、沙子、水泥按比例进行搅拌，加热熔化，浇铸，把轨道螺栓固定在水泥枕木孔中。这项工作实在是太难做了，先要在现场支个大锅，把硫黄加热熔化，再配上沙子、水泥，趁热灌入枕木孔中，最后将螺栓插入枕木孔中校正固定。硫黄加热熔化时散发的气体，熏得眼睛流泪。加之工作现场温度高，人们大汗淋漓，泪水加汗水，湿透了衣服。柴师傅总是争着抢着干，比年轻小伙子干得还多。经过三个月的共同努力，终于完成了这项艰巨任务。

1966 年夏季的一天，工厂拉来了一批施工用水泥。因当时厂房、仓库还未建好，只能堆放在露天。下午下班时，天气尚好，蓝天白云。可到了傍晚，忽然乌云密布，狂风大作，电闪雷鸣，眼看一场暴雨就要来临。如果不及时把露天堆放的水泥转到避雨的地方，水泥淋湿了那损失就大了。这时，厂里广播了搬运水泥的紧急通知，全体职工闻声而动，马上赶到现场。大家抬的抬，背的背，紧急转运。柴师傅凭着自己身强力壮，每次都是两袋水泥一起扛，累得汗流浃背。大家齐心协力，在大雨到来之前将这批水泥全部安全转运。第二天上班，大家看到柴师傅走路一拐一拐的，原来在昨晚抢运水泥时把脚崴着了，脚脖子肿得和碗口一样粗。大家劝他回去休息，他笑着说，没关系。

54 站在基地试运行期间，汽轮机真空突然下降，值班人员一时找不到故障点，不知如何处理是好。正巧，柴师傅在现场，他快速扫了一眼表盘后，凭借多年的工作经验，准确判断是冷却塔出了问题。他立刻叫上宋家宁师傅，一起奔向冷却塔。因为是后半夜，周围一片漆黑，他打着手电筒很快跑到了现场。果然，中间一台冷却塔泵室已经在冒黑烟。关闭了电闸后，水泵停运，为了防止循环水溢出，必须将阀门关闭。这阀门又大又重，一个人使出全身力气，也只能勉强转动，泵室空间狭小，只能容一人操作。此时，室内因电动机烧焦，烟气异味刺鼻，呛得人喘不过气来。柴师傅大声说，"必须马上关闭阀门，不然就要停机！"在柴师傅的带领下，大家一鼓作气关闭了阀门，避免了一次事故的发生。

建设中的西北列电基地。

柴师傅不仅精通汽机专业，而且金加工的车、镗、铣、刨，样样都是行家里手。因此，厂里决定开发新产品自由活塞泵时，把负责组织制造、安装、试运的重任交给了他。

他从工人做起，在工作中不断进步。在西北基地期间先后担任班长、工段长、二车间主任，生产科科长、计划科科长，分管生产的厂党委委员（相当于副厂长）等职。

他年轻时就是八级工，工资将近100元。当时一般职工月工资只有四五十元，像他这么高的工资在职工中是比较少的。那时候，调工资是按百分比调，调一级工资是7元钱，只有少数表现好的，工作突出的人才能调。不管是论资历还是论贡献，他都应该调工资，可几次调资他都主动把机会让给了别人。因此他几十年没有涨过工资。

1983年，柴国良、邝振英夫妇离开了宝鸡，调到四川省德阳电业局工作，直至退休。2017年在我动笔怀念柴国良师傅时，他已逝世6个年头了。

注：笔者根据宋家宁师傅、张德矿师傅曾提供的资料，整理撰写了这篇纪念文章。

列电好人杨风林

文 / 高吉泉　整理 / 唐莉红

杨风林

熟悉杨风林的人没有讲他不好的，列电同事都称他"老黄牛"。杨风林个头不高，用他的话讲，"重心低"，自带几分诙谐。没人见过他生气，一天总是乐呵呵的，未言先笑。他抽烟，也喝酒，好说"饭后一袋烟胜过活神仙"。一身浸透汗水的工作服，布满皱纹的笑脸和一双满是老茧的粗手，一幅标准劳动者的画像。杨风林身上凝聚了善良质朴、温良恭俭让的品质。

1930 年 8 月，杨风林降生在河北获鹿一个普通人家，父母或许期盼杨家时来运转，为儿子求名风林。然而，时运不济，风林幼年丧母，父亲投入军阀部队谋生，他被养父母收为养子。杨风林十几岁开始出外做工，身材矮小的他学过杀猪，由于胆小，一开始手持尖刀却不敢睁开眼睛。后来总算学会了这门手艺。他给八路军送过信，给解放军送过布，布缠在身上，奔山西走夜路。解放石家庄时，他支前抬担架。他想参军，却缘于身高，未能穿上军装。杨风林没有进过学堂，但他聪颖和善，心灵手巧，这恐怕是父母留给他仅有的"遗产"。

杨风林没有做过什么惊天动地的大事，普通而平凡。25岁那年，杨风林徒步从石家庄来到山西，在阳泉电厂上煤除灰，后转入老 2 站，成为一名列电人，辗转各地发供电。而后又相继在 13、29、54 站工作。

　　1965 年夏季，他在 29 站工作时，4 号锅炉引风机因轴承抱轴造成故障停炉，电站被迫减负荷运行。平顶山矿务局是全国三大煤炭基地之一，当时该地最大的发电机组就是 29 站。这对当时煤矿正开展的创高产活动将造成很大的影响。杨凤林立即和维修班师傅一起，投入紧张的抢修工作中。拆解风机叶轮、轴承，搬运机件……汗水一次次浸透布满汗碱的工作服，连续 30 多个小时没有离开现场，直至故障排除。

　　一次锅炉炉膛后拱发生损坏，被迫紧急停炉。正值酷暑夏季，虽然夜班采取了强制通风措施，降低炉膛温度，但直到早间，锅炉炉膛温度依然很高。负责抢修的杨凤林，等不及了，他冒着高温钻进炉膛。迎着被强力风机吹起来的灰沙和呛鼻的烟尘，修理受损部位。当他从炉膛爬出来时，汗水和粉尘已使工作服板结。他满脸污迹，眯着被烟尘模糊的双眼，几分疲惫地喊道："好了好了，准备启炉吧！"

　　杨凤林喜欢干活，有兴致，会干活，喜欢动脑，善于解决问题。1978 年，他从河南明港 29 站调到了山西大同 54 站，正赶上运行中的锅炉炉膛前拱突然坍塌，不得已被迫紧急停炉。当时，甲方用电十分紧张，必须立即抢修。但是，电站没有前拱异型砖库存。如果从保定基地仓库发运，不知要多少天。杨凤林提出在现场搭制胎型，采用耐火水泥、耐火骨料等材料，混合配比进行浇注，结果成功完成抢修，为电站解了燃眉之急。

　　杨凤林吃苦耐劳、实干巧干的例子有很多，对他而言，干完活拍拍身上的灰，乐呵呵地就像没事人一样。他有追求，要求入党，然而他这头"老黄牛"曾被认为"只埋头拉车，不抬头看路"。这不大不小的"错误"，令他迟迟不能如愿，但是，杨凤林从未改变他的政治本色。1971 年他终于加入了党组织。

　　从人的言行细微处可见人性和善念。杨凤林是个热心肠的能人，谁家有困难，他都帮忙。在河南明港发电时，杨凤林杀猪的本事不胫而走，驻地村民经常请他去义务杀猪，他从不推辞。热心肠的能人，自然闲不下来，比如谁家的炉灶不好用了，都会找他帮忙。电站调剂一批镀锌铁板，准备给职工做水桶，杨凤林和几个师傅一起，制作了水桶专用模具，几十户人家的水桶都是由他们一锤一锤地敲制出来的。

　　有一年，杨凤林妻子在老家得了严重的甲亢，几个孩子尚小，照顾有困难，站领导考虑他实际困难，特别给他安排一小间家属宿舍。因为工作忙，他迟迟未能将妻小接来。这时节，有个青工结婚要房，不了解情况，看上了杨凤林的宿舍。他主动给结婚的青工腾出了房间。多少年过后，得知情况的青工后

杨风林和他的女儿。

悔不已。

杨风林的老伴因病突然去世，对他打击很大。他来女儿家帮带孩子。二女儿的婆婆去世，丢下意识模糊、行走多有不便的公公，生活难以自理。小两口因工作原因，没有更多时间照顾老人。杨风林就主动替女儿照顾自己的亲家，直至亲家去世。

2013年，已是83岁的杨风林检查出食道癌。耳聪目明的他，"装聋作哑"配合着治疗。放疗四十多天，身体愈见消瘦，他没有说一句痛。有一次，女儿见骨瘦如柴的父亲站在洗漱间，一手拄着拐杖一手洗自己的内裤，说弄脏了，不想麻烦她。女儿大哭，言道，我是您的女儿，您养我们这么大，这个时候不用，等什么时候……

杨风林已经走了，看着他的生前穿着一身工作服，手拿灰抹子笑容和善的照片，好像他还在工作现场。

技师闫金海小传

文／周密　闫俊华

闫金海

　　说起技师闫金海，搞机加工的老列电人无人不晓。这个中等身高、善言、认真、特别讲究且骨子里自带几分皇城遗风的北京人，身怀车工绝技，任何难题经他过目，手到擒来，迎刃而解，技术之高令同行竖大拇指，无不叹服。

　　闫金海的祖辈乃官宦人家，后渐衰落。1930 年 11 月 25 日，闫金海呱呱落地时，窗外大雪纷飞，家父起乳名大雪，顺天意。大雪来到这个传统家教甚严的家庭时，家境已非殷实，父亲靠十几头骆驼拉煤养家。闫金海读书不多，十三四岁，就走进父亲熟悉的石景山电厂。煤场上多了一个瘦小的童工，起早贪黑跟着成年人一起卖苦力。几年后，他转为正式工，跟一个师傅学开车床。当年他个头尚矮，上班要自带板凳，脚蹬在板凳上操控车床。那些年吃了多少苦，唯有他个人最清楚不过了。他遇到怎样一个师傅，如何在严师手下学得过硬的车工技术，也无从知晓。但是，有一点可以肯定，有心人事竟成，闫金海具备这种特质。

　　闫金海来列电，与他支援包头电厂建设有关。1955 年，石景山电厂支援包头第三电厂建设，闫金海等一批人被派往那里支援。两年后，包头电厂建成。此时，列车电业局派人来招技工。保定的地理位置和列电这个令人遐想的名字，令闫金海动心了，他与邵连生、王东坡几个人一起，举家来到保定。

　　1957 年 10 月，闫金海踏进保定基地大门的时候，年仅27 岁，车工七级，工资 90.88 元，这几个数字堆加在一起，在满是大批刚毕业的学生、新招的学徒工及不多的技工中，显得鹤立鸡群。创业初期，保定基地七八级工屈指可数。闫金海分配在装配厂担任车工组组长，他是无可争议的技术大拿。

不久，列电局开始制造列车电站，集中能工巧匠搞攻坚。豪言"蚂蚁嘴里吐大象。"闫金海调到汽轮机厂转子班，这是发电设备的核心部分。闫金海担任重金工组组长，汽轮机转子、叶片等部件均由他操刀加工。诸多老列电人在回忆大搞制造的岁月里，都提及闫金海的大名。保定基地 7 个厂合并为 3 个厂的时候，汽轮机厂的重金工与锅炉厂的轻金工合并，席廷玉与他担任金工班正副班长。

专长突出的能人，往往个性与工作生活也有别于常人。闫金海也不例外。他出门穿戴仅干净整洁尚且不够，要审视无暇。他使用的碗筷从来都是自己单洗，另放一边，不与家人混用，有洁癖嫌疑。筷子是他亲自在车床上精加工过的，精雕细琢，如同艺术品。他干出的工件，仅用"合格"两个字似乎还词不达意。他对生产环境和生产设备要求颇高，哪个工人用过床子不擦得干干净净，挨剋是逃不脱的。闫金海一旦来气，操京腔，劈头盖脸、连损带撸。工人大都怵他，即使他的领导也怵他几分。

车间主任李国高是八级工，也是出了名的聪明，然而，领导闫金海不是太轻松，用老百姓的话，头不好剃。能人在一起，免不了暗里较劲，比试高低。

有一次，李国高让席廷玉临时加工胶皮垫（工件挤压成辊状），钳工那边等着用。这活看似简单，但少有人干过。李国高亲自磨了把刀交给席，上车床一试，不行。李国高取刀又去磨，闫金海眼毒，一边扫眼就断个八九不离十。他不作声响，磨了把刀装进口袋里，趁李国高再去磨刀的空当，来到席廷玉面前，也不多言，从兜里悄悄掏出刀来，命利索装上，启动床子，一刀走过去，完美收工。他即刻将卸下的车刀丢进兜里，转身离开，走的时候，还不忘记叮嘱："别说我磨的刀啊！"李国高返回来，见活干完了，猜到是闫金海之作，心知肚明，都不吱声。

闫金海受师傅影响，传统观念较重，技术传授有他的小九九，绝技不轻易泄露。有一回，一件技术含量比较高的活儿交由闫金海加工。关注的人自然不少，想看闫金海怎么干，瞄眼学学，机会难得。闫金海不着忙干，慢慢准备。到中午吃饭时间，班里人都走了，他没有离开。趁没人，他利索地夹上工件，架刀独自加班。等大家午饭后上班来，他已经完工，用棉纱漫不经心地擦净手，好像刚才啥事也没有发生过。原本想偷学的工人，大眼瞪小眼，背后撇嘴。古语云：教会徒弟饿死师傅。闫金海的师傅如是传授给他。

不过，闫金海并非技术封锁，分人分事，有来请教者，顺他眼的人定私下传授，只是他有自己的方式，有脸色、有叮嘱。他总在悄悄传授技术后，胸有成竹地说，试去吧，没问题！随后一准叮嘱，别瞎说去啊！有一次，闫金海的工友加工汽轮机的喷嘴，6毫米的小孔，还要求高粗糙度，这把干活的人给难住了，向闫金海请教。闫金海轻松地说，那还不简单？先找个小钻头打孔，不要超过20丝，再将6毫米的钻头磨钝点，然后一次走刀，不能停，也不要走得太快了，就如同绞刀一样。工友一听，茅塞顿开，照方加工，检验合格。闫金海没忘记嘱咐："别给我瞎说去啊！"

闫金海没什么不良嗜好，唯有吸烟。平时吸烟不算凶，一旦手头活儿多，要加班加点，吸烟量倍增。烟盒空了，他喊徒工跑腿去买，早有机灵的徒弟接了钱一溜烟跑去了。如果中午加班不回家，青工还会跑到他家把午饭取来。闫金海虽然让工人发怵，但关系还是蛮和谐，他才有这般师傅派头。

闫金海每月一百来块钱，不仅要供养一家六口，还要寄钱给父母。在他的传统家教里，男人挣钱，女人持家，这是规矩。在家里，他从来都是吃小灶，不与儿女共桌用餐，这同样是他家教传承里认为天经地义的事。父亲的威严，令望而生畏的儿女不曾有舐犊之情的记忆，或许，这正是闫金海童年的写照。

其实，闫金海挺护犊子，护得还很厉害。有一件事可窥见一斑。有一年，保定基地制造的一台电站准备试运，发现震动较大，经检查是汽轮机与发电机间的靠背轮有问题，需要找正加工一刀。闫金海的一个徒弟接班，见靠背轮已夹在车床上，原本该检查工件找正没有，不知道是下班的人没有说清楚，还是闫金海的徒弟理解错了，上来就车了一刀，本来是找正，这一刀车得更偏了。

试运行那天，全厂举行隆重试运仪式，试车震动没减反而更大了，领导大为恼火。靠背轮的问题成为焦点，整个车间为此停产整顿。闫金海的徒弟和交接班的工人是事故的责任人。在这样的情形下，怕事的一般就不言语了，而闫金海却站出来，为徒弟说话，他护犊子不掖着藏着。最终车间公正地处理了这次事故。

每一个人的内心都有柔软之处，闫金海将父爱隐匿在威严之后，他的爱不需要认可，不需要分享，独行其是，正如他为孩子的工作去求人。而在孩子面前，他若无其事。他与儿女间那座威严无形的大山，始终没有贯通。有一年，闫金海忽然想让儿女围桌一起吃饭，儿女们居然不习惯，个个忐忑不安，还是都悄悄离桌，一边踏实吃去了。

1965年闫金海调到西北基地，并在西北基地评定为技师。1977年他患肺病，在北京301医院医治。闫金海没有见过这么高级且收治大领导的医院，他不踏实，拒绝住在里面。1978年5月1日，闫金海病故于北京。

大雪消融，叶落归根。

在 26 站那 10 年

文 / 辛永利

辛永利

每个人的一生，总有些往事，停泊在记忆里，无法释怀，我的 10 年列电生涯，恍若还在眼前。

1964 年，列车电业局在河北省招收了 200 名高中毕业生，我就是其中之一。当年，我就读的学校有两个列电招工名额，校长将名额给了我和另一个同学。同年 9 月，我们一批学员来到保定列车电站基地报到，还有一些学员去了列电局办的东北农场。我们在保定基地进行了短暂的培训。我爱好打乒乓球，还临时加入了保定基地球队，出去和外单位打比赛。为此，保定基地还想把我留下。

国庆节后，我们这批学员又集中到北京列电局，参加南营房建筑工地劳动。10 月下旬，我们 9 名学员分到了正在内蒙古赤峰发电的 26 站，其中从东北农场来的 5 名学员是稍后两天进站的，我们全都是 64 届高中毕业生。经过电站上岗培训后，我分配在汽机工段工作。

汽机工段负责汽轮发电机车和水处理车及 3 个水塔车。我们先学运行值班，开机停机、调节阀门等，每小时抄表一次。我在赤峰待了几个月，1965 年 3 月就随电站调迁到宁夏青铜峡。

应该说明白，我们来青铜峡供电甲方是吴忠电厂。吴忠县西邻青铜峡，当地不通火车，于是，26 站借青铜峡之地，停靠在黄河西岸，为吴忠电厂发电。24 站也在青铜峡，与我们隔着一条黄河，他们在东岸为青铜峡水电站建设发电已经数年，甲方是青铜峡工程局。其实，26 站的厂址就是原 24 站发电的位置，青铜峡工程局地处河东，他们后来也移到了河东。两个站来往，要通过一座跨黄河的大铁桥，这桥是专用来通火车的，没车时行人可以通过。我经常去到 24 站找陈惠忠打乒乓球，他是当地的乒乓球冠军。

26 电站两个主要领导是吴永规和董庆云，两人分别任指导员和副厂长。电站安装完成后，开始正常发电。"文革"前，电站曾搞过劳动竞赛，考核各运行班省煤等指标，我们甲值曾获得第一名，班组还留影纪念。电站还响应毛主席发表的"五·七"指示，开办业余学习班，选我当了几天老师，上了两节课，后因"文革"停办了。

当年，这里的生活条件都还不错，大米白面比较多，号称塞上江南。电站后边是山丘地，职工给起名叫朝阳沟，还有几分浪漫情怀。这里的气候风和日丽时还好，刮起风沙来则遮天蔽日，能见度不足 20 米，尽管门窗紧闭，窗台上还是会落下一层沙尘。

1966 年下半年，"文革"初期，红卫兵闯进电站，"破四旧"、贴大字报，鼓动造反，批斗当权派。我除爱好打乒乓球，还喜欢读文学作品，"破四旧"风起，我有些害怕，把从家带来的书籍和购买的小说、散文都偷偷扔掉了。不久，电站同样形成两派，相互争斗，没有逃脱混乱的局面，但是职工还在坚持生产。

1967 年 8 月初，一场洪水令电站彻底拉闸歇菜了。洪水携带泥沙汹涌而下，不到两个小时，过水之处，沉积的泥沙达 1 米多厚，发电车厢以下都被洪水淹没，无法再继续发电，被迫停机。

不久后，当地发生了震惊全国的"青铜峡流血事件"。事件发生之前，已停产瘫痪的 26 站，因当地两派武斗持续升级，大部分职工离开电站。有部分去了黄河西岸，在青铜峡没有发电的水电站躲避。另有部分职工干脆乘车回家了，电站只剩我们几个人留守。

1967 年 12 月，26 站返厂武汉基地大修。电站通知我们春节后到武汉基地报到。我在宁夏工作三年没有回家，借此与家人团聚。

武汉给我印象最深的是夏天炎热，曾搬床板到基地铁轨上去睡觉，还曾搬到楼顶去睡。武汉也是"文革"动乱的重灾区，我们刚到基地时，当地一些人到军火库"抢"武器和军需物资。到下半年，形势变了，让上缴武器。见收缴武器的大汽车上贴着标语：抢枪有理，交枪光荣。真是令人瞠目。

当时 39 站同在基地大修。两个电站曾共同批斗当权派，上演过两个站长在批斗会上互打耳光的闹剧。基地一些人批斗"三开"干部，就是指日本侵占时期、国民党统治时期和中华人民共和国成立后都吃得开的干部，抄家展示其存折、金银珠宝。

1968年9月，26站调往东北通辽，地址在通辽市东边制药厂和糖厂附近。当时通辽属内蒙古哲里木盟。我们到通辽时，内蒙古还在抓"内人党"❶，哲里木盟还给电站派了工宣队。不到一年，因战备需要，哲里木盟划归了吉林省，抓"内人党"也就停止了。

1971年底，电站接到调令，调往湖南湘潭锰矿去发电，我途经山海关时回家结婚，婚后几天就去了湖南。1974年10月，26站调至株洲车辆厂发电。我在株洲只干了不到两个月就调回了家乡。

26站职工热爱体育活动，每到一地，我们都在组装机组的同时，建起一个篮球场，篮球架和篮板都是我们自己做的，每天都有职工打篮球。电站还有乒乓球台，一般都放在职工食堂。1965年28届世乒赛时，电站也掀起了乒乓球热。在宁夏，有10名职工参加了横渡黄河活动，在武汉又横渡长江。站上还组织过运动会，篮球分班组参加，乒乓球只设单打比赛，田径赛也有短跑、跳高等项目，几十个人的小单位，也热闹非凡。

"文革"前，我有幸参加了宁夏回族自治区运动会的乒乓球赛。在团体赛中，曾打败过自治区代表队的队员，在单打争夺前8名时，惜败给那届比赛冠军。赛后，我也小有名气，宁夏组建专业队，给了我一张登记表，因离家太远，我没有填报。

通辽的冬天天气寒冷，时常达到零下二三十摄氏度，也常刮风沙。业余时间我常去师范学院打乒乓球，参加全市比赛后，我被选为市队队员，曾随队去长春市、吉林市打访问比赛。后来在全省比赛时，让我当哲里木盟队的教练。我们比赛成绩优秀，有两名队员入选省队。在湘潭时，我还代表锰矿参加了市里的乒乓球比赛，被选入市代表队。后来又让我当市女队教练。市革委会还曾下文要调我到市体委工作，我因准备调回家乡，没有答应。

回顾列电十年留下的足迹，真可谓"铁马冰河入梦来"。

---

❶ "内人党"是1925年10月在内蒙古地区成立的一个左翼政治团体内蒙古人民革命党的简称。曾经在内蒙古历史上有一定影响。1947年4月20日，根据《中共中央关于内蒙古自治问题给东北局的复示》，"内人党"解散。

17 站的快乐生活

文 / 何兰序

1965 年我于保定电校毕业，进入列车电业局第 17 列车电站。在 17 站这个群体里，工作生活了近 10 年的光景。这是一个温暖的大家庭。那些为列电事业奋不顾身、艰苦创业的场景，给我留下了美好的记忆。

何兰序

初进 17 站的锻炼

17 站是 2500 千瓦的捷克进口机组。我进站时，电站在黑龙江省双鸭山市已经安全发电一年多了，到 1965 年 9 月，创下安全运行无事故 500 天的纪录。面对这骄人的成绩，李臣指导员和崔富厂长在总结大会上，鼓励大家继续努力，创造更好的纪录。全站职工备受鼓舞，我作为列电人也为此感到自豪。

17 站曾经为煤矿紧急发供"救命电"，那是发生在我进站前一年的事情。1964 年 7 月，17 站处于备用电源状况，也就是安保供电。双鸭山市煤矿突发透水事故，全矿井下当班的矿工们全部泡在水中。电网正常供电断了，井下的水位升得很快。为了尽快救出矿工们，17 站的师傅们采用了非正常情况下的滑参数启动。正常情况下，从备用到开机送电至少需要两至三个小时，而此次仅用一个小时就把"救命的电"送到了矿井。这时候，矿井下的水已涨到齐腰深，受困的矿工安全升到井上，立即敲锣打鼓来到电站，感谢救命之恩。1966 年 9 月，当 17 站要回保定列车电站基地大修时，矿工们和当地领导极力挽留，依依不舍，那场面让人热泪盈眶，至今记忆犹新。

1966年2月28日，双鸭山市正是冰天雪地，气温低至零下20多摄氏度。电站运行中的3号水塔上的止回阀突然出现故障。为了尽快完成修理任务，保障机组正常运行，我脱掉衣服跳入水塔里抢修阀门。凭借水性好、年轻力壮，在其他师傅的协助下，以最短的时间修好了阀门。上来时，大家给我准备了棉被裹身，但还是冻得上牙打下牙。没想到我的这一行为受到了电站的表彰。更没想到的是1966年8月21日至23日，作为17站代表，我出席了双鸭山市学习毛主席著作积极分子代表大会。

我刚到电站时，正是中苏关系紧张时期，17站曾被指定为一级战备电站。面对国际国内形势，电站经常举办军事演习和野营拉练，提高职工的军事素质。当时传达全国电力会议精神，对列车电站提出的要求是军事化、战斗化。列电的口号是开得动、动得快、送得出、顶得上。作为战备电站，不但要随时迅速转移，更要敢于面对战争。全厂职工苦练战时本领，我在电站举行的实弹射击比赛中荣获全站第一名，受到了电站领导的关注与表扬。

参加邯郸钢铁大会战

由于"文革"中钢产量下降，国际产钢大国对中国封锁，提高我国钢铁产量迫在眉睫。1967年，国务院副总理李先念批示，在河北邯郸举行钢铁大会战。

17站在保定列电基地大修结束后，接到了水电部调令，去邯郸支援钢铁大会战。我们在保定还没过完春节，大年初二就奔赴邯郸武安。

此时"文革"正处于高潮时期，电站职工面对来自社会上的各种干扰，坚决不停机，确保多发电，有力地支持和保证了钢铁大会战的成功。虽然职工在"文革"中分为两派，但是从没因此影响生产。我家在保定列电基地，有次回家探亲正逢武斗高峰，想着钢铁大会战，我提前结束探亲，在枪声中离开保定，回到邯郸，继续值班工作。

在黑龙江东方红镇

1969年3月2日，中苏在珍宝岛发生军事冲突，形势严峻。我国边境电力供应比较薄弱，1969年7月，17站接到急令，奔赴黑龙江虎林县东方红林区（珍宝岛归属该林区），担负起为珍宝岛地区发电的任务。全站职工既感到光荣，又深知责任重大。面对紧张的边境形势，我们在李臣书记、梁子富厂长的领导下，克服重重困难，在零下三四十摄氏度的严寒里坚持发电。

1969年12月15日，我在水处理车厢值夜班。凌晨2点5分，忽然1号汽动给水泵危急保安器动作跳闸，造成供水中断。此时2号汽动给水泵正处于检修状态，我立即重合危急保安器，开启1号汽动给水泵，刚恢复供水后，危急保安器又跳闸。紧急排查原因，发现是危急保安器脱扣故障，当即重新合闸，并用细铁丝将危急保安器合闸把手捆绑固定，再次开启1号汽动给水泵，恢复正常供水。为避免无法供水而导致停机的情况出现，我们连夜完成对2号汽动给水泵的检修，然后启动2号汽动给水泵运行，替换下1号汽动给水泵进行检修。在整夜不停的奋战中，大家满头是汗，连水都顾不上喝，确保了安全发电。

我因在民兵组织工作及训练中成绩突出，被评为林区"五好民兵"，在列电本职工作中认真好学，被评为学习毛主席著作积极分子。1970年1月作为17站代表，参加了黑龙江省完达山林管局东方红林业局1969年度"五好民兵"暨学习毛主席著作积极分子代表大会。在会上珍宝岛战斗英雄孙玉国做了珍宝岛自卫反击战英雄事迹报告，我们所有与会代表也汇报了自身工作情况。同年3月和5月，我又先后参加了牡丹江电力系统积极分子代表大会、牡丹江完达山林业系统积极分子代表大会，回站后在全站大会上传达了会议精神，汇报了个人收获体会。

1972年2月，东方红林业局民兵捕猎队为防范老虎伤人，打死了一只老虎，虎骨等送给当地医院做了药材。为感谢17站为当地发电做出的贡献，特意将部分虎肉送来，给我们改善生活。1972年5月，列电局局长俞占鳌来到珍宝岛地区，看望电站职工，对我们鼓舞也很大。

1974年8月，17站回到宝鸡西北列电基地大修，我就留在了西北基地，并加入了中国共产党。1975年6月份，在书记杨德厚、厂长李树生带领下，17站调到黑龙江海拉尔市发电。

我从事电力事业近50年，离开列电后历任地方热电工程总工、副站长等职。退休后，又受聘到地方电站。68岁后，开始安度晚年。

我深深怀念在17站的日子，那是我付出青春年华的时代。我现在常常翻看列电的老照片，虽然那时生活很艰苦，工作条件较差，但我作为列电人很快乐！

我从这里起步

文 / 苏保义

1968年6月，我与另外4名同学从保定电校分配到第17列车电站，当时电站在河北邯郸市武安县午极选矿厂。1969年3月我担任电气副值班员。3月中旬电站停机大修，并命名这次大修为"反修大会战"。

1969年6月，刚完成机组大修，电站就接到紧急调往黑龙江省虎林县东方红林区的调令，这时我才反应过来"反修大会战"的含义。我们4名同学刚刚由实习生转正便踏上了新的征途。

在整个20世纪60年代，中苏关系不断恶化。1969年3月2日，两国在虎林县的珍宝岛发生激烈的军事冲突。据报道，苏联在中苏边境陈兵百万。中国北方边境的压力可想而知。那时的中国，时刻提防苏联的进攻。

就在两国边境武装对峙、剑拔弩张的情况下，17站奉命来到了虎林县东方红林区。这里距离珍宝岛直线距离仅20公里。这个叫东方红的地方，是当年王震将军率10万转业官兵开发北大荒时定名的，也是祖国边陲最早见到日出的地方。在17站到来之前，东方红林业局仅靠10台50千瓦柴油机发电。担负发电工作的人员都是转业官兵，他们对电力生产大多一知半解，没有经过专业培训。

我们6月下旬就到达了东方红林区，林区已是

苏保义

全民皆兵，生产也已全部停工，全副武装的基干民兵在大街上随处可见。在面临战争的巨大压力下，林业部门无暇顾及建厂，直到 11 月份，才完成列车电站的厂址建设。当时，这里已经进入天寒地冻的季节，在党支部书记李臣、革委会主任刘清泉的领导下，全站职工克服重重困难，在零下二三十摄氏度的低温下进行机组安装。好在 17 站很多老师傅都有多年寒区电力生产经验。在送电事宜上，也是经多次交涉，才达到电站对外送电的要求。

电站于 12 月 1 号零点正式对外送电。主要担负东方红林业局、854 兵团的生产和战备供电任务。当地冬季长达 5 个月，天气寒冷，水质硬度高，煤结焦严重，让我们在这发电的 5 年里吃尽了苦头。

当时，我还是 21 岁的毛头小伙。我们几个同学都在努力向老师傅们学习，重活累活抢着干，一点不甘落后。白天正常工作，晚上看图纸资料，遇到难啃的问题，就积极向老师傅请教。师傅们手把手地教，把技术和经验无私地传授给我们。到电站 5 年后，我就担起了电气工段长的担子，直到 1981 年 9 月调离。电站的生活紧张而充实，13 年的电站岁月锻炼了我，我的进步都是来自电站领导和师傅们的培养，不论是做事还是做人，对我以后的工作产生了很大的影响。

1981 年 9 月我调入保定列电基地。1995 年，保定电力修造厂（原保定列电基地）接到一项任务，为中国运载火箭技术研究院制造一台卫星返回着陆用试验塔机。美国人、苏联人的卫星怎么返回，人家不可能告诉咱们，只能靠咱们自己研究试验。由水电部郑州机械设计研究所和郑州机械研究所联合设计，保定电力修造厂制造的 DT-20 调高投放试验塔，是中国唯一的卫星返回着陆试验用塔机。这台塔机塔身总高 141 米，最大起吊高度 110 米，最大起吊重量 12 吨。质量高于现有国家标准，要求极为苛刻。

1996 年 11 月，塔机制作完毕，安装人员进入北京朱庄航天器返回着陆试验场开始安装，由我负责塔机所有电气设备的安装调试。1997 年 5 月，我们克服了重重困难，圆满地完成了塔机安装调试任务。接下来的 3 年时间，我配合郑州所完成了所有实验装备调试，并且和在场的其他人员一起目睹了返回舱反复着陆试验。此后，中国所有的卫星返回着陆试验都是在这里完成的。

我从 17 站起步，列电精神一直伴我前行。

我学到的列电精神

文／董书林

董书林

　　1965 年 8 月，第 46 列车电站在茂名大修，我被分配在汽机本体组。那时，我参加工作不到一年，进站后一直学习汽机运行，对检修工作一点都不懂。这次大修，给我提供了好好向师傅们学习检修技术的难得机会。

　　生技组长安崇宾和汽机工段李国章两位师傅负责汽轮机本体大修。大修开始后，各项工作按计划进行得比较顺利。当起吊完上汽缸及汽轮机转子，准备吊下汽缸隔板时，遇到了很大的困难。1 至 8 道隔板，其中第 4 道隔板就像和汽缸连成了一个整体，怎么也吊不动。安技术员说："上次大修就没能吊出来，如这次取不出来，再经过长时间的高温锈蚀，以后就更难取下来了。"

　　取隔板的工作十分艰难，先用煤油浸泡，然而再用敲打震动的办法。因怕打坏隔板，只能用大锤打击紫铜棒，再传递到隔板上。打击的力量小了，不起作用，大了，又怕把隔板打变形。这样小心翼翼地打了一个小时，不见一点松动。2 个小时过去了，隔板还是依然如故。当时正值夏天，茂名的天气很热，头顶太阳晒着，脚下汽缸温度在 50 摄氏度以上。大家轮番上阵，挥汗如雨，就这样一直敲打到下午 5 点多钟，隔板才有些松动。紧接着，赶紧用龙门吊车一边起吊，一边继续敲打。经过一天的努力，终于将隔板吊了出来。

　　经过 26 天的奋战，此次大修完工了。然而，在开机时，又遇到了一个意想不到的问题：开启辅助油泵时，出口没有压力。在场的师傅们分析，是辅助油泵进口处逆止门卡死了。如果将辅助油泵拆下检修，就得放掉油箱里的油，把连接的很多管线拆下，显然，按既定要求的开机时间来不及，怎么办？

这时，李国章师傅脱掉衣服，毫不犹豫地跳入油箱，还没等大家回过神来，只见他深吸了一口气，潜入油中，对故障处进行处理。大家在上面屏住呼吸，焦急地等待。时间一分一秒地过去，李师傅终于从油中露出头来，喘了一口气对大家说："修好了。"大家连忙七手八脚把他从油箱中拽上来。这时开启辅助油泵，油压正常了。接着马上开机，汽轮机启动一切正常，发电机一次并网成功。在现场指挥开机的张宗卷厂长风趣地说："为了按时并网发电，李国章下了一次油锅。"列电人优良的工作作风和艰苦奋斗的拼搏精神，令我终身受益，永远难忘。

1966 年 6 月，在广东茂名发电的 46 站，以一级战备状态调往湖南临湘发电，甲方是 6501 工程指挥部，属于国家重点三级工程。从部队转业的刘广忠书记做了战前动员，要求我们轻装上阵。每个人背着简单的行装，列队步行到茂名车站。刘书记带队喊着"一二一"的行进口号，一路上，边走边唱，引得路人驻足观看。

到了湖南临湘，来到工地，我们马上被热火朝天的工地场景所感染。这个工程在群山里面，整个战线百余公里。到处是各种车辆、工程设备、建筑材料，以及工人忙碌的身影。甲方的领导对我们非常热情，特意在工地食堂招待我们。工地食堂用碗口粗的竹子和竹席搭成，里面很大，光卖饭窗口就十五六个，能容纳几百人同时就餐。在当时的艰苦条件下，每桌六菜一汤，如此款待，让我们十分感动。

当电站主车到位以后，立即投入了紧张的安装。就在安装过程中，不幸发生了伤亡事故。由于甲方支援电站卸货的吊车失灵，吊车的拔杆突然滑落，砸压在正在输煤机指挥吊车卸货的电站职工严举贤身上。他当时就不省人事，被紧急送到桃林铅锌矿职工医院抢救。当我们到医院排队，准备为站友输血时，严举贤因伤势过重而离世。噩耗传来，站友们和家属哭声一片。严举贤的后事由甲方办理，用较好的棺木葬在离电站不远的山顶上，墓碑上写着：严举贤，江苏泰安人，1937 年生，享年 29 岁。

安葬完战友，我们又继续投入安装战斗。时常在雨水中，分不清脸上流淌的是雨水还是汗水。终于在指定的时间内完成了安装，确保了电站提前发电。

甲方领导曾这样说，我们要学习列电人艰苦奋斗的精神。

永远列电

1970—1983

　　这个时期，列电事业曲折发展，国产6000机组成为主力。葛洲坝水利枢纽建设、伊敏河煤矿开发，以及华东的社会用电，是这个时期列电服务对象的典型代表。"知青""列二代"等年轻一代陆续融入列电队伍，经受列电熔炉的锻炼。列电人不仅抗风沙、战严寒，而且经受了特大洪水和罕见地震的生死考验。在惨烈的自然灾害面前，列电人团结互助、顽强自救，顾全大局、不忘责任，表现出泰山压顶不弯腰的精神，锻铸了不屈不挠、创造奇迹的意志品质。年轻一代传承列电精神，为列电这面金牌增光添彩。列电精神永存。

刘冠三与《中国列电三十年》

文 / 闫瑞泉

刘冠三同志 1928 年生于山东省汶上县，参加过抗日战争和解放战争，并有传奇经历。1956 年由地方转入水电战线工作，是一位"老革命"和"水电老兵"。

他 1972 年 7 月调入列车电业局，初任政工组组长，后任党的核心小组成员，革委会副主任，党组副书记、副局长，在列电工作了近 10 年。10 年，对一个有几十年革命经历的老同志来说不算长，但就列电 30 年的历史来说也不算短。

他受命于艰难之时。初到列电时，还处在"文革"时期，局机关和基层单位，都存在很多不正常现象。在局主要领导支持下，他凭借着丰富的经验和大刀阔斧的魄力，在消除派性，加强团结，制定工作规则，特别是在落实政策、选拔任用基层优秀干部等方面，开展了卓有成效的工作。

1975 年，为适应国务院批准的 100 万千瓦列电发展计划，局党组决定大力整顿企业，加强队伍建设，并由冠三同志主抓。他首先抓落实党的干部政策，"解放一批""调回一批"，进一步加强了领导力量。然后抽调培训了一批骨干，派到问题较多的单位进行思想整顿和组织整顿。他带队进驻"老大难"的保定基地开展整顿工作。通过抓企业整顿，全局面貌发生了很大的改变。

在关键时刻，他总是身先士卒，不畏艰难。1975 年 8 月的河南驻马店大洪水和 1976 年 7 月的唐山大地震，他都

刘冠三

是主动请缨，首先带队迅速赴灾区列车电站，慰问职工和指挥救灾工作，体现了一个党的领导干部的高度责任感和担当的精神。

他密切联系群众，经常深入基层搞调查研究，帮助干部职工解决了很多实际困难，人们至今念念不忘。他平易近人，没有"官架子"，所以人们不叫他"刘局长"，而叫他"冠三同志"。为解决列车电站"不断臃肿"的管理体制问题，他曾带队到多个电站进行调研，并拿出了解决方案，只可惜在当时条件下未能得到有效实施。

在与干部职工的共同奋斗中，他被列电人时刻听从祖国召唤，不怕艰苦、敢打敢拼、一专多能、技术过硬、朴实无华、开拓进取的列电精神所感染。他曾想请作家，把列电的事迹写成报告文学或电视剧加以宣传，但由于种种原因未能实现。后来，在他的领导下办起了《列电》杂志，用来宣传列电精神，交流技术和管理经验等。可是不久，就随着列电解体而停刊了。他无奈地带着这一遗憾，离开了他热爱的列电事业。

直至离休以后，这个要书写列电人的"未圆的梦"，时常困扰着他。未了的心愿，常使他感到不安。列电人30年的历史功绩，未能得到全面、真实的记载，他作为列电曾经的领导人之一，总觉得负有义不容辞和不可推卸的责任。

1989年，在南昌召开的水电文协会议上，经过冠三同志介绍，一位作家对列电很感兴趣，表示"如实记载，就是一篇很好的文章"，愿意与他合作编写，并首先在作协办的刊物上陆续发表。这对他是一个莫大的鼓舞，并使他产生了自己动手编写《中国列电三十年》的想法。但事后与同事们商议，认为个人收集、整理、编写困难较大，于是就被搁置了起来。

后来中央号召"修史育人"，又唤醒了他"未圆的梦"。1995年10月，在北京召开的列电协会上，他写列电人的想法一提出，即得到与会人员的认同。而后他又在西北基地纪念建厂30周年会议期间，与原列电局领导俞占鳌、季诚龙，以及保定、华东、西北基地和中试所等来参加会议的老同志座谈，讨论编写《中国列电三十年》一事，得到了大家的支持，并推荐杨文章、张增友作为副主编。特别是得到了西北基地郭广范、籍砚书、张宗卷、白义等老同志的积极响应，这更增加了他的信心。

随后，冠三同志在老伴傅维娥陪同下，先后自费到华东、武汉、保定三个基地及中试所、电校、59站等单位收集资料，得到了这些单位积极支持和热情帮助。特别是华东基地的谭亚利，将其精心保存的整套《列电》杂志、基地史料等都奉献出来，给了他很大的支持。也有人为了促使这项工作尽快实施，提出经济赞助，但被他一一谢绝了。他说，搜集资料、组织编写，我个人的经济还可以支持，并开玩笑地说，"待我编写成册，是会感动上帝的"。

冠三同志只在幼年读过几年私塾，青年即投身革命，以后虽然经历丰富，但并没有染身文墨，他能编写出这部洋洋 40 多万字的《中国列电三十年》，不能说不是一个奇迹。

为了写书先读书。他每天坚持读书几个小时，借助词典，先后读完了《中国通史》《资治通鉴》等典籍，为此翻破了两本词典。

在搜集资料过程中，他不顾自己年事已高，常年外出奔波，非常辛苦。为收集资料曾在武汉基地招待所住了一个多月。当时已是 11 月份天气，武汉阴冷潮湿，回京后长了一身的牛皮癣。他想尽快好起来，就大量用药，并且忍着病痛，每天继续看材料、写文稿。由于用药过量引起肾中毒，住进了医院。住院第 7 天医院发出了病危通知，好在经抢救，转危为安。住院 56 天，出院时走路都打晃。出院后，在老伴竭力支持下，继续抓紧进行编写和相关事务性工作。

经过两年的艰苦努力，凝结着冠三同志心血的《中国列电三十年》出版了，终于了却了他的那份心愿，圆了他那个梦。

有人会问，冠三同志在列电工作的时间并不算长，他为什么对列电有这么深的感情，为什么要耗费这么大的心血，编写这本书呢？从他《我的一生》自传里，可以找到答案。他在这本书里说，我爱列车电站，更爱列电人：

"如果把列电事业比作一座熔炉，我就像一块生铁融化在其中了。即便离开了列车电站，我的心也是和他们连在一起的。我为列电人感到骄傲，为列电解体感到心痛。"

"天意怜幽草，人间重晚晴"。冠三同志的属下赵文图曾在"人间重晚晴"一篇短文中写道："冠三同志对自己所从事事业的热爱之情，对领导、朋友、同事奉献于祖国建设事业的敬佩之情，并没有因离休而淡漠，反而随着时光的流逝而更加浓烈。这种始终不渝的事业情结、同志情结，大概就是他创作的动力吧。"这也是一种解读吧。

1995 年，他去 59 站采访座谈时，看到电站还在发电，心情非常的激动，回来写了一首诗，表达这种心情：

历史长河一瞬间，列电烽火三十年。

人间常有不平事，铁马无泪人心寒。

解体苦战十二载，异地携手又发展。

一年一度联谊会，笑谈列电辉煌篇。

电力工业部华源咨询公司

原电力部部长史大桢题写《中国列电三十年》。

他做的事，感动了大家。除了列电系统广大干部职工支持帮助以外，电力部史大桢部长题写了《中国列电三十年》书名；电力部汪恕诚副部长批给的印刷费用；老部长刘向三写了序；原水电部副部长陈赓仪和刘书田也撰写了赞扬列电人的文章。他的老朋友郭冶方（原中国汉字编码委员会主任），虽已年过古稀，却在三伏天里，整理并录入几十万字，为该书编写成册打下了基础。

《中国列电三十年》对原列电系统的70多个单位进行了较详细的介绍，还载入了30余名老同志撰写的回忆录，近300人的原列电领导干部简历辑入了其中的"列电人物"，此外还收录了《列电》杂志中部分歌颂列电的诗文。该书特点是史志结合、内容丰富，具有较强的资料性。脱稿后，又得到了原列电系统诸多老同志的修改补充。

受当时条件的限制，该书在史料上和文字上难免有粗疏之处，但他为后人留下了珍贵的史料。特别是他在编写这本书时，所表现出的那种浓烈的列电情结，那种强烈的事业心和责任感，那种殚精竭虑、不懈追求的精神，深深地感染着、鼓舞着每一位参加列电史志编纂工作的人员，克服困难，不负使命。冠三同志功不可没，我们感谢他，同时也感谢两位副主编及所有为《中国列电三十年》一书做出过努力的人们。

略阳发电支农纪事

文 / 陈光荣

1969 年 9 月至 1971 年 10 月，第 42 列车电站在陕西略阳发电。略阳地处秦岭山脉南麓，当时山区的农村没有电网，但水资源丰富，农民用木制的水轮机带动石磨子可以磨面粉，带动轧棉机可以轧棉花。农民迫切需求电气化，想用水轮机带动发电机发电，于是许多农村就买来小发电机，但没有配套的设备，又缺乏技术力量，着急呀！到处求援。电站在保证安全生产的前提下，决定支援农民办电。

记得第一个去的村子叫王家坪。我带着五六个人，由王家坪的大队长领路。李长林师傅开着我们的解放牌汽车，盘山而行，陡峭而崎岖的山路，令我们提心吊胆。到达目的地后，一组在机房里安装配电盘，打接地网，检查测试、安装发电机；另一组搞外线，因为机房距大队部和村庄有几百米远。我们住在大队部，安排在农民家里吃饭。

第一次到农民家吃饭，见桌子上放着黄澄澄的几碗米饭，心想山区农民就是苦，杂粮多。等走近饭桌才看到是鸡蛋炒米饭，鸡蛋太多啦！正吃着呢，又端上来一碗汤，有五六个荷包蛋在里面，我们就把它放在桌子中间，以为是公用的，谁知道主人又端来几碗，原来是每人一碗。我们大家还从来没有过这样吃鸡蛋。那时肚子没油水，饭量也大，一桌饭还真给吃完了。此后几天，农家饭每餐不重样，我们算是亲身体验到了农民兄弟的憨厚、真诚、热情、好客，也体会到了他们对电的期盼。

陈光荣

外线施工对我们可是新鲜活,选线路、杆基定位、竖杆、放线、登杆、安装,从没干过。没关系,列电人边干边学的经验多了。问题是电线杆在哪里?大队长喊了十多个青年农民带着工具领着我们进了树林,我们选,他们砍,斧头、镢头齐上阵,一天工夫,电杆就备齐了。电杆基坑当然也是农民兄弟开挖的,竖杆更是"工农联盟"结硕果,除了直线杆,终端杆和转角杆都要拉锚线,锚线坑也由农民兄弟承担。

我们在电站几乎没有登杆作业,在这里很快就从实践中掌握了登杆作业的技巧,外线安装很快完工,大队部的内线也布设好了,机房工程也结束了。开机试运行的时刻到了,大队干部都来到机房,随着水轮机进水槽的吊起,发电机飞快旋转起来,电压表、周波表显示正常。先给机房照明送电,开关一合立刻亮如白昼,整个机房一片欢腾,大队的干部们争相和我们握手,"感谢工人老大哥的支援"声不绝于耳……

这里农居盖房,多用一种叫青杠木的木材,这种木材极其坚硬,在各家各户安装内线时木螺丝拧不进,钉子一钉就弯,只有用手电钻才行。那时家庭用电,也就是每家一两盏灯而已。全部工程完工后我们急于返回电站,但大队长不让我们走,说一定要参加完庆祝大会,明天再走。原来他们早有安排,通知了周围的村庄,还邀请了县城里的学校来演出节目。

在一个打麦场上搭起了舞台,台下摆了几条长板凳,板凳前是一排临时垒成的木炭火盆。傍晚,村民和远道而来的邻村的村民陆续挤满了打麦场。本村的村民自带板凳,远道来的村民就站着。队长要我们和大队干部坐在前面的板凳上,前面火燎火烤,后背风吹冰凉,这已经是"嘉宾"待遇了。后面的村民站在寒风里兴高采烈,可能这样的演出在山区也是很稀少的缘故吧。

庆祝大会开始了。首先是大队长讲话,再一次感谢我们给予的大力支援,有电他们就可以利用冬闲来整治农田,搞水利建设,夜里也可以挑灯夜战了……随后,他请我们列电人上来讲几句。事先也没有通知我们,谁也没有准备啊!我们几个人就你推我,我推你,没有办法,我只好硬着头皮上去了,现编词儿,总算过了这一关。

演出开始了,有舞蹈、歌曲,有学生们的合唱,《逛新城》改了词,把"工人老大哥"也加进去了,演出气氛热烈。演出结束了,我们见一些老大爷老大娘站着迟迟不走,再次告诉他们演出结束啦,他们却指着舞台上的电灯说,我们来主要是看电灯是啥样,这么大的风,那些灯都吹不灭,挂那么高,看你们怎么把它吹灭。听罢,我们几个不禁笑起来了,于是,演示关灯给他们看了,他们这才满足地离去，直夸电灯好，电灯好！

第二天我们要回去了，一看汽车上装了很多冻豆腐、肉、鸡、蛋、蔬菜等，我们给大队长说这个不行，心意领了，他告知这些与电站结算，回去交给食堂就是了。42站和王家坪村庄始终保持着友好的工农关系，有一次王家坪的牛从山上滚下来摔死了，别人给多少钱也不卖，就拉到电站要给我们食堂。邻村的队长看到王家坪的小电站这么好，希望我们也帮他们安装电站。从此以后，就有了许多支农的故事。

另一次去支农，村名记不起来了，因为我们在那里只待了几个小时。他们的发电机坏了，略阳县没有专业的电器修理部，他们找到了县农机站，对方要400元修理费，当时这些钱对农民来说也是个不小的负担。更麻烦的是工期要4个月。农民要赶这农闲时间整修农田，急需要电晚上挑灯夜战，于是找到电站来要求帮忙。

电站领导叫我和米培元先去看看是什么问题，问题大的话运回去修。我们两个就骑着自行车、带上仪表工具出发了。这个村庄倒不要爬山，就在山下盆地里，不过路不算近，还要跨越嘉陵江。江上只有一座便桥，去时是白天，顺利找到那个村庄。

队长立即领我们到了机房，打开端盖看绕组外观正常，说明不是过载烧坏了，可能绝缘故障。就用兆欧表测量，发现相间短路。一般槽口和端部绝缘容易出问题，于是一边摇表一边撬动端部绕组，结果在撬动到一个位置时，兆欧表突然指示正常了——问题找到了！低压电机，就用黑胶布叠了两层塞到两层绕组之间，复测绝缘正常，就叫队长开机。

队长眼睛瞪得老大，啊——这就好了？！我说应该没问题，你开机试试。他一开机，机房照明灯就亮了，队长高兴得手舞足蹈，说人家要4个月，你们这不到一个小时就好了，真是天兵天将啊！他问要多少钱，我说不要钱。队长说钱不要，饭一定要吃的。吃过饭，天快黑了，队长叫我们住下明天送我们回去。我们坚持要走，队长看留不住，就叫拖拉机手送我们。拖拉机载着我们沿着嘉陵江河滩一路颠簸前行。天太黑了，我们迷了路，在河滩里转来转去。用了很长时间才找到了来时的那座桥。过了桥路就好走了，回到电站已经半夜了。

在武汉基地搞制造

口述 / 李名江　整理 / 周密

1958 年我从华中工学院（现为华中科技大学）毕业，分配到南京轻工业学院。1959 年因学院撤销，我到轻工业部没多久又调到了佳木斯热电厂。1962 年，国家经济建设调整，我从佳木斯热电厂调到列车电业局武汉装配厂，就是后来的武汉列电基地。

我来到装配厂时，土建完成，已经投入生产。但是，生产条件和设备还很简陋，办公人员就挤在铸造那边一排平房里，金工车间只有保定还是哪里支援的 21 台床子，620 和 630 床子算是最好的了，一台小龙门刨还是皮带式的。由于国家尚没从困难时期走出来，厂里还能看到工人们开垦的耕地。我学的是热电专业，来到装配厂将我分到一车间当技术员，搞汽机。初期，装配厂曾搞过锅炉制造，就是列车电站用锅炉，在后来较长的一段时间里，一直专心搞电站返厂检修及生产备品备件。

1971 年左右，武汉基地开始两条腿走路，边检修，边搞制造。我们起点蛮高，要搞 1000 千瓦燃气机卡车战备电源，简称卡电。当时厂领导刘晓森、陶晓虹、张静鹗蛮有魄力，厂里的技术力量也比较强。刘晓森从保定基地带来的一批有实践经验的生产制造骨干，与工程技术人员相结合，在土法制造中发挥了很大作用。更为重要的是，制造燃气轮机，为后来武汉基地长远发展奠定了坚实基础。

李名江

当时我们了解到，南京汽轮电机厂已经有 1000 千瓦燃气轮机图纸，正在着手生产准备工作。厂里派我去南京把图纸搞来。那个年代，各厂之间讲大协作，产品技术不像现今要保密、讲产权等。

我与南京汽轮电机厂比较熟悉，到了南京，就集中三天时间晒图纸，等我把晒图拿到手，并坐车回到武汉的时候，南京汽轮电机厂忽然感觉哪点不对头，通知不许图纸外传。多亏我的工作效率蛮高，要不，搞不到图纸一切都泡汤了。不过，南京那边也没把武汉基地放在眼里，要知道，南京汽轮电机厂的工程技术人员中，很多来自清华大学。一机部汽轮机专门生产厂家尚没有制造出来，小小的武汉基地还能搞出什么名堂不成？

对我来讲，搞燃气轮机完全是门外汉，我是学发电的，对搞制造、材料、金相都是陌生的，但作为生产车间的技术人员，我除了边学边干，没有别的选择。在搞制造的那些年，我学了很多东西，在实践中丰富了自己的学识，增长了才干，这应该是艰辛付出而得到的回报。

我们有了图纸，但需要攻克的难题很多。燃气轮机叶片是首要攻克的难题，我们并不清楚承受高温的叶片究竟是什么材料。当时正处在"文革"时期，厂军代表就带着我们去大冶钢厂保密研究所，里面有个军工产品室。管理人员要审查我们的身份，军代表一路挡驾，才得以放行。

不看不知道，燃气轮机叶片原来都是高温合金材料，我们无法搞到不说，加工还非常困难。我们获悉，他们刚研制了一种新合金材料，代号 517，还处在实验阶段，如果我们用来实验，厂方不反对。能有合金材料用，对我们来讲，求之不得，而且没有其他选择。然而，大冶钢厂的军代表给我们出了个难题，说 517 属于军工材料（准备供给战斗机试用的），需经军委批准才可以给我们用。这难不倒我们，我们通过武汉市的军代表，以特殊项目为由，得到军委批准，于是，我们如愿搞到了 517 材料。

有了材料，如何加工，难题接踵而来。我得到信息，中国科学院机械科学研究院有台新研制的高速锤，可以锻造加工我们的材料。我就跑到北京，到中科院了解情况。中科院欢迎我们试用这台设备，技术人员告诉我需要前期准备的工作。回来后，我们按要求，开始搞模具，对叶片进行粗加工等。然后，我们三四个人带着材料，直奔中科院。在中科院技术人员指导下，我们轮番上阵，操作使用高速锤，我也上去操作过。工作期间，我们几个就住在局南营房小招待所。在"文革"中受到冲击的季诚龙副局长当时还没有解放，每天见我们回来，还关心地问，今天锻造得怎样。

武汉基地制造的 1000 千瓦燃气轮机卡车电站。

　　叶片锻造完成后，我们借用社会科技力量搞协作，得到北京钢铁研究院、大冶钢厂研究所、机科院材保所的帮助，解决叶片涂层等技术难题，每一个技术环节都付出了很多辛劳。转子动平衡测试也是制造过程中一个重要环节。燃气轮机转子要达到每分钟 11000 转，我们自制的土动平衡机只能达到 3000 转，而且精度也不够。于是，我们改制这台土设备，采用土办法，成功完成了转子动平衡测试，各项指标达到设计要求。加工圆盘上的八个螺栓孔，虽然每个螺栓孔均可以用坐标镗床加工，但三个组合误差要求很高，我们的坐标镗床不能胜任。让外面干，也不能保证技术要求，因而也成为制造难点。为此，老工人柳长德大胆提出了一种加工方法，但是争议很大。争议来争议去，最终还是党委副书记陶晓虹拍板，就这么干。从中不难看到，每攻克一个技术难点，都是要冒一定风险的。

　　在整个制造过程中，能够攻克一道道难关，技术力量固然是有力的保障，但是，生产工人的聪明才智，能工巧匠在生产中解决问题的能力，发挥了非常重要的作用。我们生产车间，汇集了各路精英，我的一些设计思想和设计方案，均是通过像柳长德、吴立维等这些技术突出的老工人巧手实现的。加工转子的时候，陈士礼、卞述忠、雷秀君这些在保定基地经过大制造的人都上阵了，卡电车辆部分，由查顺昌负责。基本上是从汽车厂定制底盘，其他都由我们自己造，我们厂的冷作力量也是很强的。

　　到 1978 年，我们一共造了 4 台 1000 千瓦燃气轮机卡车电站。第一台支援给太原卫星发射基地，作为第三套备用电源。1972 年前后，我还去了太原卫星发射基地，该基地为保障卫星发射任务万无一失，让我们工程技术人员到现场值守。在卡电制造过程中，太原卫星发射基地就派了一个营级干部带队，参加电站制造调试工作。产品服务于战备、军工，正是我们制造燃气轮机电站的初衷。

然而，我们制造完成第 4 台燃气轮机后，卡电生产就戛然而止了。这缘由当时国家对燃油机的政策管控，燃气轮机整体下马。不过，通过几年的生产制造，武汉基地锻炼了队伍，增强了生产制造能力。特别是水电部为此对武汉基地的设备投资，让武汉基地"鸟枪换炮"了。

1972 年，我们生产出第 1 台燃气轮机后，水电部供应司企业处的王佩文工程师来到武汉基地，特意来看我们制造的燃气轮机。南京还没有造出来，武汉基地率先搞出来了，令部、局领导刮目相看。他回到部里汇报了情况，部里要将武汉基地打造成中南地区重点修造厂、中南的良乡（地处北京的良乡电力修造厂为当时的大型电力修造企业）。很快，大批先进的设备调拨给我们，如坐标镗床、龙门刨等，很多设备都是那个时期进来的，这为基地后来的发展奠定了良好基础。到生产第二台燃气轮机的时候，我们的生产手段焕然一新。

我们因为搞了燃气轮机，名声在外。1977 年 5 月，在大连发电的新 4 站，从加拿大进口的 9000 千瓦燃气轮机出事故，叶片剃了"秃头"，轴也弯了。列电局生技科长周良彦知道我们搞燃气轮机，点名让我去帮助检修。记得是周一早上，我穿一身工作服刚进厂，等在门口的张静鹗厂长急忙喊住我，要我赶紧坐飞机走，去大连。我想回去换衣服也不让，直接把我拉到飞机场去了。我在大连与检修队伍一起，搞了一年多才修复完成。

我还带着几个人到北京战备电厂检修燃气轮机。那是台从瑞典进口的 5 万千瓦燃气轮机，安置在山洞里面，供北京战备用电。因设备问题，需要检修，据说要整机返厂检修的话，需要一笔巨额开支。而且，出于保密原因，也不允许外国专家来到现场。北京供电局交由良乡修造厂检修，但有部分备件因一些技术问题，他们无法解决。

这事不知道怎么推给了列电局，局里把活派给了我们，周良彦对我说，老李你去吧。在检修中，很多技术问题就我们当时的设备和条件，根本无法解决。但我们通过搞制造，善用土办法，下了很大功夫，解决了一个个难点。技术员李国华解决问题的能力很强，在技术攻关上发挥了很大作用。按技术要求，焊接几乎是不可能完成的工作，我们也采用土办法，反复试验，也完成了。马林裕、许静安是主力焊将。因使用银焊条的量比较大，记得陶书记曾说，老李呀，全厂的银焊条都给你了啊！我们检修了一年多，圆满完成了任务。技术实力比我们强的厂没搞成的事，我们搞成了，再次证明列电人非凡的能力。

燃气轮机停止生产后，我们又为部里生产制造了55台翻斗机。到1980年左右，武汉基地开始制造翻车机。这个时期，新建的制造车间投入使用，我与支部书记胡清秀搭档，走上车间的领导岗位。肩上的担子更重了，但依然与工人一起扛氧气瓶，扛枕木。为搞翻车机，我将车间分了八大组，各组组长由七八级工的老师傅带领。这样安排，主要是想攻关，因为，这么庞大的冷作件，我们都没有搞过。

翻车机的图纸我看了好几遍，依然不知道怎么下手。得知武汉钢铁厂除煤场有翻车机，我就借星期天，骑脚踏车蹬几个小时到那里，坐在一边，看翻车机怎么工作，跟师傅聊一些制造问题，回来再结合实践来摸索。

为解决大梁焊接变形问题，我到汉阳桥梁机械厂观摩学习。我叫上陈兴发一起去，他的白铁匠手艺在武汉也是小有名气，虽然不是一个行当，但可以很好地领会。到那儿一看，是用火烤的办法。回来我就让他试验，将工件烤变形，再烤过来，反复地试。试到后头，我问怎么样了，他说可以了。就是这样，我们学会了这项工艺。

干这样大的结构件，对安全生产也是一个不小的考验。有一次，行车吊翻车机巨大的圆盘时，悬在半空下不来了，这要是垮下来，厂房都得完蛋。我把工人都疏散出去，我上到行车室，指挥吊车作业，为制造翻车机，将安危都置之度外了。

我后来离开了武汉基地。不过，在我离开之前，履行承诺，完成了首台翻车机的制造和现场调试。转眼已经三十余年了……

56 站职工生活自我管理

文 / 杜尔滨

列车电站是国家战备、救灾、应急流动电源，虽然发电机组较小，但是生产岗位设置和大发电厂一样，机、电、炉、热、化、煤、灰一个都不能少。为适应机动灵活的要求，列车电站人员配备又必须少而精。第 56 站列车电站，是 6000 千瓦机组，定额只有 84 人。

杜尔滨

当年，56 站还担负着列车电业局的培训任务，先后为 19 站、59 站、62 站，以及淮阴、泗洪、烟台、青岛等地输送了近 200 个技术工人。最多时，在册职工 132 名。

电站提倡"一工多艺、一专多能"。发电和检修，是同一班人员，发电时上运行，停机时搞检修。例如：一个电气师傅，对电气系统的发电机、变压器等一次系统和自动装置、继电保护二次系统等，以及全厂机、电、炉车间的动力设备，都要掌握，必须学会安全运行、学会检修及临时应急处置。这就是列车电站职工的特点。

电站的管理岗位人员就更少了。厂领导两人，综合管理组长（兼房产、生活、后勤管理）1 人，人事、劳资、厂及党支部办公室 1 人，财务、出纳各 1 人，材料仓库、采购各 1 人，共 8 人。占定额的 10%，占实际总职工人数的 6%。因此，站里有关职工生活方面的事，就组织职工参加管理。

职工参加管理，既能反映职工的心声，又能满足职工要求，受到了广大职工的欢迎。

电站的医务室，担负着全站职工及家属的医疗任务。在没有专职医生的情况下，锅炉工段的工人赵振兵利用业余时间，兼职赤脚医生，满足了职工及家属看一般病的需求。他不分白天、黑夜，只要病人需要，他都立即出诊，受到职工的好评，被江苏省电力局、徐州电业局评为先进工作者。

电站食堂，没有专职管理员，在电站单身职工中选择一些人轮流担任管理员，负责管理食堂，并协调职工和炊事人员的关系，处理各种意见和要求。先后推荐汽机工段长袁光煜，锅炉工段王景田、刘京越，焊工赵世祐等担任兼职管理员。他们了解职工对伙食的要求，能最大限度地满足大家。逢年过节，都组织全站职工会餐，让这些远离家乡、坚持生产的职工像在家里一样，其乐融融。食堂还利用循环水建了个养鱼塘，用来改善职工生活。

全体职工都把电站当作自己的家。会议室里20多个大长椅子、职工家里用的铁床，都是焊工韩承宝师傅和赵世祐，利用省煤器、过热器换下来的废管子制作的。给职工配备的沙发，也是职工利用业余时间自己做的。这种艰苦奋斗的作风，老列电人永远不会忘记。

56站职工有一个良好的习惯，那就是每天早晨上班到单位，无论是干部还是工人，要干的第一件事，就打扫厂区卫生。天天如此，几十个人的劳动场面十分壮观，整个厂区整整齐齐、干干净净，像过节一样。为此，当年兄弟电厂的领导纷纷来电站参观学习。记得有贾汪电厂，徐塘电厂，韩庄电厂，滕县电厂的领导与职工都来过这里。第56列车电站职工的优良作风，给当地留下了良好的印象。

参加筹建华东基地

文 / 杨兴友

一

我是 1976 年初来北京参加镇江华东列车电站基地的筹建工作的，报到后就在列车电业局招待所开始了基地筹建的初步设计工作。当时，由于要求建厂尽快起步，列电局将初设工作交由华东基地筹建处组织人员进行。

记得当时参加的人员，还有韩天鹏、钱为民、顾宗汉、梁英华、唐绍荣等同志，后来又来了陈玉生等。指导我们工作的是胡惟法总工，主要工作是基地总平面规划设计，厂房、仓库规模及主要设备的设计，铁路专用线初步设计，生活区的初步设计，总体投资的设计。

杨兴友

我当时承担了总平面图的设计任务，包括厂区厂房、仓库、铁路专线的布置，还有生活区、家属区、单身区、小学校、医务室、食堂等。设计完成后，经过领导审查、集体讨论，最后经局领导组织审核批准，上报水电部审批。完成初步设计后，我和部分人员即赶赴镇江参加最后选定地点和筹建工作。

二

1976 年春天我来到镇江，当时镇江已聚集了不少筹建人员，我们分别住在市一招（现京口饭店）和京江旅社。后来随着工作进展，人员不断加入，工作重点转向镇江七里甸，人员分批住进临时租借的镇江中学平房，吃饭也在镇中搭伙。

当时基地选点工作已开展，只是尚未最后定案。原来考察的南京（板桥）、无锡、常州等地，因铁路专线接轨和水资源等问题均被否定。到我来镇江时，只有镇江的几个考察点待定。记得有镇江钢铁厂附近（现李家大山片）、镇江冷库（丁卯桥）区和七里甸区三个点。李家大山因为上海铁路局不允许从编组站南侧接轨，必须从北侧接轨，专用线要穿过市区，并且立交穿过沪宁铁路，投资巨大，因此不得不放弃。丁卯桥这个地方虽然铁路专线好接轨，且线路短，但因地下水资源缺乏不能满足列车电站试运行工作需要，也被否定了。

至此，仅剩下七里甸一个点待进一步考察。记得当时主要有四个问题：一是铁路线从哪接轨，怎样进厂；二是地下水资源待查；三是接壤地处有蚕研所、蚕种厂，市里担心有污染；四是市府拟批准的建厂地点在当时的七里甸北面排灌渠北岸，南岸地段虽然平坦邻近镇句路（现朱方路），因是蔬菜生产基地不可占用，而北岸则是山坡和土丘连片，开发起来工程量很大。

我们开始对七里甸进行进一步考察，先查铁路专线问题。为了摸准厂外线路有多长，我和唐绍荣等几位同事拿着百米皮尺，从六摆渡车站一步一步量到基地的区域。丈量时，没有路可走，要穿过田地、水塘，更要翻过一个个高30～40米的山头。经过几天多人多次丈量，确定厂外线路长2.7公里。

后来张成良请来上海铁路局、南京铁路分局及镇江车站等单位专业人员座谈商讨，决定从六摆渡接轨沿沪宁专线南侧至基地进线点，再向南避开一个山头进入基地厂区。解决了铁路专用线的方案后，厂内外专用线的进一步设计施工，由张成良同志负责联系上海铁路局系统进行。

水资源问题，经多次考察了解，当时镇江市自来水管路尚未到七里甸，附近的工厂单位诸如动力机厂、无线电厂、蚕种厂、蚕研所等，都是自行开井取地下水。华东基地建厂时考虑电站试运行需要大量水，按当时的情况又不可能接自来水，只有自行解决。经向市水文部门咨询了解到，七里甸附近有较丰富的地下水，并且我们拿到了有关七里甸附近地下水源分布资料。资料显示七里甸沙地村地下水较丰富，我们请来省地质水文队来钻探，果然如此。

找到了地下水源，只等征用土地后打深井建水泵房。此项工作我和吴秀荣一起参与。建厂后打成了200多米的深井两口，每小时出水量200多吨。井打成后开始自行设计施工，管道通到厂区生活区，基建开工后我们又自建了水塔。在解决水的问题过程中，我们了解到五六十年代水文部门也曾在沙地村勘探过，之后沙地村的一个泉眼就没水了，此事为我们提供了信息和预警。果不其然，当我们的深井投入运行后，附近村民纷纷找来反映断水。经过调查测试，证明情况属实。此后，基地开始向七里村、沙地村等几处供水，直至市自来水公司供水扩大至七里甸。后来，又因国家政策限制开发地下水，列电基地后来转型生产也无须考虑电站试运行问题，80年代后基地就停用深井水，接通自来水。

关于有无污染问题，经向有关领导及蚕研所蚕种厂汇报解释我们列电基地的工作性质和工作范围，顺利消除了他们的顾虑，得到了认可。

建厂地址的地形地貌和土方工程量作为一个大问题，我们做了详细了解和设计。七里甸北排灌渠北侧全是一片山坡地，南低北高，高低差最大20~30米，最小也有几米差。北面是土山，山的北面是沪宁铁路，铁路与待建厂区隔着一座座土山。建厂地址东面拟建生活区处，是一片满山桃树的桃花山。由此向西是绵延不断的几座土丘山，后来的单身楼就是削平了一座土山建设的。此山比后来的单身楼还要高十几米，它与桃花山中间隔有一道沟，是农民上山的小路。单身楼向西又是连绵不断的土山，我们后来的专用铁路线就从土山的中间劈开向南进入厂区。

山坡上净是农民开的自留地，所谓灌溉渠即在坡地与七里甸之间向东穿过，雨水季节可排涝通长江，干旱季节可从此抽水上山灌溉农田。为了比较准确地了解土方工程量，我们找来带有等高线的地形图，然而此图只是一张比例为万分之一的七里甸附近的地形图。为了计算土方量不得不用手工，用最原始的工具放大比例尺，放大绘制比例为千分之一的地形图。此项任务是一项很费眼睛的工作，看到密密麻麻的地形图，地形较陡处等高线更加密集，看都很费劲，可想用放大尺绘制是何等不易。

由于当时很多同志都有不同程度的眼花，只有我还年轻，领导决定由我进行绘制。凭当时年轻眼好，伏案多天终于顺利完成，这是征地以后计算土方工程量和平面设计唯一的依据。土方量计算时更费劲，用透明坐标纸盖在地图上，每一平方毫米作为一个计算单元计算实际地面——平方米的土方量（当时预定标高为14米）。占地几百亩的厂地就这样一小格一小格地计算而来，用的是老式手摇计算机和计算尺，多少个日夜几个人连续作业，最后得出土方工程量是四十多万立方米。

三

铁路专用线进线问题，地下水资源问题及土方工程量问题有了较明确的方案后，华东基地正式挂牌筹建。记得那是 1977 年初，当时的领导班子有刘晓森、邓嘉、毕万宗、谢德亮，后又调来屈安志和尹喜明。刘晓森之后又调回武汉列车电站基地。

开始筹建首先要解决征地工作，继而要解决"三通一平"问题。"三通"，即通电、通水、通路；"一平"，即平整场地。这期间，我始终参与征地工作。按当时政策规定，10 亩以下地方政府有权审批，10 亩以上需报省政府审批。记得当时谢德亮主任找到了市农委书记、他的老战友卢春忠同志，在他的帮助指导下，比较顺利地先批准征用了七里甸大队部一块地（9 亩多）。该地处于镇句路（朱方路）旁，交通方便。

地面上有原村大队部和知青用房，虽然是简易平房但解决了基地的立足之地，这就是华东基地最早的筹建点。平房略作修整成了一个食堂和办公点，知青房改为住房即后来被称为"老八户"住房。当时"老八户"住房后面就是农民的猪圈，后来翻盖了四五排平房作为临时职工宿舍。"老八户"的房子条件较差，上面漏雨掉灰，下面下雨天就渗水，一户一间半的房子没有厨房卫生间，做饭只有在外面支炉灶。"老八户"是建点后，1977 年初首批调进华东基地的八户人家。他们分别是张成良、张桂生、韩天鹏、袁宜根、钱为民、顾宗汉、胡惟法、杨兴友八家。再后来调入的先租住在七里村农民家，等筹建点建好平房后才陆续搬入，当时的原则是先生产后生活。后来，又征得医务室、幼儿园、食堂、招待所用地，这是一块平地，在灌溉渠南岸紧邻七里甸，记得应该是 7 亩多。

征地报告批准后，紧接着是和七里人民公社和农村生产大队、生产小队及农民谈判具体事宜。五花八门的问题很多很烦，有大队的地、小队的地，还有个人的自留地。有规定的土地征用费、青苗赔偿费，还有富余劳动力安排问题、农村道路问题、供电线路问题等。最后，让村民一个个签字，华东基地一次性付给镇政府 27 万多元。

一个个签字盖章。真的是不容易。经过征地工作，村民几乎都认识了我，我也熟悉了他们。大队村支书丁传喜和大队长郭启明两人帮助我们做了很多很多工作，基地非常感谢他们。

四

征地工作完成后，基地立即开始了"三通一平"工作。为了土方工程的快速进行，经部里协调，远在四川的第九水电工程局调来了推土机、铲运机等施工设备，同时派来了几十位操作维护设备的老师傅，在土方施工中出了大力。工程队开工怎么进点也是个大问题。基地与七里村相隔一条灌溉渠，仅村西有一座村民用石块垒成的人行小桥（名为大寨桥），载重设备无法通行。

首当其冲的工作就是要尽快建起一条通往厂区的路和桥。我们自己建一座临时桥，用钢轨钢管和大工字钢型材，人们站在齐腰深的河水里施工。经过数日奋战，终于建成，桥的位置就在生活区东大院后来正式桥旁边。

有了这条路和便桥后，请来供电局从通往蚕种场的电网上引来 6.3 千伏的输电线，连通华东基地自己建的临时变电所。厂内各条低压线路全靠列电自己的职工施工建成。后来为了应对电网停电问题，基地自行安装了两台柴油发电机。

至此，水电路基本满足了施工需要。工地上灯火通明，推土机、铲运机等机械设备昼夜轰鸣不停，场面十分壮观，吸引了周边的老百姓纷纷前来观看。几个月昼夜连续不断地开山推土施工作业后，厂区平面渐渐形成，正式厂房的建设陆续开工。设计为镇江建筑设计院，施工为镇建二公司。为了基建施工需要，厂里陆续引进了土建技术人员。记得有从治淮委员会调来的高友章、从贵州调来的戴林生、从西北宝鸡调来的陶仁凯等，使基地的土建施工顺利展开。检修、金工厂房、仓库、家属宿舍楼等相继开工建设。

1977 年冬天，下了场大雪。山坡上积雪很厚，雪地里行走稍不注意就会跌进雪窝里。为了取暖，我们在临时搭建的木板房里，用红砖垒了个炉子，砌了个火墙，为施工人员提供取暖。

在生活区的建设中，桃花山山势较高、土方工程量较大。进生活区的路要跨过河，道路路基需填高四五米。为了节省投资，生活区在第一层地面标高与厂区相等的基础上，向北分了三个台阶层次。这样，既节省了土方工程量，又有利于楼房的采光，缺点就是路变成坡道了，给行人和车行带来一些困难。而河南面的道路取山上的土填高，与镇句路形成了一个缓坡路连接，生活区与当时的筹建点办公室建有阶梯连接。从镇句路进入后，在路西侧修了一条分叉路供车辆进出筹建点办公区。这一系列的施工中，所使用的桥就是上述的临时桥。厂区与镇句路联系的道路和桥，是在厂区基本成形后才建成的。

华东基地鸟瞰图。

    基地基建工作刚转入正常，即迎来了改革开放，华东基地奉命转入生产，国家停止投资拨款。自此后续的厂房、厂区办公楼、生活区家属楼等附属建设，全部由基地自己投资兴建。基地进入了边生产、边基建的新阶段。

    转眼40年过去，2017年镇江华东列车电站基地因市政建设需要，整体搬迁，原有厂区生活区全部拆除，在新区另行建设新厂区。作为参加过华东基地建厂的创业者，站在原厂区看到辛苦奋战40年建成的具有一定规模的厂区生活区变成一片废墟，心潮起伏，思绪万千……

追忆与感慨

文 / 杨义杰

不一般的列电人

追忆列电岁月，总叫人感慨万千。

记得 1961 年春，我随新组建的 44 站刚到广东茂名。茂名石油公司领导盛情款待全部人员时，竟然误以为我们几个十七八岁的小青年是随站来的小孩儿，引得满堂笑声。1961年，44 站调迁到山西晋城，机组周围圈有铁丝网，荷枪实弹的保卫人员昼夜看护。列车电站的到来，引得晋城百姓争相参观，那场面令我们电站工人很是荣耀和自豪。

杨义杰

列车电站是机动电源，本身性质就决定了它是流动和艰苦的单位。电站每到一个新地方，各方面条件都比较差，等地方建设好点了，电站也就该走了。44 电站在晋城，住的是土坯房，1963 年夏天，下大雨，有的房屋山墙坍塌了，幸亏当时屋里没人，才没造成人员伤亡。老同志都知道，那个年代是计划经济，吃饭按定量，副食等都凭票供应。晋城当时除定量外，每人每月三两食油，半斤肉。运行人员后夜班有二两粮票，两毛五分钱的夜班补助，前夜人员什么都没有。那时实行的是 8 小时 3 班倒，上班不许坐着，站着监盘。尤其到了节假日，别的单位放假休息，我们还得借此抢修设备，保证节后安全供电。

电站职工团结友爱，好学上进。技术好的受尊敬，贡献多的当标兵。那个年代时兴大练基本功，要熟悉设备性能，所管辖的设备系统图几分钟就能默画下来。电站实行定员定编，要求一专多能，开机工人就是运行工，停机就是检修工。那时单身职工每年只有12天的探亲假，为表现积极上进，有的还提前返站。返程因误车超出假期的工人，那要在大会上做检查。纪律严格，奖罚分明。

唐山地震救灾

唐山地震已过去40余年，一幕幕不忍目睹的惨状，让我永远不能忘却。

1976年7月28日，唐山发生大地震，当时的水电部部长钱正英参加中央紧急会议回部后，要求部直属单位，凡下属单位有在唐山的，立即去摸清情况。列车电业局刘国权副局长立即主持召开会议，决定派出由周良彦、孙玉泰、我和两位司机师傅，一行5人赶赴灾区，即刻启程。

我们顾不上吃晚饭，带上几个馒头就驱车夜奔唐山。原计划先到天津57站，然后奔唐山52站。由于通往天津的大桥已被震坏，只好调头直奔唐山52站。当时余震不停，公路裂开了一道道大口子，汽车骑着裂缝行驶，余震震得汽车直晃。

部分赶赴救灾的解放军已先期到达唐山，各交通要道都由军人持枪指挥交通，维持秩序。车驶进唐山，一路惨景不忍目睹。尸体悬挂在倒塌楼房的残壁上，路边摆放的一具具尸体，由于下雨，已不成样子。幸存下来的人，满面污垢站在马路旁，看到我们的汽车，就抓住车门不放，让带他们一起离开。不管我们怎么劝说，他们就是不放手。我们只好一再解释，是上级紧急派来了解灾情的，在等我们回去汇报，解放军马上会来救援……我们启动汽车，远远望着他们无助的身影，心里很是难受，也很是无奈，幸存者渴求的眼神深深烙印在我的脑海里。

到达52站已是29日上午10时左右，职工房屋全部倒塌，人员伤亡惨重。我们到达时，电站司机已带伤开车送重伤人员到外地就医，现场幸存的职工及家属，已经一天一夜没吃东西了。我们的汽车一到，他们都呼啦围了过来，我们离京时，因走得比较急，只在食堂装了一袋剩馒头和咸菜，我们将食物分发给他们。我们积极与部队取得联系，并领到一袋大米，又从废墟里扒出被砸瘪的大铝锅，敲敲圆，煮米饭充饥。

我们了解到52站基本灾情后，不敢久留，知道局领导正焦急等待我们汇报灾情。中午时分，我们准备返程，回京汇报。电站人听说我们要走时，小孩子们抱着我们的腿不放手，哭着非让带他们离开。面对他们，沉重的感伤是未在现场者无法感受到的。

我们回京向局领导汇报完后，列电局立即派刘冠三、郭俊峰、张增友等人

497

带上一些食品，乘一辆大客车，火速奔向唐山灾区，重点处理死难职工尸体和安置有关人员等事宜。过一两天后，我又和赵文图等到宽城、兴城等地寻找和慰问受伤职工，并给每人发 20 元慰问金。现在看 20 元不算什么，可当时是普通职工半个月工资，也体现了局领导对受伤职工的关怀。

稍做休息后，与周作桃、殷国强等又返回 52 站。当时，水电部成立了唐山震后恢复供电领导小组，副部长李锡铭任组长，并到唐山陡河电厂蹲点指挥。我们在组织恢复生产的时候，李锡铭副部长带领李鹏等五六人前来电站看望，并了解情况。我口头汇报了 52 站现状。李副部长讲，有什么困难到陡河电厂找他。列电局局长俞占鳌由吴志远陪同也来到 52 站。6 站书记孙旭文等开车拉着慰问品到电站慰问。

记得 28 站厂长周冰带上精兵强将也来支援 52 站。一名电气工段长在抢修设备时，晕了头，匆忙中违规合电闸，电弧将手严重烧伤。我看到伤势比较严重，让周冰带人，赶紧去医院救治。在当时唐山的环境下，如果坚持下去，这样的烧伤会是怎样的结果，难以想象。

58 站移交风波

列电局解散后，原列电局 58 站仍在山西晋城为矿务局发电。电站由保定电力修造厂（保定列电基地易名）管理，它是当时唯一正常收租金发供电的 6000 千瓦机组。1984 年 4 月，我调 58 站任厂长。

58 站在晋城已发电八九年，随着列电的解散，各方面的矛盾越积越多，比如老职工的安置得不到解决，子女就业问题，设备维修得不到解决等，尤其是保定电力修造厂年租金一涨再涨，最后达 126 万元。在这样一种情况下，一些职工想留在当地，另一些职工听从修造厂安排，继续流动发电。两种思想的职工，在后继调迁工作中出现对立，给电站工作带来一定影响。渐渐职工及矿务局对主管单位产生意见。当时，主管单位拿不出修台车费用，电站占着铁路线动不了，这给修造厂出了大难题。于是，矿务局提出条件，留下电站，职工全要。而修造厂有条件地接收职工，难以满足一些职工的调动要求。协商结果，将电站交给矿务局，给留下的和要走的职工造成了一定隔阂。

58 站移交前，我们曾提出承包电站，但没有搞成。电站最后的谢幕给电站人留下许多复杂而无奈的感伤，不过，时间让一切都成为过眼烟云。

24 站在湘潭

文/杨文贵

杨文贵

我在第 24 列车电站工作 30 多年，参加过多次电站选址、调迁、安装及投入运行工作。最使我难忘的是在毛泽东主席的家乡——湖南湘潭选址发电。

1971 年底，24 站在耒阳退网停机后，接到上级选建新厂址的通知，电站立即派出了王福均、康德龙和我 3 人到湖南省水电局接洽相关事宜。省局的肖同志陪着我们到了湘潭纺织印染厂（简称湘纺），商定在该厂选址发电。湘纺号称十里纺城，有 8000 多名职工，有专用铁路和湘江码头。但其建设布局紧凑，环境优美，四季花香，像个完整的大花园。若因建列车电站而改变布局，毁坏原有风貌，实在可惜。经实地察看现场，我们一时没有找到合适的厂址。

厂党委书记郑醒见我们犹豫，他语重心长地说："你们都看了，湘纺这么大个厂，关系着全省人民穿衣问题，没有电怎么行呢？因此，厂里下决心建电站。全厂每个地方任你们选，都开绿灯，希望寄托在你们身上了。"一席话把我们的心说活了，天下着雨，郑书记带我们再次实地察看。

当察看到专用铁路线时，我们停住了脚步。觉得利用这条专用线建厂是比较理想的选择，但还有一些问题需要解决。我们向郑书记提出 4 个问题，一是铁路长度不够，二是装卸货物怎么办，三是铁路尾部上空有蒸汽管道，列车车厢通不过，四是离仓库太近会影响安全。郑书记当即表示，铁路可以延长，装卸货物可以再开一条岔道，蒸汽管道可以升高。至于仓库安全问题，可以隔离封闭，另择通道。书记表了态，问题一一化解，大家非常高兴。

厂址确定后，接着就是后勤保障问题，这也是选厂的一项重要内容。经商洽，湘纺对列电职工及家属的吃饭、饮水、洗澡、就医，孩子入托、上学等都做了具体的安排，而且条件较好。另外乘车、坐船、购物及开展文体活动等方面也都能提供很多便利。为照顾列电北方人多，运行三班倒的特点，另给列电建立小食堂。炊事人员的工资由湘纺支付。

困难最大的是列电办公用房和住房。一是没合适的建房地址，二是时间紧来不及新建。为此，湘纺召开了专题会议，决定对单身生活区宿舍大调整，腾出两栋楼的一层作列电用房。此项决定涉及湘纺职工切身利益，所以湘纺职工议论很大。住房本来就紧张，要腾出那么多房间确实不容易。郑书记带头深入到职工中谈心，宣传动员，让"建电站，早发电，促生产"家喻户晓。湘纺职工为此做出了很大贡献。

选厂定下来后，签了协议，把有关图纸、资料交给了甲方。建厂开始了，我们及时返回 24 站报告选厂情况。职工们听说在毛主席家乡选了厂，高兴极了。又听说湘纺缺电，关系着全省人民的穿衣问题，都感到肩负重任，使命光荣。为了迎接调迁发电任务，专门安排了一次设备检修，并对锅炉进行了提高出力的改造。

当我们再次到湘纺时，建厂工作已全面铺开。最关键的工程是改造并延长铁路专线。原有的铁轨枕木全部扒掉了，正在打基础；铁路两边在挖沟埋设供排水管道、沟井和接地网；还要陆续挖输煤机坑，灰渣池和建地面设施。施工由专业人员进行，我们积极配合。

康德龙提了一个很好的建议，进车时将水塔车风罩卸掉，车定位后再装起来，这样就省掉了铁路专线上边蒸汽管道的移位，下边龙门吊轨道也可少铺50 米。这是个好主意，可以降低费用，加快速度。

专线上开道岔，要挖掉 50 米长、10 多米宽、1 米多高的一块坡地。因环境所限，只能靠人工开挖，我们担心影响工期。郑书记说，这几年搞深挖洞，与土打交道多，把人们锻炼出来了，这点土方好办！第二天，就看到上百名男男女女的纺织工来到工地干了起来。他们说:"车间停电,大家轮流来担土,建发电站,我们纺织工人也要出力!"

湘纺盼电,湘纺人建厂的劳动热情一直鼓舞着列电人。司机周志忠、李福元为了让车辆检修顺利进行,连续开车18个小时,把一副不合格的轮对运到武汉基地,调换回备品,王龙在装车时扭了腰也不肯离开现场,在黑夜里,提着马灯,打着手电筒,指挥装车,保证了铁路发运⋯⋯

经过一个多月的奋战,1972年1月专线建成,调迁工作开始了。由主车和附属车共11节车厢组成的专列,另加铁路货车5辆,在专人押运下发往湘纺。第一批到湘纺的人,当天晚上赶上了卸车。5辆货车率先进厂停在专线的引线上。"卸车呀!不然就压线了!"铁路专线负责人在喊着。大家赶紧卸车,手搬肩扛直到深夜。

龙门吊必须在主车进线前装起来,否则进不了车。它有五六个大件,每件都有1吨多重,其中大梁有2吨多重。全部用人工抬到固定的位置上,然后一件件地对正,调好,组装,在铁轨上架起来。从早晨干到中午,一个五六米高的庞然大物屹立在专线上,路过的人都感到惊奇!

主车进线是在上午8点多,参加安装的人早7点就到齐了。专线两旁站满了人,迎候列车进厂。都想看一看发电列车到底是什么样的。汽笛响了,大门敞开,发电列车缓缓地停在了专线上。

"赶快定位,抓紧安装了!"电站领导高声指挥着。经过30多个小时的连续作战,安装基本结束。次日下午,锅炉上水,点火升压。此时,除尘器下边的灰池刚垒好,水泥面未干,一通水就会冲掉。有人立刻想出了解决的办法,拿来塑料布衬在灰池内壁上,防止水冲。天黑前,调校好安全门向汽轮机送汽吹管。夜12点发电并网,一次成功!

从主车定位安装到并网送电,苦战了40多个小时,记下了24站光辉的一页。

发电成功的消息一夜间传遍湘纺。很多人还没来得及看到电站,家里的电灯忽然亮了,车间里的机器转了。人们奔走相告,拍手传颂,一片欢腾!称赞山沟里来了列电人,素质高是能人,光明的使者,过硬的队伍⋯⋯

从此,列电在湘纺扎下了根。杨文章副局长曾说:"湘纺人待列电人如一家人。"24站在湘纺发电7年,双方都能做到遇事先为对方着想,因此建立了深厚的友谊。

新四新五站投产纪事

文／刘建明

1974 年国庆前夕，列车电业局干部科刘书灿科长通知我进京，准备接新机 4 站和 5 站。老 4 站和老 5 站退役后，列电局把从加拿大进口的两台燃气轮机列车电站定名为新 4 站和新 5 站，将两台机组集中在一起调试投产，对外统称 4 站。"十一"过后，我离开 32 站，从广州来到北京。原 39 站厂长葛君义已经先期进京报到了。负责新电站筹建工作的局基建科两位领导邓嘉和周国銮，向葛

刘建明

君义和我介绍了机组概况、筹建工作要求及近期主要工作任务。

根据国家建委指示，这两台电站，用于大连市"八三工程"即大庆至大连输油管道工程的建设电源。据此，进口电站由原来在天津新港上岸改到在大连港上岸，厂址选定在大连甘井子区北山村的山脚下。

在京期间，葛君义和我曾几次赴大连，实地察看场地状况和施工进展情况，并与旅大电力局、旅大电校（后更名为大连电校）商定列电职工抵达后的培训等事宜。根据当时情况，新 4、新 5 站在市内的大连市南山宾馆设立了临时办公点。两站人员配备主要从原有燃机电站 31、32、51 站抽

调，也有少数人从蒸汽电站调入。电站就位以后，葛君义任电站党支部书记主持全面工作，我任副书记主管生产。

1974年11月底，接新机人员已经全部到齐，绝大部分人员集中在旅大电校进行技术培训。旅大电校地处大连湾盐岛，校园南毗邻大海，难得能在优美的环境里搞培训。参加培训的除了新4、新5站职工外，新3站一部分人及中试所的热工人员也前来听课。培训老师是从西安交通大学请来的，系主任沙峰主讲燃机结构，陈丹芝讲授燃烧室，翁泽民讲授自动化，王教授（女）讲授晶体管知识。特别值得一提的是局生技处的戴耀基工程师，从培训到新机投产发电全程参与。他当年已经42岁了，可学习新知识特别用心，后来试运行时身着工作服盯在现场，帮助解决工作中的疑难问题。

培训期间，发生过几件事。51站调来的材料员陈有忠与几个老站友聚会饮酒后不久，身感不适，送进医院不多日，终因急性肝昏迷，经抢救无效而去。在治疗期间，电站派出5名职工日夜轮班陪护，葛厂长和我为此事忙得有时连饭都顾不上吃。至今想起来还阵阵心痛。

另一件事就是1975年2月5日傍晚发生的辽宁海城地震。大连市震感强烈，电站职工呼喊着从宿舍里跑出来，惊恐地站在漆黑空旷的校园内。葛厂长和我也是半天才回过神来。当时余震不断，不能回屋内避寒。夜里只好组织人们借助校园的围墙，用单人铁床和草垫子圈成围挡，几十口人坐在里边听着大海的涛声，度过一个不眠之夜。

眼看快到春节了，经征得列电局和旅大电力局同意，决定接机人员暂时返回原单位，不能回原单位的暂回故里，电站领导、财会人员、专业生产骨干就地留守。我们用铁床、草垫子搭起三角形的小窝棚作为安身之处。好在绝大部分职工已撤离现场，免受寒冬和余震之苦。原定培训计划也基本完成，职工接机上岗已经不成问题了。

列电厂区原是一块闲置的山坡地，呈北高南低状，岩石裸露，非常不利于基建施工。厂区总体布局是：铁路专用线从西引进，向东延伸，处于山坡最低处；向北是维修车间和油务管理及两栋职工住房；厂门两侧分别各有一栋二层小楼，作为办公用房和男女单身职工宿舍；另有职工食堂。虽然工程不大，但毕竟是"涉外工程"，所以设计施工的要求相对较高。当时的施工机械主要是空压机加风钻，对付岩石很困难，并且又赶上冬季……多种因素造成施工速度缓慢。周国銮和郭俊峰两位局基建计划处负责人分别到旅大电力局洽商加快建设事宜后，甲方加快了施工进度。

1975年5月初，两台列车电站运抵大连港，旅大电力局有关人员、葛君义厂长和我登上外轮甲板，四节列电车辆停放在货轮的底层。随着600吨浮吊稳稳地起落，机组很快被吊起，并运往北山村山脚下安置完毕。加方奥伦达公司负责人及机、电专业工程师各一人来现场，双方对照设备清单进行交接验收，交接过程顺利。几天后，加方留下一个胖胖的电气工程师负责试运行，其他人员就回国了。

两台机组试运行分机进行。开始现场大部分人员都集中在1号机，由外方人员和我方人员先后操作。机组是自动控制，电子调节器已事先输入相关的程序、数据、信息等。在主控制盘上只有绿色的"启动"和红色的"停止"两个按钮，按下绿色按钮后，机组便发出类似飞机起飞的声音，响声越来越大，几分钟便稳定下来。如果关上车门，在密闭的主控制室内只能听到很小的声音。

两台机组的前期试运行，即开机、停机、带负荷运行和空载运行都相当顺利。到甩负荷试验时，却出现了故障。无论甩掉多少负荷，机组都自动停机而不是维持空转运行，反复试验都是如此。加方胖工程师也无计可施，试运行只好暂时停了下来，等待厂家回复意见。"胖老外"经常到现场晃荡，时而哇哇大喊大叫。翻译告知，他想趁机去日本度假消遣，但他的老板不允许，所以他才大发脾气。

最后美国派来一个年仅23岁的电气工程师，处理好了电子调节器故障，甩负荷试验方得成功。美国人在现场工作期间有个小插曲：中午这个小伙子回大连宾馆用餐和小憩时，工具包就放在了现场，我们的技术人员趁机把电调的图纸拍照下来，意在索取有关技术资料。事后冲洗一看，引发众人大笑不止，因为照片全是一张张黑纸！

1975年10月，机组正式投产进入试用期，由于我方厂址建设拖延了时间，所以机组一年的试用期相应缩短了。此后，两台燃气轮机列车电站正式投产发电，日发电量在40万千瓦·时以上。

虽然几十年过去了，当年那些人那些事，总令我念念不忘。刚到大连时，由于没有住房，动员9户双职工把子女暂时送回老家，两户带家属的让留在原来电站。由于电站还没立户，职工作为临时流动人员，没有票证供应，吃了不少的苦。每当想起这些，我为甘于奉献、顾全大局的列电人而骄傲。

亲历两台机组落地安装

文 / 唐行礼

唐行礼

20 世纪 70 年代，列车电业局的发展进入鼎盛时期，列车电站已达 60 余台，还有船舶电站、拖车电站等，有力地支援了国家的经济建设。其中，国产 LDQ–Ⅱ 型 6000 千瓦蒸汽轮机列车电站就有 11 台。当时，由于台车供应不足，列电局不得已将其中两套 6000 千瓦机组落地安装成没有轮子的"列车电站"。

1975 年 4 月 24 日，水电部以〔75〕水电计字第 114 号文批复列电局，同意将 2 台待装（散件）6000 千瓦汽轮发电机组安装成简易列车电站，供冶金部衡阳冶金机械厂使用。为填补老 19、20 站退役后序号的空缺，列电局将这两套机组称为新 19、20 列车电站。两台机组安装在同一地址，故内部称 19 站 1 号机、2 号机。

当年，33 站就在衡阳冶金机械厂发电，他们抽调了 15 人参加新 19、20 站筹建。我就是这 15 人之一。对我们来说，工作地点只是换了个车间。与从 11、24、39、53 站调来的人及保定电校分配来的 40 余人，组成了新 19、20 站的筹建队伍。

为安装新 19、20 站，湖南衡阳冶金机械厂作为冶金部首屈一指的机械制造大型企业，承担了机组"台车"（无行走部分）的制作，以及起重、备件加工、外围管线施工和燃油系统的建设。机组用的"台车"实为一块平板，再用 2 条"钢凳子"搁置在厂房水泥基座上。在一幢大型旧厂房中，整齐安置了新 19、20 站两台机组的 12 块平板。

1975 年 8 月，列电局组织的新 19 站 1 号机组安装会战打响。热工仪表安装是整台机组施工的重要一环。当时，调到 19 站的热工人员只有 3 名，即 48 站调来的郭合芝、58 站调来的温俊英、33 站调来的我。由我们承担 19 站两台机组热工仪表的日常运行、维护及检修，应该是没什么问题的，可要负责两机热工仪表设备的安装是极其困难的。尤其是郭合芝和我，都是在捷克机组工作的，对国产 6000 千瓦机组不熟悉。幸好温俊英是从国产 6000 千瓦机组调来的，有丰富的同类型机组运行、维护经验。我们 3 人承担两台机组全部热工设备安装工作，肯定是一场苦战、硬战。虽然两机安装初期西北基地和武汉基地各派了一名热工师傅参与，但整个安装主体工作还是我们 3 人完成的。

新 19、20 站两机热工安装，不同于电站调迁安装，要把一件一件散装的热工仪表部件，一点点地全组装起来。我们 3 人没有经验就边学边干。

19 站 1 号机安装已开始，可全部热工设备还在列电局的仓库里。领导派我立即去北京，到局供应科开出 1 号机热工设备领料单，并发运至衡阳冶金厂。

安装前，我们拿到的资料只有一套国产 6000 千瓦机组热工仪表及自动装置的接线图和测点图，没有任何安装方面的资料。有利条件是，我们 3 人都在不同电站经受多年热工设备运行、维护、检修工作的锻炼，并具备苦干、实干精神。郭合芝同志年轻有为，工作积极主动。温俊英是女同志，身边还有不足 6 个月的婴儿，但干起工作来，尤其出个点子什么的，不亚于男同胞。

安装一开始，我们先做准备工作。首先，将各种热工设备领回热工室，然后，根据实际设备情况，配备加工各种配件。如大批量的仪表接头、测点接管座、温度计插座、测点扩大电缆支架、压力表弯管、电动门及风门调整伺服机构底座、连杆等，都需要加工。像大批的仪表接头、取样点接管座、温度计插座、扩大管等，我们都委托冶金厂加工。

参加现场安装的单位和人员很多，场地也较混乱，随时要注意防止发生事故。热工设备安装的先后次序要和整个机、炉安装同步，一环扣一环。有时预留的时间是很有限的，需要热工当机立断，把工作抢上去。整个安装中，热工人员基本上是连续作战，早上班，晚下班，晚上加班，周日照样上班。

在安装现场，高压焊工最紧缺，工作量又大，仪表所有高压测点，表管连接都要与焊工密切配合。一旦该完成的焊接工作没有及时完成，就会影响机、炉设备的安装，有时要见缝插针。一些低压部分的管道、支架、联杆等焊接工作，只能热工人员自己动手。整个安装过程中，郭合芝也成了半个焊工，大量的开孔、焊接工作都没有去麻烦专业焊工，而由他完成。

最繁重的安装工作是热工控制电缆的敷设，数量多，穿线部位紧凑，还要加卡子固定。电缆线要用两人查线，每根线还要套上相同的端子号，很费时费力。在安装过程中，郭合芝找到了接线的窍门，根据电缆线排列规律，一个人就能完成归位工作，大大提高了工作效率。安装工作中大量的钳工工作，也是我们热工人员自己完成的。

热工设备安装，得到锅炉、汽机等工段的配合和帮助，因为我们是为着一个共同的目标。如热工动力盘的安装，必须有起重工、焊工及所属工作人员的配合，方能完成定位安装。对此我们很感激他们。

我被指定为热工负责人，更是没有一点松闲的时间。除了每天吃饭、睡觉5至6小时外，几乎都在现场考虑安装的每一个环节。睡觉前，还得考虑第二天工作进程。早上提前上班，把一天工作安排好，把设备、材料、配件、工具等准备好。为的是争取每一分、每一秒的时间，不能拖机、炉工段的后腿。经过两个多月的奋战，配合3台炉按时完成了1.25倍工作水压试验，为锅炉启动运行提供了保障。

1975年底，机组安装基本就绪。1976年1月初，机电炉各工段进行各项试验后，开机带上满负荷，并通过72小时运行成功。列电人向衡阳冶金机械厂交上了一份满意的答卷。

1号机组安全运行后，有了一段时间的修整，2号机也开始安装了。有了1号机安装的经验，2号机安装就顺利多了，加上备件、材料、设备准备充足，干起活来既顺手又快捷。

我有一本自1958年至今的旅行公差记事本，上面记录着：1976年3月30日至4月13日，到西北基地及列电局，要2号机的热工设备，回站后开始安装。如据此推断，2号机应该在1976年7月底运行发电。但由于其他原因，2号机实际安装完毕是在1977年1月份。

1982年，列电局宣布电站调整落地。新19站这两台机组连同人员全部调拨给衡阳冶金机械厂，我也和部分职工一起调离了曾工作和生活了7年的这个电站。

如今37个年头过去了，在衡阳冶金机械厂的新19、20站已不见踪影，空空的厂房已冷清。大部分新19、20站的职工固定在衡阳，最可惜的是一些工友永远地离我们而去！如今新19站的列电人个个成了老人，就连当年电校分配来的学生也已退休安度晚年了。

我们怀念新19、20站的站友们！

难忘的五夜六天

文／原敬民

一

1973 年，第 55 列车电站在山西中条山铜矿发供电，入冬前计划停机，进行一次为期 3 天的小修。

一般情况下，停机过程是主汽门关闭后，汽轮机要惰走25 分钟，再慢慢自然地停下来。

这次停机，开始一切顺利。但汽轮机在转了短短的五六分钟后戛然而止。突然停转，这意味着汽轮机本体有重大故障或异常。我们赶紧手动盘车，可是三个大小伙子一起盘，转子却纹丝不动。

原敬民

这种重大异常，让大家立即紧张起来。十万火急！汽机技术员朱杏德和工段长梁洪滨，马上报告了厂部。厂领导毫不迟疑，火速向列车电业局汇报了情况并请求支援。

停机后的第二天下午，各位专家风尘仆仆地从不同地方赶赴中条山，下了火车就直奔 55 站。我记得，有局生技科的周良彦、胡达，中试所的徐宗善，保定基地的梁英华，西北基地的李全等。这些人，可以说是当时列电局汽机专业的权威人士了。

55 站汽机车间，就成了他们的办公室和会议室。

朱杏德和梁洪滨，向专家组汇报了停机过程中的异常状况。专家们在经过分析、讨论之后，决定汽轮机本体解体检查。

二

汽轮机本体解体检查，俗称"揭大盖"。大家心里都清楚，"揭大盖"在通常情况下，那是两年一次的机组大修时才做的项目，必须请兄弟电站或者基地人力支持和帮助。而且一般选择在天气暖和时进行，大体需要一个月左右的时间。而眼下马上就要进入冬季，时间紧迫，人手紧张。

我所在的汽机工段属于师傅辈的，有工段长梁洪滨，技术员朱杏德，工人赵玉新、齐志祥、张勤然、李文国、王雷、姜晓玲还有我，我们这些人年龄也就在30岁左右。王广誉、孙庆才、董超力、褚文伶、温金宝、马福顺、王玲、张淑琴、潘秋元、黄健群、张宝仙、周金陵，都是1971年入厂的新学员，年龄也就20来岁。这是汽机工段全部的人员。

在"揭大盖"动员会上，书记贾臣太、厂长刘万山都做了简短讲话。刘厂长开门见山："专家组建议汽轮机解体检查，看来不揭大盖是不行了。现在天气渐冷，抢修工作量大，而且基本靠我们自己的力量，困难会很多。但我们有专家组坐镇，没啥说的，大家齐心合力干吧！"

干吧！简短的会议结束了，大家立刻行动。

工段长把人员分成了几个小组，拆卸工作在车上车下有条不紊地同时展开。

张勤然、王雷等爬上了车厢顶，分两端同时拆卸汽轮机排汽管的大法兰螺丝，三个女同志在下面牵着高空作业的安全绳索。梁洪滨、齐志祥带人在车厢内，前边拆机头调速系统，后边拆汽轮机与发电机的靠背轮轴承，中间拆保温层化妆板。

排汽管拆除了，车厢盖打开了。第三天是拆上下汽缸结合部的大螺栓，这是一项艰巨的工作。

高压缸，有20几个大螺栓。我们先用特制的大扳手套住螺母，然后用12磅大锤击打扳手另一头，每次都要打20～30次。有的"顽固分子"，就是击打30次也不见得有松动。此时，焊工刘玉刚师傅就会操起气焊枪，在螺母局部加热，烤红了再打方能见效。

温金宝、褚文伶、孙庆才、董超力4个年轻小伙是主要的大锤手，他们轮番上阵，个个头上冒着热气。年轻的打累了老师傅上，歇人不歇马。

经过一天的激战，螺栓终于卸掉了，气缸盖吊开了，盖子揭开了，汽轮机转子终于露出真面目。

三

以周良彦为首的专家组，对汽轮机本体进行了周密细致的测量和分析，发现转子的第一级双列速度级动静叶片严重磨损——这大概是造成汽轮机非正常停车的主要原因。

而不可思议的是：汽轮发电机主轴轴向位移和平衡盘间隙都工作正常，动静叶片怎么会摩擦呢？专家组也没有一个确切的解释。

需要说的是，20 世纪 70 年代初，为了给社会提供更多的电力，在没有更多电厂投入的前提下，有关部门号召发电机组提高额定出力，"实现一厂变一厂半"，以满足快速增长的用电需求。

在这个背景下，55 站 1970 年在北京电力公司安装时，就在调速汽门蒸汽分配室两则，增加了两根直径 50 毫米粗的旁路管子。主观认为增加了蒸汽流量，汽轮机就能多做功，多发电。

55 站是铭牌 6000 千瓦的机组，但是在中条山供电期间，发电机负荷平常都在 6500 千瓦至 7000 千瓦间运行，瞬间到过 7500 千瓦。

于是，专家组果断决定去掉两根旁路管，堵死增加的进汽通道，恢复原来的出厂设计。

实践证明，科学这东西不能掺假，更不能凭主观意志办事，违背了科学规律就要付出代价，受到惩罚。

四

停机第 5 天中午时分，我们看到厂部门前停了两部小汽车，大家知道这是中条山铜矿的领导来了。

不一会儿，书记贾臣太和厂长刘万山带着铜矿领导察看了现场，并来到汽机车间，看望了大家。他们刚离开，车间里便响起了热烈的议论。一个小青年的口无遮拦地说，我们列电只有这个时候才能显示它的重要、伟大、荣耀和真正价值。引来了职工的哄堂大笑。话虽直率，但也从一个侧面反映了列电人的豪爽与幽默。

汽轮机本体开始全面装复，旁路管子处理好了，转子修复后装入本体，测量相关数据用了整整一天。

晚上五六点钟时，大家聚在汽机检修房。取暖的炉子烧得红红的，检修房内非常热闹。动力厂食堂送来了晚餐，有玉米面窝头、高粱面压的钢丝面、馒头、炒土豆丝、炒肉片。贾书记和刘厂长、专家组成员与汽机职工在检修房边吃边回味着抢修中的情景，也有人在和专家们交流经历的轶事并询问基地的情况，也有人托他们给老同事问好，真是亲亲热热。

山西的生活较差，每人每月只有三分之一细粮，吃上一顿大米饭可以说是奢望了。但专家和领导与群众同吃、同劳动、同甘共苦，这场景永远牢记在我们这代人的心中。

吃完饭，厂长刘万山和工段长梁洪滨，让家有小孩子的赵玉新、姜晓玲先回去照顾孩子，但她们都表示要与大家一起加班。

真是"人心齐泰山移"呀！晚上把上气缸盖翻过来，准备工作顺利完成，计划明早就盖上汽缸盖子。

五

第6天上午扣大盖成功，接下来紧固高压缸螺丝，依然是温金宝、董超力、孙庆才、褚文伶为主，轮番上阵打大锤。

中午刚吃过饭，又看见中条山铜矿领导的小车子停在厂部门前了，大家也顾不上讨论他们来的目的是什么了。

装复工作全面辅开了，汽机车间上上下下、里里外外都在紧张而有序地忙着。下午5点，主机装复完成，刘万山和梁洪滨、朱杏德商量，准备再接再厉，晚上开机。

开机的命令一下达，大家心情更紧张了……

汽机保温层的化装防护板都来不及装复完整，车厢盖的螺丝也来不及完全装好……21点多钟，锅炉就开始送汽了。

22点多钟，汽轮机转速达到3000转／分，一切正常，发电机可以并网。

并网成功！强大的电流送到了中条山铜矿，我们这几天一直悬着的心终于放下了。

这时，我看见车厢外以周良彦为首的专家组成员与刘万山、贾臣太、朱杏德、梁洪滨聚在一起。他们手里燃着香烟，虽然难以掩饰满脸的疲惫，但嘴角还是笑呵呵地充满了喜悦。不知他们在谈论着什么……

远远望去，夜幕下的东风山、垣曲城，万家灯火熠熠闪烁！

55站的汽轮机转子，在第二年大修时运到西北基地。第一级双列速度级叶片全部更新，做好动平衡后又运回山西继续发电，汽轮机本体的重大缺陷得到彻底解决。

32 站的最后一役

文 / 刘恩禄　王墨儒　整理 / 何浩波

在宜昌望洲岗有一条"列电路",当年列车电业局第32、35、45、51列车电站就在路的周边安营扎寨,为葛洲坝水利枢纽工程建设发电。这或许是全国唯一一条冠以"列电"名称的路。32 站曾在此发电 7 年之久,随后结束了它征战南北的使命。为葛洲坝工程建设发电,是 32 站在列电局大旗下的最后一役。

1976 年 6 月,32 站作为列电的先头部队,奉命离开广州调往湖北宜昌,为"万里长江第一坝"——葛洲坝水利枢纽工程建设发供电。该工程为纪念毛泽东主席 1958 年 3 月 30 日视察长江三峡而命名为"330 工程"。

刘恩禄

32 站的厂区,选在距离大坝工地不远处,宜昌西大门望洲岗的一个小山岗旁边,与 330 工程局汽车分局相邻。生活区紧挨着厂区,就建在小山岗山坡上。

32 站职工到达宜昌只休整了一天,厂部便组织大家到现场察看厂区、生活区的基建情况,为电站专列就位、安装发电做准备,为职工安新家做准备。但现场所看到的是电站厂区、生活区都没有竣工,不具备列车进入和职工居住的条件。

根据"先生产,后生活"的原则,厂部安排部分职工整理厂区,部分职工整理生活区。经过几天的辛勤劳动,现场有了很大的改观。同时协调施工单位,加快现场施工进度。又过了几天,终于具备了列电入驻的基本条件。

32 站专列徐徐开进铁路专用线。按厂部会议布置，机、电、热工、化验等部门各负其责，分头进行卸车、搬运、检查仪表、安装设备等工作，当天即进行了部分调试工作。第二天，从早晨一直干到下午三四点钟，机组安装调试顺利完成，开机的一切准备工作就绪。在蔡保根厂长"开机"的指令下，开启柴油发电机，向启动电机（励磁机）供电，带动机组升速至 400 转 / 分，气机点火，瞬间黑烟排出，点火成功！接着升速、满转、并网、带负荷，直到满负荷。

王墨儒

电站发电后，由于机组经常满负荷、超负荷运行，润滑油冷却系统出现了老化，冷却效率降低，润滑油油温超出正常数值，严重威胁着设备的运行安全。为了解决这个问题，生技组提出加装一台润滑油冷油器，并入机组冷却系统，但是与电站设备匹配的冷油器，多方寻求却采购不到。

厂部决定自己制作冷油器，并把制作任务落实到气机工段。他们跑遍了330 工程工地，终于找到了一台旧的热交换器，但是不能直接安装使用。冷油器内部构件及连接管道的零配件也没有现成的，都需要自己制作。利用旧热交换器外壳，经过钻孔、组装、胀管、试压等工序，一台全新的冷油器制作完成了。这台冷油器并入机组润滑油冷却系统，运行效果很好，从而消除了设备隐患。

330 工程施工使用许多大型的电动机械设备，如电铲、挖掘机、起吊机、混凝土搅拌机等，这些设备启动关停无序，数量不定，用电负荷变动幅度大。尽管 32 站是并网运行，但由于宜昌地区电网容量小，330 工程处于电网末端，而且电站最靠近用电负荷，所以施工用电负荷大幅度变动时，32 站首当其冲，燃气轮机的转速也会随之大幅度变动，对设备产生极大的冲击，危及机组安全。

值班人员时刻都把神经绷得紧紧的。在保证设备安全的情况下，电站采取了很多积极措施提高机组的出力。一天上午，运行人员正全神贯注地监视着机组运行状况。发现燃气轮机的燃气温度开始异常向上爬升，机组转速下降，电压和周波下降。电气值班员打电话给调度，要求调度减负荷运行，但被拒绝。紧接着，燃气温度超温保护动作，发出了超温警报，再联系调度要求减负荷运行，还是被拒绝。

1978 年水电部部长钱正英（左 5）与 32 站职工合影。

此时，机组声音沉闷，燃气温度已超过 630 摄氏度，还有上升的趋势。气机值班员和电气值班员商量后，决定解列，机组保持空转，责任自负。操作完成后，电气值班员通知调度时与其发生了激烈的争吵。几分钟后，330 工程局水电厂来了一大群人，既有领导，又有保卫人员，现场气氛十分紧张。

值班员把机组为什么解列向来人做了详细说明，并让他们看了所有的运行参数记录及《列车电站低周波事故处理规定》。同时明确指出：当时不紧急解列，燃气轮机将会被拖垮，后果更加严重。此时，他们的态度才开始缓和下来，理解了当时的操作，并要求马上供电。在这以后，32 站与调度在用电和供电方面有了进一步协调和默契。

1978 年秋，电站按计划进行为期三天的设备小修。停机第一天晚上 12 点，突然接到 330 工程局的通知，由于系统供电线路故障，影响了大坝施工，要求电站次日下午 6 点并网发电。时间紧迫，困难重重。面对拆了个七零八落的设备，厂部连夜紧急动员，立即组织人员，火速进行抢修回装，从半夜一直奋战到第二天下午 3 点多，比要求时间提前两个小时并网发电。对此，330 工程局水电厂多次给予表扬。

330 工程施工用电分为两条线路，一条由系统电网供给，另一条由四个电站并网输送。随着电网容量增大，电力供给改善，1979年以后，32站就担负起了调峰任务。担任调峰，6200千瓦的机组常年要在平均负荷不到2000千瓦的工况下运行，有时还要长时间空载，甚至停机备用，无疑会影响各项经济指标的完成。电站从工程需要出发，精心调整负荷，做到叫开就开，叫停就停，叫带多少就带多少，始终以大局为重。

32站的生活区紧挨着厂区，职工自己动手修建了灯光篮球场，添置了乒乓球台，经常与兄弟电站举行篮球赛。几个电站还组成列电足球联队，与330工程局足球队进行比赛。文艺活动也是经常不断，自编自演表演唱、舞蹈、诗朗诵等，列电人演列电人看，别有一番味道。还参加330工程局水电厂组织的文艺会演。

电站的年轻人还积极参加330工程局水电厂团委组织的义务劳动、民兵高射机枪实战演习。在大江截流前，电站职工完成了制作截流用装石头的沉江铁笼任务。眺望着热火朝天的施工场面，他们为投身如此宏大的工程而感到骄傲。

32站为330工程发供电期间获得了多项荣誉：1978年，被评为全国电力工业大庆式企业，陆来祥被评为全国电力工业劳动模范；1979年被湖北省命名为大庆式企业；多名职工被评为330工程局和330工程局水电厂的先进个人。

1978年2月10日，正值春节期间，水电部钱正英部长和湖北省委领导在330工程局和列电局领导陪同下，看望了正在葛洲坝发供电的32站、35站、45站的干部职工，并和大家合影留念。钱部长赞扬列电职工工作勤奋，干事认真。她还说："发电多少不是主要的，保证急需是核心。水电部有你们这样一支机动电站和能打硬仗的队伍，很重要。能保证自己急需，又保证国家需要。"这是对列电人的肯定。

1983年列电局解散，32站在葛洲坝落地，这台从瑞士进口，厂家命名为"波罗号"的燃气轮机列车电站，后来被调拨到重庆钢铁厂继续发电，留下的只有列电人的荣耀和美好的记忆。

伊春林场抗严寒

口述 / 刘小良　整理 / 郝世凯

1975 年秋末，我随第 30 列车电站从河北束鹿调往东北，走进了茫茫林海的伊春红旗林场。茂密的森林，遮天蔽日，凛冽的朔风，摇曳着绿色林海，呼呼作响，东北地区已是初寒。

电站就位于饮马河畔，我们驻扎在渺无人烟的林场边缘。来不及细细整理行囊，大家便开始忙活起来。林场急需用电，天气越来越冷，我们抢时间安装电站。短短 5 天，电站正式运行发电，给冷清寂静的林场增添了生气与活力。

离电站不远的半山坡上，甲方为我们新建了两层楼舍。当地人告诉我们，这楼舍原址是一片乱坟岗。刚一听说，躺在床上心里还真有点发怵。住的人多了，时间长了，也就无所谓了。入冬后，家家户户烧烟煤、烧火墙、热土炕。房屋的窗户都是双层玻璃，每到冬季，夹层中需添半格锯末，用来抵寒保暖。尽管室外零下二十多摄氏度，但屋里还是很暖和。

我们的生活用水，需要到山坡下的大井台上自己去挑。挑着两只空桶下坡，从井里把水提上来，再挑着两只重桶上坡，坡路崎岖难走。其他季节上井台提水倒不算啥事，井口大，用辘轳很快可以提上水来。到了冬季，井口结冰，冰冻的井口越来越小，提水就愈发困难，甚至要带上铁镩子，凿扩井口结的冰，水桶才能顺利放下去提水。每次井口"施工"，我们哥儿几个就一起下来相互帮忙，提水、挑水也算是一种乐趣。

刘小良

东北的雪一冬不化，一层一层累积，风刮着大雪滚动着、堆集着，东北人叫"烟炮"。此时，会形成一道道深深的白雪岗。挑上几十斤重的水桶上坡，脚下一旦打滑，一挑子水就全洒光，还得下去再提。后来，大伙用铁锹铲出一条道来，把道上的冰雪铲出一级级台阶，挑水时就稳当多了。在伊春红旗林场的冬季，我们列电人就是这样解决生活用水的。

冬储是北方生活的一大特色。秋后，人们就开始购买白菜、土豆等蔬菜，一买就是几百甚至上千公斤，储存在自家房屋地下的菜窖里，有粮有菜，冬天就高枕无忧了。

林区人烟稀少，列电人的居住地算是居民比较集中的，但也只有百十来人。这里文化生活单调，也没有什么消费，虽然距宜春市只有十多里路，但都很少去。夏天，赶上好天气，约上三五个弟兄，去林子里采蘑菇野菜、打松塔，令人惬意。

冬季发电，有很多意想不到的困难。有一次，地下自来水管道冻裂，喷出的水很快结成一座冰塔。我们锅炉几个人轮换着刨开冰，挖开冰冻的土层，找到漏水点，进行管道焊接。由于总阀门关不严，水打湿了棉衣棉裤，湿衣立马结冻，两条裤腿冻硬，腿没法打弯走路，必须拿棍子敲碎冰才能迈步。

上煤也有意想不到的事，煤会因冰冻结成大块，卡在炉顶煤斗上，漏不到炉膛里。必须有人上去，用铁耙子敲碎冻煤。我爱人是上煤工，有一次，正在炉顶上打冻煤块。因天气原因，吊车司机没有发现炉顶上有人。他操作吊车上煤，抓了一铲子煤倒进煤斗，我爱人几乎吓晕了。还好，身上的棉袄很厚实，没有受伤，她挣扎着爬到煤斗边的台阶上，抖落掉身上的煤灰，又爬到另一台炉顶上继续工作。

炉顶上风大，干活时戴着大皮帽子，吊车作业时，即便鸣笛，上面的人也不一定听得到。后来，大家想出土办法：人在煤斗上砸冻煤块时，身上拴上一块红布，吊车司机操作时，就能看到煤斗有人工作，避免再发生类似的事。

电站职工家属都很年轻，她们也不吃闲饭，姐妹们商量后，承包了卸煤车的活儿。于是，装煤的车皮到来时，她们就爬上槽车，挥舞铁锹，一口气卸下60吨重的煤炭。这可不是个轻活儿，几节车厢的煤卸完，需要好几个小时。累出一身汗，弄的一脸粉煤灰，十分辛苦。虽然辛苦，但在她们的脸上总会洋溢出开心的笑容。

在东北伊春红旗林场，工作了八年，抗严寒八年，磨炼了意志。人要有苦中作乐的勇气，生活才不会是一潭苦水。

抢装拖车电站

口述 / 梁世闻　整理 / 闫瑞泉

梁世闻

　　1975 年底，我由第 43 列车电站调到第 1 列车电站，元旦放假后正式上班。1 站当时在北京房山县，为煤炭部直属的北京煤矿机械厂发电。我刚报到时，站里还是由高文纯厂长负责，不久他就调走了，由新调来的谢希宗任厂长兼党支部书记，我任副厂长兼党支部副书记主管生产。

　　当时，站党支部提出"苦战三年建成大庆式企业"的口号，得到了职工的积极响应。正当电站各项工作有条不紊开展的时候，1976 年 7 月 28 日，唐山大地震突如其来，波及这里。好在职工住的是木板房，房屋没有倒塌，人员没有伤亡，电站的生产和生活没有受到大的影响。

　　在庆幸之余，我们想到在唐山地震中的 52 站，肯定受到了很惨重的损失，党支部随即决定由书记谢希宗组织人员赴唐山 52 站参加抗震救灾。1 站救灾人员除带去本站的救灾物资外，还带去了列车电业局支援救灾的两栋木板房，到 52 站后立即安装好，让受灾的职工及家属尽早住了进去。

　　地震后，1 站被北京市列为应急保障备用电源，并制定了相应的安保措施和行动方案，全站职工按有关要求，严阵以待，确保安全生产。

　　8 月份，列电局根据水电部的要求，组建抗震电源。国家物资管理部门把库存仅有的七八台 120 千瓦、300 千瓦柴油发电机，调拨给列电局。列电局将设备检查、保养、组装、调试工作，交给了 1 站。作为主管生产的副厂长，我责无旁贷地担负起了这项任务。不久，就有几台军用卡车及半挂车开进了电站，站里的安装现场热闹了起来。

我们把电站人员分成几个组，每组由技术骨干把关负责，针对人手不足的情况，我们要求下运行班的人员，下班不离现场，各运行班组积极响应，并提出了"上运行保安全、下班装卡电，为抗震救灾做贡献"的口号。

后勤管理人员送料到现场，生活保障人员送水送饭到现场，不少职工吃住在现场，24小时不离现场……困了就在检修室眯一会儿，醒了接着干。大家都很疲惫，但一想到要为抗震救灾做贡献，就都打起精神来加紧工作。最令人感动的是，就连身患癌症的原生技组长张昭泗（癌症晚期一直在化疗），也到现场和大家一起工作。我们让他回去，可谁也劝不动他，只好给他安排了现场按图纸下料的工作。

上级领导对此项工作非常重视，列电局副局长杨文章和生技处负责人张增友等，都来1站检查指导工作。这期间，北京供电局一位科长陪同中央保卫局一位同志，到安装现场了解设备组装情况后留下一句话："当紧急需要时，要给中南海留下一台机组。"

就这样，在很短的时间里即安装完成了3台拖车电站（6250型，功率300千瓦）。当组装工作接近尾声时，水电部告知，要派人检查验收，验收地点设在长辛店二七车辆厂的31列车电站厂区内。接受检查的机组，包括1站组装的机组在内，有120千瓦、300千瓦的柴油机组，有武汉列电基地制造的1000千瓦燃气机组，还有31站的6200千瓦燃气轮机组。水电部有关司、局负责同志听了汇报，看了机组启动、升速、带负荷的实际演练，表示满意，并向大家致谢。

之后，在北京昌平县沙河镇，利用原水电部农场旧址，成立了"水利电力部列车电业局拖车电站保养站"，将已安装好的拖车电站集中于此，列电局任命高文纯负责组建工作。随拖车机组调去的1站人员，有电气的李建伦、郭淑兰、吕赞魁，汽机的王庆才，锅炉的郝家诚等业务骨干。这些人跟着高厂长，又继续组装了多台拖车电站。

抗震救灾中，1站还积极响应煤矿机械厂党委的号召，并第一个将捐献的救灾物资（约80张棕床）送到厂里，受到了党委的表扬。由于在抗震救灾中的突出表现，1站被评为全国抗震救灾先进集体，并出席了全国抗震救灾先进集体和先进个人"双先"表彰大会，电站代表在人民大会堂受到国宴招待。

惊险七小时

口述／张芳利　整理／韩光辉

张芳利

1975年8月，接上级调令，由保定基地制造、装机容量为2500千瓦的第37列车电站开进沧州，任务是为沧州石油化工厂提供保安用电。我时任37站厂长，党支部书记是张秉仁。

在此之前，37站曾在广州、岳阳、福州等地发供电，相比之下，这里显得荒凉，生活环境较差。当地大都是盐碱地，水质差，又苦又涩。粮食以粗粮为主，蔬菜很少。哪里艰苦哪安家，列电人早习惯了艰苦的生活。

37站本是烧煤发电，到沧州后发现，沧州石油化工厂排出的废油渣可以利用，于是，我们开会研究，提出要把37站改成燃油电站，这样既可以节约煤炭，又可以废物利用。大家一致赞同，经过3个月的紧张工作，煤改油工程终于完工。改进后的37站承载负荷最高可达3500千瓦，并且不冒烟，还大大减轻了电站职工的工作强度，真是一举多得呀！

在我们为沧州石油化工厂提供保安用电的几年中，化工厂由于种种原因经常发生断电事故，每次断电后，全厂用电负荷全都压到电站身上。最为严重的一次事故发生在1977年，那次事故差一点使这个固定资产达几亿元的化工厂报废，是37站冒着发电机组彻底瘫痪的危险挽救了化工厂。

1977年10月4日上午10点左右，随着化工厂内轰隆一声巨响，瞬间，整个化工厂的用电负荷全部压在了电站身上，电表指示针指向了 3750 千瓦，电站已经严重超负荷运行。情况紧急，怎么办？我立即向沧州电业局调度所请示，沧州局总工张常兴指示：为了保全电站，立即拉闸停机。而沧州石油化工厂则不许停机，因为一旦停机断电，整个石油化工厂便会瘫痪，损失将达几亿元。他们告之，正在组织人员紧急抢修，沧州市委常委，沧石化厂长就坐镇电站配电盘。在这种危急时刻，上运行的职工密切监视着机组运行情况。同时立即向水电部调度局值班室请示，回答是，不能拉闸，不要因小失大，迫不得已时，宁可报废电站，也要尽力保住化工厂。

闸可以不拉，但超负荷运行的电站究竟能坚持多长时间，谁心里都没底。大家的心都提到了嗓子眼，眼睛一眨不眨地注视着仪表盘，很可能我们将会眼睁睁地看着电站被瞬间压垮。时间一分一秒地过去了，从上午 10 点一直到下午 5 点，化工厂的配电盘终于抢修好了。这漫长的 7 个小时，对电站所有人来说就仿佛过了 7 年，那么漫长，那么恐怖，那么惊心动魄……大家终于松了口气，脸上露出胜利的喜悦。我们毕竟打赢了这场保卫战，不但保住了化工厂，电站也安然无恙。

事后得知，化工厂配电盘钻进一只老鼠，引起短路，发生爆炸。化工厂的各级领导都来到电站向电站职工表示感谢和慰问，并召开全厂大会对 37 电站予以表彰。沧州市还召开了庆功会，市委书记对我们在这次抢修事故中的表现给予了肯定和赞扬。

37 站在沧州发供电长达 7 年，为沧州石化厂避免重大事故 12 次，挽回直接经济损失 6.8 亿元人民币。1978 年 1 月 27 日，37 站被河北省委政府评为大庆式企业。1979 年被水电部命名为电力工业大庆式企业标兵。

告别 50 站

文 / 佟继业

1973 年 10 月，我随第 50 列车电站奉命自山西闻喜县调朔县神头镇，为神头电厂一期基建工程发供电。神头镇位于雁门关外桑干河源头，附近有名泉神头泉，神头镇即以此得名。

佟继业

站在电站的铁路专用线路基上眺望四周，除了眼前我们电站宿舍这一片平房以外，无边无际的沙土地上看不到一点绿色，望不见一处村庄，听不到一声鸡鸣狗叫。"一年就刮一场风——从春刮到冬""耕地赶头牛，看见尾巴看不见头"，当地人的顺口溜，很形象地描绘了雁北的恶劣气候环境。

50 站职工一半以上是南方人，由煤炭部 2 站改编而来。大家先后转战广东、湖北、湖南、河南及晋南等地，都是生活条件相对较好的地区，而神头不论工作环境还是生活现实，都是对大家严峻的考验。

先说粮食供应，这里以玉米面、高粱米（面）、莜面等杂粮为主，仅有大约 10% 的面粉供应，大米则根本没有。再说副食供应，蔬菜基本上就是土豆、洋白菜，至于猪肉在我的印象中似乎就没听说过哪里卖过。

其他方面，比如理个发、邮寄个包裹什么的，那就要到神头镇。别说步行，骑自行车来回也要一个小时左右。要么就得去坐火车到朔县县城，来回就得大半天时间了。

在神头，我们生活上所遇到的困难要远大于生产上的困难。虽然当时的口号是"先生产后生活"，但是 50 站的领导班子在抓好机组调迁和设备安装调试的同时，紧密依靠地方领导，争取一些特殊政策，为职工创造较好的生活条件。比如大米，就从原来的零供应做了调整，起码让孩子们早上起来能喝上一碗热乎乎的白米粥了。

以前，无论在哪里，电站职工都是在甲方食堂搭火，在神头因为电站驻地离电厂较远，只能自己开办食堂。

食堂第一位管理员，就是我们锅炉车间的赵起福。俗话说一人难称百人心，食堂管理员本来就是个费力不讨好的岗位，更何况面临的是如此糟糕的生活环境。小赵（当时大家都这样称呼他）是临难受命，半路转岗。白手起家，困难重重，然而生性乐观的他并没有畏难情绪，每天总是早出晚归，里里外外忙个不停，到兄弟电站学习食堂管理经验，到县粮食局争取增加细粮供应指标，到县城采购厨房用品……

小赵为了让职工的餐桌上能见到荤腥，多次步行到十几里地远的肉联厂协商。一次不行过几天再去，他这种实实在在为职工服务的态度终于感动了对方。肉联厂答应，在完成自己出口指标的情况下，出售兔子肉给我们。从此，我们食堂的餐桌上就时常飘散着红烧兔肉、卤兔肉的香味。

我们的供应以粗粮为主是改变不了的。那会儿我一看见高粱面、玉米面的窝窝头、大饼子就头疼，粗拉拉的，卡嗓子眼而且不好消化。小赵学习25站的经验，粗粮细做。如把高粱面轧成像粉条那样细细长长的"钢丝面"，蒸一蒸然后再用油炒一下，口感类似于现在饭店里的炒面，香喷喷的挺好吃。

在神头近两年时间，在那样的环境下，电站食堂的伙食能够得到大多数人的肯定，实属不易。

1974年初，50站机组下放地方的文件正式传达了，不过并没有引起太大的混乱和波动。第一个原因，早在1973年底就已经听说了50站要下放地方的消息，大家有了一定的思想准备；另一个，也是更主要的原因，是对于电站领导的充分信任。

在传达文件的会议上，厂长蔡根生明确表态，这次下放后人员的去向，第一尽量根据个人意愿安排，第二暂时没有去向目标的，组织上帮助联系安排。最后蔡厂长说："大家放心，只要还有一个人没有安排好，我就一天不离开神头。"这温暖人心的话就是给全站职工的定心丸。

他是这样说的，也是这样做的。50站落地，他一家就是最后离开神头的。

传达文件后，蔡根生厂长开始每天和指导员乔勤、副厂长韩天鹏一道，分头与职工谈话、摸底，不断发函、打电话联系。然后，再分别给大家反馈联系结果。

1974 年 50 站移交地方时全站职工合影。

随着时间一天天过去，电站生活区大院里的大人孩子一天天少了，院子一天天地冷清下来。神头火车站的站台上离别的人群一拨又一拨，有的拉着手诉说，有的流着泪默默不语，有的抱着头呜咽……

自古悲伤离别时。虽然在电站这个大家庭里，相互之间平时也免不了有这样那样的意见和矛盾，但是到了此时此刻一切都烟消云散，留在心中的是在一起共同度过的难忘岁月，是共同跋涉过的千山万水，还有那工作中无数次成功的喜悦乃至曾经遭遇的挫折。这是一种特殊的情感，只属于列电人这个特殊群体。

我是离开电站比较晚的一个。当时我是想回保定，但是调回保定市还是相当困难的，其他也无处可去。就在这时，蔡厂长找到了我，给我提供了三个电站供我选择，这三个电站是：北京房山的 1 站、大连的燃机电站，还有朔县的25 站。

蔡厂长说："房山属北京市，离你家最近，大连是新机组，自动化程度高，城市也很好，不过我建议你还是去 25 站。第一，25 站各方面都搞得很好，人也熟悉。第二，25 站很快会返保定基地大修，你如果想调动也是个机会。"

这三个电站及所在的地区确实都挺好，但是我还是听从了蔡厂长的意见，选择了 25 站。同时选择去 25 站的，还有赵起福、侯玉明、刘志忠、郎宪芬、刘秀芳。

现在想起来，那时我不过就是一个进厂三四年的青年工人，除了工作以外平时和领导很少接触，更不要说送礼什么的，就连厂长的家在哪儿都不是很清楚。可是，作为一厂之长，却能为我考虑得如此细致周到，叫人不得不暗自称赞。对此直到今天我仍然记忆犹新。

说到蔡厂长，他在大家眼里就像是我们50站这个大家庭的一个好家长，既严厉又可亲。即使是偶尔犯了错被他大声批评的时候，也不会感到恐怖或者记恨，因为从他的目光里你读到的是对一个年轻人强烈的爱和期待。

他的爱人是上海人，有着江南女子特有的细腻和善良。无论谁生活上遇到困难她都会热情地帮你解决。电站的年轻人，都亲切地称呼她蔡妈妈。

在我离开50站的前一天，蔡妈妈把我和另一位同事叫到她家，亲手为我们做了一桌拿手的上海菜，还一再叮嘱我到了新单位要听领导的话，和师傅们搞好团结，不要像个长不大的毛孩子总是淘气。听着她亲切的话语，我感到眼睛酸酸的。

第二天一早，我告别了一起生活工作、朝夕相处的同事，告别了曾经关心帮助教育过我的领导和师傅们，告别了神头——告别了50站。从那一刻起，我在50站所经历的一切，都成为铭刻在心的历史。

远去的岁月

口述／黄竞峥　李宗泽　整理／周密

黄竞峥：1964 年，父亲所在部队驻防在张家口，我们家随军也在该地。同年，保定电校来张家口招生，我报考入校。当初，招考的人告诉我，是为解放军总后勤部代培，毕业分到总后，我自然心里挺高兴。结果入学不久，"文革"开始了，学校成为重灾区，原本三年学业，在校四年迟迟不能毕业，为总后代培也成了泡影。到 1968 年底，毕业分配才有

黄竞峥、李宗泽夫妇

了眉目，我分配到了第 53 列车电站。由于 53 站安装还没有完成，于是，我们就暂时留在保定基地代培训。一年后，53 站安装完成，开往宁波，据说是应东海舰队要求去发电。我和同学们告别保定，到 53 站报到。

我在电校学锅炉专业，因而到电站在锅炉上运行，开始工作一切正常有序，正值年轻，独身一人，无忧无虑，工作学习以外，就是与朋友一起玩，挺开心。没有想到，人生中一次重大的不幸悄悄降临。那是 1972 年 3 月 8 日下午，我接班后，开蒸汽吊上煤，原本这不是我们的活儿，由于蒸汽吊司机不够，每值都临时抽人兼开蒸汽吊。回到车上，全身是汗，见师傅要去校锅炉水位计，我就拦住师傅，心里想反正自己已是一身汗水，这活就捎带一起干了。原来的水位计在我们刚接班的时候爆碎了，刚新换了一个，因而需要校验。

我登上人字梯往上攀爬，就在接近水位计的时候，水位计突然爆碎，破碎的玻璃碴溅我一脸，同时双眼被碎玻璃击中，我心里咯噔一下，心里说坏了。我被紧急送往宁波二医院，医生一看，立即让我转到杭州医科大学附属医院，医生从左眼里取出玻璃碴后尚无大碍，而右眼保不住了。我刚工作不久，才24岁就失去了一只眼睛，这对我的人生是一次不小的打击，就在我情绪低落，心事重重的时候，李宗泽走进了我的生活。

李宗泽：我1965年从保定考入电校，我们是"文革"前招收的最后一批学生。分配那年，老师公布学生去向，听到我分配到53站去宁波，让我好高兴，那是闻名的南方城市，很想到南方城市走走看看。我与黄竞峥同一年来电站报到。我学电气，黄竞峥学锅炉，出事那天，我们正好一个班。出事后，同事们都非常关心他，单位领导尤其关注他以后的婚姻。

当时，53站女职工没几个人，我和黄竞峥是一起来电站的同学，自然也很关心他的工伤。先是老黄的师傅有意给我们搭桥，后来，电站厂长也亲自出面跟黄竞峥的父亲去说，一来二去，这婚事就这么促成了。其实，我们那个年代，人品是择偶的首要条件，其他次之。黄竞峥工伤后，组织让他提条件，我们什么条件也没有提，黄竞峥的父母也告诫，不能对组织提条件。

黄竞峥：我出工伤后，不再上运行，安排搞材料。当时还是计划经济，物资国家统筹，跑材料难事比较多，特别是跑计划外的物资。但更难的是宁波方言，来过宁波的人都有体会，宁波话非常难听懂，过不了这一关，难以交流不说，还被宁波人欺生，四处碰壁，原本很简单的事搞得你走投无路。给我印象最深的是第一次跑材料时，采购推土机的液压管，我信心满满地跑到机电公司，好说歹说人家就不给，以统筹物资为由，就是不卖给我。碰壁回来，不甘心，我再去，用尽解数还是不搭理我。我没了招数，灰心丧气带着哭腔打电话向我师傅求助。我师傅来了，操宁波话，三言两语就办妥了事。我这才明白，不会宁波话办事差多大劲儿。

在宁波发电近十年里，每年都赶上台风，有一年台风来得比较凶猛。那年台风和天文潮赶到一起，水位涨了3米左右，电站就在江边，守着码头，眼瞅着潮水淹过码头，冲进电站院里，车厢轮毂也被水淹了一半。电站紧急抢险，女的上列车，男的整沙袋护堤。水来势凶猛，沙袋堆上去，一浪就打没了。台风已达12级，人站不住，赶上强风必须蹲下。好在持续时间不是太久，也正好赶上电站停机，要不麻烦事就大了。还有一回，很少见的一股龙卷风光临电站，虽然龙卷风面积不是很大，但破坏力还挺强，真还挺吓人的。

李宗泽：在电站上运行，遇到过一次惊险事故，我和老黄都是晚上零点的班。我和一个女同志接电气运行班，她是正值，我是副值。大概半夜两点多，外面下起大雨，雷雨交加，这时，突然一个霹雷击中过江线上，造成短路，而且短路点距我们电站很近，看发电机汽轮机处跟大火球一样，发出怪叫，远处变电站也腾起了火球，我们电气的仪表，像失控的野马，刷刷地大幅度摆动。我和值长从来没有经过这场面，吓得脸都白了，心都提到嗓子眼了。

这时候，按运行操作规程，正值要紧急处理事故，她忙中将发电机开关给拉了。顿时，漆黑一片，随即锅炉安全阀启动，刺耳的报警声划破夜空。电站的家属区离电站很近，听到安全阀报警，把熟睡的职工给惊醒了，拉灯没电，知道电站出事故了，他们顾不上许多，撒腿就往电站跑。厂长、书记急火火地跑来。眼下的问题是如何解决事故，问题的关键是，汽轮机因发电机开关切断，随即打掉了危急保安器，汽轮机转速迅速下降，如果降到一定转速值后，就难以再恢复运行，整个电站的供电将有陷入瘫痪的可能。

这时候，我们站的生技组长，曾经遇到过类似问题，清楚事态的严重性，他紧急指挥迅速挂上危急保安器，汽轮机转速慢慢上升，随后，我们电气逐渐开始升压。同期并列操作那时候规定必须是四级工，当时，我才二级工，厂长和书记现场坐镇，就让我操作。我好紧张，手心都出了汗，但我还是操作成功。今天我想起那时候的情景，还心有余悸。电站恢复了正常运行后，大家才松了口气。处理完事故后，才发现厂长和书记跑来时，一个裤子没有穿好，一个裤子穿反了，俩人狼狈的样子把人们逗乐了。

黄竞峥：那天晚上，事故发生后，我们锅炉安全阀全跳，声音震耳欲聋。我们第一反应就是先启动活塞泵，保证炉子里有水，然后打开排汽门，对空排汽，否则炉压升高，后果不可想象。那动静像是世界末日到来一般。电站运行工人，或许干几十年也难得碰到这样的事故。还好，事故处理得当，没有造成损失。这是我工伤前发生的事了。

在宁波发电近10年后，53站调迁到镇江，在镇江发了几年电后，1982年底，我们夫妇调回到保定基地。在保定20多年，我一直搞供应工作，为企业生产保障做出了积极的努力。值得一提的是，厂里建料场管理华北电管局物资的那段时期，我和全科人员，不分昼夜，车到人到，装车卸料，很多场景令人难忘。

退休已经许多年，想想一路走来，为列电事业无私地贡献了青春年华，无论怎样，没有讲过任何条件，这或许就是我们这代人的价值观所在。

以此文怀念那段远去的岁月……

忆遂平救灾抢修

文 / 张增友

急飞武汉

张增友

1975 年 8 月，河南省局部地区连降特大暴雨，板桥、石漫滩两座大型水库和一批中小型水库相继溃坝，十多亿立方米蓄水奔腾而下，短时即淹没多个县市。当时驻马店地区遂平县有第 40 列车电站、西平县有第 36 列车电站，信阳地区明港有第 29 列车电站。尤其是 40 站处在重灾区。

因与灾区交通中断，电话不通，音信皆无，列车电业局副局长刘冠三 8 号、9 号连续两天到水电部询问灾情。听刚从灾区视察回来的钱正英部长讲："从飞机上往下看，遂平没有多少房子了。"局领导们闻讯后心急如焚，不能再等！因京广铁路河南段已被冲毁，刘冠三、杨文章两位副局长，孙玉泰和我四人于 8 月 10 日飞到武汉，11 日下午在武汉基地和铁路部门的帮助下，在发往灾区的第一班运粮专列中，挤出一节 30 吨位的小棚车供我们和另外几个人使用。车厢里铺上几个草袋子，我们带了些路上吃的面包、饼干、西瓜就出发了。

一路向北，铁路路基不少地段被洪水浸泡，火车走走停停，20 多个小时才到达驻马店。

12 日上午，我们与驻马店地委书记苏华及省电力局局长王荣业见了面，苏书记和刘冠三曾同在信阳地委工作过，彼此很熟悉。40站厂长乔木也赶来，简要汇报了灾情。苏、王两位领导，希望电站就地修复，尽早发电，支援灾区恢复生产，重建家园，并说如有困难，地委、省局都会大力支持。刘冠三表示，会充分考虑两位领导的要求。

灾后，大部分职工家属、西北基地在40站搞水塔大修的人员，以及保定电校实习的师生，都转移到市电业局招待所。12日晚上，当我们一行人去看望他们的时候，彼此都非常激动，像见到了久别的亲人一样。

刘冠三和杨文章两位领导，抽身去纪登奎、乌兰夫率领的中央慰问团报到和请示工作。孙玉泰和我向住在招待所的列电人进一步了解了水灾情况。

列电一家亲

洪水过后的40站生产厂区，发电设备大部分露出水面，在淤泥中锈蚀。生活区也是一片狼藉，积水尚未消退，留守人员饮食困难。中午，用以"招待"我们的是从水中捞出的已开始腐烂的冬瓜和飞机投下的被水浸泡过的大饼。只能狼吞虎咽，细细品味是吃不下去的。所幸的是，明港29站支部书记陈精文带领职工乘车送来了粮食、蔬菜、香油；西平36站厂长吴兆铨及20多名职工，用自行车运来了冬瓜和加工好的干粮。香油烙饼、冬瓜汤的晚餐，有滋有味，实实感觉到了列电大家庭的温暖！

面临生活中的困难和灾区可能出现的疫情，我们和电站领导商定，让女职工和家属转移，暂回各自的家乡。南行的，搭乘运粮的货车到武汉，由武汉基地接应转移；往北的，乘省电力局运输物资的卡车到郑州，由电力局垫钱购票乘火车到保定，由保定基地再做安排。电站职工对这一安排非常满意。电校师生辗转到达武汉基地，中途得到29站帮助，在基地休整、治疗伤病和垫付路费后，分散回家休假。

战前动员

就地抢修，尽早发电，支援灾区恢复生产，重建家园……当局领导讲清它的意义并发出号召时，大多数职工是赞同的，当然也有一些疑虑。当问到西北基地领队宫振祥师傅"你们已经来了20多天了，要不要换人"时，他当即表示："换什么人！我们不能在困难面前当逃兵！"多么干脆！不愧为老技师、老共产党员，他的表态起了很好的引导作用。

一场协同作战拉开了序幕：西北基地不换人继续干；武汉基地陈启明主任和熊忠工程师、保定基地李恩柏主任和工会主席王阿根，各自带领一批精兵强将，陆续到达现场。搭起炉灶，支起帐篷，临战之势，大干在即。

在开工前的动员大会上，电站、基地代表相继发言表示决心。不同的方言，南腔北调，令在场的县委郑天义书记等，时时发出笑声。县领导热情洋溢的讲话中，寄托着遂平30万人民的诚挚谢意和热切希望。

由局、基地、电站组成的临时指挥部第一次会议，讨论工期和分工等问题。当确定两台水塔由武汉基地、西北基地各修一台时，宫振祥师傅主动把工作量小的那台让给武汉基地。他风格高，讲团结，受到大家的称赞。

40站厂长乔木，全面负责检修队伍和职工及家属灾后生活安排。并亲自带领一部分人员，进行房屋修缮，生活区清理、消毒等，力争在短时间内，创造一个较好的生活环境。局领导承诺，对于相关采购所发生的费用，由局统一拨付。

40站支部书记葛树文，是地方派来的干部，熟悉当地情况，负责领取救灾物资和筹集被褥、服装，保证职工家属的基本生活需求。

副厂长宁廷武、生技组长张连福，带领电站职工同基地职工一起参加检修，并特别关注结合部的衔接工作。我与他们两人住在一起，每晚都要交流情况。

列电使命

这场大会战的序幕，是清除车厢内外的淤泥，清洗设备。人们你追我赶，克服困难，忘我工作的场面，即刻展现在眼前。

保定基地锅炉班任务繁重，他们和36站、40站的瓦工一起，在通风不畅的炉膛内，拆旧砖，砌新砖，每天大汗淋漓。年龄较大的定景尧、王义两位师傅，收工后从炉膛里爬出来，腰酸背痛，回到住处躺在地板上，不断喘息，难以解除一天的疲劳，实在让人心痛。

武汉基地年轻人多，精力充沛。他们组织青年突击队，早餐前将水塔用的木板从仓库搬出，将淤泥清洗干净后送到工地，供两台水塔修复共同使用，受到西北基地师傅的称赞。

当修复水塔接近尾声时，发现缺少三四个风机的风圈，可能是被洪水冲走了。当地找不到卷板机，回基地加工又影响工期，宫振祥师傅接下这项任务。直径约1米，厚1厘米的风圈，他用两三天时间，敲敲打打完成了。风圈尺寸合格，非常漂亮。当大家夸他技术高超时，他露出满意的笑容。

灾后苍蝇多，飞机撒药也无济于事，许多职工患上肠胃疾病，仍坚持工作。保定基地祝泽民，干活时控制不住腹泻弄到了裤子上，他更换衣裤后，又继续回来工作，真让人感动！

武汉基地担负电气设备检修，其中低压回路技术性较强，工序繁杂。陈启明主任几次强调要严、要细。熊忠工程师现场指导，40站电气工段长傅相海带领吕赞魁等几位职工参与其中。每个人都在精心检修，确保质量。

仪表及保护装置的接点、接头，每根导线都要先擦干泥土，再用酒精清洗干净。基地试验室人员跟踪检测，严格把关，经验收全部合格，这确实不易！

洪水冲走了40站职工大部分或全部衣物，列电局给每个职工都买了新工作服，兄弟电站也捐助了衣服。电站职工穿着崭新的工作服，同基地的师傅们一起兢兢业业地工作，看不到一点忧伤……

经过不到40天的苦战，胜利完成电站清淤、大修这一艰巨任务。大家怀着喜悦的心情，看着锅炉点火，机组启动，发电机并网……这台由保定基地自制的机组劫后重生，开始为灾区恢复生产、重建家园提供电力保障。

县领导赞誉列电职工了不起，是一支能打硬仗的队伍。

不能忘记

不能忘记的是，在检修进行中，发现短缺一批物资，即派宁廷武副厂长到就近的平顶山市，向时任姚孟电厂建设指挥部副指挥长的季诚龙老局长求助，结果是所需全部得到满足。宁廷武还带回了老局长的亲切问候和良好祝愿。

经葛树文、乔木两位电站领导及全体人员的不懈努力，在地县领导的大力支持下，房屋修缮、被褥衣物等基本生活物资的筹集都如期完成。电站职工解除了后顾之忧，满怀信心地去迎接新的任务。

遂平大水中的 40 站

文 / 乔木

乔木

1975 年遂平遭遇大水之前，第 40 列车电站在河南遂平发电已经好几年了。当时正值电站大修，为了早日完成检修任务，第 58、53、36、57 列车电站，中试所、西北基地都派了人员支援大修。大修进度很快，汽轮机缸盖已揭开、锅炉省煤器、过热器已经拆卸。

8 月初，连日瓢泼大雨，给检修造成了很大困难。洪水到来之前，大修已经中断。当时，厂里领导只有我和葛树文书记、生技组长张连福。葛书记带领一些职工和部分电校学生去护堤，我负责厂区、生活区防汛。

8 月 7 日，职工家里开始进水。电站组织人员将家属区的老人孩子马上转移到火车站。

由于紧急疏散，职工家里东西都没有来得及带。我和王殿清、魏风华、刘成海、侯占英从车站返回到生活区，逐家检查时，发现王少林爱人小友，她患有精神病，还坐在床上不走。我们去拉她，她说："你们怕死，我不走。"我们又在生活区转一圈，把各家的门关好，怕有趁势来抢东西的。又回来叫小友快转移到火车站。她在床上又放上个凳子坐着，连说带拉她才出了屋门。

我们准备到厂区看看，不料刚走到家属区大门口，一个大浪打来，没有防备、又不会水的我喝了几口水。这时，大门已经被水冲倒，隔壁木材公司的木材都向这边冲来。我抓住一根木头，其他几个会水的也拉住木头。我们几个人在水的浮力下，顺势爬到附近的杨树上。

爬到树上，已经看不到院里的房子了，只听到周边"救命啊！救命啊！"的呼喊声，后来啥也听不见了。天亮后，看到周围的房屋都被洪水淹没或冲垮。护堤的人和车站上的人都怎么样了，全不知晓。看到水上的浮尸，更加为亲人们担心。

第二天，水位逐渐下降，我们下了树。大水过后，因为生活区还有很深的水，没法返回。原来在车站的及河堤上的职工家属依然留在原地。退水初期，灾民都靠从大水里捞来的东西和飞机空投的烙饼充饥，喝的是可以浮起5分硬币的脏水。

灾后的第三天，听到一个解放军到处在喊我的名字，一打听才知道有电话找我。军队临时架的电话线，电话就在路旁。电话是列车电业局刘书灿处长从北京打来的，他说，找你们好几天了，局领导很关心灾区的电站职工。我告诉他："职工无一伤亡，都好"，就什么也说不下去了。

附近29、36列车电站和武汉基地派人来慰问，专门送来了衣服和生活用品。列电局刘冠三、杨文章副局长和张增友、孙玉泰等，来慰问全体职工。

灾后，列电局组织人员对电站设备进行抢修，由列电局张增友统一指挥。

西北、武汉、保定各基地都派来了抢修骨干力量。武汉基地由陈启明主任率领，保定基地由李恩柏主任率领，西北基地由宫振祥车间主任率领。他们没吃的自己带，住澡堂、住车厢、住帐篷。

大家齐心协力，把埋在泥土里的零件一件件挖出来，一个设备一个设备地逐步修复。没有电，就打手电、点蜡烛、点煤油灯。

为早日完成任务，宫振祥主任有时一天只吃一餐饭。保定基地的刘惠卿老师傅，为抢修汽动泵几天几夜未睡。终于在10月20日一次试车成功，向电网送出了电。

40站被驻马店地区誉为"洪水冲不垮的电站"。

劫后余生

文 / 刘成海　郑万飞　王荷生　赵菲
口述 / 甄彦臣　高连增　陈继红　刘宝兰等　整理 / 周密

1970 年 3 月，40 站调迁到河南省驻马店地区遂平县发电，神秘的 781 铀矿区就在该县境内的嵖岈山镇，距发电列车所在地——车站公社汪庄不过二三十公里。不大的县城被汝河由西向东呈 S 弯拦腰穿过，电站北邻汝河，南靠京广铁路，车站公社所辖地域，地势形如盆地，而列电所在地犹如盆底。

1975 年 7 月，电站停机大修，西北列车电站基地及兄弟单位也派人员前来支援，保定电校有一个班的学生到站实习。因天气阴雨连绵，连降暴雨，大修设备迟迟未能回装。8 月 7 日，电站应防汛指挥部要求，由地方派来的葛树文书记，带 10 余名单身职工和电校实习学生在指定地段护堤守坝。这时节，电站副指导员和副厂长均外出学习，当天只有厂长乔木在家坐镇。没有人会料想到，巨大的洪灾一步步逼近县城。

高连增（40 站职工）： 电站通知我们去护河堤。7 日上午，我们穿雨衣，带着铁锹、镐头，推上小拉车，跟着葛书记上了堤。河堤距列电宿舍很近。

甄彦臣（40 站职工）： 之前，葛书记到县里参加防汛会回来说过，如果有情况就去车站，那里历年没有上去过水。遂平火车站距列电宿舍仅 1 里多地。

陈继红（西北基地职工）： 我们从西北基地来电站参加检修的有 20 来人，一部分人住在厂区两间平房里，带队的宫振祥和几个人就住在材料车上。另一部分人住在旅店。7 日傍

甄彦臣

晚，见积水已经平了门外的水泥台，住在平房的几个人披上雨衣，都上了工具车厢。

刘宝兰（西北基地职工）：我们十来个人住在车站旅馆。7日下午，连日大雨，老鼠洞开始往外冒水，旅馆一间房屋的后墙也倒塌了。我们一看不行，赶紧冒雨离开旅馆，到地势更高的车站去避雨。这时候车站候车室已经聚集了很多避雨的老百姓，没我们待的地方。见车站停着一列空空的闷罐车，我们就登上了一节空车厢，这时候天快要黑了。

郑万飞

郑万飞（40站职工）：下午5点左右，电站部分职工聚集在列电宿舍区的职工食堂内开会，站着听乔木厂长布置大修工作及防汛事宜。开会没多久，一个孩子从外面闯进来喊：家里进水了！乔厂长要求单身男职工留下，其他人回家转移。这时候，外面的积水已经到膝盖了。

王荷生（40站职工）：车站最南端，有3节闷罐车单独连在一起。第一和第二节车厢被当地人和铁路家属占用，不让我们登车，我们上了第三节还空着的车厢。

赵菲（40站职工）：我在宿舍里大约睡到7点多，天已擦黑，起来水已没到膝盖。出门碰到小惠，问我怎么还没有撤，说葛书记6点接到指挥部通知，上游河堤已经漫水，让下游的人撤到地势高的地段。我带着手电筒、钱和粮票，蹚水去了火车站。电站部分职工、家属集中在一节闷罐车厢内，不许外人上。

甄彦臣：从车站内部人口中得知，在车站南边倒岔上停着三个闷罐车，是他们备用的。我们就过去了。车厢里约有六七十人，多为列电职工家属。

陈继红：在车上，起初还能听到车下水流涌动的声音，慢慢没动静了，却感觉脚凉，低头一看，妈呀，车厢已经进水了。车下的水已经齐腰深。我们5个人赶紧穿上雨衣，从窗口钻出去上到前面的修配车厢顶。车下的水涨得很快，没多会儿，水涨到车顶，由于车体轻，车厢在水中晃动，我挺害怕。这时候，宫振祥他们可能听到我们这边有动静，夜里也看不清是谁，大声喊我们的名字，听到宫师傅他们还在，我心里踏实了一些。

我们的车与宫师傅他们的车在两股道上，相距有两三米，那边有锅炉车厢，车重稳当，但要过去必须跨过横在眼前的两三米深的水流。我们为防万一，上车顶时带着一条绳子。宫师傅那边找来一个人字梯，准备将我们转移过去。两边车顶上的人拿绳子穿过梯子，拉紧绳索，宫师傅扶着绳子踩着人字梯下到水里，先接我们两个女工过去。我胆怯地扶着绳子，踩着梯子下到水里，宫师傅一手把着梯子，一手抓着我的胳膊，使劲往那边拉……现在想起来，腿都发软，那情景太惊险了。我们转移过去不久，才离开的修配车体就被大水冲歪了身子。我们聚集到锅炉车厢大煤斗上，上面站满了人，有很多当地人，人多得坐不下，只能站着。四周黑漆漆水茫茫的。如果水继续涨，我们再没处去了。

刘宝兰：天已经黑黑的了，雨还在下，估摸着有九十点钟，我们担心水情，总拿手电筒往车下照，发现水已经漫上铁路路基，还没淹没铁轨。不多时，我们这列车居然开动了，朝郑州方向驶离了遂平车站。

刘成海（40站职工）：傍晚七八点钟，生活区的职工家属基本都已经转移，乔木带着我和魏风华、王殿清、侯占英4个单身职工在生活区巡逻，查看各家是否全都撤走，门窗是否关好。这时候水越来越深，我们做了一个简单的筏子，5个人坐在上面划行。发现一位老母亲还守在家里，在我们一再劝说下答应离开。我背起老人，蹚水到车站路上，正好遇到其家人来接她。我再往回走积水更深了。

高连增：天渐黑的时候，也不知几点，河水已经漫堤了，凶猛的洪水完全失控，我们已撤不下去，只能都往桥上跑，那里是河堤的最高点。我们都集中在桥东端，躲在一辆大轿车里，听到堤下一所银行处传来急促的枪声……

刘成海：我再回到宿舍，见一个精神不太正常的职工家属站在生活区门口，说什么也不走，站在那里大喊大叫，还不时扬手哈哈大笑。这时候，突然传来几声急促的枪响，随后，四周不断传来轰轰的巨响，积水忽然涌动起来，随后听到生活区围墙闷声倒塌，我顿时

高连增

预感大事不好。没等我们有所反应，脚下的筏子瞬间被大水涌举起来，将我们一下托举到了生活区门口的房顶……枪声停了，狂笑声也停了，那女人不见了踪影，只有哗哗的流水声。后来得知，汝河决堤，悬在我们头顶上的河水倾泻而下……

我们几个人脚踩着筏子，身靠着房顶。凶猛的洪水已迅速涨到一人多深，

我本想上房，军人出身的魏风华果断地大声喊："房子要倒，赶快上树！"听罢，我们即刻行动，都将雨衣脱掉，穿着背心裤衩，扶着漂来的木头竹竿，奋力向就近的几棵杨树游去。我们5个人分别抱爬上了4棵杨树，我和侯占英爬上了同一棵树，他在上边，我在下边。水不断上涨，逼得我们不断向上爬。不一会儿，上涨的洪水渐渐快淹到我脖子了，我必须马上离开。见5米外有一棵大柳树，我果断逆流而上，拼尽力气爬上那棵大柳树。就在这时，只听轰隆一声响，我们刚才还靠着的房子倒塌了。

甄彦臣：夜晚路基上的水逐渐上涨，车轮已经淹没，逼近车厢。这让我们非常担心，有人提议下车到邻近铁道煤车上去，车重不易被水冲走。于是，有十来个人下车。这时候路基水深1米左右，水很凉，流速很急，人站不住，我们很快放弃了努力，又退回到车上。大家商议上车顶。车在岔道上，距站台有几米的距离，要从外面的扶梯上车顶，必需涉水，有危险，最好的办法是从窗口钻出，再从邻近的扶梯登顶。

赵菲：我们开始往车顶上转移，王少林站在车外的扶梯上，体弱者和妇女、老人从窗口出来，脚借他的肩头攀上扶梯。

王荷生：我们将所有的车厢的门窗全部打开，以减少洪水阻力。车厢即要进水了，我们年轻的护着老人、小孩、妇女，通过窗口上到车顶。现在回想，都不知怎样将我年近70的小脚母亲整上车顶的，我将10个月大的孩子用小棉毯系成包袱状，手提着上了车顶。此时雨停了，但水还在继续上涨。

刘成海：距我们几百米开外，有一所银行，银行的二层楼有光影，应该是有人值班，乔厂长先是扯着嗓子喊："列电有人啊，列电有人啊！"我们也一起喊。银行里的值班人，用手电朝着我们晃了晃，冲天开了几枪。这个时候，谁也救不了谁。

高连增：水在逐渐上涨，从上游冲下很多圆木，被桥阻拦，也有灾民抱着圆木顺水下来，幸运上桥而得救。我和另一个职工离开桥东，转移到了桥西头，我们手扶桥栏杆，看着越涨越快的河水，再无处可逃，心想完了，难逃这一劫难。

刘成海

郑万飞：8日凌晨两三点钟，不知是谁从哪里弄来两盏汽灯，照亮站台的同时，洪水也登上站台，很快水已没过我们的膝盖了。人们开始慌乱了，有的向北跑去，有的向南拥去，很快水就齐腰深了，很多人爬上高椰车和大闷罐车里。我带着两个孩子和有 8 个月身孕的妻子已无法下站台。就在我为孩子和妻子的安危无计可施的时候，听到货车上有人喊我的名字，催我快上房！我转身一看，不能挤到车上去的人，都在往站台后面的票房房顶上爬。我毫不迟疑地将装有全家衣物和食品的两个提包全都扔掉，在他人的帮助下，一家人这才登上房顶。

东方开始发亮，大约五六点钟的时候，我们惊恐地发现车站外边的房子漂动起来了。应该是房顶移位漂浮，房上的人群顿时惊慌，没容哭喊和尖叫声持续片刻，房顶倾斜翻进了水里，人如同下饺子一般坠入水中。这样的情形一再上演，一阵阵撕心裂肺的呼救声、喊叫声，令人揪心和恐惧。

王荷生： 经一夜煎熬，天开始渐亮。在车顶上见四周一片汪洋，没有边际，水面距闷罐车顶也就 1 米左右。就在这时候，我们的脚下的车，不明原因地向北移动了起来，眼看着这 3 节相连的闷罐车向北慢慢滑去……第一节车开始向铁路东侧翻去，上面的人们在哭喊声中坠入水中。第二节车厢如出一辙……我们第三节车紧随其后，慢慢地向北滑行，眼睁睁地被拖入鬼门关，当时的心情难以用语言表达。我极力镇定地让老娘和妻子不要惊慌，抱好孩子。我想好了，下水前准备左手抓住母亲的一只右脚，右手抓住妻子的左脚。爱人抽搐着说："不要管我们了，你自己逃吧！"母亲早已吓得不知说啥了……

王荷生

甄彦臣： 前边两个车厢一个个翻入水里，上面的男女老少凄惨的喊叫声，令我们极度恐惧，生死关头孩子与母亲哭成一片，有的流着泪给孩子留下临终遗言……就在这千钧一发的时候，我们的车如同神助，滑动一截后，突然就不动了，稳稳地站在那里。

刘宝兰： 早上天亮我们才知道，车停在西平站，车下水深有一米左右，听当地人讲，前面的桥梁被冲垮了，所以车停在了这里。36 站就在西平，能找到他们，就解决了吃喝。我们几个人下车，蹚着齐腰深的水，终于找到了他们。36 站也被水淹了，人都被洪水赶在煤堆上、房顶上。大约两天后，我们 10 来个人沿着铁路步行向遂平进发，找我们的队伍。走进遂平一看，这里是重灾区，水灾要比西平严重多了。最终我们在驻马店才与队伍汇合。

刘成海： 天逐渐亮了，周围也逐渐看得清了，宿舍房顶几乎淹没在水下，远处的大杨树只露出树梢，就像水中的小草一样，一堆堆的麦秸垛顺水冲走了，上面还有小狗，汪汪地叫几声。顺水冲下来的还有人的尸体，浮在水面，顺水漂流。

高连增：天渐发亮的时候，桥上的水深已及我腰。我在水中扶桥坚持了一夜，就在我越来越绝望的时候，发现水停止上涨了，竟然开始逐渐下降，这就像打了一剂强心针，欣喜若狂！

王荷生：下午，车站上的水退下去之后，我们的车再没有向前移动一寸。先将老人孩子都安全接下来，下来观察其原因，让我们都大吃一惊：湍急的水流已将路基冲空，铁轨与枕木成了桥梁，因自身重量下垂而产生了坡度，车随着坡度缓慢下滑，前面翻倒的车轮阻挡了我们的车厢。一起在车顶上闯过生死关的老人庆幸地说："咱们这群人里有贵人啊！"

赵菲：当日下午，水位下降，露出路基。我爬下车厢，沿着站台路过候车室，看见水位最高时留在屋顶尖上的水印。我爬上一节有电站同事在的运煤车皮。路基两侧全是洪水，太阳出来了，天气很热，没有水喝，没有食品吃。苍蝇乱飞，四周臭烘烘的，无处可去，就这样过了一天一夜。

刘成海：到下午的时候，水位开始逐渐下降，房顶逐渐露出来了。大水降到齐腰深的时候，我们5个人下了树。

陈继红：天明了，看到天上有飞机低空飞来，车上的人如同看到救星，对着飞机一起大呼小叫。水下降得很快，到齐腰深的时候，人们开始下车离开这里。我们西北基地的十来个人也一起离开。见从车站过来的人拿着水果等食品，说是运往广交会的车皮被打开了，我们蹚水来到车站。我们休息了一夜后，决定向外走，朝驻马店的方向。十几个背着些水果，穿着脏乎乎缝有补丁的工作服，跟逃荒的没两样，一行人沿着铁路向南而行。到了驻马店供电局，我们又累又饿，把雨衣往地一铺，躺那儿就睡着了……

陈继红

刘成海：我们5个人又饿又累，蹚着齐腰深的水摸索着到了桥头。桥头上坐着十几个狼狈不堪的人，原来是我们电站安排守护大堤的人，见面都很激动，几个人踉跄地站起来，谁都说不出话来。他们把水中捞上来的冬瓜、花生让我们吃，虽然无滋无味、又凉又脏，但饥不择食，吃得很香。当晚，我们在身下垫些麦秸，就在大桥上疲惫地躺倒就睡了。

在大桥上生活的几天里，我们从废墟里刨出面粉煮疙瘩汤吃。飞机来空投大饼已是洪灾两天以后的事了。食品空投在没有水的空地上，装大饼的口袋挺重，落下在地上几经弹跳，我们飞奔去抢。不过，需躲避埋尸队匆匆掩埋的一个个坟堆，有的坟堆还有尸体的一只脚露在外面。后来，难以掩埋的尸体进行焚烧，气味难闻。过后我们集中到县城招待所，那里吃的也是空投的大饼。我想把剩余的饼送给灾民。当时，县城马路边住满了受灾的百姓，我将大饼送给一个老太太，她在马路边正啃吃着一块冬瓜。老太太眼看着我，又看看饼，好像不太相信，片刻，她突然给我跪下了……

赵菲

赵菲：8月9日上午，我遇到电站在河南招的知青小王等几个年轻人，他们在站台上正吃桃罐头，身前还有一筐莱阳梨，我就参加了进去。中午，天空出现了直升机，飞行员看得很清楚，向火车站站台上空投装着单层面饼的麻袋。人太多，我没有抢到。8月11日早晨大水终于落下去，通往县城的柏油大道露出了水面。大水过后，精神不正常的女人尸体找到了。按照她家人的要求，葛书记、刘成海和我踩着很深的淤泥，把她抬到河堤上埋葬了。

宿舍院里积水仍有30厘米深。院内50多间房屋只剩水缓处较结实的6间房没倒。傍晚有人从面粉厂领回一些洪水泡过的面粉，面袋中间还是干的。从食堂废墟中找出铁锅，手压井取水煮了一锅疙瘩汤，这是3天来，我第一次吃到面食。当夜，电站职工家属按通知要求全部到县招待所集中。8月14日电站职工家属被接到驻马店地区电业局招待所。我赶快到邮电局向山东泰安父母和江苏武进横山桥的妻子包静英各发了一封报平安的电报。

刘成海：事后，40站侥幸活下来的人们把酒洒向大堤、车站，祭奠死去的电站家属和遇难百姓。我们5个人也在曾救过我们的5棵大树下默立，敬上了5杯醇酒，以报救命之恩。

郑万飞：天灾也好，人祸也罢，40多年过去了，遇难的人们是怎么想的，不得而知。侥幸活下来的人员，也不会去刨根问底……只是每每听到"水灾"两个字，马上心里一颤！

7404 班师生洪水遇险记

文 / 邢守良

1975 年 7 月，按照教学计划，保定电校机 7404 班在张忠乐和王兆荣老师带领下，一行 42 人赴河南遂平第 40 列车电站参加大修实习。因人数较多，被安排在 3 处住宿。12 名女生住在车站附近的公社卫生院；一、二组 14 名男生住在离电站家属区 1 公里沙河岸边的沙厂；三、四组 14 名男生住在电站家属区对面的车队。

8 月初，电站停机开始大修。当时正值多雨季节，检修刚刚开始，连续 3 天的大暴雨使得电站办公室及家属宿舍都已经进水。住在车队的男同学，帮助电站及家属转移办公物资和贵重财产；在沙厂住的同学，加入列电职工防洪队，负责沙河 200 米堤坝护堤警戒任务。此时，人们根本就没有想到，因板桥水库决堤而引发的一场史上罕见的劫难即将降临。

7 号傍晚，住在沙厂的学生，眼见宿舍进水已不能住人，即向张忠乐老师汇报。张老师马上到沙厂查看宿舍进水情况，并立即去找沙厂领导寻求支持。沙厂领导让同学们搬到厂办公楼 3 楼会议室。接着，张老师又到河堤与负责警戒的负责人沟通，让正在搬运沙袋加固河堤的同学回沙厂往楼上搬家。正是张老师及时果断的决定，让沙厂 14 名同学在洪水中有了

邢守良

避难场所得以幸存。

大约晚 12 点钟，忽然听到河堤上传来了"决堤了！"的喊声，随后四处响起了报警枪声，沙厂职工和老人孩子也都聚集到 3 楼会议室。不久，洪水便以每小时 1 米的速度不断上涨，到凌晨 4 点，水已淹没 2 楼，楼内避难的群众产生了恐惧情绪，开始哭泣。在这危急时刻，班长邢守良召开了班干部和党团员骨干会，号召大家团结一心，针对可能发生的最坏结果，制定了应对措施。

8 号凌晨 5 点，洪水即将涨到 3 楼，避难群众出现了绝望的骚动，同学们积极安抚群众，并寻找到了通往 3 楼楼顶的通道。此时天已放亮，狂泻几天的暴雨也停了。可是，当人们爬上 3 楼楼顶向四周望去时，却让大家的心都碎了。眼前是混浪滔滔，水天连成一片，汹涌的水面漂浮着屋顶、家具、柴草垛等。昔日人欢马叫的县城全被洪水淹没，只有十几栋楼房像大海中的小岛孤零零地立在洪水中。

下午，暴雨停止后，天又变得高温难耐，人们又饥又渴。一位沙厂职工告知被水淹没的一楼存有西瓜，如果取来，可以解决眼下饥渴。几位会游泳的同学用行李绳拴在腰上潜入水中，发现西瓜部分还在。先抱上来的西瓜，分给老人和孩子……

9 号清晨，水位已降到 3 米深左右，大家牵挂老师和其他同学的安危，决定派人去车站寻找。鲁家顺、张湘生、毋孝民、于春广 4 名同学主动要求前往。临行时鲁家顺同学用编织袋装了两个西瓜，其他 3 位同学也把西瓜用行李绳捆绑后系在腰上。每人带上一个。9 点多钟，他们从楼上跳到水中。刚游出20 米，于春广同学的胳膊就被围墙上插的防盗玻璃片划了一个大口子，不得不返回。下午 2 点多钟，毋孝民同学精疲力竭地回来了，怎么就一个人回来？大家赶紧把他接回楼上，听他诉说才知道，原来是当他们游到 1 公里左右的电站家属区时，他大腿抽筋，这时他们看到有两位电站师傅正在一棵大树上避难，鲁家顺和张湘生同学就把他也推到树上休息，继续向车站游去。

再说张老师从沙厂返回车队后，同学的宿舍也已进水，且快速上涨。此时张老师感到形势危急，做出了扔掉一切个人物品、马上转移的决定，不会游泳的王兆荣老师带上了装有实习票据的小包及学校配发的小闹钟。师生们冒着倾盆大雨，手挽手向地势最高的火车站转移，当走到车站附近时水已涨到齐腰深。

车站高出地面近 3 米，还没有上水。站上停着两列火车，有拉矿石的敞篷车，还有几节闷罐车，于是大家登上了可遮风避雨的闷罐车。张老师派几位会

保定电校机4班师生合影。

游泳的男同学，游到车站附近的卫生院，转告被水围困的女同学，一定要在楼里坚持，不能轻易离开。

晚上12点左右，洪水冲上站台，不久就淹过了车轮继续上涨。人在闷罐车里无法逃生，在这关键时刻，张老师果断决定马上转移，师生们再次手挽手从湍急的洪水中转移到地势较高拉矿石的火车头上。

凌晨3点多，更加惨烈的场面出现了，经几个小时的洪水冲刷，铁轨下路基的碎石被洪水冲走，坐满逃难人的车厢，开始一节一节地倾斜翻倒。在一片哭喊和呼救声中，连人带车淹没在洪水的漩涡中。望着让人撕肝裂肺的情景，张老师坚定地对大家说："千万不要轻举妄动，我们是一个集体，必须要团结一致，不允许任何脱离集体的单独行动！"张老师的一番话，使同学们受到了极大的鼓舞，情绪逐渐稳定。

4点左右，突然轰的一声巨响，火车头移动并开始倾斜，马上就要翻到。在这惊心动魄的一刻，师生们没有慌乱，火车头倾斜约三十度后，竟然奇迹般地停住了！原来是火车头在倾斜时，扭断了与后面车厢连接的牵引钩，火车头不再受后面车厢的牵制，加之自身庞大而稳住了。幸运之神降到了团结勇敢的师生们的头上。

被大水围困在卫生院的 12 名女生，同样经历了生死考验。7 日晚上 12 点左右，水已涨到 2 楼，大家只好把行李放在凳子上。此时室外一片漆黑，不时听到周围的呼救声，同室避难的群众情绪失控，引得避难者哭声一片。有女生悄悄把遗书写好放在药瓶里，做了最坏的打算。此时，党小组长晏桂珍、团支部书记常巧云、班干部李芳英主动站出来，稳定大家情绪，坚定获救的信心。

8 日凌晨 4 点多钟，水持续在涨，人站在凳子上水已及腰。不知什么时候，有人开始领唱《下定决心，不怕牺牲》《团结就是力量》等歌曲，大家一起合唱……在歌声中，驱赶死亡的恐惧，鼓足生的勇气和希望。水渐渐退下。

下午 4 点，洪水已下降到接近二楼地面，突然听到楼外呼叫同学的名字，大家赶紧到窗口向外看，是张老师和几位男同学，在水中正焦急地向楼上瞭望和呼喊。"张老师，我们都在！"看见老师和同学们冒着生命危险来解救，大家都流下了激动的泪水。

为了安全转移女同学，师生们回到车站，找到一条用木板临时制作的小船和多根绳子。会游泳的男同学纷纷跳入水中，在车站至小楼中间拉起了一道 300 米长的救生索。见到有救生船来到，晏桂珍、常巧云等班干部与同学们商量后，决定先救医院职工和家属，这些人流着泪水连声感谢。在医院职工和家属抵达了车站后，同学们才开始转移，两处同学安全会合了。

9 日上午 10 点多钟，水位已经下降到两米左右，正在对沙厂同学安危焦虑中的师生们，突然听到远处传来了"张老师、同学们，你们在哪"的呼唤声，师生们呼地一下站起来，顺着声音方向看，那不是鲁家顺和张湘生同学吗？大家立刻冲过去。张老师第一句话就问："沙厂同学都在吗？"当听到"都在"的回答时，大家紧紧地拥抱在一起，任凭眼泪尽情地流。望着两位同学几乎光着身子，体能已耗尽，竟然还带着两个大西瓜。当同学们打开西瓜，望着那红色的瓜瓤，虽饥肠辘辘，却谁也不忍心吃一口，因为它是两位同学冒着生命危险带来的，包含着在危难时刻师生相互牵挂的深情厚意。

一个月以后，新学期开始，当机 4 班返校时，校门口悬挂着"热烈欢迎遂平抗洪抢险的英雄们凯旋"的大横幅。学校专门召开了全校师生参加的表彰大会，表彰机 4 班师生舍己救人、团结拼搏的高尚精神。张老师被评为保定教育系统先进个人，机 4 班荣获了保定市教育系统先进单位、保定市先进团支部的光荣称号。

回忆震后自救

口述／袁国英　整理／韩光辉

袁国英

　　1976年发生在唐山的大地震，不仅给唐山市的人民带来了灾难，也给我们52站的全体职工家属带来了毁灭性的打击。我亲身经历了那场浩劫，也是52站所有人里面唯一没有受到伤害，安全地从屋里逃出来的幸存者，现在回想起来还心有余悸。

　　那年我31岁，现在想想我能毫发无损地躲过那场灾难，与我当时身体不好有很大关系。我患有冠心病、高血压等病症。7月28号凌晨，也许是地震前有某种反应，大家都睡得香甜，可我却怎么也睡不着，感觉特别难受。我睡觉的床离门口很近，因为这段时间老是下雨，门已经变形，在屋里根本插不上门销，平时都用杠子顶住门，这天疏忽了没顶，只是虚掩着。大概凌晨3点钟左右，我闻到了一股臭电石味，那股刺鼻的气味差点让我呕吐起来，现在想想应该是地震前冒出的地气。我翻身坐起来，想出去看看是谁闲得没事干半夜点电石玩。就在我刚坐起来的同时，床铺猛地蹦了起来，瞬间连续跳跃了好几次，每次都有1尺高。我这时猛然意识到地震了。记不清自己是跳下床的还是颠下床的，下床后紧紧抓住门拉手。这时地面不跳了，开始剧烈摇摆，连门带人我被使劲晃回了屋里。"轰隆"一声巨响，我身后的房山倒了。还没等我明白过来，那扇门又拖着我猛地朝屋外飞去，我跟腾云驾雾似地越过一个水池和一根长长的晒条，重重地摔倒在距宿舍十几米之外的空地上。当时也没感觉到疼，当我爬起来时，地震基本结束了，周围尘土飞扬，宿舍已经成了一片废墟。

当时是凌晨4点左右，因有闪电般的地极光，朦朦胧胧也能看清东西。废墟里开始传出各种喊叫声，有叫的、喊的、哭的、嚎的……有的声音大，有的声音小，有的又十分遥远，仿佛从地底下发出来的。我向离我最近最清晰的呼叫处跑去。我是一心要救人，可现场不像人们想象的那么简单。电站宿舍的房顶都是预制板，又上了厚厚一层炉渣，现在倒得乱七八糟，被困的人基本都压在预制板下面，我手里没有任何工具，周围又是黑咕隆咚，以我个人之力根本动不了预制板分毫。我搬搬这儿，抬抬那儿，不起任何作用。好在又有几个人从废墟里爬了出来，这些人都不同程度地受了伤，按常规都应该住院进行治疗，可现在他们都得来救人。身边没有任何工具可利用，大家便用手刨，听哪有声音就刨哪。每个人的手都被砖头瓦块划出了血，可当时被一股力量支撑着，谁也没说过疼，谁也没打过退堂鼓。被救出的人，受轻伤的也跟着去救人，像那些断臂的断腿的，奄奄一息的，便由我把他们从瓦砾里背出来，放到附近的空地上。因为地震发生在半夜里，大家都是赤身光背，连块包扎的布都没有，那种惨象可想而知。

天亮后，救援工作显得顺利多了，哪里有声音我们就奔哪里，有的伤者被埋得很深，我们把砖头瓦块清理走，才能看见被压在预制板下的人。搬不动预制板，我们就地取材，能找到什么就用什么，我还从附近倒塌的民房处扛来两根较小的木檩，把预制板撬起来，把人从底下拽出来，再由我背到附近的空地上安置好。听不见喊叫声了，我们就在废墟里找，把耳朵贴在预制板上听，哪怕有微弱的声音也证明有人，这样又救出来好几个人。救援工作一直忙碌到天黑，废墟里再也听不到声音，找不到活着的人了。救援工作从28号凌晨4点左右开始，一直坚持到晚上9点多钟，参加救援的有十几个人，至于救援大军，包括人民解放军赶到时已经是后天的事了。

我们这些人整整忙了这一大天，累就不用提了，大家都被一股劲顶着，感觉不出累，最要命的是没饭吃没水喝。当时我们吃的东西就是从废墟里刨出的一堆生花生，喝的水就是宿舍旁边臭水沟里的污水。这个臭水坑的水存有雨水，有电站职工的洗澡水，还有尿水。大家渴得要命了，就用刨出来的破碗破罐子舀污水喝。我有个毛病，特别爱干净，那种脏水我说什么也喝不下，就硬挺着，结果连累带渴晕了过去。大家就用污水灌我，我才醒过来，那味确实难闻，可不管怎么说还是能救命的。

经过一天的抢救，我们共从废墟里救出 35 人，有 4 人因出血过多不幸去世了，其余 31 人急需住院治疗，其中 22 人伤势严重。我们便商量把重伤者赶快送往医院。值得庆幸的是电站还有一辆汽车躲过了这场灾难。平时电站用的三马子车都放进了车库，在地震当中全部报废了，唯一一辆就是拉炮的大车，因车大车库停不下就放在了院子里，才幸免于难。更值得庆幸的是司机也健在，虽然肩膀和后背都受了伤，但还能开车。附近的医院全都成废墟了，最近的救护单位就是昌黎的卫生学校，正常情况下距电站有两个小时的路程。大家把重伤者抬上汽车，由我随司机开车去昌黎，其余人留下来继续挖掘遇难者的尸体，搜寻幸存者。

汽车驶上公路才发现这路已经很难走了，路面上到处是裂缝，稍不留神汽车轱辘就会卡在裂缝里，一路上我们就见到了不少被卡住的汽车。两个小时的路程，我们从晚上 9 点一直开到天亮才到达昌黎卫生学校。不幸的是在路上又有两名重伤职工去世。

昌黎卫生学校是唐山附近最近的救护单位，从四面八方送来的重伤者不计其数。一直等到晚上我们的人员才得到救护。所谓救护也是简单的包扎消毒处理，使伤者暂时渡过难关。在昌黎住了一宿，第二天我们又驱车赶往山海关医院。当把这些重伤者抬进山海关医院的病房，送进抢救室，我和司机心里的一块石头才算落了地。

这场灾难过去 40 多年了，每次想起来都如一场噩梦。兄弟情，同志义，那份真挚的感情让我一生都难以忘怀！

我经历的唐山大地震

文 / 周彩芳

周彩芳

1970年，我从保定电校毕业后，分配到列车电业局第52列车电站。1973年，52站从邢台调往唐山，为华新纺织厂发电3年。万没料到，1976年7月28日，唐山大地震将我压在废墟下，经受了人生最惨烈的灾难。作为唐山大地震的幸存者，现已然两鬓含霜，然而，再次回忆40多年前那场突如其来的悲痛，我还是几度情绪失控⋯⋯

震前，我们在唐山的发电任务已经完成，准备返回西北列电基地进行大修。1976年7月，电站停机开始拆设备，做调迁准备。52站有80余名职工，随电站还有80余名职工家属，家属和职工人数差不多各占一半。我当时已有两个孩子，大女儿差两个多月满3岁，小女儿尚不满13个月，爱人吴继和与我同在电站工作，我们对未来有着很多憧憬。全站职工家属大都生活在一个大院里，彼此和睦，相互关照，年轻职工较多，是一个团结充满朝气的集体。

52站的生产区和生活区同在一个大院里，大门朝南，发电列车停在大门的北侧，发电车的北侧建有一个篮球场和职工食堂，球场以北是一排电站办公室，靠东并排是单身宿舍。办公室后面有三排家属宿舍，双职工及带家属职工大都住在这里（少部分人住在市区），一排住有8户人家。家属宿舍按户型不同，分为一间半、二间及二间半，我当年住的是一间半房子。家属宿舍最后一排，还并列有一排房，是电站的幼儿园及仓库。大院里的这几排房都是青砖水泥预制板结构。公共水管和公众厕所在宿舍西侧，日积月累，水管前形成一个挺大的排污坑。

27日一大早，由汽机工段长张道芳带队，一行12人前往山东滕县28站学习，我爱人吴继和也在之列。他们在地震前夕离开唐山，庆幸地逃过一劫。52站还有几个人因故不在唐山：王桂兰带长女张茨去42站拜访朋友，支部书记安民因工伤回老家暂养，职工杜连柱回家探亲，张建在保定电校学习，李世荣去沈阳学习吊车。52站除这17名远在他乡的职工外，其他在岗职工都在忙于装车，做调离前的准备。

正值酷暑，天气炎热，幼儿园门前的大水池泛起了不少小鱼，小孩儿都下水抓鱼。其实，类似这样的异常现象，就是地震预兆，但没被人们重视。辽宁海城地震后，就传言京津唐一带会在1980年前后有一场大地震。大家刚开始确实重视，也比较警觉，一有风吹草动，就草木皆兵，但时间一长，慢慢就麻痹了。据说在震前上面有预报，有人去开会，但没有渠道传达给我们。

27日晚间，我碰到同学岳洪恩的爱人马献芳（岳也随队出差），她带着两个孩子从邯郸来探亲，来时她给孩子带的衣服少，我把自己孩子衣物借给她，她是特意要到我家送还衣服，我们在半路相遇。她似乎情绪低落，心事重重地说，很烦，总觉得会有什么事要发生。现在回想起当时的状况，或许有些人比较敏感，预感到了大难临头。她们母子三人果然全部遇难。与我同车间的刘福生师傅，之前，也给我说过几次，家里又见到老鼠，感觉有什么倒霉的事要发生——几年前家里出现老鼠，他的爱人李春仙不久就让车床将胳膊绞断。在这次灾难中他家4口全部震亡。

7月28日凌晨，地震突然降临，瞬间地动山摇。当时，我住在办公室后面一排宿舍内，我们睡的是北方的土炕，长女睡在我的左侧，小女儿在我右侧，在幼儿园当阿姨的小姑睡在小房间。地震刚一发生，小姑格外机灵，她起身跑到外间屋喊我："嫂子，地震！"话才落音，房屋顷刻倒塌，她被压下面。

我放在炕上的木箱子装有衣服被褥，意想不到地起到了支撑作用，突然垮塌的房子才没有直接砸到我。木箱子为我撑起生命的空间。在我右手的小女儿刚过周岁，震后不时地啼哭，在我左侧的长女不在支撑的空间里，触摸她，已没有气息。巨大的灾难突然降临在头上，那一刻人是怎样的精神状态，我至今无法言明，甚至房子怎么塌的我也讲不清楚。我动身钻出来时，试图抱起还在

周彩芳与女儿。

啼哭孩子，却无论如何也抱不出来，我只好先把小姑身边清理一下，拉她钻出倒塌的房子。

我和小姑从废墟中钻出来，借着夜色，见往日熟悉的景物面目全非，房子全倒塌了，废墟下依稀能听到呼救声和孩子的啼哭声。朦胧中看到郝云生师傅和刘香果师傅逃生出来，他们各自在救压在房子下面的家人。郝师傅是52站幸存者年龄最大的一个，后来得知，郝师傅的小儿子被救出来，妻子和一儿一女不幸遇难。刘香果成功救出两个女儿，随后，他们与逃生的一些人自发地组成救援队伍，竭尽全力救人。

我的邻居王学江、管巧云夫妇在废墟下呼救，管巧云压得不严重，我清理后，把她拉了出来，管巧云或许因为过于惊吓，出来后就拉了我家一条被子原地躺下不动了。王学江的腿压在水泥预制板下面，我们实在没有能力救出来，只将他身上可以清理的水泥砖块清理完，暂时不妨碍呼吸，后来电站上煤工新立庄、黄老二、黄老三配合袁国英、侯春长、刘香果把他救出。

我跑去看出差在外的同学岳洪恩的家，我在倒塌的房屋前呼唤，下边无人应答，说明母子三人已经遇难。我看到电气工段长姜世忠，他坐在地上，腿有重伤，他声音洪亮地喊我："小周，太渴了，给我找点水去。"这时候，水管已没有水，我看他口渴到难以忍耐，就找了个破瓦片，到公共水管前的污水坑中，舀了一些水给他喝。不久，他就断气了，想必他内脏受了重伤。后来听人说那种情况不宜喝水。姜家遇难四人，仅存一子。

我往返于废墟间，天亮时看到从单身楼宿舍那边逃生出来的袁国英和侯春长，我急忙招呼他俩，帮我救出孩子，刘香果闻讯也前来参加。我们几个人一起把压在下面的小女儿救了出来，但是，长女已无生命气息。待救的人太多，我只能忍痛转身离开参加救援。与我家同住一排房的刘福生师傅，从船舶2站调来，全家被埋在倒塌的房子下面，一家四口三人已经遇难，唯有刘师傅可以言语，但重物压着身体一时出不来。后来，刘师傅被救出来，送到东北医院，不几天也去世。他原本要调保定基地，调令已下，东西都打好包，只待启程，却不曾料想，全家没剩下一人。

天亮的时候，天空开始下起了蒙蒙细雨，营救的人似乎都没有在意，或许在巨大的灾难面前失去了感知。失去亲人没有泪水，伤痛也没有知觉，我跑来跑去救人，一直光着脚没有穿鞋，脚底不知什么时候被划破，出血不止。正好被救出来的几个小孩没有人照管，郝师傅让我看护几个孩子，于是，我离开救人队伍。

从地震发生到当天晚上，郝云生、刘香果、马秋芝、孟祥瑞、袁国英、袁广福、归荣力、郝玉琪等人不停歇地在救人，袁国英竟然累晕了过去。郝玉琪、王春英、安海书当晚值夜班，郝玉琪有幸逃生，王春英也无大碍，只有安海书没有全身逃出，被砸成高位截瘫。被救出来的一些人，即使带伤也参加了援救，有的人似乎精神垮掉了，细雨中坐在那里动也不动。杨学忠救出时面如土色，气息奄奄，好长时间才缓过来，若不是受伤的妻子在那里不停地呼喊"救老杨呀！救老杨呀"，再晚会可能人就没了。住在我同排东边王福生跟张道芳出差了，他的妻子带未满周岁的女儿压在厚重的水泥板下面，震后好长时间，那小女孩都在啼哭，还有一些人，因为无力救助，呼救声渐渐停止了。埋在下面的人太多，施救的人太少……有的人被救出后，因伤重还是没能保住生命。

当天救出的一些重伤员，完全没有医治手段，原地等待等同于没有营救，恐怕难保性命。于是大家决定把重伤人员赶紧送出去，尽快得到医治。李玉升是电站的大车司机，地震中他也受了伤，儿子来探亲遇难在宿舍里。李玉升忍着丧子之痛，天将擦黑的时候，开车上路，载着重伤员驶出唐山。后来得知，半路张杰及张贵奇的爱人没能撑到昌黎医院就咽气了。这些伤员又转到山海关，最终送到辽宁兴城等地。

在一天的自救中，我们都没有吃喝，直到傍晚时分，疲惫饥饿的人们搞来了锅及挂面，在空地点燃了一堆劈柴，支起祸，用污水沟的水煮面充饥。锅和挂面是马秋芝家的，他们家的东西在地震前都已经装车准备离开。原本电站派马秋芝的爱人梁江龙打前战去西北基地，安排电站人员住宿等事宜，他已经买好27号的车票，但鬼使神差地听别人劝说，改签了车票，待第二天早上趁天凉快再出发。结果，一念之差，梁江龙与长子魂断唐山。记得，我端着半盆面条，送到不能自理的伤员跟前，张杰师傅躺在水泥预制板上，声音也还清楚地说："小周，来点稀的。"我说："张师傅，分不清汤和面了。"我手抓面条，送到他的嘴里。但他还是没有熬过来，死在送医的路上。

救出来的人，有的呆坐在被救出的原地，一些人被集中在篮球场上。傍晚，打开了一个铁皮仓棚，幸存的人全集中在里面，熬过了漫长的一夜。电气工段王兆增、颜桂芬夫妇住在市区，一家六口仅剩他们两个，俩人徒步来到电站，并带来些新衣服分给我们穿上。后来得知，住在市区的田发副厂长与两个孩子均遇难。我的婆婆在东矿区，救出后不久也去世。我的大小姑，在市里上班，当天上前夜班，震后尸体也没找到，她怀有八个月的身孕。我的二小姑也没能逃出来，小孩尚存。29日，局里先来人了解情况，到30日，部队和列电援救人员及52站在外学习的人员陆续赶到，大难后再次相见，抱头痛哭，我们似乎也刚从重创中苏醒过来。

列车电站职工四海为家，为祖国各地发电遇到灾情并非个例，然而，52站瞬间夺去上百人的生命，那些朝夕相处的身影突然如一道流星瞬间消失了。全站职工家属共死亡104人，有三家全部遇难。从船2站调来大人孩子共8人，无一幸免。高成贤师傅本已从窗户跳出，还是被倒塌的房屋砸住要害致死。住在单身宿舍的职工大部分没能逃生，宋孟娥跑出来还是被砸成重伤而亡。仅有袁国英、侯春长、胡绍彦、李玉升、赵逢文、王春英、袁广福大难不死。

逝者已矣，生者如斯。幸存下来的人亦已步入老年，有的人也已悄然离世。我们要活在当下，珍惜当下。安息吧！唐山大地震中遇难的亲人、同学、同事们……

奔赴 52 站参加救灾

文 / 何自治

1976 年唐山发生大地震的前夜，列车电业局第 38 列车电站在迁安正为首钢大石河矿区发供电。迁安县距唐山市区仅有几十公里，38 站在这里已经运行三年有余。

7 月 28 日凌晨 3 点 42 分，电站车厢突然剧烈摇晃，带满负荷的发电机组，联络线油开关突然跳闸，三台锅炉安全门同时动作发出刺耳的长鸣，值班女司泵被这从未经历过的突发状况惊吓得坐在了地上。电站紧急停机后，值班人员才得知发生了大地震。这时全矿区断电停水，电站锅炉水位已经看不到，无法强行启动机组。好在发电设备和电站人员没有损坏和伤亡。

何自治

为恢复发电，当天下午，大石河矿调来两台机车，将机车存水补给电站锅炉，矿领导还将机关干部动员来，用脸盆等容器将电站排水坑内的废水淘出来传送到水塔池内……一番苦战后，电站又恢复发电。然而，由于线路倒杆难以向矿区供电。下午 5 点多，又一次强震来袭，车厢横向摆动约 30 度，持续近 1 分钟之久，万般无奈下只好再一次被迫紧急停机。

第二天，列电局副局长刘冠三及张增友、郭俊峰等率领局机关人员来灾区电站慰问，并要求我们 38 站立即组织一支抢险救护队，赶赴 52 站支援救灾。30 日凌晨，电站书记张鸿夫带领20人抢险队连夜出发。我也参加了这次抢险任务。我们出发前，特地带上从鸽子窝村井内打来的三大桶饮用水，还携带了撬棍等救灾工具，准备了常用药品、口罩、酒精等必备医用品。震前52站刚派去山东学习的12名职工也赶回来一同前往。

出发前，我们无法想象唐山市震后灾情的严重程度。乘车路过古冶等地时，我们吃惊地看到村镇房屋几乎全部倒塌，公路上纵向开裂深达1米，我们缓行的汽车只能小心地躲开裂缝。路上，很多同向行进的军车上坐满了人民子弟兵，每部车上都有一台报话机。显然，出动这么多军队，唐山灾情一定非常严重，越往前走，心情越发沉重、压抑。大约两小时后，我们到达52站供电甲方——华新纺织厂附近。这里除了422水泥厂未震倒的烟筒还能标识曾经的记忆外，大范围的楼房、平房几乎全部夷为平地，四处堆满了倒塌房屋的石砖瓦砾，只有树木和几只孤零的电线杆还立在原地，更显凄惨景象。砖石堵塞了前进的道路，我们悄声下车，在倒塌房屋的碎石地上，见到了几位老人，他们麻木地坐在那里，不声不语，也没有眼泪，眼睛直呆呆地看着我们……

我们来到52站所在地，心急如焚地向电站大门处奔去。电站生活区一片废墟，迎面走过来十多位满脸满身全是血迹的人，他们是52站的兄弟姊妹啊！他们认出列电来人了，顿时哭喊着："亲人呀！你们可来了，52站就剩下我们这些人了……"眼前这番惨烈的景象，使我原本强忍着的悲痛，再也无法控制，抱着幸存的兄弟放声痛哭……在场的人们无不淌下悲伤的泪水。几十年后，每每回忆这段记忆，情感都难以抑制。

我们找了块平地，先把水桶卸下车，赶紧让他们喝口干净的水。52站的幸存者已经两天多没喝上干净的水了，他们在自救过程中，喝的是污水坑里的水。参加救援的解放军战士喝的是同样的污水。在我们赶到52站之前的48小时里，52站逃生出来的人们经自救，已将幸存者基本从废墟中扒了出来，我们来时，仍有很多解放军战士在用手挖扒砖石，努力寻找可能的幸存者。我们来后的主要任务就是清理废墟，掩埋震亡者的尸体。38站来的20多人分成两组：一组挖临时坟墓；一组清理现场，撬水泥板、搬砖石，将亡者移出掩埋。我分在抬埋尸体的小组。

52站生活区大约有四五排平房，无一例外地全部倒塌，人员大多被水泥板压死压伤。我们一户户地清理，扒开重物，抬出遇难者的遗体，置于所挖的条沟里，暂时掩埋。每户埋一个地点，由52站人将遇难人员的姓名标记在小木牌上，插在掩埋处。

我的徒弟熊东荣在 52 站，他是去山东学习的 12 个人之一，他的妻子胡英、7 岁的女儿小玉和胡英的三妹胡霞三人遇难，唯有儿子幸存，腿受了伤。据说胡英被救出来时还能说话，但伤得很重，她把手表褪下来，让交给小熊，说希望他带好儿子……遗言后就断气了。小熊没等清理他家，就要跟车带儿子治伤，他哽咽地对我说："何师傅，我要抓紧给孩子治伤去……"我含泪说："小熊，你放心给孩子治伤去吧，家里后事由我来处理。"我们把胡英姐妹和她女儿的遗体小心地用毛毯包好，抬到已经挖好的临时墓地埋葬，并立好小木牌。胡英姐妹是我老领导胡德望的两个女儿，他一夜之间，失去了三位亲人，坐在那里，我不禁又一次大哭起来。

　　胡英住房的隔壁，是 52 站电气技术员张书忠一家，张本人同样因去山东学习逃过一难，他的妻子、10 岁的儿子和从东北来这里探亲的老丈人及老人带来的侄女同时遇难，只有一个小女儿活了下来。当我们移动遗体时，发现未完全倒蹋的墙角上，留有很多手抓的血印，我们猜测老爷子是用自己的身体护住外孙子和外孙女，在生命的最后一刻，墙上留下他拼老命支撑的手指血迹。他被塌下的屋顶板砸碎了头骨，惨不忍睹。此情此景，我们无不痛彻心扉。因遗体已经局部腐烂，即便带有两层泡有酒精的口罩，也遮不住强烈的尸腐气味，令人难以下手。我鼓起勇气，抱起这位老人的遗体，在其他人员配合下，用棉毯包裹好，连同张书忠的妻子、10 岁的儿子也一并包好，一起下葬。

　　52 站副厂长陈德义一家五口四人罹难，只有他的小儿子得救。清理时看到陈德义一家紧抱在一起，他在家人的最上面，用自己的身体保护亲人，现场令人动容。年初，他还组织在唐山地区的 52、38、42 三个站的有关人员，落实防震措施，开会时的情景还历历在目，他是最早参与列电创业者之一。

　　我们在一间倒塌房内扒出了一个年轻人的遗体。经 52 站职工辨认，他是位年仅 18 岁的徒工。据说他聪明好学，深得师傅们的疼爱。大震发生时，他机灵地躲在了床板底下，全身并未受伤，只是从面部到全身乌青发黑。推测是房顶塌下后，因隔绝空气，窒息身亡，好可怜的孩子。

　　我与 52 站吴希敏曾在 11 站共事，他在 52 站的情况我一直不清楚，直到最近才得到他的电话号码，通电话才滞后四十余年得知他家地震时的遭遇，他告诉我："除了我自己一人还活着，全家五口全部遇难……"电话中，他哽咽着说不下去了。我后悔，不该提起他的伤心往事，想起当年情景，不禁老泪盈眶。

　　我们在 52 站完成清理掩埋任务后，当天返回迁安。到了 7 月 31 日，大石河矿修复了输电线路，同在迁安矿区的42站电源送过来，水源恢复后，38站重新开机，矿山也逐步恢复生产。8月18日下午，在保定基地、28站、18站职工的帮助下，52站恢复发电。

开会是在19日下午。列电局俞占鳌局长前来参加大会。老局长和我之前在广东韶关和江西九江见过两次，那两次他都做了长征报告。我们在52站瓦砾中第三次相见。吃午饭的时候。老局长要我起草一篇代表列电局机关、42站、38站三个单位对52站全体职工家属的慰问信。恭敬不如从命，我写完后念给俞局长听。他说："好，没问题，就这么定了。慰问信也由你何自治来读"。

开会时，我代表三个单位读这封慰问信，心情异常沉痛，几度哽咽，话不成声，几乎念不下去。每一位与会者，都能体会到这般心情……原来好端端的一个52站，瞬间失去了104人的生命，惨绝人寰的大灾难，令人不忍回首。再次回忆这段救援往事，我几度泪眼蒙眬，写到伤心之处，伏案失声痛哭。

记得当年我们在清理地震现场时，见一位全身血污，满脸凝固了血迹的52站兄弟，手里还拿着一把12英寸活扳手，要去修理52站损坏的设备。我不知其名，据说他被救出时，胸部肋骨被压断了3根，他拖着受伤的身子，一脸坚韧不屈的神情，他的影像令我一直难忘。列电人在30年的发展历史中，遭遇一次次灾难，从来没有被打垮，他就是这支震不倒、冲不垮、勇往直前的列电人群体的一个缩影。

唐山地震中的 57 站

文 / 阮刚

20 世纪六七十年代，发生在河北省邢台和唐山的两次大地震，我都亲身经历，所在地点均离震中很近。

1966 年 3 月 8 日，邢台发生 6.8 级大地震时，我和几个来邯郸供电局邢台变电所实习的同学正睡在一个大通铺上。床铺剧烈晃动，床板吱吱作响，有同学还在埋怨，谁在晃呀，快睡觉！

邢台地震过后的第 10 个年头，1976 年 7 月 28 日凌晨 3 时 42 分，唐山发生震惊世界的大地震，我有许多亲朋在地震中不幸罹难！

阮刚

唐山地震那年，我在天津汉沽的 57 列车电站工作，距震中丰南不足 50 里。那天，我正上后夜班。当晚没有什么特别之处，与往常一样，我和于景凤师傅到点接班，登上电气车厢上运行。不知什么时候，夜空飘起了小雨。忽然，东南方向闪出一道蓝白色的亮光，伴随着大地发出的闷雷似的轰鸣声，随即，车厢剧烈地上下抖动、左右摇晃，主控室内的报警器、光字牌响作一团，各种表计瞬间归零，配电盘上开关操作把手上的指示灯不停地闪烁，三台锅炉的安全阀同时开启，发出了刺耳的长鸣。

我的第一反应是，出大事了！我下意识地告诫自己要沉住气，保住设备安全要紧。一同值班的于景凤师傅也很镇定，我们没有慌乱，坚守岗位，各司其职，迅速把已紧急停下来的设备恢复运行状态。我所在的运行甲班，机、炉、电、化验共十来个运行人员，除电气我和于景凤外，班长是安志宏，他也是司炉长，经验丰富，技术过硬，是大家的主心骨；司炉是马蜂龙、杨前忠，汽机是钟晓东、刘兴杰，化验是杨秀菊。这突如其来、令人胆战心惊的震波后，班长安志宏小跑着及时了解并通报了每个岗位的情况。由于值班人员在紧急状态下，没有乱了分寸，沉着冷静，密切配合，紧急处理没出一点差错，保住了设备安全。

下车才发现，强大的震波已使铁轨扭曲变形，13节发电列车已脱离了铁轨，3号炉的煤斗被甩到了出灰池中，有的连接管道断裂，还喷漏着汽水，车厢外的走台几乎全部都倒塌……这令人震惊的景况，表明刚刚发生的大地震是多么恐怖。暗地里庆幸发电车没有被震倒，我们都毫发无损。

最令人担心的是宿舍区的安全，因为房子是建在盐滩上的，四面环水。好在房屋只是下沉、歪斜、墙裂，没有倒塌，这真是万幸，附近的天津化工厂、营城街都有因房屋倒塌而发生人员伤亡的情况。到我站参加局中试所举办的热工培训班的人员，住在天化的一个临时招待所，房子震倒了一面墙（所幸墙是向外倒的），学员中只有54站徐学勤和另一名学员的脚被砖石砸伤。

57站党支部书记吴国栋、厂长马新发两人在地震中均受轻伤。他们临危不惧、指挥若定的表现令人佩服，安顿好职工家属后，又组织身强力壮的职

1977年57站职工在天津汉沽合影。

工，去抢救房屋倒塌的居民。支部委员卢鸿德带领的小分队，投入到营城街抢险救人的队伍中。支部委员、工会主席武少英震前去山东开会，听到唐山地震的消息后，急着回电站，但因交通中断无法成行。后搭杨文章副局长来电站慰问的车赶回来，在户外搭灶做饭，忙里忙外，总是先人后己，帮助大家排忧解难。

57站地处海河入海口，上级通知，震后可能发生海啸。于是全站职工又争分夺秒地投入到防海啸的战斗中。在草袋子里面装上灰渣，将宿舍区围起来，在海水中干了一天一夜。

为了早日恢复发电，扶正东倒西歪的车厢，电站没有等靠，积极地配合铁路等有关部门，开始了唐山地震震后自救和恢复生产工作。全站人员几乎都出动了，身强力壮的男职工两人一组，用绳子系牢铁轨，中间穿上扁担或杠子，两人一起先用肩扛住，然后按照铁路指挥的统一口令，大家一起用力，一点一点移动，一段段铁轨就这样更换成功了。就是这样，硬是人拉肩扛将损坏的铁轨换好，把车厢扶正，当时的劳动场面甚是壮观。时至今日，那样的场面还时常在我眼前浮现。

值得一提的还有来我站参加热工培训的西安交通大学的吕丽娜同学，原是负责热工培训班的讲课辅导，地震后因交通不便暂留电站。她眼里总有干不完的活，总是帮助别人，强烈的主人公意识让她和电站职工同甘共苦，电站的师傅们都称赞她是"活雷锋"。在危难时刻，会有那么多勇于担当的好人，其精神力量就像一首歌中唱的那样："好人就是时代的魂"！

记得吴国栋书记后来在天津汉沽区抗震救灾表彰会上讲了这样一句话："一碗水救不活几棵秧苗，我们小小电站百十号人起不了多大作用，但我们始终没忘记应尽的责任。"

我们在佳木斯

文 / 郝世凯

1976年冬，我从第39列车电站来到地处陕西宝鸡的西北列车电站基地，参加筹建59站。宋玉林首任59站厂长。由于西北基地住房等条件所限，59站只来了些骨干，参加设备调试和建站的一些具体工作。其余人员在59站出厂前，提前到达发电地点。

59站在西北基地筹建约有一年的时间。原本59站出厂后要到宜昌发电，后来又接水电部调令，让我们去东北佳木斯，为佳木斯纺织厂发电。我们到佳木斯才得知，佳木斯市经委主任曾三番五次进出水电部、列车电业局，恳求租用列车电站，以缓解佳木斯严重缺电状况。1977年末，59站完成调试后，由主车及配件车组成的长长一列发电车，驶离西北基地，发往黑龙江佳木斯。

59站人员由多个电站的新老职工组成。1978年初，我们到达佳木斯后，与先期来这里等候的职工汇聚到一起。佳木斯纺织厂是一个有万名职工的大型国企，是该市经济支柱企业。因缺电纺织厂的织机已关停了三分之一，严重影响了产量，积压了大量原棉。当地政府和佳木斯纺织厂盼电的迫切心情可想而知。

郝世凯

我们到达的时候，电站的基建还没有完工，直到 2 月中旬才具备安装条件。佳木斯纺织厂会同我们召开安装动员会，要求尽早发电。尽管此时，正值寒冬季节，给安装带来很多困难，但是，我们用了约一周的时间，就完成了安装，3 月初投产发电。佳木斯市经委、纺织厂领导到列电现场看望大家，表示慰问和感谢，并告知纺织厂的机器已全部开足，产量得到保证。我们电站职工也为此而高兴，这也是我们电站应急作用的体现。我们在这里运行了 4 年多，没有发生重大事故，赢得列电局领导和佳木斯市经委的赞赏和表扬。

这里的冬天很冷，最冷的几天能到零下三十七八摄氏度，在关内完全体验不到这样的寒冷。我们来之前，做了一些防寒准备，但想不到电站安全运行还是遇到了很多困难。就拿上煤来说，严寒季节煤冻成大冰块，吊车抓上来的煤，需要人爬到锅炉车厢煤斗里将冰块敲碎，否则煤就会卡在那儿下不去。可想而知，室外天寒地冻，人在煤斗里敲击也是挺危险的。再说我们上班，从住地步行来厂区要走好长一段路，冬季地上的雪就不化，下一层冻一层，因而走路滑倒摔跟头是常事。如果赶上风雪天气，这一路就更费劲了。

由于宿舍离厂区远，我们中午或下午都安排时间休息一下，这时候，朝鲜族李顺东师傅开始给我们当老师了。他会讲日语，我们喜欢跟他学。他特意为我们买来日语课本，一字一词认真地教我们。后来，凡跟他学过的职工，都能简单读写日语，这也是我在 59 站意外的收获。

1978 年前后，正值冬季，中苏边境形势一度紧张，佳木斯全地区处于战备状态。佳木斯市为此疏散人口，电站也要求职工将家属送走，投亲靠友，留下在岗职工备战生产。我们每个职工均按要求登记编号，以备一旦发生战事，出现伤亡便于查寻。这样的紧张备战态势，好在没有持续很久。江水的冰层消融后，一切又恢复了正常，我们也算经历了一次考验。

我们列电人都经过走南闯北的历程，对艰苦的工作条件习以为常，生活上的艰苦也从不计较。东北过冬菜就是萝卜、土豆、大白菜这老三样，过春节凭票还可以买一段大马哈鱼。把炉子烧旺一点，热乎乎的气氛，也能享受到忙中乐、苦中甜。对了，李顺东师傅还做正宗的朝鲜族辣白菜、东北正宗的酸白菜给我们吃，那美味让我们难忘。

列电职工虽然只有七八十人，但这是一个团结友爱、艰苦奋斗的战斗集体。我们怀念列电，我们热爱列电。

39站为鲁化发电10年

文 / 王敏桂

王敏桂

山东鲁南化肥厂（简称鲁化），当年是全国八大化肥厂之一。1971年9月，39站从河北辛集调到该厂发电，在鲁化发电10年，经历了许多考验。

1976年7月的一天，电站机组正常运行中，突然，不远处传来一声巨响，随后，飘来浓浓的白色烟雾，列电厂区正处在下风口。这时，看到三三两两的鲁化职工一边跑一边喊着，"氨罐爆炸了，赶快逆风朝没有氨气的地方跑"就在呼喊之时，烟雾已经笼罩了列电厂区，浓浓的氨气味道令人窒息。电站领导和检修人员纷纷跑向被氨气笼罩的运行车上，帮助运行人员关好车门，并用湿毛巾等捂住口鼻尽量阻止氨气的吸入。这时候，鲁南化肥厂的生产调度长，在电话里要求列电保障安全发电……

我们不知道外面的事态如何，在呛人的氨气中，人们的双眼被刺激得泪流不止。在近半个小时的煎熬中，在岗职工轮换监盘，没有一个人脱岗，确保了机组的安全运行，为鲁南化肥厂事故处理提供了"生命电"。

氨气顺风飘走了，方圆一公里的范围内，树叶草木均枯黄凋零，可想而知，氨气毒害之大。电站当班运行人员和部分检修人员的眼睛、呼吸道等都有不同程度的灼伤，电站将他们送到医院进行检查治疗，并安排了休养。这次事故也证明了列电人的素质和职业道德水平。为表彰 39 站在氨罐爆炸事故处理中的优秀表现，鲁化领导特地到电站慰问职工，并给予了奖励。

1977 年 5 月的那次大修，令人印象深刻。计划工期 26 天，发电机要进行转子竖齿开通风槽，锅炉加装水冷壁管等，不要外援，完全依靠自己的力量。每天夜晚 11 点钟前现场都是灯火通明，热火朝天。电站管理组人员把劳保用品和茶水等送到现场，备品备件能送的送到现场，鲁南化肥厂的领导也到大修现场慰问，厂职工食堂也是饭菜花样翻新犒劳职工。大修项目顺利完成，具备了开机条件。但令人尴尬的是，就在开机过程中，汽轮机真空无论如何也拉不上去。无奈，电站派人请回了已经调走的汽机工段长王庆才，这位元老级的人物一出场，问题迎刃而解。原来是真空系统有一根埋在铁道两块枕木中间的管子腐蚀漏气所致。问题解决了，机组很快并入电网。为庆祝这次大修提前完成，并表彰参修人员，电站为每人发了一个印有"纪念大修任务十七天胜利完成"的搪瓷茶缸，在当年，这就是很有面子的奖励了。

1978 年夏末，突然狂风大作，暴雨如注。中煤几乎是流进了炉膛，汽温汽压急剧下降，负荷降低了一半。事有凑巧，为鲁化供电的 11 万千伏线路也因负荷紧张而对鲁化限供电量。鲁化面临停车的困境，而一旦停车再开启，不仅造成浪费，还会直接影响化肥的质量和产量。生产调度几次来电话，要求列电全力保证供电。为保持锅炉汽温汽压，当班职工赶紧协助吊车司机找煤堆较厚的地方上煤，动员上煤工挖出较干的煤层，人工直接填进播煤机，使汽压基本稳定。值得庆幸的是，暴雨来得快去得也快，当一切恢复平静后，职工相互看着对方的大花脸，不禁都开心地笑了。

39 站烧的是中煤。说到中煤，这是枣庄矿务局八一煤矿洗选厂的副产品，中煤挥发分低，灰分高，发热量低（中煤发热量为 4102 千卡），而且颗粒小，黏度大，易结焦。运行人员对锅炉进行了技术改进，摸索试验出了一套较好燃烧中煤的方法，按中煤价格每吨比原煤低 17 元左右计算，仅 1979 年一年，就节约燃煤款 35 万余元。

39 站在鲁化发电 10 年，鲁化领导对电站有这样的评价：列电的职工队伍是一支具有"铁人精神"的职工队伍，没有列电支援，就没有鲁化跨进全国大化肥先进行列的好成绩。1979 年，39 站被评为全国电力工业大庆式企业。

从保定到海宁

文 / 佟继业

佟继业

1977 年秋天，25 站自山西朔县返保定基地大修。根据列电局的指令，24、25 站两台机组进行两机合并改造，原电站人员分别被安排到保定基地和其他电站。这时候，第 60 列车电站正在保定基地制造安装，25 站大约有几十人被分配到该站，我就是成员之一。

60 站准备调东北双城发电。列电局计划在那里建立东北列电基地，但是一直没有得到当地政府的审核通过。据说为了加快基地的建设进程，局领导采取迂回战略，决定以 60 站参加当地经济建设的方式，先行开展东北基地的筹建工作。当时，60站的领导就是按照基地领导班子架构配置的：书记兼厂长于振声、副厂长李绍文、王维先、刘万山、李树生。电站在保定筹建时，日常工作基本上是由李绍文主持。

1979 年 2 月，60 站机组在保定基地通过 72 小时试运行，正式移交给 60 站人员管理。随即，电站开始了东北基地筹建的相关工作。

我参加的第一项任务，是与电站十几个人一起来到了天津汉沽 57 站的原驻地，拆钢轨运往东北。列车电站基地建设离不开铁路钢轨，可当时国家正处于改革开放初期，百业待举，各种基建物资缺乏，东北基地建厂所需的钢轨一直没有着落。恰好 57 站完成在汉沽化工厂的发电任务调出天津，甲方准备把电站铁路专用线拆除。得知消息后，60 站的领导急忙通过 57 站联系上汉沽化工厂，说明了情况，希望能把这批钢轨处理给我们。于是，化工厂将这批属于报废的钢轨全部无偿支援给列电局。60 站一行人在副厂长刘万山的带领下，从保定一路奔波来到汉沽化工厂。

记不清那天是住在厂里的什么地方了，只记得我们十几个人挤睡在一个大房间里，床和床之间离得很近，不知什么原因房间里晚上连照明用电都没有。虽然如此，大伙儿仍然挺兴奋，摸着黑躺在床上摆起了龙门阵，聊着聊着不知不觉就进入了梦乡。

第二天一大早，刘厂长就带领我们来到现场。粗略看去专用线大概有数百米长，向远处延伸，薄雾朦胧中看不见尽头。脚下有很长一段钢轨已经拆下来了，散放在路基上及两旁。刘厂长巡视了一下现场，站在路基上三言两语给大家分配完工作，自己就身先士卒抄起家伙干了起来。大家撸胳膊挽袖子，撬道钉的撬道钉，抬钢轨的抬钢轨，边喊号子边干，一直干到傍黑时分才收工。几天工夫，活儿就干完了。看着一垛垛整整齐齐的钢轨，堆放在路基旁，我们心中一股豪气油然而生。

任务圆满完成回到保定基地后不久，站里一部分单身年轻职工被派到东北基地参与筹建工作，留在保定的人员主要任务是学习，等待发令奔赴东北。

没过多久，相关政府部门批准了建立东北列电基地，这样一来，60 站去双城暗度陈仓筹建东北基地就没有必要了，何去何从成为悬念。1980 年春，有了调迁消息。据说是李绍文厂长到北京出差，在局领导办公桌上看到了浙江省电力局请求派遣电站到海宁发电的文件，他捷足先登，主动要求 60 站前往发电。结果如愿以偿。到了 4 月份，水电部正式调令下来了，电站的工作重点开始转向机组调迁前的准备。

1980 年 6 月，60 站准备开拔。我脱下一身油污的工作服，扔进修配车厢，锁上车厢的门，一步三回头地离开了基地厂区，离开了在这里居住了三年之久的列电单身楼，又一次告别了我的父母，告别了保定——我的故乡。

我们首批人员先期来到了浙江海宁。因为主车还没有到，所以我们暂时住在县招待所。6 月份，江南进入了特有的梅雨季节。南方的土地黏性非常大，走在上面每一步都要使劲把脚拔起来，走不好就是一跤。衣服湿了几天也不干，再脏也不敢洗，因为洗了也没地方晾，晾也干不了。我们机组安装比较及时，抢在这梅雨到来之前已经完成安装，顺利并网发电了。

电站的生活区是一个窄长的独立小院，东西纵向排列着一栋单身楼和一栋家属楼。小院东面不远是沪杭铁路，院墙西面和北面都是稻田，南面与粮库为邻，有门相通。粮库南面是条河，每天一船船的粮食通过这条河运进运出。为了丰富职工的业余生活，电站人"螺蛳壳里做道场"，在小院里支起了两个篮球架子，虽然场地宽度过窄不够标准，但还是吸引了很多篮球爱好者。最积极的要数我们锅炉的小伙子，每天吃完晚饭就来到球场，一边拍球一边扯着喉咙朝家属楼上大喊，挨个点着球员的名字。我家住二楼，阳台正对着篮球场，每当听见喊声就端着饭碗走到阳台上应答一声，然后三口两口扒拉完碗里的米饭就冲下楼去。电站的步同龙书记曾经也是篮球场上的一员骁将，现在虽然年纪大了，可热情不减当年，我们在楼下奔跑争抢，他站在自家的阳台上观战助威，偶尔还跑下楼来要过裁判手中的哨子，亲自为我们吹上一场。

转眼就到了1981年。根据浙江省电力局的要求，60站正式退出电网停止发电，华东列电基地辖区内的多台机组也相继停机，电站租金收入大幅度减少。华东基地领导及时调整部署，在华东管区大力提倡找米下锅主动创收。60站领导抓住海宁民营企业蓬勃发展的有利时机，主动与县经委联系，对接寻找市场，组织了以李昌珍为队长，锅炉工段为主力的电站安装队，开始了小锅炉安装的工作。我们接受的第一个工程是海宁一个校办工厂的低压供热快装锅炉的安装项目。

清晨6点，我们全体队员就都按时到达了电站办公楼下的场地上，清点完人数，整理好携带的工具，在队长的带领下依次登上一艘水泥船。刚刚坐稳，船老大一声喝叫："坐好，开船啦!"在轰隆隆一阵马达声中，我们很快到达工地。甲方单位对我们这支队伍还是相当重视，我们刚下船就被领到食堂吃早餐。

头一天我们一直干到晚上9点才收工。第二天下午，安装工作全部结束，并且顺利通过了各项试验检测，甲方比较满意。第一次承包工程能够顺利竣工大家都很高兴，我们排着队轮流向队长李昌珍敬酒。李师傅是延边朝鲜族人，生性豪爽，酒量大，技术更是一流。此时是来者不拒，杯杯见底。我们相互之间也是你一杯我一杯，有的甚至撸起袖子猜起拳来。

1982年夏天，列电局撤销编制的通知下来了，60站人又面临一次新的选择。我和白建立、顾文华、翁文泉等7人通过与53站几位浙江籍人员对调来到了江苏镇江。1985年随53站整体调入华东基地，开始了新的人生里程。

如今退休多年的我已是古稀之人，但是每当闲暇之时，总爱凭栏望月，看这月弯如钩，月色如银，不免回想起海宁的岁月，耳边又回响起那曾经引起我无数遐想的吱吱哑哑的摇橹声。

让团徽在列电精神中闪光

文 / 董超力

我们走进 55 站

1971 年 8 月，一群来自中条山脚下的年轻人，陆续来到垣曲县刘章大院报到，成为第 55 列车电站建站后的首批学员。55 站是 1971 年 1 月初，肩负着支援铜矿建设的使命，奉命到达中条山有色金属公司动力厂安营扎寨的。旋即安装调试，投产发电，强大的电能瞬间送到了盼电急切的铜矿。

培训结束后，我们 40 多个大姑娘小伙子大多数人被分配到汽机、锅炉、电气三大工段。岗位确定后，我们按电站要求立即与师傅签订师徒协议，然后开始了昼夜三班倒的运行值班。

有人这样形容：电气三根线，汽机三千转，锅炉黑脸蛋。从中不难看出各专业工作的特点。还有一句顺口溜：远看像拾破烂的，近看原来是列电的。这是艰苦奋斗的列电人几分诙谐的自画像。我们身为列电人还是很骄傲的，更想为这个"家"的美好未来多出一把力气。

第一届团支部

电站的青年人多了，有色金属公司动力厂团委批准成立了 55 站第一届团支部。书记是来自北京的女知青张宝仙，她在插队期间就入了党。支委是潘秋元、闫立兵。1972 年

董超力

5月，团支部又增补我为支部文体委员、于晓明为宣传委员，潘秋元为支部副书记。

动力厂团委的活动，55站团支部总是走在前头。篮球赛是电站经常开展的活动，一说有比赛，师傅们和这帮小伙子就摩拳擦掌。场上打得精彩，场下加油声不断。在有色金属公司循环比赛中我们得了第二名，轰动了整个中条山。真是打出了列电人的威风，列电人的精气神。

为了让篮球队有个好的训练环境，我们在得到厂长刘万山、书记贾臣太的支持后，完全利用业余时间，组织青年人拉肩扛，填沟铺地。没多少日子，一个崭新的灯光球场就展现在高高的刘章大院，成为整个中条山为数不多的灯光篮球场之一。晚上4个一千瓦碘钨灯一合闸，立刻照亮大院上空。电站的年轻人及单身汉纷纷上场，来一场热身比赛，家属和老师傅们抱着孩子也来看，一片欢声笑语。

电站有各种乐器、棋类等，供大家娱乐、学习，好多师傅是这方面的行家。宣传板报定期更换，既有时事政治，也有本站的好人好事。北京女知青黄健群气质文雅，爱好文学，板书也好，始终是办黑板报的主力。爱唱歌的团员卢建军，每每总爱高歌几下子，展示一下湖南民歌手的风范。团支部还参与组织了两次元旦文艺晚会，每个运行班组都出节目，几乎人人上场，自编自演的节目尤其受欢迎。

团支部在长钢

1976年6月，55站调往长治钢铁厂。对于我们年轻人，体验一下调迁的感觉，换个地方转转既新鲜又兴奋。初到长钢，条件还比较差，电站厂区、生活区正在建设，大家难得休闲些日子。我们临时住在长钢厂区外围一个二层小楼里，相当拥挤。

不久，团支部书记张宝仙和副书记潘秋元，都因年龄大了而卸去了书记和副书记职务。团支部重新改选，我成为新一届团支部书记兼文体委员，闫立兵为副书记兼组织委员。

1977年，先是参加了长钢团委组织的"五四大合唱"歌咏比赛，我们拿到了第3名。为了保持篮球这个传统运动优势，团支部又向厂领导请缨，获准在厂区与宿舍区中间空闲地带，再造一个灯光篮球场。消息一出，电站的小伙子们又来劲了，纷纷自告奋勇几乎全都参与进来，就连姑娘们也不甘落后。大家利用业余时间，没几天场地就建好了，晚间的灯光球场真叫个亮，又是一派欢腾。当年，就在长钢职工篮球联赛上夺得了好名次。

1978年，我们又参加了长钢春季运动会。由于我们组织有力准备充分，参加的年轻人格外卖劲，不仅参加报名的人多、项目全，而且好多单个项目成绩优秀。最精彩的是5公里团体武装越野赛，人数多，负重大。电站最终获得团体总分第3名，把有上千人的其他分厂都比下去了，又一次名扬长钢。当年，团支部在"五四"青年节被长钢团委评为"先进团支部"。我还代表电站参加了长钢的"团代会"。

在秦岭脚下告别

1979年夏天，55站又要调迁了，这次是返回西北基地大修。刚刚熟悉了晋东南小米的味道，现在又要离开了。

电站领导决定由我任押车小组组长。成员有卢建军、张树华、王文秀、原录祥，基地还派了一位车检员参加。以往押车负责人大都是有经验的老师傅担任，这是领导对我们年轻人的信任和考验吧。

我们几个人做了充分的准备。除了联系铁路车检进行行走部分详细检查外，押运人员在车上的基本生活用品也是要准备的，包括米、面、油和大水缸等。

55站团支部在宝鸡鸡峰山组织团员青年活动。

列车终于开动了，一路南行，快到洛阳前边一个小站时，随车车检员发现汽机车厢下边一个轮轴发热，就赶紧联系铁路方面处理。总之一路上心老悬着，唯恐出问题。

这天早上醒来，突然发现列车已经甩到宝鸡基地厂内专用线了。掐指一算，在铁路上已经颠簸了半个月。粮草也几乎用完了，身上也长满了痱子，一个个特别疲惫，但押运任务总算是圆满完成，列车和人员完好无损到达基地。

基地就是我们的家，回到家的感觉就是好。厂房大，人多，视野宽，特别是年轻人不少，看到谁都觉得挺顺眼的。最早接触的是基地团委书记孟庆荣和团干部陈德伦，他们亲和力强，人很好。团支部的大事小情给了不少方便，没少帮衬。

为继续保持电站篮球队良好状态，队员们早晨经常到渭河边上跑步，好像还要在基地再现辉煌似的。真是功夫不负有心人，在基地组织的篮球联赛中成绩不错，又在宝鸡金台区比赛时获得第 3 名。后来在参加基地团委组织的秦岭鸡公山爬山比赛活动中，我们电站团员青年团结一致，互帮互助，不仅取得好成绩，而且我们的山顶集体野炊也搞得十分热闹，成为亮点。

1980 年，改革开放的步子已经迈开，到处一派新气象。"五四"青年节宝鸡市团委组织大合唱比赛，基地合唱队有了 55 站的加入，也好像劲头更大了。当时服装还有点保守，在我的建议下，姑娘们全部换上连衣裙，小伙子系上领带，真叫个精神呀！合唱队在大礼堂舞台一亮相，就获得满堂喝彩，成绩是第 3 名。

时针进入 1981 年下半年，随着列电局的深入调整，55 站正式并入西北基地，团员青年也入册各车间的团支部。当年从中条山走出来的这群年轻人，有不少陆续告别秦岭，告别熟悉的列电生涯，奔向了新的地方新的人生……

1982 年 9 月，电站无偿调拨给内蒙古扎赉诺尔矿务局，最后又落地到河北获鹿县水泥厂。至此，55 站完成了它光荣的历史使命，但这并不意味着列电精神的消逝。我们更不敢忘记，曾有一颗年轻的团徽为她助力，为她加油，为她增光！

一场事故一生坎坷

文 / 原世久

最近，因列电史志编撰的需要，我回忆整理了第 6 列车电站职工名册。当每个名字从我笔下经过时，熟悉的面孔就浮现在眼前，音容笑貌历历在目。当曹正坤的名字出现时，我不由地回忆起为他落实政策的往事。虽然已经过去 39 年，但是，他的不幸遭遇仍然难以忘却。

我与曹正坤师傅并没有共过事，我进厂时他早已离开电站，但他的名字我们都很熟悉。当年 6 站每次搞安全教育，往往引用曹正坤的事故案例，那次事故全站人都耳熟能详。

曹正坤来自淮南八公山发电厂，从该电厂调来一批人支援列电建设。以他们为主，组建了 6 站。

1958 年，6 站在河南平顶山煤矿发电，甲方是平顶山矿务局。6 站是煤矿的唯一电源，煤矿是供电的"一级用户"。保障煤矿安全生产，电站责任重大。一旦无故停电，会给矿区造成严重后果。因此，工作中大家都十分谨慎，生怕造成事故影响供电。曹正坤是吊车工，电站的电动坦克吊车由他和吴师傅负责。

事故发生在 1958 年 9 月 15 日。吴师傅操作吊车正准备起吊一个设备，曹师傅在车下负责挂绳。吴师傅开车前检查，发现吊车有问题，不能正常运转，马上喊来电气人员修理。电气师傅爬上吊车检

原世久

查后，判断是电气故障，需要断开吊车电源才能修理。电源插头就在电气车厢下面，本来是应该由他亲自去把电缆插头拔开。但是，他还得从吊车上爬下爬上，比较麻烦。见曹正坤就站在电缆插头附近，他便让曹正坤帮忙，说："给我把电气车厢下左边第一个电缆插头拔开。"曹本不情愿，不是自己的活，但碍于情面还是去了。结果他把左右给搞反了，将右边第一个电缆插头拔掉了。霎时间，插座冒出一股火花，发电机电压为零，所有照明灯全灭，电动设备全部停转，锅炉安全门全部起跳。

曹正坤误把励磁机至电气车厢发电机控制屏上磁场变阻器的连接电缆插头拔掉了，使发电机失磁停止发电，负荷全部甩掉，连厂用电都没有保住，延误了恢复时间，造成停电事故。矿井断电，事情非同小可，不一会，矿务局领导和矿保卫科人员就匆匆赶到。要求尽快恢复供电，查明事故原因，追究事故责任人。

曹正坤当场被带走，交给司法部门审查。最后以破坏生产罪被拘捕。为此，他被电站除名。在他拘押期间，妻子与他分手，带着孩子离去。事发半年后，经平顶山市检察院审查，认为曹正坤犯事不够量刑，他被释放。这时候已是1959年春天，6站离开了平顶山，调迁到广东茂名。恢复自由的曹正坤举目无亲，只好还去原地找电站，但看到的只是两条冰冷的铁轨和一片空地，电站已经不知去向。

曹正坤是个大字不识的文盲，找不到电站，只能回老家淮南。但他身无分文，别说买车票，连饭都吃不上。不像现在，到处可以打工挣钱吃饭。那时，正赶上困难时期。只好沿路乞讨，朝家的方向，边走边打听，吃尽了苦头，走了近两个月才找到家。回家后，因有被劳改过的污点，20多年来一直找不到正式工作，仅靠捡拾破烂、打零工艰难度日。

1979年，全国开展落实政策工作，对"文革"中或之前一些冤假错案平反昭雪，落实政策。孙旭文厂长和宋智副厂长对这项工作十分重视，把曹正坤的案子作为落实政策的重点之一，进行审查甄别。还抽调专人组成落实政策专案组，专门办理此事。我参与了这项工作。

为了给曹正坤师傅落实政策，我们还费了不少劲。因为事情已经过去20多年，经办过的领导和当事人都已调走，连他本人的去向都不知。为此，我们专案组去平顶山、北京、淮南等多地搞外调，查阅档案资料，找了解情况的人写证明材料。

记得是1979年八九月份的一天，我和王恩余师傅来到淮南市，经多方查找，终于在淮南市的一个棚户区，找到了曹正坤师傅的家。这是一个用拣来的半头砖和泥巴自己垒砌的小"窝"，说房不像房，说窝棚又比窝棚强些，一人来高，屋顶是用棍棒茅草泥巴搭苫的。窝内家徒四壁，一个墙角是垒砌的灶台，一个墙角堆着几个纸箱，另一个墙角摆着一个上下铺床，上边女儿睡，下边老两口睡。

原来，曹师傅又找了一个老伴，也是捡破烂的，还收养了个女孩，已经上初中。进屋后，我们自我介绍，说明来意。曹师傅先是喜出望外，转而感激涕零，倒不完 21 年来心中的辛酸和苦水……听得人很心酸。

经过多方调查了解，终于查明了事情的原委。回来详细地向电站领导做了汇报。根据领导意见，本着既对本人负责又对组织负责的态度，整理成材料，经电站党支部研究，拿出了处理意见。认为：那次停电事故确实属于工作失误所致，曹正坤同志没有主观故意破坏生产的动机，而且也没有造成太大的经济损失和严重后果，"故意破坏生产"的结论实属不适当。

经报列车电业局批准，给曹正坤同志落实政策，恢复名誉，招回电站重新安排工作，还按国家规定给予了经济补偿……

1979 年底，曹师傅终于又回到电站上班。他十分激动，把对党和组织的感激之情都融入在工作中，干得十分起劲。1981 年，因为曹师傅实在放心不下家中无依无靠的老伴和孩子，根据本人要求，电站给予照顾，办理了工作调动手续，又调回淮南市工作。从此，我也与曹师傅失去了联系。

列电局最后一台列车电站

口述 / 李家骅　整理 / 周密

李家骅

　　1979 年 7 月，第 30 列车电站正在伊春发电，我接到列车电业局调令，调我到无锡筹建第 62 列车电站，任电站副厂长。随即，我只身来到了无锡。

　　原 56 站厂长马海明，同期被任命为 62 站厂长。他之前一直借调在局基建科工作，在我接调令之前，他已经在做建站的相关事情。选定厂址后，基建、电站安装等工作已经展开，并从 56 站抽出来几名技术骨干参加筹建。他们来无锡比我稍早。马海明厂长、汽机工段长袁光煜及韩承宝、周伯泉等暂住在江苏电力局招待所。司机李中苏与同伴从列电局接了一辆北京 130 新车，从北京一路开到了无锡。由 56 站、14 站抽调来的人员，加之从电校分配来一些毕业学生，这三部分人组成了 62 站基本队伍。

　　我们的甲方是无锡市经委。不知情况的人，见我们占无锡市太湖耐火材料厂的地方，误以为我们与该厂是甲乙方关系，其实不然。太湖耐火材料厂是个有 2000 余名职工的大型企业，或许缘于生产有污染，当年建在无锡市郊外，在老城区的东南边，守着京沪线和伯渎运河码头。站在厂里，可以看到京沪线上奔跑的火车。至关重要的是，这个厂有条铁路专用线，这是列车电站停靠发电的硬性条件。于是，无锡市经委就借用了该厂一小块地方，又在相邻的运河地段征了两亩地，这就基本满足了电站发电需要。当年写通信地址要很长一串字：江苏省无锡市南门外锡甘路口太湖耐火材料厂

62列车发电站。如果要说列电与太湖耐火材料厂有联系的话，那就是电站职工都在该厂食堂吃饭。另外，无锡市经委没有党委，电站党组织关系放到了太湖耐火材料厂主管上级无锡冶金局。

我到无锡的时候，大约在7月底，厂房和宿舍还没有建好。我们住在耐火材料厂的招待所里，前期到达无锡的人，也从省电力局招待所转移到这里。主要是几个技术负责人及财务、材料管理人员。记得有从56站来的生技组长徐慰国、汽机技术员范茂凯、财务刘治英，以及材料李文玲、桑诚斌等人。马厂长带着几个人忙于外面的业务，成天来回跑。另一些人如袁光煜等去了西北基地，制作工具箱等。

值得一提的是，原在列电局机关工作的丁树敏，离开列电局调到了无锡供电局宜兴张渚电厂任副厂长，62站调迁无锡时，他以甲方无锡市经委的身份与我们接洽。曾是列电人，我们沟通自然少了许多障碍，合作很愉快。我们发电后，他们依然留在这里，筹划再搞一台6000千瓦电站。曾经想把伊春的30站搞来。后来把西北基地库存的一套6000千瓦机组买来了，准备在62站旁边安装，但种种原因没有搞成，设备被无锡双河尖热电厂拿去了。当时，我们与丁树敏虽不是一家，但却亲如一家。62站归地方后，他进入电站担任了副厂长，名副其实地成为一家人。当然，这都是后话了。

两三个月后，电站工人陆续到来，11月份，我回伊春把家属也接来无锡。起初，电站职工暂时借住在太湖耐火材料提供的宿舍。大约到了来年秋季，电站的6层宿舍楼建好，双职工及带家属的职工全都入住进去。在厂区还建了一栋三层办公楼，一层做机修间、试验室、仓库等，办公室在二楼，电站的单身汉们都住在三楼。

62站由西北基地负责安装，基地的安装队伍先期到达无锡，我们来时，安装工作已经开始。这支队伍有三四十人，由宋加林带队，他是从淮南来列电的，我也是，自然很熟悉。他们没有住厂招待所，借住在当地工程五队的工房里。在西北基地安装的两台锅炉车也早已抵达厂区，停在专用线上。汽轮机、发电机和水处理等设备没有装在台车上，就地安装在新建的简易厂房内。

列车电业局组建的最后一台列车电站为何没有安装在车辆上，据说原因有两个：一是当时大同车辆厂任务多，无法及时造出车辆来供给我们，只有两台锅炉安装在了车辆上；另一个原因是无锡用电比较急，经济上得比较快，电力缺口突出，市经委要求尽早发电。经双方商议，62站发电设备就地安装。

为此，建造了简易厂房，大约有二百多平方米，房顶子只盖一层石棉瓦。

厂房里浇筑了若干高低不一的水泥台，汽轮机、凝结器等设备各据其位，安顿在较高的水泥台上，水处理等设备撂在较低的水泥台上。临近运河，电站冷却水塔也省去了，直接取运河的水，采用一次循环方式。厂房里建了一个集控室，机、锅、电运行人员集中在这间房子里。列电局最后安装的这台列车电站，实质上已不再是可移动的列车电站了，与固定发电厂没有多大区别，称之为列车电站显然徒有其名。

1979 年底，电站设备安装工作基本完成，调试工作放到了第二年。1980年 4 月底，电站调试完成，开始正式发电。有资料记载，直到 1981 年 6 月电站才并网，这期间发送电情况一时也想不明白了，总之，无锡急需用电是切切实实的。自发电后，电站发电一直比较稳定，没有发生过重大的生产事故。当地主要是工业用电，我们发电根据用电负荷情况进行调整，一般到晚间没有企业生产的时候，就不送或少送点。到后来，我们归地方后，要求电站单独成本核算，我们晚上干脆就停机了，早上再开做调峰用。

62 站职工相对比较少，只有七十几个人。电站只有两台锅炉，运行人员相对较少，机、电、锅采取集控方式，集控室里 7 个人就可以值守电站运行了（其中 3 个锅炉、2 个汽机、2 个电气运行人员）。厂房外的两台锅炉采用水冲除灰，也节省了人工。煤灰沉淀在厂房外的水池里，到时候，当地人开上吊车，将池里的煤灰用抓斗抓上船，顺水路运走了。煤灰很抢手，包括除尘器的小灰及炉碴，当地人争着购买，拉回去再利用。锅炉上煤用皮带机传输，我们的人开装载机运煤，只雇了两个临时工看机器。总之，各方面人工比较少。

1982 年 10 月，列电局撤销前，将 62 站划归给无锡市，人员大部分自愿留在了无锡，无锡也同意接收电站职工。个别职工离开无锡回到原籍。电站在归地方时，曾短暂更名为太湖耐火材料厂列车发电分厂，但实际上，电站各方面没有纳入该厂管理和领导，依然归属无锡市经委，正式名称为无锡市列车发电厂。我和马厂长职务没变，继续负责列车发电厂发电。这时候丁树敏正式加入进来，任副厂长。后来，市经委成立了电力公司，将无锡双河尖热电厂和我们列车发电厂纳入公司管理。

1989 年，列电停下来以后，汽轮机和发电机被拆移到了无锡双河尖热电厂，锅炉车厢报废了。随后，地方派来了一位书记，电力公司准备搞产品制造，我不懂制造，提出了辞职。1991 年，我办理了停薪留职，出去又搞发电去了。

几十年过去了，那个太湖耐火材料厂早已关门，列车电业局最后一台没有"腿脚"的第 62 列车电站，却存留在记忆里。

我的列电情结

口述 / 范桂芳　整理 / 韩光辉

范桂芳

　　我是 1950 年参加工作的，那年我 14 岁，就读于长春二中。我们这些青年响应"抗美援朝，保家卫国"的号召，参加了中国人民解放军。1950 年的 12 月 16 日到沈阳进行培训。参军后，接受的第一个任务就是炒高粱米，我跟着大哥哥、大姐姐后面忙来忙去。要知道，当时我们的志愿军就是一把炒米、一把雪在朝鲜前线浴血奋战。复员后，我先后在东北电管局、哈尔滨电业局，以及列车电业局的第 1、10、21、34 等电站工作。34 站在山东德州时我任副指导员，1980 年任厂长。跟随 34 站一路奔波，先后到过山东德州、河北衡水、牡丹江柴河、呼伦贝尔大雁……在我记忆的年轮里，印象最深、工作环境最苦、最恶劣的就是在大雁的半年时间。

　　34 站是 1982 年的 1 月份从牡丹江的柴河开到大雁的，任务是为大雁矿务局发电。大雁矿务局地处内蒙古呼伦贝尔盟鄂温克族自治旗境内。我是东北人，寒冷对我来说已经是习以为常的事了，可到了大雁我才知道什么叫真冷。举个例子说吧，凡去过东北的人都知道火墙，那是东北人冬季采暖必备的，有了火墙就有了温暖。可在大雁，这种情况迥然不同，当你面对火墙时，脸被烤得炙热，后背却在结冰，这毫不夸张。

　　在我们到达大雁矿务局之前，当地已经为我们建好了住房。由于房子刚建成，还很潮湿，墙壁全是一层薄冰。尽管有火墙，可进到屋里还是如同进入了冰窖。有的宿舍墙壁和地面全是冰碴，根本就无法入住。

1月份是内蒙古最冷的季节，气温在零下四十七八摄氏度。在荒芜的草原上，能看到的全是皑皑白雪，平均有半米多深，积雪最深处能达到一米。呼啸的冷风卷着雪片漫天飞舞，打在脸上就如同刀子割肉般疼痛。天地白雪茫茫，根本无法辨清方向。大雁的风刮得厉害，风力大，要把人刮到天上去。

我们的驻地距电站并不算太远，但由于积雪厚，风力大，从驻地到电站要走上半个小时。刚到大雁时，就听当地人说曾有人被风刮得迷失了方向被冻死的事。我们上运行是三班三运转，每班工作8小时。每次上班下班，都要把人召集齐，点好名，前后照应，怕的就是有职工迷失方向走丢了。到了宿舍或工作地还要点名报数，确保人员安全。尤其冬天，我们这些女职工上下班走路更是困难。个个穿着棉衣棉裤，戴着皮帽捂着围巾，就露两只眼睛看路。踩着半米多深的积雪行进，经常是一只脚踩下去，另一只脚拔不出来。很多时候都是男职工把我们女职工从雪地里硬拉出来，有时候甚至是两个大男人架着我们前行。现在看电视演内蒙古边防战士巡逻时一脚深一脚浅地蹒跚行进，我脑海里立马便出现我们在大雁时的情形，简直就是一模一样的。

我们34站调迁到这里的任务就是为大雁矿务局发供电，当时的矿务局电量供应严重不足，盼星星盼月亮般地盼着我们到来，提早供电。所以我们电站一进驻地，定好位后便开始了紧张的组装工作。

34站在柴河时有70余名职工，由于地域和户口等很多种原因吧，迁往大雁时很多人没来，到达大雁的电站职工只有48人，也就是我们这48个人要以最快的速度对电站进行组装。职工们冒着零下40多摄氏度的低温开始了紧张的组装工作。极寒的天气下即使在有火墙的屋里都冷得哆嗦，更何况在荒郊野外作业，冻伤手脚是家常便饭。但我们电站职工有着优良的工作作风，在严寒中冒着风雪拼命工作。

由于这次发电工期紧、任务急，虽然环境最恶劣，但机组安装也最快。在天寒地冻外来水管经常结冻的情况下，电站从定好位开始安装到并网发电，共用了6天的时间，这在我们电站调迁安装历史上也创造了奇迹。更可喜的是，电站安装完成后，一次点火试车成功，正式投入发电。在我电站生涯中，环境最恶劣、条件最艰苦、劳动强度最大的就是大雁这半年。现在回想起来，依然感叹不已。

在我的人生里，还有一幕场景至今令我难以忘怀。记得那是1979年初春，当时电站在牡丹江柴河发电。那年，我老伴患病，在当地治疗无果，我于3月份陪着他来北京治疗，并于当月做了手术。老伴住院期间，季诚龙、刘冠三等局领导先后来医院看望我们，有关部门也为我们提供了很大帮助，这让我和老伴特别感动。然而，年根底下，寒冬季节，病魔还是夺走了他的生命。那年我43岁，带着两个孩子，当时真有种天塌下来的感觉。在列电局和同事们的帮助下，简单办理了老伴的丧事，将骨灰盒留在北京八宝山公墓，我们准备回牡丹江柴河电站。

还清楚地记得那是1980年的1月2日，我准备离京，带着两个孩子，坐公交车去火车站，局里得知，要派车送我们母子。我刚收拾好行李，局里派的车便进了招待所。我和孩子上了车，司机把车开出了招待所，但并没有直接去火车站。我正纳闷的时候，汽车开到了二里沟列电局宿舍门口停了下来。正疑惑时，看到一个中等身材的老者急匆匆地从生活区向我们这边走，一边走还一边提鞋，看样子很匆忙。等老者走近了，我认出来人的瞬间，激动得泪水模糊了双眼。

来人是参加过二万五千里长征的老红军、时任列电局局长的俞占鳌。俞局长上了车，司机才把车开上大路，向火车站方向驶去。原来俞局长了解到我家人的不幸，听说我要回柴河电站，特意嘱咐司机接到我们母子后到局宿舍停一下，他要亲自送我们去火车站。想想人家一个老革命、老红军，又是局长，亲自来送我，我这心里就像烧起了一盆火，暖得无法形容。俞局长对我表示慰问并让节哀，又问了今后的打算，有什么困难，有没有需要组织帮助解决的事……一路上俞局长说了很多关怀的话，直到把我们送到了火车站，看着我们进了站台。这一幕，深深印在我的脑海里。

其实，在这之前，我与俞局长还曾有过一次接触，让我很受教育。那是1977年春季，我们站在河北衡水准备调迁到黑龙江柴河林业局发电。职工家属的行李都打包等待调迁的时候，俞局长在俞振富同志陪同下，事前没有通知，就来电站检查工作。正值中午吃饭时，大家都措手不及，七凑八凑，把远道而来的领导叫到我家里一起简单吃了顿饭。领导吃完饭还给了我1斤粮票，3元钱。饭后，召开全厂职工大会，鼓励大家到祖国边远地区贡献力量。这件事似乎很普通，但对我的教育很大，一位长征老干部，吃家常便饭还掏腰包，付钱给粮票，令人敬佩，也对我产生了深远的影响。

现在每每和人聊起列车电站的事，心里还是难以平静。

朝气蓬勃的 54 列电

文 / 霍福岭

1969 年，列车电业局第 54 列车电站由西北基地安装组建，在十余年的发电历程中，这支特别能战斗、其乐融融的战斗集体，留下了许多难忘的故事和岁月影像。至今，我的相册里还保存着几张不知翻看过多少遍、已经泛黄的黑白照片，昔日列电火热的工作、生活场景，依然一幕幕浮现在眼前。

就从人工传送上煤讲起吧，这张黑白照片虽然不是太清晰，但令我印象深刻。

1980 年初春，54 站在江苏无锡县化肥厂发电。经过几个月的运行，吊车轨道地基出现了局部下沉，特别是 1 号锅炉位置，两条铁轨水平相差近 5 厘米，严重威胁吊车正常运行。为了确保吊车安全运行，铁路部门制定方案，组织抢修。抢修前，3 台锅炉煤仓全部上满煤，以保证在抢修期间发电用煤。抢修中发现，实际情况比预想的要复杂，原计划 3 个小时的抢修时间难以完成，须延长至 5 个小时。但是，煤仓里的储煤不够烧了，如果停炉保温减掉负荷，影响就大了。为确保机组正常运行，电站决定边抢修、边人工上煤。

全厂职工立即行动起来。科室人员放下手头工作来到煤场；当班人员每个岗位留守一人监盘，其他人员加入上煤行列。许多已经交班的职工，得知

霍福岭

人工上煤保发电。

消息后，也纷纷返回厂区。大家找来脸盆、水桶、簸箕、箩筐等各种工具，采取接力方法，组成一条人力"输煤线"。这支30多人、近50米的上煤队伍，由煤场延至车下，然后顺梯子到车顶，直至煤仓。经过近2个小时的紧张工作，一直坚持到铁轨抢修结束，吊车恢复工作而告终。这时候，在场的职工你看看我，我看看你，都如同刚出井的矿工，黑脸白牙，满脸煤灰。

3名工人一起抱着通条在车前操作的照片，是在清理冷凝器，也是拍摄于无锡，这里面同样有不少故事。电站在无锡县化肥厂发电时，采用一次循环供水。冷凝器直接使用运河水源作为冷却介质。由于抽水机龙头铁箅子只能挡住较大杂物，而小型杂物如体型较小的鱼、虾、蟹及植物碎屑无法过滤干净。日积月累，这些杂质会造成经常性的冷凝器铜管堵塞，影响冷凝器的正常运行，必须随时清理。按常规操作，一旦冷凝器堵塞，就需要停机处理，这样处理比较保险。但是，这样处理一方面影响正常发电，另一方面经常停、开机，会加大发电设备的损耗。我们根据冷凝器的内部构造特点，采取一半运行一半抢修的办法。在不停机、不减负荷的前提下，切换至一半循环运行，人工用钢条逐个捅开另一半堵塞的铜管，随后切换运行，再用同样的方法抢修另一半。这项工作工作量很大，是我们以前从没有遇到过的。在无锡发电的几年中，这样的工作已经形成常态。站友们毫无怨言，随时监测，一旦出现堵塞，不管刮风下雨，不管寒冬酷暑，争先恐后投入抢修。事情虽不大，但体现了列电人的工作精神和态度。

54站有一大特点，那就是年轻人多，有朝气、有干劲、好运动。电站结合这一特点，组织开展了多项文体活动，留下了很多当年职工参加体育活动的照片。

1969年，电站到贵州水城钢铁厂发电时，成立了一个篮球队。起初，只是练练身手，活动活动腿脚，但越玩越有兴趣，玩得有章有法，就开始与附近兄弟电站进行友谊比赛。后来队伍水平渐高，竟同有万人职工的水城钢铁厂球队同场竞技。队员们个个神采飞扬，博得观众喝彩和掌声。

1973年4月，54站调到山西大同矿务局中央机厂发电。除了篮球队以外，又陆续成立了乒乓球队和摔跤队。电站的乒乓球队有好几个高手，如：陈惠忠、陈云、徐学勤、梁涛等。参加有4000名职工的中央机厂组织的比赛，我们的球队一举拿下团体冠军。电站摔跤队也小有名气，夏松平参加大同市举办的摔跤比赛，荣获第二名。当年，有不少摔跤爱好者慕名到54站来，与夏师傅切磋摔跤技艺。

在大同发电时，我们站举办过两届田径运动会，这在其他电站并不多见。首届田径运动会是在1976年6月19日举办的，地点在宿舍区。全体职工对举办田径运动会积极性很高，都踊跃报名，特别是长跑项目，男女老少齐上阵，浩浩荡荡跑在厂区外面的公路上，吸引了不少观众鼓掌助威。外单位的人得知仅有百十号的单位举办运动会时，不禁竖

电站职工疏通凝结器。

起大拇指说不简单！

我们的运动会，像模像样，开幕式必不可少。以管理科室及工段为单位，列队在运动员进行曲中入场，还要集体列队表演广播体操，比赛完成后，还举行闭幕式和颁奖仪式。当日上运行的工人，待下班后，争先恐后地完成各自的比赛项目，场面紧张而热烈，全站上下如同沉浸在节日的氛围里。

电站职工运动会。

具体比赛事宜，由电站工会负责，工会积极分子参与组织赛事。比赛自然少不了传统的田径项目，如长跑、短跑、跳高、跳绳、跳远、三级跳远、铁饼、铅球。各项都设一、二、三等奖，个人名次记入所在部门的团体积分。全体职工既是运动员，也是观众，水平较高的就是裁判员。体育好的职工大显身手。跳高好手夏松平，不仅跳得高，而且姿势优美。三级跳远运动员王玉春，不仅是跳得远，空中飞跃也十分好看。扔铁饼好手马洪恩、张国祥，女子跳高好手黄桂茹，铅球好手王萍等都有出色表现。保定电校在54站实习的学生也都加入了各工段的代表队，不少同学获得了好名次，因他们的参与使得54站运动会更加精彩。

1979年9月，我们接令调迁到江苏无锡发电。调迁准备工作，安排周密详细，结果只用两天半时间就完成装车任务，当天连夜乘车直奔目的地。次日上午，当我最后离开中央机厂，向老朋友告别时，他们诧异地问："怎么没有见到职工，都干什么去了？"我告之，已去无锡了！他们异口同声地称赞，说你们真行！干什么都这么麻利！

54站在大同矿务局发电6年多，与中央机厂和睦相处，关系融洽。因此把54站的生活区亲切地称呼为"54列电"，至今这块区域已变成高层住宅区，仍然叫"54列电"。

我的列电五年三部曲

文 / 关明华

我的列电生涯比较短，仅有五年零两个月，但却是我人生的重要组成部分。在此期间，我经历了保定电校学生、32 站工人和管理员、武汉基地学大庆办公室干事 3 个阶段。其中每一阶段，都是我成长进步的重要阶梯，都是我 25 岁以后人生的坚实基础。

保定电校给我以人生支点

1974 年秋，19 岁的我走进培养了数千名列电人的保定电校，成为第二批"工农兵学员"，被编入汽轮机专业 7403 班。在校期间和毕业以后，常听到有人抱怨我们技工学校这个人生起点太低了，但我却始终不以为然。我觉得，保定电校虽然没能给我们撬动地球的支点，但却给了我们一个撬动自己人生命运的支点。

这一支点，由 6 大元素构成：

一是知识。我们入学时，基础课没课本，专业课没教材。我和海涛同学就给赵永民老师当助手，协助他编写《列车电站汽轮机调节及保护》等教材。就是在这样的条件下，我们照样学到知识，学到一些学习方法。有了这些方法，等于我们学会了捕鱼，只要找到有鱼的水域，还愁没鱼吃么？

关明华

二是见识。在校期间，我们分别去衡水8站、烟台49站、枣庄28站实习，见识了火电生产和输送，见识了列电这一特殊行业，见识了列电人的工作、学习和生活。当然，我们也见识了列电以外的世界。

三是能力。列电系统的特点要求每一位职工都必须一专多能、独立作战，电校为此设置了校内实习工厂，开办了钳工、车工、焊工等实习科目。电站实习，我们获得了发电设备运行的初步能力；自编教材，我们获得了克服困难的学习能力；校内实习，我们初步获得了自己动手的能力。

四是友谊。电校的同学情谊被时光洗礼过、沉淀过之后，更显出它的分量和难得。2006年和2016年的两次同届学友离校30周年、40周年纪念会上，大家的共同感觉是：电校难忘，师恩浩荡，同学情长！

五是精神。两年下来，勤俭节约、艰苦奋斗、不怕困难、坚忍不拔、积极乐观、团结友爱等品格，都已变成了我们的常态和习惯，更成为我们毕业后融入列电人队伍和传承列电精神的先期"热身"。

六是职业。电校给我们的这份列电工人职业，对于大多数来自农村的下乡知青、回乡知青、返乡退伍军人来说，是一个非同小可的人生转折，意味着很多人成为吃商品粮的城里人了。在当时的历史条件下，这是"鲤鱼跃龙门"性质的飞跃。

这还不够吗？一所条件简陋的技工学校，仅仅两年的短暂时光，居然能够给我们这么多。拿出我们人生中其他任何两年与电校两年相比，都很难再有如此厚重的收获。更为重要的是，难忘的电校生活在绝大多数同学心中都植下了宝贵的"列电精神"基因。

在32站当"火头军"的历练

1976年9月初，我们有10名同学被分配到在宜昌葛洲坝工地发电的32站。在那里，我度过了20个月的电站时光：上运行，搞检修，干基建，参加过大修，当过食堂管理员，在生技组、工会帮过忙，给基地工作组当过秘书。其中，最锻炼人、最难忘的，是当食堂管理员那半年。

1976年快到年底的一天，电站几名青工与甲方派来的食堂员工发生冲突，一名炊事员被打伤，导致炊事班集体罢工，全站职工和部分家属陷入无餐可就的窘迫境地，正常发供电生产也受到影响。当天晚上我接到通知，说电站蔡保根书记有事找我谈话。

当蔡书记说明要把食堂管理员的重担交给我时，我是又摇头又摆手，还列出太年轻、没经验、北方人、缺物资、非主业等理由。蔡书记肯定了我的能力和表现后，给我讲了一大堆道理。记得他有一句话确实打动了我："如果是在战场上，我要你往前冲，你还跟我谈条件、讲价钱吗？现在事情紧急，我们没时间再去挑选什么合适人选、做什么思想工作了。"

作者在 32 站期间制作的宣传墙。

谈话到这种程度，我还能说什么呢？只好硬着头皮答应下来，同时提出了只干 3 到 6 个月的要求。蔡书记看到我同意接手了，哪还管我的时间要求！他要我先干起来再说，第二天早上必须开饭。天啊，还有不到 10 个小时，一个炊事员都没有，我拿什么开饭啊？

32 站是参加过大庆石油会战的英雄电站，接受命令后创造条件完成任务是我的不二选择。我连夜向几位同学求援，请他们帮我先把第一顿早餐对付着开出去。早餐后，先安排人员准备午餐，我又赶紧去附近菜队联系买菜。就这样，我每天早上 4 点钟起床，一个人去厨房煮粥，然后请人帮忙蒸饭炒菜，以保证按时开餐。

这样临时抱佛脚肯定不是长久之计，我开始琢磨请几位炊事员归位。在慰问受伤炊事员时，我得知他们当中起核心作用的是年龄最大的贾师傅。打听到他住处后，便几次三番地去拜访他。在我的斡旋协调下，炊事班大约在停工一周后正式复工。

当时的副食品都是按人头凭票供应的，而且必须起早去排队。我隔一两天就要起一次大早，骑上自行车，顶着长江岸边的凛冽寒风，去排队购买冻肉、冻鱼。由于是冬季，蔬菜供应也不充足。我就翻过电站后面的山头，去生产队与菜农们套近乎，请他们直接送菜。

电站食堂不可能以营利为目的，但也不应该亏损。可在我接手之前，食堂的经营状态和亏空，已经成了电站负担和领导心病。我虽然没有经营经验，但成本核算、自负盈亏的道理还是懂的。我认真记好每一笔账，向炊事员和财务人员求教，很快就实现了收支平衡。

32站地处宜昌望洲岗的一片丘陵山凹中，厂区、生活区都有一些荒弃山坡地。那时业余生活匮乏，电站青年职工倒班休息后有较多空余时间。我想，如果将这二者结合起来，是可以在种植和养殖方面做些文章的。我的想法得到电站党政工团领导的高度重视和大力支持，责成副指导员丁元科和团支书周日光负责此事。

1977年春天，热火朝天的副业生产活动在厂区、生活区房前屋后展开，全站青年职工积极参与、献计出力。我又去找附近的菜农购买菜籽、菜苗，和丁元科师傅一起去葛洲坝工程局联系挖塘机械，和电站的机修师傅研究搭建猪舍，外出联系购买鱼苗、猪仔。

不久，菜地开出来了，菜苗、菜籽栽种上了；鱼塘挖好了，鱼苗放进去了；猪圈盖起来了，里面放养上猪仔了。先生产、后生活的大庆精神，在32站调迁到葛洲坝后再一次被发扬光大。

在没有节假日、休息日的忙碌中，半年转眼就过去了，我再次找到蔡保根书记要求回工段上运行。不久，武汉基地学大庆工作组来32站蹲点调研，电站领导委派我给工作组当专职秘书，直到1978年春节我回乡探亲。

在武汉基地学大庆办公室

曾经在全国工业战线开展的工业学大庆运动，自然是列电系统的一项重要工作，也是30年列电事业发展史上浓墨重彩的一笔。这不仅因为有多台列车电站参加过大庆石油会战，参与过创造大庆精神，更在于我们曾在全系统普遍地开展过这项活动。

1978年4月，我从32站调至武汉基地学大庆办公室。我们的主要工作任务有4方面：发现并总结管区各电站学大庆工作经验；帮助指导有条件的电站创建大庆式企业；对电站自查后申请创建大庆式企业的相关工作进行检查验收；汇总基地和代管电站的学大庆工作情况，上报给基地领导小组和列电局学大庆办公室。

武汉基地当时受列电局之命代管分布在华中、华南、华东3大区的20多台列车电站、船舶电站，我们学大庆办公室为了完成好前两项工作任务，要经常出差到各电站去，记得我跑过的电站就有十几个，有些电站还去过多次。

在这期间，我经历过两次大庆式企业验收活动，并直接参加了列电局与福建省电力局共同组建的联合验收团，验收 15 站和两个地方电力企业。

验收工作进行得很细致，从领导班子到职工队伍，从电站运行到检修维修，从设备台账到运行日志，从厂区生产到生活区管理，从职工精神风貌到环境卫生，都有逐条的记录和评定。验收团对 15 站学大庆的整体工作成果给予了充分肯定，同时也提出了一些具体整改意见，原则上通过"大庆式企业"验收，上报列车电业局与福建省电力局审批。

在武汉基地学大庆办公室的工作经历，使我对"列电精神"有了较多的认识和理解，也是我受"列电精神"浸润滋养较为集中的一段时间。1979 年底，我和爱人为了照顾家人调回黑龙江。至此，我完成了在电校、电站、基地的"列电三部曲"。

"现在，青春是用来奋斗的；将来，青春是用来回忆的。"我们用几十年的人生佐证了习近平主席的论断。当年的"列电生涯"，正值我们青春芳华，我们激情地奋斗了，奋斗得无愧无悔；今天，我们深情地回忆着，感恩于当年"列电生涯"拓宽了我们的人生阅历，丰富了我们的精神世界！

记录列电岁月

文／蒋立勇

蒋立勇

1972 年 12 月，东营水电指挥部以 923 厂名义（后改为胜利油田指挥部）从青岛招来 200 名学员。我作为学员之一，和众多伙伴乘青岛至南京的 224 次列车到张店，再转乘去东营的小火车。当年，东营还是个不很知名的地方，因开采胜利油田，东营才逐渐为人们熟知。

我和一部分人员分配到东营胜利油田会战水电指挥部。当年，列车电业局第 41 列车电站调迁到油田发电，属水电指挥部临时领导。当时有几位列电老师傅，调出电站去支援东营电厂建设，为此，组织上做了新老人员的相互对调。于是，我和兰鹏富、朱爱国、李玉华、张玉珍 5 人，分到了 41站。当然，分配缘由是后来得知的。我分配到电站锅炉工段，满怀豪情地这样笔记：决心在列电干一辈子，以报答党和毛主席的恩情。

当年 41 站党支部书记是黄耀津，崔树伦任副书记。我进站不久，很快就熟悉了电站工作，融入了这个团结友爱的集体，并光荣加入中国共产主义青年团。电站进行大修时，我这样记录工作场景：书记下车间，工人干得欢，段长不怕苦，师傅难不住，厂长来回忙，人们齐赞扬。那个时期，我写过《赞列电》的自由诗，今天读来虽显单纯稚嫩，但体现了当初那份对未来的憧憬和情怀：列车电站，游弋江山，何惧北国漫天风雪，哪怕南天雷雨闪电，似海鸥锤炼一身胆，像雄鹰飞翔身矫健。

我们来电站时，祝惠滨、叶经斌等十余名年轻人已稍早进站。本来就很活跃的 41 站，一下子增加了 17 名年轻的新学员，更是增加了活力。我们定期组织团员青年活动，组织篮球比赛，办黑板报，演出文艺节目，组织去峡山水库游泳等。印象最深的是，我们在来自北京电校霍宏伟师傅指导下，用锅炉废旧钢板，刨出槽沟，焊上平板，装上自己的皮鞋，就成了一双市面绝无仅有的速滑冰鞋。下班后，我们就在路过的河道冰面上，嬉笑打闹，自由滑行。

说起伙食，那更是让在东营油田工作的青岛老乡羡慕。因为列电工作人员有随车津贴，学徒工每月 6 元，转正后每月 12 元。那时的 6 元，基本是一个女生一个月的生活费了。我们每个月去当地用竹板搭起的唯一一座电影院（923 厂大礼堂简称竹板礼堂）看一场电影，那是很奢侈的享受了。

1974 年 9 月，我们电站转至东黄输油管线丈岭站发电。东黄线是从东营到黄岛的输油管道，沿途有 8 个加热加压站，电站发电是为保证原油在输送过程中保持一定的温度和压力。

列电大院东南角有一块空地，乱石遍地，杂草丛生。团支部发动全体青年，经过几天的努力，平整出一个标准的沙土篮球场，旁边还有一个单杠、一副双杠，这里成为我们年轻人主要的活动场所。

电站的师傅多数是从电校毕业的学生，在学校里都是学习的尖子、文体的好手。我们电站代表队每次参加水电指挥部的比赛，基本上都是前一二名。我和吴宏良、徐书元还选拔到水电指挥部篮球队，参加胜利油田指挥部整个油田企业的篮球比赛。

时任书记黄耀津和厂长王继福非常重视电站文体生活，专门为团支部配备了手风琴、小提琴、扬琴、萨克斯、京胡、二胡等器乐。我们经常举办自娱自乐的演出活动，节目有：快板、山东快书、相声、女生合唱、男生四重唱、小品和器乐演奏等。演出时，周边医院、公社、大队的群众，经常到列电大院看我们自排自演的节目。

电站是个小社会，政治生态和全国各地一样，紧跟形势搞宣传。大院一共有六块水泥抹的黑板，是单位的政治宣传阵地，我们团支部负责定期更换内容，抄写完主要的文章以后，如果黑板上还有空余的地方，就随机写一段打油诗填满，如《检修》《颂十一》《修篮球场》等。团支部还自办油印刊物《青年园地》，许多团员青年写的诗歌散文在这本刊物上发表。现在想起来，自己的写作能力和美术字，就是在 41 站曾经战斗过的、地图上很难找到的丈岭公社，逐渐自我加压锻炼起来的。

电站篮球运动员。

　　1978 年 3 月，我们在丈岭开始准备调迁工作。调令通知 41 站到湖北荆门
330 水泥厂（隶属宜昌 330 工程局）。荆门电力供应不足，经常造成停产，直
接影响了整个葛洲坝工程的水泥供应。5 月份，我们奔赴湖北荆门。因电站宿
舍没有盖好，职工住在荆门一个招待所。电站组织职工到宜昌参观葛洲坝，受
到工程浩大场面和宏伟远景规划的强烈震撼。

　　5 月 21 日，我们在荆门召开第一次职工代表大会，新上任的厂长蒋国平
讲话。6 月份，330 水泥厂召开欢迎大会，电站书记崔树伦代表党支部讲话，
保证"七一"向党的生日献礼。

　　电站安装是最紧张、繁忙的时候。吊车在与发电机组平行的轨道上，吊起
一个个大物件；解放牌汽车在水泥铺就的厂区装卸设备物资；专用车刨铣床的
车厢里，师傅在加工一个个零件；临时搭建的库房管理师傅，及时发放材料、
工具及检修用品；号子声、吆喝声和机器隆隆的轰鸣，就像一首此起彼伏的交
响乐章。

　　骄阳似火，焊花飞溅，闷热的炉膛里，泪花和汗水一会就湿透了衣衫；夜
晚降临，灯光如昼，总是最后才走的班组长，还在认真地巡回检查和清点。锅
炉点火，水质化验，汽轮机和发电机正常旋转，各个岗位电话信息不断传递，
按规章程序操作密切配合，机组终于为 330 水泥厂正常发供电。

　　330 水泥厂，距离县城 5 公里左右，北靠荆山山脉，南望俯瞰荆门县城。
一座山坡把东边的厂区和西边的生活区隔开。我们上下班必经一条长满马尾松

的山坡小道，雨天，还能捡到可口的松蘑和鲜美的地皮菜（一种食用菌）。列电人已经习惯在偏远的地区工作，享受大自然的美轮美奂。

我们经常在水泥厂的灯光球场比赛篮球，也代表330水泥厂篮球队参加整个工程局的篮球比赛，还代表荆门市队打过荆州地区的篮球比赛。我们组织团员青年每年3月份开展学雷锋月活动，在靠近生活区、水上公园的丁字路口边，给附近职工和群众义务理发、量体重、测血压、补脸盆等。在330水泥厂组织的全厂演出中，我们的演唱节目受到高度赞赏。

1981年1月4日，葛洲坝水利枢纽工程截流胜利合拢。

随着湖北整个电力紧张局面的缓解，电站发电指标不断减少，工作也逐渐轻松。虽然以后才知道1982年列电下放地方的文件，但当时不断有干部职工调走，人心惶惶。将近两年的时间，电站发电工作停止，人员轮流值班，同事工友开始联系外调找新的单位。剩余的人员，参加单位联系组织的外包工作。

1984年7月，水电部将41站调拨新疆哈密矿务局。当时来了几个哈密矿务局的接收人员，电站领导田同道让我负责押车去新疆。8月份，41站机组正式落地新疆哈密矿务局。8月10日，我在新疆哈密三道岭，也就是哈密矿务局所在地，与矿务局接收人员接洽后，向电站做了最后的道别。

1986年，原41站部分留守荆门的职工，终于耐心等到组织上的一纸调令。同年10月，我们离开工作生活了八年的湖北荆门。

摘录我当年的笔记，结尾这段记忆文字：曾记否？列车电站，国家建设排头兵，攻坚克险解忧难。万家灯火阑珊时，行装他乡篝火燃。聚散离别，已习惯。列电人，心无它念，生为华夏黄肤儿，应为寒母共分担。半生岁月回首望，高楼几块你我砖。笑亦坦然，了无憾！

在朱日和的大半年

文 / 冯士峰

冯士峰

1980 年 9 月，我们 33 站来到内蒙古朱日和。转眼已经 9 个月了。

这里，比之前想象的更为艰难。蔬菜极缺，品种单一，入冬时还能吃上圆包菜，春节一过就餐餐都是土豆了，不是土豆丝，就是土豆块。熬到五六月份，菠菜和韭菜才上市，但还是很难买到。偶尔来个卖小土杏的，竟要六角钱一斤。

职工和孩子们头疼脑热，一旦涉及化验、照片子，哪怕是拔个牙，都要跑到 175 公里外的集宁市医院去治疗。孩子们上学也是不易的，来回五六里的路，经常是顶着大风冒着严寒去学习。曾几次出现瞬间大风，站上紧急组织家长和不在班职工帮忙寻找孩子们。

这些困难，如果相比当地恶劣的气候条件，那就不值一提了。当地有个顺口溜，叫作"朱日和的风，从春刮到冬"对了，这里盛产大风。这风可不是人们常规想象的风，当地人称为"黄毛糊糊"和"白毛糊糊"。

先说说"黄毛糊糊"，这是指大家知晓但可能一辈子也没有遇到过的沙尘暴。

1981 年初春的一天，我们刚吃过午饭，几个人准备一起去接班。才出家门，刚刚还是风和日丽、晴空万里的天气，突然就变了。西北方向黄风滚滚而来，沙尘铺天盖地！几分钟后，大风像野马一样狂奔，瞬间天昏地暗，两米内看不清对方的身影。结伴而行的同事们，都想快速跑过去接班。我们顶着黄风前行，飞沙卷着走石，打在全副武装的脸上，风镜片上不时发出啪啪的响声，皮帽子、口罩、风镜都挡不住大风的穿透力，真是寒风刺骨呀！大家凭着方向感，听着发电机组的声音，手牵手或相互拽着衣襟，蹒跚前行。刚开始倒着走，后来都蹲在地上，干脆一步一步地向前爬行。只感觉出气憋得慌，头发蒙，七八百米的路竟然走了近半个小时。

等到了车上，才发现机组也好不到哪儿去。黄风来得又急又猛，根本来不及关闭全部的门窗，整个汽机车厢内积了一层厚厚的黄土。大家二话不说，纷纷出手，簸箕、笤帚一起上，你清我扫，又擦又墩，个把小时才见到汽轮机的原来模样。接班的两个同事脸上带伤，那是被大风刮得偏离了方向，碰到了电站圈的铁丝网上。

当初，我们调迁安装工作，也是赶上这"黄毛糊糊"盛行的季节，没几天人们脸上就起了一层白皮。不仅手上破裂了，嘴上也裂开了一道道血口子，不敢咧嘴笑，否则，嘴上的口子咧开就更难受了。气候虽然不好，安装工作却是提前完成了，而且还帮助甲方安装完成走台栏杆，安装外泵、挖排水沟，使机组提前进行了试运行。

33 站职工在内蒙古朱日和。

再说说"白毛糊糊",这指的就是冬季风雪交加的天气。寒冬,这里的气温降到零下 30 多摄氏度,西北风一刮就是五六级。要是再一连下几场雪,那是大风卷着积雪,漫天飞舞,天地皆白,连路都看不清。这里海拔高,出气感觉发憋,身上穿着大棉裤,裹着老羊皮袄,再顶着五六级的西北风,行走是极为艰难的。上班路上,就只能深一脚浅一脚艰难前行。

入冬以前,电站组织人员到兄弟电站学习防冻经验,回来后各工段都采取了防冻措施。可是由于经验不足,还是有一些管道和阀门冻住了。裸露在外面的排污管道、疏水管道、电缆头和一些阀门,更是说冻就冻住了。

为尽快解冻,保证电站正常运行,大家加强了巡回检查。经常是加班加点,砸冰消冻,维护设备。但由于当地水质较差,加上防冻吹冻管要用汽,汽水损失多,使除氧器水位很难保持在正常水平。为节约用汽,大家主动将室内暖气开得很小,只维持着不把设备冻坏,人的冷暖已不在大家的考虑之内。

还有冬季的水塔,也给我们增加了不少工作量。水塔两旁的冰一米多高,一米多宽,连车厢顶上都结了厚厚一层冰。塔内的冰柱顶着蜂窝纸,靠风口的一面常被冰封死。为了维持水塔的正常运行,要常常打冰。打冰时,一会儿手套和镐柄就冻在一起了,甚至手冻得发紫、麻木,失去了知觉。

经过大家的努力,电站如期投产,并实现了机组单机安全运行,经受住严寒冬季的考验,满足了甲方铜矿的用电需要。铜矿还扭转了因缺电造成经济亏损,取得了建矿以来超额完成生产任务的最好成绩。我们不畏困难、艰苦奋斗的精神,也感染了当地电厂和铜矿的工人们,他们说,人家列电工人干活有劲头、有技术,领导、工人一起干,真像个样!

列电轻骑兵,顶风冒雪,走南闯北,虽征途万里,但无怨无悔!

那年排演歌剧《江姐》

文 / 曾庆鑫

曾庆鑫

1971年9月，第39列车电站完成了在河北辛集的发电任务，调往山东鲁南化肥厂（简称鲁化）发电。鲁化是当时全国八大化肥厂之一，属三线企业，职工4000多人，其时正是刚刚投产阶段，用电缺口较大。

39站的干部职工急鲁化用电之所急，在确保安全稳定运行的基础上，积极对机组进行小改小革，努力节煤降耗，提高机组出力水平。"没有列电，就没有走在全国同行业前列的鲁化"，这是鲁化干群的一致好评。

赞誉是对39站各项工作的肯定，也衍生了鲁化和电站"一家人"的概念。不论是生产还是生活，甲乙方关系非常和谐。鲁化用化肥换来的米、面、鱼、肉等主副食品，都有电站职工的份。鲁化组织的文艺体育活动中，都活跃着电站职工的身影，并有着很好的成绩，表现了良好的道德风尚。

1978年3月，鲁化党委决定排演七场歌剧《江姐》，并邀请电站参与。电站领导经过考虑，抽出齐兴海、王兆金和我参加。他俩是乐手，我是演员。

50余人的剧组成立后，角色分工我本来是群众演员。但在排练中，饰演华为的演员的能力、形象等方面不大适应，给我塑造华为这一角色提供了机会。

总导演兼乐队指挥是鲁化厂工会文体部主任张广亮，青岛人。别看个头只有一米六，但文艺天赋及组织能力极强。我一试唱便得到了他的肯定，在以后的排练演出中也得到了他的很多帮助。

一出大戏筹备就绪，演员队、乐队、服装组、道具组、置景组等分工明确，各自展开了工作。排练场地就在鲁化礼堂，天气寒冷没有暖气，但大家的热情非常高涨。对台词，学唱段，都在张广亮的指挥下有条不紊地进行。

鲁化是一个人才济济的国有特大型企业，主要技术力量大多都是来自全国四面八方的化工企业，其中也不乏文艺人才。

江姐的饰演者孙希莲是部队子女，其演唱在音准、音色，技术、技巧等方面，都是专业歌唱演员的水平。尤其是她对歌曲的理解和接受能力很强，全剧共44曲，她的独唱、对唱、合唱曲就占了近一半，20多天的时间连同台词就全部拿下。

双枪老太婆的饰演者陈英，36岁，上海人，化工工程师。不论气质还是形象都有着满腹沧桑的感觉，既有上海人的精明又有和蔼可亲的实在。她总是在自己没戏的时候帮助别人，并时不时喜欢和我开开玩笑。"儿子过来，大白兔（糖）吃一颗（戏中的母子关系）"，并非要剥好糖放我嘴里，让人从心里往外感到温暖。

乐队司鼓王兆金是我们列电职工，一人操作几种打击乐，连导演都说王兆金师傅是半个指挥。他认真的态度、娴熟的打击乐能力，总是在每场排练的小结中受到表扬。

全剧组都在相互帮助、相互提高，人人不甘示弱，力争早日与观众见面。经过近两个月的紧张排练，第一次带妆彩排终于来到了。当大幕拉开，《川江号子》序曲响起时，演员们看着前来审查剧目的厂党委有关领导，心情都比较紧张。但大家都抱着一个信念，一定要演好《江姐》，以最好的水平向厂领导汇报。

随着第一场幕闭，大家从领导的掌声中受到了鼓励，悬着的心也逐渐平稳。第二场、第三场……掌声越来越多，不知什么时候座席上又多了很多观众。

整个戏终于演完了，领导很满意，在座谈中又提出了几点要求。要我们精益求精，不但要为全厂职工奉献一台精彩的大戏，还要走出鲁化，演给兄弟单位，慰问关系单位。

有了领导的肯定，又经过几天的提高排练，正式演出开始。我在第一场戏中只有台词没有唱腔，当我第二场的唱段"冲破层层封锁线，展翅飞向华蓥山……"余音未落掌声就响起来了，我知道这一定是电站的朋友们为我加油打气。

一个活泼带着书生气的华为形象展现给了广大观众，从此不管电站还是鲁化的朋友，都喊我"华为"。我也为得到这个称呼、更为自己作为一个列电人而感到骄傲。

没想到，第一次演出完后竟出现了一票难求的现象。附近各个厂矿企业，甚至农村都有人通过关系来看《江姐》，一时间到鲁化看《江姐》成为热门话题。

记不清是演第几场了，我和导演"因票"发生了一点小摩擦。其实，也是我无意中听到他和管票务的工会干事的对话引起的。工会干事说，这场的票基本都发完了，列电说再多要15张招待票。导演说，我们都是按比例发下去的，他列电也不能特殊吧。

听了这句话，我非常反感，立刻找到站领导问明情况。原来是有兄弟电站来参观学习的，统一发的票已经发给了职工，想再多要几张票让兄弟电站的师傅们看场戏。于是，我找到导演说明情况，觉得这点面子会给的，没想到被导演一口拒绝了。我也倔劲十足地说，不给票我就不演了。

一句半真不假的话，却解决了票源的问题。事后，我也真诚地向导演"赔罪"。导演是个"人小"肚量大的人，根本就没有和我计较什么，这让我也很欣慰。听工会干事说，费了很大的周折才兑换了12张位置不错的票。

《江姐》剧组一炮打响，轰动了一方天下。枣庄市总工会对我们的演出非常关注，要求我们到枣庄红旗剧院演出。

枣庄红旗剧院是枣庄市京剧团所在地，当他们知道我们来演出，主动帮助搭置布景，安装灯光。晚上演出还没开始，剧院已经是座无虚席，连走廊里都站满了观众，剧团的人说多年来剧院没有过的满员现象，真没想到。

演出开始，没有领导讲话，没有致辞。二十多人的乐队一下烘托起了现场的气氛。当我的清唱"老彭他点起一把那个火呦，烧得狼虫虎豹没处溜溜躲呦……"时，全场静的出奇。我觉得上千双眼睛都在盯着我，听我娓娓道来的山歌。第七场的绣红旗，台下也有人在轻轻地哼唱。当江姐与狱友告别时，观众中也有人抽泣……

演出结束，很多观众都在剧院出口等待着亲眼看一下这些来自企业的演员们，热情地和我们打着招呼。

按计划演完后，由于观众的强烈要求，不得不加演两场。枣庄市总工会对于我们的演出非常满意，特地在市里最好的招待所答谢我们这些"小演员"，并给予了高度评价。

回想这段历史，我更怀念曾经激情四射的列电工作生活的点点滴滴。因为，她早已浓缩在了我的骨髓里，抹不去也丢不掉。

紧急安装发电

文 / 冯福禄

日历刚刚翻开 1980 年新的一页，冰天雪地的北疆煤城扎赉诺尔，依然沉浸在浓郁的节日氛围之中。

突然，呼盟第二电厂因事故停止了供电。煤矿采掘停工，工厂机器停转，就连电台广播也时常中断，甚至生活用水都没了。热气腾腾的景象似乎一下被凛冽严寒凝固了，更大的问题是整个矿区都面临着挨冻的威胁。

要煤要电的报告，雪片似地飞进了扎赉诺尔矿务局大楼。矿党委当即决定：已待命调迁的第 9 列车电站紧急安装启动。

冯福禄

9 站装机容量 2500 千瓦，由捷克斯洛伐克进口。1977 年开始为扎赉诺尔矿务局发电，1979 年冬圆满完成任务，并已做好了调迁其他地方的各种准备工作。

天寒地冻，滴水成冰，安装启动，谈何容易。电站党政联席会上，与会者意见不一，职工更是众说纷纭，争论不休。

"管道都拆了，烟囱吊走了，连电缆都盘好了，特别是这鬼天气，耳朵都能冻掉，还是算了吧。""人家遇这么大的难，咱们看着不管，要列电白吃饭呀！"最后，厂长一锤定音："情况这么严重，正需要我们发挥应急作用，困难再多再大也没说的，一个字'干'！各工段立即采取防冻措施，安排好进度，报生技组！"

此时，室外温度计的指示令人咋舌：零下 40 摄氏度。

阀门拧不动，水泵、马达冻成了死疙瘩，手一碰上，立刻就粘在上面，怎么办？

在地方和矿务局的协调下，电站制定了三条措施：一是调来两台机车头，先接通暖气；二是赶制火炉，放进车厢加温；三是准备喷灯、气焊、胶皮管供急用。

1月6日，紧急安装的战斗打响了。

临时组织的暖气小组，冒着刺骨的寒风，连夜加班接通了暖气，并且将一路回水改成了两路回水，室内温度开始上升了。刚升到零摄氏度就停了，原来由于气温太低，刚接通的暖气又冻住了。组长钟清云喊："快，用喷灯烤！"大家一齐动手，干到后半夜，直到暖气重新接通为止。

暖气有了，火炉也生起来了，但还没有电源。橡皮电缆在低温下又硬又脆，劲小了拉不动，用劲大了就会撕裂。组长王忠立和技术员李印春等齐心协力，边加热边拉，半天工夫就把十来条又粗又重的电缆敷设完毕。

这时，牛录林等人正在锅炉车厢下面检修炉排。原来，炉排存在着严重缺陷，大修时材料未到不能检修，所以一直拖到现在。

一连几天，寒风吹着哨音刮到人们脸上，像刀割一样。在车厢下面工作不能坐、不能蹲，只能趴在地上。穿8毫米的开口销，戴手套捏不住，只好摘下手套。穿上一个，手就冻麻木了，只好把手伸进脖子里暖一下，接着再干。大家互相鼓励着，人人争取多干一点，实在不行了才换人。

安装进度按计划进行，干一项验收一项，验收一项保护一项。确保每一项不怠工、不返工。

在室外作业的汽机组，已连续工作5个多小时，把所有的护板顶盖全拆卸完毕，又把管道装上了水塔车顶。再看看他们：一个个都是霜染眉毛，雪沾帽檐，冻得嘴唇青紫、话不成声。

忙了外边，又忙里边。室内油箱透平油全冻结了，用蒸汽进行加热。复水泵冻死了，暖气和火炉又烤不到，怎么办？有人说："用褐煤炉灰加热，这东西温度高，保持时间长，可能行。"大家立即动手一试，结果这土办法还挺管用，复水泵复活了！

1月10号，设备安装就绪，马上就要启动了。大家不约而同地聚集在现场，敛声屏气。谁都没有在这样的低温下启动过，虽然把所有的技术措施都用上了，大伙心里都还是不踏实，毕竟是没有实践过啊！

"点火！""送水！"指挥部发出了命令。由于水源压力不足，给水逆止门冻住了。"快!"工段长梅清河手一挥"蒸汽吹!"话音刚落,突然"咔嚓"一声,给水泵活塞杆又折断了!

这时,整个管道和锅炉都进了水,如果不及时排除故障,不要说发电,连整台锅炉都要冻裂。情况紧急!厂长当机立断:"兵分两路,一路修泵,一路烤管,越快越好!"不一会儿,折断的活塞杆换好了,可给水管还是不通。有人提议:"不行就拆车厢盖,统统烤!"前来协助的刘师傅一检查,果断说:"不能拆车厢盖,那样全给耽误了,快烤这!"果然,烤过他所指的部位,通了!给水来了,汽压升起来了。

人们刚刚松了口气,两炉一送汽,过热蒸汽管突然在拐弯处裂了;这是由于温差太大,胀缩不均造成的。正患气管炎的吴师傅说:"我来!"上去就焊了起来。

汽压,终于升到了额定值。

人们整个通宵都没有合眼,但谁也没有离开。梅清河师傅,三个晚上没睡觉了,眼里布满了血丝,已经疲惫不堪。大伙劝他回去,他说:"这是什么时候,我能回去吗?"

后勤的同志,把材料和劳保用品发送到第一线,并冒着寒冷买来了热乎乎的烤饼。矿务局总工程师亲临现场,不断询问工程进度。矿务局机电处、供应处、建设公司等单位的负责人,都来现场协调安装中的问题,解决安装中的困难。

整个电站的工作场面,不像是被寒风包围着,而是充满着上下同心的劳动热情,因为"电"牵动了万人心!

12日16点,电压升到了额定值,周波升到了额定值,并列的红灯亮了,强大的电流旋即温暖了千家万户,整个矿区复活了!

9站,经过七天七夜艰苦卓绝的奋战,克服了一个个困难,越过了一道道障碍,终于比原计划提前八天送电。

矿务局为电站召开了祝捷大会,呼盟党委给予了电站高度的赞扬。

注:本文原载《列电》杂志1980年第2期。

受命移交 40 站

文 / 张明海

张明海

1980 年 5 月至 1983 年初，第 40 列车电站在广东省韶关市仁化县，为当时亚洲最大的铅锌矿——凡口铅锌矿发电。1983 年 5 月，在列车电业局调整过程中，经水电部批准，40 站成建制移交给凡口铅锌矿。

1983 年国际劳动节刚过，5 月 2 日，厂长刘树春、党支部书记冯彦申两人来到我家里，问我想不想调走，我告诉他们暂无此意。他们对我说，已决定 40 站成建制下放给凡口铅锌矿，电站厂长、书记调令都来了，经电站领导商量，党支部、厂部公章，全站职工档案，所有办公室及东风卡车的钥匙都交给你，并由你代表 40 站向凡口铅锌矿水电车间办理电站全部移交手续，设备方面由生产技术组交接。他们还说，我们已向水电车间推荐了你作为列电负责人。

第二天，电站召开全站职工大会，宣读了厂长刘树春、杨景茹夫妇调河南新郑县卷烟厂的调令，并宣布冯彦申书记也要调走。同时宣布了由我负责列车电站的全面工作，电站行政、党务由我负责向水电车间移交，让我有事直接与凡口矿水电车间张培宣书记和黄国雄主任联系。会上还宣读了武汉列电基地关于任命薛福康同志为 40 站汽机工段工段长的通知，因汽机工段长尉正良已调走，需补充汽机工段长。

过了几天，厂长刘树春全家迁走了，党支部章、厂部行政公章均交我保管，厂长、书记办公室也由我掌管。我妻子刘玉兰是多年的团支部书记，大小也算个"官"。因此，电站有些人认为我们是"山中无老虎，猴子称霸王"——转眼间成了40站负责人了。

当时领导为什么选择我来负责交接工作呢？主要原因是40站的领导和党员都调走了，只剩下我和我爱人是党员，而且我在1977年就被武汉基地党委列为后备干部。另外，别看我年龄刚满31岁，但经历还是很丰富的。

我生于1952年，曾在中国人民解放军汽车40团服役四年。在部队当过汽车驾驶员，当过首长及连队的通讯员。退伍后当过生产队长、大队团支书、民兵连长。曾被树立为公社和区级退伍军人先进代表，还被公社党委派往生产大队任驻队工作组长。上过地委团校，代理过公社团委书记，在保定电校上学时当过班长及学生会领导。

接手40站工作以后，我做主打开了车库，将停运很久的东风牌汽车做了检查，报水电车间领导和矿运输科同意后供电站使用。电站离矿区约6公里，生产材料及生活用品的采购运输都是自行解决，有了交通工具，给电站和职工家属办事就方便了。

根据列电局同凡口铅锌矿签订的有关移交协议，从1983年7月份开始，由凡口铅锌矿按当地工资标准给40站职工发工资。我从编制职工花名册开始，办理劳动工资移交手续，整理职工档案，向矿组织部门和劳动工资部门递交人事档案等劳资事项。忙了一个多月，交接完毕，7月份全站职工就正式成为凡口铅锌矿的人了。

接下来将电站财务会计张世廉调水电车间财务室，出纳邓光荣留任食堂管理员，两人所掌管的全部资料和财务账目交水电车间存放。职工食堂每天正常开饭，幼托所照常上班，煤场和材料管理等照常运行。电站停机期间，分别由各工段轮流值班护厂，因电站地处农村，煤场经常丢煤，为此申请了护矿队经警来看护煤场。电站总体秩序正常，实现了平稳过渡。

经过半年多的工作，按照水电车间领导的要求，把列车电站的全部手续移交完毕。水电车间党支部收缴了40站的党支部公章。1983年底，列电局也发来通知，要求收回40站行政公章，我就通过董塘镇邮局，把公章寄回了北京二里沟列电局办公室。

移交工作结束后，水电车间领导要我推荐"水电车间列电工段"领导班子成员，我推荐了锅炉技术员贾政科当工段长，陆永坚和王丽娟当办事员，并分别负责工会工作和共青团的工作，而我自己则要求回电气班当电工。当时水电车间领导要求我继续负责下去，说以后列电工段调整时会考虑对我的安排。但我执意要回电气班，并且借请探亲假回老家之机，把工作移交给了贾政科和陆永坚，将汽车钥匙交给了水电车间张书记。

我不愿意当负责人的原因，主要是因为40站移交后，矿上对电站缺乏应有的重视，把列电这个科级单位降为股级单位，成为水电车间的一个工段，对此我心里很有意见。我回到电工班后，闲时就看书，并报名参加了中山大学"中文写作"大专函授，以达到自我提高之目的。

1984年6月，水电车间重组列电工段领导机构：贾政科任工段长，葛廷素（贾夫人）任技术员，我以水电车间党支部宣传委员身份兼党小组长，王丽娟任团小组长，陆永坚任办事员兼工会小组长。两年后又提拔了锅炉班班长单鹤君为副工段长。

在整个移交过程中，电站处于停产状态，因为大部分职工都调走了，需要重新组建队伍，对新职工进行培训也需要相当时间。停机期间，水电车间要求电站对设备进行维护，工作显得较轻松。接着矿部从技工学校分来一批应届毕业生充实到各专业，同时将机炉电三个工段改为汽机班、锅炉班、电气班，原工段长改为班长。凡口矿将各专业人员配齐后，1985年正式发电运行。

落地后，我的工作热情没有降低。无论是主抓电站的计划生育工作，还是到沈阳和郑州为矿上跑车皮计划，都圆满完成了任务，得到矿领导赞扬。1988年矿上加快了改革步伐，矿领导让我搞一个列电改革方案出来。经过几天的思考，我写出了一份列电工段承包方案。矿主要领导看后大为赞赏，并在全矿副科以上几百人的大会上表扬我的方案。大会的消息传到了电站，一些人认为是砸了自己的铁饭碗了，这还了得！我只好找门路调出凡口铅锌矿，1989年9月调入韶关制药厂。1998年注册成立了自己的医疗器械公司，开始了新的征程。

1990年下半年铅锌矿领导批准解散列电工段，拆走了全部设备，将职工打散分配到了矿属各个基层单位，列车电站由此在凡口铅锌矿退出了历史舞台。

在大雁发电的日子

文／周宣

1981年夏，第41列车电站接到通知，调我们这批1979年招收的12名学员去49站。当时，49站正从内蒙古集宁向内蒙古大雁镇调迁。我们一行人离开湖北荆门，向大雁进发。

师傅们都说，内蒙古比较艰苦，每个月只有8斤细粮，和荆门差远了。但我们并不在意，当时我19岁，正年轻，喜欢到处跑。不管去哪里，坐火车、睡卧铺，一路兴奋地不行。电站借给我们每人150元差旅费，揣了钱，我们急不可待地出发了。途径北京转车，我们趁机在京城玩了两天。北京有列电局招待所，住也方便。

我们几个男学员，铁心要尝尝北京最有名的烤鸭。于是，第二天，我们6个"吃货"早早就来到地处王府井的北京烤鸭店。我们心切，来得太早了，店还没开门，但门口已经有很多人在等待。看这阵式，能不能吃上烤鸭似乎都难说。烤鸭店开门了，我们占了一张桌子，这心里才算踏实。几个土老帽都没有吃过烤鸭，我们点了12元一只的烤鸭后，胡乱捡着便宜的小配菜要了几个，并每人一碗米饭，便傻呵呵地只待大餐一顿。

烤鸭端上来，一盘鸭肉片，不咸不淡的，一点不下饭，让人不免失望。我们快吃完的时候，才发现别人桌上都有小饼、面酱，鸭肉卷在饼里吃。我们不解地问服务员，为什么没给上那些，让我们干

周宣

吃鸭片。服务员诧异地说，因为你们没要。这才明白，我们几个老土吃现眼了，匆匆吃完，抹嘴赶快跑了。烤鸭店里总共花销 30 多块钱，每人摊了 5 块多，没吃出好来不说，个个还没吃饱。过后，现眼的事我们避而不谈，只讲在北京王府井烤鸭店吃了顿正宗的北京烤鸭。

从北京西直门火车站上车，越往北走车窗外的景色越空旷。大雁是一个镇，隶属呼伦贝尔盟鄂温克旗，以产煤为主，我们站就是去给煤矿发电。

电站调迁所在地点叫北河，距镇中心十几公里。电站单身居住区、家属宿舍区和发电车呈三角分布。双职工和带家属人员的住处，离我们单身宿舍大约两公里，单身宿舍距发电车 1.5 公里，步行 15 分钟。这里都是平房，坐东朝西，进门后是南北的大走廊，走廊西面是每个房间的门。两人一间，相邻两个房间中间的墙是火墙，砖砌的炉灶在走廊上。宿舍周围没有居民，也没有商店，要想买东西，必须徒步两个小时到镇上去。我们的信件要到镇上收取和发送，每两天单位派人骑自行车去办。

女职工均在家属区住，我们这里实际上就是男人的世界。几个职工家属每天过来做饭，厨房就在宿舍最北边。每个宿舍有一个 1 米多高的大水缸，每个职工发一个水桶。每个星期会有水车过来，我们听见吹哨声，就拿桶出来接水，将水储存在水缸里，这就是生活用水了。

宿舍外面大约 100 米有一个厕所，用木板钉成围墙，里面的便坑有 2 米多深、3 米见方，坑上架一块木板。我第一次进去不敢往里走，生怕掉下去。蹲在上面看着下面那么深的大坑，真有点不适应。一直不解为何挖这么深的大坑，直到冬天才明白。冬季气温太低，屎尿落地成冰，时间长了，每个坑口下都竖起直立立的冰坨。如果坑太浅，冰坨很快会顶到屁股了。每到冬季快过的时候，就会有人下到坑里，用铁镐把一人多高冰坨从根部放倒，用绳子拽上来，用车拉走。真是一奇景。

宿舍后面有一条河叫北河，夏天的时候我们经常去钓鱼。有一次，我同宿舍的师傅钓到一条一斤多重的大鱼，晚上放到脸盆里养，准备第二天开杀。奇怪的是，第二天早上，鱼竟然不见了，找遍了房间各个角落，百思不得其解，郁闷了好几天。直到几天后，我把床下的大木箱子拉出来拿东西，发现鱼在老鼠洞的旁边，平常箱子挡着看不见。把鱼勾出来，已经咬得乱七八糟了，想必应该是鱼蹦出脸盆后被老鼠拖跑了。

我用铁丝做了一个老鼠夹子，准备报盗鱼之仇。睡觉前我把夹子支好，关上灯，上床躺了十几分钟，听到夹子"啪"的一响，随后传来"吱吱"的叫声。

我翻身下床用手电一照，一只老鼠被夹到脖子。我随手拿起一个鞋刷子，用木头边朝着老鼠的脑门敲去，儿下后老鼠就不动了。我打开灯，把夹子打开重新支好，找了一条绳子把老鼠的尾巴系上，挂到门外走廊的墙上，回来上床关灯继续睡觉。

十几分钟后，又重演刚才的一幕……一个多小时，一条绳上已经栓有6只老鼠了。开始的兴奋渐渐变成不耐烦了，这样下去睡不了觉了，两点还要上夜班，我决定再干最后一次。啪一响，没有吱吱声，我寻思最后一次看样子失手了。我还是下床看了一下，手电一照，吓我一跳，一只硕大的老鼠撅着屁股，摇晃着脑袋正在拼命挣扎……这只太大了，有一尺多长，因为脑袋太大，夹子没有夹住脖子，估计梆在脑门上，梆蒙了。我赶紧用鞋刷子把它扒拉出来，朝脑门敲了十几下它才不动了。看样子鼠儿子没回窝，鼠老子出来找了。鼠爷爷下次再说吧，我要睡觉了。

完美收官，半夜起来上班时，我把拴着7只老鼠的绳子挂到了宿舍门外的树杈上。下班回来，听说引来众人围观，但并不知是我的杰作。唉，不是什么光彩事，还是当无名英雄吧。

当地人有冬天刨鱼的习惯，他们先在水泡子靠近中间的位置挖开1米多直径、直上直下的深坑，要挖到底部，人在坑里根据周围冰层中浑浊程度分析哪个方向可能有鱼。据他们讲，鱼在越来越冷的时候会越来越靠下，越来越扎堆，只要找到鱼至少就有几十条甚至上百条。我曾到现场看，鱼密密麻麻地镶嵌在冰层里，刚挖到的鱼，身体是软的，一旦挖出来，很快就梆硬了，就真的死了。真是不看不知道，世界真奇妙。

大雁这地方4月份下最后一场雪，9月份下头一场雪。北河当地，最冷气温可达零下40摄氏度。我们在这里还没经历冬天，所以不知道天寒地冻的可怕，不知道"白毛风"的厉害，但值得高兴的是取暖费增加了20多块钱。那个年代，20多块是一笔不小的收入，顶我当时一个月的工资。另外，每人要发一件羊皮大棉袄，60多件羊皮大衣摆放一地，每件都有一个编号，职工抓阄，抓到哪件是哪件。我抓的那件大衣，皮毛有点发黄但挺柔软，头一次穿羊皮大袄，当宝贝一样。

宿舍门外不远处，汽车早早就运来煤块，用来做饭、烧水、烧火墙。一开始我们很新鲜，火墙烧的真热，后来，加之上运行班，火灭的时候越来越多，宿舍的温度越来越低，最后，水缸里的水都冻成冰，暖水瓶也冻在地上了。用水的时候，得先用菜刀玩命砍水缸里的冰，将砍碎的冰块放进铁壶里去烧。

学员赴内蒙古大雁前在湖北荆门留影。

单身宿舍没有下水，夏天时候，洗脸、洗脚的水出门泼在地上，水靠地吸收。到冬天，水泼到地上立马就冻成冰，时间长了，污水在门口冻起一座小冰山。等到开春了，冰山开始融化的时候，味道难闻极了。电站领导赶紧雇来推土机把冰山移走。

第二年夏天，列车电业局解散，我回到保定基地，12名学员也各奔东西。现在回想起大雁的生活，确实很艰苦，夜班的闹铃声，让人痛苦万分。冬天，赶上"白毛风"，真是走两步退一步。夏天，蚊子黑乎乎地聚成一团球状，撵人四处逃。当时年轻，以苦为乐，集体生活的快乐和同事间的友谊，最终消融了所有的苦楚。

现在，我依然怀念大雁的冬天，白雪皑皑，一望无际。晴朗的夜空，繁星点点，月光明亮，没有一丝的风，寂静安宁，只有自己的鞋踩到雪上发出清晰的咯吱咯吱的声响。走在下班的路上，背后隐隐传来熟悉的列车发电的轰鸣声，有种温暖的感觉。

此时，保定也下雪了，望着窗外的飘舞雪花，思绪又飞回到遥远的大雁。

未曾出征的 61 站

口述 / 孙伯源　陈云　等　文 / 周密

1982 年 12 月 20 日上午 10 时 58 分，一列发电列车缓缓驶离保定列车电站基地，几分眷恋地向制造、安装这台列车电站并有着光荣历史的老牌列电基地默默作别。这台发电列车曾被列车电业局列为第 61 列车电站，它在基地专用线上整整趴了三年之久，最终命运不济，随着列车电业局戛然落幕而挥泪远"嫁"，踏上不归之路。

61 站是列电局制造的原貌完整的最后一台列车电站，尽管未能在列电局的大旗下出征发电，却见证、投影了列电人最终的宿命。翻阅列电事业临近终结的历史，要回到 1979 年。

那年初夏的一天，坐落在北京二里沟某栋办公楼里的列电局，向电力工业部呈报了一份请示文件。请示由本局资格最老的列车电站基地——保定列车电站基地安装、筹建一台 6000 千瓦蒸汽轮机列车电站，该站列为第 61 列车电站，人员编制 85 人。呈报电力工业部的文件文头赫然标着"水利电力部列车电业局革命委员会"，似乎显得那么不合时宜。想必起草和呈报建站文件的人，一定没有预见到 61 站破壳后的窘境。

刚刚进入春季，保定基地筹建 61 站的工作已经紧锣密鼓地展开了。这是该基地制造列车电站的收官之作，这也是列车电业局真正意义上的最后一台列车电站。同期由西北基地安装在无锡的 62 站已无列车模样，更无机动可言。

1979 年 9 月下旬，政治部同时签发两个任命：在湖北宜昌发电的 45 站副厂长周贵朴为 61 电站厂长，在内蒙古丰镇发电的 16 站副厂长孙伯源为 61 站副厂长。那年两人都刚 40 出头，正是有为之年。实际上，两人在列电局正式下调令之前，早已领命，于同年五六月份先后来到保定列电基地，开始配合前期建站工作。

按照列电局和保定基地的筹建指示，61 站人员主要从列电系统内在沧州发电的 6 站、37 站和在河南郾城发电的 57 站调剂解决。这时候，在基地厂区南边的铁路专用线上，61 站的发电车厢已经静默地排列在那里，相关发电设备正在有序地安装之中，保定基地力争要在年底前完成安装并试运行。

电站两位厂长正式到位上岗的时候，生技组长张书益及成员闫守正、任宪德、陈云等人也先后聚集到保定基地，电站管理班子已经搭建完成，电站的钟摆开始摆动。他们临时居住在基地招待所，将办公室临时设在厂传达室里。与此同时，前期抽调到 58 站培训的人员及从其他电站调来的人员，先后汇聚到保定基地，大家临时挤住基地招待所的小食堂里。北方的深秋，已经初见寒意。基地将厂区南端搭建有数排抗震简易板房腾空，将 61 站人员临时安置在里面。然而，谁也没有料到，这临时一住，居然四五年之久。

1979 年冬，保定基地如期完成 61 站组建、制造安装任务，全站职工在基地厂区完成试运行。这是该站人员首次登车值班上运行，也是最后一次为列电局 61 站发电职守。在随后保定基地上报给列车电业局的报告中，这样描述试运情况：11 月 9 日 18 点，发电机并入系统。11 月 22 日 13 时满负荷 72 小时试车。经过各项试验证明质量良好，电站出力已达铭牌规定。然而，报告中没有描述试运几日里，保定基地天降煤尘，煤灰覆盖了厂区。

至此，保定基地筹建 61 站工作全部完成。按照惯例，电站等待指令，时刻准备"到祖国最需要的地方去"。11 月 26 日，全站职工聚集在该站办公楼前，拍了唯一一张"全家福"。

浙江长兴县是 61 站首个选厂准备发供电的地方，孙伯源带着生技组一行跑去考察多日，最终因没有适合厂址，无果而返。湖北蒲圻的一个纺织厂属军工单位，周贵朴、孙伯源带队又赶去选厂，还是同样原因，选厂人失望而归。1981 年初春，他们接通知到迁安发电，结果依然没有成行。电站 3 次选厂无果后，再没有动向。人员继续滞留在保定基地，发电列车默默地趴在基地铁路专用线上。

1982 年，对于列电人而言，是一个彷徨、失落、不禁一声叹息的年月。这一年，列电人的命运急转直下。列电调整、下放、管理体制移交像是三级跳，没容列电人缓过神来，列电大旗已经飘摇欲坠，列电大门的关闭声息隐约可闻。

命运未卜的 61 站，闻讯调整下放，全站上下人心惶惶。忽闻电站要连人带设备无偿划归给内蒙古伊敏河矿区，这消息无疑是重磅炸弹，职工"炸了窝"。调离电站的职工陡然增多，甚至有的"逃"到保定市小厂，以致后来追悔莫及。在不长时间里，前后调离开电站的职工达 20 来人。

1979 年 61 站职工合影。

　　职工队伍骚动，让忧心忡忡的电站领导坐不住阵。虽然对于 61 站人员安置没见官方文件证实，但觉得还是有必要向部局反映情况。这时候，厂长周贵朴因身体原因离开电站，孙伯源主持电站工作，他与生技组长张书益商量后，张书益肩负使命，上京城向水电部反映情况。几年前，他才经历了 3 站下放，电站职工遗留的安置问题让他依然痛心。张书益如愿见到了部里的领导，并汇报了电站处境。

　　1982 年冬季，在临近告别这个让列电人闹心年月的时候，列电局依据部文件，终于下文明确 61 站职工的归宿：第 61 列车电站设备无偿调拨给伊敏河矿区，撤销 61 站建制，印章交局，原电站所有职工全部并入保定列车电站基地，由基地安排工作。见文，电站职工忐忑的心终于踏实了。

　　回首列车电业局的发展历史，再没有像 61 站这般"传奇"的电站，建站 3 年，车没有出厂，没有为列车电业局发一度电，窝没挪就终结了使命。

　　那年入冬之前，61 站人员去向不明的时候，孙伯源与生技组张书益及陈云、闫守正、徐宗民等人受命到伊敏河选厂。东北的 10 月，已是白雪皑皑，他们几个人乘坐吉普车，在大草原上狂奔。傍晚时分，草原上没有参照物，没有方向感，吉普车如同大海里的孤舟。他们几分惶恐、几分失落、几分迷茫，恰似全站职工当下的心绪。车上的人在如此状态下为电站"改嫁"做准备。

　　1982 年底，从内蒙古伊敏河来了一姓蔡的当地干部，他以新主人自居，特来探望已划归伊敏河的列车电站。孙伯源以主人身份在 61 站食堂招待他，此时此地，似乎像是非官方的交接仪式。列电局有规定，招待不能喝酒，爱喝酒的内蒙古人饭后说：饭菜挺好吃，就是没酒喝，言外之意没有尽兴。夜幕下，孙厂长目送他远去的背影，别样滋味在心头。

局文件明确规定，保定基地要履行列电局"调拨第61列车电站设备协议书"。因而保定基地要求61站原班人马负责押运电站主车到伊敏矿区，并负责安装、调试、投产、培训。接下来，就是本文开篇的那一幕画面，由发电主车在内的21辆车厢长龙一般渐渐远去，离开保定基地，作别列车电业局，驶向内蒙古海拉尔伊敏河矿区，从此不归。61序列站名从列车电业局的列车电站建制中删除抹去。列车电业局本身也在转瞬之间，淹没在历史长河之中。

61站锅炉技术员陈云负责那次不同寻常的押运任务。之前，因跑不来车皮，电站迟迟不能启程。眼见协议规定的运抵时间一天天迫近，基地将跑车皮之事又交办给陈云。他跑地方铁路部门，跑不出名堂，就干脆直奔铁道部。不熟悉门路，就挨办公室找，费尽口舌，总算老天相助，一切办得顺利。车皮跑来，押运重担又交给了他。性格开朗喜欢运动的高个子陈云，也不推脱，操四川口音道："格老子。"

1982年的岁末，那次押运让陈云难以忘怀。隆冬季节，来自不同工段的赵景阁、张振喜、杨仁政，以及来自基地车辆车间、金工车间大约十几个人，裹紧厚重的棉衣，钻进货车厢里，向冰天雪地的大东北进发。他们在冷冰冰的车厢里，艰难地熬过近十天，车上带的大白菜都冻成了冰坨。到海拉尔的时候，车停在前不着村、后不着店的地方，可能因为伊敏矿区基建工程问题或者是铁路编组问题，车原地停了几天时间。饮用水全部用完，无法做饭，就派人到附近兵站要水。好心的军人主动给了他们一盆豆米饭，这帮押车人见了两眼放光，吃得那叫香呀。"格老子！"

1983年4月，61站剩余人员加上保定基地补充人员，组成发电队伍（临时建制为保定列电基地发电车间），履行协议，奔赴伊敏河厂矿区，登上原61列车电站，开始运行发电。孙伯源任发电车间主任兼支部书记，稍晚，从37站调来刘本立任车间支部副书记，俩人搭档，完成列电局最终的使命。

保定基地履行协议，为伊敏矿区发电的时间点，恰逢列电局撤销。虽然那次出征伊敏河发电与列电局已无瓜葛，但是，列电局原电站原人马，容颜依旧，依然可以视为列车电业局第61列车电站的谢幕"绝唱"。

发电一年后，原61站人员如约履行完协议，离开伊敏矿区，回到保定基地。不过，此时已经易名为保定电力修造厂。原61站职工在各自的岗位上，为企业做出了积极的贡献。

深情厚谊

文 / 张聚臣

　　我在列车电站工作了很多年，深知列电人工作艰辛。我们时常随电站调迁，因而四海为家，如同那句歇后语：灶王爷贴在腿肚子上——人走家搬。电站职工来自全国各地，为了共同的事业，朝夕相处，组成一个和睦、团结、友爱的大家庭，在电站工作过的人大都深有体会。我跟随42站在苏州发电时，所经历的几件事情，至今记忆犹新。

　　1982年秋天，刚刚转正不久的保定电校毕业生谢家源（电气专业）因病住进医院，经医院确诊是白血病。这对病人来说简直就是晴天霹雳，对电站来讲也是不小的震动。这病在当时的医疗条件下，几乎就是死亡判决书。病人家在外地，在苏州举目无亲，电站领导指派他的同学王学鸿去医院昼夜陪护，但是，不久谢家源不治病故。

　　处理丧事，当务之急要通知其家属。经查档案才知，谢家源的家远在福建省霞浦县一个偏僻山坳里。他父母老来得子，就这么一个独生子。可想而知，谢家源的早逝，定会给老人带来不小的打击，后果难以预料。为妥善处理丧事，首先要将死者的父母接到电站来。如何平安地将老人接来，电站进行了周到安排，把这项任务交给我和王学鸿，我们专程赶往福建霞浦。我深知这是一趟艰辛且不讨好的旅程。

张聚臣

苏州到霞浦大约有七八百公里，这路程在现在来说算不上多远的距离，但在当时的交通条件下，要以最快的时间把老人接来苏州，还是很有挑战性的。我带着小王火速出发，见有南下的火车就上，不管是快车慢车，不管是直达还是短途。我俩心急火燎地挤坐在慢吞吞的火车上，咣当当、咣当当——不知道走了多少小时，终于踏上福建地界。然而，霞浦县城还不通火车，我们在福州车站下车后，只能搭乘汽车分段赶路。经过两天一夜的奔波，这才到达霞浦县。

我们要到达的山村，距离霞浦县城还有挺长的路。我们路不认识不说，当地百姓方言我们根本听不懂，没办法打听和交流，这让我们最为头疼。还好，我们事先从故人遗留的信件中得知，在霞浦水利局有一对夫妻与其是要好的同学，于是我们首先找到他们，说明了情况。女同学一听就哭了，夫妻答应帮助我们，给我们当向导、做翻译。男同学带我们一起找到水利局长，请过假后，我们赶紧上路，此时已近黄昏。

我们租了一辆三轮拖斗车，一路颠簸地到达谢家源的家。见到两个老人，我们按事先想好的对策，瞒着实情，只假称他们的儿子病情危重，希望他们赶紧去医院看望。两位老人见大晚上跑来几个人，并告知儿子病重，早已慌了神，完全听我们摆布。为防其他不可预料的变故，我们顾不上喝口水，就将俩老人赶紧拉到了县城，找家旅店住下，打算明天一早北上苏州。我们也庆幸瞒过两个老人实情，要不，听到儿子死亡，年迈的老人经受不住突如其来的打击而倒下，我们可麻烦大了。

但是，却没有料到，老人的亲戚闻讯后，半夜里一行四五人怒气冲冲地追到旅店，劈头盖脸指责我们说假话欺骗他们，咬定人已经死了，为什么不早通知他们，现在偷偷把两个老人拉走，肯定有不可告人的目的……这下，我们有多少嘴也难以自圆其说了。既然已经让人家看破，再隐瞒也不行了，我们就把真实情况如实地告诉了他们家人。经过耐心地说服，家人知晓了我们的来意和善良的欺骗，事态才得以平息。第二天一早，我们如愿搀扶着俩老人坐上赶往福州的汽车，再转乘到苏州的火车。

返程的路上，因为陪伴两个伤心的老人，要比来时更为辛苦。一路上老人不停地哭泣，特别是老母亲，更是悲伤之极。为保证老人安全顺利到达苏州，我们找到列车长，说明特殊情况，特批把老母亲安排到卧铺车厢。这样，我们才踏实地坐在硬座上。从出发离开苏州到返程，算起来，在火车硬座上苦熬了5天3夜。连续坐车，我的屁股都坐得生疼，原以为是长了疮之类的东西，就偷偷地卷起短裤让小王看看，他一看惊讶地说："啊呀！皮肉磨破了，流血啦……"

我们安全地把两个老人接到苏州，交给电站领导，我这才长长地松了一口气，真不容易呀。老母亲来到电站，伤痛欲绝，不吃不喝，一会儿趴在儿子的床铺上哭，一会儿看到儿子的遗物哭，一会儿又围着儿子的宿舍转着圈地哭，哭得死去活来。俗话说，少年怕丧父，中年怕丧妻，老年怕丧子，我们看在眼里痛在心上。老人一句普通话也听不懂，我们也没有人会讲闽南话，因而也无法安慰。电站安排专人陪护，像亲人一般的周到服侍，直至处理完丧事后安全地送走。

在列车电站，体现职工互助友爱的事件很多。1981年，锅炉老工人房海龙突发脑溢血住进医院。他病情危重，意识完全丧失，只是呼噜呼噜地喘粗气。房师傅是上海人，老伴去世早，只有他与女儿相依为命，别无亲眷。领导派青工廖学群在医院护理。这小伙子心地善良，不嫌龌龊，视老师傅为亲人，周到服侍，为其擦屎擦尿又擦身，直至临终。

房海龙安葬之后，领导与管理人员一起对其遗物进行了清理。贵重物品如现金、存款、借贷，都逐一进行造册登记，指定专人保管。对其独生孤女房文英指定一管理人员专门监护托管，负责其日常生活照料，一切开销要有文字记载。每逢年节，年纪稍大一点的老职工们都把她当成自己的孩子看待，争先恐后地拉她到自己家里吃饭。工会还给她添置了新衣服，使她充分地体会到了电站的温暖，虽是孤儿却不感到孤独。

我调42站之后，看到过年时不少人家请单身职工吃饭，我很纳闷。后来一打听才知道，这是原电站书记侯元牛倡导的。他在一次春节前的职工大会上说："快过年了，我们有些单身职工因为工作需要在电站上班不能回家，我们双职工和带家属的同志，过年做饭菜时多添一把菜、多抓上一把米、多放几双筷子，把本工段的单身叫到家里吃顿饭，叙叙家常，既能活跃节日气氛，又能增进团结密切关系……"老书记言之有理，于是大家纷纷照办，这种做法一直延续了好多年。

事情已经过去30多年了，有一次我当众说起谢家源之事的时候，有人不解地说："你们与谢家源既非亲非故，又无利可图，甚至连一杯茶、一支烟、一句感谢和赞扬的话都没有得到，你们十三点唉？（苏州方言二百五或半调子）是不是憨豆（苏州方言傻瓜）？"我没去理会，列电人的情感不是所有的人都能够理解的。

我很骄傲曾是列电事业的普通一员，我的人生里深深地留下了列电人的风骨和印记。我怀念列电的岁月，我为之高兴和自豪的是，自己曾经是一个列电人。

我的师傅毕子贤

文 / 文毅民

这两天，我看着窗外树上的叶子，在瑟瑟秋风中无声无息地飘落到了地上，感叹"冉冉秋光留不住，满阶红叶暮"。我不是悲秋，而是又想起我的师傅——毕子贤。

前不久，我收到师傅毕子贤的大女儿梅英的微信，告诉我师傅昨日下午3点10分去世了，享年84岁。师傅离世时安静，没有痛苦。看罢微信，我心里难受至极，久久回不过神来，不相信这是真的。

我与师傅相处的往事，一件件在我的脑海里变得清晰起来……

1972年底，我进入正在广西宜山发电的第16列车电站。第一次见师傅时，是在他简陋的单身宿舍里。我们彼此陌生，我甚至有些拘谨，毕恭毕敬地坐在师傅的床沿上，并做出了一副注意聆听师傅教诲的模样。然而，师傅并没有多的话，简单问了我一些情况后，就平和地对我说："好好上班，好好学吧。"出乎我的意料，没有什么大道理要讲给我，也没有听到居高临下的训话，待了不一会儿我就告辞了。

师傅给我初次的印象是：身穿工作服，高高偏瘦的个子，长脸。别人说他的

毕子贤

脸上有几粒麻子，细看其时只是几粒浅浅的疤痕。他人温和，言语不多，左手食指和中指间总夹着香烟，手指已被熏黄了，估计烟瘾比较大。河南口音很重，但很好听懂。

师傅是 1958 年入厂的锅炉老工人，当然对设备很熟悉，运行操作也轻车熟路。师傅对我要求甚严，如要遵守厂规厂纪，尊敬师傅，多看多记运行规程，巡检要到位，系统要熟悉，操作要心细，抄表要准确，干活要注意安全……他从一点一滴教起，还经常考问我。遇到我监盘不用心或操作失误时，他从不生气，只会严厉地说："你看你，你看你。"然后，就是教我如何改正，最多也就是唠叨几句就过去了。

师傅耐心教，我认真学，不想给师傅丢脸，所以进步很快。独立值班后，操作上从没出现过失误。在一次省煤节电的劳动竞赛中，地方水电局还奖励了我一个热水瓶，按当时来说算是一个高面值的奖品了。我的心情不言而喻，师傅更为我感到高兴。

师傅高小毕业，那时的高小生质量是有保证的，读写能力不可小觑，技术上的理解也不差，而且能清晰地表达出来。他送我看的技术书里，笔记详细认真，字迹潇洒大气，绝不是笔画生硬堆砌的学生体。在那个年代里，可见他是一个认真学习的人。因为待在一起时间长了，他的字体也影响到了我，都说我写的字也有了师傅字体的影子。

师傅喜欢爱看书的人，支持看书。上运行是不允许看专业之外书籍的，而我经常违纪，常常悄悄地带些业余读物上班看。师傅知道年轻人开卷有益，只要不监盘不操作，从不阻止我，也不告密，领导巡检车间时还帮我打掩护，甚至"同流合污。"

我们从广西宜山进厂的 15 个学员，少小离家，进厂后，自始至终都得到领导和师傅们的关爱。我跟着师傅得到的关爱更多，衣食住行无一不有。

记得 1973 年在武汉基地大修时，我俩住一屋。夏天蚊子太多，我晚上睡觉不老实，都是师傅常给我扎好被我踢开了的蚊帐。师傅爱钓鱼，若有收获，哪怕是几条猫鱼，他都会邀我共享，其乐融融。这种事在现在看来不值一提，但却在我心中一直抹不去。

师傅每年从兰考探亲回来，总会带一些新麦做的煎饼给我尝（师傅探亲假总是选在麦收季节，好帮家里收麦子）。这时他总会浅浅地笑着看我吃，还不断问："好吃吗？好吃吧？"带着麦香味，脆生生的饼子至今还令我回味无穷，当时师傅的笑脸也更令我难忘。

河南兰考是师傅的家，看过电影《焦裕禄》的人都知道当时兰考的贫困。那时师母带两儿两女在老家艰难度日，大儿子小时无人照看意外摔伤又无钱医治，成了终身残疾。家用只靠师傅上班的微薄工资支撑，可见多难。尽管生活艰辛坎坷，负担如此沉重，但在工作中，从不见师傅表现出任何抵触情绪和不快，他不向命运低头，默默承受着一切。每天勤勤恳恳，循规蹈矩地工作着，朴实无华。

他爱岗敬业，人们可能会说这都是生活所迫，这我能理解。但是每个人都是有闪光点的，长年累月"吉卜赛人"似的漂泊在外，而且几乎全部是在艰苦的一线环境下工作，如果说完全是为自己，没有一点奉献精神，那么是解释不通的。我想，师傅能坚守，不一定完全是为了这一口饭吧。

我师傅是一个普通人，普通人有的优缺点他都可能会有。他肩挑着这么沉重的生活担子，步步紧跟着列车电站的轮子在祖国的版图上东征西战，为祖国的电力事业挥洒着汗水，这不是贡献是什么！

到内蒙古几年后，得益于电站领导和地方领导的关怀，师傅一家解决了农村户口，团聚于内蒙古丰镇，开始了新的生活。列电局解体前，我们一家调离了内蒙古。又由于列电局那段处于动荡时期，人员流动频繁，最后失去了与师傅的联系。

杳无音信的日子越长，思念师傅的情感就越强烈。2002年秋，我利用出差机会，仅凭一点传说中的信息，尝试到兰考寻找师傅。当时，坚信路在嘴下，人在嘴下，只要师傅在兰考，就能见到他。经过千寻万觅，终于见到了师傅。

调到兰考县粮食系统的师傅变化不大，一眼就能认出来，他反倒差不多认不出我来了。师母高兴得用拳头捶打着我的胸口"咚咚"直响，抱怨我怎么不早些时候来看他们。此时，我与师傅紧握的手久久不愿放开，眼泪也夺眶而出。

师傅调回兰考后，生活没有多大改善。老人家已退休，身体还好。师母身体还那么壮实。孩子们自立了，但日子仍较艰难。匆忙一聚，为找到师傅而高兴，也为见到师傅一家的生活状况忧心忡忡。

2016年，利用16站部分人员重返内蒙古搞纪念活动的机会，与夫人再次赴兰考看望师傅。

眼前的兰考变化极大，宽阔的街道，崭新的建筑，"焦桐"随处可见，城市新貌令人眼前一亮。

由于变化太大，师傅家又找不到了。电话也联系不上。经过一阵折腾，当然还是如愿以偿。师傅也在变，变得沉默寡言甚至老态龙钟了，握住他的手已感觉不到他当年的力道。但仍可看到他见到我们时内心的高兴，师母还是那么健康爽朗。

在热烈的氛围下，与师傅家4代人见了面。老的小的，济济一堂，屋内笑声朗朗，说不完的话，道不尽的情。与14年前相比，师傅家一切都变了样。我眼前看到的是孩子们自立自强，敬老爱幼，家庭和睦。就连有残疾的大儿子建民也靠聪明才智、努力拼搏赚了钱，建了一套大房子，娶了个漂亮的媳妇，生了两个漂亮孝顺的女儿。一个女儿已结婚，有了一个活泼可爱的外孙子。全家的日子犹如芝麻开花节节高。

还是短暂的聚会。要离开师傅家时，我望着这幸福的大家庭，心里格外高兴。相信上了年岁的师傅心情肯定也是愉悦和满足的。

团聚总觉得短暂，走时依依不舍。上车站是师傅的孙女开车送我们的，车开动后，看到师傅佝偻着身子缓缓扬起手向我们说再见时，我心中不免一阵酸楚，此去不知哪年哪月再能见面了。

哪知道，这竟是我与师傅的最后一见。梅英告诉我，师傅弥留之际还说起我，说有我这个徒弟值了。与师傅相处近10年，我做得再好，师傅从没在我面前表扬过我。此时此刻我也想说，得到师傅的认可和惦记，我做他的徒弟也值了！

"逝者如斯夫。"师傅到那边去了，是真的；然而，我心里的师傅仍在我这边，也是真的。

科教片《列车电站》解说词

剧本由列车电业局集体创作

列车电站是一种流动式的电站，换句话说，就是一种可以随时搬家的发电厂。在我的电力事业当中，他虽然还是一个小弟弟，但是他以自己机动灵活的特性，几年来已经走遍了我国所有的铁路线，为祖国的社会主义建设，贡献了一定的力量。在第二个五年计划期间，它将要同其他的兄弟电厂一起高速度地发展起来，当好先行官。

这就是列车电站的厂房，它的发电设备，全部装置在火车车厢里。它的发电原理，和火力发电厂是一样的。我们现有列车电站的装机容量，是从 1000 千瓦到 4000 千瓦。不久，我们就要使用 6000 千瓦以上，还有遥远控制设备的列车电站了。现在，我们就到列车电站的各个车厢里去参观一下吧。

《列车电站》科教片剪影之一。

这是锅炉车厢。在这里把水烧成 450 摄氏度的过热蒸汽，然后通过管路，送到汽机车厢去。过热蒸汽就是通过这条管子，被送到汽机车厢去的。

这是汽机车厢，它是电站的心脏。从锅炉车厢送来的过热蒸汽，先推动汽轮机，然后汽轮机再带动发电机，于是就产生了电流。电流产生以后，在这个电气车厢里由配电工人把它送到迫切需要的地方去。

这几个车厢，起到了一般固定电站冷水塔的作用。这是水处理车厢，为了保证锅炉用水的纯净，水要在这个车厢里，经过处理后，才送到锅炉里去。这是一个虽然小但却非常实用的化验室。

列车电站中经常的和一般的修理，在自己的修配车厢里就可以解决了。这是办公车厢，车厢虽然不大，但设备却是应有尽有。这个可以搬家的电厂的厂长，就在这儿办公。这个车厢原来是食堂，现在大家把它改作俱乐部用。这个车厢的床位，是给值班人员休息用的。

这是刚才我们已经参观过的汽机车厢，现在摄影机把我们带到了车厢下面。这是蓄油箱、空气冷却器……看，这些错综复杂的管道，分布在所有的车厢下面。可以说，列车电站的车厢，每一寸地方都被充分地利用着。

列车电站的厂房，是以车轮和钢轨做基础的。这种活动的基础，不仅节约了一般电厂修建时要耗用的大量的建筑材料，更重要的是可以使列车电站，随着机车到任何紧急用电的地方去。这是列车电站的最大特点，也是它比一般电厂优越的地方。

这儿将要发展成为一个新的工业基地，建筑和安装的工作量很大。但是，

《列车电站》科教片剪影之二。

因为本地的发电厂还没有建设好，就是架设输电线路也来不及，因此许多电动工具，不能拿来应用，许多费力的工作，不得不用人力来做。它是多么需要电力的支援啊！这时，列车电站从遥远的地方开来了。

过去，列车电站开到新的工作地点后，从安装

《列车电站》科教片剪影之三。

到开始发电，要有7天到10天的时间。"大跃进"以来，职工们发挥了革命干劲，只要两三天就可以了。可是，新建和扩建一个相同容量的固定电厂，却需要4个月到半年的时间。从冷炉点火到送电出去的时间，也从"大跃进"以前的270分钟，减到现在176分钟，也就是减少了三分之一强。由于列车电站迅速而及时的到来，使得工人们摆脱了许多沉重的体力劳动，也加快了这里的建设速度。当这个工业基地有了自己的发电厂时，列车电站就可以到别处去。一旦这里的电不够用时，它还可以重新开回来支援。

列车电站不仅能有力地支援工业建设，而且还可以解决一些兄弟电厂的困难。比如像这个电厂，它缺乏必要的备用设备，检修困难。现在，由于有了列车电站的有效调节，这个主要的机组得到了适时的检修。

这儿正在修一座水电站，可是在它的附近，没有供给基本建设用电的电源，当然更不会在这儿先修一座火电厂。那么，它的基本建设中用的电是从哪儿来的呢？也是我们已经熟悉的列车电站，在这儿帮忙了。

当水电站遇到枯水期，由于水量少、发电量不足，同时固定的备用电厂也满足不了需要时，列车电站同样可以到这里来，充做水电站枯水期的备用电站。这样做，还可以考虑适当减少备用固定电站的设备。

这个电站已经接受了新的任务，现在就要离开这个熟悉的地方，到另外一个需要它的地方去了。再见吧！列车电站！祝你进一步的发展，更好地为祖国社会主义建设贡献自己的力量。

注：本片摄制于1958年8月。由中国人民解放军八一电影制片厂摄制。导演张大风，摄影章洁。

索 引

后　记

　　金秋九月，丹桂飘香。《列电岁月》编辑工作已接近尾声。回顾三年采编岁月，一路艰辛，一路汗水，为列电人炽诚的情怀所感动，在鼓舞和鞭策中不断前行。大家携手努力，收获丰硕成果，令人甚感欣慰。

　　《列电岁月》是一部列电人的回忆集，旨在见证列电历史，弘扬列电精神。全书以亲历者的视角和采访者的笔录，记录列电时期具有历史意义和史料价值的一段过往，集百多篇忆文，再现列电 30 余年创业、发展、落幕的完整历史。特别是在国防科技、重点工程、三线建设、抢险救灾等用电需求中，列车电站发挥的应急作用。遵循这样的编纂原则和主线，完成初选篇目，经由编辑部反复修改、出版社认真审核定稿。

　　本书录入 145 人共计 162 篇文稿。选稿主要来自"列电人公众号"征集和采访整理，这两部分占较大比重。此外从《列电》杂志和《中国列电三十年》等书中摘选了部分文章。所选文章依据内容需要和全书篇幅要求，进行了较大程度的修改和整理。目录编排依据历史发展脉络，并结合整体文章特点，通过"创业征程""家国情怀""永远列电"这三个主题，将百余篇文稿归类排序，由远及近地展示列电人的故事。

　　在精编个人回忆录的同时，编辑部结合列电发展史及从全书内容考量，组织采写了有关典型人物、列电群体、特殊电站等数十余篇文章，旨在通过企业领导、劳动模范、专业人员、工人技师等代表性人物及生动事例，更好地充实丰富列电人群像，反映列电创业发展的历史原貌。

　　《列电岁月》既强调真实记录，又注重可感可读。为使读者在阅读中感受到当时的历史氛围和时代脉搏，尽可能保留了口述者生动、形象的语言和表达方式，以及具有岁月痕迹的文字元素。期望读者从这些文章中，感受到不同主人公鲜活的个性特点，以及在那个时期的情怀与追求。

　　《列电岁月》文章作者和主人公，大多是历经列电沧桑的老列电人，他们的青春甚至毕生都献给了列电事业，他们的荣辱、命运与列电息息相关。对往事的回忆，令他们激动不已，似乎又回到那不平凡的岁月；接受采访中，他们的投入热情、认真精神、执着态度，以及对本书的期望，让我们在感动的同时深深感到了责任。他们的经历和创业历史构成了本书的主要内容，他们的奋斗精神铸就了本书的灵魂。

列电人炽诚的情怀，令编辑部同仁在鼓舞和鞭策中不断前行。超负荷工作似乎是常态。不知多少次大家围坐在会议桌前，忙碌编审，临到用餐时，推开文稿，匆匆吃过盒饭，又继续工作；又不知多少次加班离开时，窗外早已是夜色星空，每每工作告一段落，望着一个个疲惫的身影，总让我们在感怀以列电精神编纂列电历史的同时，也感到如此高龄团队其拼搏之勇，当敬当赞。

由于篇幅所限，因为题材相同或同一历史事件的重复记录，一些较为优秀的回忆文稿只能忍痛割舍。由于编辑精力所限，未能下更大功夫，潜心挖掘一些作者提供的素材，从而与一些更具历史价值的内容擦肩而过，只能扼腕叹息。

记录列电历史，是一项宏大的工程。特别是面对年事已高的回忆者，因记忆不全，或因文字水准参差不齐，对所涉及的事件、人物、时间、地点均需一一考证，还要投入精力与个性、见解、观点各异的口述者在交流中达成共识。在有限的时间内完成如此艰巨的任务，有所遗漏和失误在所难免。恳请读者对本书错误之处，给予理解和见谅。

我们以深厚的列电情怀参与记录历史，虽艰难而受激励，虽辛劳而感欣慰，能为列电人树碑立传，所有付出都值得。

编者

2019 年 10 月

《列电岁月》图片资料提供人员

（按姓氏笔画排列）

王玉刚	王加增	王有民	王志义	王桂如	王　萍	方一民	白乃玺
冬渤仓	邢守良	刘世燕	刘兆明	刘运芬	刘振伶	刘桂云	刘桂福
闫俊华	关明华	孙秀菊	阴法海	李兰州	李　全	李敬敏	李慕寒
杨　信	杨艳平	吴兆铨	何自治	张作强	张宗卷	张增友	陈光荣
陈秉山	陈孟权	陈冠忠	周西安	周　宣	周彩芳	周　密	赵文图
胡伊平	胡德宣	原有成	高吉泉	高鸿翔	郭孟寅	郭积先	曹济香
康大中	蒋立勇	韩　英	韩　林	韩　萍	程洁敏	傅维娥	蔡保根
管予兵	霍福岭	戴行彧					